Rita Monaldi & Francesco P. Sorti zijn de auteurs van de literaire thrillers *Imprimatur*, *Secretum* en *Veritas*, over het bruisende Rome van vroeger tijden. De auteurs deden jarenlang bronnenonderzoek en onthullen in hun goedgeschreven en spannende romans historische feiten die een nieuw licht werpen op de geschiedenis van Europa. *Imprimatur*, *Secretum* en *Veritas* zijn de eerste drie delen in een reeks van zeven historische thrillers over Atto Melani. Momenteel werkt het duo aan het vierde deel.

Rita Monaldi is classica en gespecialiseerd in de geschiedenis van religie. Ze was universitair docente en werkte voor de persafdeling van het Italiaanse parlement. Francesco P. Sorti is musicoloog. Hij maakte culturele tv- en radioprogramma's voor de RAI en het Vaticaan.

Over *Imprimatur* en *Secretum*:
'Een magistraal verhaal met sappige wetenswaardigheden over politieke, artistieke en kerkelijke zaken.' – *Trouw*

'Vier sterrren!' – Elvin Post in *AD Magazine*

'Een fascinerend boek: het toont een levendig beeld van het Rome van 1700.' – *De Standaard*

'Een van de mooiste thrillers van 2004.' – *de Volkskrant*

'Historisch, spannend en zeer goed geschreven.' – *Gazet van Antwerpen*

'De twee historische thrillers van Monaldi & Sorti zijn zinstrelend geschreven en ingenieus gecomponeerd.' – *De Morgen*

'Een werkelijk fascinerend boek. Fictie en geschiedenis zijn zo goed verweven dat je je even in de zeventiende eeuw waant.' – Guy Verhofstadt, Eerste Minister van België

'Een bloedstollende thriller.' – *NRC Handelsblad*

'Monaldi en Sorti brachten zelfs het Vaticaan in verlegenheid.' – *Het Parool*

'Warm aanbevolen. Een fascinerend boek.' – De beste thrillers volgens *Elsevier*

'Een meeslepende en spannende roman. Door de vlotte stijl, de talrijke details en de kleurrijke beschrijvingen blijft *Imprimatur* tot het einde toe boeien.' – *Men's Health*

'Vol kleurrijke personages, spannende gebeurtenissen, een doldrieste achtervolging door het zeventiende-eeuwse Rome, griezelen en gruwelen in de catacomben, een plot die er niet om liegt en ook nog eens een historische ontdekking.' – *GPD*

MONALDI & SORTI BIJ DE BEZIGE BIJ

Secretum
Veritas
De geheimen van het conclaaf

Monaldi & Sorti

IMPRIMATUR

Vertaling Jan van der Haar

2006
DE BEZIGE BIJ
AMSTERDAM

De vertaler ontving voor deze vertaling een reis- en werkbeurs
van de Stichting Fonds voor de Letteren

Cargo is een imprint van uitgeverij De Bezige Bij, Amsterdam

Copyright © 2002 Rita Monaldi en Francesco P. Sorti
Copyright Nederlandse vertaling © 2002 Jan van der Haar
Eerste druk mei 2002
Tiende druk november 2006
Oorspronkelijke titel *Imprimatur*
Omslagontwerp Studio Jan de Boer
Foto auteurs Philippe Matsas
Vormgeving binnenwerk Peter Verwey, Heemstede
Druk Wöhrmann, Zutphen
ISBN 90 234 2549 9
NUR 305

www.uitgeverijcargo.nl

Index

Aan de Congregatie voor Zalig- en Heiligverklaringen   9

Memorie

Eerste dag – 11 september 1683	21
Eerste nacht – van 11 op 12 september 1683	41
Tweede dag – 12 september 1683	50
Tweede nacht – van 12 op 13 september 1683	105
Derde dag – 13 september 1683	117
Derde nacht – van 13 op 14 september 1683	171
Vierde dag – 14 september 1683	189
Vierde nacht – van 14 op 15 september 1683	219
Vijfde dag – 15 september 1683	253
Vijfde nacht – van 15 op 16 september 1683	289
Zesde dag – 16 september 1683	317
Zesde nacht – van 16 op 17 september 1683	339
Zevende dag – 17 september 1683	360
Zevende nacht – van 17 op 18 september 1683	377
Achtste dag – 18 september 1683	398
Achtste nacht – van 18 op 19 september 1683	418
Negende dag – 19 september 1683	439
Negende nacht – van 19 op 20 september 1683	466
Gebeurtenissen van 20 tot 25 september 1683	510
Gebeurtenissen van het jaar 1688	532
September 1699	538

Addendum   545

Noten   569

Innocentius XI en Willem van Oranje: documenten   577

Voorspellende interpretaties
van het Mysterie van het Oordeel:

Wederopstanding van het verleden
Herstel van geleden onrecht
Rechtvaardig oordeel van het nageslacht

Niets gaat verloren; het verleden
leeft voort in de toekomst

                        OSWALD WIRTH, *De Tarot*

Como, 14 februari 2040

Aan Zijne Exc. Mgr.
Alessio Tanari
Secretaris van de Congregatie voor Zalig- en Heiligverklaringen
Vaticaanstad

In nomine Domini
  Ego, Lorenzo dell'Agio, Episcopus Comi, in processu canonisationis beati Innocentii Papae XI, iuro me fideliter diligenterque impleturum munus mihi commissum, atque secretum servaturum in iis ex quorum revelatione preiudicium causae vel infamiam beato afferre posset. Sic me Deus adiuvet.

Beste Alessio,
wil mij vergeven als ik mij tot U richt door met de rituele eedformule te beginnen: geheim houden wat ik voor schandelijks heb vernomen omtrent de goede naam van een zaligverklaarde.
  Ik weet dat U Uw oude docent van het seminarie zult vergeven dat hij een minder orthodoxe briefstijl heeft gekozen dan U gewend bent.

U schreef mij drie jaar geleden in opdracht van de Heilige Vader, en verzocht mij licht te werpen op een zogeheten wonderbaarlijke genezing die zich meer dan veertig jaar geleden in mijn bisdom heeft voorgedaan door toedoen van de zalig verklaarde paus Innocentius XI, die Benedetto Odescalchi uit Como, over wie U als kind, misschien wel voor het eerst, had gehoord van mij.

Het geval van *mira sanatio* betrof, zoals U zich vast wel zult herinneren, een kind: een weesje van het platteland van Como dat door een hond een vinger was afgebeten. Het arme bloederige hompje, dat meteen werd opgeraapt door de grootmoeder van het ventje, die paus Innocentius vereerde, werd door haar in het heiligenplaatje van de paus gewikkeld en zo aan de artsen van de Eerste Hulp gegeven. Nadat het arme stukje vinger weer was aangezet, kon het kind er onmiddellijk weer van alles mee doen: iets wat verbazing wekte bij zowel de chirurg als zijn assistenten.

Overeenkomstig uw aanwijzingen en de wens van Zijne Heiligheid heb ik instructies gegeven voor het proces *van super-mira-sanatione*, dat mijn voorganger destijds niet opportuun had gevonden te beginnen. Ik zal niet verder uitweiden over het proces, dat ik net heb afgerond, hoewel inmiddels bijna alle getuigen van het voorval zijn overleden, de ziekenhuisdossiers na tien jaar zijn vernietigd en het jongetje van toen, dat nu een vijftiger is, woonachtig is in de Verenigde Staten. De stukken zullen U apart worden toegezonden. Ik weet dat U ze, zoals de procedure verlangt, zult onderwerpen aan het oordeel van de Congregatie en vervolgens een rapport zult opstellen voor de Heilige Vader. Ik weet hoezeer onze beminde pontifex ernaar uitziet om na bijna een eeuw van zaligverklaring het canonisatieproces van paus Innocentius XI te heropenen teneinde hem dan eindelijk heilig te verklaren. En juist omdat ook mij het voornemen van Zijne Heiligheid ter harte gaat, kom ik ter zake.

U zal zeker de grote omvang van de bijgevoegde verzegelde enveloppe zijn opgevallen: dat is het typoscript van een nooit gepubliceerd boek.

Het zal niet eenvoudig zijn U in detail het ontstaan ervan te verklaren, omdat de twee auteurs in het niets zijn verdwenen, nadat ze me een exemplaar ervan hadden opgestuurd. Ik weet zeker dat Onze-Lieve-Heer de Heilige Vader en U na lezing van het werk de juiste oplossing zal ingeven voor het dilemma: *secretum servare aut non*? Zwijgen of het geschrevene openbaar maken? Wat er ook wordt besloten, voor mij zal het heilig zijn.

Ik vraag meteen excuus als mijn pen – daar mijn geest door drie jaar diepgravend onderzoek nu pas is bevrijd – soms te vrijelijk zal vloeien.

Drieënveertig jaar geleden leerde ik de twee auteurs van het typoscript, een jong verloofd stel, kennen. Ik was toen net aangesteld als pastoor in Rome, vanuit Como, waarnaar Onze-Lieve-Heer zo genadig zou zijn me als bisschop te doen terugkeren. De twee jongelieden, Rita en Francesco, waren beiden journalist; ze woonden niet ver van mijn parochie vandaan en wendden zich dus voor de voorbereidingen van hun huwelijk tot mij.

Het contact met het jonge stel ging weldra verder dan een gewone leerling-leraarrelatie en werd mettertijd hechter en vertrouwelijker. Het geval wilde dat slechts twee weken voor de huwelijksdatum de priester die de ceremonie zou voltrekken het slachtoffer werd van een ernstige ziekte. Voor Rita en

Francesco lag het daarom voor de hand mij te vragen.

Op een zonnige middag halverwege juni trouwde ik hen, in het zuivere, fiere licht van de Sint-Joriskerk in Velabro, niet ver van de roemrijke ruïnes van het Forum Romanum en het Capitool vandaan. Het was een intensieve ceremonie vol ontroering. Ik bad vurig tot de Allerhoogste dat Hij het jonge echtpaar een lang en gelukkig leven wilde schenken.

Na hun huwelijk bleven we nog een paar jaar contact houden. Ik kwam er zo achter dat Rita en Francesco, ondanks de weinige vrije tijd door hun werk, het studeren nooit helemaal hadden opgegeven. Nadat ze zich na hun doctoraal letterkunde beiden hadden gericht op de meer dynamische en cynische wereld van het gedrukte papier, waren ze evenwel hun oude interesses niet vergeten. Ze bleven in hun schaarse vrije tijd goede boeken lezen, musea en bibliotheken bezoeken.

Eens per maand nodigden ze mij te eten uit of voor een middagkopje koffie. Opdat ik kon zitten, moesten ze vaak op het laatste moment een stoel vrijmaken van bergen kopieën, microfilms, reproducties van oude drukken en boeken: stapels papier die bij ieder bezoek waren toegenomen. Nieuwsgierig geworden vroeg ik waar ze eigenlijk met zoveel enthousiasme mee bezig waren.

Ze vertelden toen dat ze een tijd geleden in de privé-collectie van een bibliofiele aristocraat uit Rome een verzameling van acht banden in manuscript hadden gevonden, daterend uit de eerste jaren van de achttiende eeuw. Dankzij een paar gemeenschappelijke vrienden had de eigenaar, markies *** ***, de twee toestemming gegeven om de oude werken te bestuderen.

Voor geschiedenisliefhebbers ging het om een waar juweel. De acht banden vormden de verzamelde brieven van abt Atto Melani, telg uit een oud Toscaans geslacht dat vele beroemde musici en diplomaten heeft voortgebracht.

Maar de ware ontdekking moest nog komen: ingenaaid in een van de acht delen was een omvangrijke handgeschreven memorie aan het licht gekomen. Deze was gedateerd op 1699 en geschreven in een klein handschrift dat vergeleken met de rest van het werk, duidelijk van iemand anders afkomstig was.

De anonieme auteur van de memorie beweerde knecht in een Romeinse herberg te zijn geweest en vertelde in de eerste persoon verrassende gebeurtenissen die zich in 1683 tussen Parijs, Rome en Wenen hadden voorgedaan. De memorie werd voorafgegaan door een korte inleidende brief zonder datum, afzender of geadresseerde, en met een duistere inhoud.

Op dat moment was het me niet gegeven om meer te vernemen. De twee jonggehuwden bewaarden omtrent hun ontdekking de grootste geheimhouding. Ik begreep alleen wel dat door het terugvinden van die memorie al hun driftige onderzoeken in gang gezet waren.

Omdat beiden voorgoed het universitair milieu hadden verlaten en dus geen wetenschappelijk gehalte aan hun onderzoeken konden verlenen, waren de twee het plan gaan koesteren voor een roman.

Ze begonnen er tegenover mij over als betrof het een grap: ze zouden de memorie van de knecht in een romanvorm gieten. Ik was aanvankelijk wat teleurgesteld en vond het idee – als de hartstochtelijk wetenschapper die ik pretendeerde te zijn – moeilijk te realiseren en oppervlakkig.

Daarna, tussen de bezoekjes door, begreep ik dat de zaak serieus werd. Er was sinds hun huwelijk nog geen jaar verstreken en inmiddels besteedden ze er al hun vrije tijd aan. Later bekenden ze mij dat ze hun huwelijksreis bijna volledig in de archieven en bibliotheken van Wenen hadden doorgebracht. Ik stelde nooit vragen en nam alleen maar zwijgend en discreet hun inspanningen waar.

Destijds volgde ik helaas niet aandachtig het verslag dat de twee jongelieden mij deden omtrent de voortgang van hun werk. Intussen hadden zij plotseling, aangespoord door de geboorte van een lief dochtertje en moe van het bouwen op drijfzand in ons arme land, in het begin van de nieuwe eeuw besloten naar Wenen te verhuizen, een stad waarop ze misschien mede gesteld waren geraakt door de zoete herinneringen aan hun bruidsdagen.

Kort voor ze Rome definitief zouden verlaten nodigden ze mij uit voor een kort afscheid. Ze beloofden mij te schrijven en mij te komen opzoeken wanneer ze Italië weer aandeden.

Ze deden niets van dat al, en ik hoorde niets meer van hen. Totdat ik maanden later op een dag een verzegelde envelop uit Wenen ontving. Die bevatte het typoscript dat ik u zend: het was de langverwachte roman.

Ik was blij te weten dat ze er tenminste in waren geslaagd hem af te maken, en ik wilde antwoorden om te bedanken. Maar tot mijn verbazing moest ik constateren dat ze mij hun adres niet hadden gestuurd, en niet eens een kort briefje hadden bijgevoegd. De titelpagina vermeldde een sobere opdracht: *Voor de overwonnenen*. En op de achterkant van de envelop stond met viltstift geschreven: *Rita & Francesco*.

Vervolgens las ik de roman. Of zou ik het liever memorie moeten noemen? Gaat het echt om een barokke memorie die bewerkt is voor de hedendaagse lezer? Of eerder om een moderne roman die zich afspeelt in de zeventiende eeuw? Of om allebei? Het zijn vragen die mij nog steeds kwellen. In sommige delen lijkt het namelijk of ik bladzijden lees die regelrecht uit de zeventiende eeuw zijn overgekomen: alle personages betogen onveranderlijk met het lexicon van zeventiende-eeuwse traktaten.

Maar wanneer het betoog plaatsmaakt voor de handeling, verandert plotseling het taalregister en drukken dezelfde personages zich uit in modern proza en lijkt hun handelen voor alle duidelijkheid zelfs opvallend de *topos* te reproduceren van de speurdersdetective à la Sherlock Holmes en Watson. Net alsof de auteurs in die passages een teken van hun interventie wilden achterlaten.

En als ze me hadden voorgelogen? vroeg ik me verbaasd af. Als het verhaal van het manuscript van het knechtje, dat zij hadden teruggevonden, helemaal verzonnen was? Leek het soms niet te veel op de uitkomst waarmee Manzoni en Dumas hun twee meesterwerken openen, *De verloofden* en *De drie musketiers*? Want dat zijn natuurlijk ook historische romans die in de zeventiende eeuw spelen...

Helaas was het mij niet mogelijk de kwestie, die waarschijnlijk gedoemd is een mysterie te blijven, te ontrafelen. Ik heb de acht banden met brieven van abt Melani, waarmee de hele geschiedenis is begonnen, niet kunnen vinden. Het boekenbezit van markies *** *** is zo'n tien jaar geleden verdeeld over zijn erfgenamen, die het daarna van de hand hebben gedaan. Het veilinghuis dat de verkoop heeft geleid, heeft mij, nadat ik een paar kennissen had ingeschakeld, informeel de volledige namen van de kopers meegedeeld.

Ik dacht bij de oplossing te zijn aanbeland en meende dat Onze-Lieve-Heer mij genadig was geweest, totdat ik de namen van de nieuwe eigenaars las: de delen waren verworven door Rita en Francesco. Van wie het kennelijk niet gegeven was een adres te weten.

De laatste drie jaar heb ik toen, met de weinige beschikbare middelen, een lange reeks controles uitgevoerd op de inhoud van het typoscript. Het resultaat van mijn onderzoeken zult U aantreffen op de bladzijden die ik hierachter bijvoeg, en waarvan ik zou willen dat U ze aandachtig leest. U zult ontdekken hoe lang ik het werk van mijn twee vrienden naar de vergetelheid heb verbannen en wat een leed er voor mij uit is voortgevloeid. U zult verder een gedetailleerd onderzoek aantreffen van de in het typoscript verhaalde historische gebeurtenissen, en van de moeizame nasporingen die ik in de archieven en bibliotheken van half Europa heb verricht om erachter te komen of ze konden stroken met de waarheid.

De verhaalde feiten waren namelijk, zoals U zelf kunt natrekken, van een zodanig gehalte dat ze de loop van de Geschiedenis ingrijpend en voorgoed veranderd zouden hebben.

Welnu, aan het einde van genoemde nasporingen gekomen kan ik met zekerheid bevestigen dat de gebeurtenissen en de personages in de geschiedenis die U gaat lezen authentiek zijn. En ook wanneer het niet mogelijk was de bewijzen te vinden van wat ik heb gelezen, kon ik tenminste vaststellen dat het om geheel en al waarschijnlijke gebeurtenissen gaat.

Hoewel het door mijn twee oude parochianen vertelde verhaal niet uitsluitend om paus Innocentius XI draait (die bovendien haast niet tot de romanpersonages behoort), brengt het toch omstandigheden naar voren die op de zuiverheid van gemoed van de paus en op de oprechtheid van zijn bedoelingen nieuwe, ernstige schaduwen werpen. Ik zeg nieuwe, aangezien het proces van zaligverklaring van paus Odescalchi, begonnen op 3 september 1714 door Clemens XI, vrijwel meteen spaak liep door de bezwaren *super virtutibus*, die in de Congregatie van Voorbereiding werden opgeworpen door de *promotor fidei*. Er moesten dertig jaar voorbijgaan eer Benedictus XIV Lambertini bij decreet de twijfels van onderzoeksleiders en adviseurs omtrent de heldhaftigheid van de deugden van Innocentius XI tot zwijgen bracht. Maar dan valt kort daarna het proces wederom stil, ditmaal bijna tweehonderd jaar lang: pas in 1943, onder paus Pius XII, werd er een nieuwe rapporteur gekozen. De zaligverklaring zou nog eens dertien jaar op zich laten wachten, en wel tot 7 oktober 1956. Na die dag viel er een stilte over paus Odescalchi. Nooit, tot op de dag van vandaag, is er sprake van geweest hem heilig te verklaren.

Dankzij de door paus Johannes Paulus II meer dan vijftig jaar geleden goedgekeurde wetgeving had ik het initiatief tot een aanvullend vooronderzoek kunnen nemen. Maar in dat geval had ik mij niet kunnen houden aan het *secretum servare in iis ex quorum revelatione preiudicium causae vel infamiam beato afferre posset*. In dat geval dus had ik de inhoud van het typoscript van Rita en Francesco aan iemand moeten onthullen, al was het maar aan de *postulator* en de *promotor fidei* (doorgaans aangeduid als advocaat van de duivel).

Op die manier echter had ik ernstige, onherroepelijke twijfels opgeroepen omtrent de deugden van de zaligverklaarde: een beslissing die alleen de paus kon toekomen, en zeker niet mij.

Maar als het werk in de tussentijd was gepubliceerd, zou ik ontslagen zijn van de plicht om het geheim te houden. Ik hoopte dat het boek van mijn twee parochianen al een uitgever had gevonden. Ik vertrouwde het onderzoek daarom aan een paar van mijn jongste en naïefste medewerkers toe. Maar in de catalogi van de boeken in de boekhandel vond ik geen spoor van enigerlei geschrift, noch van de naam van mijn vrienden.

Ik probeerde de twee jonge mensen (die inmiddels zo jong niet meer waren) op te sporen: bij het bevolkingsregister bleek dat zij inderdaad verhuisd waren naar Wenen, Auerspergstrasse 7. Ik schreef naar dat adres, maar de directeur van een studentenhuis antwoordde mij dat hij geen enkele aanwijzing kon verstrekken. Ik deed navraag bij de gemeente Wenen, wat echter niets uithaalde. Ik wendde mij tot buitenlandse ambassades, consulaten, bisdommen, zonder resultaat.

Ik vreesde het ergste. Ik schreef zelfs de pastoor van de Minoritenkirche, de nationale Italiaanse kerk in Wenen. Maar Rita en Francesco waren bij iedereen onbekend, zo ook, gelukkig, bij de administratie van begraafplaatsen.

Ik besloot uiteindelijk zelf naar Wenen af te reizen in de hoop ten minste hun dochter op te sporen, al herinnerde ik mij na veertig jaar haar doopnaam niet meer. Zoals was te voorzien liep ook deze laatste poging op niets uit.

Van mijn twee oude vrienden rest mij, behalve wat ze schreven, slechts een oude foto die ze mij cadeau deden. Ik schenk hem u, evenals de rest.

Drie jaar al zoek ik hen overal. Soms zie ik mezelf kijken naar meisjes met rood haar, zoals Rita, waarbij ik vergeet dat haar haar nu net zo grijs zou zijn als het mijne. Zij zou nu 74 zijn en Francesco 76.

Ik neem voor nu afscheid van U en Zijne Heiligheid. Moge God U inspireren bij hetgeen U gaat lezen.

Mgr. Lorenzo dell'Agio
bisschop van het bisdom Como

Voor de overwonnenen

MIJNHEER,

bij het sturen van deze Memorie die ik uiteindelijk heb ontdekt, durf ik te hopen dat Uwe Excellentie mijn inspanningen om Uw wensen te vervullen zal erkennen, alsook de overmaat aan hartstocht en liefde die altijd mijn geluk heeft betekend wanneer ik daarvan kon getuigen bij Uwe Excellentie.

MEMORIE

bevattende vele wonderbaarlijke Gebeurtenissen die zich van 11 tot 25 September in het Jaar 1683 voordeden in herberg De Schildknaap in de Via dell'Orso; met Verwijzingen naar andere Gebeurtenissen, daarvoor en daarna.

Rome, A.D. 1699

Eerste dag
11 september 1683

De mannen van de Bargello* kwamen ver in de middag, juist terwijl ik op het punt stond de toorts te ontsteken die ons uithangbord verlichtte. Ze hadden bijlen en hamers in de hand; en zegels en kettingen en dikke spijkers. Terwijl ze oprukten in de Via dell'Orso schreeuwden en gebaarden ze autoritair naar de voetgangers en groepjes mensen dat ze aan de kant moesten. Ze waren knap geïrriteerd. Toen ze bij mij stonden begonnen ze met hun armen te zwaaien. 'Allemaal naar binnen, allemaal naar binnen, we moeten de boel afsluiten,' riep degene die het bevel voerde.

Ik was nog niet van de kruk gesprongen waarop ik stond, of krachtige handen duwden mij onaangenaam de ingang in, terwijl sommigen dreigend de deur barricadeerden. Ik was verbluft. Bruusk werd ik weer bij mijn positieven gebracht door de menigte die zich in een ommezien bij de ingang had verzameld. Het waren de gasten van onze herberg, die bekendstaat als herberg De Schildknaap.

Ze waren met hun negenen en ze waren er allemaal: in afwachting van de maaltijd zwierven ze zoals iedere avond op de begane grond rond tussen de sofa's in de hal en de tafels van de twee aangrenzende eetzalen, en deden alsof ze iets om handen hadden; maar in feite draaide iedereen om een jonge Franse gast heen, de musicus Robert Devizé, die zich met veel bravoure oefende op de gitaar.

'Laat mij eruit! Ah, hoe durft u? Handen thuis! Ik kan hier niet blijven! Ik ben kerngezond, voelt u wel? Kerngezond! Laat mij erdoor, zeg ik u!'

Wie zo schreeuwde (ik ontwaarde hem nauwelijks achter het woud aan lansen waarmee de krijgslieden hem bewaakten) was pater Robleda, onze Spaanse jezuïetengast die ten prooi aan paniek een keel opzette, met een aamborstige ademhaling en een rood opgezette hals. Zodat het me deed denken aan het gekrijs van varkens wanneer die ondersteboven aan de haak worden afgemaakt.

---

* de openbare orde

Het rumoer galmde de straat door tot, zo leek mij, het pleintje, dat in een oogwenk was leeggelopen. Aan de andere kant van de straat zag ik de visverkoper en twee knechten van de naburige herberg in de Via dell'Orso het tafereel gadeslaan.

'Ze sluiten ons in,' riep ik naar hen om hun aandacht te trekken, maar de drie reageerden niet.

Een azijnverkoper, een sneeuwverkoper en een groepje kinderen, die met hun geschreeuw tot voor kort de straat verlevendigden, verborgen zich bang geworden om de straathoek.

Intussen had mijn baas, de heer Pellegrino de Grandis, een bankje op de drempel van de herberg gezet. Een officier van de Bargello legde daar het gastenboek van de herberg op dat hem juist was aangereikt, en begon het appèl.

'Pater Juan de Robleda, uit Granada.'

Omdat ik nooit een afsluiting wegens quarantaine had meegemaakt en niemand er ooit met mij over had gesproken, dacht ik aanvankelijk dat ze ons in de gevangenis wilden opsluiten.

'Vreselijk, vreselijk,' hoorde ik Brenozzi, de Venetiaan, sissen.

'Treed naar voren, pater Robleda!' verloor de oproeper zijn geduld.

De jezuïet, die in de vergeefse strijd met de krijgslieden op de grond was gesmakt, stond weer op, en na te hebben gekeken of iedere vluchtweg door de lansen werd versperd, beantwoordde hij de oproep met een gebaar van zijn zwaar behaarde hand. Hij werd meteen mijn kant op geduwd. Hij was pater Robleda, die een paar dagen eerder uit Spanje was gekomen en vanwege de gebeurtenissen die ochtend met zijn angstkreten onze oren zwaar op de proef had gesteld.

'Abt Melani, uit Pistoia!' riep de officier uit het gastenboek op.

Vanuit de schaduw flitste de kant van Franse snit die de pols tooide van onze meest recente, die ochtend vroeg juist aangekomen gast. Bij zijn naam stak hij ijverig zijn hand op en toen hij uit de schaduw trad, glansden zijn kleine driehoekige oogjes als dolken. De jezuïet deed geen enkele moeite om opzij te gaan toen Melani zich met kalme, stille tred bij ons voegde. Het waren 's ochtends de kreten van de abt geweest die het alarm hadden ontketend.

Iedereen had ze gehoord, ze kwamen van de eerste verdieping. Pellegrino, mijn baas de waard, was als eerste met zijn lange benen in beweging gekomen en snel aan komen rennen. Maar hij was blijven staan toen hij de grote kamer op de eerste verdieping met zicht op de Via dell'Orso had bereikt.

Daar hadden twee gasten hun intrek genomen: de heer De Mourai, een bejaarde Franse edelman, en zijn begeleider, Pompeo Dulcibeni uit de Marche. De Mourai zat in de stoel met zijn voeten in een teiltje water voor zijn gebruikelijke voetbad, en hing schuin, met zijn armen bungelend naar beneden, terwijl abt Melani zijn bovenlijf ondersteunde en hem probeerde bij te brengen door aan zijn kraag te schudden. De Mourai keek met starende blik achter zijn hulpverlener en leek Pellegrino met grote verbaasde ogen te onderzoeken, terwijl hij vage geluiden uitstootte. Toen merkte Pellegrino dat de abt in werkelijkheid niet om hulp riep, maar de oude baas met veel kabaal en opwinding aan het ondervragen was. Hij sprak Frans tegen hem, en mijn baas verstond dat niet, maar stelde zich voor dat hij hem vroeg wat er met hem was gebeurd. Pellegrino had evenwel de indruk (zoals hij ons daarna allemaal zelf vertelde) dat abt Melani De Mourai in zijn poging om hem te reanimeren wel heel energiek door elkaar stond te rammelen, en haastte zich om de arme bejaarde uit de krachtige greep te bevrijden. Juist op dat moment stamelde de arme heer De Mourai met uiterste inspanning zijn laatste woorden: 'Ahi, dunqu'è pur vero,'* kreunde hij in het Italiaans. Daarna staakte het gereutel. Hij bleef naar de waard staren, en uit zijn mond was groenig slijm op zijn borst gedruppeld. Zo was hij gestorven.

༺═══༻

'De ouwe, *es el viejo*,' hijgde pater Robleda met een fluistering vol angst, half in het Italiaans en half in zijn eigen taal, zodra we twee krijgslieden halfluid de woorden 'pest' en 'sluiten' hoorden herhalen.

'Cristofano, arts en chirurgijn uit Siena!' riep de officier.

Met langzame, afgemeten gebaren trad onze Toscaanse gast naar voren, in zijn hand het leren valies met al zijn instrumenten waarvan hij onafscheidelijk was.

'Dat ben ik,' antwoordde hij zacht, nadat hij zijn tas had geopend, een stapel papieren had geordend en met kille vormelijkheid zijn keel had geschraapt. Cristofano was een niet zo lang, wat gezet heerschap met een verzorgd uiterlijk en een vrolijke oogopslag die aanleiding gaf tot een goed humeur. Die avond had hij een bleek gezicht dat parelde van het zweet zonder dat hij de moeite

---

*   Ai, het is dus toch waar

nam om het af te wissen, waren zijn ogen strak gericht op iets onzichtbaars vóór hem en streek hij, voordat hij in beweging kwam, snel zijn zwarte baardje tot een punt. Dit alles weersprak dat hij zogenaamd onaangedaan was en verried een zeer gespannen gemoed.

'Ik wil graag benadrukken dat ik er na een eerste, maar nauwkeurig onderzoek van het lichaam van de heer De Mourai absoluut niet zeker van ben dat het om besmetting gaat,' begon Cristofano, 'terwijl de medisch expert van de Magistraat van Volksgezondheid, die dat met zoveel stelligheid beweert, maar kort bij het stoffelijk overschot is geweest. Ik heb hier,' en hij liet de papieren zien, 'mijn bevindingen genoteerd. Ik denk dat die kunnen dienen om nog even na te denken en deze overhaaste beslissing uit te stellen.'

De mannen van de Bargello konden en wilden echter niet muggenziften.

'De magistraat heeft onmiddellijke sluiting van deze herberg bevolen,' hield de persoon die mij de baas leek het kort, en hij voegde eraan toe dat er voorlopig nog geen ware quarantaine was afgekondigd: er zouden maar twintig sluitingsdagen zijn en de straat zou niet worden ontruimd; mits er zich natuurlijk geen andere doden of verdachte gevallen van ziekte zouden voordoen.

'Mag ik, daar ik eveneens ingesloten zal worden en de diagnose moet stellen,' drong meneer Cristofano lichtelijk geïrriteerd aan, 'tenminste iets meer weten over de laatste maaltijden van wijlen de heer De Mourai, aangezien hij altijd alleen op zijn kamer at? Het zou ook gewoon een bloedstuwing kunnen zijn.'

De tegenwerping had tot gevolg dat de krijgslieden aarzelend met hun ogen de herbergier zochten. Maar deze had het verzoek van de arts niet eens gehoord: ineengezakt op een stoel, overgegeven aan moedeloosheid kreunde en vloekte hij, zoals hij altijd deed, tegen de eindeloze beproevingen die het leven hem oplegde. De laatste dateerde van nog maar een week geleden, toen er in een van de muren van de herberg een kleine scheur was gekomen, iets wat bij de oude huizen van Rome geen zeldzaamheid was. De barst bracht geen enkel gevaar met zich mee, was ons gezegd; maar zoveel was toen al genoeg om mijn baas te ontmoedigen en hem tekeer te laten gaan.

Het appèl intussen ging door. De schaduwen van de avond traden naar voren en de ploeg had besloten niet langer met de sluiting te dralen.

'Domenico Stilone Priàso, uit Napels! Angiolo Brenozzi, uit Venetië!'

De twee jongelieden, de één dichter en de ander glasblazer, kwamen naar voren, terwijl ze elkaar aankeken alsof ze opgelucht waren dat ze samen werden opgeroepen, alsof ze zo hun angst konden halveren. Brenozzi de glasblazer – met zijn angstige blik, zijn glanzende bruine pijpenkrulletjes en het tussen zijn verhitte wangen opduikende wipneusje – deed denken aan een porseleinen Christusbeeldje. Jammer dat hij de spanning, naar zijn gewoonte, ontlaadde door met twee vingers obsceen in zijn kruis te plukken, als bespeelde hij een éénsnarig instrument. Een ondeugd die mij meer dan ieder ander in het oog viel.

'De Allerhoogste sta ons bij,' jammerde op dat moment pater Robleda – ik wist niet of het door dat onbewuste gebaar van de glasblazer kwam of door de situatie – en paars aangelopen liet hij zich op een kruk vallen.

'En alle heiligen,' vulde de dichter aan. 'Ben ik daar toch uit Napels gekomen om besmet te raken.'

'Daar hebt u ook niet verstandig aan gedaan,' wierp de jezuïet tegen, terwijl hij met een zakdoek het zweet van zijn voorhoofd wiste. 'U had gewoon in uw stad kunnen blijven, want daar doet zich de gelegenheid altijd wel voor.'

'Misschien. Hier zou je alleen verwachten dat je met een goede paus de gunst van Boven geniet. Maar laten we eerst maar eens zien wat die lui, zeg maar, in de Porte ervan denken,' siste Stilone Priàso.

Opeengeperste lippen en een snijdende tong: de Napolitaanse dichter had doel getroffen waar niemand geraakt wilde worden.

Op dat moment drong het Turkse leger van de Verheven Ottomaanse Porte bloeddorstig voor de poorten van Wenen. Alle scharen der ongelovigen kwamen onverzoenlijk samen (althans volgens de weinige verslagen die ons bereikten) rond de hoofdstad van het Heilige Roomse Rijk, en dreigden weldra de bolwerken neer te halen.

De strijders uit het christelijke kamp, inmiddels op het punt om zich over te geven, hielden alleen stand dankzij de kracht van het Geloof. Met een tekort aan wapens en munitie, uitgeput door honger en dysenterie waren ze vooral doodsbang voor de eerste voorboden van een pesthaard.

Iedereen wist: mocht Wenen vallen, dan zouden de legers van de Turkse legeraanvoerder Kara Moestafa vrij baan hebben naar het westen. En zouden ze zich overal met niets ontziende, vreselijke vreugde verspreiden.

Om de dreiging te bezweren hadden vele illustere, koninklijke vorsten en legerkapiteins zich gemobiliseerd: de koning van Polen, hertog Karel van Lotharingen, prins Maximiliaan van Beieren, Lodewijk Willem van Baden en nog anderen. En allen waren door het enige echte bolwerk van de christenheid overtuigd om de belegerden te hulp te schieten: paus Innocentius XI.

Sinds lange tijd ijverde de pontifex onvermoeibaar om de christelijke legers te bundelen, te verenigen en te versterken. En niet alleen met politieke middelen, maar ook met waardevolle financiële steun. Voortdurend gingen er grote sommen geld Rome uit: meer dan twee miljoen scudo's voor de keizer, vijfhonderdduizend florijnen voor Polen, weer andere stortingen van kardinalen afzonderlijk en ten slotte een buitengewone, ruimhartige geldopneming op de kerkelijke tienden van Spanje.

De Heilige Missie die de paus wanhopig ten einde trachtte te brengen hoorde bij de talloze vrome werken die hij in een pontificaat van zeven jaar had verricht.

De inmiddels tweeënzeventigjarige opvolger van Petrus, geboren als Benedetto Odescalchi, had in de eerste plaats het voorbeeld gegeven. Lang en broodmager als hij was, had hij met zijn brede voorhoofd, haviksneus, strenge blik en uitstekende kin, die echter nobel gedomineerd werd door een snor en sikje, de naam gekregen een asceet te zijn.

Schuw en gereserveerd van karakter werd hij hoogst zelden op een rijtoer door de stad waargenomen, en hij ging zorgvuldig het gejuich van het volk uit de weg. Het was bekend dat hij voor zichzelf de kleinste, kaalste en meest ongastvrije vertrekken had gekozen die een paus ooit had bewoond, en dat hij vrijwel nooit de tuinen van het Quirinaal en het Vaticaan betrad. Hij was zo sober en spaarzaam dat hij alleen kleding en kerkgewaden van zijn voorgangers gebruikte. Sinds zijn verkiezing droeg hij steeds dezelfde witte, zwaar versleten soutane, en hij verwisselde die pas wanneer hij erop attent werd gemaakt dat zo'n verwaarloosd kledingstuk niet passend was voor de stedehouder van Christus op aarde.

Maar ook in het bestuur van het erfgoed van de Kerk had hij grote verdiensten gehad. Hij had de financiën van de Apostolische Kamer, die sinds de schandelijke tijden van Urbanus VIII en Innocentius X allerlei diefstallen hadden ondergaan, weer gezond gemaakt. Hij had het nepotisme afgeschaft: zodra hij gekozen was, had hij zijn neef Livio laten komen en hem gewaarschuwd – zo gaat het verhaal – dat hij hem geen kardinaal zou maken en hem juist ver bij de staatszaken uit de buurt zou houden.

Daarenboven had hij ten slotte zijn onderdanen opgeroepen tot strengere en soberder zeden. De theaters, plaatsen van wanordelijk vermaak, waren gesloten. Het carnaval, dat tien jaar eerder nog bewonderaars uit heel Europa trok, was op sterven na dood. Feesten en muzikale ontvangsten waren tot een minimum beperkt. Vrouwen was het verboden om te blote kleding en decolletés op zijn Frans te dragen. De paus had er zelfs ploegen dienders op uitgestuurd om het ondergoed dat voor de ramen was opgehangen te inspecteren, om korsetten en te gewaagde hemdjes in beslag te nemen.

Dankzij die soberheid, zowel financieel als moreel, had Innocentius XI geld bijeen kunnen sprokkelen om de Turken te bestrijden, en de hulp aan de zaak van de christelijke legers was groot geweest.

Maar nu was de oorlog in een kritieke fase beland. En de hele christenheid wist wat ze van Wenen te verwachten had: redding of catastrofe.

Het volk werd derhalve door wanhoop verscheurd en richtte elke ochtend zijn blik angstig naar het oosten, zich afvragend of de nieuwe dag horden bloeddorstige janitsaren zou brengen en paarden die zo in de fonteinen van de Sint-Pieter zouden drinken.

Al in juli had de paus het voornemen uitgesproken om een jubeljaar af te kondigen, teneinde Gods hulp af te smeken, maar vooral om weer geld in te zamelen voor de oorlog. Iedereen, leken en geestelijken, was plechtig tot devotie gemaand, en er was een schitterende processie gehouden met de deelname van alle kardinalen en curiebeambten. Half augustus had de paus bevolen dat de kerken van Rome elke avond een achtste van een uur de klokken moesten luiden ter afsmeking van Gods hulp.

Begin september ten slotte was in de Sint-Pieter met veel ceremonieel het Heilig Sacrament uitgestald, onder begeleiding van muziek en gebeden, en ten overstaan van de enorme mensenmassa was door de kanunniken een plechtige mis *contra paganos* gezongen, opgedragen op last van Zijne Heiligheid zelf.

Het gekibbel tussen de jezuïet en de dichter had dus een schrik teweeggebracht die als een onderaardse rivier de hele stad doorstroomde.

De grap van Stilone Priàso had in de toch al beproefde ziel van pater Robleda angst op angst gestapeld. Bars en bevend als het was, werd het ronde gezicht van de jezuïet onder de woedende druk omlijst door een vetkussentje dat schommelde onder zijn kin.

'Is hier iemand vóór de Turken?' hijgde hij kwaadaardig.

De aanwezigen draaiden zich instinctief om naar de dichter, die door een argwanende blik inderdaad gemakkelijk voor een afgezant van de Porte kon worden aangezien: met zijn donkere pokdalige huid en zijn gitzwarte oogjes had hij de frons van een ransuil. Zijn zwartige gestalte deed denken aan die gauwdieven met stug, kort haar die je in het koninkrijk Napels helaas maar al te vaak op straat tegenkomt.

Stilone Priàso kreeg niet de tijd om te antwoorden.

'Houden jullie nu eens een keer je mond!' legde een van de gendarmes die doorgingen met het appèl ons het zwijgen op.

'De heer De Mourai, Fransman, met de heer Pompeo Dulcibeni uit Fermo, en Robert Devizé, Frans musicus.'

De eerste was, zoals mijn baas Pellegrino haastig toelichtte, de bejaarde Fransman die eind juli in herberg De Schildknaap was aangekomen, en die nu vanwege de besmetting de laatste adem leek te hebben uitgeblazen. Hij was stellig een deftig edelman, voegde Pellegrino eraantoe, met een kwetsbare gezondheid, en hij was in de herberg gearriveerd in gezelschap van Devizé en Dulcibeni. De heer De Mourai was nagenoeg helemaal blind en moest begeleid worden. Van de oude De Mourai was vrijwel niets bekend: sinds zijn aankomst had hij steeds gezegd dat hij erg moe was, en elke dag had hij de maaltijden op zijn kamer laten brengen, die hij slechts verliet voor een korte wandeling in de buurt van de herberg. Snel noteerden de krijgslieden de woorden van mijn baas.

'Het kan gewoon niet, heren, dat hij aan de pest is overleden! Hij had uitstekende manieren en was goedgekleed; het zal de ouderdom zijn geweest, dat is alles.'

Pellegrino's tong was losgekomen en hij was zich gaan richten tot de strijders met zijn zachte stem, die hem, al maakte hij er maar zelden gebruik van, somtijds zo doeltreffend uitkwam. Ondanks zijn edele gelaatstrekken en zijn lange ranke gestalte, zijn fijne handen, zijn voor zijn vijftig jaar zachte en licht gebogen gang, zijn gezicht omlijst door een weelderige grijze massa haar dat met een lint was samengebonden, zijn fraaie, kwijnende kastanjebruine ogen, was mijn baas helaas ten prooi aan een zeer opvliegend, lichtgeraakt temperament: hij lardeerde zijn woorden met een overdaad aan vloeken. Alleen het dreigende gevaar verhinderde hem die keer zijn karakter de vrije loop te laten.

Maar er luisterde al niemand meer naar hem. Opnieuw werden de jonge Devizé en Pompeo Dulcibeni geroepen, die meteen naar voren kwamen. De ogen van onze gasten schitterden toen de Franse musicus naar voren liep: zijn gitaar had hen zojuist nog in verrukking gebracht.

De mannen van de Bargello wilden nu opschieten en zonder Dulcibeni en Devizé ook maar de tijd te laten om zich bij de muur op te stellen, duwden ze hen aan de kant, terwijl de officier riep: 'De heer Eduardus Bedfordi, uit Engeland, en dame... en Cloridia.'

De plotselinge verbetering en de vage glimlach waarmee de laatste naam werd uitgesproken, liet geen enkele twijfel omtrent het aloude beroep dat de enige vrouwelijke gast van De Schildknaap uitoefende. In werkelijkheid wist ik niet veel van haar, omdat mijn baas haar niet bij de andere gasten had ondergebracht, maar in het torentje, waar ze een vrije doorgang had. Tijdens haar verblijf van krap een maand had ik haar alleen levensmiddelen en wijn hoeven brengen, afgezien van het (opvallend vaak) overhandigen van briefjes in een gesloten envelop die vrijwel nooit de naam van de afzender vermeldden. Cloridia was nog heel jong, ze moest ongeveer van mijn leeftijd zijn. Ik had haar soms naar de vertrekken op de begane grond zien gaan en lieftallig een praatje zien maken met een van onze gasten. Naar de gesprekken met meneer Pellegrino te oordelen leek ze voornemens om van onze herberg haar vaste verblijfplaats te maken.

De heer Bedford kon niet onopgemerkt voorbijgaan: vuurrood van haar, met een massa gouden vlekjes op zijn neus en wangen, en met lichtblauwe, schele ogen zoals ik nog nooit had gezien; hij kwam van de verre Britse eilanden. Naar ik had gehoord, was het niet de eerste keer dat hij in De Schildknaap logeerde: evenals glasblazer Brenozzi en dichter Stilone Priàso was hij er al geweest ten tijde van de vorige herbergierster zaliger, de nicht van mijn baas.

Mijn naam was de laatste die werd opgelezen.

'Hij is twintig en werkt sinds kort voor mij,' verklaarde Pellegrino, 'op het moment is hij mijn enige knecht omdat we in deze periode maar weinig gasten hebben. Ik weet niets van hem af, ik heb hem aangenomen omdat hij niemand had,' zei mijn baas haastig, daarmee de indruk wekkend dat hij iedere verantwoordelijkheid voor de besmetting van zich af wilde schuiven.

'Laat hem alleen maar zien, we moeten afsluiten,' kapten de krijgslieden ongeduldig af omdat ze mij niet konden ontdekken.

Pellegrino greep me bij een arm en tilde mij haast op.

'Jongen, je bent gewoon een krielhaan!' spotte de wachter, terwijl zijn kameraden grinnikten.

Voor de omliggende ramen doken intussen wat schroomvallige hoofden op.

De mensen uit de buurt hadden gehoord wat er aan de hand was, en alleen de dappersten probeerden dichterbij te komen. Het merendeel bleef op een afstand, nu al bang voor de gevolgen van besmetting.

De gendarmes hadden hun missie volbracht. De herberg had vier ingangen. Twee op de Via dell'Orso: de hoofdingang en de brede ingang ernaast, die op zomeravonden open bleef en uitkwam op een van de twee eetzalen.

Verder waren er de dienstingang opzij, die van de steeg rechtstreeks naar de keuken leidde, en ten slotte het deurtje van de gang naar de binnenplaats. Ze werden alle hermetisch afgesloten met stevige beukenhouten balken die werden vastgespijkerd met spijkers van een halve span. Hetzelfde gold voor de uitgang die van Cloridia's torentje naar het dak voerde. De ramen van de begane grond en van de eerste verdieping, alsmede de kleine raampjes die aan de bovenkant van de kelder uitkeken op het plaveisel van de steeg, waren al voorzien van traliewerk, en wie eventueel vanaf de tweede verdieping of de zolder zou vluchten liep het risico te vallen, of te worden ontdekt en opgepakt.

De leider van de mannen van de Bargello, een dikke vent met een half afgesneden oor, gaf de richtlijnen. We zouden het lijk van de arme heer De Mourai na zonsopgang uit een van de ramen van zijn kamer moeten laten zakken, als het karretje van de Broederschap van de Oratie en de Dood, die voor de begrafenis zou zorgen, langskwam om het op te halen. We zouden van zes uur 's morgens tot tien uur 's avonds bewaakt worden door een dagwacht en voor de resterende uren door een nachtwacht. We zouden niet naar buiten mogen totdat de veiligheid van de plek was vastgesteld en verzekerd, en hoe dan ook niet eerder dan over drie weken. Tijdens die periode zouden we regelmatig moeten aantreden voor het appèl voor een van de ramen die uitzagen op de Via dell'Orso. We kregen een paar grote zakken water, samengeperste sneeuw, verschillende vierduitsbroodjes, kaas, spek, olijven, wat kruiden en een mand gele appels. We zouden verder een sommetje geld krijgen waarvan we de leveringen voedsel, water en sneeuw konden betalen. De paarden van de herberg zouden blijven waar ze stonden, in de stal van de koetsier die er pal naast woonde.

Wie naar buiten ging of alleen maar probeerde te vluchten, zou veertig keer aan de wipgalg omhoog worden getrokken en voor de magistraat worden geleid om bestraft te worden. Op de deur werd het vernederende bord met het opschrift VOLKSGEZONDHEID gespijkerd. We werden verder gewaarschuwd om alle bevelen die later zouden komen op te volgen, alsook de te treffen maatregelen in geval van besmetting, oftewel pest, en ongehoorzaamheid zou streng worden bestraft. Vanuit de herberg hoorden we de aankondiging die ons tot afzondering veroordeelde sprakeloos aan.

'We zijn ten dode opgeschreven, allemaal ten dode opgeschreven,' zei een van de gasten met kleurloze stem.

We waren allen bijeen in de lange, smalle hal van de herberg, die somber en donker was geworden toen de deur was geblokkeerd. Ontheemd keken we om ons heen. Niemand besloot naar de belendende vertrekken te gaan, waar de maaltijd inmiddels was afgekoeld. Mijn baas, die op de toog bij de ingang zat, ging met zijn hoofd tussen zijn handen tekeer. Hij smeet met verwensingen en vloeken die niet voor herhaling vatbaar zijn, en dreigde gevaarlijk te worden voor ieder die hem te na kwam. Plotseling begon hij te slaan, met zijn blote handen, vreselijke klappen op de arme toog, waardoor de gastenlijst in de lucht vloog. Daarna tilde hij de tafel op, om die tegen de muur te slingeren. We moesten ingrijpen om hem tegen te houden, en pakten hem bij zijn armen en bovenlijf. Pellegrino probeerde zich los te wringen, maar verloor zijn evenwicht en trok zelfs een paar gasten mee op de grond, die met veel rumoer op elkaar vielen. Ikzelf moest even opzij gaan voordat het menselijke kluwen me zou begraven. Mijn baas was sneller dan zijn toezichthouders, en vrijwel meteen stond hij schreeuwend weer op om zich opnieuw met zijn vuisten op de toog te storten.

Ik besloot die krappe en inmiddels gevaarlijke ruimte te verlaten en glipte weg de trap op. Halverwege stond ik echter ineens tegenover abt Melani. Hij kwam kalmpjes naar beneden, met behoedzame tred.

'Ze hebben ons dus opgeborgen, jongen,' zei hij, de nadruk leggend op zijn merkwaardige Franse keel-r.

'Wat moeten we nu?' vroeg ik.

'Niets.'

'Maar we sterven aan de pest.'

'We zullen zien,' zei hij met een onbestemde stemnuance die ik algauw zou leren herkennen.

Vervolgens veranderde ik van richting en ging de eerste verdieping op. We liepen de gang helemaal uit en gingen de grote kamer in die de oude overledene deelde met zijn bejaarde begeleider, Pompeo Dulcibeni uit de Marche. Een gordijn deelde de kamer in tweeën. We schoven het gordijn opzij en troffen dokter Cristofano aan, die met zijn koffertje op de grond gehurkt druk in de weer was.

Tegenover hem, achterover op de stoel, zat de heer De Mourai, nog half gekleed, zoals Cristofano en de medisch expert hem die ochtend hadden achtergelaten. De overledene riekte een beetje vanwege de septemberhitte en het voetbad waarin het vlees inmiddels rotte, aangezien de Bargello had gelast niets te verplaatsen totdat het appèl was afgelopen.

'Jongen, ik vroeg het je vanochtend al: ruim dit stinkende water op de grond eens op, alsjeblieft,' beval Cristofano met een zweem van ongeduld in zijn stem.

Ik wilde juist zeggen dat ik dat al gedaan had toen de arts het me had opgedragen; maar naar de grond kijkend merkte ik dat er rondom het voetbad inderdaad nog een paar plasjes lagen. Ik gehoorzaamde zonder morren met stok en dweil, mezelf vervloekend dat ik die ochtend niet genoeg had opgelet. In feite had ik voordien in mijn leven nog nooit een lijk gezien, en de commotie moest me van de wijs hebben gebracht.

De Mourai leek nog magerder en bleker dan toen hij in herberg De Schildknaap was aangekomen. Zijn mond stond een beetje open en er sijpelde nog wat groenig kwijl uit dat Cristofano, die zijn lippen nog verder open wilde doen, met een doekje afveegde. De arts lette er echter op dat hij de mond pas beetpakte nadat hij zijn hand in een andere lap had gewikkeld. Zoals hij die ochtend al had gedaan, onderzocht hij aandachtig de keel van de dode, en rook aan diens speeksel. Daarna legde hij met hulp van abt Melani het lijk op bed. Toen de voeten uit het teiltje waren, zagen ze er grauwig uit en verspreidden een vreselijke lijkenlucht die de adem benam.

Cristofano trok een paar bruine stoffen handschoenen aan die hij uit de la had gepakt. Hij ging de keel opnieuw inspecteren, daarna bekeek hij het bovenlijf en de reeds naakte liezen. Hij voelde eerst zachtjes achter de oren; daarna ging hij naar de oksels en verschoof de kleding om het zachte, schaars behaarde vlees in ogenschouw te kunnen nemen. Ten slotte drukte hij herhaaldelijk met zijn vingertoppen op het zachte deel dat halverwege de schaamdelen en het begin van de dijen zit. Hij trok vervolgens zorgvuldig zijn handschoenen uit en legde ze terug in een soort van kooitje, dat door een horizontaal rooster in tweeën was verdeeld. In de onderste ruimte zat een klein kommetje waarin hij een bruinig vocht goot, daarna deed hij het luikje van de ruimte waarin hij de handschoenen had gelegd weer dicht.

'Dat is azijn,' legde hij uit, 'het reinigt de kwalijk riekende lichaamssappen. Je weet maar nooit. Toch blijf ik bij mijn opvatting: het lijkt me niet dat het om besmetting handelt. Voorlopig kunnen we gerust zijn.'

'Tegen de mannen van de Bargello hebt u gezegd dat het om een bloedstuwing zou kunnen gaan,' herinnerde ik hem.

'Dat was maar een voorbeeld, mede om tijd te winnen. Ik wist al van Pellegrino dat De Mourai alleen van soep hield.'

'Dat is waar,' bevestigde ik, 'ook vanochtend bij het krieken van de dag vroeg hij erom.'

'O ja? Ga verder,' vroeg de arts geïnteresseerd.

'Er valt niet veel te vertellen: hij vroeg om bouillon met melk aan mijn baas, die hem en de heer uit de Marche met wie hij de kamer deelde, zoals elke ochtend was gaan wekken. Maar meneer Pellegrino had het druk, en vroeg daarom mij die soep te maken. Ik ben de keuken ingegaan, heb de soep gemaakt en heb hem die gebracht.'

'Was je alleen?'

'Ja.'

'Is er niemand de keuken ingekomen?'

'Nee.'

'Heb je de soep ook alleen gelaten?'

'Geen moment.'

'Zeker weten?'

'Als u denkt dat iets in die soep de heer De Mourai schade berokkend kan hebben, dan moet u weten dat ik hem die persoonlijk heb gevoerd, omdat signor Dulcibeni al de deur uit was gegaan, en er zelf een beker van heb genomen.'

De arts stelde geen vragen meer. Hij keek naar het lijk en zei toen:

'Ik kan hier nu geen lijkschouwing verrichten, en ik denk dat niemand dat zal doen, gezien het vermoeden van pest. Maar, nogmaals, het lijkt me geen besmetting.'

'Maar waarom,' merkte ik op, 'hebben ze ons dan in quarantaine gedaan?'

'Door een teveel aan ijver. Jij bent nog jong, maar ik denk dat ze zich hier de laatste epidemie nog goed herinneren. Als alles goed gaat, zullen ze weldra beseffen dat er geen gevaar bij is. Deze bejaarde heer, die bovendien al geen goede gezondheid leek te genieten, had niet de pest. En daarom meen ik dat jullie en ik het ook niet krijgen. Toch hebben wij geen keus: we zullen het lijk door het raam moeten laten zakken, en vervolgens de kleding van de arme heer De

Mourai, zoals de lui van de Bargello ons hebben opgedragen. Bovendien zullen we ieder in een andere kamer moeten slapen. Er zijn er genoeg in deze herberg, als ik het wel heb,' zei hij, mij vragend aankijkend.

Ik knikte. Op iedere verdieping kwamen vier kamers op de gang uit: een vrij grote meteen naast de trap, gevolgd door een heel kleine en door eentje in een L-vorm, terwijl aan het eind van de gang de ruimste kamer lag, de enige die niet alleen op de steeg uitkeek, maar ook op de Via dell'Orso. Alle kamers van de eerste en tweede verdieping zouden dus bezet worden, bedacht ik, maar ik wist dat mijn baas niet al te zeer zou klagen, omdat er vooreerst geen nieuwe gasten bij konden komen.

'Dulcibeni zal in mijn kamer slapen,' vervolgde Cristofano, ' hij kan niet hier bij het lijk blijven. Hoe dan ook,' besloot hij, 'als er zich geen nieuwe gevallen voordoen, echte of onechte, dan laten ze ons over een paar dagen weer vrij.'

'Wanneer precies?' vroeg Atto Melani.

'Wie zal het zeggen? Als iemand in de buurt zich niet lekker voelt, misschien alleen omdat hij slechte wijn heeft gedronken of rotte vis heeft gegeten, wordt er meteen aan ons gedacht.'

'Dus we dreigen hier voorgoed te blijven,' waagde ik, die me al voelde stikken binnen de dikke muren van de herberg.

'Voorgoed niet. Rustig maar: ben je hier de laatste weken niet altijd binnen geweest? Ik heb je weinig de deur zien uitgaan: je bent het al gewend.'

Het was waar. De baas had mij uit medelijden in dienst genomen omdat hij wist dat ik alleen op de wereld was. En ik werkte van 's morgens vroeg tot 's avonds laat.

Het was begin vorig voorjaar gebeurd, toen Pellegrino vanuit Bologna, waar hij kok was, naar Rome was gekomen om na het ongeluk van zijn nicht, mevrouw de waardin Luigia de Grandis Bonetti, De Schildknaap te beheren. Zij had, de arme stakker, haar ziel teruggegeven aan de Heer God door de lichamelijke gevolgen van een geweldpleging op straat van twee Spaanse zigeuners die haar tas met geld wilden stelen. De herberg, die dertig jaar bestond, eerst beheerd door Luigia met haar man Lorenzo en zoontje Francesco, en daarna, toen ze weduwe en kinderloos was geworden, alleen door haar, stond ooit zeer goed aangeschreven en ontving gasten uit de hele wereld. De verering voor hertog Orsini, de heer des huizes van het paleisje waarin de herberg gebouwd was, had Luigia ertoe gebracht hem tot enige erfgenaam te benoemen. De hertog had evenwel geen bezwaar gehad toen Pellegrino (die vrouw, ongetrouwde dochter en nakomertje moest onderhouden) uit Bologna was aangekomen om de hertog te smeken hem het bloeiende bedrijf van nicht Luigia voort te laten zetten.

Dit was een gouden kans voor mijn baas, die juist een andere had laten lopen: aan het einde van een moeizame loopbaan in de keukens van een rijke kardinaal, waar hij de felbegeerde post van hulpkeukenmeester had bereikt, had hij zich laten wegjagen vanwege zijn opvliegende karakter en zijn onbeheerste taalgebruik.

Zodra Pellegrino zich in de omgeving van De Schildknaap had gevestigd, in afwachting tot enkele tijdelijke huurders het pand zouden verlaten, kwam ik bij hem op voorspraak van de pastoor van de naburige Santa Maria in Posterula. Bij het aanbreken van de verzengende zomer in Rome was zijn vrouw, allerminst geestdriftig over het idee herbergierster te worden, met haar dochters naar het Apennijns gebergte vertrokken, waar haar ouders nog steeds woonden. Hun terugkeer werd voor het einde van de maand verwacht, en in de tussentijd was ik de enige hulp gebleven.

Van mij was wel niet de werkkracht van een modelknecht te verwachten, maar om hem tevreden te stellen zette ik alles op alles. Wanneer ik de werkzaamheden van alledag had afgehandeld, zocht ik iedere gelegenheid om mij nuttig te maken. En omdat ik niet graag alleen de deur uitging om de gevaren op straat het hoofd te bieden (en vooral de wrede grappen van mijn leeftijdgenoten) was ik bijna altijd aan het werk in herberg De Schildknaap, zoals dokter Cristofano juist had opgemerkt. Desondanks kwam het idee dat ik de hele quarantaine lang zou zijn opgesloten in die kamers, hoe vertrouwd en gezellig ook, mij plotseling voor als een onverdraaglijk offer.

Intussen was de consternatie bij de ingang afgelopen en was mijn baas bij ons komen staan, evenals de anderen die zich met hem hadden overgegeven aan die lange, zinloze verkwisting van krachten. Er werd hun in het kort meegedeeld welk oordeel Cristofano had uitgesproken, iets wat de gemoederen nogal opluchtte, behalve bij mijn baas.

'Ik maak ze af, ik maak ze allemaal af,' zei hij, opnieuw buiten zichzelf gerakend.

Hij voegde eraantoe dat die gebeurtenis hem had geruïneerd, omdat niemand meer De Schildknaap zou aandoen en de bedrijvigheid van de herberg zo uiteraard niet verkocht zou kunnen worden, terwijl die door die vervloekte barst al in waarde was gezakt, en hij zou eerst al zijn schulden moeten aflossen om een andere te krijgen, en hij zou kortom voorgoed arm en aan de bedelstaf zijn, maar hij zou eerst alles aan het College van Herbergiers vertellen, o ja, ook al wist iedereen dat dat niets uithaalde, zei hij, zichzelf daarna nog vele malen tegensprekend, en ik begreep dat hij helaas weer diep in het glaasje met Griekse wijn had gekeken.

De arts vervolgde:

'We moeten de dekens en kleren van de oude man verzamelen, en ze op straat neerlaten wanneer de ophaalwagen komt.'

Toen wendde hij zich tot Pompeo Dulcibeni: 'Hebt u besmette mensen gezien of van ze gehoord, toen u uit Napels kwam?'

'In het geheel niet.'

De heer uit de Marche leek zijn grote verwarring over de dood van zijn vriend, die bovendien in zijn afwezigheid had plaatsgehad, met moeite te verbergen. Een laagje zweet stond op zijn voorhoofd en jukbeenderen. De arts ondervroeg hem over een aantal bijzonderheden: of de oude man regelmatig had gegeten, of hij een goede stoelgang had gehad, of hij melancholiek gestemd was, of hij kortom tekenen van lijden had vertoond behalve die normaal waren voor zijn vergevorderde leeftijd. Maar die indruk had Dulcibeni dus niet gehad. Hij was vrij massief van gestalte, altijd gekleed in een lange zwarte jas; maar vooral traag en onhandig door een stokoude halskraag van Vlaamse snit (zoals volgens mij jaren geleden de mode moest zijn geweest), nog afgezien van zijn prominente buik. Dit laatste deed, samen met zijn hoogrode gelaatskleur, een niet mindere hang naar eten vermoeden dan mijn baas had naar Griekse wijn. Zijn dikke, inmiddels geheel grijze haar, zijn schuwe aard, zijn licht vermoeide stem en zijn ernstige, bedachtzame gezicht gaven hem iets rechtschapens en ingetogens. Pas na verloop van tijd zou ik door scherper waarnemen in zijn strenge, zeegroene ogen en in zijn dunne, altijd gefronste wenkbrauwen de weerspiegeling zien van een heimelijke, onuitroeibare hardheid.

Dulcibeni zei dat hij wijlen de heer De Mourai toevallig op reis had leren kennen en dat hij niet veel van hem af wist. Hij had hem vanaf Napels met de heer Devizé begeleid, omdat de oude heer, die bijna geen gezichtsvermogen meer had, hulp behoefde. De heer Devizé, musicus en gitaarspeler, was echter naar Italië gekomen, beweerde wederom Dulcibeni, terwijl Devizé zelf knikte, om een nieuw instrument van een gitaarbouwer uit Napels te kopen.

Vervolgens had hij de wens uitgesproken om in Rome te blijven en er de meest recente muziekstijlen te leren alvorens terug te keren naar Parijs.

'Wat gebeurt er als we naar buiten gaan voordat de quarantaine is afgelopen?' kwam ik tussenbeide.

'Op de vlucht slaan is de meest af te raden oplossing,' antwoordde Cristofano, 'aangezien de uitgangen allemaal zijn dichtgespijkerd, inclusief die van het torentje waar monna Cloridia logeert, naar het dak. Verder zijn de ramen te hoog of voorzien van tralies, en staat er een patrouille onder bij het huis. Maar goed ook: op heterdaad betrapt worden op de vlucht voor een quarantaine zou een strenge straf opleveren, en een jarenlange, veel ergere afzondering. De mensen uit de wijk zouden helpen de voortvluchtige op te sporen.'

Intussen was de avond gevallen en ik deelde de olielampjes uit.

'Laten we proberen de kalmte te bewaren,' vervolgde de Toscaanse arts, mijn baas veelbetekenend aankijkend, 'we moeten de indruk wekken dat onderling alles op rolletjes loopt. Als er niets verandert, zal ik u niet onderzoeken, tenzij u daarom vraagt; als er pijnaanvallen optreden, zal ik het in ieders belang wel moeten doen. Waarschuw me zodra u zich niet lekker voelt, ook al lijkt het niets voor te stellen. Voorlopig evenwel is het niet goed om in angst te zitten, want deze man,' zei hij op het bewegingloze lichaam van de heer De Mourai wijzend, 'is niet aan de pest gestorven.'

'Waar dan wel aan?' vroeg abt Melani.

'Ik herhaal, niet aan de pest.'

'En hoe weet u dat, dokter?' hield de abt wantrouwend aan.

'Het is nog zomer en vrij warm. Als het de pest is, kan het alleen maar gaan om de zomervariant, die voortkomt uit het bederf van de natuurlijke warmte, en koorts, hoofdpijn en lijken met zich meebrengt die meteen donker en heel warm worden, alsmede donkere, rottende gezwellen. Maar van die gezwellen of abcessen of bulten of builen, zo u wilt, vertoont hij geen spoor; niet onder zijn oksels en niet achter zijn oren of in zijn kruis. Hij heeft geen verhoging of erger gehad. En naar zijn reisgenoten me hebben verteld, leek hij het tot een paar uur voor zijn dood aardig goed te maken. Dit volstaat wat mij betreft om pestbesmetting uit te sluiten.'

'Dan is het een andere ziekte,' bracht Melani in.

'Ik herhaal: om het te begrijpen zou je tot ontleding moeten overgaan. Het lijk opensnijden en het van binnen onderzoeken, enfin, zoals de artsen in Holland doen. Door een uitwendig onderzoek zou ik de mogelijkheid van een plotselinge aanval van rottingskoortsen kunnen zien die niet te herkennen is als er niets meer aan te doen valt. Ik zie bij het lijk echter geen andere rotting of kwalijke geuren dan die bij de dood en zijn leeftijd horen. Ik zou misschien kunnen denken dat het de ziekte van Mazucco is, of Modoro, zoals de Spanjaarden het noemen: deze veroorzaakt een apostèma, oftewel een inwendig, dus onzichtbaar abces in de hersenen, en als dat is gebeurd, volgt de dood. Als de ziekte echter nog maar de eerste symptomen vertoont, is die eenvoudig te genezen. Kortom, als ik een paar dagen eerder op de hoogte was gesteld, had ik hem misschien nog kunnen redden. Ik hoefde maar bloed af te tappen van een van de twee aderen onder zijn tong, geconcentreerd zwavelzuur in zijn drinken te doen en buik en hoofd te zalven met gezegende olie. Maar naar het schijnt heeft de oude De Mourai geen spoor van ziekte vertoond. Bovendien...'

'Bovendien?' spoorde Melani hem aan.

'Door de ziekte van Mazucco zwelt je tong zeker niet op,' sloot de arts met een veelbetekenende grijns af, 'misschien is het... iets dat veel weg heeft van gif.'

Gif. Terwijl de arts weer naar boven naar zijn kamer ging, bleef eenieder van ons zwijgend naar het lijk kijken. De jezuïet sloeg voor het eerst een kruis. Meneer Pellegrino ging opnieuw tekeer tegen de rampspoed dat er zich een dode in zijn herberg bevond, en misschien nog wel vergiftigd ook, en wat zou zijn vrouw wel niet zeggen als ze terug was.

Algauw deden toen onder de gasten enkele verhalen de ronde over beroemde gevallen van vergiftiging of vermeende vergiftiging, waarin oude vorsten als Karel de Kale, Lotharius, koning der Franken of zijn zoon Lodovicus schitterden of, om dichter bij huis te blijven, het arsenicum en de Spaanse vlieg die de Borgia's gebruikten voor hun lage misdaden, en de valstrikken die gespannen waren door de Valois en de Guises. Een onuitgesproken huivering was door de hele groep heen gegaan, want angst en gif zijn broertje en zusje: iemand memoreerde hoe Hendrik van Navarra, voor hij onder de naam Hendrik IV koning van Frankrijk werd, zelf naar de oevers van de Seine afdaalde om het water te putten dat hij bij de maaltijden zou gebruiken, uit vrees slachtoffer te worden van gifdranken. Was Jan van Oostenrijk niet gestorven omdat hij vergiftigde laarzen had gedragen? Stilone Priàso memoreerde hoe Catharina de' Medici Johanna d'Albret, de moeder van Hendrik van Navarra, door middel van geparfumeerde handschoenen en kragen had vergiftigd en had geprobeerd die onderneming te herhalen door aan Johanna's zoon een schitterend boek over de jacht aan te bieden waarvan de wat plakkerige bladzijden, die hij zou proberen los te krijgen door zijn vingertoppen met zijn tong nat te maken, doortrokken waren van een dodelijk gif uit Italië.

Degenen die dergelijke dodelijke uitvindingen bereidden, bracht iemand in, waren vaak astrologen en parfumeurs. En iemand anders rakelde de geschiedenis van Saint-Barthélemy op, de bediende van de beruchte prior van Cluny, die de kardinaal van Lotharingen vergiftigde door hem te betalen met vergiftigde gouden munten; terwijl Hendrik van Lutzelburg stierf (o, blasfemisch einde) door een gif dat in de geconsacreerde hostie zat die hij tijdens de communie had ontvangen.

Stilone Priàso begon druk met nu eens deze dan weer gene te smoezen, waarbij hij toegaf dat er over dichters en degenen die het vak van de schone letteren uitoefenen altijd al de wildste geruchten gingen, maar hij was enkel dichter, geboren voor de poëzie, mocht God hem zijn onbescheidenheid vergeven.

Toen draaiden ze zich om naar mij en begonnen me weer te bestoken met vragen over de soep die ik de heer De Mourai die ochtend had gebracht. Ik moest meermalen herhalen dat er behalve ik absoluut niemand aan het bord gezeten had. Slechts met moeite raakten ze ten slotte overtuigd, en letten niet meer op mijn aanwezigheid.

Ik merkte plotseling dat de enige die het gezelschap had verlaten abt Melani was. Het was inmiddels laat, en ik besloot naar beneden naar de keuken te gaan om de vaat te doen.

In de gang stuitte ik op de jonge Engelsman, de heer Bedford, die me zeer verontrust toescheen, misschien omdat hij de diagnose van de arts niet had bijgewoond, aangezien hij zijn spullen naar een nieuwe kamer had verhuisd. De gast sleepte zich langzaam voort en leek uitermate aangeslagen. Toen ik mij tegenover hem posteerde, schrok hij op.

'Ik ben het, signor Bedford,' stelde ik hem gerust.

Hij keek zwijgend en afwezig naar de vlam van het lampje dat ik in mijn hand droeg. Hij had voor het eerst de gebruikelijke flegmatieke houding laten varen die zijn geaffecteerde en laatdunkende karakter verried, waarmee (en hij leverde me er vaak het bewijs van) mijn eenvoud als knecht schril contrasteerde. Omdat zijn moeder Italiaanse was, had Bedford geen enkele moeite om zich in onze taal uit te drukken. Zijn eloquentie had de andere gasten in het gesprek tijdens de maaltijden juist deugd gedaan.

Des te meer viel mij die avond zijn stilzwijgen op. Ik legde hem uit dat er volgens de arts geen reden tot bezorgdheid was, omdat vrijwel zeker niet de pest in het geding was. Er werd evenwel gevreesd dat De Mourai gif binnengekregen kon hebben.

 Hij staarde mij zonder een woord te zeggen aan, bang geworden, met zijn mond halfopen. Hij deed enkele stappen achteruit, draaide zich om en liep toen naar zijn kamer, waar ik hem de sleutel in het slot hoorde draaien.

Eerste nacht
van 11 op 12 september 1683

'Laat hem maar, jongen.'
Ditmaal was ik degene die opschrok. Tegenover mij stond abt Melani, die van de tweede verdieping kwam.

'Ik heb honger, loop even mee naar de keuken.'

'Ik moet eigenlijk eerst meneer Pellegrino waarschuwen. Hij heeft me verboden buiten de vaste etenstijden om uit de voorraadkamer te putten.'

'Maak je geen zorgen, meneer je baas is nu druk met mevrouw de fles.'

'En de orders van dokter Cristofano?'

'Dat waren geen orders, maar voorzichtige adviezen. Die ik overbodig vind.'

Hij ging me voor naar de begane grond, waar de eet- en keukenvertrekken waren. En in het laatste vond ik, om aan zijn verzoek te voldoen, een stuk brood en kaas met een glas rode wijn. We gingen aan het werktafeltje zitten waar mijn baas en ik doorgaans aten.

'Vertel eens waar je vandaan komt,' vroeg hij, terwijl hij zich te goed deed.

Gevleid door zijn nieuwsgierigheid vertelde ik hem in het kort het verhaal van mijn ellendige leven. Een paar maanden oud was ik in de steek gelaten en te vondeling gelegd tegenover een klooster bij Perugia. De nonnen hadden mij vervolgens toevertrouwd aan een vrome vrouw die in de buurt woonde. Toen ik opgegroeid was, was ik naar Rome gebracht om uitbesteed te worden aan de broer van de vrouw, die pastoor van de Santa Maria in Posterula was, het kerkje vlak bij de herberg. Nadat hij me voor wat kleine klusjes had ingezet, had de pastoor mij kort voor hij werd overgeplaatst buiten Rome, aanbevolen bij meneer Pellegrino.

'Dus nu ben je herbergiersknecht,' zei de abt.

'Ja, maar hopelijk niet voorgoed.'

'Je wilt graag je eigen herberg hebben, denk ik zo.'

'Nee, meneer de abt. Ik wil graag journaalschrijver worden.'

'Kijk es aan,' zei de abt met een verbaasd lachje.

Ik legde hem daarop uit dat de vrome, bedachtzame vrouw aan wie ik was uitbesteed ervoor had gezorgd dat ik les kreeg van een bejaarde dienstmeid. De oude vrouw had vroeger de kloosterkleding verzorgd, en had me bijgeschaafd in de kunsten van het trivium en het quadrivium, in de wetenschappen *de vegetalibus, de animalibus et de mineralibus*, in de *humanae litterae*, in de filosofie en de theologie. Verder had ze mij tal van Italiaanse, Spaanse en Franse historici, grammatici en dichters laten lezen. Maar wat me nog meer dan aritmetica, geometrie, muziek, astronomie, grammatica, logica en retorica in verrukking bracht, waren de dingen van de wereld en vooral, ik raakte verhit, de verhalen van de lotgevallen en successen, dichtbij en ver weg, van vorsten en regerende vorstenhuizen en oorlogen en andere wonderbaarlijke dingen die...

'Goed, goed,' viel hij me in de rede, 'je wilt journaalschrijver worden, of klerk, zeg maar. Scherpe geesten eindigen vaak zo. Hoe ben je op het idee gekomen?'

Vaak werd ik voor boodschappen naar Perugia gestuurd, antwoordde ik hem. Als de dag meezat, hoorde je in de stad de courant voorgelezen worden en verder kon je (maar dat gebeurde ook in Rome) voor twee soldi vlugschriften kopen met veel opmerkelijke beschrijvingen van de meest recente gebeurtenissen in Europa...

'Drommels, jongen, ik ben nog nooit tegen iemand zoals jij opgelopen.'

'Dank u, meneer.'

'Heb je niet te veel opleiding genoten voor een simpele keukenhulp? Jongens die hetzelfde doen als jij weten niet eens hoe ze een pen moeten vasthouden,' zei hij met een grijns.

Ik was teleurgesteld.

'Jij bent heel intelligent,' voegde hij er op zachtere toon aan toe. 'En ik begrijp je wel: toen ik zo oud was als jij werd ik ook gefascineerd door het vak van de papiervullers. Maar ik had veel te doen. Met meesterhand de couranten volschrijven is een grote kunst, en het is altijd beter dan werken. Bovendien,' zei hij tussen twee happen door, 'is voor de courant schrijven in Rome iets opwindends. Je kunt alles berichten over de kwestie van de vrijstellingen, over het gallicaanse geschil, over het quiëtisme...'

'Ja, ik denk... van wel,' knikte ik in een vergeefse poging mijn onwetendheid te verbergen.

'Sommige dingen, jongen, moet je toch weten. Waar schrijf je anders over? Maar ja, je bent nog jong. Waar zou je nu ook over kunnen schrijven in deze fletse stad? Je had de pracht van Rome van vroeger moeten zien, of van nog maar een paar jaar geleden. Muziek, theater, academies, intochten van ambassadeurs, optochten, dansfeesten: alles schitterde met een rijkdom en een overgave die je je niet kunt voorstellen.'

'En waarom is het nu niet meer zo?'

'De grandeur en het geluk van Rome zijn met de komst van deze paus afgelopen, en keren pas weer terug als hij dood is. Theatervoorstellingen zijn verboden, al wordt dat verbod niet altijd gerespecteerd, het carnaval is de kop ingedrukt. Zie je het niet met eigen ogen? De kerken zijn verwaarloosd, de paleizen bouwvallig, de wegen hobbelig en de aquaducten houden het niet. De meesters, de architecten en de arbeiders hebben geen werk meer en keren naar hun dorpen terug. Het schrijven en lezen van berichten en kranten, waar jij juist zo dol op bent, is verboden; de straffen zijn nog strenger dan in het verleden. Zelfs voor Christina van Zweden, die naar Rome is gekomen om de lutherse godsdienst af te zweren ten gunste van de onze, worden geen feesten meer gehouden in het Barberini-paleis of voorstellingen in het Tor di Nona-theater. Sinds Innocentius XI er is, heeft zelfs koningin Christina zich moeten opsluiten in haar paleis.'

'Hebt u vroeger hier in Rome gewoond?'

'Ja, een bepaalde periode,' antwoordde hij, en hij corrigeerde zichzelf meteen, 'ja, wel meer dan één. Ik kwam in 1644 in Rome toen ik pas achttien was, en studeerde bij de beste leermeesters. Ik heb de eer gehad leerling te zijn van de uitnemende Luigi Rossi, de grootste componist aller tijden van Europa. Destijds had de familie Barberini in haar paleis in Quattro Fontane een theater met drieduizend zitplaatsen en het theater van de familie Colonna in haar paleis in Borgo wekte de afgunst van alle koningshuizen. De decorbouwers droegen de meest illustere namen, zoals Gian Lorenzo Bernini zelf, en de scènes van de toneelstukken verbaasden, ontroerden en brachten in verrukking, compleet met regen, zonsondergangen, bliksem, levende dieren, duels met echte wonden en echt bloed, gebouwen echter dan echt en tuinen met fonteinen waaruit fris, helder water stroomde.'

Ik besefte op dat punt dat ik nog niet aan mijn gesprekspartner had gevraagd of hij liever componist of organist of kapelmeester was geweest. Gelukkig hield ik me in. Zijn nagenoeg onbehaarde gezicht, zijn ongewoon zachte, vrouwelijke bewegingen en vooral zijn glasheldere stem, bijna als van een knaap die onverwachts de volwassenheid heeft bereikt, maakten me duidelijk dat ik tegenover een castraatzanger zat.

De abt moest de flits in mijn blik hebben gezien toen ik door dat inzicht werd gegrepen. Hij ging evenwel verder alsof er niets aan de hand was.

'Destijds waren er niet zoveel zangers als tegenwoordig. Velen konden een gespreid bedje vinden en verre, onverwachte doelen bereiken. Wat mij betreft, behalve dat ik het talent bezat dat het de Hemel behaagd had mij te geven, had ik zeer ijverig gestudeerd. Daarom zond mijn baas, de groothertog van Toscane, me bijna dertig jaar geleden naar Parijs in het gevolg van mijn leermeester Luigi Rossi.'

Daar komt dus die rare keel-r vandaan, dacht ik, die hij met zoveel genoegen lijkt te benadrukken.

'Ging u naar Parijs om verder te studeren?'

'Denk je dat iemand die een aanbevelingsbrief had voor kardinaal Mazarin en de koningin zelf nog hoefde te studeren?'

'Maar dan hebt u, meneer de abt, de gelegenheid gehad om voor die koninklijke hoogheden te zingen!'

'Koningin Anna hield, zou ik kunnen zeggen, niet op een gewone manier van mijn zang. Ze hield van melancholieke aria's in Italiaanse stijl, waarin ik haar zeer wel tegemoet kon komen. Er gingen geen twee avonden voorbij of ik toog wel naar het paleis om haar te dienen, en telkens kon je minstens vier uur lang in haar vertrekken aan niets anders denken dan aan muziek.'

Hij onderbrak zichzelf en keek afwezig uit het raam.

'Jij bent nooit aan het Parijse hof geweest. Hoe moet ik het uitleggen? Al die edelen en ridders bewezen mij volop eer, en toen ik voor de koningin zong, leek het of ik in het paradijs was, omringd door duizend engelengezichten. De koningin kwam de groothertog verzoeken mij niet naar Italië terug te roepen, waar hij weer van mijn dienstverlening zou kunnen genieten. Mijn baas, die van moederskant haar neef was, willigde haar verzoek in. Het was toen de koningin zelf die mij een paar weken later onder de genade van haar allerzoetste glimlach de brief van mijn baas liet zien die mij toestond nog even in Parijs te blijven. Toen ik hem had gelezen, voelde ik mij welhaast sterven van vreugde en blijdschap.'

De abt was daarna steeds vaker naar Parijs teruggegaan, ook in het gevolg van zijn leermeester Luigi Rossi, bij wiens naam Atto's ogen glansden van gepaste aandoening.

'Nu zegt zijn naam niemand meer iets. Maar toen behandelde iedereen hem naar wat hij was: een grootheid, ja een enorme grootheid. Hij wilde voor mij de hoofdrol in de *Orfeo*, de schitterendste opera die aan het Franse hof is gezien. Het was een gedenkwaardig succes. Ik was pas eenentwintig toen. En na twee maanden optreden was ik nog niet terug in Florence of Mazarin moest de groothertog van Toscane opnieuw verzoeken mij terug te sturen naar Frankrijk, zozeer werd mijn stem door de koningin gemist. En zo kon het gebeuren dat we, toen ik met *seigneur* Luigi weer terug was, midden in de troebelen van de Fronde kwamen en we met de koningin, de kardinaal en de kleine koning uit Parijs moesten vluchten.'

'U hebt de allerchristelijkste koning als kind gekend!'

'En heel goed ook. In die vreselijke maanden van ballingschap in het kasteel van Saint-Germain maakte hij zich geen moment van zijn moeder los en zat hij steeds heel stilletjes om mij te horen zingen. Vaak probeerde ik hem in de pauzes af te leiden door spelletjes voor hem te verzinnen; zo kreeg Zijne Majesteit zijn lach weer terug.'

Door de tweeledige ontdekking was ik geprikkeld en tegelijkertijd verdoofd. Niet alleen droeg die bizarre gast een glorieus verleden als musicus met zich mee, hij had ook op intieme voet gestaan met de koninklijke hoogheden van Frankrijk! Bovendien was hij ook nog eens een van die opmerkelijke fenomenen van de natuur die aan zijn mannelijke trekken geheel vrouwelijke zangtalenten en eigenschappen van de geest paarde. Ik had bijna meteen het ongebruikelijke zilverige timbre van zijn stem opgemerkt. Maar ik was niet lang genoeg bij andere details blijven stilstaan omdat ik dacht dat het gewoon een sodomiet kon zijn.

Ik was echter op een castraat gestuit. Ik wist dat castraatzangers, om hun buitengewone vocale middelen te veroveren, zich aan een pijnlijke, onherroepelijke ingreep hadden moeten onderwerpen. Afgezien van de droeve lotgevallen van de vrome Origenes, die zich om de hoogste geestelijke deugd te bereiken vrijwillig van zijn mannelijke delen had ontdaan, had ik gehoord dat de christelijke leer castratie van meet af aan veroordeelde. Maar het geval wilde dat juist in Rome de diensten van castraten hogelijk op prijs werden gesteld en zeer in trek waren. Iedereen wist dat de Vaticaanse Kapel gebruik placht te maken van castraten, en soms had ik de oudsten van de wijk voor de grap het wijsje horen becommentariëren dat ingezet was door een wasvrouw door tegen haar te zeggen 'je zingt als Rosini', of 'je bent beter dan Folignato'. Ze zinspeelden op castraten die tientallen jaren daarvoor de oren van paus Clemens VIII hadden bekoord. Nog vaker hoorde ik de naam vallen van Loreto Vittori, van wie ik wist dat zijn stem betoverend was. En wel zo dat paus Urbanus VIII hem, onverschillig voor de tweeslachtige aard van Loreto, had benoemd tot Ridder van de Christusstrijders. Het maakte weinig uit dat de Heilige Stoel bij meerdere gelegenheden had gedreigd ieder in de ban te doen die castratie uitoefende. En nog minder maakte het uit dat de vrouwelijke charme der castraten de toeschouwers in verwarring bracht. Door de praatjes en grappen van mijn leeftijdgenoten had ik vernomen dat je op nog geen vijftig roeden afstand van de herberg de werkplaats van een welwillende barbier kon vinden die altijd bereid was de gruwelijke verminking uit te voeren, mits de beloning passend was en de zaak geheim werd gehouden.

'Waarom je verbazen?' vroeg Melani, die mij terugriep uit deze stille overwegingen. 'Het hoeft niet te verbazen dat een koning mijn stem liever heeft dan, God vergeve het mij, die van een zangeres. In Parijs trad naast mij vaak een Italiaanse zangeres op, ene Leonora Baroni, die heel hard werkte. Nu kent niemand haar nog. Bedenk jongen: als vrouwen in onze dagen niet in het openbaar mogen zingen, zoals de heilige Paulus het terecht wilde, dan is dat zeker niet zomaar.'

Hij hief zijn glas als om te proosten en declameerde plechtig:

> *Toi, qui sais mieux que aucun le succès que jadis*
> *les pièces de musique eurent dédans Paris,*
> *que dis-tu de l'ardeur dont la cour échauffée*
> *frondoit en ce temps-la les grand concerts d'Orphée,*
> *les passages d'Atto et de Leonora,*
> *et le déchainement qu'on a pour l'Opéra?*

Ik zweeg en beperkte mij tot een vragende blik.

'Jean de la Fontaine,' zei hij met nadruk. 'De grootste dichter van Frankrijk.'

'En als ik het goed gehoord heb, heeft hij over u geschreven!'

'Ja. En een andere dichter, uit Toscane ditmaal, zei dat de zang van Atto Melani zelfs de remedie kon vormen tegen een slangenbeet.'

'Een andere dichter?'

'Francesco Redi, de grootste letterkundige en wetenschapper van Toscane. Dit waren de muzen op wier lippen mijn naam reisde, jongen.'

'Treedt u nog op voor de koning en koningin van Frankrijk?'

'Wanneer eenmaal de jeugd is vervlogen, is de stem de eerste van de lichaamskwaliteiten die onbetrouwbaar wordt. Als jongeling echter heb ik aan de hoven van heel Europa gezongen. Tegenwoordig verwaardigen zij zich om mijn advies te vragen, wanneer ze belangrijke beslissingen moeten nemen.'

'Bent u dan... abt-adviseur?'

'Ja, laten we het zo noemen.'
'U zult wel vaak aan het hof zijn, in Parijs.'
'Het hof is nu in Versailles, jongen. Wat mij betreft, dat is een lang verhaal.'
En zijn voorhoofd fronsend vervolgde hij:
'Heb je ooit gehoord van de heer Fouquet?'
De naam was mij geheel onbekend, antwoordde ik hem.

Hij schonk zichzelf nog een glas wijn in en zweeg. Zijn zwijgen bracht me niet in verlegenheid. We bleven zo enige tijd zitten, zonder een woord te spreken, gewiegd door de fonkeling van wederzijdse sympathie.

Atto Melani was nog gekleed als die ochtend: met de pruik, het manteltje en de grijze soutane van een abt. Zijn leeftijd (die je hem niet zou geven) had hem voorzien van een dun laagje vetzucht dat zijn haakneus en strenge trekken verzachtte. Zijn witgepoederde gezicht, dat karmijn kleurde op de opvallende jukbeenderen, sprak van een duurzaam contrast van instincten: het brede gefronste voorhoofd en de in een boog opgetrokken wenkbrauwen suggereerden een ijzige, hoogmoedige inborst. Maar dat was slechts een houding en werd weersproken door de plagerige plooi van de kleine samengetrokken mond en de ietwat wijkende, maar vlezige kin, met in het midden brutaal een kuiltje.

Melani schraapte zijn keel. Hij dronk een laatste slok, hield de wijn in zijn mond en liet hem tussen tong en verhemelte dansen.

'We zullen een overeenkomst sluiten,' zei hij plotseling, 'jou komt het van pas om alles te weten. Je hebt niet gereisd, je hebt niets leren kennen, je hebt niets gezien. Je bent scherpzinnig, sommige eigenschappen vallen meteen op. Maar zonder de juiste aanzet kom je nergens. Welnu, in de twintig dagen van afzondering die ons te wachten staan kan ik je alles geven wat je nodig hebt. Jij zult mij in ruil daarvoor helpen.'

Ik was verbaasd: 'Waarmee?'
'Nu ja zeg, met ontdekken wie de heer De Mourai heeft vergiftigd!' antwoordde de abt alsof het de vanzelfsprekendste zaak van de wereld was, terwijl hij me met een half lachje aankeek.
'Weet u zeker dat het om gif gaat?'
'Alleszins,' riep hij uit, terwijl hij overeind kwam en zich omdraaide op zoek naar iets anders om te eten, 'de arme oude man moet iets dodelijks hebben aangenomen. Je hebt de arts toch gehoord?'
'Wat kan u dat nou schelen?'

'Als we de moordenaar niet op tijd tegenhouden, zal hij hier weldra nog meer slachtoffers maken.'

Plotseling kreeg ik een droge keel van angst, en de weinige honger die ik had, verliet definitief mijn arme maag.

'Tussen haakjes,' vroeg Atto Melani, 'ben je echt zeker van wat je Cristofano hebt verteld over de bouillon die je hebt gemaakt en naar De Mourai hebt gebracht? Is er niets anders dat ik moet weten?'

Ik herhaalde hem dat ik nooit mijn blik van de pan had afgewend en dat ikzelf de overledene de soep lepel voor lepel had gevoerd. Iedere tussenkomst van buiten viel daarom uit te sluiten.

'Weet je of hij daarvoor iets anders had genomen?'

'Ik zou zeggen van niet. Toen ik kwam, was hij net opgestaan en Dulcibeni was al de deur uit.'

'En daarna?'

'Ook niet, volgens mij. Toen ik klaar was met de soep, heb ik het teiltje voor zijn voetbad klaargemaakt. Toen ik wegging, zat hij te dutten.'

'Dat betekent maar één ding,' concludeerde hij.

'Namelijk?'

'Dat jij hem vermoord hebt.'

Hij lachte. Het was maar een grapje.

'Ik zal u bij alles dienen,' beloofde ik meteen er achteraan met een vuurrode kop, heen en weer geslingerd tussen de opwinding van de uitdaging en de angst voor het gevaar.

'Goed zo. Om te beginnen zou je me alles kunnen vertellen wat je weet over de andere gasten en of je de afgelopen dagen iets ongewoons hebt gezien. Heb je een raar gesprek gehoord? Is iemand lange perioden weggebleven? Zijn er brieven afgegeven of verstuurd?'

Ik antwoordde dat ik maar weinig wist, behalve dat Brenozzi, Bedford en Stilone Priàso al ten tijde van wijlen signora Luigia in De Schildknaap hadden gelogeerd. Ik vertelde hem verder, niet zonder enige aarzeling, dat ik zo'n beetje de indruk had dat pater Robleda, de jezuïet, 's nachts naar Cloridia's vertrekken was gegaan. De abt beperkte zich tot een lachje.

'Jongen, voortaan hou jij je ogen open. Vooral wat betreft de twee reisgezellen van de oude De Mourai: die Franse musicus, Robert Devizé, en Pompeo Dulcibeni uit de Marche.'

Hij zag mijn neergeslagen ogen en vervolgde: 'Ik weet wat je denkt: ik wilde journaalschrijver worden, geen spion. Nu moet je weten dat die twee beroepen niet zoveel van elkaar verschillen.'

'Maar moet ik alles weten wat u mij zonet hebt genoemd? De quiëtisten, de gallicaanse artikelen...'

'Dat is een verkeerde vraag. Sommige journaalschrijvers zijn ver gekomen, maar weten weinig: alleen de echt belangrijke dingen.'

'En welke zijn dat?'

'Die welke ze nooit zullen opschrijven. Maar daar hebben we het morgen wel over. Nu gaan we slapen.'

Terwijl we de trap opgingen, gluurde ik zwijgend naar het bleke gezicht van de abt in het schijnsel van de lamp: ik had in hem mijn nieuwe leermeester, en ik proefde er alle opwinding van. Het was wel haastig gebeurd, maar vaag merkte ik dat een evenredig en vredig genoegen Melani had bevangen toen hij in mij zijn leerling kreeg. Tenminste zolang de quarantaine zou duren.

Voordat we uiteengingen draaide de abt zich naar mij om en lachte. Toen verdween hij zonder een woord de gang in van de tweede verdieping.

❦

Ik bracht een goed deel van de nacht door met het aaneennaaien van de schone vellen die ik bij elkaar had geraapt van de tafel met rekeningen van mijn baas, en verder met het daarop noteren van de recente gebeurtenissen waarvan ik getuige was geweest. Ik had besloten: er zou mij geen woord ontgaan van wat abt Melani mij zou leren. Ik zou alles opschrijven en zorgvuldig bewaren.

Zonder hulp van die oude aantekeningen zou ik hier vandaag, zestien jaar na dato, niet deze memorie kunnen samenstellen.

Tweede dag
12 september 1683

De volgende ochtend was er een met een onverwacht ontwaken. Ikzelf zag meneer Pellegrino slapend in zijn bed liggen, in de kamer die we op de vliering deelden. Hij had niet voor de gasten gezorgd: iets wat hem, ondanks het uitzonderlijke van de situatie, toch was verzocht. Mijn baas zag er met de kleren van de vorige avond nog aan en zomaar neergeploft op de dekens helemaal naar uit dat hij vol rode wijn meteen in slaap was gevallen. Na hem met moeite te hebben gewekt ging ik op weg naar de keuken. Terwijl ik de trap afging, hoorde ik van ver een wolk geluiden, aanvankelijk vaag, maar prettig aandoend, steeds dichterbij komen. Toen ik de ingang van de eetzaal naast de keuken naderde, werd de muziek steeds duidelijker en meer te volgen. Het was meneer Devizé die, nonchalant op een houten kruk, op zijn instrument aan het oefenen was.

Een merkwaardige betovering maakte zich van allen meester door de tonen van Devizé. Terwijl hij speelde verenigde het luistergenot zich met dat voor het oog. Zijn nauwe getailleerde jasje van fijne, izabelkleurige wollen stof en zijn kleding zonder kwastjes, zijn tussen groen en grijs zwemende ogen, zijn dunne askleurige haardos: alles aan hem leek voorrang te willen geven aan de felle tonen die hij, met overmatige kleurstelling, aan de zes snaren wist te ontlokken. Toen de laatste toon in de lucht was verdwenen, brak de betovering en bleef er voor onze ogen een rood, narrig, bijna nurks mannetje over met fijne trekken, een kleine neus boven een vlezige, prikkelbare mond, met een korte, gedrongen gestalte als van een oude Germaan, met krijgshaftige pas, met norse manieren.

Hij lette niet zo op mijn komst en na een korte pauze begon hij weer te spelen. Meteen ontsproot er aan zijn vingers niet eenvoudigweg muziek, maar een wonderbaarlijk bouwwerk van geluiden dat ik nog steeds precies zou kunnen beschrijven, als de hemel me er maar de woorden voor gaf en niet alleen de herinnering eraan. Het was aanvankelijk een wat eenvoudig, onschuldig motief dat als een dans arpeggieerde van het akkoord van de toonsoort naar dat van de hoofdtoon (zo zou de vaardige uitvoerder me later uitleggen, omdat ik indertijd nog niets van de kunst der klanken af wist) en toen genoemd tempo hervatte, en na een verrassend weglaten van de cadens herhaalde hij het geheel. Maar dit was slechts de eerste van een rijke, verrassende verzameling juwelen die, zoals meneer Devizé mij later zou uitleggen, rondo heette en juist bestond uit die eerste strofe meermalen herhaald, maar telkens gevolgd door weer een kostbare edelsteen die geheel onbekend was en glansde van eigen licht.

Zoals elk ander rondo werd dat wat ik nog dikwijls zou beluisteren bekroond door de laatste slotherhaling van de eerste strofe, als om betekenis, volledigheid en rust aan het geheel te geven. Maar de onschuld en eenvoud, hoe verrukkelijk ook, van die eerste strofe zouden niets betekenen zonder de sublieme uitvoering van de andere, die de ene na de andere, refrein na refrein, zich door de wonderbaarlijke opbouw steeds vrijer, onvoorspelbaarder, voortreffelijker en gewaagder opwierpen. Zodat de laatste voor het intellect en het gehoor een allerzoetste, extreme uitdaging vormde, zoals bij erekwesties van ridders. Nadat het slotarpeggio omzichtig en bijna bedeesd naar de lage tonen was gezworven, maakte het een onverwachte opgang naar de schelle tonen, om dan te springen naar de allerhoogste, waarbij het zijn kronkelige, verlegen tred veranderde in een kristallijne klankenstroom van schoonheid, waarin zijn tooi van harmonie met een wonderbaarlijke progressie oploste naar de laagte. Waar het vervolgens stopte, verzonken in mysterieuze, onuitsprekelijke harmonieën, die in mijn gehoor verboden en onmogelijk klonken (daarom met name ontbreken mij de woorden); en ten slotte kalmeerde het met tegenzin, om ruimte te maken voor de laatste herhaling van de beginstrofe.

Ik luisterde verrukt zonder een woord uit te brengen, zolang de Franse musicus de laatste echo van zijn instrument niet had gedoofd. Hij keek me aan.

'U speelt echt goed luit,' waagde ik verlegen.

'Om te beginnen is het geen luit,' antwoordde hij, 'maar een gitaar. Bovendien interesseert het je niet hoe ik speel. Jij houdt van deze muziek. Dat zie ik aan hoe je luistert. En je hebt gelijk: ik ben nogal trots op dit rondo.'

En toen legde hij uit hoe een rondo in elkaar stak, en waarin dat wat hij juist had gespeeld van de andere verschilde.

'Wat je hebt gehoord is een rondo in brisé-stijl, wat in het Italiaans gebroken stijl heet, geloof ik. Oftewel, in navolging van de luit: de akkoorden worden niet allemaal tegelijk gespeeld, maar gearpeggieerd.'

'Juist ja,' merkte ik verloren op.

Uit mijn gezichtsuitdrukking moest Devizé opmaken hoe weinig bevredigend zijn uitleg was, en hij ging verder met te zeggen dat dat rondo zo in de smaak viel omdat, terwijl het refrein werd geschreven volgens de goede oude regels van de consonant, de afwisselende strofen steeds nieuwe harmonische proeven bevatten, die alle op een onverwachte manier afliepen, alsof de goede muziekleer onbekend was. En na bij zijn hoogtepunt te zijn aangekomen zette het rondo abrupt zijn einde in.

Ik vroeg hem hoe hij mijn taal zo vloeiend kon spreken (zij het met een sterk Frans accent, maar dat liet ik achterwege).

'Ik heb veel gereisd en heb veel Italianen leren kennen die door talent en praktijkervaring volgens mij de beste musici ter wereld zijn. In Rome heeft de paus helaas al sinds jaren het Tor di Nona-theater laten sluiten, dat hier juist op een steenworp afstand van de herberg stond; maar in Bologna, in de Sint-Petroniuskapel, en in Florence zijn tal van goede musici en veel nieuwe schitterende werken te horen. Zelfs onze grote meester Jean-Baptiste Lully, die de glorie van de koning in Versailles is, is Florentijn. Ik ken vooral Venetië, dat voor de muziek de bloeiendste van alle Italiaanse steden is. Ik ben dol op de theaters van Venetië: San Cassiano, San Salvatore, of het beroemde Watermeloentheater waar ik, voor ik naar Napels ging, een geweldig concert heb bijgewoond.'

'Denkt u lang in Rome te blijven?'

'Nu maakt het helaas niet meer uit wat mijn plannen waren. We weten niet eens of we hier wel levend uit komen,' zei hij, terwijl hij weer een stuk begon te spelen waarvan hij zei dat het aan een chaconne van meester Lully was ontleend.

Toen ik net de keuken uit was, waar ik me na het gesprek met Devizé had opgesloten om het middagmaal te bereiden, liep ik Brenozzi, de Venetiaanse glasblazer, tegen het lijf. Ik waarschuwde hem dat als hij een warme maaltijd wilde, alles al in gereedheid was. Maar zonder een woord te zeggen greep hij me beet en sleurde me naar de trap die naar de kelder leidde. Toen ik wilde protesteren, drukte hij een hand op mijn mond. We bleven halverwege de trap stilstaan en meteen drong hij aan: 'Hou je gemak en luister, wees niet bang, je moet me alleen een paar dingen vertellen.'

Hij siste met verstikte stem, zonder me de kans te geven een mond open te doen. Hij wilde de opmerkingen van de andere gasten weten over de dood van de heer De Mourai, en of men dacht dat er gevaar bestond voor een nieuw sterfgeval door vergiftiging of iets anders, en of anderen juist niets leken te vrezen, en hoe lang ik dacht dat de quarantaine kon duren, langer dan de drie door de magistraat vastgestelde weken, en of ik vermoedde dat een of meer gasten gif bezaten dan wel regelrecht dacht dat er van dat spul echt gebruik was gemaakt; en ten slotte of iemand van alle aanwezigen zich onverklaarbaar kalm betoonde in weerwil van de quarantaine die net aan de herberg was opgelegd.

'Meneer, echt, ik...'

'De Turken? Hebben ze het over de Turken gehad? En over de pest in Wenen?'

'Maar ik weet van niets, ik...'

'Hou nu es een keer op met praten en geef antwoord,' drong hij aan, terwijl hij ongeduldig in zijn kruis tastte. 'Margarieten, heb je daar wat aan?'

'Wat, meneer?'

'Margarieten.'

'Als u wilt, meneer, ik heb emmers water in de kelder staan om kruidenthee te maken. Voelt u zich niet goed?'

Hij snoof en hief zijn ogen ten hemel.

'Doe maar alsof ik niets heb gezegd. Maar één ding draag ik je op: mocht iemand je wat vragen, dan weet je van mij niets, begrepen?' En hij kneep zo stevig in allebei mijn handen dat het pijn deed.

Ik bleef hem even verbijsterd aankijken.

'Begrepen?' herhaalde hij ongeduldig, 'wat nou, is het niet genoeg?'

Ik begreep de betekenis van zijn laatste vraag niet en begon te vrezen dat hij zijn verstand verloren was. Ik ontworstelde me aan zijn greep en glipte de trap op, hoewel mijn ontvoerder me met een harde ruk trachtte tegen te houden. Ik dook weer op in het halfduister, terwijl de gitaar van Devizé opnieuw het prachtige, verontrustende motief begon te spelen dat ik daarvoor had gehoord. Maar in plaats van te blijven staan haastte ik me naar de eerste verdieping. Ik had mijn vuisten nog gebald van de spanning door de overval van de glasblazer, en daarom merkte ik toen pas dat ik iets in mijn hand had. Ik deed hem open en zag drie pareltjes met een wonderbaarlijke schittering.

Ik stak ze in mijn zak en liep naar de kamer waar de heer De Mourai was overleden. Daar trof ik een paar gasten aan die een droevig karwei verrichtten.

Cristofano was het lichaam van de overledene aan het verplaatsen, dat gewikkeld in een witte lap was bij wijze van zweetdoek, waaronder je de rigor mortis van de ledematen kon raden. Meneer Pellegrino hielp de arts een handje, evenals, bij gebrek aan jongere vrijwilligers, Dulcibeni en Atto Melani. De abt had geen pruik en geen wit poeder op. Ik verbaasde mij erover dat ik hem in wereldlijk tenue aantrof – de kniebroek van popeline en de das van mousseline – overdreven elegant voor de treurige gelegenheid. Het enige kenmerk dat typerend voor zijn titel bleef: de vuurrode zijden kousen.

Het arme lichaam werd voorzichtig in een grote langwerpige mand gelegd, ingestopt met lappen en dekens. Bovenop werd het bundeltje met zijn weinige spullen, die Dulcibeni had verzameld, neergezet.

'Bezat hij niet meer?' vroeg abt Melani, toen hij zich realiseerde dat de heer uit Fermo alleen een paar kledingstukken van de overledene aanreikte.

Cristofano antwoordde dat het verplicht was alleen de kleding te geven, terwijl de rest zeker in handen van Dulcibeni kon blijven om het aan eventuele verwanten te doen toekomen. Vervolgens lieten de drie het lijk met een groot touw door het raam naar beneden tot op de straat, waar de Broederschap van de Oratie en de Dood haar droeve taak wachtte.

'Wat gaan ze met de dode doen, signor Cristofano?' vroeg ik aan de arts. 'Klopt het dat ze hem gaan verbranden?'

'Dat is niet onze zaak. Begraven kan niet,' zei hij, uithijgend.

We hoorden een licht getinkel. Cristofano boog zich naar de grond: 'Je hebt iets laten vallen... wat heb je in je hand?' vroeg hij.

Uit mijn halfgeopende hand was een pareltje op de vloer gegleden. De arts raapte het op en bestudeerde het.

'Werkelijk schitterend. Hoe kom je daaraan?'

'O, dat heeft een gast in bewaring gegeven,' loog ik, terwijl ik de andere twee liet zien.

Mijn baas ging intussen de kamer uit. Hij leek vermoeid. Ook Atto ging weg en verdween naar zijn kamer.

'Verkeerd. Je zou nooit van parels moeten scheiden, vooral niet in ons geval.'

'Waarom?'

'Een van de talrijke geheime kwaliteiten ervan is dat ze beschermen tegen gif.'

'Hoe kan dat?' vroeg ik, bleek wegtrekkend.

'Omdat ze in de tweede graad *siccae et frigidae* zijn,' antwoordde Cristofano, 'en als ze goed in een pot bewaard worden en niet doorboord zijn, *habent detergentem facultatem*, kunnen ze bij koorts en rotting reinigen. Ze zuiveren het bloed en maken het helder (ze beperken dan ook de menstruatie) en volgens Avicenna behandelen ze het *cor crassatum*, hartkloppingen en gevallen van schijndood.'

Terwijl Cristofano met medische kennis pronkte, kon ik mij niet voorstellen welk duister teken er schuilging achter Brenozzi's geschenk. Ik moest er beslist over praten met abt Melani, bedacht ik, en ik probeerde afscheid van de arts te nemen.

'Interessant,' vervolgde Cristofano echter, terwijl hij ze bestudeerde en aandachtig tussen zijn vingertoppen ronddraaide, 'parels van deze vorm duiden aan dat ze voor volle maan zijn opgediept, en in vesperwater.'

'Wat betekent dat?'

'Dat ze de valse verbeelding des harten en de overpeinzingen behandelen. Opgelost in azijn laten ze weer bijkomen van *omni imbecillitate et animi deliquio*, met name van schijndood.'

Ik kreeg ten slotte de pareltjes van Cristofano terug en verliet hem. Ik ging snel de trap op naar de kamer van abt Melani.

Atto's kamer was op de tweede verdieping, precies boven die welke de oude De Mourai deelde met Dulcibeni. Dit waren de ruimste, lichtste vertrekken van heel de herberg: elk had wel drie ramen, waarvan er twee uitkeken op de Via dell'Orso en een op de hoek met de steeg. Ten tijde van signora Luigia hadden er belangrijke personages met hun gevolg gelogeerd. Er was eenzelfde kamer op de vliering, die bestond uit de derde en laatste verdieping, waar signora Luigia had gewoond. Daar bleven, ondanks Cristofano's verbod, mijn baas en ik, zij het tijdelijk, samen bivakkeren: een voorrecht dat ik bij terugkeer van meneer Pellegrino's vrouw zou verliezen; omdat ze had geëist dat de hele verdieping voor het gezin gereserveerd werd, zou zij mij vast weer naar de keuken verbannen om te slapen.

Ik werd getroffen door de verscheidenheid aan boeken en papieren die de abt had meegenomen. Atto Melani was een liefhebber van de oud- en schoonheden van Rome, te oordelen althans naar de titels van enkele banden die ik keurig geordend op een plank kon onderscheiden, en die ik later op een heel andere manier zou leren kennen: *De luister van het oude en moderne Rome waarin alle voornaamste tempels, theaters, amfitheaters, cirkels, naumachieën, triomfbogen, obelisken, palagii, thermen, curies en basilieken* van Lauri, de *Chemnicensis Roma* van Fabricius, en de *Oudheden van de verheven stad Rome in het kort bijeengebracht door veel oude en moderne auteurs, met daaraan toegevoegd een verhandeling over de vuren der antieken* van Andrea Palladio. Verder vielen er negen grote landkaarten in het oog met rotankleurige stokken en vergulde knoppen, plus een stapel handgeschreven papieren die Melani op tafel bewaarde en snel opborg. Hij liet me plaatsnemen.

'Ik wilde je juist spreken. Vertel eens: heb je kennissen in deze buurt? Vrienden, vertrouwelingen?'

'Ik denk... eh, nee. Bijna niemand, meneer de abt.'

'Je mag me signor Atto noemen. Jammer. Ik had willen weten, misschien door het raam, wat er naar aanleiding van onze situatie wordt gezegd; en jij was mijn enige hoop,' zei hij.

Hij ging bij het raam staan en met aangename en nauwelijks ingehouden stem begon hij te zingen:

> Disperate speranze, addio, addio.
> *Ahi, mentite speranze, andate a volo...* *

De spontane proeve van virtuositeit van de abt vervulde mij van verbazing en bewondering: ondanks zijn leeftijd had Melani nog een heel bevallig sopraantimbre. Ik complimenteerde hem en vroeg hem of hij de maker was van het schitterende lied dat hij net had gezongen.

'Nee, dat is van seigneur Luigi Rossi, mijn leermeester,' antwoordde hij verstrooid, 'maar zeg liever es, hoe is de ochtend verlopen? Heb je nog iets eigenaardigs gemerkt?'

'Er is mij een heel vreemd voorval overkomen, signor Atto. Ik had net een gesprekje met Devizé, toen...'

'Ah, Devizé, ik wilde het juist met je over hem hebben. Was hij aan het spelen?'

'Ja, maar...'

'Hij is goed. De koning houdt erg van hem. Zijne Majesteit is dol op de gitaar, minstens zoveel als vroeger, als jongeman was hij er dol op om naar de opera te gaan en op te vallen bij de hofballetten. Mooie tijden. En wat zei Devizé?'

---

* Hopeloze hoop, vaarwel, vaarwel.
   Ai, leugenachtige hoop, vlieg heen...

Ik begreep dat hij me, als ik niet eerst het onderwerp muziek volledig behandelde, niet verder zou laten gaan. Ik vertelde hem dus van het beluisterde rondo van de Franse musicus, die me had verteld dat hij in veel theaters Italiaanse muziek had gehoord, vooral in Venetië, waar het beroemde Watermeloentheater stond.

'Het Watermeloentheater? Weet je zeker dat je je dat goed herinnert?'

'Nou ja, zo'n naam is het... enfin, het is een gekke naam voor een theater. Devizé vertelde me dat hij er vlak voor hij naar Napels ging geweest was. Waarom?'

'O, niks. Die gitarist van jou verkoopt alleen wat leuterkoek, maar zonder die goed op te dissen.'

Ik was perplex: 'Hoe kunt u dat nou zeggen?'

'De Watermeloen is een geweldig theater, waar inderdaad veel schitterende virtuozen optreden. Om je de waarheid te zeggen heb ik er zelf ook gezongen. Ik weet nog dat de organisator me een keer de rol van Apelles in *Alexander overwinnaar van zichzelf* in de maag wilde splitsen. Ik ben natuurlijk op mijn strepen gaan staan en ze hebben me de hoofdrol gegeven, ha, ha. Een geweldig mooi theater, de Watermeloen. Jammer dat het in Florence staat, en niet in Venetië.'

'Maar... Devizé zei dat hij erheen ging voordat hij naar Napels vertrok.'

'Precies. Kort geleden dus, aangezien hij van Napels direct naar Rome is gekomen. Maar het is een leugen: een theater met die naam blijft in je geheugen gegrift staan, zoals jou ook is gebeurd. Het is onwaarschijnlijk om het in de verkeerde stad te plaatsen. Ik zeg je: Devizé heeft nooit een voet in de Watermeloen gezet. En misschien niet eens in Venetië.'

Ik was verbijsterd tegenover die kleine, maar alarmerende leugen van de Franse musicus.

'Maar ga door,' hervatte de abt, 'je zei zojuist dat je iets geks was overkomen, als ik me niet vergis.'

Eindelijk kon ik Atto vertellen van de vragen die mij zo vasthoudend waren gesteld door de Venetiaan Brenozzi, alsmede van zijn eigenaardige vraag naar margariet en zijn vreemde geschenk van drie pareltjes, die Cristofano had herkend als het soort dat gebruikt werd om vergiftigingen en schijndood te behandelen. Om die reden vreesde ik dat die kleine juwelen te maken hadden met de dood van de heer De Mourai, en misschien wist Brenozzi iets, maar was hij bang geweest om heldere taal te spreken. Ik liet de parels aan Melani zien. De abt wierp er een blik op en lachte hartelijk.

'Mijn jongen, ik geloof echt niet dat de arme heer De Mourai...' begon hij hoofdschuddend, maar hij werd onderbroken door een schelle schreeuw.

Hij leek van de bovenste verdieping te komen.

We haastten ons naar de gang en toen de trappen op. We bleven halverwege de tweede trap staan, waarop achterover op de treden het levenloze lichaam van meneer Pellegrino lag.

Achter ons snelden ook de andere gasten toe. Uit het hoofd van mijn baas liep een straaltje bloed een paar treden naar beneden. De kreet was zonder enige twijfel afkomstig van Cloridia, de courtisane, die bevend, met een zakdoekje dat bijna haar hele gezicht afdekte, naar het ogenschijnlijk levenloze lichaam keek. Achter ons, die nog roerloos stonden, baande dokter Cristofano zich een weg. Met een lapje veegde hij het lange grijze haar van het gezicht van mijn baas en op dat moment leek deze wat bij te komen en met een zware schok braakte hij een groenige, stinkende brei uit. Daarna bleef meneer Pellegrino zonder teken van leven op de trap liggen.

'Laten we hem oppakken en naar boven naar zijn kamer brengen,' maande Cristofano, zich over mijn baas buigend.

Niemand verroerde zich behalve ik, die met geringe resultaten het bovenlichaam trachtte op te tillen. Abt Melani duwde mij opzij en nam mijn plaats in.

'Hou zijn hoofd vast,' beval hij.

De arts nam Pellegrino bij zijn benen en nadat hij onder algemeen stilzwijgen de weg had vrijgemaakt, vervoerden we hem naar de grote slaapkamer op de vliering, waar we hem voorzichtig op bed legden.

Het starre gezicht van mijn baas was van een onnatuurlijke bleekheid en de huid van zijn gelaat was bedekt met een dun laagje zweet. Hij leek wel van was. Zijn opengesperde ogen met daaronder twee grauwe wallen staarden naar het plafond. Een wond ter hoogte van zijn voorhoofd was juist door de arts schoongemaakt en toonde een lange, diepe kwetsuur die aan de zijkanten het bot te zien gaf, waarschijnlijk geschonden door een grote klap. Mijn baas was evenwel niet dood: hij reutelde zachtjes.

'Hij is van de trap gevallen en heeft zijn hoofd gestoten. Maar ik vrees dat hij al buiten kennis was.'

'Hoezo?' vroeg Atto.

Cristofano aarzelde voordat hij antwoordde: 'Hij is het slachtoffer geworden van een ziekteaanval waarvan ik de aard nog niet met zekerheid heb vastgesteld. In elk geval een plotselinge crisis.'

'Hoezo?' herhaalde Atto, zijn stem enigszins verheffend, 'is deze dan ook al vergiftigd soms?'

Bij die woorden ging er een rilling door mij heen. Ze brachten mij de woorden van de abt van de nacht tevoren in herinnering: als we hem niet op tijd tegenhielden, zou de moordenaar nog meer slachtoffers maken. En misschien had hij nu al, voordat we het verwacht hadden, mijn baas getroffen.

Maar de arts schudde op Melani's vraag zijn hoofd en van Pellegrino's nek maakte hij de zakdoek los die hij altijd boven zijn hemd geknoopt droeg: twee blauwige dikke vlekken kwamen bloot onder zijn linkeroor.

'Door de algemene stijfheid lijkt het er eigenlijk wel op dat het om dezelfde ziekte gaat als van de oude De Mourai. Maar die,' ging hij verder, wijzend op de twee builen, 'die hier... En toch leek me niet...'

We begrepen dat Cristofano aan de pest dacht. We trokken ons allemaal instinctief terug, iemand riep de Hemel aan.

'Hij was bezweet, waarschijnlijk had hij koorts. Toen we het lijk van de heer De Mourai op straat lieten zakken, werd hij wel heel gauw moe.'

'Als het de pest is, zal het niet lang duren.'

'Niettemin...' ging hij verder, zich opnieuw over de twee donkere zwellingen in de nek van mijn baas buigend, 'niettemin bestaat de mogelijkheid dat het gaat om een andere ziekte, soortgelijk maar niet even zorgwekkend. Petechieën bijvoorbeeld.'

'Pete wat?' mengden pater Robleda en Stilone Priàso, de dichter, zich in het gesprek.

'In Spanje, pater, heten ze *tabardillo*, terwijl ze in het Koninkrijk Napels *pastici*, en in Milaan *segni* genoemd worden,' legde Cristofano uit, zich eerst tot de een en dan tot de ander wendend. 'Het is een kwaal die veroorzaakt wordt door slecht bloed tengevolge van ongesteldheid van de maag. Pellegrino heeft dan ook gebraakt. De pest begint met enorm geweld, maar petechieën met heel lichte verschijnselen, zoals slapte en versuftheid (die ik juist vanmorgen bij hem heb waargenomen). Daarna wordt het erger en veroorzaakt de ziekte meer uiteenlopende symptomen, totdat er over het hele lichaam rode, paarse of donkere vlekken ontstaan, zoals deze twee. Ze zijn, dat klopt, te opgezet voor petechieën, maar ook weer te klein voor pestbuilen.'

'Maar,' kwam Cloridia tussenbeide, 'dat Pellegrino zo onverwachts is flauwgevallen is toch geen teken van pest?'

'We weten niet goed of hij buiten kennis is geraakt door de klap op zijn hoofd of door de kwaal,' zuchtte de arts. 'In elk geval zullen deze twee vlekken hier ons morgen de waarheid vertellen. Ze zijn wel donker en geven aan dat de kwaal erger is, met meer rotting.'

'Kort en goed,' onderbrak pater Robleda, 'is het nou besmettelijk of niet?'

'De kwaal der petechieën wordt veroorzaakt door veel warmte en droogte, en daarom komt het *facillime* bij cholerische temperamenten voor, zoals bij Pellegrino. U allen begrijpt zo wel, ten einde besmetting uit de weg te gaan, het belang om u niet op te winden en onrustig te zijn', en daarbij keek hij veelbetekenend naar de jezuïet, 'de ziekte laat in korte tijd het fundamentele vocht in de lichamen uitdrogen en verdwijnen, en ten slotte kan ze dodelijk zijn. Maar als het verzwakte lichaam van de zieke gevoed wordt, verdwijnt de besmettelijkheid en sterven er maar heel weinig mensen: daarom is de ziekte minder erg dan de pest. Niettemin zijn we de laatste uren bijna allemaal dicht bij hem geweest. En daarom lopen we allemaal risico. Het is beter dat u teruggaat naar uw kamer, ik zal jullie later een voor een onderzoeken. Probeer kalm te blijven.'

Cristofano riep me daarna bij zich om hem te helpen.

'Het is een geluk dat Pellegrino meteen heeft overgegeven: het braaksel bevrijdt de maag van stoffen die gaan rotten en bederven vanwege de lichaamssappen,' zei hij toen ik naast hem stond. 'Voortaan moet de zieke gevoed worden met koude spijzen die zijn cholerische inborst afkoelen.'

'Gaat u hem aderlaten?' vroeg ik, omdat ik gehoord had dat die remedie bij elke kwaal werd aanbevolen.

'Beslist te vermijden: een aderlating zou zijn natuurlijke warmte te veel kunnen afkoelen en de zieke zou snel overlijden.'

Ik huiverde.

'Gelukkig,' ging Cristofano verder, 'heb ik kruiden, zalven, watertjes, poeders en alles wat ik in geval van ziekte maar nodig heb bij me. Help me je baas helemaal uit te kleden, ik moet hem insmeren met zalf tegen mazelen, zoals Galenus petechieën noemt, want die trekt door en behoedt het lichaam voor rotting en bederf.'

Hij ging de deur uit en keerde kort daarna terug met een verzameling oliekannetjes.

Nadat ik in een hoekje zorgvuldig de grijze schort en de kleren van meneer Pellegrino had opgevouwen, vroeg ik: 'Is de dood van De Mourai te wijten aan de pest of aan de petechieën?'

'Ik heb niets van een vlekje bij de oude Fransman gevonden,' luidde het bruuske antwoord, 'niettemin is het nu te laat om daar achter te komen. We hebben het lijk weggegeven.'

En hij sloot zich met mijn baas in de kamer op.

De momenten daarna waren op zijn zachtst gezegd onrustig. Bijna iedereen reageerde op de een of andere manier wanhopig op de rampspoed van de herbergier. De dood van de bejaarde Franse gast, volgens de arts te wijten aan vergiftiging, had het gezelschap lang niet zozeer in verbijstering gebracht. Nadat ik de trap weer had schoongemaakt van het vocht van mijn baas, snelden mijn gedachten naar het welzijn van zijn ziel, die misschien weldra de Almachtige zou ontmoeten. Ik herinnerde mij dienaangaande dat er volgens een verordening in elke kamer van een herberg een schilderij of portret van Onze-Lieve-Heer dan wel van de Heilige Maagd of van de Heiligen en een bakje met wijwater aanwezig moest zijn.

Overmand door verdriet en met mijn hart geheel en al tot de Hemel gewend opdat Hij me niet van de liefde van mijn baas zou beroven, liep ik naar de vliering en begaf me naar de drie kamers die na het vertrek van meneer Pellegrino's vrouw leegstonden, om wijwater te zoeken en een paar heiligenafbeeldingen om boven het bed van de zieke te hangen.

Ooit werden deze kamers bewoond door wijlen signora Luigia. Ze waren nagenoeg onveranderd gebleven, want het gezin van de nieuwe herbergier had er maar korte tijd doorgebracht.

Na kort te hebben gezocht vond ik in de slaapkamer, boven een stoffig tafeltje naast twee reliekhouders en een Agnus Dei van suikerbrood, in een kristallen stolp een aardewerken beeld van Johannes de Doper die in zijn handen een glazen flesje vol wijwater hield.

Aan de wanden hingen fraaie heiligenafbeeldingen. Ik raakte geroerd toen ik ernaar keek en terugdenkend aan de droeve gebeurtenissen in mijn jonge leven kreeg ik een brok in mijn keel. Het was jammer, bedacht ik, dat in de eetzalen alleen maar profane, zij het bevallige voorwerpen waren opgehangen: een schilderij met vruchten, twee schilderijtjes met bosschages en figuurtjes, nog twee langwerpige in perkament met verschillende vogels, twee dorpjes, twee Amortjes die een boog tegen hun knieën stukbreken en ten slotte, als enige bijbelse concessie, een zedeloze afbeelding van de badende Suzanna met de ouderlingen.

Verzonken in genoemde overdenkingen koos ik een schilderijtje van Onze-Lieve-Vrouwe van Zeven Smarten dat daar vlakbij hing, en ik liep terug naar de kamer waar Cristofano nog druk in de weer was rond mijn arme baas.

Nadat ik in alle stilte schilderij en wijwater naast het bed van de zieke had neergezet, voelde ik mijn krachten tekortschieten en in een hoekje van de kamer ineengedoken huilde ik.

'Kom op, jongen, kom op.'

In de stem van de arts vond ik de vaderlijke, vrolijke Cristofano weer terug die mij de afgelopen dagen zo'n goed humeur had bezorgd. Hij had vaderlijk mijn hoofd tussen zijn handen genomen en ik kon eindelijk mijn hart luchten. Degene die mij bij zich in huis had genomen en zo onttrokken had aan de waarschijnlijke armoede, lag op sterven, legde ik uit. Meneer Pellegrino was een heetgebakerde, maar goede man, en al was ik nog maar net een halfjaar bij hem in dienst, het leek me of ik altijd al bij hem was geweest. Wat zou er nu van mij worden? Als de quarantaine afgelopen was, zou ik, al had ik het dan overleefd, weer zonder middel van bestaan zitten en de nieuwe pastoor van Santa Maria in Posterula kende ik niet.

'Nu zal iedereen jou nodig hebben,' zei hij, mij van de grond optillend. 'Ik zou zelf al naar je toe gekomen zijn, want we moeten de reserves nagaan. De ondersteuning die we krijgen van de Congregatie voor Volksgezondheid zal maar klein zijn, en het kan geen kwaad om onze voorraden te rantsoeneren.'

Mijn neus nog ophalend verzekerde ik hem dat de voorraadkamer allesbehalve leeg was, maar hij wilde er evengoed naar toe gebracht worden. De kamer lag in het souterrain en behalve Pellegrino had alleen ik er een sleutel van. Voortaan zou ik, zei Cristofano, beide exemplaren bewaren op een plaats die alleen hij en ik mochten weten, zodat niemand van de voorraden kon pikken. In het zwakke licht dat door de raampjes doordrong, gingen we de voorraadkamer binnen, die zich op twee niveaus uitstrekte.

Gelukkig had mijn baas, als de grote keukenmeester en voorsnijder die hij was, niet nagelaten de voorraadkamer te voorzien van een keur aan geurige kazen, pekelvlees en gerookte vis, groenten en gedroogde tomaten, nog afgezien van de rijen kruiken wijn en olie, die even het oog van de arts plezierden en de trekken van zijn gezicht ontspanden. Hij gaf slechts met een halve glimlach commentaar en vervolgde: 'Voor elk probleem kom je bij mij, en je geeft door of iemand volgens jou in slechte gezondheid verkeert. Duidelijk?'

'Maar gebeurt de anderen ook wat meneer Pellegrino is gebeurd?' vroeg ik, terwijl mijn ogen zich weer met tranen vulden.

'Laten we hopen van niet. Maar we zullen van alles moeten doen om het te voorkomen,' zei hij zonder me aan te kijken. 'Jij kunt intussen bij hem op de kamer blijven slapen, zoals je de afgelopen nacht trouwens al ondanks mijn bepalingen hebt gedaan: het is goed als je baas iemand heeft die 's nachts over hem waakt.'

Ik verbaasde mij er zeer over dat de arts niet aan de mogelijkheid dacht dat ik zo besmet kon worden, maar durfde geen vragen te stellen.

Ik liep met hem mee tot aan zijn kamer op de eerste verdieping. Toen we rechtsaf gingen, want daar lag Cristofano's kamer, schrokken we op: we troffen Atto tegen de deur geleund aan.

'Wat doet u hier? Ik dacht dat ik iedereen duidelijke bepalingen gegeven had,' protesteerde de arts.

'Ik weet heel wel wat u hebt gezegd. Maar als er mensen zijn die niets te verliezen hebben door elkaars gezelschap, dan zijn wij drieën het wel. Hebben wij de arme Pellegrino niet gedragen? Het knechtje hier heeft tot vanochtend zij aan zij met zijn baas geleefd. Als we besmet moesten raken, dan zijn we het al.'

Een dun laagje zweet bedekte het brede gefronste voorhoofd van abt Melani terwijl hij sprak, en zijn stem verried ondanks de sarcastische toon een droge keel.

'Dat is nog geen reden om onvoorzichtigheden te begaan,' weerlegde Cristofano verstarrend.

'Dat geef ik toe,' zei Melani, 'maar voordat we ons in dit soort van opsluiting begeven, zou ik willen weten hoeveel kansen we hebben om hier levend uit te komen. En ik wed...'

'Het kan me niet schelen wat u wedt. De anderen zijn al in hun kamers.'

'... ik wed dat niemand precies weet wat er de komende dagen geregeld moet worden. Wat gebeurt er als de doden zich beginnen op te stapelen? Ontdoen we ons ervan? Maar als de zwakken dan overblijven? Weten we wel zeker of er voorraden worden geleverd? En wat gebeurt er buiten deze muren? Heeft de besmetting zich uitgebreid of niet?'

'Dit is niet...'

'Dit is allemaal wel belangrijk, Cristofano. Niemand gaat alleen verder, zoals u dacht te doen. We moeten erover praten, al zou het alleen maar dienen om onze treurige situatie er minder onaangenaam op te maken.'

Uit de zwakke verdediging van de arts had ik begrepen dat Atto's bewijsvoeringen een bres sloegen. Om het werk van de abt af te maken verschenen op dat moment Stilone Priàso en Devizé, die ernaar uitzagen of ook zij een grote hoeveelheid angstige vragen voor de arts hadden.

'Akkoord,' gaf Cristofano met een zucht toe nog voor de twee een mond opendeden, 'wat wilde u weten?'

'Helemaal niets,' antwoordde Atto met een misprijzende trek om zijn mond, 'we moeten allereerst samen logisch nadenken: wanneer worden we ziek?'

'Tja, als en wanneer er besmetting optreedt,' antwoordde de arts.

'Ach, kom op zeg!' viel Stilone uit. 'Laten we uitgaan van het ergste geval, de pest dus, wanneer gebeurt het dan? Bent u nu arts of niet?'

'Ja, wanneer?' echode ik als het ware om mezelf kracht te geven.

Cristofano voelde zich in zijn eer aangetast. Hij sperde autoritair zijn ronde donkere uilenogen open en nadat hij een wenkbrauw ietwat opgetrokken had als een onmiskenbaar teken dat hij zich voorbereidde op een discussie, legde hij ernstig twee vingers op zijn sikje.

Daarna echter bedacht hij zich en stelde de uitleg uit tot die avond, daar het zijn bedoeling was, zei hij, ons allemaal na het eten bijeen te roepen en ons bij die gelegenheid van iedere opheldering te voorzien.

Op dat moment keerde abt Melani terug naar zijn kamer. Cristofano hield echter Stilone Priàso en Devizé tegen.

'Het kwam me zo-even, toen ik aan het woord was, voor dat ik u hoorde lijden aan een zekere winderigheid. Als u er prijs op stelt, heb ik een paar goede geneesmiddelen bij me om u van het ongemak af te helpen.'

De twee stemden er, niet zonder enige gêne, mee in. We besloten toen alle vier naar de begane grond te gaan, waar Cristofano mij opdroeg een beetje goede bouillon warm te maken, waarmee de man via de mond vier korrels zwavelolie zouden worden toegediend. De arts zou intussen de rug en lendenen van Stilone Priàso en Devizé insmeren met zijn zelfgemaakte zalf.

Terwijl Cristofano de benodigdheden ging pakken die hij was vergeten in zijn kamer, ging de Fransman in een hoekje aan de andere kant van de ruimte zitten om zijn gitaar te stemmen. Ik hoopte dat hij opnieuw het intrigerende stuk zou spelen dat me die ochtend zo in verrukking had gebracht, maar ik zag hem kort daarna opstaan en weer naar de keuken gaan, waar hij achter de tafel waaraan de Napolitaanse dichter zat, een praatje maakte zonder het instrument nog aan te raken. Stilone Priàso had een aantekenboekje tevoorschijn gehaald en er iets in krabbelde.

'Jongen, wees niet bang. We gaan niet dood aan de pest,' zei hij tegen mij, terwijl ik druk in de weer was in de keuken.

'Voorspelt u soms de toekomst?' vroeg Devizé ironisch.

'Beter dan artsen dat kunnen!' grapte Stilone Priàso.

'Uw instelling past niet bij deze herberg,' waarschuwde de arts, die met opgerolde mouwen en met de zalf in zijn hand binnen kwam zetten.

De Napolitaan ontblootte als eerste zijn rug, terwijl Cristofano zoals gewoonlijk de talrijke kwaliteiten van zijn preparaat opsomde: '... en ten slotte is het ook goed voor de vlezigheid van de roede. U hoeft het maar energiek op de tampeloeres te wrijven tot het is ingetrokken. De opluchting is een ding dat zeker is.'

Terwijl ik bezig was met de vaat en zoals gevraagd de bouillon opwarmde, hoorde ik dat de drie onderling steeds drukker begonnen te praten.

'... En toch zeg ik je nogmaals dat hij het is,' hoorde ik het gesis van Devizé, gemakkelijk te herkennen dankzij zijn karakteristieke Franse uitspraak, die zijn manier van spreken vooral in woorden als *carro*, *guerra* of *correre* uniek maakte.

'Ongetwijfeld, ongetwijfeld,' echode Stilone Priàso opgewonden.

'Met ons drieën erkennen we dat, en elk via andere wegen,' besloot Cristofano.

Ik legde mijn oor discreet te luisteren zonder de drempel over te gaan die de keuken van de eetzalen scheidde. Ik begreep algauw dat ze het over abt Melani hadden, die de drie blijkbaar al van horen zeggen kenden.

'Zeker is wel: het gaat om een uiterst gevaarlijk iemand,' stelde Stilone Priàso nadrukkelijk.

Zoals altijd wanneer hij zijn woorden gewicht wilde geven keek hij streng naar een onzichtbaar punt voor zich, de kromming van zijn neus krabbend met zijn pink en vervolgens nerveus met zijn vingers wapperend als om zich van een onbekend fijn stof te reinigen.

'Hij moet voortdurend in de gaten gehouden worden,' besloot hij.

De drie discussieerden zonder op mij te letten, zoals overigens bij alle gasten gebeurde, voor wie een knechtje weinig meer was dan een schim. Ik vernam zo een reeks feiten en omstandigheden die me de nodige spijt deden voelen dat ik de vorige nacht zo lang had beraadslaagd met abt Melani, en vooral dat ik hem mijn diensten had beloofd.

'En is hij nu in dienst van de koning van Frankrijk?' vroeg Stilone Priàso zachtjes.

'Ik meen van wel. Al kan niemand dat met zekerheid zeggen,' antwoordde Devizé.

'Het lievelingsvak van sommige mensen is met iedereen en niemand omgaan,' vervolgde Cristofano, terwijl hij doorging met de massage en steeds meer zijn vingertoppen aandrukte op Stilone Priàso's rug.

'Hij heeft meer vorsten gediend dan hij zich zelf kan herinneren,' siste Stilone, 'ik geloof dat ze hem Napels niet eens meer in laten. Iets meer naar rechts, graag,' zei hij tegen de arts.

Ik vernam zo, tot mijn onuitsprekelijke verbijstering, het duistere, turbulente verleden van abt Melani. Een verleden waarover hij de nacht tevoren met geen woord had gerept.

Reeds in zijn vroegste jeugd was Atto als castraatzanger in dienst genomen door de groothertog van Toscane (en dit had de abt me inderdaad verteld). Maar het was niet het enige werk dat Melani voor zijn baas deed: hij diende hem in feite als spion en geheime koerier. Het zingen van Atto werd namelijk bewonderd en was veel gevraagd aan bijna alle Europese hoven, hetgeen de castraat, behalve een bijzondere bewegingsvrijheid, veel krediet verschafte bij de vorsten.

'Met het excuus de vorsten te onderhouden introduceerde hij zich aan de hoven om te spioneren, provoceren, corrumperen,' verklaarde Devizé.

'Om vervolgens alles aan zijn opdrachtgevers door te brieven,' vormde Stilone Priàso zuur zijn echo.

Behalve de' Medici had ook weldra kardinaal Mazarin Atto's tweeledige diensten verlangd, dankzij de oude vriendschapsbetrekkingen tussen Florence en Parijs. De kardinaal was juist zijn voornaamste beschermheer geworden, en hij nam hem zelfs mee naar de meest gevoelige diplomatieke onderhandelingen. Atto werd bijna als lid van de familie beschouwd. Hij was de hartsvriend van Mazarins nicht geworden, om wie de koning zijn hoofd had verloren, zodat hij met haar wilde trouwen. En toen het meisje later Frankrijk moest verlaten, bleef Atto haar vertrouweling.

'Maar toen stierf Mazarin,' hervatte Devizé, 'en voor Atto werd alles moeilijk. Zijne Majesteit was net meerderjarig geworden, en wantrouwde alle beschermelingen van de kardinaal,' legde Devizé uit. 'Bovendien werd Melani gecompromitteerd door het schandaal van Fouquet, de minister van Financiën.'

Ik kreeg een schok. Was Fouquet niet de naam die abt Melani die nacht vluchtig had genoemd?

'Het was een misstap,' vervolgde de Franse musicus, 'die de koning hem pas na lange tijd heeft vergeven.'

'Noemt u dat enkel een misstap? Waren hij en die dief van een Fouquet niet regelrecht vrienden?' wierp Cristofano tegen.

'Niemand is er ooit in geslaagd op te helderen hoe de zaken werkelijk stonden. Toen Fouquet werd gearresteerd, werd er in zijn correspondentie een briefje gevonden met de opdracht om Atto in het geheim bij hem thuis onderdak te bieden. Het briefje werd door de rechters aan Fouquet getoond.'

'En hoe verklaarde de minister het?' drong Stilone Priàso aan.

'Hij vertelde dat Atto een tijd tevoren dringend een veilige schuilplaats zocht. Die bemoeial had ruziegemaakt met de machtige hertog De la Meilleraye, de erfgenaam van Mazarins fortuin. De hertog, die bepaald een opgewonden standje was, had de koning weten te bewegen Melani uit Parijs weg te sturen, en had reeds huurmoordenaars losgelaten om hem af te rossen. Sommige vrienden bevalen Atto daarna bij Fouquet aan: bij hem thuis zou hij veilig zijn, omdat er tussen de twee geen enkel contact bekend was.'

'Maar dan kenden Atto en Fouquet elkaar niet!' zei Stilone Priàso.

'Zo eenvoudig ligt het niet,' waarschuwde Devizé met een sluw lachje, 'nu zijn er meer dan twintig jaar voorbij, en ik was destijds nog een kind. Daarna heb ik echter de stukken van het proces-Fouquet doorgelezen, die in Parijs meer verspreid waren dan de bijbel. Welnu, tegen de rechters zei Fouquet: "Van Atto was geen enkel contact met mij bekend."'

'Wat een slimmerik!' riep Stilone uit. 'Een volmaakt antwoord: niemand kon getuigen dat hij hen tevoren samen had gezien; hetgeen echter niet uitsluit dat ze stiekem in contact konden staan... Volgens mij kenden de twee elkaar, nou en of. Dat briefje sprak klare taal: Atto was een van de privé-spionnen van Fouquet.'

'Het is mogelijk,' knikte Devizé. 'Hoe dan ook, met dat dubbelzinnige antwoord heeft Fouquet Melani uit de gevangenis gered. Atto sliep bij Fouquet thuis, en meteen daarna vertrok hij naar Rome en ontvluchtte de stokslagen. In Rome echter bereikten hem nog meer slechte berichten: Fouquets arrestatie, het schandaal, zijn naam bezoedeld, de woede van de koning...'

'En hoe redde hij zich eruit?' spoorde Stilone Priàso aan.

'Hij redde zich er prima uit,' mengde Cristofano zich erin. 'In Rome trad hij in dienst bij kardinaal Rospigliosi, die evenals hij uit Pistoia kwam en later paus is geworden. Zodat Melani er nu nog prat op gaat dat hij hem tot paus heeft laten kiezen. Pistoiezen kramen altijd onzin uit, gelooft u mij.'

'Misschien,' antwoordde Devizé voorzichtig, 'maar om een paus te maken moet je in het conclaaf intrigeren. En tijdens dat conclaaf was het juist Atto Melani die Rospigliosi bijstond. Bovendien was paus Rospigliosi een uitstekende vriend van Frankrijk. En het is bekend dat Melani altijd al zeer bevriend is met niet alleen de meest opvallende kardinalen, maar ook de machtigste Franse ministers.'

'Het is een bemoeiziek, onbetrouwbaar en geducht sujet,' hield Stilone het ten slotte kort.

Ik was stomverbaasd. Was het sujet waarover de drie gasten van de herberg het hadden werkelijk dezelfde als met wie ik de nacht tevoren had gesproken, op een paar roeden van diezelfde stoelen vandaan? Hij had zich aan me voorgesteld als musicus, maar trad nu aan het licht als geheim agent, betrokken bij smerige paleisintriges, en ten slotte in het verderf gestort door schandalen. Het leek wel of ik twee verschillende mensen had leren kennen. Als het waar was wat de abt zelf mij had verteld (namelijk dat hij nog bij talrijke vorsten in de gunst stond), dan moest hij er wel weer bovenop gekomen zijn. Maar wie zou na het afluisteren van het gesprek tussen Stilone Priàso, Cristofano en Devizé zijn woorden niet met argwaan opnemen?

'In elke politieke kwestie van belang duikt altijd abt Melani op,' hervatte de Franse musicus met nadruk op het woordje 'abt', 'misschien komt men er later pas achter dat hij er ook bij betrokken is. Hij weet zich altijd overal in te mengen. Atto zat bij de helpers van Mazarin tijdens de onderhandelingen met de Spanjaarden op het Fazanteneiland, toen de vrede van de Pyreneeën werd gesloten. Hij werd zelfs naar Duitsland gestuurd om de keurvorst van Beieren te overtuigen zich kandidaat te stellen voor de keizerlijke troon. Nu hij door zijn leeftijd niet meer zo kan reizen als voorheen, probeert hij zich vooral nuttig te maken door de koning rapporten en verhandelingen te sturen over het hof van Rome, dat hij goed kent en waar hij nog altijd veel vrienden heeft. In Parijs schijnt het gerucht te gaan dat in menige staatszaak vol spanning om de suggesties van abt Melani wordt gevraagd.'

'Verleent de koning hem audiëntie?' werd Stilone Priàso nieuwsgierig.

'Dat is een ander mysterie. Iemand met zo'n twijfelachtige reputatie zou niet eens aan het hof moeten worden toegelaten, maar Atto onderhoudt rechtstreekse contacten met de ministers van de kroon. En sommige mensen zweren dat ze hem op de meest onverwachte momenten uit de vertrekken van de koning hebben zien glippen. Alsof Zijne Majesteit hem heel dringend en in het grootste geheim had willen oproepen voor een onderhoud.'

Het was dus waar dat abt Melani audiëntie kon krijgen bij Zijne Majesteit de koning van Frankrijk. Op dat punt had hij niet tegen me gelogen, dacht ik.

'En zijn broers?' vroeg Cristofano, terwijl ik eraan kwam met een bord hete bouillon.

'Die gaan altijd groepsgewijs te werk, net als wolven,' beweerde Devizé met een afkeurende grimas. 'Toen Atto zich na de verkiezing van Rospigliosi in Rome gevestigd had, voegden twee van zijn broers zich bij hem, en een van hen werd meteen kapelmeester in de Santa Maria Maggiore. In Pistoia, hun stad, hebben ze beneficia en tolgelden ingepikt, en veel plaatselijke burgers hebben met recht een hekel aan ze.'

❧

Het was zo klaar als een klontje. Ik was niet op een abt gestuit, maar op een trouweloze sodomiet die handig het vertrouwen van onwetende vorsten wist te winnen, en dit mede dankzij de schurkachtige steun van zijn broers. De belofte om hem te helpen was een onvergeeflijke vergissing geweest.

'Het wordt tijd dat ik meneer Pellegrino controleer,' kondigde Cristofano aan, nadat hij zijn twee gesprekspartners zwavelolie met bouillon had toegediend.

Pas toen merkten we dat, wie weet hoe lang geleden al, Pompeo Dulcibeni weer naar beneden was gekomen: hij was in alle stilte in een hoekje van de andere zaal gaan zitten en bediende zichzelf uit het flesje brandewijn dat mijn baas altijd met glaasjes eromheen op een van de tafels had staan. Hij zou het gesprek over Atto Melani vast hebben gehoord, dacht ik.

Ik sloot me vervolgens bij het drietal aan. Maar Dulcibeni kwam niet in beweging. Op de eerste verdieping gekomen kwamen we pater Robleda tegen.

De jezuïet had de moed erin gehouden om de dwaze angst voor besmetting te beteugelen, en talmde even op de drempel van zijn kamer, zich het zweet afwissend dat de grijzende krulletjes op zijn lage voorhoofd plat maakte, om zich tenminste een houding te geven. Nu stond hij net buiten de kamer, stokstijf langs de gangmuur, maar zonder die aan te raken, komisch rechtop. Hij bleef zo naar ons kijken, in de spanningsvolle, lichte hoop om goed nieuws van de arts te horen, met het gewicht van zijn grote lichaam helemaal op zijn tenen rustend en zijn bovenlijf overdreven naar achteren gewelfd, waardoor het profiel van zijn donkere figuur een grote kromme lijn vormde.

Niet dat hij echt dik was, behalve in de ronde vorm van zijn bruine gezicht en hals. Hij was lang, en het matig vooruitsteken van zijn buik deed geen afbreuk aan hem, maar verleende hem juist een aureool van rijpe wijsheid. Die bizarre houding dwong de jezuïet echter om zijn ogen naar beneden te richten, met zijn oogleden een beetje omlaag, als hij zijn gesprekspartner in het gezicht wilde kijken; hetgeen hem, gevoegd bij de lange, ver uiteenstaande wenkbrauwen en de kringen om zijn ogen, iets hoogmoedigs en onverschilligs gaf. Het bekwam hem slecht, want zodra Cristofano hem zag, verzocht deze hem op besliste toon ons te volgen. Pellegrino zou misschien een priester nodig hebben. Robleda had iets willen tegenwerpen, maar omdat hem niets te binnen viel, berustte hij erin om ons te volgen.

Op de vliering aangekomen merkten we, toen we een blik wilden werpen op het bed van wat inmiddels, zo vreesden wij, het lijk van mijn baas was, dat hij nog in leven was. En hij reutelde nog steeds, regelmatig en zachtjes. De twee vlekken waren evenwel niet kleiner of groter geworden: de diagnose bleef hangen tussen pest en petechieën. Cristofano waste hem van top tot teen en friste hem, nadat hij het zweet had afgeveegd, met natte lappen op.

De jezuïet, die voorzichtig buiten bij de deur was blijven staan, herinnerde ik eraan dat, nu de zaken er zo voor stonden, het sacrament van het heilig oliesel aan Pellegrino zou moeten worden toegediend. De verordening die de aanwezigheid van heiligenbeelden in herbergen bepaalde, schreef ook voor – preciseerde ik – dat als iemand in een herberg of taveerne ziek was geworden, men hem op de derde dag van de ziekte, zo niet eerder, het sacrament van de biecht af moest nemen en hem van de laatste sacramenten moest voorzien.

'Uh uh uh, jawel, dat is inderdaad zo,' zei Robleda, nerveus met een doekje zijn bezwete krullen afvegend.

Hij haastte zich echter eraantoe te voegen dat volgens kerkelijk voorschrift slechts de pastoor of de door hem gedelegeerde priester die sacramenten mocht toedienen; en als een andere seculiere of reguliere priester het wilde doen, zou hij een doodzonde begaan, in de zwaarste ban worden gedaan en alleen van de paus absolutie kunnen krijgen. De verordening waaruit ik die goede en terechte bepaling had vernomen, ging hij verder, schreef dan ook voor dat de pastoor van de plaatselijke parochie de heilige olie op het voorhoofd van de zieken moest aanbrengen en de heilige litanieën in hun arme oor moest fluisteren, en dat, voorzover hij wist, in eerste instantie voor reizigers de barmhartige broeders van de Broederschap van de Volharding van de heilige Verlosser in Lauro bijgenaamd de Kopjes, wier taak de verzorging van buitenlandse zieken is, *et coetera et coetera*. Ten slotte was er olie nodig die speciaal gewijd was door een bisschop, en zelf had hij die niet bij zich.

De jezuïet kende de kwestie door en door – zei hij met een levendigheid die zijn dikke kin deed schommelen –, want in het Jubeljaar 1675 had een medebroeder van hem in soortgelijke omstandigheden verkeerd en toen niet zelf de teerspijze toegediend.

Terwijl Robleda zijn verbazing herhaalde tegenover de rest van de groep, had ik in een flits de verordening teruggevonden die Pellegrino in een lade bewaarde met alle openbare instructies waaraan herbergiers, waarden en kroegbazen zijn onderworpen. Ik zag het snel: de jezuïet had gelijk.

Dokter Cristofano nam het woord en merkte zachtjes op dat de geleerde en wijze opmerkingen van pater Robleda zonder meer letterlijk genomen moesten worden, omdat het om een kerkelijk voorschrift ging en om een verordening waarbij men zelfs riskeerde in de ban te worden gedaan, en daarom zou men onmiddellijk de pastoor van de naburige Santa Maria in Posterula moeten waarschuwen dat er zich mogelijk een nieuw geval van besmetting had voorgedaan. Men zou vervolgens de barmhartige broeders van de Broederschap van de Volharding van de heilige Verlosser in Lauro bijgenaamd de Kopjes moeten alarmeren: in dit geval mocht er niets achterwege gelaten worden. Integendeel, zoals de zaken nu stonden, vervolgde Cristofano met een flits in zijn grote ronde, donkere ogen, zou het verstandig zijn als ieder van de gasten haastig zijn spullen en bullen pakte, aangezien we na het afwikkelen van de procedures verhuisd zouden worden naar een veilige plek en daarna naar een lazaret.

Pater Robleda, die tot dan toe rustig zijn ogen halfgesloten had gehouden, schrok op.

Allemaal richtten we onze blik op hem.

Naar de vloer gericht en als het ware opgehangen aan zijn priemende, scherpe neus, keken de donkere oogjes van de jezuïet niet op of om; alsof pater Robleda vreesde – door zijn blik op de gezichten van de anderen te vestigen – het kostbare restje innerlijke kracht te verspillen dat woedend gericht was op het moment dat hem heimelijk uit de verlegenheid kon helpen. Hij rukte de verordening uit mijn hand.

'Maar... kijk aan, kijk aan. Ach, ik wist het wel,' zei hij, zijn onderlip tussen duim en wijsvinger knellend en een dikke buik opzettend, 'in deze verordening gaat het niet om noodgevallen, zoals absentie, verhindering of te laat opdagen van de pastoor, in welk geval iedere priester het heilig oliesel kan toedienen!'

Cristofano maakte hem erop attent dat niets van dat al nog was gebeurd.

'Maar het zou kunnen gebeuren,' wierp hij tegen, zijn armen in een theatraal gebaar spreidend. 'Als we de broeders van de Broederschap van de Volharding vragen, denken jullie dan dat ze niet in staat zouden zijn ons naar het lazaret te sturen zonder vanwege besmettingsgevaar bij de zieke te komen? Bovendien is de exclusieve bevoegdheid van de pastoor noodzakelijk op kerkelijk voorschrift, maar is dat nooit geweest op goddelijk voorschrift! Het is dus mijn on-mid-del-lij-ke plicht om deze arme zieltogende broeder zo snel mogelijk het heilige chrisma toe te dienen dat de overblijfselen van de zonde wegneemt en de ziel sterkt in het dragen van het laatste lijden en...'

'Maar u hebt geen olie die door de bisschop gewijd is,' viel ik hem in de rede.

'De Grieks-orthodoxe kerk doet het bijvoorbeeld zonder,' antwoordde hij verwaten.

En zonder verdere uitleg droeg hij me op olijfolie te brengen, zoals de heilige Jacobus uitdrukkelijk aangaf, want hij moest die zegenen voor zijn taak; en ook een stokje. Na een paar minuten stond pater Robleda aan het hoofdeinde baas Pellegrino het heilig oliesel toe te dienen.

Het ging in een ommezien: hij doopte het stokje in de olie, en erop lettend dat hij zo ver mogelijk van de zieke af bleef staan, zalfde hij een oor, waarbij hij vlug alleen de korte formule *Indulgeat tibi Deus quidquid peccasti per sensus* mompelde, wel anders dan die langere die iedereen kende.

'De Universiteit van Leuven,' rechtvaardigde hij zich daarna, zich tot de verbijsterde toeschouwers wendend, 'heeft in 1588 goedgekeurd dat het de priester in geval van besmetting geoorloofd is het heilige chrisma toe te dienen met een stokje in plaats van met de duim. En in plaats van mond, neusopening, ogen, oren, handen en voeten te zalven, daarbij telkens de canonieke formulie uitsprekend *Per istas sanctas unctiones, et suam piissimam misericordiam indulgeat tibi Deus quidquid per visum, auditum, odoratum, gustum, tactum deliquisti*, vonden veel theologen daarginds het sacrament geldig met slechts één snel uitgevoerde zalving op een van de zintuigen, waarbij dan de korte, algemene formule uitgesproken wordt die u zojuist hebt gehoord.'

Waarna de jezuïet er als een haas vandoor ging.

Om niet op te vallen wachtte ik tot het groepje uit elkaar was, en liep daarop achter pater Robleda aan. Ik bereikte hem toen hij juist de drempel van zijn kamer overging.

Nog half buiten adem vertelde ik hem dat ik in grote angst verkeerde om de ziel van mijn baas: had de olie Pellegrino's geweten van zijn zonden gezuiverd, zodat hij niet het gevaar liep om verloren te gaan in de hel? Of moest je biechten voor je stierf? En wat zou er gebeuren als hij voor het verscheiden niet meer bijkwam?

'O, wat dat aangaat,' antwoordde Robleda haastig, 'moet je je niet ongerust maken: het zal niet de schuld van je baas zijn, als hij voor zijn dood niet genoeg bijkomt om volledig de biecht van zijn zondetjes af te kunnen leggen aan de Heer.'

'Dat weet ik,' kaatste ik terug, 'maar er zijn behalve pekelzonden ook doodzonden...'

'Weet je soms van een ernstige zonde van je baas?' vroeg de jezuïet gealarmeerd.

'Bij mijn weten is hij nooit verder gegaan dan wat onmatigheid en een glaasje te veel.'

'Hoe dan ook, zelfs als hij gemoord had,' zei Robleda, een kruisteken makend, 'zou dat niet veel te betekenen hebben.'

En hij legde me uit dat de paters jezuïeten, die een bijzondere roeping hadden voor het sacrament van de biecht, altijd met grote zorg de leer van zonde en vergeving hadden bestudeerd: 'Er zijn misdrijven die de dood van de ziel veroorzaken, en die vormen de meerderheid. Maar er zijn er ook die ten dele zijn toegestaan,' zei hij, zijn stem ingetogen dempend, 'of zelfs een paar die, in uitzonderlijke gevallen welteverstaan, geoorloofd zijn. Het hangt van de omstandigheden af, en ik verzeker je dat de beslissing voor de biechtvader altijd iets moeilijks is.'

De casuïstiek was onmetelijk, en moest met de nodige voorzichtigheid worden bezien. Dient de absolutie te worden gegeven aan een zoon die uit zelfverdediging zijn vader vermoordt? Begaat degene die een getuige vermoordt om te vermijden dat hij onterecht wordt geëxecuteerd een zonde? En een vrouw die haar man vermoordt omdat ze weet dat hij op het punt staat haar hetzelfde aan te doen? Mag een edelman degene die hem beledigd heeft vermoorden om tegenover zijn gelijken zijn eer (die voor hem het belangrijkst is) te verdedigen? Begaat een soldaat een zonde als hij op bevel van een hogergeplaatste een onschuldige vermoordt? En: mag een vrouw zich prostitueren om haar kinderen van de hongerdood te redden?

'En is stelen altijd zonde, pater?' drong ik aan, me in gedachten brengend dat de overvloedige heerlijkheden in de kelder van mijn baas misschien niet allemaal een eerlijke herkomst kenden.

'Allesbehalve. Ook hier moet je de innerlijke en uiterlijke omstandigheden waarin de daad is verricht in aanmerking nemen. Het is stellig iets anders als de rijke de arme besteelt, of de arme de rijke. Of de rijke de rijke, of de arme de arme, enzovoorts.'

'Maar zijn ze niet in alle gevallen te vergeven, als ze het gestolene teruggeven?'

'Je gaat te snel! De teruggaveplicht is wel iets belangrijks, en de biechtvader dient de gelovige eraan te herinneren dat hij zich daarin op hem verlaat. Maar de plicht kan ook beperkt of niet nagekomen worden. Het is niet nodig het gestolene terug te geven, als dat verarmen betekent: een edelman kan zich niet ontdoen van personeel, en een gezeten burger kan zich ook niet verlagen om te werken.'

'Maar als ik niet gedwongen ben om het gestolene terug te geven, zoals u zegt, wat moet ik dan doen om vergeving te krijgen?'

'Dat hangt ervan af. In sommige gevallen is het goed een bezoek aan het huis van het slachtoffer te brengen en je verontschuldigingen aan te bieden.'

'En de belasting? Wat gebeurt er als je daar niet het vereiste aan betaalt?'

'Uh uh uh, dat is een gevoelige kwestie. De belasting behoort tot de res odiosae, in die zin dat niemand die graag betaalt. Laten we zeggen dat het zeker zonde is als je niet de rechtvaardige belasting betaalt, terwijl de onrechtvaardige van geval tot geval moet worden bezien.'

Robleda verschafte me daarna duidelijkheid over tal van andere gevallen die ik zonder de doctrine van de jezuïeten te kennen beslist op een heel andere manier zou hebben beoordeeld: wie onrechtvaardig is veroordeeld mag uit de gevangenis uitbreken, en mag de cipiers dronken voeren en zijn celgenoten helpen vluchten; je mag blij zijn om de dood van een ouder die je een grote erfenis nalaat, mits je dat doet zonder persoonlijke haat; je mag boeken lezen die door de Kerk verboden zijn, maar hoogstens drie per dag en niet meer dan zes pagina's; je mag van je ouders stelen zonder dat dat zonde is, maar niet meer dan vijftig gouden munten; wie ten slotte zweert, maar dat alleen zogenaamd doet en zonder de bedoeling om echt te zweren, is niet verplicht zijn woord te houden.

'Je mag dus meineed plegen!' vatte ik verbaasd samen.

'Niet zo snel. Alles hangt van de bedoeling af. Zonde is het zich vrijwillig afwenden van de wet Gods,' zei Robleda plechtig op. 'Als men dat alleen maar ogenschijnlijk doet, maar zonder het echt te willen, dan zit men goed.'

Ten prooi aan een combinatie van uitputting en onrust verliet ik Robleda's kamer. Dankzij de wijsheid van de jezuïeten, dacht ik, maakte Pellegrino goede kans om zijn ziel te redden. Maar door die praatjes leek het haast of wit zwart was, of waarheid gelijk was aan leugen, of goed en kwaad een en hetzelfde waren.

Misschien was abt Melani niet de onberispelijke man waarvoor hij door wilde gaan. Maar Robleda, bedacht ik, viel nog meer te wantrouwen.

Het uur van de middagmaaltijd was inmiddels voorbij en onze gasten, die sinds de vorige avond niet meer gegeten hadden, daalden snel af naar de keuken. Nadat ze haastig gespijzigd waren met een bouillonnetje van mij met noedels en hop, waar niemand warm voor liep, was het Cristofano die onze aandacht weer terugvoerde op wat ons te doen stond. Weldra zouden we door de krijgslieden opgeroepen worden om op appèl voor het raam te verschijnen. Een zieke erbij zou de Congregatie van Volksgezondheid stellig bewegen om het gevaar van pestbesmetting af te kondigen, en in dat geval zou de quarantaine gehandhaafd en geïntensiveerd worden. Misschien zou er provisorisch een lazaret worden ingericht, waar we vroeg of laat naartoe zouden verhuizen. Het was een veronderstelling waarvan de dappersten nog kippenvel kregen.

'Dan rest ons niets anders dan proberen te vluchten,' hijgde glasblazer Brenozzi.

'Dat zou niet kunnen,' merkte Cristofano op, 'ze zullen al hekken neergezet hebben om de weg af te sluiten, en al konden we erlangs, dan zou er op heel het pauselijk grondgebied jacht op ons gemaakt worden. We zouden het kunnen proberen te doorkruisen in de richting van Loreto en door de bossen kunnen vluchten, om dan scheep te gaan op de Adriatische Zee en over zee te ontkomen. Maar op die route beschik ik niet over betrouwbare vrienden, en volgens mij bevindt niemand van ons zich in betere omstandigheden. We zouden vreemden om gastvrijheid moeten vragen en zo telkens het risico lopen te worden verraden door degene die ons onderdak biedt. Anders zouden we kunnen proberen ons heil te zoeken in het Koninkrijk Napels, waarbij we steeds 's nachts te werk gaan en overdag slapen. Ik heb zeker niet de leeftijd om zo'n inspanning te doorstaan; en ook anderen van u zijn misschien niet door de natuur begunstigd. We zouden verder een gids nodig hebben, een niet altijd gemakkelijk te overtuigen herder of boer die ons over heuvels en bergpassen leidt en die vooral niet mag vermoeden dat we achtervolgd worden: hij zou ons zonder pardon aan zijn baas uitleveren. We zouden ten slotte met te veel mensen zijn om te ontsnappen, en allemaal zonder een gezondheidsverklaring: we zouden bij de eerste de beste grenscontrole worden tegengehouden. Kortom, de kans van slagen zou heel gering zijn. En dan nog niet meegerekend dat we, zelfs als we succes hadden, veroordeeld zouden zijn om nooit meer naar Rome terug te keren.'

'Dus?' drong Bedford aan, die misprijzend snoof en zijn handen belachelijk liet bungelen in een gebaar van ongeduld.

'Dus zal Pellegrino op het appèl verschijnen,' antwoordde Cristofano zonder een spier te vertrekken.

'Maar als hij niet op zijn benen kan staan,' wierp ik tegen.

'Dat kan hij wel,' kaatste de arts terug, 'dat moet hij kunnen.'

Toen hij klaar was, hield hij ons nog even vast en bood ons zuiverende middelen voor de lichaamssappen aan om ons sterker te maken tegen een eventuele besmetting. Sommige, zei hij, waren al gereed, andere zou hij zelf bereiden met de kruiden en essences die hij op reis bij zich had, en puttend uit de welvoorziene kelder van Pellegrino.

'U zult ze niet lekker vinden smaken of ruiken. Maar het zijn preparaten van groot gewicht', en hier keek hij strijdlustig in Bedfords richting, 'zoals het elixir vitae, de vijfde essence, het tweede water en de moeder van vervaardigde balsem, olie filosoforum, magnolicoor, caustische stof, rozenlikkepot, hemelse likkepot, vitrioololie, zwavelolie, de keizerlijke achtarmen en vele variëteiten aan inhalaties en pillen en welriekende balletjes om op de borst te dragen. Die zuiveren de lucht en zullen geen eventuele besmetting toelaten. Maar maak er geen misbruik van: samen met gefilterde azijn zitten er zuiver arsenicum en vloeibare Griekse pek in. Bovendien zal ik u elke ochtend via de mond mijn vijfde originele essence toedienen, die gewonnen is uit een uitstekende, gerijpte witte wijn uit een berggebied en die ik au bain marie heb gedistilleerd, vervolgens in een karaf heb afgesloten met een prop balsemwormkruid en ondersteboven drie weken achter elkaar heb begraven in goed warme paardenmest. Toen de karaf uit de mest was gehaald (een onderneming waarvan ik altijd aanbeveel die met grote behendigheid uit te voeren om het preparaat niet te vervuilen), heb ik het hemelsblauwe distillaat van het bezinksel ontdaan: dat is de vijfde essence. Die bewaar ik in potdichte glazen potjes. Het middel zal jullie beschermen tegen bederf en rotting en tegen elke andere ziekte en het kent zo'n kracht dat het doden opwekt.'

'Als het de levenden maar niet ombrengt,' grinnikte Bedford.

De arts raakte geprikkeld: 'Het principe ervan is goedgekeurd door Raimondo Lullo, Philipp Ulstadt en vele andere oude en moderne filosofen. Maar om kort te gaan: ik heb hier voor ieder van u uitstekende pillen van een halve drachme per stuk, om op zak te houden en in te nemen zodra u zich een beetje aangetast mocht voelen door de besmetting. Ze zijn gemaakt van de juiste geneeskrachtige kruiden, zonder buitenissigheden: vier drachmen aan Armeense bolus, zegelaarde, zedoarwortel, kamfer, tormentil, wit essenkruid en aloë, met een scrupel saffraan en een scrupel fijngemalen windewortel, het vocht van savooienkool, kruidnagel en gekookte honing. Ze worden speciaal bestudeerd om de pest te bannen die veroorzaakt wordt door bederf van de natuurlijke warmte. De Armeense bolus en de zegelaarde doven namelijk het grote vuur in het lichaam uit en temperen de verhoging. De zedoarwortel laat verdrogen en oplossen. De kamfer verfrist en laat ook verdrogen. Wit essenkruid werkt tegen gif. Aloë behoedt tegen rotting en maakt het lichaam los. Saffraan en kruidnagel houden het hart goed en monteren het op. En de gemalen windewortel lost het overtollige vocht in het lichaam op.'

Het gehoor zweeg.

'U kunt ervan op aan,' ging Cristofano door, 'dat ik de formules zelf heb geperfectioneerd door me te laten inspireren door beroemde recepten die zijn uitgeprobeerd door voortreffelijke meesters van meer in de richting van de Alpen te situeren pestziekten. Zoals de maagversterkende siropen van meester Giovanni van Volterra, die...'

Op dat moment deed zich een kleine opschudding in het groepje omstanders voor: geheel onverwachts had Cloridia zich bij hen gevoegd.

Tot op dat moment was ze in haar kamer gebleven, zoals altijd onverschillig voor de etenstijden. Haar komst werd op verschillende manieren begroet. Brenozzi zat in zijn kruis, Stilone Priàso en Devizé fatsoeneerden hun haar, Cristofano hield discreet zijn buik in, pater Robleda bloosde, terwijl Atto Melani niesde. Alleen Bedford en Dulcibeni bleven onaangedaan.

Juist bij de laatsten wist de courtisane ongevraagd ruimte te scheppen.

Cloridia zag er waarachtig opmerkelijk uit: onder het spierwitte blanketsel kwam haars ondanks een donker teint tevoorschijn, in een merkwaardig contrast met haar dikke, krullende en kunstmatig geblondeerde haar, dat haar brede voorhoofd en regelmatige ovale gezicht omlijstte. De kleine, maar charmante mopneus, de grote donkere, fluweelachtige ogen, het volmaakte gebit zonder open plekken achter de volle lippen vormden slechts een bijkomstigheid bij wat het meest in het oog sprong: een heel ruim decolleté, benadrukt door een polychroom balkonnetje van gevlochten kwastjes dat helemaal rond haar schouders liep en met een dikke knoop tussen haar borsten eindigde.

Bedford maakte plaats voor haar op de bank, terwijl Dulcibeni roerloos bleef.

'Ik weet zeker dat iemand van jullie graag wil weten over hoeveel dagen ze ons hieruit laten,' zei Cloridia met een lieftallige verleidstersstem, en ze legde een pak kaarten voor het tarotspel op tafel.

'*Libera nos a malo*,' siste Robleda, terwijl hij een kruis sloeg en in alle haast opstond zonder nog afscheid te nemen.

Niemand nam Cloridia's uitnodiging aan, iedereen zag die als inleiding voor andere, diepgaandere onderzoeken, maar dan van financieel belastende aard.

'Misschien is dit niet het juiste moment, edele dame,' sprak Atto Melani hoffelijk om haar uit de pijnlijke situatie te redden. 'De droefenis om wat er speelt, prevaleert zelfs boven uw lieftallige gezelschap.'

Tot eenieders verrassing pakte Cloridia toen Bedfords hand en trok die bevallig naar zich toe, vlak voor haar weelderige, volgens de Franse mode gedecolleteerde boezem.

'Misschien is het beter om lekker de hand te lezen,' opperde Cloridia, 'maar dan gratis, welteverstaan, en alleen voor jullie genoegen.'

Bedfords tong liet hem ditmaal in de steek en eer hij kon weigeren, had Cloridia zijn hand al liefdevol opengemaakt.

'Daar gaat-ie dan,' zei ze, met een vingertop de handpalm van de Engelsman strelend. 'Je zult zien, je vindt het heel leuk.'

Alle aanwezigen (ik incluis) hadden onmerkbaar hun hals gerekt om beter te kunnen zien en horen.

'Is jou ooit de hand gelezen?' vroeg Cloridia aan Bedford, heel zacht zijn vingertoppen en toen zijn pols beroerend.

'Ja. Of nee. Ik bedoel, niet zo.'

'Rustig maar, nu verklaart Cloridia je alle geheimen van de hand en het geluk. De eerste vinger heet duim oftewel *quia pollet* omdat hij meer kracht heeft dan de andere. De tweede Wijsvinger, omdat hij ervoor is om te wijzen, de derde heet Middelvinger en is het teken van spot en smaad. De vierde wordt Dokter of Ringvinger genoemd omdat hij een ring draagt, de vijfde Pink of Auriculair omdat hij dient om de oren schoon te maken. De vingers van de hand zijn ongelijk voor meer fatsoen en meer gemak in het gebruik.'

Terwijl ze de vingers de revue liet passeren, benadrukte Cloridia iedere zin door onbeschaamd Bedfords vingerkootjes te prikkelen, die zijn opwinding trachtte te maskeren met een verlegen lachje en met een soort van onvrijwillige afkeer tegenover de vrouwelijke sekse zoals ik die alleen had leren kennen bij reizigers uit noordelijke landstreken. Daarna ging Cloridia over op het toelichten van de andere delen van de hand:

'Hier heb je, zie je, de lijn die midden op de pols vertrekt en naar boven gaat naar de wijsvinger, dat is dus de levenslijn. Deze, die de hand min of meer van rechts naar links doorsnijdt, is de natuurlijke lijn, of hoofdlijn. Zijn zusterlijn, heel dichtbij, is de hartlijn. Deze kleine zwelling heet Venusgordel. Vind je die naam leuk?' vroeg Cloridia vleiend.

'Ik wel, heel leuk,' barstte Brenozzi uit.

'Ga achteruit, idioot,' beet Stilone hem toe en hij verijdelde Brenozzi's poging om dichter bij Cloridia te komen.

'Ik weet het, ik weet het, het is een mooie naam,' zei Cloridia, die eerst tegen Brenozzi en daarna tegen Bedford samenzweerderig glimlachte, 'maar deze zijn ook mooi: Venusvinger, Venusberg, Zonvinger, Zonheuvel, Marsvinger, Marsheuvel, Jupiterheuvel, Saturnusvinger, Saturnusheuvel, Mercuriusheuvel.'

Terwijl ze zo vingers, knokkels, rimpels, lijnen, gewrichten, verdikkingen en verzinkingen toelichtte, ging Cloridia met een vaardig, sensueel contrapunt van gebaren met haar wijsvinger afwisselend over Bedfords hand en over haar wangen, over de handpalm van de Engelsman en toen over haar lippen, opnieuw over Bedfords pols en toen over het prille en nog onschuldige begin van haar gulle boezem. Bedford slikte.

'Verder heb je de leverlijn, de Zonnelijn, de Marslijn, de Saturnuslijn, de Maanheuvel, en dan houdt alles op met de Melkweg...'

'O ja, de Melkweg,' liet Brenozzi zich amechtig ontvallen.

Bijna het hele groepje had zich intussen zo dicht rond Cloridia samengepakt als niet eens de os en de ezel deden bij Onze-Lieve-Heer in de nacht dat Hij ter wereld kwam.

'Maar je hebt een mooie hand, en nog mooier moet je ziel zijn,' zei Cloridia welwillend, Bedfords hand even naar zich toetrekkend op de donkere huid tussen haar borst en hals.

'Maar over je lichaam durf ik het niet te hebben,' lachte ze toen, waarbij ze schertsend als uit verweer Bedfords hand wegdeed en die van Dulcibeni pakte.

Aller ogen waren op de rijpe heer gericht, die zich echter met een bruusk gebaar onttrok aan de greep van de courtisane, van de tafel opstond en naar de trap liep.

'Ach, wat een gezeur,' luidde Cloridia's ironische commentaar; ze probeerde haar teleurstelling te verbergen en deed met vrouwelijke ergernis een haarlok goed, 'en wat een lelijk temperament!'

Juist op dat moment had ik gelegenheid om te overdenken dat Cloridia in de voorgaande dagen steeds vaker aansluiting had gezocht bij Dulcibeni, die haar evenwel met groeiende narrigheid had afgewezen. In tegenstelling tot Robleda, die overdreven deed alsof hij aanstoot aan de courtisane nam, maar haar misschien graag een nacht had opgezocht, leek Dulcibeni een ware en diepe weerzin te voelen voor de aanwezigheid van het meisje. Geen andere gast van de herberg durfde Cloridia met zoveel verachting te behandelen. Maar de courtisane leek zich misschien juist daardoor of door het geld dat Dulcibeni (zoals duidelijk leek) zeker niet zou ontbreken, in het hoofd te hebben gezet om met de heer uit Fermo te praten. Toen ze geen syllabe uit hem wist te krijgen, had Cloridia mij meermalen vragen gesteld over Dulcibeni, nieuwsgierig om een detail te horen dat haar zou betreffen.

Nu de handlezing zo bruusk was onderbroken, nam de arts de gelegenheid te baat om zijn uitleg omtrent de middelen tegen het risico van besmetting te hervatten. Hij deelde ons verscheidene pillen, welriekende balletjes en wat al niet uit. Daarna sloten wij ons allemaal bij Cristofano aan om de toestand van Pellegrino's gezondheid te controleren.

We gingen de kamer van mijn baas binnen, waar deze op bed lag en nu wat minder bleek aandeed. Het licht dat door de ramen scheen was opbeurend voor de geest, terwijl de arts de zieke inspecteerde.

'Mmmmh,' reutelde Pellegrino.

'Hij is niet dood,' oordeelde Cristofano, 'zijn ogen zijn halfopen, hij heeft nog koorts, maar zijn kleur is verbeterd. En hij heeft in bed gepist.'

We begroetten opgelucht het nieuws. Algauw echter moest de Toscaanse arts constateren dat de patiënt zich in een staat van catatonie bevond waardoor hij niet of heel zwakjes op prikkels van buiten kon reageren.

'Pellegrino, zeg me wat u van mijn woorden verstaat,' fluisterde Cristofano hem toe.

'Mmmmh,' herhaalde mijn baas.

'Hij kan het niet,' stelde de arts overtuigd vast, 'hij is wel in staat stemmen te onderscheiden, maar kan niet antwoorden. Ik ben al eens op zo'n geval gestuit: een landman die bedolven raakte onder een omgewaaide boomtronk. Maandenlang kon hij geen woord uitbrengen, ofschoon hij zeer wel in staat was te verstaan wat hem door zijn vrouw en kinderen werd gezegd.'

'En wat gebeurde er toen?' vroeg ik.

'Niets: hij stierf.'

Mij werd gevraagd zachtjes een paar zinnen tegen de zieke te zeggen om te proberen weer leven in hem te krijgen. Maar ik had geen succes; zelfs toen ik tegen hem fluisterde dat de herberg in de fik stond en al zijn voorraden wijn in gevaar waren, kon ik hem niet uit de apathie laten treden die hem in de greep had.

Desondanks betoonde Cristofano zich opgelucht. De twee zwellingen in de hals van mijn baas werden lichter en kleiner; het waren dus geen builen. Of het nu petechieën of gewoon blauwe plekken waren, ze werden minder. We leken niet bedreigd door een pestepidemie. We konden daarom de spanning laten vieren. We lieten de zieke evenwel niet aan zijn lot over. We gingen onmiddellijk na of Pellegrino in staat was om, zij het langzaam, zowel fijngemaakt voedsel als vloeistoffen door te slikken. Ik bood aan hem regelmatig wat voor te zetten. Cristofano zou hem met regelmatige tussenpozen bezoeken. De herberg bleef echter vooreerst beroofd van degene die haar het best kende en het best in staat was ons bij te staan. Ik maakte dergelijke overwegingen, toen de anderen, tevreden met het bezoek aan het hoofdeinde, langzaam aan afscheid namen van de herbergier. Ik bleef met de arts alleen over, terwijl deze in gedachten verzonken Pellegrino's lichaam bezag, dat languit gestrekt lag en bewegingloos was.

'Een en ander gaat vooruit, zou ik zeggen. Maar met ziekten moet je altijd een slag om de arm houden,' merkte hij op.

We werden onderbroken door een luid gebel in de Via dell'Orso, onder onze ramen. Ik ging kijken: het waren drie mannen die gestuurd waren om ons op appèl te roepen en te controleren of niet iemand van ons aan de wacht was ontsnapt. Maar eerst, kondigden ze aan, moest Cristofano inlichtingen verschaffen over onze gezondheidstoestand. Ik rende naar de andere kamers en verzamelde alle gasten. Iemand keek ongerust naar mijn arme baas, die totaal niet in staat was op zijn benen te staan.

Gelukkig werd het probleem door de wijsheid van Cristofano en abt Melani snel opgelost. We verzamelden ons op de eerste verdieping, in de kamer van Pompeo Dulcibeni. Als eerste vertoonde Cristofano zich voor het traliewerk van het raam, met de verzekering dat er niets opmerkelijks was gebeurd, dat niemand tekenen van ziekte had vertoond en dat iedereen volmaakt gezond leek.

Vervolgens begonnen we de een na de ander voor het raam te lopen om ons te laten inspecteren. Maar de arts en Atto hadden ervoor gezorgd dat de drie inspecteurs behoorlijk van de wijs raakten. Cristofano leidde namelijk Stilone Priàso naar het raam, daarna Robleda en ten slotte Bedford, terwijl de drie de namen van andere gasten riepen. Cristofano verontschuldigde zich meermalen voor de onvrijwillige persoonsverwisseling. Toen het Pellegrino's beurt was, wist Bedford opnieuw chaos te creëren: hij begon in het Engels te tieren en verzocht (zoals Atto uitlegde) eindelijk te worden vrijgelaten. De drie inspecteurs reageerden met hem te beledigen en uit te lachen, maar in de tussentijd trok Pellegrino, die in topvorm leek, snel voorbij: zijn haar was gefatsoeneerd, zijn bleke wangen waren opgemaakt en blozend gekleurd met de rouge van Cloridia. Tegelijkertijd begon ook Devizé met zijn armen te zwaaien en te protesteren vanwege onze opsluiting, waardoor hij de aandacht van de inspecteurs definitief afleidde van Pellegrino. De drie sloten zo het bezoek af zonder iets te merken van de slechte gezondheid van mijn baas.

Terwijl ik over genoemde uitwegen nadacht, sprak abt Melani mij bij de deur aan. Hij wilde weten waar Pellegrino gewend was de waardevolle spullen op te bergen die de reizigers hem bij aankomst toevertrouwden. Ik deinsde terug en toonde verbazing over zijn vraag: die plaats was uiteraard geheim. Ook als er geen schatten werden bewaard, stelde mijn baas er toch altijd nog de sommen geld veilig die door de gasten in bewaring waren gegeven. Het negatieve oordeel dat Cristofano, Stilone Priàso en Devizé over Atto hadden schoot me weer te binnen.

'Ik denk zo dat je baas de sleutel altijd bij zich houdt,' voegde de abt eraantoe.

Ik wilde hem juist antwoord geven, toen ik door de deuropening een blik op Pellegrino wierp, die weer naar zijn kamer werd gebracht. De sleutelbos aan een metalen ring die mijn baas dag en nacht aan zijn broek droeg, was niet op zijn plaats.

Ik haastte mij naar de kelder waar ik de reservesleutels bewaarde, in een gat in de muur waarvan alleen ik op de hoogte was. Ze waren er. Om mij niet de nieuwsgierigheid van de gasten op de hals te halen (die, nog opgewonden door de uitkomst van de inspectie, naar de begane grond liepen voor de avondmaaltijd) ging ik weer naar boven naar de derde verdieping.

Nu moet ik uitleggen dat er om op iedere verdieping te komen twee trappen waren. Aan het einde van iedere trap was een overloop. Welnu, op de overloop tussen de tweede en de derde verdieping was een deurtje dat toegang bood tot het hok waarin de waardevolle voorwerpen werden bewaard.

Ik vergewiste me ervan dat er niemand in de buurt was en ging naar binnen. Ik haalde de steen weg die in de muur rustte en waarachter de kleine kluis lag. Ik maakte hem open. Er ontbrak niets: geen geld en evenmin de tegoedlijsten die gecontrasigneerd waren door de gasten. Ik heradenmde.

'Nu is de vraag: wie heeft de sleutels van baas Pellegrino gepakt?'

Het was de stem van abt Melani. Hij was me gevolgd. Hij kwam binnen en zette de deur achter zich op een kier.

'Naar het schijnt zouden we een dief in ons midden kunnen hebben,' merkte hij bijna geamuseerd op. Vervolgens siste hij gealarmeerd: 'Stil, er komt iemand aan,' en hij gebaarde met zijn hoofd naar de overloop.

Hij beduidde mij te gaan kijken, wat ik deed, zij het node. Ik hoorde vanaf de begane grond zacht de noten van Devizés gitaar klinken. Verder niets.

Ik spoorde de abt aan rustig uit het kamertje te komen, verlangend als ik was om onze contacten tot een minimum te beperken. Terwijl hij de nauwe deur uitglipte, merkte ik dat zijn blik zeer bezorgd op de kleine kluis gevestigd bleef.

'Wat is er nog, meneer de abt?' vroeg ik in een poging om mijn toenemende spanning te verbergen en de onbeleefde toon die zich aan me opdrong in te houden.

'Ik zat te bedenken: het klopt niet dat degene die de sleutelbos heeft ontvreemd, niets heeft gestolen uit de kluis van de herberg. Weet je wel zeker dat je goed hebt gecontroleerd?'

Ik ging weer kijken: het geld lag er, de tegoedlijsten eveneens; wat moest er verder nog liggen? Toen wist ik het weer: de pareltjes die ik van Brenozzi had gekregen.

Het bizarre, fascinerende geschenk van de Venetiaan dat ik zorgvuldig tussen de andere waardevollen spullen had verstopt, was verdwenen. Maar waarom had de dief verder niets gepakt? Er werden daar toch aanzienlijke sommen geld bewaard, heel wat meer in het zicht en verhandelbaarder dan mijn pareltjes.

'Bedaar maar. Nu gaan we naar mijn kamer, hier beneden, en maken daar de balans op,' zei hij.

Maar toen hij zag dat ik wilde weigeren, vervolgde hij:

'Als je je pareltjes terug wilt zien.'

Ofschoon met grote tegenzin stemde ik toe.

In zijn kamer verzocht de abt mij plaats te nemen in een van de stoelen. Hij bemerkte mijn opwinding.

'We hebben twee mogelijkheden,' stak hij van wal, 'of de dief heeft al alles gedaan wat hij wilde, dat wil zeggen je pareltjes stelen, of hij heeft zijn plannen niet kunnen doorzetten. En ik opteer voor het tweede.'

'Waarom? Ik heb u toch verteld wat Cristofano me uitlegde: die parels hebben te maken met gif en met schijndood. En misschien weet Brenozzi iets.'

'We laten dat verhaal voorlopig maar rusten, jongen,' zei hij met een lachje, 'zeker niet omdat je kleine juwelen weinig waard zijn, integendeel, of niet de krachten hebben die onze arts eraan toeschrijft. Maar volgens mij had de dief in het kamertje wel wat anders te doen. Daarbinnen ben je al halverwege de tweede en de derde verdieping. En in die buurt is, sinds het bezwijmde lichaam van baas Pellegrino is gevonden, een zeker heen en weer geloop geweest dat hem geen kans heeft gelaten om te handelen.'

'Dus?'

'Dus denk ik dat de dief nog het nodige te doen heeft in dat hok, en wel onder het welgevallig oog van de nacht. Niemand weet voorlopig dat je de diefstal van de sleutels hebt ontdekt. Als je de gasten niet waarschuwt, zal de dief denken dat hij in alle rust te werk kan gaan.'

'Goed,' zei ik ten slotte, zij het vol wantrouwen, 'ik zal de nacht voorbij laten gaan eer ik ze waarschuw. De Hemel smekend dat hun niets ergs overkomt.'

Ik keek de abt schuins aan en besloot hem de vraag te stellen die ik al lang achter de hand hield:

'Denkt u dat de dief de heer De Mourai heeft vermoord en wellicht heeft geprobeerd hetzelfde te doen bij mijn baas?'

'Alles is mogelijk,' antwoordde Melani, zijn wangen eigenaardig opbollend en een pruimenmondje trekkend, Kardinaal Mazarin zei altijd: door kwaad te denken bega je zonde, maar je zit altijd goed.'

Voor de abt moest de bron van mijn wantrouwen jegens hem duidelijk zijn, maar hij stelde geen vragen en ging verder alsof er niets aan de hand was:

'Over De Mourai gesproken, vanochtend al wilde ik je een onderzoekje voorstellen, maar toen werd je baas ziek.'

'Wat bedoelt u?'

'Ik denk dat het moment gekomen is om de kamers van de twee reisgenoten van de arme bejaarde te doorzoeken. Jij hebt toch een exemplaar van alle sleutels?'

'Wilt u stiekem de kamer van Dulcibeni en Devizé binnengaan? En wilt u dat ik u help?' vroeg ik onthutst.

'Kom op zeg, kijk me niet zo aan. Denk es na: als hier iemand te verdenken is in verband met de dood van de oude Fransman, dan zijn het wel Dulcibeni en Devizé. Ze zijn samen met De Mourai vanuit Napels naar De Schildknaap gekomen, en ze logeren hier al langer dan een maand. Devizé heeft met dat verhaal van het Watermeloentheater laten zien dat hij waarschijnlijk iets te verbergen heeft. Pompeo Dulcibeni heeft zelfs zijn kamer met de overledene gedeeld. Misschien zijn ze onschuldig; maar over de heer De Mourai weten ze meer dan enig ander.'

'En wat hoopt u in hun kamers aan te treffen?'

'Dat zal ik niet weten totdat ik er naar binnen ben gegaan,' antwoordde hij droogjes.

Wederom weergalmden in mijn oren de huiveringwekkende dingen die ik uit de mond van Devizé over Melani had gehoord.

'Ik kan u geen kopie van hun sleutels geven,' zei ik na te hebben nagedacht.

Melani begreep dat aandringen geen zin zou hebben en zweeg.

'Maar voor het overige sta ik tot uw beschikking,' vervolgde ik op zachtere toon, denkend aan mijn verdwenen pareltjes. 'Ik zou Devizé en Dulcibeni bijvoorbeeld vragen kunnen stellen, hen aan de praat zien te krijgen...'

'Alsjeblieft, je zou er niets uit krijgen en je zou alleen maar slapende honden wakker maken. Laten we stap voor stap gaan: intussen proberen we erachter te komen wie de dief van de sleutels en je pareltjes is.'

Atto ontvouwde me vervolgens zijn idee: na het eten zouden we vanuit onze kamers de trap in de gaten houden, ik op de derde verdieping en hij op de tweede. We zouden een touwtje spannen tussen mijn en zijn raam (onze kamers lagen precies onder elkaar), waarvan we de uiteinden beiden aan een voet zouden binden. Wanneer een van ons iets gemerkt had, zou hij meermalen krachtig trekken om de ander te laten komen en zo de dief tegen te houden.

Terwijl hij zo sprak, woog ik de feiten. De wetenschap dat Brenozzi's pareltjes misschien een fortuin waard waren, had me uiteindelijk mismoedig gemaakt: niemand had me ooit zoiets kostbaars cadeau gedaan. Het was misschien de moeite waard om abt Melani even ter zijde te staan. Ik zou wel mijn ogen goed open moeten houden: ik mocht de negatieve woorden over hem niet vergeten.

Ik verzekerde hem dus dat ik zijn aanwijzingen zou opvolgen, zoals ik trouwens (memoreerde ik om hem gerust te stellen) de nacht daarvoor al had beloofd tijdens ons lange, opmerkelijke onderhoud. Ik zinspeelde er vaag op dat ik drie gasten van de herberg had horen discussiëren over minister Fouquet, over wie de abt het de vorige avond had gehad.

'Wat zeiden ze precies over hem?'

'Niets dat ik exact kan terughalen, want ik was in de keuken bezig. Door hen herinnerde ik mij alleen dat u had beloofd me daar iets over te vertellen.'

Er schoot een flits door de scherpe pupillen van abt Melani: hij had eindelijk de bron van mijn onverwachte wantrouwen jegens hem begrepen.

'Je hebt gelijk, ik ben je iets verschuldigd,' zei hij.

Zijn blik werd plotseling vaag, verloren in de herinnering van het verleden.

Ai sospiri, al dolore,
ai tormenti, al penare,
torna o mio core *

---

* Tot de zuchten, het verdriet, de martelingen, het lijden keert mijn hart weder neuriede hij zachtjes en melancholiek. 'Kijk: zo zou Fouquet je gesproken hebben over *seigneur* Luigi Rossi, mijn leermeester,' vervolgde hij, toen hij mijn vragende blik zag, 'maar ga lekker zitten, aangezien ik je een verhaal moet doen en we het etensuur moeten afwachten. Je vraagt wie Nicolas Fouquet was. Welnu, hij was allereerst een overwonnene.'

Hij zweeg, alsof hij naar woorden zocht, terwijl het kuiltje in zijn kin trilde.

'Overwonnen door de jaloezie, door het gelijk van de staat, door de politiek, maar vooral overwonnen door de Geschiedenis. Want bedenk wel, de Geschiedenis wordt altijd gemaakt door de winnaars, of ze nu goed zijn of slecht. En Fouquet heeft verloren. Daarom zal door iedereen wie je in Frankrijk en de wereld maar vraagt wie Fouquet was, nu en altijd geantwoord worden dat hij de meest diefachtige, corrupte, partijdige, lichtzinnige en verkwistende minister van onze tijd was.'

'En wie was hij eerder dan een overwonnene volgens u?'

'De Zon,' antwoordde hij met een glimlach, 'zo werd Fouquet genoemd sinds Le Brun hem op dergelijke wijze had geschilderd in de *Apotheose van Hercules*, op de muren van het kasteel Vaux-le-Vicomte. En er was werkelijk geen andere ster op zijn plaats bij een man van zo'n heerlijkheid en grootmoedigheid.'

'En vervolgens heeft de Zonnekoning zichzelf die naam gegeven omdat hij Fouquet wilde nadoen?'

Melani keek me aandachtig aan en antwoordde niet. Toen legde hij me uit dat de Kunsten als delicate bloeiwijzen van rozen iemand nodig hebben die voor hen de juiste vaas regelt, of de grond vet maakt en ontgint, en dan dag voor dag barmhartig het water laat vallen dat hun dorst zal lessen; op zijn beurt moet de tuinman, vervolgde abt Melani, het beste gereedschap hebben om zijn planten te verzorgen; een delicate aanraking om de prille blaadjes niet te kwetsen, een ervaren oog om hun kwalen te herkennen, en ten slotte moet hij zijn kunde kunnen overdragen.

'Nicolas Fouquet had alles wat hij voor dat doel nodig had,' verzuchtte abt Melani. 'Hij was de meest schitterende, grootse, verdraagzame en ruimhartige mecenas, het meest begaafd in de levenskunst en het politiek bedrijf. Maar hij zag zich verstrikt in het web van hebzuchtige, jaloerse, hoogmoedige, intrigerende en veinzende vijanden.'

Fouquet kwam uit een rijke familie in Nantes die een eeuw terug al welverdiend fortuin had gemaakt in de handel met de Antillen. Hij werd uitbesteed aan de paters jezuïeten die bij hem een superieure intelligentie en een uitzonderlijke uitstraling ontdekten: de volgelingen van de grote Ignatius maakten hem tot een hoogstaande politieke geest, in staat om iedere kans te beproeven, iedere situatie in zijn eigen voordeel om te buigen en iedere gesprekspartner te overtuigen. Op zijn zestiende was hij al adviseur van het parlement van Metz, op zijn twintigste zat hij in het prestigieuze lichaam van de *maîtres des requêtes*, de ambtenaren die gingen over Justitie, Financiën alsmede de soldatenkorpsen.

In de tussentijd was kardinaal Richelieu gestorven en kardinaal Mazarin opgekomen: Fouquet, de leerling van de eerste, stapte zonder problemen over in dienst van de tweede. Mede omdat Fouquet, toen de Fronde, de beroemde opstand van de adel tegen de kroon, was uitgebroken, de jonge koning Lodewijk goed had verdedigd en zijn terugkeer naar Parijs had geregeld, nadat de vorst en zijn familie door de wanordelijkheden gedwongen waren geweest de stad te verlaten. Hij had zich een uitstekend dienaar van Zijne Excellentie de Kardinaal, een aanhanger van de koning en een moedig man betoond. Toen vervolgens het uiteenlopende tumult was afgelopen, was hij inmiddels vijfendertig jaar oud en kreeg hij het ambt van procureur-generaal van het Parlement van Parijs, en in 1653 ten slotte werd hij minister van Financiën.

'Maar dat alles vormt slechts het kader van wat hij echt voor edels en rechtvaardigs en onsterfelijks deed,' haastte abt Melani zich op te merken.

Zijn huis stond evenzeer open voor literatoren en kunstenaars als voor zakenlieden; zowel in Parijs als op het platteland wachtte iedereen op de kostbare momenten die hij de staatszaken ontroofde om diegenen te belonen die talent bezaten op het gebied van poëzie, muziek en andere kunsten.

Het was niet toevallig dat Fouquet als eerste de grote La Fontaine had begrepen en bemind. Het fonkelende talent van de dichter was het rijke pensioen dat de minister hem vanaf het begin van hun kennismaking had toegekend wel waard. En om er zeker van te zijn dat hij niet op de gevoelige ziel van zijn vriend trapte, bood hij hem aan de schuld in te lossen door periodiek een deel terug te geven, maar dan in verzen. Zelfs Molière stond bij de minister in het krijt, ofschoon hem dat nooit verweten zou worden, want de grootste schuld was de morele. Ook de goede Corneille werd, inmiddels oud en niet meer door de gloeiende, grillige lippen van de roem gekust, op dat moeilijke moment in zijn leven concreet beloond en verlost van de banden van de melancholie.

Maar de edele verbintenis van de minister met de Letteren en de Poëzie verdween niet in een lange aaneenschakeling van gratificaties. De minister beperkte zich niet tot het geven van materiële hulp. Hij las werken die nog in voorbereiding waren, gaf adviezen, sprak moed in, corrigeerde, waarschuwde, gaf zo nodig kritiek, deelde complimenten uit als daar aanleiding toe was. En hij gaf inspiratie: niet alleen met woorden, maar ook met zijn eigen hoogstaande aanwezigheid. Het goede hart dat van het gezicht van de minister afstraalde beurde op en boezemde vertrouwen in: de grote lichtblauwe kinderogen, de brede volle lippen en de kuiltjes in zijn wangen als hij lachte.

Op de poort van Nicolas Fouquets hart hadden weldra ook de Architectuur, de Schilderkunst en de Beeldhouwkunst geklopt. Toen brak echter, waarschuwde de abt, een smartelijke episode aan.

Op het platteland bij Melun, in Vaux-le-Vicomte, staat een kasteel, een architectonisch juweel, het wonder der wonderen dat Fouquet met onvergelijkelijke smaak heeft laten oprijzen en dat gebouwd is door kunstenaars die hij heeft ontdekt: architect Le Vau, tuinman Le Nôtre, de uit Rome gehaalde schilder Le Brun, beeldhouwer Puget en vele anderen die de koning weldra in eigen dienst zou nemen en wier namen hij tot de uitzonderlijkste van de Franse kunst zou maken.

'Vaux, kasteel van illusies,' kreunde Atto, 'een enorme stenen mislukking: het decor van een glorie die één zomeravond heeft geduurd, die van 17 augustus 1661. Om zes uur 's avonds was Fouquet de ware koning van Frankrijk, daarna om twee uur 's nachts was hij niets meer.'

Die 17de augustus gaf de minister, nadat het kasteel kortelings was ingewijd, een feest ter ere van de koning. Hij wilde hem behagen en een plezier doen. Hij deed dat met de vreugde en vrijgevigheid die hij altijd had, maar helaas zonder de verwrongen inborst van de vorst te hebben begrepen. De voorbereidingen waren indrukwekkend. Voor de nog onvoltooide salons werden brokaten bedden met gouden passementwerk, zeldzame meubels, zilverwerk en kristallen kaarsenstandaards naar Vaux gestuurd. Over de wegen van Melun gingen de schatten van honderd musea en duizend antiquairs: tapijten uit Perzië en Turkije, leer uit Cordoba, porselein dat de jezuïeten hem stuurden vanuit Japan, gelakte voorwerpen die via Holland vanuit China waren geïmporteerd dankzij de doorgangsroute waar de minister voor had gezorgd voor de import van zeldzaamheden uit het Oosten. En verder de schilderijen die door Poussin in Rome ontdekt waren en hem via zijn broer, abt Fouquet, waren toegestuurd. Alle bevriende kunstenaars en dichters, onder wie Molière en La Fontaine, werden gemobiliseerd.

'In alle salons, van die van Madame de Sévigné tot die van Madame de la Fayette, had men het alleen nog over kasteel Vaux,' ging Melani verder, inmiddels verzonken in de herinnering aan die dagen. 'De ingang van het kasteel ontving de bezoeker met de strenge kant van het traliewerk en de acht beelden van godheden die aan weerszijden zweefden. Daarna kwam de enorme erebinnenplaats, verenigd met de dependances door bronzen steunpilaren. En in de rondbogen van de drie imposante poorten de klimmende eekhoorn, het wapen van Fouquet.'

'Een eekhoorn?'

'In het Bretons, het dialect waarmee de minister is groot geworden, betekent het woord *fouquet* eekhoorn. En mijn vriend Nicolas leek wat betreft temperament en karakter op het diertje: ijverig, snel, handig, met een nerveus lijf en een vrolijke, verleidelijke blik. Onder het wapen het motto *quo non ascendam*? oftewel "tot waar zal ik stijgen?" met een verwijzing naar de hartstocht van de eekhoorn om steeds hogere takken te bereiken. Maar vanzelfsprekend in ruimhartigheid: Fouquet hield van de macht als een kind. Hij bezat de eenvoud van iemand die je nooit al te serieus neemt.'

Rond het kasteel, vervolgde de abt, lag het schitterende park van Le Nôtre: 'Fluwelen gazons met bloemen uit Genua, waar de perken begonia's de regelmatigheid hadden van hexameters. In een kegelvorm gesnoeide taxusbomen, tot vuurpot gevormde buksboompjes, bovendien de grote waterval en het meertje van Neptunus die leidden naar de grotten, en daarachter het park met de beroemde fonteinen die Mazarin hadden verbaasd. Alles gereed om de jonge Lodewijk XIV te ontvangen.'

De jonge koning en de koningin-moeder waren 's middags van hun residentie te Fontainebleau vertrokken. Om zes uur waren ze met hun aanhang in Vaux aangekomen. Alleen koningin-gemalin Maria Theresia, die in haar schoot de eerste vrucht van de liefde van haar man droeg, was afwezig. De stoet passeerde met geveinsde onverschilligheid de fiere rijen wachters en musketiers, en vervolgens de talloze bezige pages en edelknapen die gouden bladen vol prachtig versierde gerechten hanteerden, pièces de milieu van exotische bloemen schikten, kisten wijn voortsleepten, stoelen plaatsten rond de enorme tafels met damast, waarop de kaarsenstandaards, de serviezen en het gouden en zilveren bestek, de hoorn des overvloeds aan fruit en groenten, de fijne kristallen glazen die eveneens met goud waren afgewerkt, een schitterend, verbijsterend, onnavolgbaar, irritant schouwspel vormden.

'Toen begon het slingeruurwerk van het lot zijn ommekeer te maken,' commentarieerde de abt, 'en die omkering was even onvoorzien als heftig.'

De jonge koning Lodewijk beviel de bijna schaamteloze weelde van dat feest niet. De warmte en de vliegen, die er evenzeer op uit waren om te feesten als de gasten, hadden zowel de vorst als zijn gevolg hun geduld doen verliezen, gedwongen als ze door de conventies waren tot een martelend bezoek aan het park van Vaux. Men was bruin gebraden door de zon, goed ingestopt in de harde boorden van gesteven kant om de nek en in de batisten linnen dassen die in de zesde knoop van de justaucorps waren gestoken; men hunkerde ernaar om hozen en pruiken uit en af te doen. Het was met oneindige opluchting dat men de koelte van de avond begroette en eindelijk aan tafel ging.

'En hoe was het diner?' vroeg ik watertandend, wel aanvoelend dat de spijzen van het niveau van de woonstede en de ceremonie zouden zijn.

'Het beviel de koning niet,' zei de abt somber geworden.

Vooral de zesendertig dozijn massief gouden borden en de vijfhonderd dozijn zilveren borden op de tafels bevielen de jonge koning Lodewijk niet. Het beviel hem niet dat er zoveel genodigden waren, honderden en honderden, dat de rijen wachtende koetsen en pages en voerlieden buiten de villa zo lang en vrolijk was, haast een tweede feest. Het beviel hem niet dat hij via het gefluister van een van zijn hovelingen, alsof het om een roddel ging die doorverteld moest worden, te weten kwam dat het feest meer dan 20.000 *livres* had gekost.

De muziek die de maaltijd begeleidde beviel de koning niet – cimbalen en trompetten bij de *entrées*, gevolgd door violen – en evenmin de enorme massief gouden suikerpot die tegenover hem werd geplaatst en zijn bewegingen inperkte.

Het beviel hem niet te worden ontvangen door iemand die, zonder kroon, liet zien dat hij vrijgeviger was, fantasierijker, beter geschikt om zijn gasten te verbazen en hen tegelijkertijd nader tot zich te krijgen door de pracht te combineren met een ontvangst dus schitterender. In een woord: koninklijker.

Bij de marteling van het diner voegde zich voor Lodewijk die van het openluchtspektakel. Terwijl het banket maar voortduurde, vervloekte Molière, nerveus ijsberend in de beschutting van de gordijnen, op zijn beurt de minister: *Les Fâcheux*, de komedie die hij voor de gelegenheid had geschreven, had al twee uur bezig moeten zijn. Nu echter werd het daglicht minder. Uiteindelijk kwam hij het toneel op onder het blauw-groene schild van de zonsondergang, terwijl in het oosten de eerste sterren reeds de hemelboog bezaaiden met lichtjes. Ook hier heerste verbazing: op het toneel verscheen een schelp die openging, en een danseres, een allerliefste waternimf, rees op en toen was het alsof de hele Natuur sprak en de omringende bomen en beelden, bewogen door fijnzinnige goddelijke krachten, tot de nimf genaakten om met haar een lieflijk lyrisch gedicht aan te heffen: het lofdicht op de koning, waarmee de komedie begon.

> *Pour voir sur ces beaux lieux le plus grand roi du monde*
> *Mortels, je viens à vous de ma grotte profonde...*

Aan het slot van de prachtige voorstelling kwam het vuurwerk, gemaakt door de Italiaan Torelli, die in Parijs al de Grote Tovenaar werd genoemd, dankzij de wonderlijke flitsen en kleuren die alleen hij met zo'n vaardigheid bijeen wist te roeren in de zwarte, lege pan van de hemel.

Om twee uur 's nachts, misschien nog later, maakte de koning met een gebaar duidelijk dat het moment van afscheid was gekomen. Fouquet zag zijn gezicht donker staan: hij versteende, misschien begreep hij het, hij verbleekte. Hij liep op hem toe, knielde neer en bood hem met een ruim handgebaar publiekelijk Vaux ten geschenke aan.

De jonge Lodewijk antwoordde niet. Hij stapte in zijn koets en wierp een laatste blik op het kasteel dat zich in het donker aftekende: juist toen zweefde hem misschien (er zijn er die het zweren) een beeld van de Fronde voor ogen, een verwarde middag uit zijn kindertijd, een beeld waarvan hij niet meer wist of hij de oorsprong moest toeschrijven aan andermans verhalen of aan zijn eigen herinneringen; een onzekere reminiscentie aan de nacht waarin hij met koningin-moeder Anna en kardinaal Mazarin weg moest sluipen, buiten de muren van Parijs, zijn oren verdoofd door de knallen en het geschreeuw van de menigte, de scherpe geur van bloed en de muffe lucht van het plebs in zijn neus. Hij schaamde zich dat hij koning was en wanhoopte of hij op een dag naar de stad, zijn stad, zou kunnen terugkeren. Of misschien herinnerde de koning zich plotseling (er zijn er ook die dat zweren), toen hij naar de stralen van de fonteinen van Vaux keek die nog mooi en arrogant opspoten en waarvan hij het geruis hoorde terwijl de koets wegreed, dat er in Versailles nog geen druppel water was.

'En wat gebeurde er toen?' vroeg ik met een dun stemmetje, aangeslagen en van mijn apropos gebracht door het verhaal van de abt.

Er gingen een paar weken voorbij, en de strop sloot zich snel om de hals van de minister. De koning deed of hij naar Nantes moest om in Bretagne het gewicht van zijn autoriteit te laten voelen en een belasting op te leggen waarvoor de Bretons geen haast getoond hadden om die over te maken naar de geldkisten van het koninkrijk. De minister volgde hem zonder zich al te veel zorgen te maken, aangezien Nantes zijn geboortestad was en er veel vrienden van hem woonden.

Voor vertrek echter suggereert iemand hem rugdekking te zoeken: er is een intrige tegen hem gaande, fluisteren zijn trouwste vrienden. De minister vraagt audiëntie bij de koning en opent zijn hart voor hem: hij vraagt hem vergeving als de geldkisten van de Kroon het moeilijk hebben, maar hij had tot voor een paar maanden onder bevel van Mazarin gestaan, en dat weet Lodewijk wel. De koning doet of hij het helemaal begrijpt, bejegent hem met de grootste hoogachting, hij vraagt hem voor het minste en geringste advies, en volgt zonder een spier te vertrekken zijn aanwijzingen op.

Fouquet merkt echter dat er iets niet goed zit en wordt ziek: hij lijdt weer aan de intermitterende koorts die hem heeft getroffen tijdens de lange blootstelling aan de vochtige kou, toen hij toezicht hield op de bouwplaatsen van Vaux. Hij mist steeds vaker de verkwikking van de slaap. Iemand ziet hem stilletjes achter een deur huilen.

Ten slotte vertrekt hij in het gevolg van Lodewijk, en eind augustus bereikt hij Nantes. Meteen echter wordt hij opnieuw gedwongen het bed te houden door de koorts. De koning, die zich in een kasteel aan het andere eind van de stad heeft geïnstalleerd, lijkt zowaar zorgzaam, hij laat hem opzoeken om nieuws omtrent zijn gezondheid te krijgen. Fouquet herstelt, zij het moeizaam. Op 5 september ten slotte, de verjaardag van de vorst, wordt hij om zeven uur 's ochtends ontboden. Hij werkt tot elf uur met de koning, en ten slotte houdt de vorst hem nog onverwachts vast om enkele zaken te bespreken. Terwijl Fouquet dan eindelijk het kasteel verlaat, wordt zijn koets door een groepje musketiers aangehouden. Een onderluitenant-musketier, ene D'Artagnan, leest hem het arrestatiebevel voor. Fouquet kan het niet geloven: 'Mijnheer, weet u zeker dat u mij moet arresteren?' Zonder hem nog tijd te gunnen neemt D'Artagnan alle papieren die welke hij bij zich heeft in beslag, zelfs die hij op zijn lijf draagt. Ze verzegelen alles en zetten hem op een konvooi koninklijke koetsen dat hem naar het kasteel van Angers brengt. Daar zal hij drie maanden blijven.

'En toen?'
'Dit was slechts de eerste stap op zijn lijdensweg. Het proces werd geïnstrueerd en duurde drie jaar.'
'Waarom zo lang?'
'De minister wist zich als geen ander te verdedigen. Maar uiteindelijk moest hij het onderspit delven. De koning liet hem levenslang opsluiten in de vesting van Pinerolo, over de Alpen.'
'En daar is hij gestorven?'
'Daar kom je niet uit, tenzij de koning dat wil.'
'Maar dan was het de afgunst van de koning waardoor Fouquet verloor, omdat hij zijn grootheid niet verdroeg, en het feest...'
'Ik kan je niet toestaan zo te spreken,' viel hij me in de rede. 'De jonge koning begon toen zijn ogen te laten rusten op alle verschillende delen van de staat, en geen onverschillige ogen, maar heersersogen. Pas toen begreep hij dat *hij* de koning was, en daarvoor was geboren. Maar inmiddels was het te laat om genoegdoening van Mazarin te krijgen, de overleden stiefvader-heerser uit zijn prille jaren die hem alles had ontzegd. Maar Fouquet was gebleven, de andere Zon, wiens lot bezegeld was.'
'Dus de koning heeft zich gewroken. En bovendien stoorde hij zich aan dat gouden vaatwerk...'
'Niemand mag zeggen dat de koning zich wil wreken, want hij is de machtigste van alle andere Europese vorsten, en met nog meer reden mag niemand zeggen dat Zijne Majesteit afgunstig is op zijn minister van koninklijke financiën, die dan ook aan de vorst zelf toebehoren, en aan niemand anders.'

Hij zweeg opnieuw, maar begreep zelf dat zijn antwoord niet afdoende kon zijn voor mijn nieuwsgierigheid.

'Je zou inderdaad,' zei hij ten slotte, starend naar het laatste daglicht dat door het raam naar binnen kwam, 'niet de waarheid kennen als ik zweeg over de Slang die zich om de Eekhoorn kronkelde.'

Als de minister de Eekhoorn was, dan was er inderdaad een Slang die listig zijn stappen volgde. Dat glibberige dier wordt in het Latijn colubra genoemd, en merkwaardig genoeg verheugde de heer Colbert zich over deze bijnaam, overtuigd als hij was dat de overeenkomst met dit reptiel (een even onjuist als onthullend idee) zijn naam meer luister en glorie bij kon zetten.

'En als een kronkelende slang wist hij zich te gedragen,' zei de abt, 'want de Slang die de Eekhoorn zo had vertrouwd, was dezelfde die hem in de afgrond wierp.'

Aanvankelijk was Jean-Baptiste Colbert, de zoon van een rijke lakenkoopman, een heerschap dat niets voorstelde.

'Ook al liet hij,' grinnikte Atto, 'zich toen voorstaan op een voorname afkomst en liet hij een valse grafsteen maken die hij door liet gaan voor die van een voorvader uit 1200, en waarvoor hij zelfs deed alsof hij knielde.'

Onvoldoende opgeleid als hij was, was de fortuin toch weldra tot hem gekomen in de persoon van een neef van zijn vader, wiens hulp het hem mogelijk had gemaakt een post als ambtenaar op het ministerie van Oorlog te kopen. Daar was het door zijn vleierstalenten gelukt in kennis te komen met Richelieu en zich aan hem te binden, en later, na de dood van de kardinaal, secretaris te worden van Michel le Tellier, de machtige staatssecretaris van Oorlog. In de tussentijd was Richelieu vervangen door een Italiaanse kardinaal die erg dicht bij de koningin-moeder stond, Jules Mazarin.

'Intussen had hij, dankzij het geld van de handel, een adellijk titeltje gekocht. En mocht hij nog meer geld nodig hebben gehad, dan kwam om dat probleem op te lossen intussen het huwelijk met Marie Charron en vooral met haar 100.000 *livres* bruidsschat,' vervolgde abt Melani met een nadere zweem van wrok, 'maar wat zijn ware fortuin maakte,' hervatte hij, 'was de ongenade van de koning.'

In 1650 was de Fronde, die twee jaar daarvoor was begonnen, namelijk op zijn hoogtepunt gekomen en moesten de koning, de koningin en kardinaal Mazarin Parijs ontvluchten.

'Het grootste probleem voor de staat was niet de afwezigheid van de koning, die nog een kind van twaalf was, noch die van de koningin-moeder, die vooral de minnares van de kardinaal was, maar die van Mazarin.'

Aan wie moesten namelijk de staatszaken en -geheimen worden toevertrouwd die de kardinaal even vaardig als ondoorzichtig naar zijn hand zette? Colbert wierp daarom al zijn kwaliteiten van ijverig uitvoerder in de strijd: hij was om vijf uur 's morgens op kantoor te vinden, handhaafde volstrekte orde en ondernam op eigen initiatief nooit iets belangrijks. Dit alles terwijl Fouquet juist thuis werkte, waar het een broedplaats van ideeën was, in de meest totale chaos van papieren en documenten.

Zo koos de kardinaal, die zich bedreigd begon te voelen door de ondernemingszin van Fouquet, in 1651 Colbert om zijn zaken te behartigen. Te meer omdat de laatste zich zeer bedreven had betoond in correspondentie in cijferschrift. Colbert diende Mazarin niet slechts tot deze aan het einde van de Fronde zegevierend met Lodewijk en Anna van Oostenrijk naar Parijs terugkeerde, maar tot aan de dood van de kardinaal.

'Hij vertrouwde hem zelfs het beheer van zijn goederen toe,' zei de abt met een zucht waarin alle spijt lag dat hij zoveel vertrouwen in de verkeerde persoon gesteld had gezien.

'Hij bracht hem alle vakmanschap bij die de Slang nooit op eigen kracht had kunnen ontplooien. De Slang liet zich, in plaats van hem dankbaar te zijn, goed betalen. En hij verkreeg gunsten voor zichzelf en zijn familie,' zei hij duim en wijsvinger tegen elkaar wrijvend om platweg geld aan te duiden. 'Hij wist bijna elke dag audiëntie bij de koningin te verkrijgen. Zo te zien was hij het precieze tegendeel van Nicolas: gedrongen, met een breed en uitgesproken gezicht, een vaalgele huid, lang, dun, ravenzwart haar onder zijn kalotje, een hebberige blik, een halfgeloken ooglid, een messcherp snorretje boven zijn dunne, weinig tot glimlachen geneigd zijnde mond. Zijn ijzige, stekelige en stiekeme karakter zou hem gevreesd hebben gemaakt, als zijn belachelijke onwetendheid er niet was geweest, slecht gecamoufleerd onder te pas en te onpas gebezigde Latijnse citaten die hij als een papegaai herhaalde na ze te hebben opgevangen van jonge, speciaal daarvoor aangestelde medewerkers. Hij werd een mikpunt van spot en werd steeds minder geliefd, zodat Madame de Sévigné hem "het Noorden" noemde, naar de koudste, onaangenaamste windstreek.'

Ik vermeed Melani te vragen waarom er uit zijn verhaal zoveel afkeer van Colbert doorschemerde en juist niet van Mazarin, die zo'n hechte vriendschap met Colbert leek te hebben gesloten. Ik kende het antwoord al: had ik niet Devizé, Cristofano en Stilone Priàso horen zeggen dat de castraat Atto Melani van jongs af aan door de kardinaal was geholpen en geprotegeerd?

'Waren Colbert en minister Fouquet vrienden?' waagde ik echter.

Hij aarzelde een moment eer hij antwoord gaf.

'Ze leerden elkaar in het begin van de Fronde kennen, en aanvankelijk waren ze wel op elkaar gesteld. Tijdens het oproer gedroeg Fouquet zich als de beste der onderdanen, en Colbert praatte hem naar de mond en bewees hem zijn diensten toen Fouquet procureur-generaal van Parijs werd, welk ambt gevolgd werd door dat van minister van Financiën. Maar het duurde niet lang: Colbert kon het niet hebben dat de ster van Fouquet zo hoog en helder straalde. Hoe kon hij de Eekhoorn zijn roem, fortuin, charme, soepel werk en vlugge geest (terwijl Colbert hard moest ploeteren om goede ideeën te krijgen), en ten slotte zijn weelderige bibliotheek kwalijk nemen, waarvan hij, met zijn geringe opleiding, niet eens gebruik zou weten te maken? De Slang ontpopte zich dus als spin en begon aan het web.'

De resultaten van de intriges van Colbert kwamen snel. Eerst druppelde hij het gif van het wantrouwen in bij Mazarin, daarna bij de koning. Het koninkrijk had toen tientallen jaren van oorlog en armoede achter de rug, en het was niet moeilijk om papieren te vervalsen om de minister ervan te beschuldigen dat hij rijkdommen had vergaard ten koste van de vorst.

'Was Fouquet erg rijk?'

'Helemaal niet, maar om staatsredenen moest hij dat lijken: alleen op die manier kon hij steeds nieuwe kredieten krijgen en zo aan de nijpende verzoeken om geld van de kant van Mazarin voldoen. De kardinaal wel, die was steenrijk. Niettemin las de koning kort voor diens dood zijn testament, en had er niets op aan te merken.'

Maar, legde Atto uit, dat was voor Colbert niet de werkelijke kwestie. Zodra de kardinaal was overleden, moest worden besloten wie zijn plaats in zou nemen. Fouquet had het koninkrijk verfraaid, had het glorie verleend, hij had zich dag en nacht uitgeput om de eisen van nieuwe inkomsten in te willigen: er werd terecht gedacht dat de beurt aan hem was.

'Maar toen aan de jonge koning werd gevraagd wie de opvolger van Mazarin was, antwoordde hij: *c'est moi*. Naast de vorst was er geen plaats meer voor een hoofdrolspeler, en Fouquet was van te verfijnde statuur om de tweede viool te spelen. Colbert echter was perfect in de rol van hielenlikker: hij was belust op macht, al te zeer gelijkend op de koning in de manier waarop hij zichzelf serieus nam, en juist daarom deed hij geen zet verkeerd. Lodewijk XIV trapte er helemaal in.'

'Dan is het vanwege Colberts afgunst dat Fouquet werd vervolgd.'

'Dat is duidelijk. Tijdens het proces maakte de Slang zichzelf te schande: hij kocht stiekem rechters om, vervalste documenten, bedreigde en chanteerde. Fouquet resteerde slechts de heldhaftige verdediging van La Fontaine, het pleidooi van Corneille, de moedige brieven die zijn vrienden aan de koning schreven, de solidariteit en vriendschap van de edelvrouwen en, onder het volk, de faam van held. Alleen Molière hield lafhartig zijn mond.'

'En u?'

'Wel, ik was niet in Parijs en kon maar weinig doen. Maar nu is het beter dat je gaat. Ik hoor de andere gasten de trap aflopen voor het avondeten, en ik wil niet de aandacht van onze dief trekken: hij moet in de waan blijven dat niemand alert is.'

※

In de keuken kon ik, gezien het late tijdstip en de andere gasten die al lang zaten te wachten, niets beters doen dan de restjes van het middagmaal verdelen met daarbij een paar eieren en wat andijvie. Ik was maar een knechtje met weinig ervaring in de keuken: ik kon niet wedijveren met het meesterschap van mijn baas, en de gasten begonnen dat in de gaten te krijgen.

Tijdens de maaltijd merkte ik niets ongewoons. Brenozzi met zijn rozige kindergezichtje bleef aan het akkerklokje in zijn kruis plukken, ernstig gadeslagen door de arts die met een hand in het zwarte sikje op zijn kin kneep. Stilone Priàso was met zijn ruwe, donkere, norse uilenkop ten prooi aan veelvuldige dwanghandelingen: de kromming van zijn neus wrijven, zijn vingertoppen schoonmaken, met een arm schudden als om een mouw naar beneden te krijgen, zijn hemd rechttrekken, met zijn handen over zijn slapen strijken. Devizé zat intussen, zoals aan tafel zijn gewoonte was, luidruchtig te eten en overstemde bijna de onstuitbare taal die tevergeefs door Bedford werd geuit aan het adres van Dulcibeni, die steeds ondoorgrondelijker werd, en van pater Robleda, die met lege blik naar de Engelsman knikte. Abt Melani verorberde de maaltijd in complete stilte, nu en dan alleen even opkijkend. Een paar keer stond hij op om vanwege een niesbui een kanten zakdoek naar zijn neus te brengen.

Toen de maaltijd ten einde was en allen zich reeds haastten om weer naar hun kamer te gaan, herinnerde Stilone Priàso de arts aan diens belofte om onze ideeën op te helderen over hoeveel hoop we hadden om levend uit de quarantaine te komen.

Cristofano liet zich niet bidden en tegenover het kleine gehoor begon hij een geleerde verhandeling waarin hij met tal van voorbeelden uit de werken van antieke en moderne schrijvers uitlegde op welke manier pestbesmetting in haar werk gaat: 'Nadat we gesteld hebben dat de eerste oorzaak van pestbesmetting in de wereld de wil van God is en dat er geen betere remedie tegen bestaat dan bidden, moet u weten dat de ziekte voortkomt uit het bederf van de vier elementen, lucht, water, aarde en vuur, die door de lucht in de neus en in de mond komen: op een andere manier kan de pest het lichaam niet betreden. 's Zomers, zoals in ons geval, heeft men het bederf van het vuur of de natuurlijke warmte: de ziekte die daaruit voortkomt geeft koorts, hoofdpijn en alles wat ik al heb uitgelegd aan Pellegrino's hoofdeinde. De dode wordt vervolgens meteen zwart en heel warm. Om zo'n overmaat te vermijden moeten de net rijpe gezwellen doorgesneden, en moeten brijomslagen op de wonden aangebracht worden. 's Winters echter riskeert men de pest die komt uit het bederf van de aarde en die vervolgens gezwellen veroorzaakt die lijken op de knollen die tijdens het koude seizoen in de aarde rusten. En dit zijn builen die moeten rijpen met warme smeersels. In het voorjaar en de herfst echter, wanneer de rivieren weer gezwollen zijn, spruit de pest juist voort uit het bederf van het water, dat soms ook veroorzaakt wordt door de planeten, en vormt dan waterige gezwellen die, eenmaal doorgebroken, heel snel genezen. De behandeling is dan dat men met purgeermiddelen, balsems en siropen het giftige vocht eruit laat komen. Het is in elk geval altijd voornamelijk slechte lucht die bijdraagt aan de verspreiding van besmetting. Lucht komt overal in, want *non datur vacuum in natura*. Daarom is het goed om op elke straathoek fakkels te branden. Vlammen zuiveren: daarmee wordt goud fijner, zilver puurder, ijzer gereinigd, worden metalen vloeibaar gemaakt, gloeien de levende stenen, worden etenswaren gekookt, worden koude dingen opgewarmd en vochtige zaken weer droog gemaakt. Vlammen zullen dus ook de lucht zuiveren van bederf en kwaadaardigheid. Het is een geneeskundig middel om vooral te volgen in de steden, die eerder met bederf in aanraking komen dan het platteland, dat meer open is.'

'We zitten dus op de beroerdste plek, hier midden in Rome,' kwam ik huiverend tussenbeide.

'Helaas. Naar mijn bescheiden mening,' formuleerde Cristofano met juist weinig bescheidenheid, 'komt de oorzaak van de slechte lucht in enkele steden, zoals Rome, allereerst voort uit het feit dat ze ontvolkt zijn. Rome, een heilige, oeroude stad en heerseres over heel de wereld, genoot in de tijd dat ze triomfeerde en mensen van iedere natie ontving, de beste en heilzaamste lucht. Tegenwoordig echter ademen we er, nu ze door de oorlogen ontvolkt is, een zeer bedorven lucht in. Hetzelfde zij gezegd over Terracina, over Romana Cervetro, over de stad bij het strand van Nettuno, evenals over Baia in het Koninkrijk Napels, Avernia, Dignano en de grote stad Como, want dat waren reeds zeer befaamde steden en er woonden zoveel mensen dat het iets verbazends was: tegenwoordig zijn ze zo in alles achteruitgegaan en hebben ze zo'n bedroevende lucht dat de mensen er niet kunnen wonen. Daartegenover staan Napels en Trapani, waar je eerder door de slechte lucht niet kon wonen, maar waar, nu ze floreert en in goede ontwikkeling is, de lucht perfect is. Dit mede omdat er op wilde gronden giftige kruiden en vergiftigde dieren gedijen, en beide vergiftigen de mensen. Kortom, ook hier in Rome is het niet onredelijk om bang te zijn. Ook al stamt de laatste pestepidemie dan van 1656, zevenentwintig jaar geleden. Als het echt pest is, treft ons het noodlot om ditmaal de poorten voor haar te openen.'

We zwegen een paar seconden en overdachten de woorden die de arts met zoveel ernst aan zijn kleine gehoor had verstrekt. Atto nam opnieuw het woord: 'Hoe wordt het overgebracht?'

'Door de geuren, *facillime*. Maar ook door middel van harige dingen als dekens of bont, die daarom verbrand moeten worden. De onzuivere atomen hechten zich volgens sommige auteurs met geweld vast, om zich dan later te laten vallen,' antwoordde Cristofano met vanzelfsprekendheid.

'Dus de kleren van signor Pellegrino hadden ons kunnen besmetten,' zei ik, een aanval van paniek onderdrukkend.

'Misschien moet ik duidelijker zijn,' antwoordde hij, zijn hautaine toon lichtelijk temperend, 'ik weet niet helemaal zeker of het wel echt zo ligt. Niemand weet eigenlijk met zekerheid hoe de ziekte wordt verspreid. Ik heb in Palermo een stokoude apotheker van zevenentachtig leren kennen, Giannuccio Spatafora, met een enorme schat aan kennis en ervaring. Hij vertelde mij dat pestepidemieën die de stad teisterden geen verklaring kenden: de lucht van Palermo was heel goed, beschut voor de zuidenwind en de sirocco, die de gezondheid en de vruchtbaarheid van dorpen schaden, en de mensen doen opzwellen door een bepaald soort aanhoudende koorts voort te brengen waaraan ze en masse sterven. Niettemin, de pest in Palermo was van zo'n verdacht gehalte dat je, zodra je hoofd verdoofd was, op de grond viel en meteen daarna stierf. En nadat je was gestorven, werd je zwart en heel warm.'

'Kortom, niemand weet echt hoe de besmetting wordt verspreid,' drong Atto aan.

'Ik kan zeggen dat veel epidemieën zeker zijn begonnen doordat een zieke de besmetting meebracht vanuit een besmet gebied,' antwoordde Cristofano. 'Hier in Rome bijvoorbeeld, bij de laatste epidemie zei men dat de ziekte uit Napels was gekomen, meegebracht door een onwetende visboer. Maar mijn vader, die bij de grote pest van Prato in 1630 inspecteur voor de volksgezondheid was en zorg droeg voor veel pestlijders, vertrouwde mij jaren later toe dat de aard van de ziekte raadselachtig is en dat niemand van de antieke schrijvers die had weten te doorgronden.'

'En hij had gelijk.'

We werden verrast door de scherpe, strenge stem van Pompeo Dulcibeni, de bejaarde reiziger die Mourai vergezelde.

Hij begon op gedempte toon: 'Een geleerde geestelijke heeft de weg gewezen waarop we verder moeten gaan. Maar helaas werd hij niet gehoord.'

'Een geleerde geestelijke. Laat mij eens raden: pater Athanasius Kircher misschien,' waagde de arts.

Dulcibeni antwoordde niet, hij liet aanvoelen dat de arts het geraden had en scandeerde: '*Aerem, acquam, terram innumerabilibus insectis scatere, adeo certum est*.'

'Hij zegt dat de aarde, de lucht en de wateren wemelen van de minuscule wezens die onzichtbaar zijn voor het blote oog,' vertaalde Cristofano.

'Welnu,' hervatte Dulcibeni, 'die minuscule wezens komen uit rottende organismen, maar je kon ze pas bekijken na de uitvinding van de microscoop, en dus...'

'Zoveel mensen kennen hem, die Duitse jezuïet,' viel Cristofano hem met een zweem van spot in de rede, 'dat signor Dulcibeni hem naar het schijnt zelfs uit het hoofd citeert.'

Mij zei de naam Kircher eerlijk gezegd helemaal niets. Maar dat hij bekend was moest wel kloppen: bij het horen van pater Athanasius Kirchers naam had het hele gehoor instemmend geknikt.

'Kirchers ideeën evenwel,' ging Cristofano intussen door, 'hebben nog niet die van de grote schrijvers vervangen, die echter...'

'Misschien hebben de doctrines van Kircher wel enige grond, maar alleen de gewaarwording kan een solide, betrouwbare basis voor onze kennis zijn.'

Ditmaal was de heer Bedford tussenbeide gekomen. De jonge Engelsman, die zich bevrijd leek te hebben van de angst van de avond tevoren, had zijn gebruikelijke arrogante houding weer aangenomen.

'Dezelfde oorzaak,' ging hij verder, 'kan namelijk in verschillende gevallen tegengestelde gevolgen hebben. Is het niet hetzelfde kokende water waardoor het ei hard wordt en het vlees zacht?'

'Ik weet heel wel,' siste Cristofano scherp, 'wie deze sofismen rondstrooit: de heer Locke en zijn kompaan Sidenamius, die ook alles weten van de zintuigen en het intellect, maar in Londen willen ze de zieken behandelen zonder arts te zijn!'

'Nou en? Het gaat hun om de behandeling,' wierp Bedford tegen, 'en niet om met praatjes patiënten op te pikken, zoals sommige artsen doen. Twintig jaar geleden, toen de pest twintigduizend slachtoffers per dag maakte, kwamen er Napolitaanse artsen en apothekers naar Londen om hun geheime middelen tegen besmetting te verkopen. Mooie boel: papiertjes om op je borst te hangen met het jezuïetenteken I.H.S. in een kruis; of het beroemde bord dat je om je nek moest doen met het opschrift:

ABRACADABRA
ABRACADABR
ABRACADAB
ABRACADA
ABRACAD
ABRACA
ABRAC
ABRA
ABR
AB
A

Op dit punt kwam de jonge Engelsman, nadat hij ijdel zijn rode haardos had gefatsoeneerd en zijn zeegroene schele oogjes op het gehoor had gericht (behalve op mij, want op mij lette hij helemaal niet) overeind en leunde tegen de muur, waardoor hij rustiger kon praten.

De hoeken van de straten en de palen van de huizen, vertelde hij, waren bedekt met adviezen van kwakzalvers waarop de mensen werden aangespoord om 'onfeilbare pillen', 'weergaloze drankjes', 'koninklijke tegengiffen' en 'universele watertjes' te kopen tegen de pest.

'En wanneer ze niet met die idioterieën zwendelden,' vervolgde Bedford, 'brachten ze wel drankjes op basis van kwik in omloop, die het bloed vergiftigden en je nog erger om zeep brachten dan de pest.'

Juist deze laatste opmerking van de Engelsman werkte op Cristofano als een vonk in het kruitvat, en de woordentwist tussen de twee laaide hevig op.

Op dat moment mengde ook pater Robleda zich in de discussie. Nadat hij binnensmonds onverstaanbaar commentaar had gemompeld, trad de jezuïet naar voren om pater Kircher, zijn medebroeder, te verdedigen. Maar de reacties lieten niet op zich wachten en er kwam een ongepaste ruzie uit voort, waarin iedereen trachtte zijn eigen argumenten eerder met stemverheffing dan met redelijkheid aan de anderen op te leggen.

Het was voor het eerst in mijn armzalige leven als knecht dat ik zo'n geleerde strijd bijwoonde, al was ik zeer verbaasd en teleurgesteld over de twistzieke aard van de deelnemers.

Ik putte er in elk geval de eerste informatie uit over de theorieën van die mysterieuze Kircher, die wel nieuwsgierigheid moest wekken. In de loop van een halve eeuw onvermoeibare studie had de geleerde jezuïet zijn veelzijdige leer in meer dan dertig schitterende werken met de meest uiteenlopende onderwerpen gegoten, waaronder ook een traktaat over de pest, de *Scrutinium phisico-medicum contagiosae luis quae pestis dicitur*, inmiddels vijfentwintig jaar geleden gepubliceerd. De jezuïetenwetenschapper beweerde dat hij met zijn microscoop grote ontdekkingen had gedaan, tegenover welke de lezer misschien ongelovig zou staan (zoals later inderdaad was gebeurd), maar die het bestaan van onzichtbare wezentjes aantoonden, die volgens hem de oorzaak van de pestbesmetting waren.

Om zijn wetenschap te schragen had pater Kircher volgens pater Robleda vermogens die een ziener waardig waren of in elk geval geïnspireerd waren door de Hemel. En als die gekke pater Kircher, dacht ik, echt had geweten hoe je van de pest af kon komen? Maar gezien het verhitte klimaat durfde ik geen vragen te stellen.

Even aandachtig als ik en meer nog ten aanzien van het nieuws over pater Kircher was al die tijd abt Melani geweest. Gedwongen om herhaaldelijk zijn neus te wrijven in zijn vergeefse poging om een niesbui te bezweren, had hij zich niet meer in het gesprek gemengd, maar zijn scherpe oogjes richtten zich snel naar de monden die de een na de ander de naam van de Duitse jezuïet lieten vallen.

Ik van mijn kant werd tegelijk beangstigd door het dreigende gevaar van de pest, en geboeid door die geleerde theorieën over besmetting, waarvan ik toen voor het eerst het bestaan vernam.

Daarom werd mijn argwaan niet gewekt (terwijl dat wel had gemoeten) door het feit dat Dulcibeni zo goed op de hoogte was van de oude, vergeten theorie van Kircher over de pest. En merkte ik niet hoe Atto zijn oren had gespitst toen de naam Kircher viel.

Na uren van woordenstrijd stroomde een goed deel van de gasten – inmiddels overmand door verveling – langzaam naar zijn bed, met achterlating van de ruziemakers. En kort daarna, gingen we zonder de opluchting van een verzoening allemaal slapen.

Tweede nacht
van 12 op 13 september 1683

Zodra ik weer op mijn kamer was, ging ik uit het raam hangen en bracht door middel van een stok het uiteinde van het touwtje tot voor Atto's raam waaraan we moesten trekken om alarm te slaan. Ik ging op bed liggen met de deur halfopen en mijn oren goed gespitst, ook al vreesde ik niet lang weerstand te kunnen bieden aan de slaap. Ik stelde me evenwel in op te wachten, mede omdat in het bed tegenover mij mijn arme baas half buiten westen lag en Cristofano erop had aangedrongen hem in het oog te houden. Ik stopte wat oude lappen in zijn broek om eventuele urinelozingen op te vangen, en begon mijn wake.

Abt Melani's verhaal, bedacht ik, had me ten dele gerustgesteld. Hij had zonder problemen zijn vriendschap met Fouquet toegegeven. En hij had opgehelderd waarom de minister in ongenade was gevallen: meer dan het misnoegen van de allerchristelijkste koning was het de afgunst van Colbert geweest. Wie kent niet de kwaadaardige kracht van de afgunst: konden de roddels van Devizé, Stilone Priàso en Cristofano op rekening van de abt niet daaraan te wijten zijn? Misschien had de opmars van een klokkenluiderszoon, die van de arme castraat die hij in zijn jeugd was, en die nu zo ver was gekomen dat hij de Zonnekoning van advies voorzag, te veel jaloezie gewekt. De drie hadden wel laten zien dat ze hem kenden en hun gesprekken konden niet het resultaat zijn van fantasie. Evenwel kon de vijandigheid van Cristofano te wijten zijn aan de afgunst van een landgenoot: *nemo propheta in patria* zegt het evangelie. Wat viel er verder te zeggen over de merkwaardige leugen van Devizé? Hij had gezegd dat hij in Venetië het Watermeloentheater had bezocht, dat echter in Florence staat. Moest ik dus ook voor hem op mijn hoede zijn?

Atto's verhaal was hoe dan ook niet alleen geloofwaardig, maar ook schitterend en hartverscheurend. Ik voelde in mijn borst bittere spijt losbarsten dat ik hem voor een schurk had gehouden, een huichelaar die liegt en bedriegt. Eigenlijk had ik hem bedrogen in het gevoel van vriendschap dat tijdens ons eerste gesprek in de keuken was ontstaan en dat ik als oprecht en waarachtig had ervaren.

Ik wierp een blik op mijn baas, die al urenlang een diepe, onnatuurlijke slaap leek te slapen. Er waren te veel raadsels op te lossen: wat had mijn baas in die situatie gebracht? En waarvan was vóór hem de heer De Mourai slachtoffer geweest? En ten slotte, wat had Brenozzi ertoe bewogen mij die kostbare pareltjes cadeau te doen, en waarom waren ze daarna ontvreemd?

Mijn hoofd zat nog vol met dergelijke kwellende gedachten toen ik wakker werd: zonder het in de gaten te hebben was ik weggesukkeld. Door een gekraak werd ik gewekt: ik kwam met een schok overeind, maar onmiddellijk deed een duistere, gemene kracht mij op de grond belanden, hoewel ik nog net kon vermijden dat ik lelijk terechtkwam. Ik vloekte: ik was het touwtje vergeten dat mijn rechterenkel met die van abt Melani verbond. Toen ik opstond, was ik erover gestruikeld, en al vallend had ik zo'n kabaal gemaakt dat mijn baas bijna wakker was geworden; hij kreunde zachtjes. We zaten in het donker: misschien was mijn lampje uit oliegebrek uitgegaan.

Ik spitste mijn oren: op de gang klonk geen enkel geluid meer. Toen ik weer overeind kwam, op de tast de rand van het bed zoekend, hoorde ik echter opnieuw gekraak, gevolgd door een halve plons, een metalig geluid en toen weer gekraak. Mijn hart klopte in mijn keel: het was vast de dief. Ik bevrijdde me uit de lus die me ten val had gebracht, zocht blindelings het lampje dat midden in de kamer op tafel stond, maar zonder succes. Met moeite mijn angst overwinnend besloot ik toen de slaapkamer uit te gaan om de dief tegen te houden, of op zijn minst zijn identiteit te raden.

Ik hulde me in het donker van de gang zonder enig idee hoe ik me moest opstellen. Met moeite ging ik de trap af die me van het kamertje scheidde. Als ik onder vier ogen met het mysterieuze individu verkeerde, zou ik hem dan aanvallen of zou ik om hulp roepen? Zonder te weten waarom bukte ik me en probeerde bij de deur van het kamertje te komen, waarbij ik mijn handen voor me uit hield om mijn gezicht te beschermen en het onbekende te verkennen.

De klap kwam wreed en plotseling. Iets of iemand had mijn wang geraakt en liet me in pijn en verwarring achter. Ten prooi aan angst trachtte ik aan een tweede houw te ontkomen door me naar de muur terug te trekken en te schreeuwen. Mijn angst werd onverdraaglijk toen ik ontdekte dat er geen enkel geluid uit mijn mond kwam: op dat moment kneep de paniek mijn keel en luchtwegen af. Ik wilde mij wanhopig op de grond oprollen om maar aan de onbekende vijand te ontkomen, steunend als een kalf voor de slachting, toen een hand mij vastberaden bij mijn arm pakte en ik tegelijkertijd hoorde: 'Wat doe je, sufferd?'

Het was zonder enige twijfel de stem van Atto, die was toegesneld nadat hij het koord had voelen trekken toen ik, gealarmeerd door het verdachte gekraak, plotseling was opgestaan. Ik legde hem het voorval uit en klaagde over de klap in mijn gezicht.

'Dat was geen klap, dat was ik die aan kwam rennen om je te helpen, terwijl jij je als een domkop de trap af haastte en op mij stuitte,' fluisterde hij, zijn woede onderdrukkend. 'Waar is de dief?'

'Behalve u heb ik eigenlijk niemand gezien,' fluisterde ik nog bevend.

'Maar ik wel. Terwijl ik naar boven ging, hoorde ik zijn sleutels rammelen. Hij moet het kamertje zijn ingegaan,' zei hij, een lampje aanstekend dat hij verstandig genoeg bij zich had.

We ontwaarden van bovenaf een kier zwak licht onder de deur van Stilone Priàso, rechts van de gang op de tweede verdieping. De abt verzocht me mijn stem te dempen en wees me de deur van het hokje waarin hij dacht dat de dief geglipt was. Het deurtje stond op een kier. Binnen was het donker.

We keken elkaar aan en hielden onze adem in. Onze man moest daar binnen zijn, er zich van bewust dat hij nu in de val zat. De abt aarzelde een moment en duwde toen vastberaden het deurtje open. Binnen was niemand.

'Dat kan niet,' zei Melani zichtbaar teleurgesteld. 'Als hij via de trap ontsnapt was, zou hij mij tegen het lijf zijn gelopen. En al was hij erin geslaagd jou te passeren, dan zijn er boven geen andere vluchtmogelijkheden: de deur die van Cloridia's torentje uitkomt op de daken is van buiten verzegeld. Als hij verder de deur van een van de andere kamers had opengedaan, hadden we het beslist gehoord.'

We waren totaal in verwarring. We wilden ons bijna terugtrekken, toen Atto mij beduidde te blijven waar ik was en snel de trap af ging. Ik volgde met mijn blik zijn olielampje en zag hem stilstaan bij het raam dat van de gang op de tweede verdieping uitkeek op de binnenplaats. Hij zette het lampje op de grond en vaag zag ik hem zich vanaf de vensterbank vooroverbuigen. Hij bleef even zo staan. Nieuwsgierig geworden liep ik op het kleine traliewerk van het raampje af dat het kamertje overdag verlichtte. Maar het was te hoog voor mij, en ik zag niets anders dan een door een zwakke maan verlichte nacht. Weer terug in het kamertje boog de abt zich over de vloer en mat er span voor span de lengte van, tot hij bij de kast met gereedschap kwam die tegen de achterwand stond. Hij bleef even nadenken, herhaalde daarna het procédé en bekeek ditmaal ook de dikte van de muren. Vervolgens nam hij de afstand tussen het raampje en de achterwand op. Toen hij tot slot het stof van zijn handen had afgeklopt, greep hij me zonder een woord te spreken vast, en nadat hij me op een kruk had gehesen en de lantaarn op mijn hoofd had geplaatst, die ik met mijn handen moest vasthouden, zette hij me voor het tralievenster.

'Niet bewegen!' beval hij, terwijl hij een vinger op mijn neus richtte.

Ik hoorde hem op de tast weer naar beneden lopen tot aan het raam van de tweede verdieping. Toen hij ten slotte weer boven was en me aankeek, popelde ik om zijn bevindingen te vernemen.

'Luister goed. Het hokje is weinig meer dan acht span lang, dat wil zeggen dat het even smal is. Je komt misschien tot tien span als je de muren erbij doet. Zoals vanaf de binnenplaats goed te zien is, is de kleine vleugel waartoe dit kamertje behoort, ten opzichte van de herberg in een tweede fase gebouwd. Die lijkt namelijk van buitenaf een grote steunpilaar die vanaf de grond tot daarboven loopt, gekoppeld aan de achterrand van de westmuur van het gebouw. Alleen is er iets wat niet klopt: de steunpilaar is minstens twee keer zo breed als het kamertje. Dit raampje zit, zoals je ziet, heel dicht bij de kast, op niet meer dan een paar span van waar het kamertje ophoudt. Dus zou het ook van buitenaf gezien vlak bij de buitenrand van de vleugel moeten zitten. Maar toen ik daar beneden in de gang van de tweede verdieping stond, zag ik dat het raampje, verlicht door het door jou opgehouden lampje, nog niet op de helft zit van de muur waarin het is gemaakt.'

De abt stopte; hij verwachtte misschien dat ik zelf wel bij de conclusie uitkwam. Maar ik had er geen sikkepit van begrepen, denkbeeldig gestikt als ik was in op elkaar gestapelde geometrische figuren die en masse tot de orde geroepen waren door Atto's stringente redenering. Daarom vervolgde hij: 'Waarom al die verspilde ruimte? Waarom heeft niemand wat meer ruimte bij het kamertje getrokken dat zo smal is dat we er niet eens met zijn tweeën in passen zonder elkaar te raken?'

Ik ging eveneens voor het raam op de tweede verdieping staan, allereerst blij dat ik wat frisse nachtlucht in kon ademen.

Ik wreef mijn ogen uit. Het was waar. Het schijnsel van het olielampje dat ik door het tralievenster van het kamertje zag was merkwaardig ver van de buitenrand, benadrukt door de weerkaatsing van de maan. Ik had er nooit op gelet, want overdag was ik te druk en 's avonds te moe om bij de vensterbank te lanterfanten.

'En weet je wat de verklaring is, jongen?' was abt Melani mij voor, zodra ik boven weer bij hem was.

Zonder mijn antwoord af te wachten stak hij zijn armen achter de gereedschapskast tegen de achterwand, en begon gretig de muur daar af te tasten. Snuivend vroeg hij mij hem te helpen om het meubel te verplaatsen.

De operatie was niet al te moeilijk. De abt leek in het geheel niet verbaasd door de onthulling die zich voor onze ogen voltrok: half verscholen onder het vuil dat de tijd oneerbiedig op de muur had achtergelaten, dook de omtrek van een deur op.

'Daar heb je het,' riep hij tevreden uit.

En zonder angst gaf hij een duw tegen de oude piepende planken.

Het eerste wat ik merkte was een vochtige, kille tocht die me in het gezicht sloeg. Voor onze ogen opende zich een zwartig gat.

'Daar is hij ingegaan,' concludeerde ik overbodig.

'Het lijkt er wel op,' antwoordde de abt, zijn neus wantrouwend naar voren stekend. 'Dit vervloekte kamertje had een dubbele bodem. Wil jij als eerste naar binnen?'

Mijn stilzwijgen sprak voor zich.

'Goed dan,' stemde Atto toe, het lampje erin stekend om zich een weg te kunnen banen. 'Ik moet ook altijd alles oplossen.'

Hij was nog niet uitgesproken of ik zag hem wanhopig naar de oude deur grijpen die we net door waren gegaan, naar beneden getrokken door een onweerstaanbare kracht.

'Help me, snel,' smeekte hij.

Een put: Melani was er bijna in gevallen, met stellig fatale gevolgen. Hij was er maar net in geslaagd zich vast te grijpen aan de deurpost zodat zijn benen hingen te bengelen in het verslindende duister dat onder ons gaapte. Toen hij weer op de been was, dankzij mijn weliswaar geringe steun, stonden we in het donker: het lampje dat aan de hand van de abt was ontsnapt, was door het zwarte gat opgeslokt. Ik ging dus een ander halen op mijn kamer, die ik zorgvuldig afsloot. Pellegrino sliep rustig en was zich gelukkig niet bewust, bedacht ik, van wat er in zijn herberg omging.

Toen ik terugkwam, was Atto zich al aan het neerlaten in het gat. Hij betoonde zich bijzonder lenig voor zijn leeftijd. Zoals ik ook in het vervolg zou kunnen opmerken, bezat hij een soort van beheerste maar vloeiende macht over zijn zenuwen, die hem lichamelijk voortdurend op de been hield.

Het ging niet precies om een put, liet hij me zien, al zwaaiend met het lampje, want in het steen was bij wijze van treden een reeks metalen steunen aangebracht die een behoedzame afdaling mogelijk maakte. We lieten ons, niet zonder vrees, langzaam in de verticale opening zakken. Het duurde maar kort: weldra stonden we alweer op een ruw bakstenen grondvlak. We keken om ons heen, richtten de lantaarn en ontdekten dat het stuk niet onderbroken werd, maar over een van de korte zijden van de overloop verder ging met een stenen trap op een vierkant grondvlak. We bogen voorover om, tevergeefs, te proberen het einde ervan te zien.

'We zijn onder het kamertje, jongen.'

Ik liet als commentaar een klaaglijk gebrom horen, omdat dat voor mij geen punt van troost was.

We gingen zwijgend verder. Ditmaal leek de tocht naar beneden eindeloos, mede door een dun laagje modder dat alles bedekte en de tocht zeer gevaarlijk maakte. Op een gegeven punt veranderde de trap compleet van aanzien: uitgehouwen in tufsteen als hij was, werd hij heel smal en een beetje krakkemikkig. De lucht was muf geworden, een onmiskenbaar teken dat we ondergronds waren.

We gingen verder omlaag, totdat we in een donkere, vijandige gang kwamen die uitgehold was in de vochtige aarde. Onze enige metgezellen waren de muffe lucht en de stilte. Ik was bang.

'Daar is onze dief dus heen gegaan,' fluisterde abt Melani.

'Waarom praat u zo zachtjes?'

'Hij zou hier dichtbij kunnen zijn. Ik wil dat wij hem verrassen, en niet omgekeerd.'

De dief was echter niet op een paar passen afstand, en ook niet op meerdere passen. We gingen voort door de gang, waarin abt Melani met gebogen hoofd moest lopen vanwege het plafond, als je dat zo kon noemen, dat laag en ongelijk was. Hij zag mij rap voor hem uit gaan: 'Voor één keer benijd ik je, jongen.'

We vorderden met grote traagheid over een pad dat slechts nu en dan gelijkmatig was door naar willekeur gebruikte keien en stenen. Zo'n twintig roeden liepen we door en daarbinnen antwoordde de abt zelf op mijn stilzwijgende, maar voorspelbare nieuwsgierigheid.

'Dit stuk moet aangelegd zijn om ongezien op een ver punt van de stad weer boven te kunnen komen.'

'Ten tijde van de pest misschien?'

'Volgens mij veel, veel eerder. Het nut ervan zal nooit in een stad als deze ontbroken hebben. Misschien is het een Romeinse prins van pas gekomen om zijn sluipmoordenaars op te hitsen tegen een rivaal. De Romeinse families hebben elkaar altijd gehaat en uit alle macht bestreden. Toen de Duitse huurlingen Rome plunderden, werden ze door een paar families geholpen, alleen om hun rivalen te treffen. Het is mogelijk dat onze herberg oorspronkelijk heeft gediend als kwartier voor groepen huurmoordenaars en ander gespuis. Wellicht in dienst van de familie Orsini, die in de buurt veel huizen bezit.'

'Maar wie heeft deze ondergrondse gang aangelegd?'

'Kijk maar naar de wanden', de abt hield het lampje bij de muur, 'die zijn zo te zien van heel oud steen.'

'Zo oud als de catacomben?'

'Misschien. Ik weet dat een geleerde priester de holle ruimten die er op enkele plaatsen van Rome zijn, in de laatste decennia heeft onderzocht en talloze schilderingen, graven en resten van heiligen en martelaars heeft ontdekt en beschreven. In elk geval staat vast dat er onder de huizen en gebouwen van enkele wijken doorgangen en passages zijn, soms door de oude Romeinen gebouwd, soms echter in nog vrij recente tijden aangelegd.'

Al wandelend door de nauwe doorgangen leek de abt ondanks onze gevaarlijke situatie zijn liefde voor verhalen vertellen niet te willen opgeven. En in een zacht gefluister vervolgde hij dat Italië sinds heel lange tijd tal van geheime doorgangen in rotsen of in de aarde heeft, die eerst waren bedacht om te ontkomen aan belegeringen en gewapende aanvallen, zoals de afvoerkanalen waardoor je ongezien uit rotsburchten en kastelen kon ontsnappen, maar ook om geheime ontmoetingen te organiseren of zelfs liefdesafspraakjes, zoals men zegt dat vrouwe Lucrezia Borgia en haar broer Cesare hadden met hun talrijke geliefden. Geheime onderaardse gangen moest je echter ook vooral wantrouwen, want hun ontoegankelijkheid vormde niet alleen een geheim (dat soms het leven had gekost aan degene die ze had aangelegd), maar bevatte ook veel hinderlagen: om indringers beet te nemen en af te schudden werden vaak doorgangen zonder uitgang aangelegd, of onzichtbare deuren die geregeld werden door contragewichten, verborgen zaten in de muren, en pas openingen als je een geheim mechanisme in werking stelde.

'Mij is verteld over een onderaards labyrint dat op Sicilië is aangelegd door de grote keizer Frederik, waar in de gangen stokken verborgen zijn die, als je erop trapt, metalen traliewerken naar beneden laten vallen en de bezoekers zo hopeloos vastzetten, of vlijmscherpe messen die, uitgebraakt door onzichtbare spleten, de voorbijgangers kunnen doorboren en doden. Andere mechanismen vormen plotselinge diepe putten waar iemand die niet bedacht is op dergelijk gevaar, onvermijdelijk in tuimelt. Van enkele catacomben zijn vrij precieze kaartjes gemaakt. Naar verluidt bestaat ook onder de grond van Napels een verrassend aantal onderaardse gangen en routes, maar daar heb ik geen ervaring mee, zoals wel met die van Parijs, die beslist zeer uitgebreid zijn en die ik een paar keer heb mogen bezoeken. Ik weet ook dat in de vorige eeuw in Piëmont bij een plaats die Rovasenda heet honderden boeren werden achtervolgd door Franse soldaten, die hen in enkele grotten in de buurt van een rivier dreven. Naar verluidt is niemand meer uit die grotten tevoorschijn gekomen: de aanvallers niet, laat staan de achtervolgden.'

'Signor Pellegrino heeft het nooit gehad over het bestaan van deze doorgang,' fluisterde ik.

'Dat geloof ik best. Zoiets moet je niet onthullen als het niet nodig is. En waarschijnlijk kent hij er ook niet alle geheimen van, omdat hij deze herberg nog maar kort heeft.'

'En hoe heeft de dief van de sleutels de doorgang dan ontdekt?'

'Misschien is je goede baas bezweken voor een aanbod van geld. Of muskaatwijn,' grinnikte de abt.

Terwijl we verder liepen, voelde ik me langzaam overmand worden door een drukkend gevoel op mijn borst en in mijn hoofd. De duistere weg waarop we ons hadden gewaagd, leidde in onbekende richting, waar waarschijnlijk vele gevaren op de loer lagen. Het donker, dat alleen werd gebroken door het olielampje dat abt Melani voor zich uit hield, was griezelig en eng. De wanden van de gang maakten het door hun kronkelige vorm onmogelijk om voor ons uit te kijken en voorspelden bij iedere voetstap een onaangename verrassing. En als de dief, die van verre het licht van onze lantaarn in het zicht kreeg, ons nu achter een uitsteeksel stond op te wachten om ons in een hinderlaag te lokken? Ik dacht huiverend aan de dreigingen die de onderaardse gangen bevolkten waar abt Melani van af wist. Niemand zou ooit onze lichamen terugvinden. De gasten van de herberg zouden zichzelf en de krijgslieden er zeer waarschijnlijk van overtuigen dat abt Melani en ik uit de herberg ontvlucht waren, misschien door 's nachts uit een raam te springen.

Ik zou nog altijd niet kunnen zeggen hoe lang de verkenning duurde. Ten slotte merkten we dat het onderaardse pad, dat ons aanvankelijk steeds verder de diepte in had gevoerd, geleidelijk aan begon te stijgen.

'We zijn er,' zei abt Melani, 'misschien komen we zo ergens uit.'

Mijn voeten deden pijn, en ik begon last te krijgen van de vochtigheid. We spraken al lang niet meer, verlangend als we waren om het einde van die vreselijke spelonk te zien. Ik schrok op toen ik de abt met een gekerm zag struikelen en bijna voorovervallen, waarbij hij haast het lampje uit zijn hand liet glippen: onze enige lichtbron verliezen zou onze aanwezigheid daar beneden tot een nachtmerrie maken. Ik haastte mij hem te ondersteunen. Met een tegelijk woedende en opgeluchte gelaatsuitdrukking vanwege het juist gelopen risico bescheen de abt de hindernis: een stenen trap, even hoog als smal, bracht ons weer omhoog. We namen hem bijna kruipend om niet het gevaar te lopen achterover te vallen. Tijdens de tocht omhoog moest Atto door een serie bochten moeizaam ineenduiken. Ik redde mij bij uitzondering beter. Atto keek me aan: 'Ik benijd je wel, jongen,' zei hij meermalen geamuseerd, zonder er acht op te slaan dat ik zijn opmerking maar matig kon waarderen.

We werden besmeurd met slib, ons voorhoofd en ons lichaam raakten bedekt met vuil zweet. Plotseling schreeuwde de abt. Een vormeloos wezen plofte pijlsnel en heimelijk op mijn rug en kroop akelig over mijn rechterbeen alvorens weer het donker in te duiken. Ik kromp ineen en beschermde van schrik mijn hoofd met mijn armen, desalniettemin bereid om om genade te smeken en me blindelings te verdedigen.

Atto begreep het gevaar dat, als dat er al was geweest, maar een fractie van een seconde had geduurd: 'Gek dat we ze nog niet zijn tegengekomen,' luidde zijn commentaar, zodra we ons weer hersteld hadden. 'Je ziet dat we echt uit de gebruikelijke koers zijn.'

Een enorme waterrat die door onze komst was gestoord, had ervoor gekozen over ons heen te klimmen in plaats van zich terug te laten jagen. Bij zijn uitzinnige sprong had hij zich aan de arm van abt Melani vastgeklemd terwijl deze zich aan de muur vasthield, en was daarna met heel zijn gewicht op mijn rug geploft, me verlammend van schrik. We hielden zwijgend en geschrokken stil, tot onze ademhaling weer de gewone regelmaat had gekregen. We hervatten de tocht omhoog, totdat de treden onderbroken werden door horizontale stukken steen, die telkens langer werden. Gelukkig hadden we een flinke voorraad olie: in overtreding van de steeds terugkerende aankondigingen van de kardinaal-kamerlingen had ik besloten ook goede tafelolie te gebruiken.

We voelden dat we bij het laatste stuk waren gekomen. We liepen inmiddels op een licht opgaande helling, die ons de angst en moeite van kort daarvoor deed vergeten. We doken plotseling op in een vierkante ruimte die niet meer uitgehouwen, maar gemetseld was. Het zag er helemaal naar uit dat het een magazijn was, of de kelder van een huis.

'We zijn weer onder de mensen,' zei de abt ter begroeting van de nieuwe omgeving.

Daarvandaan leidde een laatste trap, heel steil, maar voorzien van een touw als trapleuning, via een reeks metalen ringen aan de rechtermuur naar omhoog. We klommen tot aan het hoogste punt.

'Vervloekt,' siste de abt.

En ik begreep onmiddellijk wat hij bedoelde. Aan het einde van de trap bevond zich, zoals te voorzien, een deur. Hij was zeer stevig en zat op slot.

Het was een goede gelegenheid om uit te rusten, al was het dan op zo'n weinig gastvrije plaats, en over onze situatie na te denken. Het houten deurtje was vergrendeld met een roestige metalen staaf die uit de muur kon glijden. Vandaar, zoals zich liet raden door het gefluit van de wind dat ons bereikte, kwam je buiten.

'Nu zal ik niets zeggen. Leg jij alles maar uit,' spoorde de abt mij aan.

'De deur is van binnen gesloten. Daarom,' deed ik moeite om te deduceren, 'heeft de dief de gang niet verlaten. Maar omdat we hem niet zijn tegengekomen, en ook geen tweesprong hebben aangetroffen, is de conclusie dat hij niet onze weg heeft genomen.'

'Goed. En waar is hij dan wel heen gegaan?'

'Misschien is hij niet eens via de put achter het kamertje naar beneden gegaan,' waagde ik zonder er een moment in te geloven.

'Hmm!' bromde Atto. 'Waar zou hij dan gebleven zijn?'

Hij ging weer de trap af en liep snel het magazijn rond. In een hoek bevestigde een oude, halfverrotte houten boot het vermoeden dat ik had gekregen zodra we daar waren aangekomen: we waren vlak bij de oever van de Tiber. Ik deed de deur open door met enige moeite de grendel te verschuiven. Verlicht door de zwakke maneschijn was het begin van een pad te zien. Meer naar beneden toe stroomde de rivier, en tegenover die afgrond trok ik mij natuurlijk terug. De frisse, vochtige wind drong in het magazijn door en gaf ons lucht. Even buiten de deur leek nog een onzeker pad zich naar rechts af te splitsen, verdwijnend in de modderige grond van de oever.

De abt was mijn gedachten vóór:

'Als we nu vluchten, krijgen ze ons zonder meer te pakken.'

'Kortom,' kreunde ik moedeloos, 'we zijn hier voor niks gekomen.'

'Integendeel,' wierp Atto onaangedaan tegen, 'we kennen in elk geval deze vluchtweg voor het geval dat. We hebben geen spoor van de dief gevonden, die dus niet deze weg genomen heeft. Andere mogelijkheden hebben we verwaarloosd, door een vergissing of door ons onvermogen. Laten we nu teruggaan voordat iemand onze afwezigheid in de gaten krijgt.'

De terugkeer naar de herberg verliep uiterst moeizaam, wel twee keer zo moeizaam als de heenreis. Zonder het jachtinstinct dat ons tot de heenweg had aangezet (tenminste in het geval van abt Melani) sleepten we ons voort en zuchtten we nog meer onder de moeilijkheden van de tocht, al wilde mijn metgezel dat niet toegeven.

Toen we eenmaal uit de put van het begin waren en de helse onderaardse gang met grote opluchting achter ons hadden gelaten, bereikten we weer het kamertje. De abt, zichtbaar gefrustreerd door de nutteloze expeditie, nam afscheid en gaf mij haastig nog wat instructies voor de volgende dag.

'Als je wilt kun je morgen de andere gasten waarschuwen dat iemand het tweede exemplaar van hun sleutels heeft ontvreemd, of dat dat hoe dan ook kwijt is. Natuurlijk vertell je niet van onze ontdekking noch van de poging die we hebben gedaan om de dief te vinden. Zodra de gelegenheid zich voordoet, zullen we apart van de anderen bij elkaar te rade gaan, in de keuken of op een andere veilige plaats, en we houden elkaar op de hoogte van nieuwe ontwikkelingen.'

Ik knikte traag, van vermoeidheid, maar vooral door de twijfels die ik heimelijk nog steeds jegens abt Melani koesterde. Tijdens de terugkeer in de onderaardse gang was ik weer van gevoel jegens hem veranderd: ik had bij mezelf gezegd dat er, ook al waren de praatjes over hem buitensporig en kwaadaardig, toch altijd schaduwgebieden in zijn verleden bleven, en daarom was ik, nu de jacht op de sleuteldief was mislukt, niet langer van plan om zijn knechtje en informant te spelen en zo te riskeren bij weinig frisse en misschien zelfs gevaarlijke zaakjes betrokken te raken. En als het waar was dat minister Fouquet, met wie Melani solidair was geweest, niet anders dan een glansvolle mecenas was geweest, het slachtoffer van de koninklijke jaloezie van Lodewijk XIV en van Colberts afgunst, dan viel toch niet te ontkennen, had ik bij mezelf herhaald, terwijl we ons inspanden om vooruit te komen in het donker, dat ik nog altijd in het gezelschap verkeerde van een persoon die gewend was aan de sluwheid, de finesses, de talloze doortraptheden van het hof te Parijs.

Ik wist hoe fel onze goede paus Innocentius XI botste met het Franse hof. Toen was ik niet in staat te verklaren waarom er zoveel venijn tussen Rome en Parijs bestond. Maar uit de gesprekken van het volk en van degenen die meer bij de politiek betrokken waren, had ik duidelijk begrepen dat wie toegewijd wilde zijn aan onze pontifex, geen vriend kon en mocht zijn van het Franse hof.

Bovendien, was al die geestdrift bij het achtervolgen van die veronderstelde sleuteldief zelf al geen achterdocht waard? Waarom die achtervolging vol onzekerheden en gevaren inzetten in plaats van gewoonweg de gebeurtenissen af te wachten en onmiddellijk de andere gasten in te lichten over de verdwijning van de sleutels? En als de abt nu eens veel meer wist dan hij mij had toevertrouwd? Misschien had hij al een nauwkeurig idee waar ze verstopt lagen. En als hij nu eens de dief was geweest, en gewoon had geprobeerd mijn aandacht af te leiden om vervolgens met meer rust te werk te gaan, misschien wel diezelfde nacht? Zelfs mijn geliefde baas had het bestaan van de onderaardse gang voor mij verborgen gehouden. Welnu, om welke reden zou een vreemde als abt Melani me dan zijn werkelijke bedoelingen toevertrouwen?

Ik beloofde daarom vaagjes aan de abt dat ik zijn aanwijzingen zou opvolgen, maar zorgde er wel voor snel weg te komen; ik pakte mijn lampje weer op en sloot mij onmiddellijk op in mijn kamer, waar ik van plan was mijn dagboekje weer te vullen met de talrijke voorvallen van die dag.

Meneer Pellegrino sliep vredig, zijn ademhaling ging zachtjes en regelmatig. Er waren meer dan twee uur verstreken sinds we die gruwelijke onderaardse gang in waren gegaan, misschien zou het niet veel langer duren voordat iedereen wakker werd, en ik liep op mijn laatste benen. Het was puur toeval dat ik even voor ik het lampje uitdeed, mijn blik op de broek van mijn baas richtte en de verdwenen sleutels aan zijn riem zag prijken.

Derde dag
13 september 1683

Door het raam schenen de weldadige zonnestralen die de hele kamer in een witte gloed zetten, waarbij een zuiver, gewijd licht viel op het bezwete, gekwelde gelaat van de arme meneer Pellegrino, die op zijn bed lag. De deur ging open en het lachende gezicht van abt Melani keek om het hoekje.

'Het is tijd om te gaan, jongen.'

'Waar zijn de andere gasten?'

'Ze zijn allemaal in de keuken, en luisteren naar Devizé die op de trompet speelt.'

Vreemd: ik wist niet dat de gitarist ook virtuoos was op dat oorverdovende instrument, en vooral begreep ik niet dat je het zilveren, krachtige geluid van het koper niet hoorde op de hoger gelegen verdiepingen.

'Waar gaan we heen?'

'We moeten weer terug naar beneden, de laatste keer hebben we niet naar behoren gezocht.'

We gingen opnieuw het kamertje in, waar het deurtje achter de kast openging. Ik voelde de vochtige lucht op mijn gezicht. Met tegenzin ging ik er bij staan en lichtte het begin van de put bij met het lampje.

'Waarom wachten we de nacht niet af? Straks ontdekken de anderen ons nog,' protesteerde ik zwakjes.

De abt antwoordde niet. Hij haalde uit zijn zak een ring en legde die in de palm van mijn hand, waarna hij mijn vingers om het juweel sloot, als om het belang van de gift te onderstrepen. Ik knikte en begon de tocht naar beneden.

Zodra we op de stenen vloer kwamen, kreeg ik een schok. In het donker was er een hand op mijn rechterschouder neergekomen. De schrik weerhield me ervan te schreeuwen zowel als me om te draaien. Vaag nam ik waar dat de abt mij aanspoorde rustig te blijven. Met moeite de verlamming die me in de greep had overwinnend, keerde ik me om om het gezicht van de derde verkenner te zien.

'Bedenk dat ge de doden in ere houdt.'

Het was meneer Pellegrino die me met een gekweld gezicht zo ernstig waarschuwde. Ik vond geen woorden om mijn verwarring tot uiting te brengen: wie was dan de slapende man die ik in zijn bed had achtergelaten? Hoe had Pellegrino zich rechtstreeks van onze zonnige kamer naar de donkere, vochtige onderaardse gang kunnen verplaatsen? Terwijl zich dergelijke vragen begonnen te vormen in mijn hoofd, sprak Pellegrino opnieuw.

'Ik wil meer licht.'

Ik voelde me plotseling naar achteren glijden: het oppervlak van de stenen was glibberig en onweerstaanbaar glad; ik had misschien mijn evenwicht verloren, dacht ik, toen ik me naar Pellegrino omdraaide. Ik viel langzaam, maar met heel mijn gewicht, naar het begin van de trap, mijn rug naar de grond kerend en mijn buik naar de hemel (die van daar beneden nooit leek te hebben bestaan). Ik nam op wonderbaarlijke wijze ruggelings de treden die naar beneden leidden zonder enige weerstand te ontmoeten, al kwam het mij voor dat ik meer woog dan een beeld van peperinemarmer. Het laatste wat ik zag waren Atto Melani en Pellegrino die met flegmatieke onverschilligheid mijn verscheiden bijwoonden, alsof het verschil tussen leven en dood hun onbekend was. Ik viel, evenzeer overmand door verbazing als door wanhoop, als een verloren ziel die tijdens zijn val in de Afgrond uiteindelijk zijn eigen verdoemenis beseft.

Wat mij redde was een schreeuw die afkomstig leek uit een onkenbare plooi in de Schepping en die me wekte, mij zo aan de nachtmerrie ontrukkend.

Ik had gedroomd, en in mijn droom had ik gegild. Ik lag in mijn bed, en ik draaide me om naar dat van mijn baas, die uiteraard nog altijd lag waar hij was achtergelaten. Door het raam kwamen geen fraaie zonnestralen zoals ik in mijn droom had gezien, maar het tegelijkertijd zachtroze en blauwige schijnsel dat de dageraad aankondigt. Door de bijtende lucht van de vroege ochtend had ik het koud gekregen en ik dekte me beter toe, al wist ik dat ik niet weer zo gemakkelijk in slaap zou vallen. Van de trap kwam een ver geluid van voetstappen, en ik spitste mijn oren om te horen of er iemand naar de deur van het kamertje liep. Het ging, zoals ik duidelijk aanvoelde, om een paar gasten die zich naar beneden begaven, naar de keuken of naar de eerste verdieping. Ik onderscheidde in de verte de stem van Stilone Priàso en pater Robleda, die aan Cristofano vroegen of hij nieuws had over meneer Pellegrino's gezondheid. Ik stond op en verwachtte dat de arts binnen korte tijd mijn baas zou komen bezoeken. De eerste die op mijn deur klopte was echter Bedford.

Toen ik opendeed, stond ik tegenover een bleek gezicht met grote donkere kringen om de ogen, en om de schouders een warme mantel. Bedford was perfect gekleed, maar was desondanks ten prooi aan rillingen die hem van top tot teen deden beven en die hij even krachtig als tevergeefs trachtte te onderdrukken. Hij vroeg direct of hij binnen mocht komen, waarschijnlijk om niet door de andere gasten te worden gezien. Ik bood hem wat water aan en de pillen die ik van Cristofano had gekregen. De Engelsman sloeg het aanbod af want, zei hij bezorgd, er bestonden pillen die de patiënt naar de dood konden voeren. Ik werd onverwachts getroffen door dit antwoord, maar zag me gedwongen aan te dringen.

'Ik zal je ook vertellen,' zei hij met een plotseling zwakker wordende stem, 'dat opium en de purgeermiddelen van de verschillende lichaamssappen ook de dood kunnen brengen, en bedenk altijd dat negers onder hun nagels een gif verborgen houden dat met één haal doodt, bovendien heb je ratelslangen, ja, en ik heb gelezen over een spin die in het oog van zijn achtervolger zo'n sterk gif spuit dat hij heel lang niet meer kan zien...'

Hij leek koortsig.

'Maar Cristofano doet echt niets van dien aard,' protesteerde ik.

'... en deze stoffen,' vervolgde hij alsof hij mij niet had gehoord, 'werken door geheime krachten, maar die geheime krachten zijn niets anders dan de spiegel van onze onwetendheid.'

Ik merkte dat zijn benen trilden, en om overeind te blijven moest hij zich aan de deurpost vasthouden. Ook zijn woorden wezen er duidelijk op dat hij ijlde. Bedford ging op het bed zitten en lachte somber naar me.

'Door drek droogt het hoornvlies uit,' oreerde hij, waarbij hij streng zijn wijsvinger opstak, als een docent die zijn studenten waarschuwt, 'kruiskruid is goed om derdendaagse koortsen te genezen als je het om je nek draagt. Maar voor hysterie zijn er zoutkompressen op de voeten nodig die meermalen aangebracht moeten worden. En om de geneeskunst te leren, zeg dat maar aan signor Cristofano wanneer je hem roept, moet hij in plaats van Galenus of Paracelsus *Don Quichot* lezen.'

Toen ging hij liggen, sloot zijn ogen, vouwde zijn armen over zijn borst om zich toe te dekken en begon licht te trillen. Ik haastte mij de trap af om hulp te roepen.

De grote buil onder de lies plus een van nauwelijks geringere afmetingen in de holte van de rechteroksel hadden Cristofano weinig twijfel gelaten. Ditmaal ging het helaas duidelijk om pestbesmetting, iets wat uiteraard ook weer donkere schaduwen wierp op de dood van de heer De Mourai en op de opmerkelijke apathie die mijn baas in de greep had. Ik begreep er niets meer van: waarde door de herberg een bekwame, obscure moordenaar of veeleer de wel bekende ziekte van de pest?

Het nieuws van Bedfords ziekte dompelde het hele gezelschap in de diepste moedeloosheid. We hadden nog maar een dag voordat de mannen van de Bargello weer kwamen voor het volgende appèl. Ik merkte dat velen mij ontweken, aangezien ik misschien als eerste met Bedford in aanraking was gekomen toen de ziekte hem had overvallen. Er heerste opnieuw argwaan. Cristofano bracht ons echter onder de aandacht dat we tot de vorige dag allemaal met de Engelsman hadden gepraat, gegeten en sommigen zelfs gekaart. Daarom kon niemand zich veilig voelen. Ik was misschien door een goede dosis jeugdige onverschrokkenheid de enige die niet meteen voor de angst bezweek. Daarentegen zag ik de bangsten van allemaal, oftewel pater Robleda en Stilone Priàso, snel enkele levensmiddelen pakken die ik ter beschikking had gesteld in de keuken en zich daarna naar hun kamer begeven. Ik hield hen tegen, omdat me toen de noodzaak te binnen schoot om ook Bedford het sacrament van het heilig oliesel toe te dienen. Ditmaal echter wilde pater Robleda er niet van horen: 'Het is een Engelsman, en ik weet dat hij de hervormde godsdienst aanhangt; hij is in de ban gedaan, is een ontkerstende,' antwoordde hij geagiteerd, eraan toevoegend dat de olie der zieken voorbehouden was aan gedoopte volwassenen en uitgesloten was voor kinderen, dwazen, mensen van wie bekend was gemaakt dat ze in de ban waren gedaan, notoire zondaren zonder berouw, levenslang veroordeelden en barende vrouwen; alsook voor soldaten in de strijd tegen de vijand en voor hen die schipbreuk dreigden te lijden.

Ook Stilone Priàso bestookte mij: 'Weet je niet dat het heilig oliesel de dood versnelt, haaruitval veroorzaakt, pijnlijker bevallingen oplevert en de boreling met geelzucht opzadelt, de bijen die rond het huis van de zieke vliegen laat doodgaan, en dat degenen die het hebben ontvangen zullen sterven als ze tijdens de rest van het jaar dansen, en dat het zonde is te spinnen in de kamer van de zieke, omdat je sterft als je ophoudt met spinnen of als de draad knapt, en dat je je voeten pas mag wassen lang nadat je het heilig oliesel hebt ontvangen, en dat je altijd een lamp of een brandende kaars in de kamer van de zieke moet hebben zolang de ziekte duurt, anders sterft de arme ziel?'

En iedereen liet mij in de steek en sloot zich snel op in zijn kamer.

Zo kwam ik na ongeveer een halfuur weer in het kamertje op de eerste verdieping waar Bedford lag, om te zien in welke staat hij verkeerde. Ik dacht dat Cristofano daar ook weer was, omdat de arme Engelsman het woord voerde en ogenschijnlijk in gezelschap was. Ik realiseerde mij echter meteen dat de zieke en ik alleen waren, en dat hij in werkelijkheid aan het ijlen was. Ik vond hem vreselijk bleek, een plukje haar zat door het overvloedige zweet op zijn voorhoofd geplakt en zijn ongewoon gebarsten lippen deden een brandende, pijnlijke keel vermoeden.

'In de Tower... hij is in de Tower,' prevelde hij moeilijk, terwijl hij een vermoeide blik op mij wierp. Hij praatte in het wilde weg.

Zonder duidelijke reden somde hij een reeks namen op die ik niet kende en die ik alleen in mijn hoofd kon krijgen omdat hij ze meerdere malen herhaalde, afgewisseld door onbegrijpelijke uitdrukkingen in zijn moedertaal. Voortdurend verzuchtte hij de naam van ene Willem, afkomstig uit de stad Orange, van wie ik mij voorstelde dat hij een vriend of kennis van hem was.

Bijna wilde ik Cristofano roepen, vrezend dat de ziekte onverwachts kon verergeren en de dodelijke afloop kon bereiken, toen de arts kwam, aangetrokken door het gekreun van de zieke. Bij hem waren Brenozzi en Devizé, die zich op voorzichtige afstand hielden.

De arme Bedford vervolgde zijn dwaze monoloog en noemde de naam van ene Karel, waarvan Brenozzi ons duidelijk maakte dat dat koning Karel II van Engeland was; de Venetiaan, die zo onthulde dat hij een niet onaanzienlijke kennis van de Engelse taal bezat, legde ons uit dat hij begreep dat Bedford kort geleden door de Nederlanden was getrokken.

'En waarom was hij naar Holland gegaan?' vroeg ik.

'Dat weet ik niet,' antwoordde Brenozzi, mij de mond snoerend, terwijl hij opnieuw scherp luisterde naar de wartaal van de zieke.

'U kent de Engelse taal wel goed,' merkte de arts op.

'Een verre neef van mij die in Londen is geboren, schrijft me vaak inzake familieaangelegenheden. Ikzelf pak snel iets op en onthou gemakkelijk, en ik heb veel reizen gemaakt in verband met diverse handel. Kijk, het lijkt of hij zich beter voelt.'

Het ijlen van de zieke leek te minderen en Cristofano gebaarde ons de gang op te gaan. Daar troffen wij een groot deel van de andere gasten, die vol spanning op ons wachtten om nieuws te krijgen.

Cristofano wond er geen doekjes om. De verspreiding van de ziekte, zei hij, verliep zodanig dat hij twijfelde aan zijn eigen vak. Eerst de moeilijk te duiden dood van de heer De Mourai, toen het ongeluk dat meneer Pellegrino was overkomen, die er nog steeds jammerlijk aan toe was, ten slotte het duidelijke geval van besmetting dat Bedford had getroffen: dat alles had de Toscaanse arts de moed ontnomen. Tegenover een samenloop van zoveel onheil en ongeluk moest hij, zo gaf hij toe, het hoofd in de schoot leggen. We keken elkaar bleek en geschrokken een paar eindeloze seconden aan.

Sommigen gaven zich over aan gejammer van wanhoop, anderen trokken zich terug in hun kamer. Sommigen drongen om de arts heen om hun angsten weersproken te krijgen, anderen zakten zwijgend op de grond met het hoofd tussen hun handen. Cristofano zelf haastte zich naar zijn kamer, waar hij zich opsloot met het verzoek een paar uur met rust gelaten te worden om enkele boeken te raadplegen en over de situatie na te denken. Maar de manier waarop hij zich terugtrok had meer weg van een poging om dekking te zoeken dan om een tegenaanval te organiseren. Onze gedwongen gevangenschap had het aanzien van een komedie afgelegd om dat van een tragedie aan te nemen.

Ook abt Melani had, dodelijk bleek, het tafereel van collectieve wanhoop bijgewoond. Maar meer dan wie ook was ik ten prooi aan authentieke wanhoop. Meneer Pellegrino, bedacht ik in tranen, had van de herberg zijn en mijn graf gemaakt, alsmede dat van onze gasten. En ik stelde mij de taferelen van verdriet al voor die zouden volgen bij de aankomst van zijn vrouw, wanneer zij met eigen ogen het wrede werk van de dood in de kamers van De Schildknaap zou ontdekken. Ik werd opgevangen door de abt, terwijl ik op de grond zat in de gang tegenover Cristofano's kamer, en had toegegeven aan de snikken en mijn betraande gezicht bedekte.

'*Piango, prego e sospiro, e nulla alfin mi giova...*' * fluisterde hij in een weemoedig lied, waarbij hij mijn hoofd streelde.

---

* Ik ween, ik smeek en ik zucht, en niets helpt mij uiteindelijk...

Hij wachtte tot ik bedaarde en trachtte me zachtjes te troosten; maar toen kwam ik, gezien de zinloosheid van die eerste pogingen, helemaal overeind en leunde energiek met mijn schouders tegen de muur.

'Ik heb geen zin om naar u te luisteren,' protesteerde ik.

Ik herhaalde hem de woorden van de arts, waaraan ik toevoegde dat we vast allemaal binnen een paar dagen, of zelfs na een paar uur, net als Bedford in een gruwelijk lijden zouden vervallen. Abt Melani pakte mij krachtig vast en trok me de trap op mee naar boven tot in zijn kamer. Niets kon mij echter weer mijn kalmte doen hervinden, zodat de abt me ten langen leste een vastberaden mep moest geven, als gevolg waarvan mijn snikken ophield. Een paar seconden werd ik rustig.

Atto legde broederlijk een arm om mijn schouders en probeerde mij met geduldige bewoordingen te bewegen om niet toe te geven aan de wanhoop. Het belangrijkste was allereerst de vaardige kunstgreep te herhalen waarmee we Pellegrino's ziekte voor de mannen van de Bargello hadden verborgen. De aanwezigheid van een pestlijder in de herberg onthullen (een echte ditmaal) zou de controles nog enger en frequenter maken; we zouden misschien gedeporteerd worden naar een geïmproviseerd lazaret in een minder bevolkt gebied, wellicht op het eiland San Bartolomeo, waar het hospitaal voor zieken in de grote pestepidemie van dertig jaar geleden in gereedheid was gebracht. Ons tweeën bleef altijd nog de onderaardse vluchtweg over die we net samen de voorbije nacht hadden ontdekt. Ontsnappen aan opsporingen was in dat geval – hij ontkende het niet – allesbehalve gemakkelijk, maar toch altijd een haalbare oplossing, wanneer de zaak uit de hand liep. Terwijl ik bijna weer gekalmeerd was, maakte de abt de balans op: als De Mourai vergiftigd was en als de vermeende builen van Pellegrino slechts petechieën waren, of beter nog, twee gewone blauwe plekken, was degene die zeker aan de pest leed voorlopig alleen Bedford.

We hoorden aan Atto's deur kloppen: Cristofano riep iedereen bij elkaar in de vertrekken op de begane grond. Hij had, zei hij, dringende mededelingen te doen. Toen we in de gang voor de binnenplaats kwamen, troffen we alle gasten onder aan de trap, zij het, na de laatste voorvallen, op veilige afstand van elkaar. Devizé verzachtte het ernstige moment in een hoekje met de noten van zijn schitterende, maar verontrustende rondo.

'Heeft de jonge Engelsman soms de laatste adem uitgeblazen?' waagde Brenozzi zonder dat hij ophield aan zijn zaakje te plukken.

De arts schudde zijn hoofd en verzocht iedereen plaats te nemen. De frons van Cristofano blokkeerde de laatste noot op de vingers van de Franse muzikant.

Ik begaf me naar de keuken, waar ik met pannen en vuur aan de slag ging om het middagmaal te bereiden.

Toen iedereen was gaan zitten, maakte de arts zijn tas open, haalde er een lapje uit, wiste zich nauwgezet het zweet af (zoals je hem voor een toespraak altijd zag doen) en schraapte ten slotte zijn keel.

'Zeer geachte heren, ik verontschuldig mij dat ik kort geleden uw gezelschap heb verlaten; het was evenwel nodig om over onze huidige situatie na te denken en ik heb geconcludeerd,' zei hij, terwijl het stil geworden was, 'en ik heb geconcludeerd...' herhaalde Cristofano, het lapje met een hand verfrommelend, 'dat we, als we niet willen sterven, ons levend moeten begraven.'

Het moment was gekomen, legde hij uit, om eens en voor altijd op te houden met rondhangen in De Schildknaap alsof er niets aan de hand was. Men zou zich niet meer met elkaar mogen onderhouden in aangename kout en daarbij de aanbevelingen die hij al dagen uitdeelde in de wind slaan. Tot nu toe was het lot ons vriendschappelijk gezind, en de ramp die de oude heer De Mourai en Pellegrino was overkomen, bleek met geen enkele besmetting iets te hebben uitstaan; maar nu was de situatie verslechterd en was de pest, die eerst te onpas was opgeroepen, werkelijk naar De Schildknaap gekomen. Een vergeefse berekening was het de minuten te tellen die deze of gene in contact met de arme Bedford had doorgebracht: dat diende alleen maar om de argwaan voedsel te geven. De enige hoop tot behoud was zich vrijwillig af te zonderen in de eigen kamer, ter vermijding van het inademen van andermans lichaamsvochten, of van het in aanraking komen met de kleding van de andere gasten *et coetera et coetera*. We zouden regelmatig ons lichaam moeten insmeren en masseren met zuiverende oliën en balsems die de arts zou bereiden, en we zouden alleen bijeenkomen ter gelegenheid van de appèls van de krijgslieden, zoals dat van de volgende ochtend.

'Allerheiligste Heer God,' wond pater Robleda zich op, 'wachten we de dood af in een hoekje op de vloer naast ons eigen vuil? Als ik even mag,' vervolgde de jezuïet op zachtere toon, 'ik heb horen verluiden dat mijn medebroeder Diego Guzman uit Zamorra een bewonderenswaardige bescherming toepaste bij zichzelf en andere jezuïetenmissionarissen tijdens de pest in Perpignan, in het koninkrijk Catalonië, met een *remedium* dat heel aangenaam voor de tong was: een heerlijke witte wijn die naar believen gedronken mocht worden, waarin een drachme sulfaat en een halve drachme wit essenkruid was opgelost. Hij liet iedereen insmeren met schorpioenolie en daarna liet hij hen lekker eten. En niemand werd ziek. Is het niet beter dat eerst te proberen voordat we ons levend inmetselen?'

Op Robleda's woorden volgde heftig knikken van abt Melani, die in zijn onderzoeken door een eventuele kameropsluiting ernstige obstakels zou ondervinden: 'Ik weet ook dat witte wijn van de beste kwaliteit gezien wordt als een uitstekend ingrediënt tegen de pest en koortsen van bederf,' stemde Atto er krachtig mee in, 'en nog beter zijn brandewijn en malvezij. In Pistoia is de brandewijn gerenommeerd die meester Anselmo Rigucci met groot succes aanwendde om de inwoners van die stad tegen besmetting te beschermen. Mijn vader vertelde mij en mijn broers en zussen dat de bisschoppen die elkaar in het pastoraal bestuur van de stad hadden opgevolgd, er de eeuwen door graag en flink van namen, en niet alleen medicinaal. Het ging om vijf pond brandewijn, gearomatiseerd met geneeskrachtige kruiden, die vervolgens hermetisch afgesloten in een karaf vierentwintig uur moest rusten in de Dom. Ten slotte ging er zes pond voortreffelijke malvezij bij. Er kwam een uitstekend drankje uit voort, waarvan monseigneur de bisschop van Pistoia elke ochtend achter het hoogaltaar op zijn nuchtere maag twee oncen dronk, met één once honing.'

De jezuïet klakte veelbetekenend met zijn tong, terwijl Cristofano sceptisch zijn hoofd schudde en tevergeefs weer het woord trachtte te nemen.

'Het lijkt me onmiskenbaar dat genoemde remedies opbeurend zijn,' was Dulcibeni hem voor, 'maar ik betwijfel of ze andere en belangrijker effecten kunnen sorteren. Ik weet bijvoorbeeld ook van een smakelijke likkepot, geformuleerd door Ludovico Giglio van Cremona tijdens de pest in Lombardije. Die bestond uit een uitstekende saus waarvan vier drachmen op warm brood gesmeerd moesten worden, elke ochtend op de nuchtere maag: rozenhoning en een beetje azijnachtige siroop, aangemaakt met kampernoeltje, winde, jalappe en saffraan. Maar ze stierven allemaal, en alleen door het kleine aantal overlevenden en hun zwakte ontkwam Giglio aan een lynchpartij,' besloot de bejaarde heer uit de Marche luguber, waarmee hij liet doorschemeren dat we naar zijn mening maar weinig kans maakten om het te redden.

'Inderdaad,' hervatte Cristofano, 'net als de veel genoemde hart- en maagversterking van Tiberio Gariotto van Faenza. Een suikerbakkersdwaasheid: rozensuiker, ingemaakte amarellen, kaneel, saffraan, sandelhout en bloedkoraal, op te nemen met vier oncen cedersap en dan veertien uur laten staan. Vervolgens mengde hij het geheel met gekookte honing, doorgekookt en afgeschuimd. En hij deed er zoveel muskus bij als nodig was voor de geur. Maar hij werd wel gelyncht. Luister, er rest ons niets anders dan te doen wat ik zojuist heb gezegd...'

Maar Devizé liet hem niet uitspreken: '*Monsieur* Pompeo en onze chirurgijn hebben gelijk: ook Giovan Gutiero, de arts van Karel II van Frankrijk, beweerde dat wat goed is voor het verhemelte, de lichaamssappen niet kan zuiveren. Toch had Gutiero de laatste hand gelegd aan een likkepot die misschien de moeite waard zou zijn om te proberen. Bedenk dat de koning hem voor de werking van zijn preparaat enorme inkomsten in het hertogdom Lotharingen schonk. In zijn likkepot deed die arts dan ook zoetigheden als gekookte en afgeschuimde honing, twintig walnoten en vijftien vijgen, daarnaast grote hoeveelheden wijnruit, alsem, zegelaarde en steenzout. Hij liet er 's avonds en 's ochtends een halve once per keer van nemen, en daarna één once heel sterke witte azijn drinken om de weerzin te vergroten.'

Er volgde een verhitte discussie tussen de aanhangers van de middelen die vriendelijk waren voor het verhemelte, aangevoerd door Robleda, en degenen die juist weerzin als de beste therapie voorstonden. Ik volgde de discussie bijna geamuseerd (ondanks het ernstige moment) door de promptheid waarmee iedere gast het beslissende recept tegen besmetting op zak leek te hebben.

Alleen Cristofano bleef zijn hoofd schudden: 'Probeer al die middelen uit, als u wilt, maar kom dan niet bij mij aan bij het volgende geval van besmetting!'

'Zouden we niet kunnen kiezen voor een gedeeltelijke afzondering?' opperde Brenozzi timide. 'Beroemd is een soortgelijk geval in Venetië, tijdens de pest van 1556: je kon alleen ongedeerd door de calles van de stad lopen als je welriekende balletjes in de hand hield, uitgevonden door de filosoof en dichter Girolamo Ruscelli. In tegenstelling tot de maag heeft de neus baat bij aangename geuren, terwijl hij door stank wordt vergiftigd: muskus uit de Levant, heermoes, kruidnagelen, nootmuskaat, spijknardus en storaxolie om te mengen. Die filosoof maakte er grote ballen van als een noot met schil, om dag en nacht altijd in beide handen te houden, gedurende alle maanden dat de besmetting duurde. Ze waren onfeilbaar, maar alleen voor iemand die ze geen moment wist los te laten, en dat waren er ik weet niet hoeveel.'

Toen verloor Cristofano zijn geduld en nadat hij was opgestaan, riep hij met steeds zwaardere, trillende accenten uit dat het hem weinig interesseerde of we de opsluiting in onze kamers al dan niet waardeerden: dat middel was het ultieme en, als we het niet eens konden worden, zou hij zich in zijn eigen kamer opsluiten – en hij verzocht mij om hem dan eten te brengen – en hij zou er niet meer uitkomen voordat hij had vernomen dat de anderen allemaal waren gestorven, iets wat snel zou gebeuren.

Er volgde een grafstilte. Cristofano ging toen verder door aan te kondigen dat – als men uiteindelijk had besloten zijn aanwijzingen op te volgen – alleen hij, de arts, vrij door de herberg zou mogen lopen om de zieken bij te staan en regelmatig de andere gasten te bezoeken; tegelijkertijd zou hij zeker een assistent nodig hebben die zorg droeg voor het eten en voor de properheid van de gasten, alsmede voor het aanbrengen en juist laten intrekken van preventieve oliën en balsems. Hij waagde overigens niemand te vragen om veel te riskeren. We konden ons evenwel in het ongeluk nog gelukkig prijzen, aangezien er iemand onder ons was, en hij wierp een blik op mij, terwijl ik terugkwam uit de keuken, van wie hij door zijn lange ervaring als arts wist dat diens gestel zeer resistent was tegen ziekten. De blikken richtten zich op mij: de arts had me bij de arm gepakt.

'De bijzondere gesteldheid van dit knechtje,' vervolgde de Siënese chirurgijn met kracht, 'maakt hem en al zijn soortgenoten nagenoeg immuun voor besmetting.'

En terwijl zijn toehoorders tekenen van verbazing op hun gezicht vertoonden, ging Cristofano over op het opsommen van gevallen van absolute immuniteit in tijden van pest, waarover bericht was door de grootste schrijvers. De *mirabilia* volgden elkaar in toenemende mate op, en toonden aan dat iemand als ik zelfs builenetter kon drinken (zoals naar het schijnt echt was gebeurd tijdens de Zwarte Dood van drie eeuwen eerder) zonder er meer nadeel van te ondervinden dan een beetje last van maagzuur.

'Fortunius Licetus stelt hun verbazende eigenschappen gelijk met die van mensen met één voet, mensen met een hondenkop, saters, cyclopen, tritons en zeemeerminnen. Afgaande op de indelingen van pater Caspar Schottus is het zo dat hoe beter geproportioneerde ledematen genoemde individuen hebben, hoe groter hun immuniteit voor pestbesmetting is,' concludeerde Cristofano. 'Welnu, we zien allemaal dat deze jongen, in zijn soort, tamelijk welgeschapen is: stevige schouders, rechte benen, regelmatig gezicht, gezond gebit. Hij valt tot zijn geluk onder de *mediocres* van zijn soort, en niet onder de ongelukkige *minores* of, God verhoede, onder de rampspoedige *minimi*. Wij kunnen dus gerust zijn. Afgaande op Nierembergius worden mensen als hij geboren met tanden en kiezen, haren en schaamdelen als van een volwassene. Op hun zevende hebben ze een baard, op hun tiende zijn ze sterk als een reus en kunnen ze kinderen verwekken. Johannes Eusebius zegt dat hij er een heeft gezien die met vier jaar al een prachtige kop met haar en een baard had. Om niet te spreken van de legendarische Popobawa, die aanvalt en met zijn enorme attributen in zijn slaap sodomie bedrijft met de stevige kerels van een Afrikaans eilandje, die aan hun vergeefse verzet kneuzingen en breuken overhouden.'

De eerste die zich aan de kant van de arts schaarde, die opgewonden en opnieuw bezweet ging zitten, was pater Robleda. Het gebrek aan andere, even deugdelijke oplossingen en de angst om door Cristofano in de steek gelaten te worden bracht de anderen er een voor een toe om droevig in het isolement te berusten. Abt Melani sprak geen woord.

Terwijl allen opstonden om uit te zwermen naar de bovenverdiepingen, zei de arts dat ze naar de keuken konden gaan, waar ik hun de warme maaltijd en geroosterd brood zou verstrekken. Hij waarschuwde mij de wijn pas te serveren nadat ik hem ruim met water had aangelengd, want zo zou hij gemakkelijker de maag passeren.

Ik wist hoeveel goed meneer Pellegrino's culinaire zorg de beklagenswaardige gasten zou doen. Maar ik was als enige overgebleven om de herberg voort te zetten en ofschoon ik alles op alles zette, was ik vervallen tot het in elkaar flansen van maaltijden met geweekte zaden en wat ik verder nog bij elkaar scharrelde in de oude houten provisiekast van de keuken, bijna zonder iets uit de rijke kelder te halen. Ik maakte het doorgaans af met wat fruit of groente en vierduitsbroodjes die ons samen met de zakken water werden bezorgd. Op zo'n manier, troostte ik mijzelf, spaarden we tenminste de voorraden van mijn baas, die reeds blootstonden aan de voortdurende plundering van Cristofano voor zijn likkepotten, balsems, oliën, pastilles, elixers en heilzame balletjes.

Die avond evenwel had ik, het nare moment ten troost, toch enigszins mijn best gedaan en au bain marie een eiersoepje met zaailathyrus gemaakt; vervolgens gehaktballetjes van geweekt brood en wat gezouten sardientjes, aangemaakt met kruiden en rozijnen; en ten slotte gekookte cichoreiwortelen met gebakken most en azijn. Over alles had ik een snufje kaneel gedaan: de kostbare specerij van de rijken zou het verhemelte verrassen en de geest opbeuren.

'Ze zijn gloeiend heet!' kondigde ik gemaakt opgewekt aan bij Dulcibeni en pater Robleda, die somber naderbij gekomen waren om naar de wortels te gluren.

Maar ik kreeg geen commentaar, noch ontwaarde ik berusting in de uitdrukking op hun gezicht.

※

Het vooruitzicht dat mijn bijzondere gesteldheid naar het oordeel van de arts een wapen kon worden tegen de aanvallen van de epidemie dompelde mij voor het eerst in een roes van trots. Hoewel een paar details mij verbijsterd hadden doen staan (op mijn zevende was ik nog baardeloos, en ik was ook niet geboren met tanden en kiezen of met reusachtige attributen), voelde ik mij plotseling een treetje hoger staan dan de anderen. En ja, zei ik bij mezelf, terugdenkend aan Cristofano's beslissing, ik was ertoe in staat. Zij, de gasten, waren van mij afhankelijk. Ziedaar ook verklaard waarom de arts mij met zoveel luchtigheid had laten slapen in dezelfde kamer als mijn baas, toen deze bewusteloos was! Ik kreeg zo mijn goede humeur weer een beetje terug, dat ik eerbiedig bedwong.

'*A chi vive ogn'or contento*
ogni mese è primavera...'* hoorde ik naast mij zachtjes zingen.

Het was abt Melani.

'Wat een vrolijk koppie,' gekscheerde hij, 'hou dat zo tot morgen: we zullen het nodig hebben.'

De oproep tot het appèl van de volgende ochtend bracht mij weer met beide benen op de grond.

'Zou je met me mee willen lopen naar mijn treurige isolement?' vroeg hij met een lachje, nadat hij de maaltijd had verorberd.

'U gaat alleen naar uw kamer terug,' wees Cristofano hem terecht. 'Ik heb de jongen nodig, en wel meteen.'

Nadat Atto Melani bruusk afscheid had genomen, droeg de arts mij op de vaat en het keukengerei te wassen. Voortaan, zei hij, zou ik dat minstens eens per dag moeten doen. Toen stuurde hij me erop uit om twee grote teilen, schone doeken, walnootdoppen, zuiver water en witte wijn te zoeken, en nam me mee naar Bedford. Hij begaf zich daarna naar zijn kamer er-

---

* Voor wie ieder uur tevreden leeft, is het elke maand voorjaar...

naast om het kistje met chirurgijnspullen te pakken en een plunjezak.

Toen hij terugkwam, hielp ik hem de jonge Engelsman uit te kleden, die gloeide als een kookpot in de haard en af en toe weer begon te bazelen.

'De builen zijn te warm,' merkte Cristofano bezorgd op, 'ze zouden een aardbedekking moeten krijgen.'

'Pardon?'

'Het is een wonderbaarlijk en groot geheim dat vlak voor zijn dood is nagelaten door cavalier Marco Leonardo Fioravanti, de befaamde Bolognese arts, om snel van de pest te genezen: wie reeds builen heeft, moet zich helemaal laten begraven in een kuil, met uitzondering van hals en hoofd, en zo twaalf of veertien uur blijven liggen, waarna hij zich moet laten uitgraven. Het is een geheim dat overal ter wereld te gebruiken is, zonder rente en zonder kosten.'

'En hoe werkt het?'

'De aarde is de moeder en zuivert alle dingen: ze wist alle vlekken in wasgoed uit, maakt taai vlees mals als je het vier of zes uur lang begraaft, zonder te vergeten dat er in Padua modderbaden zijn die veel ziekten genezen. Een ander middel van groot gewicht zou zijn om van drie tot twaalf uur in het zoute water van de zee te liggen. Maar helaas verkeren we in afzondering en kunnen we niets van dat al doen. Ons rest daarom slechts de arme Bedford ader te laten, zodat zijn builen afkoelen. Maar eerst moeten we de aangetaste lichaamssappen kalmeren.'

Hij haalde een houten kom tevoorschijn.

'Dat zijn mijn keizerlijke achtarmen, heel attractief voor de maag.'

'Wat betekent dat?'

'Ze trekken alles wat in de maag zit aan, halen het eruit en matten zo bij de zieke de onaangename tegenstand af die hij tegen de ingrepen van de arts zou kunnen bieden.'

En hij nam tussen twee vingers een pastille, oftewel een van die droge preparaten van verschillende vorm die door apothekers worden gemaakt. Niet zonder inspanning wisten we hem Bedford in te laten slikken, die kort daarop verstomde en welhaast leek te zullen stikken: hij schokte van het hoesten en het rillen, liet speeksel uit zijn mond druipen, totdat hij een hoeveelheid onwelriekend spul uitspuugde in het teiltje dat ik vlug onder zijn neus had gehouden.

Cristofano bestudeerde en berook tevreden het vocht.

'Verbazend, die achtarmen van mij, vind je niet? En toch zijn ze één en al eenvoud: één once hagelwitte met viooltjesessence geparfumeerde suiker, vijf oncen blauwe lissen en evenveel gemalen eierschalen, een drachme muskus, een drachme ambar, en met dragant en rozenwater te drogen gelegd in de zon,' droeg Cristofano zeer tevreden voor, terwijl hij druk doende was de spatjes van de zieke tegen te houden.

'Bij gezonde mensen daarentegen bestrijden ze gebrek aan eetlust, ook al zijn ze minder sterk dan rozenlikkepot,' vervolgde hij. 'Ja, herinner me eraan dat ik je er een paar meegeef voor als je de maaltijden uitdeelt, in geval iemand mocht weigeren te eten.'

Toen de arme Engelsman, die nu met halfgesloten ogen tot rust was gekomen, weer schoon en op orde was, begon de arts hem met zijn gereedschap te prikken.

'Zoals meester Eusebio Scaglione uit Castello a Mare in het Koninkrijk Napels leert, moet het bloed getapt worden uit de aderen die komen van de plaatsen waar de builen zijn verschenen. De hoofdader stemt overeen met de builen van de hals en de gemeenschappelijke ader met die van de rug, maar die komen hier niet in aanmerking. We passen bij hem een aderlating toe in de polsader, die afkomstig is van de buil die hij onder zijn oksel heeft. En dan de ader van de voet, die overeenstemt met het grote gezwel van de lies. Geef me het schone teiltje maar aan.'

Hij droeg me op in zijn zakken de potjes te zoeken waar wit essenkruid en tormentil op stond; hij liet me uit elk twee snufjes nemen, en nadat hij die met drie vingers witte wijn had gemengd, beval hij mij ze aan Bedford toe te dienen. Daarna liet hij me in de vijzel een kruid stampen dat ravenvoet wordt genoemd, waarmee ik twee halve walnotendoppen moest vullen, die de arts na de aderlating gebruikte om meteen de openingen in de pols en enkel van de arme pestlijder dicht te maken.

'Verbind de noten bij hem goed strak. We zullen ze twee keer daags vervangen, totdat er blaasjes verschijnen, die we dan zullen doorprikken om het giftige vocht uit te drukken.'

Bedford begon te rillen.

'Hebben we hem niet te veel bloed afgenomen?'

'Ach wat. Het is de pest die het bloed in zijn aderen laat bevriezen. Ik had het voorspeld: ik heb een mengsel gemaakt van brandnetel, malve, leverkruid, gezegende distel, oregano, polei, gentiaan, laurier, vloeibare storax, benzoë en aromatische rotan voor een heilzaam stoombad.'

En uit een zwartvilten foedraal haalde hij een glazen karaf tevoorschijn. We gingen weer naar beneden naar de keuken, waar hij me de inhoud van de karaf met veel water aan de kook liet brengen in de grootste ketel van de herberg. Hij wachtte intussen tot het mengsel van fenegriek, lijnzaad en heemstwortels kookte, waar ik hem later varkensvet bij zag mengen uit de voorraadkamer van meneer Pellegrino.

Terug in de slaapkamer van de zieke wikkelden we Bedford in vijf dekens en lieten hem zitten op de dampende ketel, die we met groot ongemak en gevaar voor brandwonden daarheen hadden vervoerd.

'Hij moet zo veel mogelijk transpireren: zweet maakt de lichaamssappen dunner, opent de poriën en verwarmt het ijskoude bloed, zodat het bederf van de huid niet onverwachts toeslaat.'

De arme Engelsman leek het er echter niet mee eens te zijn. Hij begon hijgend en hoestend steeds harder te kreunen, en spande zijn handen en spreidde zijn tenen in pijnlijke krampen. Plotseling bedaarde hij. Hij leek flauwgevallen. Nog op de ketel begon Cristofano op drie of vier punten zijn builen door te prikken met een lancet, en smeerde er daarna een brijomslag van varkensvet op. Toen de operatie was voltooid, legden we hem weer op bed. Hij verroerde zich niet, maar ademde wel. Wat een speling van het lot, dacht ik, dat aan de medische praktijken van Cristofano juist zijn felste lasteraar was onderworpen.

'Nu laten we hem rusten en hopen op God,' zei de arts ernstig.

Hij leidde mij naar zijn kamer, waar hij mij een zak overhandigde met enige smeersels, siropen en inhalaties die al gereed waren om bij de andere gasten toe te passen. Hij lichtte mij het gebruik en het therapeutisch doel ervan toe en gaf mij ook enkele aantekeningen. Sommige *remedia* waren op het ene gestel werkzamer dan op het andere. Pater Robleda bijvoorbeeld, altijd bezorgd, riskeerde de dodelijkste pest, aan het hart of aan de hersenen. Minder ernstig ware het als de lever was getroffen, die ontlast kon worden met builen. Ik moest zo snel mogelijk beginnen, maande Cristofano.

Ik had er genoeg van. Beladen met die karafjes die ik al haatte, liep ik weer de trap op om naar mijn bedje op de vliering te gaan. Op de tweede verdieping gekomen werd ik echter teruggeroepen door het gefluister van abt Melani. Hij wachtte me op aan het einde van de gang, omzichtig om het hoekje van zijn kamerdeur kijkend. Ik kwam dichterbij. Zonder mij de tijd te laten om een mond open te doen siste hij in mijn oor dat het bizarre gedrag van enkele gasten in de laatste uren hem gelegenheid had gegeven om eens flink over onze situatie na te denken.

'Vreest u soms voor het leven van iemand anders van ons?' fluisterde ik meteen gealarmeerd.

'Misschien, jongen, misschien,' repliceerde Melani vluchtigjes, terwijl hij mij bij een arm de kamer in trok.

Met de deur eenmaal op slot legde hij me uit dat het ijlen van Bedford, dat de abt zelf had kunnen horen vanachter de deur van de kamer waar de pestlijder lag, zonder een spoor van twijfel duidelijk maakte dat de Engelsman een vluchteling was.

'Een vluchteling? Op de vlucht waarvoor?'

'Een balling die op betere tijden wacht om terug te keren naar zijn vaderland,' vonniste de abt met een uitstraling van onbeschaamdheid, terwijl hij met zijn wijsvinger op het kuiltje van zijn kin trommelde.

Zo berichtte Atto mij een reeks gebeurtenissen en omstandigheden die in de dagen daarop groot belang zouden krijgen. De mysterieuze Willem van wie Bedford de naam had genoemd was de prins van Oranje, kandidaat voor de troon van Engeland.

Ons gesprek werd lang: ik voelde de spanning van even daarvoor afnemen.

Het probleem, legde Atto intussen uit, was dat de huidige koning geen wettige kinderen had gekregen. Daarom had hij zijn broer als opvolger aangewezen, die echter katholiek was en zo de Ware Godsdienst weer op de troon van Engeland zou brengen.

'Waar zit hem het probleem dan?' kwam ik geeuwend tussendoor.

'Daarin, dat de Engelse edelen die de hervormde godsdienst aanhangen, geen katholieke koning willen en juist ten gunste van Willem intrigeren, die een vurig protestant is. Ga maar op mijn bed liggen, jongen,' antwoordde de abt met zacht geworden stem, wijzend op zijn legerstede.

'Maar dan zou Engeland weer voorgoed ketters worden!' riep ik uit, de plunjezak van Cristofano neerzettend en mij uitstrekkend zonder mij te laten bidden, terwijl Atto naar de spiegel liep.

'Ja. Daarom zijn er in Engeland tegenwoordig dus twee facties: de ene orangistisch protestants, de andere katholiek. Onze Bedford moet, al zal hij het ons nooit bekennen, tot de eerste behoren,' verklaarde hij, terwijl de scherpe boog van zijn wenkbrauwen, die ik in de spiegel zag, de geringe tevredenheid aangaf die het onderzoek van zijn eigen beeld de abt opleverde.

'En waar leidt u dat uit af?' vroeg ik, hem nieuwsgierig aankijkend.

'Uit wat ik heb kunnen opmaken is Bedford een tijdje in Holland geweest, een land van calvinisten.'

'Maar in Holland zijn ook katholieken, dat weet ik van onze gasten die er lange tijd geweest zijn, en die zijn stellig trouw aan de Kerk van Rome...'

'Zeker. Maar de Verenigde Provinciën van Holland zijn ook het land van Willem. Zo'n tien jaar geleden heeft de prins van Oranje het binnenvallende leger van Lodewijk XIV verslagen. En nu is Holland het bolwerk van de orangistische samenzweerders,' wierp Atto tegen, terwijl hij, nadat hij snuivend van ongeduld een kwastje en een doosje tevoorschijn had gehaald, zijn weinig uitstekende jukbeenderen rood verfde.

'Kortom, u denkt dat Bedford naar Holland is gegaan om samen te zweren ten gunste van de prins van Oranje,' merkte ik op, waarbij ik probeerde hem niet te lang aan te kijken.

'Welnee, niet overdrijven,' antwoordde hij; nadat hij een laatste tevreden blik in de spiegel had geworpen draaide hij zich naar me om. 'Ik denk dat Bedford gewoonweg hoort bij de mensen die Willem op de troon zouden willen, mede omdat – vergeet dat niet – de ketters in Engeland een grote aanhang kennen. Hij zal een van de vele boodschappers tussen de ene en de andere oever van het Kanaal zijn, op gevaar af dat hij vroeg of laat wordt gearresteerd en in de Londense Tower wordt gezet.'

'Bedford heeft inderdaad een "Tower" genoemd, terwijl hij ijlde.'

'Zie je nou dat we niet ver van de waarheid af staan?' vervolgde hij, waarna hij een stoel pakte en naast het bed ging zitten.

'Het is ongelofelijk,' verzuchtte ik, terwijl de slaap verdween.

Ik werd verlegen en onrustig gemaakt door die wonderbaarlijke, suggestieve verhalen. Verre en machtige conflicten tussen de regerende vorsten van Europa werden voor mijn ogen werkelijkheid, in de herberg waar ik niet meer dan een arme knecht was.

'Maar wie is die prins Willem van Oranje, signor Atto?' vroeg ik.

'O, een groot soldaat, onder de schulden. Klaar,' antwoordde de abt droog, 'voor de rest is zijn leven volstrekt plat en kleurloos, zoals trouwens ook zijn persoon en zijn geest.'

'Een prins zonder een cent?' vroeg ik ongelovig.

'Ja. En als hij niet krap bij kas zat, zou de prins van Oranje de Engelse troon misschien al met geweld hebben ingepikt.'

Ik zweeg, in gedachten.

'Ik had anders nooit, maar dan ook nooit gedacht dat Bedford een vluchteling was,' hervatte ik kort daarna.

'Iemand anders is dat ook. Iemand die van ver komt, en ook uit een stad aan zee,' vervolgde Melani met een lachje, terwijl zijn gezicht geleidelijk aan dreigend dichtbij was gekomen.

'Brenozzi, de Venetiaan?!' riep ik uit, met een ruk mijn hoofd van het bed optillend en onbedoeld een kopstoot uitdelend aan de haviksneus van de abt, die een kreun uitstootte.

'Dat is hem, zeker,' bevestigde hij, terwijl hij overeind kwam en zijn neus wreef.

'Maar hoe kunt u daar zeker van zijn?'

'Als je met meer inzicht naar Brenozzi's woorden had geluisterd, en vooral als je kennis van de dingen van de wereld groter was, zou je zonder meer een onwaarschijnlijkheid hebben opgemerkt,' antwoordde hij op vaag geprikkelde toon.

'Nou, hij zei dat een neef...'

'Een verre neef die geboren is in Londen zou hem gewoon per brief zo goed Engels hebben geleerd: een beetje eigenaardig als verklaring, vind je niet?'

En hij bracht in herinnering hoe de glasblazer mij de trap af had gesleurd, en me haast buiten zinnen had onderworpen aan een reeks vragen naar aanleiding van de Turkse belegering en de besmetting die Wenen misschien zou doen buigen, en daarna de margariet had genoemd.

Maar het ging niet zozeer om een bloem, vervolgde Atto, als wel om een van de kostbaarste schatten van de Republiek Venetië, die zij met hand en tand bereid was te verdedigen en waardoor onze Brenozzi nu in grote moeilijkheden verkeerde. Op de eilanden die midden in de Venetiaanse lagune liggen wordt namelijk een geheime schat bewaakt waaraan de Doges, die al eeuwenlang de baas van de Republiek zijn, in hoge mate zijn gehecht. Op die eilanden staan de werkplaatsen voor glas en parels, in het Latijn ook wel margarieten genoemd, waarvan de bewerking berust op geheimen van het vak die generaties lang zijn doorgegeven en waarop de Venetianen trots en vooral buitengewoon gesteld zijn.

'Maar dan zijn de margarieten waarover hij het had en de pareltjes die hij me later in de hand heeft gestopt een en hetzelfde!' riep ik verward uit. 'Maar hoeveel zouden ze waard kunnen zijn?'

'Daar heb je zelfs geen idee van. Als jij een tiende had gereisd van wat ik heb gekund, zou je weten dat over die fraaie sieraden van Murano het overvloedige bloed van de Venetianen heeft gestroomd en wie weet hoe lang nog zal stromen,' zei Melani, terwijl hij aan de schrijftafel ging zitten.

De meesterglasblazers en hun knechten hadden traditioneel in de herfstmaanden een periode verlof. In die periode konden ze het werk in hun werkplaatsen opschorten, de ovens waarin het glas werd bewerkt opknappen en voor de handel naar het buitenland gaan. Maar heel wat meesterglasblazers bleven vaak tot over hun nek in de schulden zitten, of verkeerden in moeilijkheden vanwege de periodieke stagnatie van de handel. Hun reizen naar het buitenland veranderden toen in gelegenheden bij uitstek om te vluchten op zoek naar een beter lot. In Parijs, Londen, Wenen en Amsterdam, maar ook in Rome en Genua vonden de voortvluchtige glasblazers gullere bazen en een handel met minder concurrenten.

De vlucht werd echter niet op prijs gesteld door de magistraten van de Raad van Tien van Venetië, die allerminst van plan waren de controle over het gilde te verliezen dat zoveel geld in het laatje van de Doges had gebracht, en men had het geval aan de staatsinquisiteurs uitbesteed, de speciale adviesraad die ervoor moest waken dat geen enkel geheim dat de Republiek Venetië schade kon berokkenen, werd rondgebazuind.

Voor de inquisiteurs was het maar al te gemakkelijk om te zien of een glasblazer zich uit de voeten wilde maken. Je hoefde maar te kijken of er onder de ambachtslieden van de lagune ontevredenheid bestond, en of er zich wervers van glasblazers in de buurt lieten zien, gestuurd door de buitenlandse mogendheden om te helpen bij de vlucht. De wervers werden stap voor stap, calle na calle gevolgd, zodat ze de inquisiteurs direct voor de deur brachten van degenen die wilden vluchten. Maar het spel was ook voor die onvoorzichtige afgezanten van de buitenlanders riskant, want die werden niet zelden met een doorgesneden keel in een kanaal gevonden.

Veel Venetianen wisten uiteindelijk aan boord van een schip te komen, maar ook in het buitenland werden ze weldra opgespoord door het netwerk van ambassadeurs en consuls van de Venetiaanse Republiek. Op dat punt trachtten enkele discrete bemiddelaars uit Venetië hen, aanvankelijk met beloften en vleierij tot terugkeer te bewegen. Wie de wet had overtreden kreeg (zelfs bij moord) amnestie aangeboden. Wie gevlucht was vanwege te veel schulden kreeg uitstel van betaling.

'En gingen de glasblazers terug?'

'Je moet eigenlijk zeggen "gaan terug", want deze tragedie speelt nog steeds, en volgens mij juist in deze herberg.'

Degenen die de aanhoudende aanbiedingen van de Republiek Venetië niet aanvaardden, vervolgde de abt, werden plotseling met rust gelaten: geen bezoeken meer van bemiddelaars, geen voorstellen meer: dit om hen in de war te brengen en fijntjes ongerust te maken. Na enige tijd begonnen de dreigementen, het schaduwen, de vernielingen aan de nieuwe werkplaatsen die met veel offers op buitenlandse bodem waren opgezet.
   De een gaat overstag, de ander vlucht opnieuw naar andere landen en neemt de geheimen van het vak met zich mee. Weer anderen houden hun poot stijf en weigeren terug te keren. Tegen hen treden de inquisiteurs hard op. Hun brieven worden systematisch onderschept. Hun ouders die in Venetië zijn gebleven, worden bedreigd en krijgen een verbod om het land te verlaten. De vrouwen van glasparelblazers en spiegelmakers worden bespioneerd en streng bestraft als ze in de buurt van een steiger komen.
   Wanneer de vluchtelingen het dieptepunt van de wanhoop hebben bereikt, mogen ze terugkeren met levenslange verbanning naar het eilandje Murano.
   Voor wie er niet op ingaat, is er het behendige, stiekeme werk van de huurmoordenaars. Als je één rebel treft, redeneren de inquisiteurs, worden er honderd opgevoed. Dikwijls werd de voorkeur gegeven aan gif boven het zwaard, dat een gewelddadig einde verraadt.
   'Daarom is onze Brenozzi zo bezorgd,' besloot abt Melani, 'De glasparelblazer, de glasblazer of de spiegelmaker die uit Venetië vlucht, vindt de hel. Hij ziet overal moordenaars en bedrog, slaapt altijd met één oog open, loopt altijd met ogen op zijn rug. En ook Brenozzi heeft zeker het geweld en de dreigementen van de inquisiteurs leren kennen.'
   'En ik, die mij als een kind bang heb laten maken door wat Cristofano zei over de krachten van die pareltjes!' riep ik enigszins beschaamd uit. 'Pas nu begrijp ik waarom Brenozzi mij met een kwaaie kop vroeg of het genoeg was: met die drie pareltjes wilde hij mijn stilzwijgen omtrent ons gesprek kopen.'
   'Goed zo, je bent er.'
   'Vindt u het alleen niet gek dat er niet minder dan twee vluchtelingen in deze herberg zijn?' vroeg ik, zinspelend op de gelijktijdige aanwezigheid van Bedford en Brenozzi.
   'Niet zo. In deze jaren zijn er heel wat gevlucht uit Londen, en evenzovelen uit Venetië. Waarschijnlijk is je baas niet het type dat gemakkelijk de spion uithangt, en signora Luigia Bonetti, die vóór hem de herberg dreef,

misschien evenmin. Misschien wordt De Schildknaap beschouwd als een "rustige" herberg, waar iemand die voor grote moeilijkheden vlucht beschutting kan vinden. En dit soort plekken wordt onder bannelingen vaak van mond tot mond overgeleverd. Bedenk wel: de wereld is vol mensen die hun verleden willen ontvluchten.'

Ik was intussen van het bed opgestaan en nadat ik de zak had gepakt, goot ik een siroop op een schoteltje voor de abt, zoals aangegeven door de arts. Ik legde hem kort uit wat het was en Atto dronk het zonder tegenstribbelen op. Daarna kwam hij overeind en begon enkele papieren op de tafel te ordenen.

'*In questo duro esilio...*'* zong hij zachtjes.

Het was curieus hoe Atto Melani voor iedere situatie het juiste wijsje uit zijn zangrepertoire wist op te diepen. Hij moest wel met intense en innige genegenheid, bedacht ik, de herinnering koesteren aan zijn Romeinse leermeester: seigneur Luigi, zoals hij hem noemde.

'Die arme Brenozzi verkeert dus in grote spanning,' hervatte abt Melani, 'en misschien zal hij je vroeg of laat opnieuw om hulp vragen. A propos, jongen, je hebt een drupje olie op je hoofd.'

Met een vingertop veegde hij het druppeltje olie van mijn voorhoofd en stak het nonchalant in zijn mond om eraan te zuigen.

'Denkt u dat het gif dat Mourai zou hebben gedood met Brenozzi te maken had?' vroeg ik.

'Dat zou ik uitsluiten,' antwoordde hij met een glimlach. 'Volgens mij is het alleen onze arme glasblazer die daar bang voor is.'

'Waarom heeft hij me ook gevraagd naar het beleg van Wenen?'

'Vertel jij me es: waar ligt de Republiek Venetië?'

'Vlak bij het keizerrijk, ja, ten zuiden daarvan, en...'

'Dat is genoeg: als Wenen capituleert, zullen de Turken zich binnen een paar dagen allereerst naar het zuiden verspreiden en Venetië binnenvallen. Onze Brenozzi moet een aardig tijdje in Engeland hebben doorgebracht, waar hij ter plekke behoorlijk Engels heeft kunnen leren, en niet per brief. Nu zou hij waarschijnlijk terug willen naar Venetië, maar hij heeft zich gerealiseerd dat het moment niet geschikt is.'

'Dan loopt hij gevaar om in handen van de Turken terecht te komen.'

'Precies. Hij moet doorgereisd zijn naar Rome in de hoop om er wellicht een werkplaats te openen en zich zo veilig te stellen. Maar hij heeft gemerkt

---

* In deze zware ballingschap...

dat ook hier de angst groot is: als de Turken in Wenen winnen, zullen ze na Venetië het hertogdom Ferrara bereiken. Ze zullen het grondgebied van Romagna doorkruisen en de hertogdommen Urbino en Spoleto, voorbij de lieflijke heuvels van Umbrië zullen ze Viterbo rechts laten liggen om op te rukken naar...'

'Ons,' huiverde ik, misschien voor het eerst duidelijk het gevaar beseffend dat ons boven het hoofd hing.

'Ik hoef je niet uit te leggen wat er in dat geval zou gebeuren,' zei Atto. 'De plundering van Rome van anderhalve eeuw geleden zal daarbij vergeleken in het niet vallen. De Turken zullen de Pauselijke Staat verwoesten en hun natuurlijke wreedheid tot het uiterste voeren. Basilieken en kerken, te beginnen bij de Sint-Pieter, zullen met de grond gelijkgemaakt worden. Priesters, bisschoppen en kardinalen zullen in hun huizen worden gevangengenomen en gekeeld, kruisbeelden en andere symbolen van het geloof zullen worden weggerukt en in brand gestoken; het volk zal geplunderd worden, de vrouwen vreselijk verkracht, stad en land zullen voorgoed ten onder gaan. En als deze eerste ineenstorting waarheid wordt, dreigt de hele christenheid onder de Turkse voet gelopen te worden.'

Het leger van de ongelovigen zou vanuit de bossen van Latium vervolgens het groothertogdom Toscane binnenvallen, daarna het hertogdom Parma, en via de Republiek Genua en het hertogdom Savoye zou het zich verspreiden (pas toen zag ik misschien op het gelaat van abt Melani een zweem van onvervalste afschuw) naar Frans grondgebied in de richting van Marseille en Lyon. En op dit punt zou het, theoretisch tenminste, kunnen oprukken naar Versailles.

Op dat moment gaf ik opnieuw toe aan de moedeloosheid, en nadat ik met een smoesje afscheid had genomen van Atto, pakte ik de zak op en liep weg. Ik nam snel de trap en stopte pas toen ik bij de korte trap was gekomen die naar het torentje leidde.

Daar liet ik mijn verwarring de vrije loop en gaf me over aan een troosteloze monoloog. Ik was een gevangene in een krap bemeten herberg waarvan nu redelijkerwijs het vermoeden bestond dat de pestziekte er heerste. Ik was juist weer wat opgebeurd dankzij de woorden van de arts, die een weerstand van mij tegen ziekten schilderde, en nu liep ik volgens Melani het risico om herberg De Schildknaap uit te gaan en Rome bestormd te zien worden door bloedige volgelingen van Mohammed. Ik had altijd al geweten dat ik slechts kon rekenen op de goedhartigheid van maar weinig mensen, onder wie Pellegrino, die me welwillend uit de gevaren en moeilijkheden van het leven had gered; maar ditmaal kon ik me op het beslist niet belangeloze gezelschap verlaten van een gecastreerde abt en spion, wiens onderwijzingen voor mij alleen maar een bron van angst waren. En de andere gasten van de herberg? Een jezuïet met een driftig temperament, een schuwe, afstandelijke edelman uit de Marche, een Franse gitarist met bruuske manieren, een Toscaanse arts met verwarde en misschien zelfs gevaarlijke ideeën, een Venetiaanse glasblazer op de vlucht uit zijn vaderland, een zogenaamde dichter uit Napels, plus mijn baas en Bedford, die machteloos op bed lagen. Nooit had ik voordien zo'n diep gevoel van eenzaamheid bemerkt, toen mijn gefluister plotseling werd onderbroken door een onzichtbare kracht die mij achteroverslingerde, zodat ik op de grond terechtkwam en boven me de gast ontwaarde die ik in mijn woordeloze inventaris achterwege had gelaten.

'Je laat me schrikken, dommerik.'

Cloridia, die een vreemde aanwezigheid had bemerkt achter haar deur (waar ik tegenaan geleund stond), had deze met een ruk opengezwaaid, waardoor ik haar kamer inrolde. Ik kwam overeind zonder ook maar te proberen me te verontschuldigen, en wiste haastig mijn gezicht af.

'Bovendien,' vervolgde ze, 'zijn er ergere rampen dan de pest of de Turken.'

'Hebt u mijn gedachten gehoord?' reageerde ik verbaasd.

'Om te beginnen dacht je niet, want iemand die echt denkt heeft geen tijd voor gejammer. Bovendien zijn we in quarantaine uit angst voor besmetting, en in Rome slaapt niemand deze weken één nacht zonder te dromen van de Turken die door de Porta del Popolo binnenkomen. Waarom zou jij nou drenzen?'

En ze reikte me een schotel met een glas halfvol brandewijn en een anijskransje aan. Ik maakte aanstalten om verlegen op de rand van haar hoge bed te gaan zitten.

'Nee, niet daar.'

Instinctmatig stond ik op en morste de helft van de drank op het tapijt; ik greep als in een wonder het kransje, maar maakte talloze kruimels op het bed. Cloridia zei niets. Ik stamelde een verontschuldiging en probeerde de kleine ramp te herstellen, me afvragend waarom ze me eigenlijk geen scherpe verwijten maakte, zoals meneer Pellegrino altijd deed, evenals iedere gast van de herberg (met uitzondering van abt Melani, die jegens mij een liberalere houding aan de dag had gelegd).

De jonge vrouw die zich tegenover mij oprichtte was de enige persoon van wie mijn kennis tegelijk zo gering en zo onzeker was. Mijn contacten met haar beperkten zich tot de maaltijden die ik van mijn baas voor haar moest bereiden en haar moest brengen, tot de verzegelde briefjes die ze mij soms vroeg aan deze of gene te geven, tot de dienstmeisjes die ze vaak verving en die ik van tijd tot tijd wegwijs maakte omtrent het gebruik van het water en de voorraadkast. Dat was alles. Voor het overige wist ik niets van hoe ze leefde in het torentje waar ze haar gasten ontving via de doorgang die uitkwam op de daken, en het was ook niet nodig om iets te weten.

Ze was geen gewone hoer, ze was een courtisane: te rijk om een hoer te zijn, te hebzuchtig om het niet te zijn. En toch is dat niet voldoende om behoorlijk te begrijpen wat een courtisane was, en over welke geraffineerde kunsten zij beschikte.

Omdat iedereen wist wat er gebeurde in de kachels, die hete stoombaden die door een Duitser in Rome waren ingevoerd en werden aanbevolen om door zweten de slechte lichaamssappen kwijt te raken, baden die vooral gehouden werden door vrouwen van lichte zeden (er was er juist een vlak bij De Schildknaap, die volgens iedereen de beroemdste en de oudste van Rome was en Vrouwenkachel heette); en iedereen, zelfs ik, wist welke handel je kon krijgen bij sommige vrouwen bij Sant'Andrea delle Fratte, of in de buurt van de Via Giulia, of in de Santa Maria in Via. En het was heel wel bekend dat in Santa Maria in Monterone hetzelfde werd versjacheld, tot in de vertrekken van de parochiekerk aan toe, en dat de pausen reeds in de antieke eeuwen de clerus het promiscue samenleven met dit soort vrouwen hadden moeten verbieden, en dat dergelijke verboden vaak in de wind werden geslagen of omzeild. Het was uiteindelijk overduidelijk wie er schuilgingen achter verheven Latijnse namen als Lucretia, Cornelia, Medea, Penthesileia, Flora, Diana, Victoria, Polyxena, Prudentia of Adriana; of wie Hertogin en Hoogeerwaarde waren, omdat ze de naam van hun illustere beschermers hadden durven inpikken; of welke begeerten Wildzang en Esmeralda graag ontketenden, en wat de ware aard was van Fine Fleur, of waarom Zwanger zo heette, of welk vak ten slotte Lucretia de Uitgescheurde beoefende.

Wat viel er te onderzoeken? Er waren mensen die al sinds langer dan een eeuw een telling van de categorieën hadden verricht: lichtekooien, hoeren, curiedames, voor bij een olielampje, voor bij een kaars, voor jaloezie, voor raamsverduistering, straatmadelieven of gevallen vrouwen, terwijl sommige komische rijmpjes ook de zondagshoeren kenden, en de kwezelaars, de Osinianen, de Welfen, de Ghibellijnen en talloze, talloze anderen. Hoeveel waren het er? Genoeg om te doen denken aan paus Leo x, die, toen de weg naar de Piazza del Popolo hersteld moest worden, een belasting oplegde aan de hoeren die in groten getale in die wijk woonden. Onder paus Clemens VII waren er mensen die zeiden dat een op de tien inwoners van Rome een prostituee was (de koppelaars en pooiers niet meegeteld), en de heilige Augustinus had misschien gelijk toen hij zei dat als de prostituees verdwenen, alles door ongebreidelde vrijheden op zijn kop zou komen te staan.

Maar de courtisanes, die vormden een verhaal apart. Met hen werd het liefdesspel iets verhevens: daaraan was niet meer de lust van de koopman of de soldaat af te meten, maar het vernuft van ambassadeurs, vorsten en kardinalen. Het vernuft: want de courtisane wedijvert zegevierend met mannen in verzen, zoals Gaspara Stampa die een heel vlammend liedboek opdraagt aan Collatino di Collalto, of zoals Veronica Franco die in bed en met verzen de machthebbers van de familie Venier uitdaagt, of zoals Imperia, de koningin der Romeinse courtisanes, die met bevalligheid madrigalen en sonnetten wist te vormen, en die werd bemind door illustere, rijke talenten als Tommaso Inghirami, Camillo Porzio, Bernardino Capella, Angelo Colocci en de steenrijke Agostino Chigi; ook poseerde ze voor Rafaël en rivaliseerde ze misschien met Fornarina zelf (Imperia pleegde uiteindelijk zelfmoord, maar voor haar dood verleende paus Julius II haar volledige absolutie voor haar zonden, en Chigi liet een monument voor haar oprichten). De beroemde Jeetjeminahijwilnie, zo bijgenaamd vanwege een onvoorziene jeugdige weigering, kende Petrarca en Boccaccio, Vergilius en Horatius en honderd andere schrijvers helemaal uit haar hoofd.

Ziedaar: de vrouw die ik voor mij had, behoorde, aldus Pietro Aretino, tot die schaamteloze soort vrouwen wier pracht Rome uitput, terwijl huismoeders bedekt over straat gaan en paternosters bidden.

'Ben jij ook gekomen om te vragen wat de toekomst voor je in het vat heeft?' vroeg Cloridia. 'Wil je het goede nieuws? Wat staat te gebeuren, en dat zeg ik tegen iedereen die hier komt, is niet altijd zoals men het wil, hoor.'

Ik zweeg verbijsterd. Ik dacht dat ik alles over die vrouw had gehoord, maar ik wist niet dat ze de toekomst kon voorspellen.

'Van toverij weet ik niets. En ook als je de geheimen van de sterren wilt leren kennen, moet je naar iemand anders gaan. Maar als je nooit de hand gelezen is, dan moet je Cloridia hebben. Of misschien heb je een droom gehad en wil je de verborgen betekenis daarvan weten. Zeg niet dat je zonder wens bent gekomen, want dan geloof ik je niet. Niemand komt bij Cloridia zonder iets te willen.'

Ik was tegelijkertijd nieuwsgierig, opgewonden en besluiteloos geworden. Het viel mij te binnen dat ik ook haar de middelen van Cristofano moest toedienen, maar ik stelde het uit. Ik greep de kans onmiddellijk aan en vertelde van de nachtmerrie waarin ik mij in de donkere onderaardse ruimte van De Schildknaap had zien vallen.

'Nee, nee, het is niet duidelijk,' kritiseerde Cloridia ten slotte, haar hoofd schuddend. 'Was de ring van goud of van gewoon materiaal?'

'Ik zou het niet weten.'

'Dan is de uitleg niet duidelijk. Een metalen ring betekent namelijk: een bezit met verdriet. Gouden ring betekent: grote winst. Ik vind de trompet interessant, die is een aanwijzing voor al dan niet verborgen geheimen. Misschien is Devizé aan een geheim verbonden dat hij al dan niet kan kennen. Is je dat bekend?'

'Nee, ik weet eigenlijk alleen dat hij een goede gitaarspeler is,' zei ik, de schitterende muziek indachtig die ik van de snaren van zijn instrument had horen komen.

'Natuurlijk kun je ook niets meer weten, wat voor een geheim zou Devizés geheim anders zijn?' lachte Cloridia. 'Maar verder komt Pellegrino in je droom voor. Je hebt gezien dat hij zo goed als dood was en daarna is verrezen, en doden die verrijzen betekenen: schade en ellende. Dus laten we even zien: ring, geheim, verrijzende dode. De betekenis, zeg ik nogmaals, van die ring is niet duidelijk. Het enige duidelijke is het geheim en de dode.'

'Dan is de droom een voorbode van ongeluk.'

'Dat is niet gezegd. Want je baas is in werkelijkheid alleen maar ziek, hij is er slecht aan toe, maar niet dood. Sinds Pellegrino niks meer kan, weet je misschien dat je je plicht hebt verzaakt. Maar wees niet bang voor me,' zei Cloridia, terwijl ze uit een mand lui een nieuw kransje pakte, 'ik zal Pellegrino zeker niet vertellen dat je een beetje laks bent. Zeg liever even, wat wordt er beneden gezegd? Afgezien van die ongelukkige Bedford is iedereen volgens mij toch goed gezond?' en met een vaag gebaar vervolgde ze: 'Pompeo Dulcibeni bijvoorbeeld? Ik vraag het je omdat hij een van de ouderen is...'

Daar begon Cloridia me weer te vragen naar Dulcibeni. Somber geworden schoof ik op. Ze begreep het meteen. 'En wees maar niet bang om dicht bij me te zijn,' zei ze, waarbij ze mij naar zich toe trok en mijn haar in de war maakte, 'voorlopig heb ik niet de pest.'

Ik herinnerde mij toen mijn sanitaire plicht en berichtte haar dat Cristofano mij reeds de preventieve middelen had gegeven om aan alle gezonden te verstrekken. Blozend voegde ik eraantoe dat ik moest beginnen met de viooltjeszalf van meester Giacomo Bortolotto van Parma, die ik op haar rug en heupen zou moeten smeren.

'Dat is goed,' antwoordde ze, 'als het maar niet te lang duurt.'

Ze ging voor het toilettafeltje zitten. Ik zag haar haar schouders ontbloten en haar haar in een kapje doen van witte mousseline met gekruiste linten. Intussen hield ik mij bezig met het vuur dat nieuw leven ingeblazen moest worden en de gloeiende kolen die in een pot moesten worden verzameld. Met een siddering dacht ik aan alle naaktheid waarover zij gewaakt moesten hebben in die nog zoele nachten van half september.

Ik draaide mij weer naar haar om. Ze had haar hoofd bedekt met een dubbele lap linnen: ze leek een heilige verschijning.

'Johannesbrood, mirre, wierook, storax, benzoë, salmiakgeest, antimonium, gemengd met fijn rozenwater,' droeg ik voor, goed geïnstrueerd omtrent Cristofano's aantekeningen, terwijl ik de pot met kolen voor haar op het tafeltje plaatste en er een balletje in brak. 'Denk erom: met de mond goed open inademen.'

En ik trok de linnen lap naar beneden totdat hij haar gezicht bedekte. De kamer vulde zich in korte tijd met een bijtende geur.

'De Turken maken veel betere heilzame dampen dan deze,' mompelde ze even later vanonder de doek.

'Maar wij zijn nog geen Turken,' antwoordde ik grof.

'Zou je het geloven als ik zei dat ik er een ben?' hoorde ik als reactie.

'Zeker niet, donna Cloridia.'

'Hoezo niet?'

'Omdat u in Holland bent geboren, in...'

'Amsterdam, goed zo. Hoe weet je dat?'

Ik kon geen antwoord geven, omdat ik die omstandigheid juist een paar dagen eerder had vernomen, toen ik aan Cloridia's deur het gesprek tussen haar en een onbekende bezoeker had afgeluisterd voordat ik aanklopte om een mand fruit te overhandigen.

'Een van mijn meisjes zal het je wel verteld hebben. Ja, ik ben bijna negentien jaar geleden geboren op ketterse bodem, maar Calvijn en Luther hebben mij nooit tot hun aanhangers kunnen rekenen. Mijn moeder heb ik nooit gekend, terwijl mijn vader een rijke en wat grillige Italiaanse koopman was die veel reisde.'

'O, boft u even!' waagde ik vanuit mijn lage status als simpele vondeling.

Ze zweeg, en door de beweging van haar borst vermoedde ik dat ze de dampen diep aan het inademen was. Ze hoestte.

'Als je ooit op een dag te maken krijgt met Italiaanse kooplieden, bedenk dan: ze deugen alleen om anderen schulden na te laten, en winsten voor zichzelf te houden.'

Ik kon nog niet weten hoe weloverwogen ze sprak. Er was namelijk een tijd geweest waarin de handel een terrein was waarop Lombarden, Toscanen en Venetianen dermate uitmuntten dat ze de rijkste marken hadden veroverd, om een militair jargon te gebruiken, van Holland, Vlaanderen, Duitsland, Rusland en Polen. En in gewetenloosheid was niemand hun de baas.

Zij, legde Cloridia mij voor (en daarvan zou ik in de komende jaren nog beter op de hoogte raken), waren grotendeels afstammelingen van families met een klinkende naam, zoals Buonvisi, Arnolfini, Calandrini, Cenami, Balbani, Balbi, Burlamacchi, Parenzi en Samminiati, sinds mensenheugenis experts in de laken- en graanhandel op de markt van Antwerpen, die destijds de grootste markt van Europa was, en verder ook werkzaam als bankiers en wisselmakelaars in Amsterdam, Besançon en Lyon. En in Amsterdam had Cloridia zelf van nabij de naam van de Tensini's, de Verrazzano's, de Balbi's, de Quingetti's en bovendien die van de Burlamacchi's en de Calandrini's horen noemen die toen in Antwerpen aanwezig waren: Genuezen, Florentijnen, Venetianen, allemaal handelaren, bankiers en wisselmakelaars, sommigen vertegenwoordigers van Italiaanse vorstendommen en republieken.

'En verkochten ze allemaal graan?' vroeg ik, met mijn ellebogen op het tafeltje leunend om beter te horen en gehoord te worden.

Ik begon geboeid te raken door het verhaal van die verre landstreken, die voor iemand zoals ik die geen duidelijk beeld had van de Noordkusten, nog geen plekje op de wereldbol hadden.

'Nee, dat zei ik al. Ze leenden geld en dat doen ze nog steeds, ze drijven veel handel. De Tensini's zijn bijvoorbeeld verzekeraars en verhuurders van schepen, ze kopen kaviaar, talg en bont uit Rusland, en verder leveren ze medicijnen aan de tsaar. Nu zijn ze bijna allemaal schatrijk, maar sommigen zijn aan de bedelstaf geraakt, de een is begonnen als bierbrouwer, anderen waren eenvoudige ververs...'

'Bierbrouwer?' kaatste ik meteen sceptisch terug, ongelovig dat je op zo'n manier een fortuin kon vergaren. Ik hield nu mijn gezicht heel dicht bij het hare: ze kon me toch niet zien. En dat maakte me zeker van mezelf.

'Natuurlijk, de Bartolotti's, die het mooiste huis van de stad hebben op de Heerengracht, en die nu tot de machtigste bankiers van Amsterdam horen, aandeelhouders en financiers van de voc.'

Ze legde uit dat er vanuit Holland, of liever gezegd vanuit de Zeven Verenigde Provinciën, zoals de officiële naam van de republiek luidde, drie maal per jaar schepen vertrokken met voedsel, handelswaar en goud voor de ruilhandel op weg naar Indië, en dat die maanden later terugkeerden met specerijen, suiker, salpeter, zijde, parels, schelpen, vaak na Chinese zijde te hebben geruild voor Japans koper, stoffen voor peper, olifanten voor kaneel. En om het scheepsvolk te verzamelen en de *fluiten* te bewapenen (zo heetten de snelle schepen van de Compagnie) werd het geld in gelijke mate verstrekt door de heren en de machthebbers van de stad, die op de terugweg van de schepen vaak (maar niet altijd) een enorme winst behaalden uit de handel, en anderen wisten vervolgens nog meer profijt te trekken, omdat iemand die meer werkt en verdient volgens die ketterse godsdienst wordt beloond met het paradijs, ook al wordt het niet als goed beschouwd om die verdiensten over de balk te gooien, en als belangrijk gezien om sober, bescheiden en rechtschapen te leven.

'En de Bartolotti's, de bierbrouwers, zijn dat ook ketters?'

'Op de voorgevel van hun huis staan de woorden *Religione et Probitate*, en dat is genoeg om aan te geven dat ze volgelingen van Calvijn zijn, mede omdat...'

Het kostte me meer moeite om naar haar te luisteren: het inademen van de dampen steeg mij misschien naar het hoofd.

'Wat is een wisselmakelaar?' vroeg ik plotseling nadat ik weer tot mezelf was gekomen, aangezien sommige van die kooplieden volgens Cloridia overgestapt waren op die nog lucratievere activiteit.

'Dat is de tussenpersoon tussen iemand die geld in leen geeft en iemand die geld in leen krijgt.'

'Is het een goed vak?'

'Als je wilt weten of het goeie mensen zijn die het uitoefenen, goed, dan hangt het ervan af. Dat het werk is waar je rijk van wordt, staat in elk geval vast. Je wordt er zelfs schatrijk van.'

'Zijn de verzekeraars en de verhuurders rijker?'

Cloridia snoof: 'Mag ik opstaan?'

'Nee, monna Cloridia, niet zolang het niet uitgedampt is!' hield ik haar tegen.

Ik wilde niet zo snel een einde maken aan ons gesprek. Ik was ook begonnen bijna ongemerkt met een vinger de zoom van de linnen lap die haar hoofd bedekte, glad te strijken: ze kon het niet in de gaten hebben.

Ze zuchtte. En toen kreeg mijn overmaat aan naïviteit, plus het feit dat ik van toeten noch blazen wist (plus omstandigheden die ik in die situatie buiten mijn schuld om niet wist), op Cloridia de uitwerking dat haar tong werd losgemaakt. Ze ging plotseling tekeer tegen de kooplieden en hun geld, maar vooral tegen de bankiers, wier rijkdom de oorzaak was van iedere laagheid (maar Cloridia gebruikte fellere bewoordingen en legde andere accenten) en de wortel van alle kwaad, vooral als er werd geleend door woekeraars en makelaars, en met name wanneer koningen en pausen de ontvangers waren.

Nu ik niet meer dat onontwikkelde knechtjesverstand heb, weet ik hoezeer ze gelijk had. Ik weet dat Karel v zijn verkiezing tot keizer heeft gekocht met het geld van de bankiers Fugger; en dat de onnadenkende Spaanse vorsten een schandelijk faillissement moesten aanvragen, omdat ze al te veel hun toevlucht hadden genomen tot het kapitaal van Genuese geldschieters, een faillissement dat velen van hun financiers zelf te gronde richtte. En dat zonder nog te spreken van de omstreden Orazio Pallavicino, die de kosten van Elisabeth van Engeland betaalde, of van de Toscanen Frescobaldi en Ricciardi, die reeds ten tijde van Hendrik III aan de kroon van Engeland leenden en hebzuchtig de tienden inden namens de pausen.

Cloridia had zich intussen van de kolen opgericht en het laken van haar hoofd getrokken, waardoor ik rood van schaamte een sprong achteruit maakte. Ze rukte zelfs het kapje af en haar lange, krullende haardos viel in een krans op haar schouders.

Ze verscheen mij toen voor het eerst in een nieuw, onuitsprekelijk licht dat in staat was uit te wissen wat ik van haar had gezien – en vooral wat ik niet had gezien, maar wat me nog onuitwisbaarder leek – en ik zag met mijn ogen en volgens mij met heel mijn ziel haar fraaie huidskleur van glanzend bruin fluweel die contrasteerde met de dikke Venetiaans blonde krullen, en het maakte op dat moment weinig uit dat ik wist dat die het resultaat van wittewijndroesem en olijfolie waren, als ze een omlijsting vormden voor haar oneindige donkere ogen en de verborgen parels van haar mond, voor het ronde neusje om trots op te zijn, voor haar lachende lippen met dat weinige rood dat volstond om er de vage bleekheid van weg te nemen, en voor de kleine, maar fijne en harmonieuze gestalte en de fraaie sneeuw van haar borst, ongerept en door twee zonnen gekust, met daarboven de schouders die een buste van Bernini waardig waren, zo leek mij tenminste et satis erat, en haar stem die mij, ondanks of misschien wel juist dankzij haar geïrriteerde en bijna donderende woede, vervulde van wellustige verlangens en smachtende zuchten, van boerse bezetenheid, bloemrijke dromen, geurige, opwindende vervoering, en het leek mij haast of ik voor andermans oog onzichtbaar kon worden, door de nevel van begeerte die om mij heen hing en waardoor Cloridia prachtiger leek dan een Madonna van Rafaël, meer geïnspireerd dan een motto van Theresia van Avila, verrukkelijker dan een vers van cavalier Marino, melodieuzer dan een madrigaal van Monteverdi, zinnelijker dan een distichon van Ovidius en meer zielenrust brengend dan een heel boek van Fracastoro. En ik zei bij mezelf dat nee, het dichten van een Imperia, een Veronica, een Jeetjeminahijwilnie nooit evenveel kracht kon hebben (hoewel het mijn gemoed bezwaarde dat gevallen vrouwen op een paar roeden van de herberg vandaan in de Vrouwenkachel tot alles bereid zouden zijn, ook voor mij, als ik maar twee scudo's had), en terwijl ik nog naar haar luisterde, werd ik in een flits, zoals de paarden van kardinaal Chigi, getroffen door de gedachte aan alle keren dat ik het teiltje heet water voor het bad tot voor haar deur had gebracht, en nooit zou ik begrijpen hoe zij achter die paar houten planken, met haar dienstmeisje dat zachtjes haar nek wreef met talk- en lavendelwater, me net zo onverschillig geweest kon zijn als ze me nu helemaal in vuur en vlam zette.

En zo in gedachten verzonken verloor ik uit het oog (maar pas later zou ik ten volle op de hoogte komen) hoe bizar dat tekeergaan tegen de kooplieden was van de kant van een koopmansdochter, en vooral hoe onverwacht die klank van afschuw voor geld op de lippen van een courtisane.

En behalve dat ik voor dergelijke eigenaardigheden blind was, scheelde het weinig of ik was ook doof voor het ritmisch roffelen van Cristofano's knokkels op de deur van Cloridia, die echter snel antwoordde op het beleefde verzoek binnen te mogen komen en de arts binnenliet. Hij had me overal gezocht. Hij had mijn hulp nodig voor de bereiding van een kruidenthee: Brenozzi klaagde over hevige pijn in zijn kaak en had om een remedie gevraagd. Met tegenzin werd ik dus losgerukt van mijn eerste gesprek met de enige vrouwelijke gast van De Schildknaap.

Meteen namen we afscheid. Met ogen vol hoop wilde ik in haar gezicht een spoor van spijt om het uiteengaan lezen, maar dat verhinderde mij niet om

– terwijl zij de deur weer sloot – op haar pols een vreselijk litteken te zien dat haar bijna tot op de rug van haar hand verminkte.

Cristofano bracht me weer naar de keuken, waar ik de opdracht kreeg om enkele zaden, kruiden en een nieuwe kaars te zoeken. Vervolgens liet hij me een pot met weinig water opzetten, terwijl hij zelf de ingrediënten verpoederde en zeefde, en toen het water behoorlijk heet was, deden we er het fijne haksel in, dat meteen een aangename geur verspreidde. Terwijl ik het vuur voor de kruidenthee gereedmaakte, had ik hem gevraagd of het waar was, zoals ik had horen zeggen, dat ik ook witte wijn kon gebruiken voor het reinigen en wit maken van mijn gebit.

'Zeker, en dan zou je eer van je werk hebben, maar alleen als je het gebruikt om je mond mee schoon te maken. Als je het mengt met porseleinaarde, zul je een schitterend effect zien waar vooral jonge vrouwen van houden. Je moet het op tanden en tandvlees wrijven, het liefst met een lapje scharlakenrood, zoals datgene dat op Cloridia's bed lag en waar jij op zat.'

Ik deed net alsof ik de tweeledige zinspeling niet doorhad en gaf het gesprek snel een andere wending door aan Cristofano te vragen of hij ooit had horen praten over zijn Toscaanse landgenoten, zoals de Calandrini's, de Burlamacchi's, de Parenzi's en anderen (al waren het misschien maar een paar namen die ik me kon herinneren zonder ze te verhaspelen). En terwijl hij me opdroeg het kruidenhaksel en de was intussen in de pot te doen, antwoordde Cristofano dat ja, mensen met die namen zeer bekend waren in Toscane (al waren enkele van de genoemde geslachten al lang aan lager wal geraakt), en hijzelf kende in enkele gevallen ook hun gezinnen omdat hij hun secretarissen, knechten en dienaren had behandeld. En in het bijzonder was bekend dat de Lucchese Burlamacchi's en Calandrini's al sedert generaties de godsdienst van Calvijn hadden omhelsd en dat hun kinderen en kleinkinderen eerst Genève en later Amsterdam tot hun vaderstad hadden gekozen, en dat de Benzi's en de Tensini's ook zonder zover te komen toch zo gebonden waren aan de handel met Holland, waar ze grond, villa's en huizen hadden gekocht, dat men ze in Toscane *infiamengati* noemde. Het was waar wat Cloridia had verteld: vaak waren ze zonder middelen naar Antwerpen en Amsterdam gegaan en hadden ze ter plekke het moeilijke, risicovolle handelsvak geleerd. Sommigen hadden fortuin gemaakt, waren getrouwd en geparenteerd geraakt aan adellijke families ter plaatse; anderen waren bezweken onder de schuldenlast, en van hen was niets meer vernomen. Weer anderen waren omgekomen in schipbreuken in het noordpoolijs van Archangelsk of in de wateren van Malabar. Nog weer anderen waren ten slotte rijk geworden, maar hadden op gevorderde leeftijd verkozen terug te keren naar het vaderland, waar ze zich terechte eerbewijzen hadden verworven: zoals Francesco Feroni, een arme verver uit Empoli, die was begonnen met Guinea handel te drijven in oude lakens, paarse serges uit Delft, katoenen doeken, glasparels uit Venetië, brandewijn, Spaanse wijn en zwaar bier. Met zijn handel was hij zo rijk geworden dat hij in het groothertogdom Toscane reeds voor zijn terugkeer grote faam had gekregen, mede doordat hij in de Verenigde Provinciën als uitstekend ambassadeur had gediend voor groothertog Cosimo III de' Medici. Toen hij had besloten terug te gaan naar Toscane had de groothertog zelf hem tot zijn algemeen thesaurier benoemd, wat de jaloezie van heel Florence wekte. Feroni had aanzienlijke rijkdommen mee teruggenomen naar Toscane, hij had op het platteland van Bellavista een schitterende villa gekocht, en ondanks de kwaadaardigheid van de Florentijnen mocht hij zich gelukkig prijzen dat hij naar zijn vaderland was teruggekeerd en aan het gevaar was ontsnapt.

'Het gevaar om met zijn schip te vergaan?'

'Niet alleen dat, jongen! Sommige handel brengt oneindige risico's met zich mee.'

Ik had willen vragen wat hij bedoelde, maar op dit punt was de kruidenthee klaar en zei Cristofano dat ik die naar Brenozzi moest brengen in zijn kamertje op de tweede verdieping. Met de aanwijzingen van de arts in mijn hoofd ried ik de Venetiaan aan om met zijn mond goed open de nog hete dampen in te ademen: na deze behandeling zou de kaak vast veel minder pijn doen of helemaal niet meer. Ten slotte zou Brenozzi de pot buiten de deur zetten opdat die weer opgehaald kon worden. Dankzij de kiespijn werd me zijn spraakwaterval bespaard. Ik kon zo onmiddellijk naar de keuken terug om het gesprek met de arts weer te hervatten voordat hij weer naar zijn kamer ging. Helaas trof ik er abt Melani aan.

Ik deed moeite om mijn verwarring te verbergen. De momenten van zoeven met Cloridia, afgesloten met het akelige gezicht van haar gepijnigde pols, alsmede haar opmerkelijke redevoering tegen de kooplieden vervulden me met de wanhopige behoefte om Cristofano wederom te ondervragen. De arts was echter, gehoor gevend aan zijn eigen voorschriften, in alle voorzichtigheid naar zijn kamer teruggegaan zonder mijn terugkeer af te wachten. En nu drukte op mijn gedachten ook Atto Melani, die ik betrapt had op onbekommerd rondsnuffelen in de voorraadkamer. Ik maakte hem erop opmerkzaam dat overtreding van de voorschriften van de arts ons allen in gevaar bracht, en dat het mijn plicht zou zijn om Cristofano te waarschuwen, en dat bovendien het etensuur nog niet was aangebroken, en dat ik mij zeker binnen korte tijd zou belasten met het stillen van de eetlust van de heren gasten, als ik maar (en ik wierp een veelbetekenende blik op de boterham die Melani in zijn hand hield) vrij kon beschikken over de voorraadkamer.

Abt Melani trachtte zijn gêne te verdoezelen en antwoordde dat hij mij had gezocht om bepaalde dingen met mij te bespreken die hem hadden beziggehouden, maar meteen kapte ik zijn woorden af en zei dat ik er genoeg van had naar hem te moeten luisteren, terwijl wij allemaal duidelijk in ernstig gevaar verkeerden, terwijl ik ook nog niet wist wat hij eigenlijk wilde en zocht, en dat ik niet van plan was mij te lenen voor intriges waarvan het doel mij duister was, dat voor hem het moment was gekomen om opheldering te verschaffen en iedere twijfel weg te nemen, daar ik enkele weinig eervolle praatjes over hem had gehoord, waarvoor ik voordat ik mij in zijn dienst stelde toereikende verklaringen verlangde.

De ontmoeting met Cloridia moest mij nieuwe, sprankelender talenten hebben bezorgd, want mijn gedurfde rede leek abt Melani onverwachts te raken. Hij verklaarde zich verbaasd dat iemand in de herberg dacht hem ongestraft te schande te kunnen maken en zonder veel overtuiging verzocht hij mij hem de naam te noemen van degene die dat waagde.

Hij zwoer vervolgens dat hij op geen enkele manier van zins was om misbruik te maken van mijn diensten, en veinsde enorme verbazing: had ik niet meer voor ogen dat hij en ik samen probeerden te ontdekken wie de onbekende dief van Pellegrino's sleutels en mijn pareltjes was? En dat het, ja, eerder nog dan dat, dringend was uit te vinden of dat alles te maken had met de moord op de heer De Mourai, en dat alles op die manier uiteindelijk een web vormde – als het dat echt was – met de voorvallen die mijn baas en de jonge Bedford waren overkomen? Vreesde ik niet meer, verweet hij me, voor ons aller leven?

Ondanks zijn woordenstroom zag ik duidelijk dat de abt stokte.

Aangemoedigd door het succes van mijn geïmproviseerde uitval viel ik hem ongeduldig in de rede en in mijn hart nog bij Cloridia eiste ik van Melani ogenblikkelijk tekst en uitleg omtrent zijn komst naar Rome en zijn ware bedoelingen.

Terwijl ik mijn slapen hevig voelde kloppen en denkbeeldig het zweet van mijn voorhoofd wiste om de vermetelheid van die eisen, kon ik mijn verbazing om de reactie van abt Melani ternauwernood verbergen. In plaats dat hij de arrogante woorden van een simpele knecht afwees, veranderde zijn gezicht onverwachts en verzocht hij mij met alle eenvoud en beleefdheid met hem naar een hoekje van de keuken te gaan teneinde aan mijn terechte protest tegemoet te komen. Toen we eenmaal gezeten waren, begon de abt mij een reeks omstandigheden te beschrijven die ik, al hadden ze veel van een fabeltje, in het licht van de latere feiten als waar of ruimschoots waarschijnlijk moet beschouwen, en die ik dus met de grootst mogelijke getrouwheid zal overbrengen.

Abt Melani begon ermee te zeggen dat Colbert eind augustus ernstig ziek was geworden; in korte tijd was hij gaan zieltogen en men was bang dat al binnen een paar dagen de dood zou intreden. Zoals gebeurt bij dergelijke gelegenheden, dat wil zeggen wanneer een staatsman en bewaarder van vele geheimen het einde van het aardse leven nadert, werd Colberts woning in de wijk Richelieu plotseling het doel van de meest wanhopige bezoeken, sommige belangeloos, andere niet. Onder de laatste, zoals hijzelf niet verheelde, was dat van Atto zelf, die dankzij zijn beschikking over de uitstekende referenties van Zijne Majesteit in eigen persoon, in staat was geweest zich zonder veel problemen te introduceren in het huis van zijn minister. Daar had de abt door het vele komen en gaan van mensen van het hof die de stervende eer kwamen bewijzen (of eenvoudigweg hun gezicht kwamen laten zien), zich vaardig uit een salonnetje verwijderd en was hij, nadat hij het reeds trage toezicht had ontweken, de privé-vertrekken van de heer des huizes binnengeglipt. Daar had hij wel twee maal het risico gelopen om door het personeel te worden betrapt, terwijl hij zich achter een gordijn en later onder een tafel verstopte.

Nadat hij zich wonderwel had gered, was hij in Colberts studeerkamer gekomen, waar hij, zich eindelijk veilig voelend, haastig was gaan rommelen in de brieven en dossiers die het makkelijkst en het snelst toegankelijk waren. Een paar keer had hij de inspectie moeten onderbreken, gealarmeerd door het passeren van vreemden in de aangrenzende gang. Alle documenten waarop hij een snelle blik had kunnen werpen leken nagenoeg zonder belang. Correspondentie met de minister van Oorlog, marineaangelegenheden, brieven met betrekking tot de manufacturen van Frankrijk, aantekeningen, berekeningen, kladjes. Niets buiten het gewone werk om. En eens te meer had hij door de deur het naderbij komen van andere bezoekers opgevangen. Hij kon niet riskeren dat het gerucht zich zou verspreiden dat abt Melani was betrapt en de ziekte van Colbert had uitgebuit om stiekem in de papieren van zijn ministerie te snuffelen. Hij had derhalve enkele pakken correspondentie en aantekeningen die in bureauladen en kasten lagen waarvan de sleutels niet erg moeilijk waren te vinden, bij elkaar gegraaid en in zijn broek gestopt.

'Had u daar wel toestemming voor?'

'Om te waken over de veiligheid des konings is alles geoorloofd,' weerlegde de abt droogjes.

Hij was de halfdonkere gang al aan het afspeuren alvorens de studeerkamer te verlaten (voor zijn bezoek had de abt de uren van de late namiddag gekozen, wanneer hij op minder licht kon rekenen), toen hij, zijn intuïtie volgend vanuit zijn ooghoek een kastje opmerkte, in een hoekje ingeklemd tussen de stof van een zwaar raamgordijn en de indrukwekkende zijkant van een ebbenhouten kast.

Er rustte een aanzienlijke stapel witte vellen op, met daar bovenop een indrukwekkende lessenaar met een weelderige voet. En op de lessenaar een dossier dat met een gloednieuw koordje was dichtgebonden.

'Het leek alsof er nog niet aan gezeten was,' verklaarde Atto.

Colberts ziekte, een heftige nierkoliek, was binnen een paar weken op een dieptepunt gekomen. Sinds een paar dagen zei men dat hij zich aan geen enkele activiteit meer wijdde; dat betekende dat het dossier nog in afwachting van een lezer kon zijn. De beslissing was een opwelling: hij legde neer wat hij al had gepakt en nam het dossier mee. Maar toen hij de verzegelde envelop had opgetild, ging zijn oog opnieuw naar de stapel witte papieren, die vervormd was onder het gewicht van de lessenaar.

'"Mooie plek om schrijfpapier op te bergen," mompelde ik bij mezelf, een dergelijke bêtise toeschrijvend aan de gebruikelijke stomme bediende.'

Nadat hij de lessenaar onder zijn linkerarm had genomen, wilde de abt de nog ongerepte papieren snel even doorbladeren, voor het geval er een interessant document tussen zat. Maar nee. Het was papier van uitstekende kwaliteit, heel glad en zwaar. Hij vond echter dat sommige vellen even nauwkeurig als opmerkelijk waren gesneden: ze hadden allemaal dezelfde vorm, als van een ster met ongelijke punten.

'Ik dacht eerst aan een of andere oudemannengril van de Slang. Toen zag ik dat een van die papieren verkreukeld was en aan de rand van een van de punten heel lichte strepen vertoonde als van zwart vet.'

'Ik was nog verbijsterd,' vervolgde Atto, 'toen ik merkte dat mijn arm door het grote gewicht van de lessenaar stijf werd. Ik besloot hem op het bureau te zetten en besefte toen tot mijn afgrijzen dat een rand van hele fijne kant van mijn mouw was vastgeraakt in een ruwe verbindingspunt van de lessenaar.'

Toen de abt de kant wist los te maken, vertoonde die sporen van zwart vet.

'Ah, verwaand slangetje, dacht je mij beet te nemen?' had Melani in een vlaag van intuïtie gedacht.

En snel had hij een van de nog nieuwe papieren sterren gepakt. Hij bekeek hem aandachtig, legde hem op een van de oude en liet hem snel ronddraaien tot hij herkende wat de juiste punt was. Toen stak hij die in het verbindingspunt. Maar er gebeurde niets. Gespannen probeerde hij het opnieuw, maar geen resultaat. Op dat moment was de ster inmiddels verkreukeld en moest hij een nieuwe pakken. Hij stak hem ditmaal met uiterste voorzichtigheid in het verbindingspunt, zijn oor erbij houdend, zoals de meesterklokkenmakers doen wanneer ze elk moment kunnen gaan genieten van het eerste tikken van de pendule die zij zelf nieuw leven in hebben geblazen. En het was ook een licht klikje dat Atto hoorde, zodra de punt van het vel de achterkant van de spleet had geraakt: een van de uiteinden van de voet van de lessenaar was uitgeklapt als een schuiflade en gaf een kleine holte te zien. Er lag een envelop in met de afbeelding van een slang.

'Hoogst verwaande slang,' had abt Melani bij zichzelf herhaald tegenover het embleem van de Slang dat zich zo verrassend had aangediend.

Op dat moment had Melani op de gang het geluid van voetstappen gehoord die snel dichterbij leken te komen. Hij pakte de envelop, schikte zijn jas om zo goed mogelijk de bult te maskeren die veroorzaakt werd door het pak, en hield zijn adem in, verborgen achter de gordijnen, terwijl hij de man hoorde aankomen tegenover de studeerkamerdeur. Iemand ging de deur door en zei tegen anderen: 'Hij is vast al binnen.'

Omdat Colberts dienaren niet hadden gemerkt dat abt Melani de kamer van de patiënt was binnengaan, waren ze hem gaan zoeken. De deur ging weer dicht, de bediende keerde op zijn schreden terug. Abt Melani verliet in alle stilte het vertrek en begaf zich zonder haast naar de uitgang. Daar begroette hij een page met een ongedwongen glimlach: 'Hij wordt snel weer beter,' zei hij, hem recht aankijkend, terwijl hij de uitgang bereikte.

De dagen daarna had er geen enkel gerucht de ronde gedaan over de verdwijning van het dossier, en de abt had het in alle rust kunnen lezen.

'Neem me niet kwalijk, signor Atto,' onderbrak ik hem, 'maar hoe had u door welke punt van het papier de juiste was om in het verbindingspunt te steken?'

'Simpel, al de reeds gebruikte papieren sterren vertoonden precies op dezelfde punt vetsporen. Een grove fout van de Slang om ze daar te laten liggen. Blijkbaar was zijn verstand de laatste tijd al wazig aan het worden.'

'En waarom is het geheime laatje niet meteen opengegaan?'

'Dom genoeg had ik aan een ruw mechaniek gedacht,' zuchtte Atto, 'dat open zou schieten zodra de achterkant van de spleet met de juiste sleutel was geraakt, dat wil zeggen met de papierpunt vanuit de juiste hoek. Maar ik had de meesterschrijnwerkers uit Frankrijk onderschat, in staat als ze waren steeds bewonderenswaardiger mechanismen uit te denken. In werkelijkheid (en daar zat hem het belang in om een hoogstaand materiaal te gebruiken, zoals dat papier van verfijnde makelij) ging het om veelvuldige en zeer gevoelige metalen mechanismen die niet direct aan de achterkant zaten, maar langs het laatste stukje van de spleet, en die alleen door een langzaam beroeren van beide zijden in volmaakte aaneenschakeling in werking zouden kunnen treden.'

Ik zweeg vol bewondering.

'Ik had het meteen door moeten hebben,' besloot Atto met een grijns, 'de gebruikte sterren waren namelijk niet precies bij de punt zwart geworden, maar langs de randen.'

Zijn intuïtie had hem niet teleurgesteld: er was hem, naar zijn zeggen, iets heel bijzonders in handen gevallen. In de envelop met de afbeelding van de Slang erop (en hij benadrukte de expressie ervan) zat correspondentie in het Latijn, gestuurd vanuit Rome door een onbekende die volgens Melani, te oordelen naar de stijl en andere details, een geestelijke moest zijn. In de brieven werd verwezen naar vertrouwelijke berichten die de informant zelf eerder aan de geadresseerde had meegedeeld. De laatste was, zoals viel op te maken uit de envelop, de minister van Financiën, Nicolas Fouquet.

'Waarom had Colbert ze?'

'Zoals je je zult herinneren, heb ik je al gezegd dat op het moment van de arrestatie van Fouquet en in de dagen daarna alle papieren en de correspondentie die hij in bezit had, zowel privé als beroepshalve, in beslag werden genomen.'

Het taalgebruik van de prelaat was dermate cryptisch dat Melani niet eens kon begrijpen van welke aard het geheim was waarop gezinspeeld werd. Hij merkte onder meer op dat een van de brieven merkwaardig genoeg begon met *mumiarum domino*, maar hij kon er geen verklaring voor vinden.

Het interessantste deel van abt Melani's verhaal moest echter nog komen, en toen nam de materie de contouren van het ongelooflijke aan. De verzegelde envelop die Atto goed in het zicht op de lessenaar had gevonden, bevatte zeer recente correspondentie die Colbert vanwege zijn ziekte nog niet had kunnen doornemen. Behalve onbelangrijke geschriften zaten er twee brieven van afgelopen juli tussen uit Rome, vrijwel zeker bestemd (zoals leek op te maken uit de aanhef) voor Colbert in eigen persoon. De afzender moest een vertrouwensman van de minister zijn, en hij signaleerde de aanwezigheid in de stad van de eekhoorn op de *arbor caritatis.*'

'Dat wil zeggen...'

'Gemakkelijk. De eekhoorn is het dier op Fouquets wapen, de arbor caritatis kan alleen maar de stad van de barmhartigheid zijn, oftewel Rome. Volgens de informant is minister Fouquet dan ook gezien en liefst drie maal gevolgd: bij een plein Piazza Fiammetta geheten, in de buurt van de Sint-Apollinariskerk en op de Piazza Navona. Drie locaties, als ik het wel heb, van de Heilige Stad.'

'Maar dat kan niet,' wierp ik tegen, 'is Fouquet niet in de gevangenis gestorven, in...'

'Pinerolo, zeker, drie jaar geleden en in de armen van zijn zoon, wie op het laatste moment treurig toegang werd verleend. Niettemin spraken de brieven van Colberts informant, ofschoon in cijferschrift, voor mij klare taal: hij was iets minder dan een maand geleden hier in Rome.'

De abt had op dat punt besloten onmiddellijk naar Rome te vertrekken om het mysterie op te lossen. Er waren twee mogelijkheden: of het bericht van Fouquets aanwezigheid in Rome klopte (en dat zou iedere verbeelding te boven gaan, aangezien het bij iedereen bekend was dat de oude minister aan een langdurige ziekte was overleden, nadat hij bijna twintig jaar in een vesting had opgesloten gezeten); of het klopte niet, en dan viel uit te vinden of iemand, misschien een onbetrouwbare agent, valse geruchten verspreidde met het doel de koning en het hof in verwarring te brengen en de vijanden van Frankrijk te helpen.

Wederom bespeurde ik hoe er bij het vertellen van dergelijke geheimen en verrassende gebeurtenissen in abt Melani's ogen een vonk van kwaadaardige vreugde ontstond, een stille voldoening, een stilzwijgende wellust in het vertellen aan iemand die, zoals ik, een arme knecht, totaal onbekend was met intriges, complotten en geheime staatszaken.

'Is Colbert overleden?'

'Zonder meer, gezien zijn gezondheidstoestand. Ofschoon niet eerder dan ik vertrok.'

Colbert stierf, zoals ik later zou vernemen, op 6 september, precies een week voordat abt Melani me van zijn binnendringen vertelde.

'In de ogen van de wereld is hij gestorven als een winnaar,' vervolgde Atto na een pauze, 'steenrijk en oppermachtig. Hij heeft de fraaiste adellijke titels en de beste ambten gekocht voor zijn familie: zijn broer Charles is markies de Croissy en staatssecretaris van Buitenlandse Zaken geworden; een andere broer, Edouard-François, werd tot markies de Maulévrier en luitenant-generaal van het leger des konings verheven; zijn zoon Jean-Baptiste is markies de Seignelay geworden, alsmede staatssecretaris van Marine. En dan heb ik het nog niet over de andere broers en zoons die hij aan glansrijke militaire en kerkelijke carrières heeft geholpen, of over de rijke huwelijken van zijn drie dochters, die alle drie hertogin zijn geworden.'

'Maar had Colbert geen beschuldigingen rondgebazuind dat Fouquet te rijk was en overal zijn mannetjes had geplaatst?'

'Ja, en daarna heeft hij zich schuldig gemaakt aan het meest onbeschaamde nepotisme. Hij heeft het web van het rijk als geen ander doordrenkt met eigen spionnen, hij verdreef alle oprechte vrienden van de minister en maakte ze kapot.'

Ik wist dat Melani hier ook doelde op zijn eigen verbanning uit Parijs.

'Niet alleen dat: Colbert heeft een netto vermogen vergaard van meer dan tien miljoen livres, en over de herkomst daarvan heeft niemand ooit twijfels doen rijzen. Mijn arme vriend Nicolas daarentegen had zich persoonlijk in de schulden gestoken om fondsen te werven voor Mazarin en de oorlog tegen Spanje.'

'Een listig man, die meneer Colbert.'

'En zonder scrupules,' benadrukte Melani. 'Hij is heel zijn leven bejubeld om zijn grootscheepse staatshervormingen, die hem helaas een plaats in de Geschiedenis zullen opleveren. Maar wij allen aan het hof weten dat hij ze een voor een heeft gestolen van Fouquet: de transacties van opbrengsten en boerderijen, de belastingverlichting, de ontheffingen, de grote werkplaatsen, het scheepvaart- en het koloniale beleid. Niet toevallig zorgde hij er algauw voor dat alle geschriften van de minister werden verbrand.'

Fouquet, legde de abt uit, was reeds de eerste reder en kolonisator van Frankrijk geweest, de eerste die Richelieus oude droom weer oppakte om van de Atlantische kust en de golf van Morbihan het centrum van economische en maritieme vernieuwing van het rijk te maken. Hij, de regisseur van de zegevierende oorlog tegen Spanje, had de weverijen van het dorp Maincy ontdekt, waarvan Colbert later de beroemde Gobelinswerkplaatsen heeft gemaakt.

'Trouwens, dat genoemde hervormingen niet uit zijn koker kwamen was in de ogen van de wereld al snel duidelijk. Tweeëntwintig jaar lang is Colbert algemeen toezichthouder geweest, de bescheidener naam waarin hij het officieel afgeschafte ambt van minister had omgedoopt om de koning te plezieren. Fouquet daarentegen had maar acht jaar in de regering gezeten. Daar zat hem de kneep: zolang hij kon, is de Slang in de voetsporen van zijn voorganger getreden en het succes lachte hem toe. Maar later moest hij alleen dat hervormingenplan voortzetten dat Fouquet bij zijn arrestatie in rook had zien opgaan. En daarna heeft Colbert de ene na de andere valse zet gedaan: zowel in de industriële en de handelspolitiek, waar noch adel noch burgerij hem krediet heeft gegeven, als in de maritieme politiek, waar geen van zijn opvallende scheepsmaatschappijen een lang leven beschoren was en geen er ooit in is geslaagd de opperheerschappij van de Engelsen of de Hollanders af te pakken.'

'En de koning heeft niks gemerkt?'

'De koning bewaakt zijn oordeelswijzigingen met zorg; maar het schijnt dat hij, zodra de artsen Colbert hadden opgegeven, her en der adviezen ging inwinnen om een opvolger te kiezen, en een aantal namen heeft genoemd van ministers met een karakter en een opleiding die mijlenver van die van Colbert af staan. Het schijnt dat Zijne Majesteit aan degene die hem daarop wees heeft geantwoord: "Daarom heb ik ze juist gekozen."'

'Is Colbert dan in ongenade gestorven?'

'Laten we niet overdrijven. Ik zou eerder willen zeggen dat zijn hele ministerie is geplaagd door de voortdurende woedeaanvallen van de koning. Colbert en Louvois, de minister van Oorlog, de twee meest gevreesde ministers van Frankrijk, sidderden en zweetten telkens van angst als de koning hen ontbood voor een bespreking. Zij genoten het vertrouwen van de vorst, maar waren zijn eerste twee slaven. Colbert zou weldra in de gaten krijgen hoe moeilijk het was om Fouquets plaats in te nemen, en zich zoals hij elke dag te onderwerpen aan de verzoeken om geld van de kant van de koning voor oorlogen en balletten.'

'Hoe redde hij zich eruit?'

'Op de handigste manier. De Slang begon alle rijkdommen, die tot dan toe van een kleine groep mensen waren geweest, in de handen te leiden van één, de koning. Ontelbare ambten en pensioenen waren afgeschaft, hij ontdeed Parijs en het koninkrijk kortom van iedere luxe, en alles kwam in de schatkisten van de kroon terecht. Wie onder het volk eerst honger leed, stierf er nu aan.'

'Werd Colbert even machtig als Fouquet was geweest?'

'Jongen, hij was veel machtiger. Mijn vriend Nicolas heeft nooit over de vrijheden beschikt die zijn opvolger kende. Colbert heeft overal de hand op gelegd en bemoeide zich met terreinen die volledig buiten bereik van Fouquet gebleven waren, die ook het probleem had gehad dat hij bijna altijd in oorlogstijd opereerde. Toch zijn de passiva die de Slang heeft nagelaten groter dan die waarvoor Fouquet de ondergang van de staat werd verweten, terwijl hij zich voor de staat had geruïneerd.'

'Werd Colbert nooit door iemand beschuldigd?'

'Er zijn verschillende schandalen geweest. Zoals het enige geval van valsemunterij dat zich de laatste eeuwen in Frankrijk heeft voorgedaan, waarbij alle mannen van de Slang betrokken waren, zelfs zijn kleinzoon. Of ook de plundering en de illegale handel in Bourgondisch hout, of de strafbare ontginning van de bossen in Normandië, waarin zelfs dezelfde man van Colbert weer optrad, Berryer, die feitelijk de papieren in het proces-Fouquet had vervalst. Allemaal oplichterij om zijn familie geld bij elkaar te laten graaien.'

'Een fortuinlijk leven dus.'

'Dat zou ik niet zeggen. Hij is huichelend dat hij door en door integer was door het leven gegaan, terwijl hij een fortuin vergaarde waarvan hij nooit heeft kunnen genieten. Hij werd gekweld door een buitensporige en nooit gelenigde jaloezie. Hij heeft altijd moeten zwoegen om een ideetje te krijgen dat bruikbaar was. Slachtoffer van zijn honger naar macht als hij was, heeft hij zich belast met de controle van iedere sector van het land, en bracht hij zijn leven door aan zijn bureau. Geen dag heeft hij plezier gemaakt, en desondanks is hij door het volk gehaat geweest. Hij heeft elke dag de vreselijkste woedeaanvallen van de koning ondergaan. Hij is bespot en veracht om zijn onwetendheid. En juist die twee laatste dingen hebben ten slotte tot zijn dood geleid.'

'Wat bedoelt u?'

De abt lachte hartelijk: 'Weet je wat Colbert op zijn doodsbed heeft gebracht?'

'Een nierkoliek, had u gezegd.'

'Precies. En weet je hoe? De koning, woedend geworden om zijn laatste stommiteit, had hem ontboden en bedolven onder de beledigingen en schimpscheuten.'

'Een administratiefout?'

'Veel erger. Om Fouquets deskundigheid te imiteren had hij zijn neus gestoken in de bouw van een nieuwe vleugel van het paleis van Versailles en zijn inzichten aan de bouwers opgelegd. En dezen slaagden er niet in hem de risico's van zijn slechte ingrijpen aan zijn verstand te brengen.'

'Wat: Fouquet was al drie jaar in de gevangenis verdwenen en Colbert was nog steeds door hem geobsedeerd?'

'Zolang de minister in leven was, zij het levend begraven in Pinerolo, leefde Colbert in voortdurende angst dat de koning hem op een dag naar zijn plaats terug zou halen. Toen Fouquet verdwenen was, bleef de ziel van de Slang bezwaard door de herinnering aan zijn voorganger, die veel briljanter, genialer, ontwikkelder, geliefder was en meer bewonderd werd. Colbert kreeg veel kinderen, allen gezond en wel; hij maakte ze allemaal rijk, hij verwierf een immense macht, terwijl het gezin van zijn tegenstander ver van de hoofdstad was verdreven en was veroordeeld om eeuwig de schuldeisers van zich af te slaan. Maar de gedachten van de Slang konden zich nooit losmaken van die ene oorspronkelijke nederlaag die hem was toegebracht door Moeder Natuur, die hem haar gaven had geweigerd om ze des te guller toe te bedelen aan zijn rivaal Fouquet.'

'Hoe verliep de bouw in Versailles?'

'De nieuwe vleugel stortte in, en heel het hof lachte erom. De koning barstte uit tegen Colbert, die, overweldigd door het echec, een hevige koliekaanval kreeg. Na dagen waarin hij het uitschreeuwde van de pijn, leidde de ziekte tot zijn sterfbed.'

Ik was sprakeloos, geheel doordrongen van de kracht van de goddelijke wraak.

'U was echt een goede vriend van minister Fouquet,' was het enige dat ik kon zeggen.

'Ik had een betere vriend willen zijn.'

We hoorden een deur op de eerste verdieping open- en toen weer dichtgaan, en iemand de trap aflopen.

'We kunnen maar beter het veld ruimen, de Wetenschap komt eraan,' zei Atto, zinspelend op de komst van Cristofano, 'maar weet wel dat we later wat te doen hebben.'

En hij dook snel ineen naast de trap die naar de kelder leidde, waar hij wachtte tot de arts voorbij zou komen om daarna snel de trap op te sluipen.

Cristofano was komen vragen hoe het stond met de maaltijd, in verband met de protesten van de andere gasten.

'Het kwam mij voor dat ik voetstappen hoorde toen ik naar beneden ging. Is hier soms iemand geweest?'

'Allerminst, u zult mij gehoord hebben: ik was al bezig het vuur aan te maken,' antwoordde ik, terwijl ik net deed of ik druk in de weer was met de pannen.

Ik had de arts willen tegenhouden, maar hij keerde, tevreden met mijn antwoord, meteen terug naar zijn kamer, nadat hij me had verzocht om het avondeten zo snel mogelijk op te dienen. Gelukkig was er besloten, bedacht ik, om maar twee maaltijden per dag te serveren.

Ik begon aan een zemelensoep met bonen, knoflook, kaneel en suiker erover, waar ik kaas bij zou doen en wat geurige kruiden, met een paar kaakjes en een half kalkoentje aangelengde wijn.

Terwijl ik genoemde bereiding afwachtte, gingen er ontelbare duistere gedachten door mijn arme knechtjeshoofd. Op de eerste plaats dat wat me door abt Melani was verteld. Ik was ontroerd: ziedaar, dacht ik, het hele huidige en vroegere probleem van de abt: een man die kan liegen en verbergen (en wie kan dat in enige mate niet), maar niet geneigd om het verleden te verloochenen. Zijn oude vertrouwdheid met minister Fouquet was een schandvlek die zelfs zijn jeugdige vlucht naar Rome en de daaropvolgende vernederingen niet hadden kunnen uitwissen, en die de gunst van de koning misschien nu nog ongewis voor hem maakte. Maar hij bleef de herinnering aan zijn weldoener verdedigen. Misschien sprak hij alleen met mij zo vrijuit, want ik zou zeker niet de mogelijkheid hebben om het aan het Franse hof door te vertellen.

Ik haalde me vervolgens uit mijn herinnering voor de geest wat hij had ontdekt tussen Colberts papieren. In alle rust had hij me toevertrouwd dat hij uit de werkkamer van de Slang enkele opzij gelegde documenten had ontvreemd door de mechanismen die ze moesten beschermen te forceren. Maar dat was geen verrassing, gezien het karakter van de man, zoals ik dat inmiddels had leren kennen uit zowel andermans verhalen als door hemzelf. Wat mij had getroffen was de missie waarmee hij zichzelf, naar zijn zeggen, had belast: in Rome zijn oude vriend en beschermheer, minister Fouquet, vinden. Het moest niet iets lichts zijn voor abt Melani, en niet alleen omdat de minister tot dan toe dood gewaand werd, maar ook omdat het juist ging om degene die Atto Melani, zij het onvrijwillig, in het schandaal had betrokken: en ik leek, naar zeggen van de abt, de enige bewaarnemer van genoemde geheime missie, die de onverwachte sluiting van de herberg vanwege quarantaine, bedacht ik, tijdelijk had onderbroken. Toen ik in de onderaardse gang onder de herberg was doorgedrongen, was ik dus in gezelschap van een speciaal agent van de koning van Frankrijk! Ik voelde mij vereerd dat hij zo gegrepen was om de vreemde gebeurtenissen in De Schildknaap op te lossen, waaronder ook de diefstal van mijn pareltjes. Ja, hij had zelf met klem om mijn hulp gevraagd. Nu zou ik geen moment aarzelen om hem de kopie van de sleutels van Dulcibeni's en Devizés kamers te geven, die ik hem een dag eerder nog had geweigerd. Maar inmiddels was het te laat: vanwege Cristofano's instructies zouden de twee, evenals de andere gasten, de hele tijd op hun kamer zitten, wat iedere doorzoeking onmogelijk maakte. En de abt had me al te verstaan gegeven dat het beter was hun geen vragen te stellen, want die zouden hen maar wantrouwend maken.

Ik was trots zoveel geheimen te delen, maar dit alles was nog niets vergeleken met de warboel aan gevoelens die bij me waren opgeroepen door het gesprek met Cloridia.

Nadat ik het avondeten bij iedere gast op de kamer had gebracht, liep ik eerst naar Bedford en toen naar Pellegrino, aangezien Cristofano en ik zouden zorg dragen voor het voeren van de patiënten. De Engelsman mompelde onverstaanbare dingen. De arts leek zo bezorgd dat hij naar de aangrenzende kamer van Devizé ging. Hij schetste hem Bedfords situatie en vroeg hem daarom voor even althans zijn gitaar neer te leggen: de musicus was luid aan het oefenen en herhaalde op zijn instrument, als een van zijn lievelingsstukken, een fraaie chaconne.

'Ik zal beter mijn best doen,' antwoordde Devizé laconiek.

En in plaats van op te houden met spelen begon hij aan de noten van zijn rondo. Cristofano wilde gaan protesteren, maar de mysterieuze betovering van die muziek pakte hem in, deed de trekken van zijn gezicht opklaren, en zonder geluid te maken ging de arts, goedmoedig knikkend, de deur door.

Kort daarop, terwijl ik van Pellegrino's kamer boven op de vliering naar beneden ging, werd ik teruggeroepen door een gefluister op de tweede verdieping. Het was pater Robleda, van wie de kamer aan de trap grensde. In de deuropening vroeg hij me naar nieuws over de twee zieken.

'Met de Engelsman gaat het nog niet goed?'

'Ik zou zeggen van niet,' antwoordde ik.

'En de arts heeft ons niets nieuws te vertellen?'

'Ik zou zeggen van niet.'

Intussen bereikte ons de laatste echo van Devizés rondo. Robleda liet zich bij die laatste tonen gaan in een kwijnende zucht.

'Muziek is de stem van God,' rechtvaardigde hij zich.

Aangezien ik de zalven bij me had, greep ik de gelegenheid aan om hem te vragen of hij even tijd had voor het toedienen van de middelen tegen besmetting.

Met een gebaar verzocht hij me toen zijn kamertje binnen te komen.

Ik wilde mijn spullen op een stoel leggen die vlak bij de deur stond.

'Nee, nee, nee, wacht, die heb ik nodig.'

Haastig zette hij op de stoel een glazen kistje in een zwarte lijst van perenhout, met daarin een Christuskind en vruchten en bloemen, dat op kleine uivormige pootjes stond.

'Dat heb ik hier in Rome aangeschaft. Het is kostbaar, en op de stoel is het veilig.'

Het zwakke voorwendsel van Robleda wees me erop dat zijn verlangen naar conversatie, na lange uren van eenzaamheid, gelijke tred hield met zijn angst om in contact te staan met iemand die Bedford dagelijks moest aanraken. Ik herinnerde hem er toen aan dat ik de middelen eigenhandig aan zou moeten brengen, maar dat er geen reden tot argwaan was, aangezien Cristofano zelf iedereen had gerustgesteld omtrent mijn weerstand tegen besmetting.

'Jajaja,' zei hij alleen maar, ten teken van voorzichtig vertrouwen.

Ik vroeg hem zijn bovenlijf te ontbloten, want ik zou hem moeten insmeren en daarna een brijomslag moeten aanbrengen op de hartstreek, rond de linkerborst.

'Waarom eigenlijk?' vroeg de jezuïet verward.

Ik legde hem uit dat dit Cristofano's aanbeveling was, gezien zijn angstige karakter, dat zijn hart juist dreigde te verzwakken.

Hij werd rustiger en terwijl ik de tas opendeed en de juiste potjes zocht, ging hij languit op zijn rug liggen. Boven hem hing een portret van Zijne Heiligheid Innocentius XI.

Robleda begon vrijwel meteen te mopperen over Cristofano's besluiteloosheid en over het feit dat hij na zo lange tijd nog niet tot een vaste verklaring van De Mourai's dood was gekomen en ook niet van het ongeluk dat Pellegrino getroffen had, en er bestonden zelfs onzekerheden over de pest waarvan Bedford het slachtoffer was, en dat was voldoende om zonder een spoor van twijfel te stellen dat de Toscaanse arts niet in staat was zijn taak te vervullen. Vervolgens begon hij te klagen over de andere gasten en over meneer Pellegrino. Hij gaf hun de schuld van de huidige situatie. Hij begon bij mijn baas, die naar zijn zeggen niet genoeg had gewaakt over de properheid in de herberg. Daarna ging hij over op Brenozzi en Bedford, die, omdat ze lang gereisd hadden, stellig een duistere ziekte naar de herberg hadden meegebracht. Om dezelfde reden had hij het begrepen op Stilone Priàso (die uit Napels kwam, een stad waar de lucht algemeen bekendstond als ongezond), op Atto Melani (wiens aanwezigheid in de herberg en slechte naam zonder meer het gebruik van het gebed voorschreven), op de vrouw in het torentje (van wier gebruikelijke aanwezigheid in de herberg hij zwoer nooit iets geweten te hebben, anders had hij er nooit voor gekozen om in De Schildknaap te logeren), en ten slotte vloekte hij aan het adres van Dulcibeni, wiens barse jansenistenkop, aldus Robleda, hem nooit had aangestaan.

'Jansenist?' vroeg ik, nieuwsgierig geworden door dat woord dat ik voor het eerst hoorde.

Ik vernam toen summier van Robleda dat de jansenisten een zeer gevaarlijke, verderfelijke sekte vormden. Hun naam kwam van Jansenius, de stichter van die leer (als je die echt zo kon noemen), en onder zijn volgelingen was zelfs een gek, ene Pasqual of Pascale, die in cognac gedrenkte sokken droeg om zijn voeten te warmen en enkele brieven had geschreven vol ernstige beledigingen jegens de Kerk, Onze-Lieve-Heer Jezus Christus en alle oprechte mensen met gezond verstand en geloof in God.

Maar toen onderbrak de jezuïet zich en trok met zijn neus: 'Wat een ongehoorde stank heeft die olie van je. Weten we zeker dat die niet giftig is?'

Ik stelde hem gerust omtrent het gezag van dat middel, dat ten tijde van de republiek Florence gemaakt was door meester Antonio Fiorentino om te beschermen tegen de pest. De ingrediënten, zo had ik van Cristofano geleerd, waren enkel triakel uit de Levant, gekookt met citroensap, driedistel, meesterwortel, gentiaan, saffraan, wit essenkruid en sandrak. Zoetjes begeleid door de massage die ik intussen was begonnen op zijn bovenlijf, leek Robleda zich te koesteren in de klank van de namen van die geneeskrachtige kruiden, alsof zo de onaangename geur ervan werd uitgewist. Zoals ik al bij Cloridia had opgemerkt, kalmeerden de scherpe dampen of de verschillende aanrakingen waarmee ik de *rimedia* van Cristofano aanbracht de gasten tot in het diepst van hun ziel en maakten zo hun tong los.

'Dus die jansenisten zijn bijna ketters?' hervatte ik.

'Meer dan bijna,' antwoordde Robleda voldaan.

Jansenius had een boek geschreven, waarvan de stellingen al jaren eerder door paus Innocentius x scherp waren veroordeeld.

'Maar waarom hoort signor Dulcibeni volgens u tot de gelederen van de jansenisten?'

Robleda legde uit dat hij Dulcibene de vorige middag aan het begin van de quarantaine weer De Schildknaap binnen had zien komen met een paar boeken onder zijn arm die hij waarschijnlijk in een boekwinkel had aangeschaft, wellicht op de naburige Piazza Navona, waar veel van dergelijke winkels waren. Onder de teksten had Robleda de titel van een verboden boek kunnen ontwaren dat naar de genoemde ketterse doctrines neigde. En dat was volgens de jezuïet een onmiskenbaar teken dat Dulcibeni tot de gelederen van de jansenisten behoorde.

'Maar het is gek dat zo'n boek hier in Rome aangeschaft kan worden,' wierp ik tegen, 'aangezien paus Innocentius xi de jansenisten zeker op zijn beurt zal hebben veroordeeld.'

Pater Robleda's gezicht veranderde. Hij onderstreepte dat er, in tegenstelling tot wat ik dacht, talrijke tekenen van goedgunstige aandacht waren gekomen van paus Odescalchi, zodat men in Frankrijk, waar de jansenisten bij de koning onder de hoogste verdenking stonden, de paus allang beschuldigde van kwalijke sympathie jegens de volgelingen van die leer.

'Maar hoe is het mogelijk dat Zijne Heiligheid paus Innocentius xi sympathieën koestert voor ketters?' vroeg ik verbaasd.

Pater Robleda, languit met zijn armen onder zijn hoofd, keek me schuins aan en liet zijn oogjes fonkelen.

'Misschien weet je dat er tussen Lodewijk xiv en Zijne Heiligheid de paus allang wrijving bestaat.'

'Bedoelt u dat de paus de jansenisten alleen maar steunt om de koning van Frankrijk schade te berokkenen?'

'Je moet niet vergeten,' antwoordde hij liefjes, 'dat een paus ook een vorst is met een wereldlijke heerschappij, wiens plicht het is die te verdedigen en te bevorderen met gebruik van elk middel.'

'Maar iedereen spreekt heel goed over paus Odescalchi,' protesteerde ik. 'Hij heeft het nepotisme afgeschaft, hij heeft de rekeningen van de Apostolische Kamer gesaneerd, hij heeft van alles gedaan om de oorlog tegen de Turken te steunen...'

'Wat je zegt is niet onjuist. Hij heeft inderdaad vermeden enkele ambten toe te kennen aan zijn neef Livio Odescalchi, en hij heeft hem ook geen kardinaal gemaakt. Die ambten heeft hij gewoon voor zichzelf gehouden.'

Het leek mij een kwaadaardig antwoord, ook al ontkende hij mijn beweringen strikt genomen niet.

'Zoals alle mensen die vertrouwd zijn met de handel, kent hij de waarde van het geld. Erkend moet worden dat hij een goede investering heeft weten te doen met het bedrijf dat hij heeft geërfd van zijn oom uit Genua. Ongeveer... 500.000 scudo's, zo wordt gezegd. Zonder de beetjes mee te rekenen van verscheidene andere erfenissen die hij zijn verwanten netjes heeft betwist,' zei hij, haastig zijn stem dempend.

En voordat ik mijn verbazing te boven kon komen en hem kon vragen of de paus werkelijk zo'n vreselijke som geld had geërfd, ging Robleda verder.

'Hij heeft geen leeuwenhart, onze goede paus. Men zegt, maar let wel,' benadrukte hij, 'het is maar een praatje, dat hij als jongeman uit lafheid is weggegaan uit Como, om maar niet als scheidsman te hoeven optreden in een ruzie onder vrienden.'

Hij zweeg even en hernam: 'Maar hij heeft de gezonde gave van de bestendigheid en de standvastigheid! Hij schrijft bijna elke dag aan zijn broer en andere verwanten om nieuws te krijgen over de familiebezittingen. Het schijnt dat hij geen twee dagen kan zonder te controleren, adviseren, recommanderen... De bronnen van de familie-inkomsten zijn overigens aanzienlijk. Die namen na de pest van 1630 plotseling toe, zodat er in hun streek, in Como, mensen zijn die zeggen dat de Odescalchi's geprofiteerd hebben van de sterfte, en zich tot welwillende notarissen hebben gewend om de goederen van de doden die geen erfgenamen hadden, op hun naam te laten zetten. Maar het is allemaal laster, ten koste van Zijne Heiligheid,' zei Robleda, terwijl hij een kruis sloeg, en hij vervolgde: 'Ze hebben in elk geval zoveel dat ze volgens mij de tel kwijt zijn: landerijen, onroerende goederen die verhuurd zijn aan religieuze ordes, verhandelbare ambten, aanbestedingen voor de tolinning. En verder veel kredieten, ja, ik zou zeggen vooral leningen, aan veel mensen, ook aan een of andere kardinaal,' roerde de jezuïet onverschillig aan, waarbij hij belangstelling voorwendde voor een barst in het plafond.

'Verrijkt de familie van de paus zich met kredieten?' zei ik verbaasd. 'En paus Innocentius heeft de joden juist verboden om geldschieter te wezen!'

'Precies,' antwoordde de jezuïet raadselachtig.

Toen nam hij plotseling afscheid onder het mom dat het tijd was voor het avondgebed. Hij maakte aanstalten om van het bed op te staan.

'Eigenlijk ben ik nog niet klaar: nu moet ik nog een brijomslag aanbrengen,' verzette ik mij.

Zonder morren ging hij weer liggen. Hij leek in gedachten verzonken.

Glurend naar Cristofano's aantekeningen nam ik een stuk kristallijnen arsenicum en wikkelde dat in wat tafzijde. Ik ging weer naast de jezuïet zitten en smeerde de brijomslag op zijn borst. Ik moest wachten tot het zou opdrogen, om het twee keer weer vloeibaar te maken met azijn.

'Luister in elk geval alsjeblieft niet naar al die lelijke praatjes die je hoort over paus Innocentius ten tijde van donna Olimpia,' hervatte hij, terwijl ik met de operatie bezig was.

'Welke praatjes?'

'O, niks, niks: het is alleen maar gif, venijn. En heviger dan dat wat onze arme De Mourai gedood heeft.'

Toen zweeg hij met een mysterieus, en naar het mij toescheen verdacht gezicht.

Ik raakte gealarmeerd. Waarom had de jezuïet herinnerd aan het gif dat misschien de dood van de bejaarde Fransman had betekend? Was het alleen maar, zoals het leek, een toevallige vergelijking? Of verhulde de mysterieuze toespeling iets meer, en had dat wellicht te maken met de even mysterieuze onderaardse gangen van De Schildknaap? Ik lachte mezelf uit, maar meteen kwam dat woord – gif – weer in mijn hoofd gonzen.

'Neemt u mij niet kwalijk, pater, wat bedoelt u?'

'Het is beter voor je dat je dat niet weet,' kapte hij verstrooid af.

'Wie is donna Olimpia?' hield ik aan.

'Zeg nou niet dat je nooit gehoord hebt van de pausin,' fluisterde hij, terwijl hij zich omdraaide om me verbaasd aan te kijken.

'De pausin?'

En zo begon Robleda, die op een zij was gaan liggen, ondersteund door een elleboog en met een gezicht alsof hij mij een enorme tegemoetkoming deed, op bijna onhoorbare toon te vertellen dat paus Odescalchi bijna veertig jaar eerder tot kardinaal was verheven door paus Innocentius x Pamphili. De laatste had met veel pracht en praal geregeerd en enkele onaangename feiten doen vergeten die zich hadden voorgedaan tijdens het pontificaat daarvoor, dat van Urbanus VIII Barberini. Iemand evenwel, en daar ging de stem van de jezuïet nog een octaaf lager, had opgemerkt dat er tussen paus Innocentius X, van de familie Pamphili, en de vrouw van zijn broer, Olimpia Maidalchini, grote sympathie bestond. Men zei (allemaal laster, hoor) dat de hechte band tussen de twee buitensporig was en verdacht, ook al ging het om twee nauwe verwanten bij wie genegenheid en warmte en veel andere dingen, zei hij, even naar mij kijkend, volstrekt natuurlijk zijn. De ruimte die paus Pamphili zijn schoonzuster toestond was in elk geval zodanig dat zij bijna elk uur van de dag en de nacht zijn vertrekken bezocht, haar neus in zijn zaken stak en zich zelfs met staatszaken bemoeide: ze stelde audiënties vast, verleende privileges, nam in naam van de paus beslissingen. Donna Olimpia heerste zeker niet met aanvalligheid, gezien de weerzin die ze inboezemde, maar met de ongelofelijke kracht van een bijna mannelijk temperament. De gezanten van de buitenlandse mogendheden zonden haar voortdurend geschenken, bewust als zij zich waren van de macht die zij uitoefende bij de Heilige Stoel. De paus was echter zwak, toegeeflijk, weemoedig van stemming. De praatjes in Rome waren niet te stuiten, en er waren mensen die een spelletje met de paus speelden door hem anoniem een penning te sturen met daarop zijn schoonzuster in de hoedanigheid van paus, met tiara en al, en op de keerzijde Innocentius X met een vrouwenkapsel en met naald en draad in de hand.

De kardinalen hadden zich tegen een dergelijke ongepaste situatie verzet en wisten de vrouw een periode lang weg te krijgen, maar uiteindelijk wist deze weer terug in het zadel te komen en de paus te vergezellen tot aan het graf, en wel op haar manier: ze had de ingetreden dood van de paus maar liefst twee dagen lang voor het publiek verborgen gehouden, en daarmee de tijd gekregen om elk voorwerp van waarde uit de pauselijke vertrekken te ontvreemden. Het arme ontzielde lichaam was intussen achtergelaten in een kamer, overgeleverd aan de ratten, terwijl niemand naar voren trad om voor de begrafenis te zorgen. Ten slotte had de plechtigheid zich voltrokken onder de onverschilligheid van de kardinalen en de beschimpingen en hoon van het volk.

Welnu, donna Olimpia hield van kaarten, en naar verluidt bevond ze zich op een avond tijdens een vrolijke bijeenkomst van dames en heren aan haar tafel in gezelschap van een jonge geestelijke die, toen alle andere kandidaten zich uit het spel hadden teruggetrokken, beleefd op de uitdaging van het spel van donna Olimpia zou zijn ingegaan. En ook naar verluidt had zich rond de twee een grote toeloop van mensen gevormd om de ongewone spanning mee te maken. En langer dan een uur zouden de twee tegen elkaar hebben gespeeld, zonder acht te slaan op tijd of geld en de aanwezigen de gelegenheid biedend tot grote vrolijkheid; en aan het einde van de avond zou donna Olimpia weer naar huis zijn gegaan met een bedrag waarvan men nooit de precieze hoogte heeft ontdekt, maar dat volgens iedereen enorm moest zijn. Evenzo gaat het gerucht dat de jonge onbekende, die bijna steeds in het voordeel zou zijn geweest, er beleefd voor had gezorgd dat hij verstrooid zijn kaarten aan een bediende van donna Olimpia toonde, zodat hij alle beslissende ronden verloor, zonder iets te laten merken trouwens (als een echte heer) aan iemand, wel het minst aan de winnares; hij trotseerde juist met grootse onverschilligheid zijn ernstige verlies. Welnu, kort daarop werd die geestelijke, die luisterde naar de naam Benedetto Odescalchi, tot kardinaal verheven door paus Pamphili, en wel op de prille leeftijd van vierendertig jaar.

Ik was intussen klaar met zalf inmasseren.

'Maar bedenk,' waarschuwde Robleda haastig met weer normale stem, terwijl hij zijn borst ontdeed van de brijomslag, 'het zijn allemaal praatjes. Er bestaat geen feitelijk bewijs voor die episode.'

Zodra ik de kamer van pater Robleda uit was, bespeurde ik een gevoel van ergernis dat ik voor mezelf niet kon verklaren, toen ik terugdacht aan het gesprek met die weke, paarse priester. Er was geen bovennatuurlijk vernuft voor nodig om te begrijpen wat de jezuïet dacht: dat Zijne Heiligheid paus Innocentius XI in plaats van een rechtschapen, eerlijke en heilige paus gewoon een vriend en aanhanger van de jansenisten was, zij het met het doel om de plannen van de koning van Frankrijk, met wie hij in conflict was, in de war te sturen. Bovendien zou hij vervuld zijn van ongezonde materiële wensen, van hebzucht en gierigheid, en zou hij zelfs donna Olimpia gecorrumpeerd hebben om de kardinaalshoed te krijgen. Maar als genoemd portret klopte, zo redeneerde ik, hoe kon Zijne Heiligheid paus Innocentius XI dan dezelfde persoon zijn die weer soberheid en waardigheid en matigheid had ingevoerd in het hart van de heilige Moederkerk? Hoe kon hij dezelfde persoon zijn die al tientallen jaren lang aalmoezen uitdeelde aan de armen overal vandaan? Hoe kon hij dezelfde zijn die de vorsten van heel Europa had opgeroepen hun krachten te bundelen tegen de Turken? Het was een feit dat de vorige pausen hun neven en nichten en familieleden hadden bedolven onder geschenken, terwijl hij met die ongepaste traditie had gebroken; het was een feit dat hij de balans van de Apostolische Kamer weer gezond had gemaakt; en het was ten slotte een feit dat Wenen zich teweerstelde tegen de opmars van de Ottomaanse horde dankzij de inspanningen van paus Innocentius.

Nee, het kon niet wat die benauwde, kwaadsprekende jezuïet had verteld. Had ik zijn woorden ook niet meteen gewantrouwd, evenals de mallotige doctrine van de jezuïeten die de zonde geoorloofd maakte? En ik was ook schuldig, omdat ik mij zo had laten meeslepen dat ik naar hem luisterde, en hem zelfs vanaf een zeker punt had aangespoord door te gaan, gegrepen door Robleda's toevallige en misleidende zinspeling op de vergiftiging van de heer De Mourai. Het was allemaal de schuld, bedacht ik met spijt, van Atto Melani's hang naar speuren en spionage, en van mijn wil om met hem te wedijveren. Een dwaze liefhebberij waardoor ik nu in de val van de Boze was getrapt en mijn oren had laten luisteren naar zijn lasterlijke influisteringen.

Ik ging weer naar de keuken, waar ik op de voorraadkast een anoniem briefje vond, dat echter duidelijk aan mij was gericht: *Drie keer kloppen op de deur – hou je gereed.*

Derde nacht
van 13 op 14 september 1683

Nadat Cristofano een laatste blik op mijn baas had geworpen, klopte abt Melani binnen iets meer dan een uur drie keer op mijn deur. Ik was bezig met mijn dagboekje: ik verstopte het netjes onder mijn matras en deed open.

'Een drupje olie,' zei de abt raadselachtig, toen hij binnen was.

Toen herinnerde ik mij plotseling dat hij bij onze laatste ontmoeting een druppel olie op mijn voorhoofd had gezien, en die met zijn vinger naar zijn mond had gebracht.

'Zeg, wat voor olie gebruik je voor de lampen?'

'De verordening van de kardinaal-kamerlingen luidt dat je altijd uitsluitend olie gemengd met droesem mag gebruiken, want…'

'Ik vroeg niet wat je moet gebruiken, maar wat jij hier gebruikt, terwijl je baas', en hij wees naar hem, 'daar rust houdt in zijn bed.'

Ik bekende hem verlegen dat ik inderdaad ook goede olie gebruikte, omdat we daar volop van hadden, terwijl er van die onzuivere vermengde maar weinig was.

Abt Melani kon een sluw lachje niet verhelen: 'Nu niet liegen: hoeveel lampen heb je ter beschikking?'

'In het begin waren er drie, maar een hebben we gebroken, toen we de onderaardse gang ingingen. Er zijn er twee over, maar een moet ik nog een beetje repareren…'

'Goed, pak die goeie en volg me. En hou die ook vast.'

Hij wees me een stok die rechtop in een hoek stond en waarmee meneer Pellegrino gewend was in zijn spaarzame vrije momenten te gaan vissen op de oever van de Tiber, vlak achter het kerkje van Santa Maria in Posterula.

Even later bevonden we ons al in het kamertje, en waren we de toegangsopening doorgegaan naar de trap die naar de onderaardse gangen leidde. We daalden af en zetten ons schrap op de metalen steunen in de muur, totdat we onder onze voeten de stenen vloer voelden en de stenen trap afgingen. Daar waar de trap uitgehouwen was in tufsteen kwamen we weer het laagje slijk op de treden tegen, terwijl de lucht dik was geworden.

We bereikten ten slotte de onderaardse gang, diep en duister als de nacht waarin ik hem had leren kennen.

Terwijl ik achter de abt aan liep, voelde hij mijn nieuwsgierigheid vast en zeker als adem in zijn nek.

'Nu zul je eindelijk weten wat die gekke abt Melani in zijn hoofd heeft.'

Hij hield halt.

'Geef me de stok.'

Hij legde de stok halverwege zijn knie en brak hem met een klap in tweeën. Ik wilde protesteren, maar Atto was me voor.

'Wees niet ongerust. Als je het ooit aan je baas vertelt, zal hij begrijpen dat het om een noodgeval ging. Luister nu goed wat ik zeg.'

Hij liet mij voor hem uit lopen met de gebroken stok omhoog, zodat die tegen het gewelf van de gang schuurde, als een pen die over het papier glijdt.

Op die manier liepen we zo'n twintig roeden door. In de tussentijd stelde de abt me een paar bizarre vragen.

'Heeft olie vermengd met droesem een bijzondere smaak?'

'Ik zou niet weten hoe ik die moet beschrijven,' antwoordde ik, terwijl ik er in werkelijkheid heel goed de smaak van kende, omdat ik er meermalen heimelijk een snee brood in had gedoopt die ik in de voorraadkast had achtervergedrukt, als meneer Pellegrino sliep en het eten te karig was geweest.

'Kun je zeggen ranzig, bitter en zuur?'

'Misschien... ik zou zeggen van wel,' gaf ik toe.

'Goed,' antwoordde de abt.

We liepen nog even door, en plotseling beval de abt om te stoppen.

'We zijn er!'

Ik keek hem verbijsterd aan.

'Heb je het nog niet door?' zei hij, terwijl zijn grijns grillig werd vervormd door het schijnsel van de lamp.

'Laten we dan eens zien of dit je helpt.'

Hij nam de stok uit mijn handen en duwde die met geweld tegen het gewelf van de gang. Ik hoorde iets als het gekreun van een scharnier, toen een vreselijke dreun en ten slotte het geruis van een kleine regen van puin en steentjes.

Toen de schrik: een grote, zwarte slang had naar me uitgehaald, alsof hij me wilde grijpen, en bleef toen grotesk als een gehangene aan het plafond bungelen.

Met een rilling trok ik me instinctief terug, terwijl de abt in lachen uitbarstte.

'Kom eens hier en hou de lamp bij,' zei hij triomfantelijk.

In het gewelf zat een gat haast zo breed als de hele holle ruimte, waaruit een stevig touw hing. En dat had me, onregelmatig zwaaiend door het opengaan van het valluik, aangetikt en de stuipen op het lijf gejaagd.

'Van niks ben je geschrokken, en daar staat een kleine straf op. Jij gaat als eerste omhoog, daarna moet je mij helpen boven te komen.'

Gelukkig wist ik me zonder veel problemen omhoog te hijsen. Nadat ik mij aan het touw had vastgeklemd, klom ik eraan omhoog totdat ik bovenin was. Ik hielp abt Melani om bij me te komen, en hij zette al zijn krachten in, waarbij hij een paar keer bijna onze enige lantaarn op de grond liet vallen.

We bevonden ons midden in een andere gang, die haaks op de vorige leek te staan.

'Nu moet jij beslissen: links of rechts?'

Ik protesteerde (zwakjes, bang als ik was): was dit voor abt Melani niet het moment om me uit te leggen hoe hij bij dit alles was gekomen?

'Je hebt gelijk, maar dan zal ik kiezen: we gaan linksaf.'

Zoals ik zelf tegenover de abt had bevestigd, smaakt olie versneden met droesem doorgaans veel onaangenamer dan die welke gebruikt wordt om te bakken en voor aan tafel. De druppel die hij daags na de eerste verkenning in de onderaardse gang had gevonden op mijn voorhoofd (en die wonderbaarlijk genoeg niet in contact gekomen was met de dekens toen ik was gaan slapen), kon na het smaakonderzoek dus niet afkomstig zijn van de lantaarns van de herberg, die door mijzelf gevuld waren met goede olie. Hij kwam ook niet van de medicinale zalven van Cristofano, die allemaal verschillend van kleur waren. Hij kwam van een onbekende lantaarn die – wie weet hoe – boven mijn hoofd moest hebben gehangen. Op dat punt had de abt met zijn gebruikelijke snelheid besloten dat er gedacht moest worden aan een opening in het gewelf van de onderaardse gang. Een opening die mede gediend zou hebben als enig mogelijke vluchtweg voor de dief, die zo onverklaarbaar in het niets was verdwenen.

'De olie die op je voorhoofd is gevallen, moet van de lantaarn van de dief gedruppeld zijn door een spleet van de planken van het valluik.'

'En de stok?' vroeg ik.

'Ik was er zeker van dat als het valluik bestond, het heel goed verstopt moest zijn. Maar een stok als die van je baas is heel gevoelig voor trillingen, en we zouden hem zonder meer horen roffelen in de overgang van het steen van de gang naar het hout van het valluik. Zoals we ook hebben gedaan.'

Ik was de abt stiekem dankbaar dat hij de verdienste voor het vinden van het valluik op de een of andere manier aan ons beiden toeschreef.

'Het mechanisme is zeer primitief,' ging hij verder, 'maar doeltreffend. Het touw waar je zo bang van werd toen het van het plafond neerviel, wordt gewoon op het luik gelegd als het wordt gesloten. Wanneer vanuit de onderliggende gang het luik wordt geopend door het iets naar boven te duwen, valt het touw naar beneden. Het belangrijkste is om het, als je het ter beschikking wilt hebben, op dezelfde manier terug te leggen wanneer je op je schreden terugkeert.'

'Volgens u gaat de dief dus steeds op en neer in deze onderaardse gang.'

'Ik weet het niet, ik denk het. En ik denk ook, als je het weten wilt, dat deze onderaardse gang ergens naartoe leidt.'

'Denkt u ook dat we alleen met behulp van de stok het valluik zouden hebben gevonden?'

'De natuur komt de verdienste toe, maar de fortuin zet haar in werking,' oordeelde de abt.

En bij het zwakke licht van de lantaarn begon de verkenning.

Ook in deze onderaardse gang, net als in die we onder ons gelaten hadden, was iemand van normale lengte gedwongen om licht gebogen te lopen vanwege het lage gewelf. En zoals we meteen opmerkten, leek ook het materiaal waaruit het gewelf bestond, het raster van ruitvormige tegeltjes, identiek aan het vorige traject. Het eerste gedeelte bestond uit een lang recht stuk dat langzaam aan diepte leek te winnen.

'Als onze dief deze weg heeft gevolgd, moet hij een flinke conditie hebben,' merkte abt Melani op. 'Niet iedereen klimt aan zo'n touw omhoog, en de vloer is heel glad.'

Plotseling waren we beiden ten prooi aan de vreselijkste angst.

De voetstappen van een onbekende, licht maar heel duidelijk, kwamen van een niet nader aangegeven punt dichterbij. Atto hield me tegen en kneep hard in mijn schouder om tot uiterste voorzichtigheid te manen. En op dat moment beefden we van een gedreun dat leek op dat van het valluik waar we kort tevoren waren door gegaan.

Zodra we weer op adem gekomen waren, keken we elkaar met ogen nog vol spanning aan.

'Kwam dat volgens jou van boven of van beneden?' fluisterde abt Melani.

'Meer van boven dan van beneden.'

'Dat zou ik ook zeggen. Het moet dus niet het vorige valluik zijn, maar een ander.'

'Hoeveel zijn er dan wel niet?'

'Wie zal het zeggen? We hebben er onverstandig aan gedaan om het plafond niet opnieuw te peilen met de stok: wie weet hadden we dan een andere opening gevonden. Iemand zal ons hebben horen aankomen en zal zich gehaast hebben om de doorgang tussen hem en ons te versperren. Het gedreun was te hard, ik zou niet kunnen zeggen of het van achter ons kwam of juist van het stuk dat we nog moeten afleggen.'

'Zou het de dief van de sleutels kunnen zijn?'

'Je stelt me vragen die ik onmogelijk kan beantwoorden. Misschien had hij zin om er vanavond ook op uit te gaan. Misschien ook niet. Heb je vanavond toevallig de toegang naar het kamertje in het oog gehouden?'

Ik gaf toe dat ik er niet erg mee bezig was geweest.

'Mooie boel,' merkte de abt bijtend op. 'We zijn dus hier naar beneden gegaan zonder te weten of wij iemand op het spoor komen of omgekeerd, te meer daar... Kijk!'

We stonden boven aan een grote trap. Door de lantaarn tot onze voeten te laten zakken konden we zien dat de treden van steen waren en kunstig uitgehakt. Na een moment van nadenken verzuchtte de abt: 'Ik heb geen idee wat ons daar beneden te wachten kan staan. De trap is recht: als er iemand is, weet hij al dat we eraan komen. Nietwaar?' besloot hij, roepend naar het einde van de trap en een gruwelijke echo ontketenend, waar ik van opschrok. Vervolgens begonnen we, alleen gewapend met het zwakke lichtje, de tocht naar beneden.

Toen de treden allemaal genomen waren, zagen we dat we ten slotte op een plaveisel liepen. Dankzij de echo van onze voetstappen begrepen we dat we in een grote holle ruimte waren, misschien een grot. Abt Melani zwaaide de lamp omhoog. De contouren verschenen van twee grote stenen bogen in een hoge muur waarvan het hoogste punt niet te zien was, met tussen de bogen een doorgang waarnaar we, zonder het te weten, tot op dat moment op weg waren.

Zodra we halt hielden en het weer stil geworden was, niesde Atto oorverdovend één, twee en toen een derde maal. Even werd de vlam van de lantaarn zwakker, zodat hij bijna uitging. Op dat moment bemerkte ik links van ons een steels geritsel.

'Hoorde je dat?' fluisterde de abt gealarmeerd.

We hoorden opnieuw geritsel, ditmaal wat verder weg. Atto beduidde mij geen beweging te maken; en in plaats van de doorgang in te slaan die voor ons lag, haastte hij zich op zijn tenen onder de boog rechts, waar het licht van de lantaarn hem niet meer bereikte. Met de lantaarn in de hand bleef ik staan wachten, versteend. Het werd opnieuw stil.

Een nieuw geritsel, ditmaal dichterbij, klonk achter mij. Ik draaide mij met een ruk om. Een schim schoot naar links. Ik haastte mij naar abt Melani, meer om mezelf te beschermen dan om hem te waarschuwen.

'Neeee,' siste hij zodra hij hem zag bij de lamp, en ik besefte dat ik hem had verraden: hij was stilletjes een paar roeden naar links opgeschoven, en was op zijn hurken op de grond gaan zitten. Opnieuw dook er ik weet niet waarvandaan een grauw silhouet op dat pijlsnel tussen ons beiden kwam en probeerde van de bogen vandaan te komen.

'Grijp hem!' brulde abt Melani, op zijn beurt naderbij komend, en hij had gelijk want de persoon of het ding leek te struikelen en haast te vallen. Ik stoof blindelings weg, God smekend dat Atto eerder zou aankomen dan ik.

Maar juist op dat moment viel boven me en overal om me heen een oorverdovende, gruwelijke regen van lijken, schedels en mensenbotten, kinnebakken, kaken, ribben, opperarmbenen, vermengd met vieze smerigheid. Daardoor meegesleurd viel ik en ik bleef op de grond liggen. Pas toen leerde ik van nabij de walgelijke materie kennen, halfbegraven en op mijn beurt halfdood als ik was. Ik trachtte me los te wringen uit die monstrueuze, krakende, dood aanbrengende brij, waarvan het smerige geborrel zich vermengde met een dubbel hels gekreun waar ik de herkomst noch de aard van kon raden. Wat ik nu zou herkennen als een wervel belemmerde mijn uitzicht, en wat eens de schedel van een levend mens was geweest, keek me dreigend aan, bijna zwevend in het luchtledige. Ik probeerde te schreeuwen, maar mijn mond bracht geen enkel geluid voort. Ik voelde mijn krachten uit me vloeien, en terwijl mijn laatste gedachten moeizaam opgingen in een wanhopig gebed voor het behoud van mijn ziel, hoorde ik als in een droom de vastberaden stem van de abt in de leegte klinken.

'Nu is het uit, ik zie je. Stop of ik schiet.'

Er leek enige tijd te verstrijken (maar nu weet ik dat het om slechts luttele seconden ging), voordat het echoënde geluid van een vreemde stem mij uit de vormeloze nachtmerrie waar ik in was gestort tot de orde riep.

Ik merkte angstig op dat een hand mijn hoofd opgeheven hield, terwijl iemand (een derde persoon?) mijn arme ledematen bevrijdde uit de vreselijke massa die me kort daarvoor had overweldigd. Instinctief onttrok ik mij aan die vreemde aandacht, maar lelijk uitglijdend lag ik opnieuw met mijn neus op een ledemaat (onmogelijk te zeggen welk) met een misselijk makende lucht. Plotseling keerde mijn maag om en braakte ik in weinige seconden al het avondeten uit. Ik hoorde een vreemd gevloek in een taal die op de mijne leek.

Terwijl ik nog niet op adem had kunnen komen, voelde ik de medelijdende hand van abt Melani me onder mijn oksel pakken.

'Kom op, jongen.'

Moeizaam ging ik weer op mijn benen staan, en in het zwakke schijnsel van de lamp zag ik een wezen in een soort pij dat voorovergebogen naar de grond mopperde in een gejaagde poging om mijn maaginhoud van de niet minder weerzinwekkende hoop menselijke resten te scheiden.

'Iedereen zijn schatten,' spotte Atto.

Ik zag dat abt Melani een klein mechanisme in zijn hand hield: van wat ik kon zien eindigde het in een glimmende houten stok en een versiering van glimmend metaal. Hij wees het dreigend naar een tweede individu, dat net zo gekleed was als zijn makker en op een uitgehouwen steen zat.

Op het moment dat de lantaarn hem behoorlijk bescheen, werd ik getroffen door het beeld van zijn gezicht. Als je het een gezicht kon noemen, want het was niet veel meer dan een symfonie van rimpels, een samenspel van kreukels, een madrigaal van huidplooien die het alleen samen leken uit te houden omdat ze te oud en te vermoeid waren om zich te verzetten tegen het gedwongen samenleven. De grijze wantrouwende ogen werden bekroond door het intense rood van het oog, dat het geheel tot een van de griezeligste dingen maakte die ik ooit had gezien. Het plaatje werd gecompleteerd door de bruine, scherpe tanden, die niet onderdeden voor een hels visioen van Melozzo da Forlì.

'Heilige-lijkenpikkers,' mompelde de abt gruwend en hoofdschuddend bij zichzelf.

'Jullie hadden wel een beetje kunnen opletten,' vervolgde hij sardonisch, 'jullie hebben twee heren de schrik op het lijf gejaagd.'

En hij liet het apparaatje waarmee hij tot dan toe het eerste mysterieuze individu onder schot had gehouden, zakken en stak het weer verzoenend in zijn zak.

Terwijl ik mij zo goed en zo kwaad als het ging fatsoeneerde en probeerde de resterende misselijkheid te boven te komen, zag ik kans het gezicht te ontwaren van het tweede sujet, dat even overeind was gekomen. Of liever gezegd vagelijk te onderscheiden, aangezien de man een smerige overjas droeg met te lange mouwen en een capuchon die bijna heel zijn gezicht bedekte en een spleet overliet waardoor ik maar zelden, als het licht gunstig viel, zijn trekken kon zien. En dat was maar goed ook, want uit talrijke, geduldige observatiepogingen zou ik het bestaan afleiden van een halfgesloten, wittig oog, en van een andere, enorme, opgezwollen oogbal, die uitpuilde alsof hij op de grond zou vallen; een neus als een vormeloze, verkankerde augurk, en een gelige, vettige huid, terwijl ik slechts in staat zou zijn te getuigen van het bestaan van de mond, door de vage geluiden die hij zo nu en dan uitstiet. Uit de mouwen doken van tijd tot tijd twee gekromde klauwhanden op, even afgeleefd als roofzuchtig.

De abt draaide zich om en ontmoette mijn blik, die angstig was en vol dringende vragen. Met een gebaar wees hij naar de eerste van de twee, die popelde om weer de vrijheid te hebben zich bij zijn makker te voegen, druk als deze was met de walgelijke sortering van beenderen en braaksel.

'Het is gek,' zei Atto, terwijl hij zorgvuldig zijn mouwen en schouders afsloeg, 'in de herberg heb ik voortdurend niesbuien, maar hier, met al het stof dat die twee ellendelingen meedragen, niet één.'

En hij legde uit dat de twee vreemde wezens waarop we gestuit waren behoorden bij de even beklagenswaardige als helaas grote groep mensen die bij nacht afdaalden in de eindeloze onderaardse ruimten van Rome op zoek naar schatten. Niet naar juwelen of Romeinse beelden, maar naar heilige relikwieën van de heiligen en martelaren, waarvan het, verspreid over de hele stad, wemelde in de catacomben en de graven van martelaren van de Heilige Roomse Kerk.

'Ik begrijp het niet,' kwam ik ertussen. 'Is het echt toegestaan die heilige relikwieën uit de graven te halen?'

'Het is niet alleen toegestaan: ik zou zelfs zeggen dat het nodig is,' antwoordde abt Melani met een zweem van ironie. 'De plaatsen van de eerste christenen zijn dan ook te beschouwen als vruchtbare grond van geestelijk onderzoek, en soms zelfs van jacht, *ut ita dicam*, naar opgestegen zielen.'

De heilige Philippus Neri en de heilige Carolus Borromaeus waren reeds gewend om in stilte te bidden in de catacomben, memoreerde de abt. En aan het einde van de vorige eeuw was een moedige jezuïet, ene Antonio Bosio, neergedaald in de verste, duisterste krochten teneinde de onderaardse ruimten van heel Rome te verkennen, waarbij hij veel schitterende ontdekkingen deed. Hij heeft er een boek over gepubliceerd dat *Onderaards Rome* heet, waarvoor hij grote bijval heeft gekregen. De goede paus Gregorius xv had daarom ongeveer in 1620 bepaald dat het stoffelijk overschot van de heiligen uit de catacomben moest worden verwijderd, zodat de kostbare resten in de kerken van de hele christelijke wereld konden worden bijgezet, en hij had kardinaal Crescenzi opgedragen te zorgen voor de verwezenlijking van dit heilige programma.

Ik draaide mij om naar de twee wonderlijke mannetjes, die rond de menselijke resten in de weer waren en een soort obsceen geknor lieten horen.

'Ik weet het, het komt je eigenaardig voor dat bij zo'n hooggestemde missie twee van zulke wezens zijn betrokken,' hervatte Atto, 'maar het punt is dat het afdalen in de catacomben en kunstmatige grotten, waarvan het stikt in Rome, niet voor iedereen is weggelegd. Je moet gevaarlijke doorgangen, waterlopen, aardverschuivingen en instortingen trotseren. Verder moet je het lef hebben om aan de lijken te komen...'

'Maar het gaat om oude botten.'

'Dat is snel gezegd, maar hoe heb je zojuist gereageerd? Onze twee vrienden hadden hun ronde beëindigd, zoals een van hen me heeft uitgelegd terwijl jij daar halfdood op de grond lag. In deze ruimte hebben ze hun opslag ingericht: de catacomben zijn ver weg, en er is geen gevaar dat een van hun concurrenten in de buurt rondzwerft. Ze hadden dus niet verwacht een levend wezen tegen te komen; toen we ze betrapten, zijn ze in paniek geraakt en alle kanten uit gaan rennen. In de verwarring ben jij te dicht bij de stapel beenderen gekomen, heb je ertegenaan gestoten en ben je eronder bedolven. En ben je flauwgevallen.'

Ik keek naar de grond en zag dat de twee vreemde mannetjes inmiddels de botten van de rest hadden gescheiden en summier hadden schoongemaakt. De kleine berg waardoor ik was begraven, nu helemaal verspreid over de grond, moest wel hoger reiken dan mijn persoontje. In feite waren de schaarse menselijke resten (een schedel, wat lange botten, drie wervels) maar gering vergeleken bij de resterende materie: teelaarde, scherven, stenen, spaanders, mos en wortels, vodden, divers vuil. Wat me van angst een stortvloed van de dood had geleken, was slechts de inhoud van de zak van een boer die te lang de aarde van zijn landje heeft afgeschraapt.

'Voor zo'n smerig karweitje als dit,' vervolgde de abt, 'zijn wel een paar figuren als die lui daar nodig. Ze heten heilige-lijkenpikkers, vanwege de heilige stoffelijke overschotten waar ze altijd naar op zoek zijn. Als het hun slecht vergaat, verkopen ze de eerste de beste sukkel gewoon rotzooi. Heb je op straat voor je herberg nooit het sleutelbeen van de heilige Johannes of de kaak van de heilige Catharina, engelenvleugelveren, houtsplinters van het enige echte kruis dat Onze-Lieve-Heer heeft gedragen, verkocht zien worden? Kijk: de leveranciers daarvan zijn onze twee vrienden, of hun vakgenoten. Wanneer het hun goed vergaat, vinden ze het vermeende graf van een of andere vermeende martelaar. Maar degenen die goede sier maken bij de aankondiging dat het stoffelijk overschot van de heilige Die-en-die wordt overgebracht naar een of andere Spaanse kerk, dat zijn de kardinalen, of die oude windbuil van een pater Fabretti, die door Innocentius x is benoemd tot, als ik me niet vergis, *custos reliquiarum ac coemeteriorum*.'

'Waar zijn we, meneer de abt?' vroeg ik, niet op mijn gemak door die vijandige, duistere omgeving.

'In mijn hoofd heb ik de weg die we genomen hebben weer afgelegd, en ik heb die twee een paar vragen gesteld. Zij noemen het het Archief, omdat ze er hun rotzooi stallen. Ik zou zeggen dat we ons min of meer binnen de ruïnes van het oude stadion van Domitianus bevinden, waar tijdens het Romeinse keizerrijk wedstrijden tussen schepen werden gehouden. Voor jouw gemak kan ik zeggen dat we ons bevinden onder de Piazza Navona, aan het dichtstbijzijnde uiteinde van de Tiber. Als we dezelfde afstand van de herberg tot hier aan toe hemelsbreed hadden afgelegd, zouden we er in heel rustig tempo niet langer dan drie minuten over gedaan hebben.'

'Dan zijn dat ruïnes van de Romeinen?'

'Natuurlijk zijn dat Romeinse ruïnes. Zie je die bogen? Dat moeten de oude structuren van het stadion zijn waarin spelen en scheepswedstrijden werden gehouden, waarop toen later de gebouwen zijn opgetrokken die het profiel van de Piazza Navona vormen, en die het oude ontwerp van een langgerekte cirkelvorm volgen.'

'Zoals dat van het Circus Maximus?'

'Precies. Alleen is in dat geval alles aan het licht gebleven. Hier is alles helaas begraven door de last der eeuwen. Maar je zult zien, vroeg of laat zullen ze ook hier gaan graven. Er zijn zaken die niet begraven kunnen blijven.'

Terwijl hij mij dingen vertelde die voor mij geheel nieuw waren, was ik verbaasd voor het eerst in abt Melani's ogen de vonk van de liefde voor de Kunsten en de Oude Tijd te zien glanzen, ofschoon hem in die uren schijnbaar iets heel anders ter harte ging. Een liefhebberij waarvan ik voor het eerst lucht had gekregen toen ik in zijn kamer al die boeken over de Oudheid en de kunstschatten van Rome had gezien. Ik kon het nog niet weten, maar deze voorkeur zou bij die en de daaropvolgende gebeurtenissen van niet gering belang zijn.

'Welnu, we zien er eigenlijk wel naar uit om op een dag de naam van onze nachtelijke kennissen te kunnen meedelen,' zei ten slotte Melani tegen de twee lijkenpikkers.

'Ik ben Ugonio,' zei de langste van de twee.

Atto Melani keek de ander vragend aan.

'Gfrrrlûlbh,' hoorden we van binnen zijn kap komen.

'En hij is Ciacconio,' haastte Ugonio zich te vertalen, deels het gebrabbel van zijn makker overstemmend.

'Kan hij niet praten?' hield abt Melani aan.

'Gfrrrlûlbh,' antwoordde Ciacconio.

'Ik begrijp het,' zei Atto, die zijn ongeduld onderdrukte. 'Het spijt ons dat we jullie bij jullie tocht hebben gestoord. Maar nu we er toch zijn, hebben jullie kort voor ons toevallig hier iemand zien langskomen?'

'Gfrrrlûlbh!' barstte Ciacconio los.

'Hij heb wel jemand gezeen,' kondigde Ugonio aan.

'Zeg hem dat we alles willen weten,' kwam ik ertussen.

'Gfrrrlûlbh!' herhaalde Ciacconio.

We keken Ugonio vragend aan.

'Ciacconio is de ganger ingegaan waar uwe heerschappperen uitgekomen zijn, en jemand die een lamp vashield heb hij opgevangeren, en Ciacconio is op zijn passen teruggeschreden, terwijl de lamperdrager een valluik ingegaan moet zijn, want hij is in het niks verdwenen, en Ciacconio heb zich hier ingeschermerd, doodsbenauwerd als hij was.'

'Kon hij dat zelf niet vertellen?' vroeg abt Melani licht verbijsterd.

'Maar hij heb het net zelf beschreveren en bekend,' antwoordde Ugonio.

'Gfrrrlûlbh,' knikte Ciacconio, vaag geprikkeld.

Atto Melani en ik keken elkaar perplex aan.

'Gfrrrlûlbh!' vervolgde Ciacconio, terwijl hij levendig werd; zijn oprisping leek trots aan te geven dat ook een arm wezen van de duisternis waardevol kon worden.

Zoals zijn makker op het juiste moment vertaalde, had Ciacconio na de ontmoeting met de onbekende een tweede onderzoek in de gang uitgevoerd, want nieuwsgierigheid was sterker geweest dan angst.

'Hij grote bemoeieral,' legde Ugonio uit op de toon van een oud, herhaald verwijt, 'en dat bezorg hem alleen maar ellerende en naarderigheid.'

'Gfrrrlûlbh,' onderbrak hem echter Ciacconio, die op zoek naar iets in zijn jas rommelde.

Ugonio leek te aarzelen.

'Wat zei hij?' vroeg ik.

'Een niksigheid, zeg maar, alleen dat...'

Ciacconio haalde triomfantelijk een stuk verfomfaaid papier tevoorschijn. Ugonio greep zijn onderarm beet en trok het bliksemsnel uit zijn hand.

'Geef hier of ik schiet je kop uit elkaar,' zei abt Melani rustig, zijn rechterhand bij zijn zak houdend, waar hij het apparaat had teruggedaan waarmee hij de twee lijkenpikkers eerder had bedreigd.

Ugonio strekte langzaam een hand uit en gaf mijn kameraad de prop papier. Toen begon hij plotseling woedend op Ciacconio in te slaan en te schoppen, en noemde hem Lijntrekker, Baviaan, Beotiër, Biestepannekoek, Hennetaster, Bramarbas, Feloek, Kemelkoek, Rukker, Bakkerstor, Kakadoris, Tongvaren, Ezelsveulen, Antronius, Meelmieter, Droogstoppel, Uilskuiken, Brobbelaar, Hakkelaar, Vreetwolf, Baardkoekoek, Putrefactor, Kwibus, Lykantroop, Sjabrak, Ossenkop, Babok, Rokkenridder, Rampetamper, Blaartrekker, Reetkever, Knapenschender, Snoeshaan, Kastanjepudding, Sloddervos, Krentenweger, Pootui, Konijnenkeutel, Leeuwenhart, Labbekak, Zwarterik, Papekulleke, Sycomoor en andere scheldwoorden die ik voordien nooit had gehoord, maar die desalniettemin zwaar beledigend klonken.

Abt Melani keurde dat pijnlijke schouwspel geen blik waardig en spreidde het velletje op de grond uit, waarbij hij probeerde het in zijn oorspronkelijke vorm terug te duwen. Ik rekte mijn hals en las met hem mee. De linker- en de rechterkant waren helaas erg gescheurd, en ook was bijna de hele titel verloren gegaan. Gelukkig was het resterende deel van de pagina volmaakt leesbaar:

nda.

MALACHI

ut Primum.

VARICATUS eſt autem Moab in
el, poſtquam mortuus eſt Achab. Ce-
itque Ochozias per cancellos cœnaculi
, quod habebat in Samaria, & ægro-
it: miſitque nuncios, dicens ad eos:
, conſulite Beelzebub deum Accaron
rum vivere queam de infirmitate mea
m Domini locutus eſt ad Eliam Thesbi-
: & aſcende in occurſum nunciorum Rees ad eos: nunquid non eſt Deus in Iſrae
ulendum Beelzebub deum Accaron? Qua
dicit Dominus: De lectulo ſuper quem aſc
eſcendes, ſed morte morieris. Et abiit El
ſunt nuncii ad Ochoziam. Qui dixit eis: Q
? At illi reſponderunt ei: Vir occurrit nob
os: Ite & revertimini ad Regem, qui miſit
is ei: Hæc dicit Dominus: Nunquid, quia nor
in Iſrael, mittis ut conſulatur Beelzebub deus
? Idcirco de lectulo ſuper quem aſcendiſti, non
, ſed morte morieris. Qui dixit eis: Cujus figur
s eſt vir ille, qui occurrit vobis & locutus
c? At illi dixerunt; Vir piloſus & zona pellic
ctus renibus. Qui ait: Elias Thesbites eſt. Miſitqu
quinquagenarium principem, & quinquaginta
ſub eo. Qui aſcendit ad eum: ſedentique in v
tis: ait: Homo Dei, rex præcepit ut deſcend
denſque El   nquagenario: Si h

'Het is een pagina uit de bijbel,' zei ik stellig.

'Dat denk ik ook,' beaamde abt Melani, terwijl hij het vel om en om draaide in zijn handen. 'Ik zou zeggen dat het gaat om...'

'Maleachi,' raadde ik zonder aarzelen, dankzij de strook met de naam die door het toeval bijna helemaal uitgespaard was in de bovenrand van het vel.

Op de achterzijde stond niets gedrukt, en opvallend was (ofschoon ik het al had zien doorschijnen) onmiskenbaar een bloedvlek. Nog meer bloed bedekte een deel van wat een titel of adressering moest zijn.

'Ik meen het te begrijpen,' zei abt Melani. Hij draaide zich om om Ugonio aan te kijken, die de laatste, lusteloze trappen uitdeelde aan Ciacconio.

'Wat te begrijpen?'

'Onze twee lelijke apen dachten een goede slag te hebben geslagen.'

En hij legde mij uit dat voor de lijkenpikkers de kostbaarste buit niet zozeer uit de gewone graven van de eerste christenen kwam, als wel uit de roemrijke tombes van de Heiligen en de Martelaren. Maar die tombes herkennen was niet eenvoudig. Omtrent het vindcriterium van genoemde tombes was vervolgens een jarenlang voortslepende discussie ontstaan die heel wat geleerde lieden van de kerk in de strijd had meegesleurd. Volgens Bosio, de vermetele jezuïet en verkenner van ondergronds Rome, konden symbolen als palmen, kronen, potten met graan of vurige tongen, ingekerfd in de tombes, een herkenningsteken van martelaren zijn. Maar als stellig bewijs moesten vooral de glazen of aardewerken kannetjes worden beschouwd – gevonden in de nisgraven, of met kalk in de buitenranden ervan gemetseld – vol roodachtig vocht dat de meesten hielden voor het Heilig Bloed van de martelaren. De brandende kwestie werd lang besproken, en een speciale commissie had uiteindelijk het veld van iedere onzekerheid bevrijd door te bepalen dat *palmam et vas illorum sanguine tinctum pro signis certissimis habendas esse.*

'Dat wil zeggen,' besloot Atto Melani, 'dat de tekeningen van de palmen, maar vooral de aanwezigheid van het kannetje vol rode vloeistof het zekere bewijs vormden voor het feit dat men zich in aanwezigheid bevond van de stoffelijke resten van een geloofsheld.'

'Dan moeten die kannetjes veel waard zijn,' leidde ik af.

'Zeker, en ze worden niet allemaal overhandigd aan de kerkelijke autoriteiten. Iedere Romein kan dan ook relikwieën gaan zoeken: hij hoeft maar toestemming van de paus te krijgen om te graven (prins Scipione Borghese heeft dat bijvoorbeeld gedaan, misschien ook omdat de paus zijn oom was) en dan door een bereidwillige geleerde de echtheid vast te laten stellen van de aan het licht gekomen resten. Daarna verkoopt hij ze, als hij niet verteerd wordt door devotie. Maar er bestaat geen zeker criterium om echt van onecht te onderscheiden. Wie ook maar een stukje lijk vindt, zal altijd zeggen dat het gaat om de resten van een martelaar. Als het alleen maar een geldprobleem was, zou men eroverheen kunnen stappen. Het punt is dat die stukken daarna worden gezegend, het voorwerp van aanbidding, het doel van pelgrimages enzovoorts worden.'

'En niemand heeft ooit geprobeerd een en ander op te helderen?' vroeg ik ongelovig.

'De Sociëteit van Jezus heeft altijd bijzondere faciliteiten genoten om in de catacomben te graven, en heeft erop toegezien dat lijken en verschillende relikwieën naar Spanje werden overgebracht, waar de heilige resten met grote plechtigheid werden ontvangen, waarna ze zo'n beetje in de hele wereld terechtkwamen, tot in Indië aan toe. Ten slotte echter beseften de volgelingen van de heilige Ignatius zelf, en ze hebben dat dan ook aan de paus gebiecht, dat er geen enkele garantie bestond dat die heilige stoffelijke resten ook echt toebehoorden aan heiligen en martelaren. Er waren gevallen, zoals de skeletten van kinderen, waarbij dat heel moeilijk beweerd kon worden. Dus deden de jezuïeten het verzoek tot invoering van het principe *adoramus quod scimus*: om alleen die relikwieën tot voorwerp van verering te maken die zonder twijfel of tenminste redelijk zeker hebben toebehoord aan een heilige of een martelaar.'

Daarom, lichtte Atto Melani toe, werd uiteindelijk besloten dat alleen de kannetjes met bloed een doorslaggevend bewijs konden vormen.

'En zo,' concludeerde de abt, 'zijn zelfs de flesjes ertoe bestemd om de lijkenpikkers rijk te maken, en te eindigen in een slaapkamer vol wonderen, of in de vertrekken van een zeer rijke, naïeve koopman.'

'Waarom naïef?'

'Omdat niemand kan zweren dat in de kannetjes het bloed van de martelaren wordt bewaard, en evenmin dat het bloed is. Ik persoonlijk heb zo mijn twijfels. Ik heb er een onderzocht, die ik voor veel geld gekocht heb van net zo'n walgelijk wezen als hoe heet-ie... Ciacconio.'

'En wat was uw conclusie?'

'Dat het roodachtige bloed in het kannetje, als het werd opgelost in water, vooral bestond uit bruinige aarde en vliegen.'

Het probleem was, legde abt Melani uit, terugkerend naar de tegenwoordige tijd, dat Ciacconio, nadat hij onze beruchte dief tegen het lijf was gelopen, het vel papier uit de bijbel had gevonden dat besmeurd was met wat onomstotelijk bloed leek.

'En het *incipit* van een hoofdstuk uit de bijbel, bevlekt met bloed van, zeg, de heilige Callistus, vinden of liever verspreiden, kan aardig wat geld opleveren. Daarom verwijt zijn vriend hem nu zo vriendelijk dat hij ons het bestaan van dat papier heeft onthuld.'

'Maar hoe kan het,' protesteerde ik, 'dat het duizend jaar oude bloed van een martelaar op een modern gedrukt boek zit?'

'Ik geef je antwoord met dit verhaal, dat ik verleden jaar in Versailles heb gehoord. Een vent probeerde op de markt een schedel te verkopen, waarvan hij garandeerde dat hij van de beroemde Cromwell was. Een van de omstanders maakte hem erop attent dat de schedel te klein was om van de grote leider te zijn, die zoals bekend een opvallend groot hoofd bezat.'

'En de verkoper?'

'Die antwoordde: Natuurlijk, dit is dan ook de schedel van Cromwell als kind! Die schedel, verzekeren ze mij, werd evengoed verkocht, en voor een hoge prijs. Het is dus moeilijk voor te stellen dat Ugonio en Ciacconio er niet in zullen slagen om hun stukje bijbel met het bloed van de heilige Callistus te verkopen.'

'Geven we hun het velletje niet terug, signor Atto?'

'Voorlopig niet: wij houden het,' zei hij met stemverheffing tegen de lijkenpikkers, 'en we geven het pas terug als ze een paar dingen voor ons doen.'

En hij legde hun uit wat we nodig hadden.

'Gfrrrlûlbh,' knikte Ciacconio ten slotte.

※

Nadat de instructies gegeven waren aan de lijkenpikkers, die in het duister verdwenen, besloot Atto Melani dat het tijd was om terug te keren naar De Schildknaap.

Ik vroeg hem op dat punt of hij het niet zeer ongewoon vond om in die onderaardse gangen een met bloed bevlekte bladzijde uit de bijbel te vinden.

'Dat vel is volgens mij verloren door de dief van je pareltjes,' zei hij als reactie.

'En hoe kunt u daar zo zeker van zijn?'

'Ik heb niet gezegd dat ik er zeker van ben. Maar ga maar na: het vel ziet er helemaal als nieuw uit. De bloedvlek (als het om bloed gaat, en volgens mij is dat het geval) lijkt niet oud: die is te fel. Ciacconio heeft het gevonden, als hij de waarheid heeft gesproken, pardon, uitgeboerd, direct na de ontmoeting met een onbekende in de gang waarin de dief is verdwenen. Dat lijkt mij wel voldoende, niet? En als we het over bijbels hebben, waar denk je dan aan?'

'Pater Robleda.'

'Precies, met de bijbel heb je de priester.'

'Mij ontgaat wel de zin van enkele details,' wierp ik tegen.

'Namelijk?'

'*Ut primum* is wat er overblijft van *Caput primum*. Terwijl MALACHI duidelijk het restant is van MALACHIAE. Dat doet mij denken dat vroeger onder de vlek het woord PROPHETIA heeft gestaan. We staan dus voor het bijbelse hoofdstuk van de profeet Maleachi,' merkte ik op, de onderwijzingen indachtig die ik in mijn bijna monastieke kindertijd had ontvangen, 'Ik begrijp alleen dat "nda" van de eerste regel bovenaan niet. Hebt u een idee, signor Atto? Ik totaal niet.'

Abt Melani haalde zijn schouders op: 'Ik kan me geen expert noemen.'

Ik vond deze bekentenis van onwetendheid op bijbels gebied uit de mond van een abt opmerkelijk. En nu ik er nog eens over nadacht, die bewering 'met de bijbel heb je de priester' had gek lomp geklonken. Wat voor abt was hij?

We gingen intussen weer de gangen in en Melani had zijn overpeinzingen hervat:

'Iedereen kan een bijbel bezitten, de herberg heeft er ten minste één, nietwaar?'

'Zeker, om precies te zijn twee, maar ik ken ze goed en ik weet dat het velletje dat u in uw hand hebt niet daaruit kan komen.'

'Akkoord. Maar je zult het met me eens zijn dat het uit de bijbel kan komen van een willekeurige gast van De Schildknaap, die gemakkelijk een exemplaar van de Schrift mee op reis kan nemen. Het is zonde dat de scheur juist de grote versierde hoofdletter heeft verwijderd, die zeker aan het begin van het hoofdstuk van Maleachi stond, want die zou helpen om de herkomst van onze ontdekking te vinden.'

Ik was het niet met hem eens: er waren nog wel meer eigenaardigheden aan dat vel, en ik maakte hem erop attent: 'Hebt u ooit een pagina uit de bijbel aan maar één kant bedrukt gezien, zoals deze?'

'Het zal het einde van het hoofdstuk wezen.'

'Maar het is net begonnen!'

'Misschien is de profetie van Maleachi buitengemeen kort. We kunnen het niet weten: ook de laatste regels zijn weggevallen. Of misschien is het een drukgewoonte. Of een fout, wie zal het zeggen. In elk geval zullen Ugonio en Ciacconio ons wel helpen: ze zijn veel te bang om hun vieze velletje niet meer terug te krijgen.'

'Over bang gesproken: ik wist niet dat u een pistool bezat,' zei ik, mij het wapen herinnerend waarmee hij de twee lijkenpikkers had bedreigd.

'Ik wist ook niet dat ik het had,' antwoordde hij me met een olijke grijns schuins aankijkend, en hij haalde de stok van glimmend hout met het metalen uiteinde tevoorschijn, waarvan ik het idee had dat het handvat onverklaarbaar genoeg in Melani's hand verdwenen was, toen hij met het werktuig zwaaide.

'Een pijp!' riep ik uit. 'Maar hoe kan het dat Ugonio en Ciacconio dat niet door hadden?'

'Het licht is zwak, en mijn gezicht tamelijk dreigend. En misschien hadden de twee lijkenpikkers geen zin om na te gaan hoeveel kwaad ik hun kon doen.'

Ik was tegelijkertijd verbaasd door de banaliteit van de list, door de natuurlijkheid waarmee de abt hem had uitgevoerd en ten slotte door het onverwachte succes dat hij ermee had bereikt.

'Op een dag overkomt het jou misschien ook, jongen, dat je je moet redden zoals ik heb gedaan.'

'En als mijn tegenstanders vermoeden dat het geen pistool is?'

'Dan doe je zoals ik, toen ik 's nachts twee Parijse bandieten van me af moest schudden: dan schreeuw je hard *ceci n'est pas une pipe*!' antwoordde abt Melani lachend.

Vierde dag
14 september 1683

De volgende ochtend lag ik onder de dekens met mijn botten gebroken en mijn hoofd op zijn zachtst gezegd verward, en dat blijkbaar vanwege de weinige, onrustige slaap die de avonturen van daags tevoren hadden veroorzaakt. De lange afdaling in de onderaardse gang, de nodige inspanningen om valluiken en trappen te nemen, alsmede de afschuwelijke schermutseling met de lijkenpikkers hadden mijn hoofd en lichaam afgepeigerd. Over één ding echter was ik even verbaasd als verheugd: de weinige uren vergunde slaap waren door geen enkele nachtmerrie verstoord, ondanks de vreselijke doodsvisioenen die de ontmoeting met Ugonio en Ciacconio me had bezorgd. En ook het onaangename (zij het noodzakelijke) zoeken naar degene die mijn enige voorwerp van waarde ooit bezeten had ontvreemd, had mijn nachtrust niet noemenswaardig in de war gestuurd.

Toen ik mijn ogen eenmaal had opengedaan werd ik integendeel plezierig bestormd door de zoetste droomflarden: alle leken mij iets te willen influisteren over Cloridia en haar lieflijke gelaatstrekken. Ik was niet in staat dat gelukzalige samenspel van denkbeeldige, maar toch bijna echte indrukken van de zintuigen te plaatsen: het mooie gezicht van mijn Cloridia (zo noemde ik haar al!), haar vertederende, hemelse stem, haar zachte, sensuele handen, haar vage, lichte betoogtrant...

Voordat de loomheid me onherroepelijk in beslag zou nemen en eenzame gebeurtenissen in gang zou zetten die me van de weinige overgebleven krachten zouden kunnen beroven, werd ik gelukkig van die melancholieke wartaal afgebracht.

Een gekreun rechts van mij trok mijn aandacht. Ik draaide me om en zag meneer Pellegrino rechtop in bed zitten met zijn bovenlijf tegen de muur geleund, terwijl hij met zijn handen zijn hoofd omknelde. Buitengewoon verrast en blij dat ik hem in betere omstandigheden aantrof (vanaf het begin van zijn ziekte had hij nooit zijn hoofd van het kussen opgericht), repte ik mij naast hem, hem bestormend met vragen.

Als reactie ging hij moeizaam op de rand van het hoofdeinde zitten en wierp mij zwijgend een afwezige blik toe.

Teleurgesteld en bezorgd door zijn onverklaarbare zwijgen ging ik snel Cristofano roepen.

De arts kwam onmiddellijk en koortsachtig van verbazing begon hij Pellegrino te onderzoeken. Maar juist terwijl de Toscaan van dichtbij zijn ogen bekeek, liet Pellegrino een knetterende flatus ventris. Daarna kwam een klein boertje en toen weer een wind. Cristofano had aan een paar minuten genoeg om zijn gedachten helder te krijgen.

'Hij is slaperig, ik zou zeggen indolent, misschien moet hij nog helemaal wakker worden. Zijn kleur is nog bleek. Hij spreekt niet, dat is waar, maar ik wanhoop niet dat hij zo dadelijk weer helemaal bij is. De bloeduitstorting op zijn hoofd lijkt kleiner te zijn geworden en is niet meer zo zorgwekkend.'

Pellegrino toonde voorlopig alleen een flinke verdoving en de koorts was verdwenen; toch konden we er nog niet helemaal gerust op zijn.

'En waarom kunnen we er niet gerust op zijn?' vroeg ik, die begreep dat de arts mij niet graag het slechte nieuws wilde toevertrouwen.

'Je baas is het slachtoffer van een duidelijke overmaat aan lucht in de buik. Hij heeft een driftig temperament, en vandaag is het vrij warm: daarom is voorzichtigheid geboden. Het zal verstandig zijn om in te grijpen met een lavement, zoals ik trouwens al vreesde dat nodig was.'

Hij vervolgde dat Pellegrino vanaf dat moment, gezien het soort kuren en zuiverende behandelingen waaraan hij zich moest onderwerpen, alleen op de kamer moest liggen. We besloten daarom dat ik mijn bed zou overbrengen naar het aangrenzende kamertje, een van de drie overgeblevene die nagenoeg onaangeroerd waren sinds de dood van de oude herbergierster, signora Luigia.

Terwijl ik mij opmaakte voor de kleine verhuizing, haalde Cristofano uit een lederen tas een opblaaspomp tevoorschijn zo groot als mijn onderarm. Aan het uiteinde van de pomp zat een buis waarop op zijn beurt loodrecht een ander lang, smal buisje zat met aan het eind ervan een gaatje. Hij probeerde het mechanisme een paar keer om zich ervan te vergewissen dat de blaasbalg, naar behoren in werking gesteld, lucht inblies in de buis en er ten slotte uit het gaatje aan het eind weer uit kwam.

Met een lege blik was Pellegrino getuige van de voorbereiding. Ik bezag hem met een mengeling van voldoening dat ik hem eindelijk zijn ogen zag opendoen, en begrip voor zijn bizarre gezondheidstoestand.

'Kijk eens aan,' zei Cristofano aan het einde van de keuring, en hij beval mij water, olie en een beetje honing te halen.

Terug met de ingrediënten was ik verbaasd de arts druk in de weer te zien met het halfontklede lichaam van Pellegrino.

'Hij werkt niet mee, help me eens hem vast te houden.'

Ik moest de arts zo helpen om het ronde achterste van mijn baas bloot te leggen, die dit initiatief node inwilligde. Terwijl er bijna een handgemeen uit voortvloeide (eerder te wijten aan gebrek aan medewerking van Pellegrino's kant dan aan echte tegenstand), zag ik kans om Cristofano naar het doel van onze inspanningen te vragen.

'Dat is simpel,' antwoordde hij, 'ik wil hem van overbodige lucht afhelpen.'

En hij legde mij uit dat het model dat hij bij zich had het dankzij de buizen aan de rechte hoek mogelijk maakte alleen de inblazing te doen, zodat gêne hem bespaard bleef. Maar Pellegrino leek niet bij machte voor zichzelf te zorgen, en daarom zouden wij het voor hem moeten doen.

'Maar zal hij zich er beter door voelen?'

Cristofano zei, bijna verbaasd door mijn vraag, dat de klisteer (want zo plachten sommigen deze behandeling te noemen) altijd baat, en nooit schaadt: zoals Redi zegt, verwijdert deze de lichaamssappen in alle rust zonder de ingewanden te verzwakken, en zonder ze te laten verouderen zoals via de mond genomen medicijnen doen.

Terwijl hij het preparaat in de blaasbalg deed, prees Cristofano de zuiverende lavementen, maar ook die welke tot vomatie prikkelden, die sedatief, lithotropisch, carminatief, sarcotisch, epulotisch, purgerend en zelfs adstringerend werkten. Goede ingrediënten waren er oneindig veel: je kon thee van bloemen, bladeren, vruchten of kruidenzaden gebruiken, maar ook hamelpoten of -kop, ingewanden van dieren, alsmede bouillon van oude, afgeroste hanen.

'Heel interessant,' probeerde ik Cristofano tegemoet te komen en mijn walging te verhelen.

'Tussen haakjes,' vervolgde de arts aan het einde van deze nuttige verhandelingen, 'de komende dagen moet de patiënt een dieet van bouillon, aftreksels en gekookt water volgen, en vervolgens bijkomen van al deze uitputting. Daarom zal ik hem nu een half kopje chocolade geven, kippenragout en in wijn gedoopte amandelkoeken. Morgen een kopje koffie, een bernagiesoep en zes paar kloten van jonge haantjes.'

Na Pellegrino enkele forse halen met de pomp te hebben toegediend, liet Cristofano hem halfnaakt achter en droeg mij op over hem te waken totdat hij het weldadige effect van het lavement lichamelijk had bekroond. Iets wat vrijwel meteen gebeurde, en wel met zo'n kracht dat ik ten volle begreep waarom de arts mij mijn spullen had laten overbrengen naar het kamertje ernaast.

❦

Ik ging naar beneden om het middagmaal te bereiden, dat, had de arts mij aangeraden, licht maar voedzaam moest zijn. Ik maakte daarom prei gekookt in melk van geurige amandelen met suiker en kaneel, en daarna een kruisbessensoep met een bouillon van gedroogde vis met weiboter, kruiden en geklutste eieren, die ik opdiende met croutons en kaneel. Dit deelde ik uit aan de gasten en ik vroeg aan Dulcibeni, Brenozzi, Devizé en Stilone Priàso wanneer het hun zou uitkomen de voorgeschreven middelen van Cristofano te laten toepassen. Maar alle vier pakten ze de maaltijd na eraan geroken te hebben nijdig aan en antwoordden snuivend dat ze voorlopig met rust gelaten wilden worden. Ik kreeg het vermoeden dat deze lusteloosheid en lichtgeraaktheid te maken hadden met mijn onervaren kookkunst: misschien veredelde de zoete geur van de kaneel die niet voldoende. Ik nam mij daarom voor de hoeveelheid in de toekomst te verhogen.

Na de maaltijd gaf Cristofano te kennen dat pater Robleda naar me had gevraagd, want hij had wat drinkwater nodig. Ik voorzag me van een volle karaf en klopte op de deur van de jezuïet.

'Kom binnen, jongen,' zei hij, me met onverwachte wellevendheid ontvangend.

En nadat hij zijn keel overvloedig had verfrist, nodigde hij mij uit plaats te nemen. Nieuwsgierig geworden door dit gedrag vroeg ik hem of hij de vorige nacht goed had doorgebracht.

'O, veel inspanning, jongen, veel inspanning,' antwoordde hij laconiek, waarmee hij mij nog argwanender maakte.

'Ik begrijp het,' zei ik wantrouwend.

Robleda had een ongewoon bleke kleur, zware oogleden en twee donkere wallen onder zijn ogen. Bijna kwam de gedachte op dat hij de nacht slapeloos had doorgebracht.

'Gisteren hebben jij en ik met elkander gesproken,' besloot de jezuïet te zeggen, 'maar ik verzoek je geen overmatig gewicht te hechten aan bepaalde gedachtegangen die we te vrij kunnen hebben gevolgd. Menigmaal drijft de pastorale missie om jonge geesten tot nieuwe, vruchtbaarder resultaten te prikkelen, tot oneigenlijke retorische figuren, tot overmatige begripsdistillatie, tot syntactische chaos. Anderzijds zijn jongeren niet altijd bereid om dergelijke nuttige prikkelingen van het verstand en het hart te aanvaarden. Ook de moeilijke situatie die we allemaal in deze herberg ondergaan kan zowel leiden tot het verkeerd opvatten van andermans gedachten als tot het ongelukkig formuleren van die van onszelf. Kijk, ik vraag je eenvoudigweg om te vergeten wat we allemaal tegen elkaar gezegd hebben, vooral naar aanleiding van Zijne Heiligheid onze dierbare paus Innocentius XI. En met name zou ik het zeer waarderen als jij deze vluchtige, onwezenlijke betogen niet aan de gasten van de herberg doorbrieft. De wederzijdse fysieke afzondering zou maar tot misverstanden kunnen leiden, ik denk dat je wel begrijpt...'

'Weest u niet bezorgd,' loog ik, 'ik kan me toch maar weinig van dat gesprek herinneren.'

'O ja?' riep Robleda even geërgerd uit. 'Nou, des te beter. Toen ik terugdacht aan wat we onderling besproken hebben, voelde ik me haast benauwd door het gewicht van zoveel ernstige gespreksstof. Zoals wanneer je de catacomben ingaat en dan plotseling onder de grond geen adem krijgt.'

Terwijl hij naar de deur liep om afscheid te nemen, was ik als door de bliksem getroffen door die zin, die ik beslist onthullend vond. Robleda had zichzelf verraden. Ik probeerde snel een onderwerp te verzinnen om hem verder uit zijn tent te lokken.

'Hoewel de belofte om er niet meer over te praten van kracht blijft, had ik eigenlijk nog een vraag over Zijne Heiligheid Innocentius XI, of eigenlijk over de pausen in het algemeen,' zei ik vlak voordat de deur openzwaaide.

'Zeg het maar.'

'Nou, kijk...' hakkelde ik in een poging iets te verzinnen. 'Ik vroeg me af of er een manier bestaat om uit te maken welke paus goed was, welke zeer goed en welke heilig.'

'Het is frappant dat je dat vraagt. Daar zat ik afgelopen nacht nu precies over na te denken,' antwoordde hij als het ware bij zichzelf.

'Dan weet ik zeker dat u ook een antwoord voor mij hebt,' vervolgde ik in de hoop het gesprek te kunnen rekken.

Daarom liet de jezuïet mij opnieuw plaatsnemen; hij legde me uit dat er zich in de vorige eeuwen ontelbare redeneringen en profetieën hadden voorgedaan, die alle de huidige, verleden en toekomstige pausen tot onderwerp hadden.

'En wel omdat vooral in deze stad,' legde hij uit, 'iedereen de kwaliteiten van de levende paus kent, of meent te kennen. Tegelijkertijd betreurt men die van vroeger en hoopt men dat de volgende beter is, of zelfs dat hij een engelpaus is.'

'Een engelpaus?'

'Dat wil zeggen iemand die de Kerk van Rome naar de oorspronkelijke heiligheid terugvoert.'

'Ik begrijp het niet,' kwam ik er met voorgewende naïviteit tussen. 'Als de pausen van vroeger altijd betreurd worden en bovendien tijdens hun leven hun voorgangers lieten betreuren, betekent dat dat de pausen steeds slechter worden. Hoe kun je dan op de komst van een betere paus hopen?'

'Dat is de onzin van de profetieën. Altijd al wordt Rome tot mikpunt genomen door de propaganda van antipapistische ketters: al sinds heel lang geleden de *Super Hieremiam* en de *Oraculum Cyrilli* de val van de stad voorspelden, en Thomas van Pavia de visioenen aankondigde voorafgaand aan het instorten van het Latheranenpaleis, en zowel Robert d'Uzès als Giovanni van Rupescissa waarschuwde dat dezelfde stad waarin Petrus de eerste steen had gelegd inmiddels de stad van de twee zuilen was, de zetel van de Antichrist.'

Ineens voelde ik mij lichtelijk schuldig omdat ik deze thema's enkel had aangevoerd om meer informatie te krijgen over een diefstal van sleutels en een paar kostbaarheden. Maar Robleda was nog maar net begonnen, want, beweerde hij, nu kon ook de tweede mysterieuze, ondoorgrondelijke profetie van Karel de Grote niet achterwege blijven, die op de Dag van het Laatste Oordeel een glorieuze reis naar het Heilige Land zal maken en daar door de engelpaus zal worden gekroond, terwijl de heilige visioenen van de heilige Brigida uitgingen van de terechte verwoesting van Rome door toedoen van haar Germaanse geslacht.

Maar deze vernietigings- en zuiveringsfantasieën van de zetel van het pausdom, dat verdorven was door hebzucht en wellust, waren fletse kunstgrepen van de verbeelding vergeleken bij de Apocalipsis nova van de zalige Amadeus IX, waarin het uiteindelijk gegeven werd te weten dat de Heer een Herder zou kiezen voor Zijn kudde die de Kerk van al haar zonden zou louteren en alle Mysteriën zou verklaren, en dan zouden vanuit de hele wereld de Koningen komen om hem te aanbidden, en de Kerk van het Oosten en die van het Westen zouden weer één worden, en de ongelovigen zouden teruggewonnen worden voor het enige ware Geloof en men zou ten slotte *unum ovile et unus Pastor* krijgen.

'En die Herder zou de engelpaus zijn,' zei ik om te proberen de ideeën helder te krijgen en met het gevoel dat de jezuïet naar iets anders toe wilde.

'Precies,' antwoordde hij.

'En u gelooft daarin?'

'Alsjeblieft, mijn zoon, zulke vragen stelt men niet. Veel van die vermeende zieners zijn zo ver gegaan dat ze ketter werden.'

'Dus u gelooft niet in de engelpaus.'

'Natuurlijk niet. Ik bedoel: degenen die de komst van een engelpaus wilden laten afwachten waren ketters, of erger. Ze wilden het idee doen postvatten dat de Kerk helemaal omvergeworpen moet worden, en dat de paus het niet waard is op zijn plaats te zitten.'

'Welke paus?'

'Ach, helaas zijn dit soort blasfemische aanvallen tegen alle pausen gericht.'

'Ook Zijne Heiligheid, onze paus Innocentius XI?'

Robleda werd ernstig, en ik bespeurde in zijn ogen een zweem van achterdocht.

'Laten we zeggen dat er van de vele voorspellingen enkele zijn die, zoals ik je reeds heb gezegd, het verleden vanaf het begin der tijden zouden willen onderwijzen, en de toekomst tot aan het einde der wereld. Daarom omvatten ze alle pausen en, inderdaad, ook Zijne Heiligheid Innocentius XI.'

'En wat voorspellen ze?'

Ik merkte dat Robleda met een wonderlijke mengeling van weerzin en genoegen op het onderwerp inging. Hij hervatte zijn relaas op een iets ernstiger toon, en legde me uit dat er van de vele profetieën één was die beweerde de reeks van alle pausen vanaf het jaar 1100 tot aan het einde der Tijden te kennen. En alsof hij zich al jaren met niets anders bezighield, droeg hij uit zijn hoofd een raadselachtige reeks Latijnse motto's voor:

'*Ex castro Tiberis, Inimicus expelsus, Ex magnitudine montis, Abbas suburranus, De rure albo, Ex tetro carcere, Via transtiberina, De Pannonia Tusciae, Ex ansere custode, Lux in ostio, Sus in cribro, Ensis Laurentii, Ex schola exiet, De rure bovensi, Comes signatus, Canonicus ex latere, Avis ostiensis, Leo sabinus, Comes laurentius, Jerusalem Campaniae, Draco depressus, Anguineus vir, Concionator gallus, Bonus comes...*'

'Maar dat zijn geen namen van pausen,' viel ik hem in de rede.

'Jawel. Een profeet heeft ze in de toekomst gelezen voordat ze ter wereld kwamen, maar heeft ze aangeduid met de gecodeerde motto's die ik je net heb genoemd. De eerste is *Ex castro Tiberis*, wat betekent: uit een kasteel aan de Tiber. Welnu, de met dat motto aangewezen paus was Celestinus II, die inderdaad geboren is in Città di Castello, aan de oevers van de Tiber.'

'Dus de voorspelling klopte.'

'Precies. Maar ook de volgende, *Inimicus expelsus*, is zeker Lucius II, van de familie Caccianemici: precies de vertaling van het Latijnse motto. Paus nummer 3 is Ex magnitudine *montis*: het gaat om Eugenius III, geboren in het kasteel van Grammont, dat in het Frans de exacte vertaling van het motto is. Nummer 4...'

'Het moeten heel oude pausen zijn,' onderbrak ik hem, 'ik heb nog nooit van ze gehoord.'

'Ze zijn van heel lang geleden, dat klopt. Maar ook de moderne zijn met de grootste precisie voorspeld. *Jucunditas crucis*, nummer 82 van de profetie, is Innocentius X. Die dan ook op 14 september, het feest van het Heilig Kruis, tot paus werd gemaakt. Montium custos, de bewaker van de bergen, nummer 83, is Alexander VII, die de Bergen van barmhartigheid stichtte, *Sydus olorum*, dat wil zeggen het hemellichaam van de zwanen, nummer 84, is Clemens IX. Die in het Vaticaan in het Zwanenvertrek woonde. Het motto van Clemens X, nummer 85, is De *flumine magno* oftewel: uit de grote rivier. Hij werd dan ook geboren in een huis aan de oevers van de Tiber, juist daar waar de rivier overstroomd was.'

'Dus de profetie is steeds uitgekomen.'

'Laten we zeggen dat sommigen, ja, heel wat mensen, dat beweren,' knipoogde Robleda.

Op dit punt zweeg hij, alsof hij een vraag afwachtte. In de lijst met de door de profetie voorspelde pausen was hij namelijk gestopt bij paus Clemens X, nummer 85. Hij had begrepen dat ik niet de verleiding zou kunnen weerstaan om hem naar de volgende te vragen: dat was Zijne Heiligheid Innocentius XI, onze paus.

'En wat is het motto van nummer 86?' vroeg ik opgewonden.

'Welnu, omdat jij het me vraagt...' zei de jezuïet zuchtend. 'Zijn motto is, laten we zeggen, vrij curieus.'

'Hoe luidt het dan?'

'*Belua insatiabilis*,' zei Robleda mat, 'onverzadigbaar roofdier.'

Ik deed moeite om mijn verbazing en onthutsing te verbergen. Terwijl alle motto's van de andere pausen onschuldige raadseltjes waren, klonk dat van onze geliefde paus gruwelijk en dreigend.

'Maar misschien verwijst het motto van Zijne Heiligheid niet naar zijn morele eigenschappen!' wierp ik verontwaardigd tegen, als om mijzelf moed in te praten.

'Dat is zonder meer mogelijk,' was Robleda het er kalm mee eens. 'Nu ik erover nadenk, op het familiewapen van de paus komen een gevlekte leeuw en een adelaar voor. Het zou kunnen, ja, dat moet de verklaring zijn,' concludeerde de jezuïet, met een onbewogenheid waarin meer knipogen schuilgingen dan in welke lach ook.

'In elk geval hoef je er niet van wakker te liggen,' besloot hij, 'want volgens de profetie zullen we in totaal 111 pausen hebben, en nu zijn we bij nummer 86.'

'Maar wie zal de laatste paus zijn?' hield ik aan.

Robleda werd opnieuw somber en peinzend.

'Te beginnen bij Celestinus II telt de reeks 111 pausen. Tegen het einde komt de *Pastor angelicus*, oftewel de engelpaus waar ik het eerder over had, maar hij zal niet de laatste zijn. Er zullen nog pausen volgen en ten slotte, zegt de profetie, *in extrema persecutione Sacrae Romanae Ecclesiae sedebit Petrus romanus, qui pascet oves in multis tribulationibus; quibus transactis, civitas septicollis diruetur, et judex tremendus judicabit populum.*'

'Oftewel de heilige Petrus komt terug, Rome wordt verwoest en het Laatste Oordeel breekt aan.'

'Goed zo, precies.'

'En wanneer gebeurt dat?'

'Dat heb ik je verteld: volgens de profetie duurt het nog heel lang. Maar nu kun je maar beter weggaan: ik zou niet willen dat je de andere gasten verwaarloost om naar deze onbelangrijke sprookjes te luisteren.'

Teleurgesteld door het abrupte einde van het gesprek en zonder uit Robleda's mond nog verdere nuttige aanwijzingen te krijgen was ik al bij de deur, toen ik merkte dat ik een laatste en ditmaal oprechte nieuwsgierigheid moest bevredigen.

'Tussen haakjes, wie is de schrijver van die pausenprofetie?'

'O, een heilige monnik die in Ierland heeft gewoond,' zei Robleda haastig, terwijl de deur dichtging. 'Hij heette, geloof ik, Maleachi.'

Opgewonden door de onverwachte, overweldigende noviteiten rende ik onverwijld naar de kamer van Atto Melani aan de andere kant van de verdieping om hem op de hoogte te stellen. Toen hij de deur voor me opendeed, vond ik zijn kamer bedolven onder een zee van papieren, boeken, oude prenten en stapels brieven, alles door elkaar op het bed en op de grond.

'Ik was aan het studeren,' zei hij toen hij me binnenliet.

'Hij is het,' zei ik hijgend.

En ik vertelde hem van het gesprek met Robleda waarin hij aanvankelijk zonder duidelijke reden de catacomben had genoemd. De jezuïet was toen, maar alleen omdat hij daar door mij op het juiste moment toe werd aangezet, blijven steken in een lang betoog over de profetieën die de komst van de engelpaus aankondigen, en toen over een profetie omtrent het einde van de wereld na 111 pausen, waarin sprake is van een onverzadigbaar roofdier, dat dan Zijne Heiligheid paus Innocentius XI zou zijn, en hij had uiteindelijk toegegeven dat de voorspelling was gedaan door de Ierse monnik Maleachi...

'Rustig, rustig,' viel Atto me in de rede. 'Ik vrees dat je een en ander door elkaar haalt. Ik weet dat de heilige Maleachi een Ierse monnik was die duizend jaar na Christus leefde, dus wel iemand anders dan de profeet Maleachi uit de bijbel.'

Ik verzekerde hem dat ik dat heel goed wist, en dat ik niets door elkaar haalde, en ik herhaalde uitvoeriger de feiten.

'Interessant,' commentarieerde Atto ten slotte, 'twee verschillende Maleachi's, beiden profeet, komen een paar uur na elkaar op ons pad. Dat is te veel van het goede om puur toeval te zijn. Pater Robleda heeft je verteld dat hij net de vorige nacht zat na te denken over de profetie van de heilige Maleachi, terwijl wij het hoofdstuk uit de bijbel van de profeet Maleachi in de onderaardse gangen vonden. Hij doet alsof hij zich niet met zekerheid de naam van de heilige herinnert, maar die is wereldberoemd. En dan komt hij met de catacomben. Dat het een jezuïet was die de sleutels heeft gestolen verbaast me niet eens zo: ze hebben wel ergere dingen uitgehaald. Ik zou alleen willen weten waarom hij eigenlijk die gangen ingegaan is: dat is pas interessant.'

'Om zeker te weten dat het Robleda is, zouden we zijn bijbel moeten controleren,' merkte ik op, 'om te zien of de uitgescheurde bladzij daaruit afkomstig is.'

'Juist, en om dat te doen hebben we maar één mogelijkheid. Cristofano heeft gewaarschuwd dat het appèl voor de quarantaine aanstonds plaatsheeft: je zult er gebruik van moeten maken dat Robleda zijn kamer uitgaat om dan binnen te dringen en zijn bijbel te doorzoeken. Ik denk dat je al wel weet waar je het boek Maleachi kunt vinden, in het Oude Testament.'

'Na de boeken van de Koningen, onder de twaalf kleine profeten,' antwoordde ik prompt.

'Goed zo. Ik zal niets meer kunnen doen, want ik zal Cristofano's ogen op me gericht weten. Hij moet iets bevroed hebben: eerder vroeg hij me of ik toevallig gedurende de nacht mijn kamer was uitgegaan.'

Juist op dat moment hoorde ik de stem van de arts mijn naam roepen. Snel voegde ik me bij hem in de keuken, waar hij meedeelde dat vanaf de straat de oproep was gekomen van de mannen van de Bargello, die wachtten om het tweede appèl uit te voeren. De hoop die we allemaal stiekem koesterden, namelijk dat het wachten op de afloop van de slag om Wenen onze controleurs had afgeleid, was vervlogen.

Cristofano kneep hem. Als Bedford het onderzoek niet haalde, zouden we vrijwel zeker naar elders worden overgebracht en onderworpen aan beslist strengere maatregelen. Wie van ons goederen van welke aard ook bij zich had, zou ervan moeten scheiden, om ze via blootstelling aan azijndampen te laten zuiveren van de kwaadaardige miasmen. En zoals Cristofano ons reeds had uitgelegd, wie ten tijde van pest om de een of andere reden scheidt van zijn goederen, ziet waarschijnlijk niet meer dan een vierde terug.

Cristofano's instructies volgend dromde de groep benauwd naar de eerste verdieping tegenover Pompeo Dulcibeni's kamer. Ik kreeg een teder schokje toen ik de lieve Cloridia zag, die naar mij lachte; ook zij was zich droef bewust (althans zo beeldde ik mij in) dat in die hachelijke situatie geen enkele verbale of andersoortige intimiteit mogelijk zou zijn. Als laatsten zag ik de arts met Devizé en Atto Melani eraan komen. In tegenstelling tot wat ik had gehoopt, droegen ze niet Bedford met zich mee: de Engelsman (dat werd duidelijk uit het ontdane gezicht van Cristofano) was nog niet in staat om op zijn benen te staan, en des te minder om gehoor te geven aan het appèl. Terwijl ze dichterbij kwamen, zag ik dat Atto en de gitarist met gebaren van verstandhouding een druk gesmoezel beëindigden.

Cristofano ging ons voor in de kamer en liep als eerste naar het raam, waartegenover de dienders van de Bargello al reikhalsden om ons te zien. De arts kondigde de jonge en duidelijk gezonde gestalte van Devizé aan en toonde hem naast zich. Vervolgens werden abt Melani, Pompeo Dulcibeni en pater Robleda opgeroepen en kort gadegeslagen. Toen was er een korte pauze waarin de onderzoekers onderling kort discussieerden. Ik zag Cristofano en pater Robleda bijna worden overmeesterd door angst. Dulcibeni stond er echter onaangedaan bij. Ik merkte op dat Devizé als enige van de groep de kamer was uitgegaan.

De onderzoekers (die trouwens ook mij, een leek, niet al te deskundig voorkwamen) stelden nog een paar algemene vragen aan Cristofano, die intussen ook mij haastig naar het raam had geduwd, opdat ik naar behoren werd geobserveerd. Daarna was de beurt aan Cloridia, die de onderzoekers meteen een onbehouwen kwinkslag ontlokte, en zinspelingen op niet nader aangeduide ziekten die de courtisane zou kunnen overdragen.

Onze angsten bereikten een hoogtepunt toen Pellegrino aan de beurt was. Cristofano leidde hem vastberaden, maar zonder vernederende duwen, voor het raam. Wij wisten allen dat Cristofano beefde: alleen al het feit dat hij mijn baas voor de autoriteiten leidde, en dat zonder enig voorbehoud, betekende dat hij als eerste diens goede gezondheid aantoonde.

Pellegrino lachte zwakjes tegenover de drie onbekenden. Twee van hen wisselden een vragende blik. Een paar roeden scheidden Cristofano en mijn baas van hun inquisiteurs. Pellegrino wankelde.

'Ik had je gewaarschuwd!' riep Cristofano woedend uit, terwijl hij een leeg flesje uit zijn broek haalde. Pellegrino boerde.

'Hij heeft te veel Griekse wijn aangesproken,' schertste een van de drie van de Bargello, zinspelend op het nu wel duidelijke zwak van mijn baas voor wijn. Cristofano was erin geslaagd Pellegrino voor dronken door te laten gaan in plaats van ziek.

En toen (ik zal het nooit vergeten) zag ik Bedford als in een wonder onder ons verschijnen.

Hij kwam met grote stappen bij het raam, zorgzaam verwelkomd door Cristofano, en onderwierp zich aan het oog van het geduchte driemanschap. Ik was, als iedereen, benauwd en beneveld, als had ik een wederopstanding bijgewoond. Ik meende zijn geest te zien, zo leek hij zich te hebben bevrijd van de kwellingen van het vlees. De drie van de Bargello waren niet evenzeer verbaasd, omdat zij niet de treurige gevolgen kenden van de ziekte die hem in de uren daarvoor had getroffen.

Bedford bracht iets uit in zijn taal, die de drie dienders afkeurend toonden niet meester te zijn.

'Hij heeft opnieuw gezegd dat hij weg wil,' legde Cristofano uit.

De drie, die zich Bedfords protest tijdens het eerdere appèl herinnerden en triomfantelijk zeker wisten dat ze niet verstaan werden, dreven onder groot, platvloers jolijt de spot met hem.

Bedford, of liever gezegd zijn wonderbaarlijke beeld, antwoordde met evenredige beledigingen op de hoon van de drie dienders, en werd onmiddellijk weggeleid door Cristofano. Ook de rest van onze groep ging weer naar binnen, terwijl sommigen ongelovige blikken wierpen op de onverklaarbare genezing van de Engelsman.

In de gang aangekomen zocht ik Atto Melani in de hoop een verklaring te krijgen. Ik haalde hem juist in toen hij de trap naar de tweede verdieping op wilde gaan. Hij keek me geamuseerd aan en voelde meteen hoezeer ik brandde van nieuwsgierigheid. Neuriënd dreef hij de spot met me:

Fan battaglia i miei pensieri,
e al cor dan fiero assalto.
Così al core, empi guerrieri,
fan battaglia, dan guerra i miei pensieri... *

'Heb je gezien hoe onze Bedford weer hersteld is?' vroeg hij ironisch.
'Maar dat kan niet,' zei ik, mijn ongeloof demonstrerend.
Atto bleef halverwege de trap staan.
'Je denkt toch niet dat een speciaal agent van de koning van Frankrijk als een kind met zich zou laten sollen?' fluisterde hij spottend. 'Bedford is jong, klein van stuk en licht van haar, en jij hebt inderdaad een kleine, blonde jongeman zich zien presenteren. De Brit heeft blauwe ogen, en ook onze Bedford was vanavond blauwogig. Bij het vorige appèl had Bedford geprotesteerd omdat hij weg wilde, en dat heeft hij deze keer dus ook gedaan. Bedford spreekt een taal die de drie van de Bargello niet verstaan, en ze hebben het ook ditmaal niet verstaan. Waar zit het mysterie?'
'Maar hij kon het niet zijn die...'
'Natuurlijk was het Bedford niet. Die ligt nog halfdood op zijn bed, en we bidden dat hij op een dag weer opstaat. Maar als jij een goed geheugen had (en wil je journaalschrijver worden, dan moet je dat hebben), zou je je herinneren dat er tijdens het vorige appèl wat verwarring is geweest: toen ik opgeroepen werd, heeft Cristofano Stilone Priàso naar het raam gebracht; toen het Dulcibeni's beurt was, heeft Cristofano Robleda meegenomen, enzovoorts, net alsof hij zich vergiste. Konden de drie van de Bargello er na dat gedoe volgens jou nog zeker van zijn dat ze alle gasten van de herberg her-

---

*   Mijn gedachten leveren strijd, en ze doen een trotse aanval op mijn hart. Dus tegen mijn hart leveren mijn gedachten, de meedogenloze krijgers, strijd, voeren ze oorlog...

kenden? Bedenk dat de Bargello geen afbeelding van ons heeft, aangezien niemand van ons de paus is of de koning van Frankrijk.'

Mijn stilzwijgen sprak voor zich.

'Natuurlijk konden ze niemand herkennen,' verklaarde de abt, 'behalve de jonge edelman met de blonde kop haar die in een vreemde taal protesteerde.'

'En dus Bedford...'

Ik onderbrak mezelf en kreeg een lumineus idee, juist terwijl ik Devizé achter de deur van zijn kamer zag verdwijnen.

'...Hij speelt gitaar, spreekt Frans, en soms doet hij of hij Engels kent,' zei Atto, een samenzweerderig lachje naar Devizé werpend, 'en vanavond heeft hij zich beperkt tot het dragen van net zulke kleding als de arme Bedford. Hij had ze zelfs zo van hem kunnen lenen, maar dan zou vriend Cristofano ons regelrecht naar het lazaret gestuurd hebben: nooit dekens en kleding van pestlijders gebruiken.'

'Maar dan is signor Devizé in de plaats van Bedford voor een tweede keer naar het raam gegaan, en ik heb het niet gemerkt!'

'Je hebt het niet gemerkt omdat het absurd was, en absurde, maar ware dingen zijn het moeilijkst te zien.'

'Maar de mannen van de Bargello hadden ons al één voor één bij zich laten komen,' protesteerde ik, 'toen de herberg uit vrees voor besmetting werd gesloten.'

'Ja, maar dat eerste appèl was te verward en onrustig, omdat de dienders ook moesten zorgen voor het afzetten van de straat en het sluiten van de herberg. Bovendien zijn er sindsdien een paar dagen verstreken. De zichtbare hindernis, oftewel het traliewerk voor de ramen van de eerste verdieping, heeft de rest gedaan. Ikzelf zou vanachter dat traliewerk over een dag of twee niet meer met absolute zekerheid iemand van onze gevangenen kunnen identificeren. Wat ogen betreft: hoe zijn die van Bedford?'

Ik dacht even na, toen moest ik lachen: 'Ze zijn... scheel.'

'Precies. Als je er goed over nadenkt, is strabisme helaas zijn opvallendste kenmerk. Toen de drie dienders twee convergerende blauwe ogen op zich gericht zagen (en daar wist onze Devizé van wanten), hadden ze geen twijfel: dat is de Engelsman.'

Ik zweeg, confuus piekerend.

'En ga nu maar naar Cristofano,' nam Atto afscheid, 'die wil je vast bij zich hebben. Heb het maar niet over de kleine trucs die hij mij heeft geleerd: hij schaamt zich ervoor, want hij is bang dat hij de principes van zijn vak verraadt. Hij vergist zich, maar het is beter om hem te laten denken wat hij wil.'

Toen ik me bij Cristofano had gevoegd, kwam hij met bemoedigende berichten: hij had beraadslaagd met de mannen van de Bargello, die hij had verzekerd dat de toestand van de hele groep goed was. Hij had vervolgens de persoonlijke garantie gegeven dat elke belangrijke noviteit onmiddellijk zou worden gerapporteerd aan een afgezant die zich elke ochtend voor de herberg zou opstellen om met Cristofano zelf de stand van zaken te bepalen. Dat bevrijdde ons van de plicht om op appèl te verschijnen, zoals we daarvoor (wonder boven wonder) wel hadden gedaan.

'Op andere momenten zou zoveel lichtzinnigheid niet mogelijk zijn geweest,' zei de arts.

'Wat bedoelt u?'

'Ik weet hoe men tijdens de pest van 1656 in Rome is opgetreden. Zodra men erachter kwam dat er in Napels gevallen van vermoedelijke besmetting waren, werd elke weg tussen de twee steden afgesloten, en elk personen- en goederenverkeer met de andere naburige staten verboden. Naar de vier delen van de Pauselijke Staat werden evenzovele commissarissen gestuurd om te waken over de uitvoering van de volksgezondheidsmaatregelen, de bewaking aan de kust werd versterkt om het aanleggen van schepen te beperken of te verhinderen, terwijl er in Rome enkele stadspoorten op het juiste moment werden vergrendeld, en in die welke open gebleven waren werden valhekken geplaatst waar niet overheen te komen was, om de doorgang van personen tot het hoogst noodzakelijke te beperken.'

'En was dit alles niet voldoende om de besmetting tegen te houden?'

Het was al te laat, legde de arts weemoedig uit. Een Napolitaanse visboer, ene Antonio Ciothi, was al in de voorafgaande maand maart vanuit Napels in Rome aangekomen om te ontsnappen aan de beschuldiging van moord. Hij had onderdak gevonden in een herberg in Trastevere, in de buurt van Montefiore, waar hij plotseling ziek was geworden. De vrouw van de waard (Cristofano had deze details gehoord toen hij met enkele bejaarde getuigen van die gebeurtenissen had gesproken) had de visboer meteen naar het Sint-Janshospitaal laten vervoeren, waar de jongeman een paar uur na opname overleed. Bij de lijkschouwing was geen reden tot alarm gevonden. Een paar dagen later echter stierf de vrouw van de waard, en vervolgens stierven de moeder en zuster van de vrouw. Ook in dit geval hadden de artsen geen tekenen van pestbesmetting gevonden, maar desalniettemin werd besloten, gezien de al te duidelijke samenloop, de waard en al zijn knechts naar het lazaret te sturen. Trastevere werd met valhekken gescheiden van de rest van de stad en men riep de speciale Broederschap van Volksgezondheid bij elkaar om de noodsituatie het hoofd te bieden. Er werden voor elke wijk commissies gevormd, bestaande uit prelaten, edellieden, artsen en notarissen, die alle inwoners van de stad telden, met vermelding van beroep, gebreken, gezondheidstoestand, om de Broederschap van Volksgezondheid maar de mogelijkheid te geven de situatie helder te krijgen en de gevallen die dat nodig hadden om de andere dag te bezoeken of bij te staan.

'Maar nu lijkt heel de stad alleen maar aan de slag van Wenen te denken,' merkte Cristofano op, 'en onze drie onderzoekers hebben mij verteld dat de paus onlangs op de grond voor het crucifix is gezien, gebroken, wenend van ontzetting en bezorgdheid om het lot van de hele christelijke wereld; en als de paus weent, zo redeneren de Romeinen, moeten we allemaal beven.'

De arts voegde er ook aan toe dat de verantwoordelijkheid die hij op zich genomen had buitengewoon zwaar was en ook op mijn schouders rustte. Voortaan zouden we steeds aandachtiger moeten speuren naar iedere verandering in de gezondheid van de gasten. En anderzijds zou iedere nalatigheid van onze kant (aangezien hij mijn eventuele tekortkomingen zeker zou melden) ons ernstige sancties bezorgen. Met name zouden we in de gaten moeten houden dat tot aan het einde van de quarantaine onder geen beding iemand de herberg kon verlaten. In elk geval waren er om de noodzakelijke controle te garanderen altijd de twee patrouilles die er afwisselend op toezagen dat niemand probeerde de planken weg te halen en uit het raam te klimmen.

'Ik zal u in alles bijstaan,' zei ik tegen Cristofano om hem naar de mond te praten, terwijl ik al ongeduldig wachtte op de terugkeer van de nacht.

Door de welkome afschaffing van het appèl was het met Atto Melani beraamde plan om in pater Robleda's bijbel te neuzen in gevaar gekomen. Ik stelde de abt er discreet van op de hoogte door een briefje onder zijn deur door te schuiven, waarna ik mij weer naar de keuken begaf, omdat ik vreesde dat Cristofano (die van kamer naar kamer ging om de patiënten te bezoeken) mij zou betrappen op een gesprek met de abt.

Maar het was juist Cristofano die me vanuit de kamer van Pompeo Dulcibeni op de eerste verdieping riep. De edelman uit Fermo had een aanval van heupjicht gekregen. Ik trof hem aan op bed, liggend op zijn zij, verstijfd van de pijn, terwijl hij de arts bezwoer hem zo snel mogelijk weer op de been te brengen.

Cristofano hield zich, in gedachten verzonken, bezig met Dulcibeni's benen. Hij tilde er een op en beval mij tegelijkertijd het andere te buigen: bij iedere zo veroorzaakte beweging stopte de arts om de reactie van de patiënt af te wachten. Telkens als hij schreeuwde, knikte Cristofano plechtig.

'Ik begrijp het. Hier is een grote brijomslag met Spaanse vlieg nodig. Jongen, terwijl ik die klaarmaak, smeer jij de hele linkerheup in met deze zalf,' zei hij, terwijl hij me een potje aanreikte.

Vervolgens deelde ik Dulcibeni mee dat hij de grote brijomslag een week lang zou moeten dragen.

'Een week! Bedoelen jullie dat ik zo lang stil moet zitten?'

'Natuurlijk niet: de pijn zal veel eerder wegtrekken,' wierp de arts tegen. 'Het is duidelijk dat u niet zult kunnen hardlopen. Maar wat maakt dat uit? Zolang de quarantaine duurt, kunt u toch niets anders doen dan duimendraaien.'

Dulcibeni bromde zeer ontstemd.

'Troost u,' vervolgde Cristofano, 'er zijn mensen, jonger dan u, die al volop kwaaltjes hebben: pater Robleda laat het niet merken, maar heeft al een paar dagen last van reumatiek. Hij moet een teer gestel hebben, want de herberg lijkt me niet vochtig en het weer is dezer dagen mooi en droog.'

Bij die woorden sprong ik op. Mijn verdenkingen omtrent Robleda werden sterker. Ik merkte intussen met afgrijzen dat de arts uit zijn tas een flesje vol dode kevers tevoorschijn had gehaald. Hij nam er twee goudgroene uit.

'Spaanse vliegen,' zei hij, de insecten onder mijn neus zwaaiend, 'dood en verdroogd. Wonderbaarlijk voor de blaas. En ook als afrodisiacum.'

Nadat hij dit gezegd had, begon hij ze zorgvuldig fijn te maken op een doordrenkt verbandgaas.

'Ah, de jezuïet heeft reumatiek,' riep Dulcibeni even later uit. 'Gelukkig: dan houdt hij wel op overal zijn neus in te steken.'

'Wat bedoelt u?' vroeg Cristofano, terwijl hij zich met een mesje op de kevers uitleefde.

'U weet toch dat de sociëteit van Jezus een trefpunt van spionnen is?'

Mijn hart klopte in mijn keel. Hier moest ik meer van weten. Maar Cristofano leek niet aangesproken door het onderwerp en zo zou Dulcibeni's bewering ondersneeuwen.

'Dat meent u toch niet echt?' drong ik me er daarom haastig tussen.
'Nou en of!' hervatte Dulcibeni overtuigd.

Naar zijn zeggen waren de jezuïeten niet alleen meesters in de spionagekunst, maar hadden ze die zelfs opgeëist als privilege voor hun orde: iedereen die er zich zonder hun nadrukkelijke toestemming mee bezighield zou streng gestraft worden. Voordat de jezuïeten de wereld binnendrongen, hadden ook andere geestelijken enig aandeel in de intriges van de Heilige Stoel gehad. Maar sinds de volgelingen van de heilige Ignatius zich op de spionage hadden toegelegd, waren ze iedereen voorbijgestreefd. Dit omdat de pausen te allen tijde genoodzaakt waren in de geheimste zaken van de vorsten door te dringen. Wel wetend dat niemand zo goed in het spionnenwezen geslaagd was als de jezuïeten, maakten ze hen tot helden: ze stuurden hen naar de belangrijkste steden, begunstigden hen met voorrechten en bullen en verkozen hen boven alle andere orden.

'Pardon,' wierp Cristofano tegen, 'maar hoe zouden de jezuïeten zo goed kunnen spioneren? Ze mogen niet met vrouwen omgaan, die altijd te veel kletsen; ze mogen niet worden gezien in kringen van misdadigers of mensen van lage komaf, en bovendien…'

De verklaring was simpel, antwoordde Dulcibeni: de pausen hadden de jezuïeten het sacrament van de biecht toegewezen, en niet alleen in Rome, maar in alle steden van Europa. Door middel van de biecht hadden de jezuïeten toegang tot ieders hoofd, rijk en arm, koning en boer. Maar bovenal onderzochten ze zo de voorkeur en het humeur van iedere staatsadviseur of minister: met welbestudeerde retoriek groeven ze alle besluiten en overpeinzingen die hun slachtoffers stiekem lieten rijpen, op uit de bodem van hun hart.

Om zich geheel aan de biecht te kunnen wijden en er steeds groter voordeel uit te behalen hadden ze van de Heilige Stoel ontheffing van andere taken gekregen. Intussen hapten hun slachtoffers toe. De Spaanse koningen bijvoorbeeld hadden zich altijd bediend van jezuïetenbiechtvaders en hadden van hun ministers in alle aan Spanje onderworpen gebieden hetzelfde verlangd. De andere vorsten, die tot op dat moment te goeder trouw hadden geleefd en de kwaadaardigheid van de jezuïeten niet kenden, begonnen zodoende te geloven dat de paters voor de biecht geschapen waren. Met meerderen tegelijk volgden ze het voorbeeld van de Spaanse koningen en kozen ook zij de jezuïeten als biechtvaders.

'Maar iemand zal ze toch ontdekt hebben,' tekende de arts protest aan, terwijl de karkasjes van de Spaanse vliegen onder zijn scalpeltje onophoudend bleven kraken.

'Natuurlijk. Maar toen hun spel eenmaal was ontmaskerd, zijn ze in dienst getreden van deze of gene vorst, al naar gelang de situatie, altijd bereid tot verraad.'

Daarom zijn ze bij iedereen geliefd en gehaat, zei Dulcibeni: gehaat omdat ze iedereen dienen als spion; geliefd omdat ze niet weten waar ze betere spionnen moeten vinden voor hun doeleinden; geliefd omdat ze zich vrijwillig aanbieden als spionnen; gehaat omdat ze hun orde zo het grootste voordeel brengen, en heel de wereld de grootste schade berokkenen.

'En het is wel waar,' besloot de edelman uit de Marche, 'dat de jezuïeten het alleenrecht op de spionage verdienen: anderen mislukken doorgaans nog vóór ze beginnen. Maar wanneer de jezuïeten besluiten een ongeluksvogel te bespioneren, hechten ze zich aan hem vast als pek en laten niet meer los. Ten tijde van de Napolitaanse revolutie was het een genoegen ze voor de onderkoning van Spanje te zien spioneren tegen Masaniello en voor Masaniello tegen de onderkoning, en wel met zo'n behendigheid dat geen van twee iets in de gaten had.'

Cristofano bracht bij Dulcibeni de grote brijomslag aan, bezaaid met stukjes kever, en getweeën namen we afscheid van hem. Ik was verdiept in een berg gedachten: ten eerste de verwijzing van de arts naar de merkwaardige reumatiek van pater Robleda, en vervolgens de onthulling dat de Spaanse jezuïet op het seminarie beter had leren spioneren dan bidden, stijfden mij steeds meer in mijn argwaan jegens Robleda.

Ik wilde me ten slotte terugtrekken (ik had wel rust nodig na de inspanningen van de afgelopen slapeloze nacht), toen ik zag dat de jezuïet zijn kamer uit was gekomen, vergezeld van Cristofano, om naar de put bij de keuken te gaan waar je je behoefte kon doen. Bij zo'n gunstige gelegenheid ging denken tegelijk met doen: ik begaf me stilletjes naar de tweede verdieping, duwde zachtjes de kamerdeur van de jezuïet open en glipte naar binnen. Te laat: het was of ik de voetstappen van pater Robleda weer de trap op hoorde komen.

Ik smeerde hem en ging haastig naar mijn kamer, teleurgesteld over de mislukking.

Ik hield eerst stil om een bezoekje te brengen aan mijn baas, die ik half overeind op bed aantrof. Ik moest hem helpen zijn darmen te ontlasten. Hij stelde enkele verwarde, lusteloze vragen over zijn gezondheidstoestand omdat, stamelde hij, de Siënese arts hem als een kwajongen behandelde en de waarheid voor hem verborgen hield. Ik trachtte hem op mijn beurt te kalmeren, waarna ik hem te drinken gaf, hem beter instopte, hem lange tijd over zijn hoofd streelde totdat hij indutte.

Zo kon ik me opsluiten in mijn kamertje. Ik haalde mijn opschrijfboekje tevoorschijn en doodmoe tekende ik er – een beetje door elkaar eerlijk gezegd – de laatste gebeurtenissen in op.

Toen ik ook eenmaal op bed lag, streed de behoefte aan rust met de stroom aan gedachten, die tevergeefs probeerden zich te reconstrueren in een redelijk en ordelijk geheel. De bladzijde uit de bijbel die Ugonio en Ciacconio hadden gevonden was misschien van Robleda geweest, die hem had verloren in de onderaardse gangen bij de Piazza Navona: waarschijnlijk was hij dus de dief van de sleutels, in elk geval had hij toegang tot die gangen. De hulp die ik abt Melani had verleend had me een onbeschrijflijke angst bezorgd, en de schermutseling met de twee schrikwekkende lijkenpikkers eveneens. Maar het was de abt geweest die de situatie had opgelost, en wel met een eenvoudige pijp die hij door liet gaan voor een pistool. Een succes dat hij daarna had herhaald door voor de drie afgezanten van de Bargello de poets te bedenken en te realiseren, waardoor hij het gevaar dat de pest werd afgekondigd had afgewend, en de controles aanzienlijk zouden afnemen. Ik voelde dat het wantrouwen dat ik voor abt Melani had gekoesterd fijntjes werd ontkracht door dankbaarheid en bewondering, zodat ik haast met een beetje bezorgdheid het moment afwachtte waarop het zoeken naar de dief vrijwel zeker diezelfde nacht nog zou worden hervat. Was het feit dat de abt verdacht was van spionage en politieke intriges nu voor ons allemaal nadelig? Hooguit het tegenovergestelde, zei ik bij mezelf: dankzij zijn slimheid had de hele groep gasten zich gevrijwaard van het vreselijke vooruitzicht van internering in een lazaret. Hij had me verder van zijn missie op de hoogte gesteld, en dat getuigde van zijn vertrouwen in mij. Hij had als een dief de brieven in het huis van Colbert achterovergedrukt; maar deze taken, beweerde hij, waren het directe en onvermijdelijke gevolg van zijn toewijding aan de koning van Frankrijk, en er waren geen bewijzen voor het tegendeel. Ik verwierp met een huivering het plotselinge opdoemen in mijn overpeinzingen van de walgelijke massa menselijke resten die over me was uitgestort van Ciacconio's stapel, en ik voelde plotseling een overlopende stroom dankbaarheid voor abt Melani. Vroeg of laat, bedacht ik, terwijl ik de sluimering over me heen liet komen, zou ik het niet kunnen laten om de andere gasten te onthullen hoe sluw hij was door de twee lijkenpikkers gelijk te geven en ze in bedwang te houden met evenzovele beloften als dreigementen. Zo, stelde ik me voor, moest een speciaal agent van de Franse koning dus te werk gaan, en het speet me alleen dat ik nog niet de kennis en de nodige ervaring bezat om die bewonderenswaardige ondernemingen adequaat te illustreren. Een netwerk van geheime onderaardse gangen onder de grond van de stad; een agent van de Franse koning ruimhartig en roekeloos op jacht naar schurken; een hele groep keurige mensen opgesloten wegens een mysterieus sterfgeval dat doet vrezen voor pestbesmetting. Ten slotte minister Fouquet dood gewaand, maar meermalen in Rome gezien door Colberts informanten. Inmiddels bijna overmand door vermoeidheid smeekte ik de Hemel om op een dag voor de courant over net zulke fantastische gebeurtenissen te kunnen schrijven.

De deur (die ik eigenlijk met meer zorg had moeten sluiten) ging krakend open. Ik draaide me net op tijd naar de deuropening om om een figuur zich snel te zien verstoppen achter de muur.

Met een ruk stond ik op om de indringer te verrassen en ik ging de gang op. Op een paar passen van de deur zag ik een gestalte. Het was Devizé, die zijn gitaar in zijn hand hield.

'Ik slaap,' protesteerde ik, 'bovendien heeft Cristofano het verboden om de kamers te verlaten.'

'Kijk,' zei hij, op de vloer de reden van zijn bezoek aanwijzend.

Plotseling merkte ik dat ik op een tapijt van knerpende kiezeltjes liep, waarvan het zachte knarsen mijn voetstappen had vergezeld, zodra ik het bed had verlaten. Ik ging met mijn hand over de grond.

'Het lijkt wel zout,' zei Devizé.

Ik bracht een van de steentjes naar mijn mond.

'Het is inderdaad zout...' bevestigde ik gealarmeerd. 'Maar wie heeft dat op de vloer gestrooid?'

'Volgens mij was het...' zei Devizé, maar terwijl hij een naam noemde, reikte hij mij de gitaar aan en zijn laatste woorden gingen verloren in de stilte van de nacht.

'Wat zei u?'

'Die is voor jou,' zei hij met een ironisch lachje, terwijl hij mij het instrument overhandigde, 'omdat je van mijn spel houdt.'

Ik voelde me vaag ontroerd. Ik wist niet zeker of ik met die darmwindingen wel een aangenaam geluid kon voortbrengen, of als het even kon een onafgebroken, warme melodie. Sterker nog: waarom niet die onbeschrijflijke melodie proberen die ik de Franse musicus had horen spelen? Ik besloot het waar hij bij stond te proberen, wel wetend dat ik me zeker blootstelde aan zijn spot. Ik was met mijn linkerhand de hals al aan het verkennen, terwijl ik met de andere hand de zwakke tegenstand van de snaren beproefde bij het klankgat van het geliefde instrument van de koning, toen ik werd onderbroken door een even vertrouwde als onverwachte aanraking.

'Hij is naar jou toe gekomen,' commentarieerde Devizé.

Een mooie getijgerde kat met groene ogen belaagde mij al smekend om eten en wreef met charmante vasthoudendheid met zijn staart langs mijn kuit. Ik werd steeds gealarmeerder door dit onverwachte bezoek. Als die kat de herberg was binnengedrongen, dacht ik, bestond er mogelijk nog een andere verbindingsweg met de buitenwereld die abt Melani en ik nog niet hadden ontdekt. Ik keek op om mijn gedachten met Devizé te delen. Hij was verdwenen. Een hand tikte zachtjes op mijn schouders.

'Moest jij je niet opsluiten op je kamer?'

Ik deed mijn ogen open. Ik lag in mijn bed en was uit mijn droom gehaald door Cristofano, die mij aanspoorde het middagmaal te bereiden en rond te brengen. Onwillig en slaperig verliet ik mijn droombeelden.

Na de keuken even te hebben herordend bereidde ik een soep van koolstronken in bouillon van gedroogde vis met goede olie, ui, doperwten en rolletjes van plakken tonijn gevuld met sla. Ik deed daar een gul stuk kaas bij en een half kalkoentje rode aangelengde wijn. Over alles strooide ik, zoals ik mij had voorgenomen, kwistig kaneel. Cristofano zelf hielp me het eten uit te delen en hield zich persoonlijk bezig met het voeren van Bedford, terwijl ik zo alle anderen de maaltijd kon brengen en bovenal mijn baas te eten kon geven.

Toen ik klaar was met Pellegrino te voeren, merkte ik de dringende behoefte aan wat zuivere lucht in mijn longen. De lange dagen van opsluiting, vooral in de keuken doorgebracht met de deur vergrendeld en tralies voor de ramen, hadden mijn borst, te midden van kookdampen die voortdurend van de haard opstegen, geen goed gedaan. Ik besloot daarom even in mijn kamertje te blijven. Ik deed het raam open dat uitkeek op de steeg en gluurde naar beneden: geen kip te bekennen op dat zonnige nazomermiddaguur. Alleen de wacht zat op zijn hurken vredig te dommelen op de hoek van de Via dell'Orso. Ik leunde met mijn ellebogen op de vensterbank en ademde diep in.

'Maar vroeg of laat zullen de Turken in hun opmars slaags raken met de machtigste vorsten van Europa.'

'O ja? Met wie dan?'

'Nou, met de allerchristelijkste koning bijvoorbeeld.'

'En dat is dan een goede gelegenheid om elkaar de hand te geven zonder zich nog te hoeven verstoppen.'

De stemmen, opgewonden en voorzichtig gedempt, waren onmiskenbaar die van Brenozzi en Stilone Priàso. Ze waren afkomstig van de tweede verdieping, waar hun aangrenzende kamers beschikten over ramen die dicht bij elkaar lagen. Ik hing voorzichtig uit het raam om te kijken: als een nieuwe Pyramus en Thisbe hadden de twee een heel eenvoudige manier uitgedacht om te communiceren buiten het strikte toezicht van Cristofano om. Onrustig en nieuwsgierig van aard als ze beiden waren, alsmede liefhebbers van een praatje, konden ze bij elkaar hun tomeloze spanning kwijt.

Ik vroeg me af of dit niet het moment was om te profiteren van die onverhoopte gelegenheid: ongezien zou ik misschien wat extra informatie kunnen opdoen over die twee opmerkelijke personen, van wie er één een voortvluchtige was gebleken. En wie weet zou ik ook wat details horen die nuttig waren voor de ingewikkelde onderzoeken waarin ik abt Melani ter zijde stond.

'Lodewijk XIV is de vijand van de christenheid. En niet de Turken!' verkondigde intussen Brenozzi op scherpe, ongeduldige toon. 'U weet best dat er in Wenen gevochten wordt om de hele christelijke wereld te redden, en iedere vorst zou de stad te hulp moeten snellen. Helaas wilde de koning van Frankrijk zijn steentje niet bijdragen. Maar dat is geen toeval, o nee! Dat is geen toeval.'

Zoals ik al heb gezegd en zoals ik in die maanden summier had vernomen uit de praatjes van het volk en uit het nieuws van de bezoekers van de herberg, had Zijne Heiligheid Innocentius XI zich geweldige inspanningen getroost om een Heilig Verbond te formeren tegen de Turken. Op die oproep had de koning van Polen geantwoord door veertigduizend man te sturen, die zich aansloten bij de zestigduizend die door de keizer in Wenen verzameld waren, voordat hij schandalig genoeg uit zijn stad was gevlucht. De dappere hertog van Lotharingen had zich vervolgens bij de rechtvaardige kruistocht aangesloten, en men zei dat er intussen elfduizend Beierse soldaten op weg waren naar Wenen. De Turken echter hadden de hulp van de Kurucen, de geduchte Hongaarse ketters die, nadat ze de wapenstilstand met de keizer hadden verbroken, nu de weerloze dorpen in de vlakte tussen Boedapest en Wenen terroriseerden. Dat nog zonder rekening te houden met de fatale steun die de Ottomanen misschien in de besmetting zouden vinden: er leek een pesthaard te sluimeren onder de belegerden, die al uitgeput waren door de rodeloop.

De beslissende hulp voor de christenen had uit Parijs kunnen komen. Maar de Franse koning, memoreerde Brenozzi, had het af laten weten.

'Het is een schande,' stemde Stilone Priàso in. 'Toch is hij de machtigste vorst van Europa, maar hij doet altijd waar hij zelf zin in heeft. Elke dag verzint hij een nieuwe invasie in Lotharingen, in de Elzas...'

'En als geweld niet genoeg is, dan gebruikt hij corruptie. Want het is bekend: de koning van Frankrijk koopt met geld ook de andere koningen, zoals die lamzak van een Karel van Engeland.'

'Het is iets walgelijks, iets walgelijks. Misschien hebt u gelijk: christelijke vorsten zijn banger voor Frankrijk dan voor de Turken,' luidde het commentaar van Stilone Priàso.

'Natuurlijk! Liever Mohammed dan de Fransen. Ze hebben alleen al duizend kanonschoten op Genua gevuurd omdat het vanaf de wal geen saluut had gebracht aan hun schepen die daarlangs voeren.'

Brenozzi zweeg, misschien omdat hij genoot van de droeve uitdrukking die ik op het gezicht van de Napolitaan vermoedde. Stilone draalde van zijn kant niet om weer met andere dringende opmerkingen te komen, het gesprek aldus verlevendigend.

Vanuit mijn onvermoede positie rekte ik mij voorzichtig uit en begluurde hen boven hun hoofd: in het vuur van het gesprek kregen de twee de in het donker van de eenzaamheid verloren vitaliteit terug, en hun politieke hartstocht verjoeg haast de angst voor de pest. Gebeurde er niet hetzelfde bij de andere gasten wanneer mijn bezoek of dat van de arts – soms vergezeld van bijtende dampen, kruidenolieën en lichte druk – hun tong losmaakte en de intiemste overpeinzingen liet opwellen?

'In heel Europa,' begon Stilone Priàso weer, 'heeft alleen de prins van Oranje, die toch altijd achter leningen aanzit, kans gezien de Fransen tegen te houden, die hopen geld hebben, en de Vrede van Nijmegen te dicteren.'

In de gesprekken van onze gasten dook wederom de Hollander Willem van Oranje op, van wie de naam eerst was voorgekomen in de wartaal van Bedford en me daarna was opgehelderd door abt Melani. Die edele, arme David, wiens militaire roem samenging met de faam van zijn schulden, maakte mij nieuwsgierig.

'Zolang de veroveringszucht van de allerchristelijkste koning niet is gestild,' hield Brenozzi aan, 'is er geen vrede in Europa. En weet u wanneer die er zal zijn? Als de keizerskroon zal schitteren op het hoofd van de Franse koning.'

'U bedoelt het Heilige Roomse Rijk, denk ik zo.'

'Dat is duidelijk! Keizer worden: dat is wat hij wil. Hij is uit op de kroon die Karel van Habsburg van zijn grootvader, Frans I, had afgepikt, alleen dankzij geldmanoeuvres.'

'Ja, ja, door de keurvorsten te corrumperen stel ik me voor...'

'Goed zo, goed geheugen. Als Karel van Habsburg die niet had omgekocht, zou de keizer nu Frans zijn. Maar nu wil hij die kroon weer terug. En hij wil de Habsburgers wreken. Daarom komt de invasie van de Turken de Fransen zo goed uit: als zij druk uitoefenen op Wenen, bezwijkt het keizerrijk in het oosten, terwijl Frankrijk zich in het westen uitbreidt.'

'Klopt! Het is een tangbeweging.'

'Juist.'

Dus, ging Brenozzi verder, toen Innocentius XI de Europese mogendheden had opgeroepen tegen de Turken, had de allerchristelijkste koning geweigerd troepen te zenden, al hadden de christelijke staatshoofden hem erom gesmeekt. De koning had de keizer zelfs een afschuwelijk akkoord afgedwongen: hij zou neutraal blijven, mits al zijn bandietenveroveringen werden erkend

'Hij heeft zelfs de moed gehad om zijn eisen "gematigd" te noemen. Maar de keizer, die het water toch na aan de lippen staat, heeft niet toegegeven. Nu onthoudt de koning zich van vijandelijkheden: en denkt u dat hij dat doet vanwege zijn geweten? Nee! Hij doet dat uit tactische overwegingen. Hij wacht tot Wenen uitgeput is. Op die manier heeft hij vrij spel. Eind augustus zei hij al dat de Franse troepen weer gereed waren om tegen de Nederlanden op te trekken.'

Het was maar goed dat Brenozzi niet op mijn gezicht de ernstige overpeinzingen kon lezen die deze gedachtegang opriep! Op mijn luistervinkenstekje mompelde ik bitter: aan wat voor een vreselijke vorst had Atto Melani zijn diensten gezworen? Ik was, het viel niet te ontkennen, onverbiddelijk gesteld geraakt op de abt; en ondanks alle wederwaardigheden beschouwde ik hem nog steeds als mijn leermeester en leidsman.

En zo moest ik, het slachtoffer van mijn eigen onderzoeksdrang en zucht naar kennis, mijns ondanks wederom dingen vernemen waarvan ik liever nooit één woord had opgevangen.

'Ah, maar dat is nog niks,' vervolgde Brenozzi met een slangengesis, 'hebt u het laatste al gehoord? Nu beschermen de Turken de Franse kooplieden tegen de piraten. Zo is de handel met het Oosten nu in handen van Frankrijk.'

'En wat krijgen de Turken daarvoor in ruil?' vroeg Stilone.

'O, niks,' grijnsde Brenozzi ironisch. 'Misschien alleen... de overwinning in Wenen.'

Toen de inwoners zich binnen de stad hadden verschanst, legde Brenozzi uit, hadden de Turken een netwerk van loopgraven en onderaardse gangen gemaakt dat tot onder de muren doorliep, en hadden zeer krachtige mijnen geplaatst waarmee ze meermalen door de versterkte ommuring heen braken. Welnu, die techniek was dezelfde waarin de Franse ingenieurs en kanonniers zulke meesters waren.

'U bedoelt dat de Fransen onder één hoedje spelen met de Turken,' concludeerde Priàso.

'Dat beweer ik niet; dat hebben alle legerexperts in het christelijke kamp in Wenen gezegd. De legers van de koning hadden de kunst om loopgraven en onderaardse gangen te gebruiken tijdens de verdediging van Candia geleerd van twee soldaten in dienst van Venetië. Het geheim bereikte daarna Vauban, een legeringenieur van de koning. Vauban heeft het laten vervolmaken: verticale loopgraven, om de mijnen naar voren te krijgen, en horizontale loopgraven om de troepen van het ene naar het andere punt van het legerkamp te verplaatsen. Het is een verschrikkelijk wapen: zodra de juiste bres is geslagen, kom je in de omsingelde stad. Nu zijn de Turken plotseling deze zelfde techniek meester in Wenen. Bij toeval, denkt u?'

'Praat wat zachter,' vermaande Stilone Priàso hem, 'vergeet niet dat hiernaast abt Melani zit.'

'Ach ja. Die spion van Frankrijk, die abt is zoals graaf Dönhoff het is. U hebt gelijk: laten we hier een punt achter zetten,' zei Brenozzi, en na een groet trokken de twee zich terug.

Ziedaar nog meer schaduwen die zich over Atto uitstrekten. Wat betekende die eigenaardige opmerking die een onbekend persoon erbij haalde? Terwijl ik het raam sloot, schoot me Melani's onwetendheid ten aanzien van de bijbel weer te binnen. Heel merkwaardig, dacht ik, voor een abt.

§~§

'Gitaar, kat en zout,' lachte Cloridia geamuseerd. 'Nu hebben we wat beters.'

Ik had de keuken opgeruimd met maar één ding in mijn hoofd: teruggaan naar haar. De harde stellingen van Brenozzi verlangden wel een nadere confrontatie met abt Melani: maar daarvoor was er de nacht, wanneer hijzelf aan mijn deur zou komen om mij weer mee te nemen naar de onderaardse gangen. Ik had de andere gasten haastig van leeftocht voorzien, waarbij ik mij onttrok aan wie (zoals Robleda en Devizé) had geprobeerd me op te houden met verschillende protesten. Het was veel dringender om weer in gesprek te kunnen raken met de schone Cloridia, wat ik deed onder het mom dat ik de tweede eigenaardige droom uitgelegd wilde krijgen die ik had gehad sinds de poorten van de herberg door de mannen van de Bargello waren gesloten.

'Laten we beginnen bij het gestrooide zout,' zei Cloridia, 'en ik waarschuw je dat het geen goed teken is. Het betekent: moord, oftewel verzet tegen onze plannen.'

Ze las de afkeuring op mijn gezicht.

'Maar we moeten ieder geval goed nagaan,' vervolgde ze, 'want het is niet gezegd dat deze betekenis past bij de dromer. In jouw droom bijvoorbeeld zou het kunnen verwijzen naar Devizé.'

'En de gitaar?'

'Die betekent: een grote melancholie, oftewel naamloos werk. Zoals een boer die het hele jaar door hard werkt, maar zonder ooit voldoening te krijgen. Of een uitmuntende schilder, of architect, of musicus wiens werken niemand kent en die voorgoed veronachtzaamd blijft. Je ziet dat dat bijna synoniem is met melancholie.'

Ik was onthutst. In dezelfde droom twee heel slechte symbolen, waar, kondigde Cloridia aan, een derde bij kwam.

'De kat is een heel duidelijk teken: overspel en wellust,' oordeelde ze.

'Maar ik ben niet getrouwd.'

'Voor het bedrijven van wellust is het huwelijk niet vereist,' wierp Cloridia tegen, malicieus een haarlok op haar wang krullend, 'en wat overspel betreft, bedenk wel: elk teken moet aandachtig gewikt en gewogen worden.'

'Hoe dan? Ik ben niet eens getrouwd, ik ben alleen vrijgezel.'

'Maar dan weet je echt niets,' verweet Cloridia mij beminnelijk. 'Dromen kunnen ook worden uitgelegd op een manier die geheel tegengesteld is aan wat ze lijken. Ze zijn dus onfeilbaar, want je kunt evenzeer de voors als de tegens eruit afleiden.'

'Maar op die manier kun je alles over een droom zeggen, en het tegenovergestelde van alles...' wierp ik tegen.

'Denk je?' antwoordde ze, terwijl ze haar haar achter haar nek schikte en door het brede, ronde gebaar van haar armen de ronde, stevige koepels van haar borsten oprichtte.

Ze ging op een krukje zitten en liet mij staan.

'Alsjeblieft,' zei ze, terwijl ze een fluwelen lintje met een camee eraan dat om haar hals zat, losmaakte, 'doe het eens netjes, want in de spiegel lukt me dat niet. Doe het maar wat lager, maar niet té. Voorzichtig aan, mijn huid is heel gevoelig.'

Alsof het nodig was om mijn taak te vergemakkelijken hield ze haar armen overdreven breed achter haar hoofd, aldus buitensporig haar welgedecolleteerde borst etalerend, honderd maal bloeiender dan de weiden van het Quirinaal en duizend maal volmaakter dan het gewelf van de Sint-Pieter.

Toen ze me door het onverwachte schouwspel van kleur zag verschieten, maakte Cloridia er gebruik van om niet op mijn tegenwerping in te gaan. Ze ging verder alsof er niets aan de hand was, terwijl ik rond haar hals doende was.

'Volgens sommigen verwijzen de dromen die zich vlak voor zonsopgang voordoen naar de toekomst; die welke volgen op het ondergaan van de zon, verwijzen naar het verleden. Dromen zijn zekerder in de zomer en de winter dan in het voor- en najaar; en meer bij zonsopgang dan op een ander uur van de dag. Anderen zeggen dat dromen ten tijde van de Advent en Maria-Boodschap degelijke, duurzame dingen aankondigen; terwijl die welke zich tijdens de wisselende feestdagen (zoals Pasen) voordoen, veranderlijke dingen aangeven, waarop we weinig moeten rekenen. Weer andere... Au, nee, zo is het niet goed, je doet het te strak. Waarom trillen je handen zo?' vroeg ze met een gewiekst lachje.

'Het is me echt bijna gelukt. Ik wilde niet...'

'Rustig maar, rustig maar, we hebben alle tijd van de wereld,' knipoogde ze, toen ze zag dat ik de knoop voor de vijfde keer verkeerd had gedaan.

'Weer andere,' hervatte Cloridia, terwijl ze haar hals overdreven ontblootte en haar borsten nog meer naar mijn handen opstuwde, 'zeggen dat er zich in

Battriana een steen bevindt die Eumetris heet en die, als hij tijdens de droom onder je hoofd ligt, dromen verandert in degelijke, vaste voorspellingen. Sommige mensen gebruiken alleen hersenschimmige bereidingen: parfum van alruin en mirte, ijzerhardwater of verpulverde laurierbladeren achter het hoofd aangebracht. Maar er zijn er die ook kattenhersenen aanbevelen met vleermuisguano, gerijpt in rood leer, of die een vijg met duivenmest en koraalpoeder vullen. Geloof me, voor nachtelijke visioenen zijn deze middelen heel, heel opwindend…'

Plotseling nam ze mijn handen in de hare en keek me olijk aan: ik was er nog niet in geslaagd een knoop te leggen. Mijn vingers, onhandig op het lintje, waren ijskoud; de hare gloeiend heet. Het lintje viel in haar decolleté en verdween. Iemand zou het moeten terugvinden.

'Kortom,' hervatte ze, mijn handen drukkend en haar ogen op de mijne vestigend, 'het is belangrijk duidelijke, zekere, duurzame, waarachtige dromen te hebben, en voor elk doel is er een middel. Als je droomt dat je niet getrouwd bent kan het zijn dat dat precies het omgekeerde betekent, dat wil zeggen dat je snel getrouwd zult zijn. Of wellicht betekent het dat je gewoon niet getrouwd bent. Snap je?'

'Maar is het in mijn geval niet mogelijk te zien of de aard van de droom waar is of het tegenovergestelde?' vroeg ik met een dun stemmetje en verhitte wangen.

'Natuurlijk is dat mogelijk.'

'Waarom vertelt u het mij dan niet?' smeekte ik, terwijl ik mijn blik onbedoeld liet zakken naar de geparfumeerde geul die het lintje had opgeslokt.

'Simpel, beste jongen: omdat je niet hebt betaald.'

Ze legde haar glimlach af, duwde bruusk mijn handen van haar boezem, vond het lintje terug en knoopte het bliksemsnel om haar hals, alsof ze nooit hulp nodig had gehad.

Met een verdrietiger gemoed dan waartoe een mens in staat is, liep ik de trap af, de wereld vervloekend die zo geheel onmachtig was zich naar mijn wensen te voegen, en mezelf de hel toewensend, want van diezelfde wereld was ik zo'n onbekwame hermeneut geweest. De dromen die ik, arme ziel, aan Cloridia had toevertrouwd, waren naakt en weerloos op de schoot van een courtisane geregend: hoe had ik het kunnen vergeten? En hoe kon ik, grote sukkel die ik was, hopen dat zij tegenover mij haar geest en veel meer dan dat *liberaliter* zou openen, in plaats van tegenover anderen die duizend keer bekwamer en verdienstelijker en bewonderenswaardiger waren? Bovendien: had haar verzoek om bij beide droomconsulten languit op haar bed te gaan liggen, terwijl zij op een stoel aan het hoofdeinde achter mij zat, mij niet argwanend moeten stemmen? Zo'n onbegrijpelijk, verdacht verzoek had mij aan de helaas financiële aard van onze korte ontmoetingen moeten herinneren.

Vanwege deze sombere gedachten werd het, toen ik de trap was afgegaan in de richting van mijn kamer, een plezierig toeval om voor mijn deur abt Melani aan te treffen, die al ongeduldig was geworden van het korte wachten. Op gevaar af dat Cristofano onze afspraak zou ontdekken kon hij bij mijn komst een klinkende nies niet onderdrukken.

Vierde nacht
van 14 op 15 september 1683

We liepen ditmaal met meer zekerheid en snelheid door de reeks gangen onder De Schildknaap. Ik had de gebroken vissersstok van Pellegrino bij me, maar abt Melani was ertegen om het gewelf van de gangen te inspecteren, zoals we hadden gedaan toen we het valluik hadden ontdekt dat naar de bovenruimte leidde. We werden verwacht op een belangrijke afspraak, memoreerde Melani mij, en gezien de omstandigheden van de ontmoeting konden we beter niet talmen. Hij zag mijn donkere gezicht en herinnerde zich toen dat hij mij van Cloridia's torentje had zien komen. Hij lachte geamuseerd en fluisterend hief hij aan:

Speranza, al tuo pallore
so che non speri più.
E pur non lasci tu
di lusingarmi il core...*

Ik had geen enkele zin om te worden uitgelachen en ik besloot Atto tot zwijgen te brengen met een vraag die sinds ik Brenozzi had gehoord op mijn lippen brandde. De abt bleef plotseling stilstaan.

'Of ik een abt ben? Wat zijn dat nou voor vragen?'

Ik verontschuldigde mij, en zei dat ik hem nooit misplaatste vragen had willen stellen, maar meneer Angiolo Brenozzi had lang bij het raam staan praten met Stilone Priàso met verhalen en allerlei overwegingen over allerhande zaken, waaronder het gedrag van de allerchristelijkste koning jegens de Verheven Porte en de Heilige Stoel, en onder de talrijke vertogen die voorbij waren gekomen, had de Venetiaan onder meer de opvatting gehuldigd dat Melani abt was zoals graaf Dönhoff het was.

---

* Hoop, door jouw bleekheid weet ik dat je geen hoop meer koestert
En toch laat jij niet na mijn hart te vleien...

'Graaf Dönhoff... wat goed zeg!' siste Atto Melani sardonisch, waarna hij zich haastte het uit te leggen.

'Jij hebt natuurlijk geen idee wie Dönhoff is. Laat het je voldoende zijn te weten dat het om een diplomaat uit Polen in Rome gaat, die in deze maanden van oorlog met de Turken zeer, zeer bezet is. Voor alle duidelijkheid, het geld dat Innocentius XI naar Polen stuurt voor de oorlog tegen de Turken, gaat ook door zijn handen.'

'En wat zou hij met u te maken hebben?'

'Het is enkel een minne, beledigende insinuatie. Graaf Jan Kazimierz Dönhoff is helemaal geen abt: hij is commandeur in de Orde van de Heilige Geest, bisschop van Cesena en kardinaal onder de titel van Sint-Jan in Porta Latina. Maar ik ben abt van Beaubec op last van Zijne Majesteit Lodewijk XIV, bevestigd door de Koninklijke Raad. Brenozzi bedoelt kort en goed dat ik alleen abt ben dankzij de koning van Frankrijk, en niet dankzij de paus. En hoe kwamen ze op die abtenkwestie?' vroeg hij, terwijl hij de wandeling hervatte.

Ik gaf hem een korte samenvatting van het gesprek tussen de twee, van hoe Brenozzi de groeiende macht van de koning van Frankrijk had weergegeven, van hoe de vorst zich wilde binden aan de Verheven Porte om de keizer in moeilijkheden te brengen en de vrije hand te hebben in zijn veroveringseisen, en hoe dit plan hem tot de vijand van de paus had gemaakt.

'Interessant,' merkte hij op, 'onze glasblazer haat de Franse koning, en te oordelen naar zijn vijandige oordeel moet hij ook geen grote sympathie koesteren voor ondergetekende. Het zal goed zijn dat niet te vergeten.'

Vervolgens keek hij me met ogen als spleetjes aan, duidelijk geërgerd. Hij wist dat hij me tekst en uitleg moest geven omtrent zijn titel van abt.

'Weet je wat een regaal is?'

'Nee, signor Atto.'

'Dat is het recht om bisschoppen en abten te benoemen en over hun goederen te beschikken.'

'Dat is dus een recht van de paus.'

'Neeneenee, wacht even!' hield Atto me tegen. 'Doe je oren goed open, want dit is een van de dingen die je in de toekomst van pas zullen komen als je journaalschrijver bent. De kwestie ligt gevoelig: wie beschikt er over de kerkgoederen, als die op Franse bodem liggen? De paus of de koning? Let wel: het gaat niet alleen om het recht om bisschoppen te benoemen, om beneficia en prebenden te verlenen, maar ook om het materieel bezit van kloosters, abdijen, landerijen.'

'Het is inderdaad... moeilijk te zeggen.'

'Ik weet het. De pausen en de Franse koningen zaten elkaar dan ook al vierhonderd jaar geleden in de haren, omdat geen enkele koning graag een stuk van zijn koninkrijk aan de paus afstaat.'

'En is het probleem opgelost?'

'Ja, maar de vrede liep af toen deze paus kwam, Innocentius xi. In de vorige eeuw waren de juristen namelijk eindelijk tot de conclusie gekomen dat het regaal de Franse koning toekwam. En een hele tijd lang had niemand de zaak meer ter discussie gesteld. Maar nu zijn er twee Franse bisschoppen opgedoken (twee jansenisten natuurlijk) die de kwestie hebben heropend, en Innocentius xi heeft ze onmiddellijk gesteund. Zo is de ruzie weer begonnen.'

'Kortom, als Zijne Heiligheid de paus er niet was, zou er over het regaal geen enkele discussie meer bestaan.'

'Natuurlijk! Alleen bij hem kon het opkomen de betrekkingen tussen de Heilige Stoel en de Eerstgeboren Zoon van de Kerk zo onhandig te verstoren.'

'Ik denk te begrijpen dat u, signor Atto, tot abt bent benoemd door de koning en niet door de paus,' concludeerde ik, mijn verbazing slecht verhullend.

Hij antwoordde met instemmend gemompel en versnelde zijn pas.

Ik kreeg duidelijk de indruk dat Atto Melani het onderwerp niet verder wilde uitdiepen. Maar ik was eindelijk verlost van een twijfel die vorm had aangenomen toen ik in de keuken Cristofano, Stilone Priàso en Devizé afluisterde, die elkaar over Atto's duistere verleden vertelden. Een twijfel die sterker was geworden toen we het bijbelfragment dat de lijkenpikkers hadden gevonden, hadden onderzocht. Zijn geringe bekendheid met de Heilige Schrift vormde nu een mooi paar met zijn onthullingen over het regaal, waardoor de koning van Frankrijk iedereen die hem maar aanstond tot abt kon benoemen.

Ik had dus geen echte geestelijke voor me, maar gewoon een castraatzanger die een titel en een pensioen van Lodewijk xiv had gekregen.

'Vertrouw niet te veel op Venetianen,' hervatte Atto juist op dat moment. 'Om te begrijpen hoe die in elkaar steken hoef je maar te zien hoe ze zich tegenover de Turken opstellen.'

'Wat bedoelt u?'

'De waarheid is dat de Venetianen met hun galeien vol specerijen, stoffen en allerlei koopwaar altijd volop handel hebben gedreven met de Turken. Nu zijn hun onderhandelingen in het slop geraakt door de komst van betere concurrenten dan zij, onder wie de Fransen. En ik kan me wel voorstellen wat Brenozzi nog meer heeft verteld: dat de allerchristelijkste koning Wenen hoopt te laten vallen om dan de keurvorsten en het keizerrijk te overspoelen, en uiteindelijk alles te verdelen met de Verheven Porte. Daarom heeft Brenozzi Dönhoff genoemd: hij wilde insinueren dat ik misschien ook hier in Rome ben voor een of ander Frans complot. Omdat er vanuit deze stad op last van Innocentius XI geld in Wenen aankomt om de belegerden te onderhouden.'

'Terwijl het juist niet zo is,' vervolgde ik, bijna om een bevestiging vragend.

'Ik ben hier niet om valstrikken voor de christenen te spannen, jongen. En de allerchristelijkste koning spant niet samen met de divan,' antwoordde hij ernstig.

'De divan?'

'Je zou ook kunnen zeggen de Verheven Porte, de Turken dus.'

Toen vervolgde hij ernstig: 'Bedenk: raven gaan in zwermen; de adelaar vliegt alleen.'

'Wat betekent dat?'

'Dat betekent: denk zelfstandig na. Als iedereen zegt dat je rechtsaf moet gaan, ga jij linksaf.'

'Maar is het volgens u wel of niet geoorloofd om een verbond aan te gaan met de Turken?'

Het bleef lang stil, waarna Melani oordeelde, zonder me aan te kijken: 'Enig gewetensbezwaar zou Zijne Majesteit nu moeten verhinderen om de allianties te hernieuwen die zoveel christelijke vorsten voor hem hebben gesloten met de Porte.'

Er waren inmiddels tientallen christelijke vorsten en vorstendommen die een hoop verdragen met de Ottomaanse Porte hadden gesloten. Florence, om maar een voorbeeld te noemen, had Mohammed II te hulp geroepen tegen Ferdinand I, de koning van Napels. Venetië had gebruikgemaakt van de troepen van de sultan van Egypte om de Portugezen, die de handel stoorden, uit het Oosten te verjagen. Keizer Ferdinand van Habsburg was niet alleen bondgenoot, maar ook leenman en schatplichtige geweest van Suleiman, aan wie hij met onwaardige onderworpenheid had gevraagd de Hongaarse troon te mogen bekleden. Toen Filips II Portugal ging veroveren, had hij, om de naburige koning van Marokko gerust te stellen, hem een leengoed geschonken, waardoor hij christelijk gebied in handen van ongelovigen stelde: en dit alleen om een katholieke vorst kaal te kunnen plukken. Zelfs de pausen Paulus III, Alexander VI en Julius II hadden, toen dat nodig was, de hulp van de Turken ingeroepen.

Natuurlijk had men zich bij de paters casuïsten en op de katholieke scholen meermalen het probleem gesteld of die christelijke vorsten hadden gezondigd. Maar vrijwel alle Italiaanse, Duitse en Spaanse schrijvers dachten van niet, en waren tot het inzicht geraakt dat een christelijk vorst een ongelovige te hulp kan komen in de oorlog tegen een andere christelijke vorst.

'Hun opvatting,' articuleerde de abt, 'is gestoeld op autoriteit en rede. De autoriteit wordt ontleend aan de bijbel: Abraham heeft gevochten voor de koning van Sodom, en David tegen de kinderen Israëls. Om niet te spreken van de allianties van Salomon met koning Hiram, en van de Makkabeeën met de Laconiërs en de Romeinen, terwijl dat heidense volkeren waren.'

Wat kende Atto de bijbel goed, bedacht ik, wanneer het ging om politiek...

'De rede daarentegen,' ging de abt vastberaden verder, 'is gebaseerd op het feit dat God de maker van de Natuur en de Godsdienst is: daarom kun je niet zeggen dat wat goed is voor de Natuur, niet goed is voor de Godsdienst, tenzij enkele goddelijke voorschriften ons verplichten dat te geloven. Nu zijn er in ons geval geen goddelijke voorschriften die dergelijke bondgenootschappen veroordelen, met name wanneer ze noodzakelijk zijn, en het natuurrecht maakt alle redelijke werktuigen waar ons behoud van afhangt fatsoenlijk.'

Toen abt Melani aldus zijn leerpreek had beëindigd, bleef hij me met een didactische frons aankijken.

'Bedoelt u dat de koning van Frankrijk uit rechtmatige verdediging een bondgenootschap met de divan kan aangaan?' vroeg ik een tikje twijfelend.

'Natuurlijk: om zijn staten en de katholieke godsdienst te behoeden voor keizer Leopold I, wiens lage plannen tegen alle goddelijke en menselijke wetten indruisen. Leopold heeft dan ook een verbond gesloten met het ketterse Holland, en zo voor het eerst het ware geloof verraden. Maar toen heeft niemand een mond opengedaan. Iedereen staat daarentegen altijd klaar om tekeer te gaan tegen Frankrijk, dat alleen schuldig is aan verzet tegen de constante dreiging van de Habsburgers en de andere vorsten van Europa. Lodewijk XIV vecht vanaf het begin van zijn regering als een leeuw om niet platgewalst te worden.'

'Platgewalst door wie?'

'Om te beginnen door de Habsburgers, die hem van oost tot west omringen: enerzijds het keizerrijk van Wenen, en anderzijds Madrid, Vlaanderen en de Spaanse domeinen in Italië. Terwijl in het noorden het ketterse Engeland en Holland dreigen, heer en meester van de zeeën. En alsof dat nog niet genoeg was, is ook de paus zijn vijand.'

'Maar als zoveel staten zeggen dat de allerchristelijkste koning een gevaar vormt voor de vrijheid van Europa, zal er toch wel een grond van waarheid in zitten. U zei ook dat hij...'

'Wat ik je over de koning heb gezegd heeft er nu niets mee te maken. Niet eens en voor altijd oordelen, en elk geval bekijken alsof het het eerste van je leven is. Bedenk dat er in de relaties tussen staten onderling geen absoluut kwaad bestaat. Leid vooral nooit de deugdzaamheid van de ene partij af uit de veroordeling van de andere: meestal zijn beide schuldig. En de slachtoffers begaan, als ze eenmaal opschuiven naar de plaats van de beul, dezelfde gruwelen. Bedenk dat, anders speel je het spelletje van de Mammon.'

De abt zweeg, als om na te denken, en slaakte een weemoedige zucht.

'Jaag niet de bedrieglijke zonne der Gerechtigheid van de mensen na,' hervatte hij met een bittere glimlach, 'want wanneer je die inhaalt, tref je alleen datgene aan waarvan je dacht dat je het had ontvlucht. Alleen God is rechtvaardig. Hoed je zo veel mogelijk voor wie hardop rechtvaardigheid en naastenliefde belijdt, terwijl hij bij zijn tegenstanders de Duivel aanwijst. Dat is geen koning, maar een tiran; geen vorst maar een despoot; hij gelooft niet in het Evangelie van God, maar in dat van de haat.'

'Het is zo moeilijk onderscheid te maken!' riep ik moedeloos uit.

'Minder dan je denkt. Ik zei het al: raven gaan in zwermen, de adelaar vliegt alleen.'

'Moet ik al die dingen weten als ik journaalschrijver word?'

'Nee. Dat zal je in de weg staan.'

Zonder verder nog te spreken liepen we een stuk door. De stelregels van de abt hadden me versteld doen staan, en in stilte ging ik ze nog eens na. Met name had het mij verbaasd met hoeveel geestdrift Melani de allerchristelijkste koning verdedigde, van wie hij, toen hij de affaire Fouquet vertelde, zo'n donker, arrogant beeld had geschetst. Ik bewonderde Atto, al kon ik door mijn jeugdige leeftijd de mij toebedeelde kostbare onderrichtingen nog niet ten volle begrijpen.

'Uiteindelijk moet je weten,' vervolgde abt Melani, 'dat het voor de koning van Frankrijk niet eens nodig is om samen te zweren tegen Wenen: als het keizerrijk valt, komt dat door de lafheid van keizer Leopold zelf: toen de Turken te dicht bij Wenen kwamen, is hij gevlucht als een dief in de nacht, terwijl het wanhopige, woedende volk zijn rijtuig aanviel. Onze Brenozzi zou dat wel moeten weten, omdat ook de Venetiaanse ambassadeur in Wenen bij dat pijnlijke tafereel aanwezig was. Luister gerust naar Brenozzi, als je wilt; maar vergeet niet dat toen paus Odescalchi Europa opriep tegen de Ottomanen, maar één mogendheid zich naast Frankrijk heeft teruggetrokken: Venetië.'

Zo werd ik dubbel tot zwijgen gedwongen. Niet alleen had Atto Melani Brenozzi's beschuldigingen tegen Frankrijk op overtuigende wijze op hun kop gezet door ze tegen Leopold I en Venetië te richten; hij had ook duidelijk begrepen welke verdenking de glasblazer jegens hem had proberen te wekken. Maar ik kreeg niet de tijd om over deze laatste proeve van wijsheid van mijn metgezel na te denken: we waren inmiddels in het donkere hol aangekomen waar Ugonio en Ciacconio ongeveer een dag eerder de hinderlaag voor ons hadden gelegd. Na een paar minuten verschenen de twee lijkenpikkers volgens afspraak.

Zoals ik ook in het vervolg zou kunnen opmerken, was het nooit mogelijk om precies te zien vanwaar de twee duistere wezens opdoken. Hun komst werd doorgaans aangekondigd door een doordringende lucht van geiten of beschimmeld voedsel, of nat hooi, of simpeler nog door de typische stank van de bedelaars die over de straten van Rome zwalken. Waarna je moeizaam in het donker hun gebogen profiel onderscheidde dat, voor wie hen voor het eerst zag, de epifanie van een schepsel uit de onderwereld zou lijken.

'En dat noem je een kaartje?' barstte abt Melani woedend los. 'Jullie zijn twee beesten, dat zijn jullie. Jongen, pak aan en gebruik het om Pellegrino's reet mee af te vegen.'

We waren nauwelijks alle vier rond de lantaarn gaan zitten om de onderhandelingen van de vorige nacht af te sluiten, of abt Melani was al uit zijn vel gesprongen van woede. Hij gaf me het stuk papier door dat Ciacconio hem had gegeven, en toen ik het bekeek kon ik zelf een golf van ergernis niet onderdrukken.

We hadden een afspraak gemaakt met de lijkenpikkers: we zouden hun het bijbelfragment dat hun zo na aan het hart lag, alleen teruggeven als ze voor ons een nauwkeurig kaartje maakten van de gangen die vanaf het gedeelte onder de herberg onder de stad slingerden. We waren bereid onze verplichting na te komen (mede omdat de lijkenpikkers ons volgens Atto bij andere gelegenheden nog van pas zouden kunnen komen) en we hadden het bebloede velletje papier bij ons. Maar in ruil daarvoor hadden we alleen een beduimeld vodje

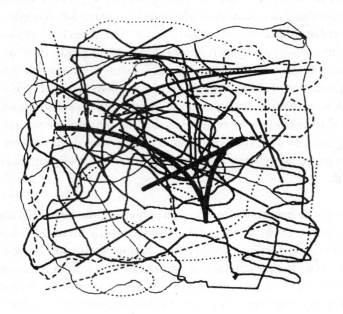

gekregen dat misschien lang daarvoor ooit papier geweest kon zijn. Daarop was slechts een maffe warreling zichtbaar van honderden bibberige, onontwarbare lijnen, waarvan je vaak het begin, maar niet het einde kon traceren, en die nauwelijks van de natuurlijke kreukels van het vodje vielen te onderscheiden. Het zou, als je goed keek, niet lang meer duren of het viel in duizend stukjes uit elkaar. Atto was buiten zichzelf en praatte tegen mij alsof die twee voor ons, overweldigd door zijn minachting, niet eens bestonden.

'We hadden het kunnen weten. Wie de hele tijd als een dier onder de grond wroet, kan ook niet anders. We zullen nu hun hulp nodig hebben om hier onze weg te vinden.'

'Gfrrrlûlbh!' protesteerde Ciacconio, duidelijk beledigd.

'Zwijg, beest. Nu goed luisteren: jullie krijgen je bijbelvelletje pas terug wanneer ik het zeg. Ik ken jullie namen, ik ben bevriend met kardinaal Cybo, de staatssecretaris van de paus. Ik kan ervoor zorgen dat er geen bewijs van echtheid wordt verleend aan de relikwieën die jullie vinden, en dat niemand de rommel die jullie hier bij elkaar scharrelen meer koopt. Jullie helpen ons dus hoe dan ook, Maleachi of geen Maleachi. En laat ons nu maar zien hoe je in de openlucht komt.'

Een schok van ontzetting voer door de lijkenpikkers. Vervolgens stelde Ciacconio zich bedroefd aan het hoofd van ons viermanschap en wees ons een onduidelijk punt in het donker aan.

'Ik weet niet hoe ze het doen,' fluisterde Atto Melani, die mijn bezorgdheid wel begreep, 'maar ze vinden in het donker altijd weer de weg, als ratten, zonder lantaarn. Laten we achter ze aan gaan, wees niet bang.'

De uitgang van het hol onder de Piazza Navona, die we onder leiding van de lijkenpikkers insloegen, lag min of meer aan het andere eind ten opzichte van de trap die je af moest als je van De Schildknaap kwam. Om die uitgang in te slaan moest je wel zo'n verstikkend gat in waar zelfs Ugonio en Ciacconio, ondanks het voordeel van de bult die hen afschuwelijk krom en misvormd maakte, lelijk over de grond moesten kruipen om erdoor te kunnen. Atto vloekte van de inspanning en omdat hij net zijn mouwen en fraaie rode kousen had bevuild aan de vochtige aarde waarover we hadden moeten gaan.

Het had iets curieus om de abt zo te zien, die zijn dagen doorbracht op zijn kamer en de nachten onder de grond, altijd gekleed in de kostbaarste stoffen: satijn uit Genua, serge, Spaanse ratijn, borat, gestreepte popeline, kamelot uit Vlaanderen, droget, laken uit Ierland. En het geheel bezaaid met fijne borduursels, biezen, rondjes, cannetilles, en versierd met franjes, kant, kwastjes, kwikjes en strikjes. Eigenlijk had hij geen gewone kleding in zijn koffers, en zo bestemde hij die schitterende confectie voor een miserabel en voortijdig einde.

Toen we het hol voorbij waren, zaten we in net zo'n gang als die welke van De Schildknaap vandaan gingen. Juist toen ik (gemakkelijker dan de anderen) opdook aan de andere kant van de smalle doorgang, begon er een vraag aan me te knagen. Abt Melani had tot dan toe vooral aangegeven dat hij de dief van de sleutels en de parels wilde betrappen, die misschien ook te maken had met de dood van de heer De Mourai. Maar mij had hij later toevertrouwd dat hij naar Rome was gekomen om het mysterie van Fouquets vermeende aanwezigheid in de stad op te lossen. Ik vroeg me ineens af of de eerste rechtvaardiging wel voldoende zijn ijver bij onze nachtelijke omzwervingen verklaarde. En het scheelde weinig of ik twijfelde aan de tweede. Zeer voldaan door de mogelijkheid om dicht bij dat individu te zijn, dat even buitengewoon was als de omstandigheden waarin ik hem had leren kennen, besloot ik dat het moment nog niet gekomen was om op die vragen te antwoorden. Ondertussen begaven wij ons op mars, in het donker en maar nauwelijks geholpen door het zwakke licht van onze twee lantaarns.

Nadat we zo'n twintig roeden in de nieuwe gang hadden afgelegd, kwamen we bij een tweesprong: links van ons splitste zich een tweede gang van gelijke grootte af van de hoofdgang. Een paar passen later nog een splitsing: een soort van grot ontvouwde zich rechts van ons, zonder te onthullen wat er achterin schuilging.

'Gfrrrlûlbh,' zei Ciacconio, de stilte verbrekend die over de groep was neergedaald sinds de mars was begonnen.

'Leg uit,' beval Atto kortaf aan Ugonio.

'Ciacconio zeggert dat we ook uit deze ontsnappering kunnen gaan.'

'Goed. Waarom doen we dat dan niet?'

'Ciacconio heb geen weet of u deze ontsnappering wil nemen of, om bezwaren eerder te bezweren dan te bezwaren, als u liever profiteert van een minder gewagerde uitergang.'

'Je wilt weten of we er liever hier uit gaan of ergens anders. Hoe moet ik dat nou weten? Ik weet het goed gemaakt: we nemen hier beneden een kijkje en proberen te begrijpen wat we het beste kunnen doen. Zoveel zal er ook weer niet nodig zijn om een idee te krijgen van die vervloekte gangen.'

'Gfrrrlûlbh?' vroeg Ciacconio nieuwsgierig geworden aan zijn makker.

'Ciacconio twijferde of hij het rechtig heb begrippen,' vertaalde Ugonio voor Atto.

'Ik zei: we nemen snel een kijkje in de gangen hier beneden, aangezien dat niet te ingewikkeld moet zijn. Iedereen mee eens?'

En toen barstten Ugonio en Ciacconio uit in een vette, dierlijke, bijna demonische lach, aangezet door liederlijk, vrolijk rollen en wentelen in de smerige modder waarop we liepen, door knorrende keelgeluiden en luchtontsnappingen uit de buik en door een groteske, bijna pijnlijke traanafscheiding van de twee lijkenpikkers, die niet in staat waren zichzelf in toom te houden.

'Heel amusant,' commentarieerde abt Melani zuur, zich er stellig van bewust, evenals ik dat was, dat deze dierlijke hilariteit de wraak vormde voor de slechte ontvangst van het kaartje van ondergronds Rome dat we van de lijkenpikkers hadden gekregen.

Toen het beestachtige rollen afgelopen was en de relikwieënjagers bedaard waren, kregen we enige opheldering.

Met het kleurrijke idioom dat hem eigen was, legde Ugonio uit dat het hem en zijn kameraad een vreemd idee had geleken om breviter et commoditer de onderaardse gangen van de buurt te verkennen, en misschien die van heel de stad, aangezien de twee lijkenpikkers en talloze anderen al jarenlang probeerden uit te vinden of de wegen van de stad onder de grond een begin, midden en eind kenden, en of de menselijke geest ze zou kunnen begrijpen volgens een rationele ordening of, bescheidener gesteld, of het er al dan niet in zat dat ze eruit kwamen als ze in de diepten ongelukkigerwijs de weg kwijtraakten. Daarom, vervolgde Ugonio, zou het kaartje van ondergronds Rome dat de twee lijkenpikkers voor ons hadden gemaakt, door ons nuttig en gewenst gevonden moeten worden. Niemand had voordien de vermetele onderneming beproefd om heel ondergronds Rome weer te geven, en weinigen buiten Ugonio en Ciacconio konden prat gaan op zo'n diepgaande kennis van het gangen- en holenstelsel. Maar die kostbare overvloed van ondergrondse kennis (waarover waarschijnlijk niemand anders beschikte, onderstreepte nogmaals Ugonio) was helaas niet bij ons in de smaak gevallen, en dus...

Atto en ik wisselden een blik uit.

'Waar is het kaartje?' vroegen wij in koor.

'Gfrrrlûlbh,' zei Ciacconio, met halfverstikte stem moedeloos zijn armen spreidend.

'Ciacconio respecteer de woederende weigering van uwer trotse, kosmische beslissering,' zei Ugonio onaangedaan, terwijl zijn kameraad zijn hoofd boog en met een afschuwelijke oprisping in zijn rechterhand een brij braakte waarin helaas enkele flarden herkenbaar waren van het vodje waarop de kaart getekend was.

Niemand durfde de kaart te hulp te snellen.

'Wanneer Ciacconio of anderen niet goedkeuren, dan kauwert hij het soms altijd op, om meer vader dan vaderlijk te wezen,' legde Ugonio uit.

We waren ontsteld. De kaart (waarvan we nu pas het belang hadden gehoord) was verslonden door Ciacconio, die volgens zijn collega gewend was alles naar binnen te werken wat hem of zijn kennissen niet aanstond. De kostbare tekening was, bijna verteerd, voorgoed verloren.

'Wat eet hij nog meer?' vroeg ik verbijsterd.

'Gfrrrlûlbh!' zei Ciacconio, schokschouderend, hetgeen betekende dat hij niet al te zeer lette op wat er zijn keel binnenkwam.

Ciacconio meldde ons dat de tweede splitsing, die begon met een soort van kleine grot en naar rechts afweek, wel naar de oppervlakte leidde, maar na een vrij lang stuk. Atto besloot dat het de moeite waard was om de eerste omweg, die naar links leidde, te verkennen. We gingen terug en sloegen de gang in. We hadden net zo'n twintig roeden afgelegd, toen Ugonio met een ruk Atto's aandacht trok.

'Ciacconio heb een aanwezerige in de gang geroken.'

'Die twee monsters denken dat er iemand in de buurt is,' zei Atto zachtjes.

'Gfrrrlûlbh,' bevestigde Ciacconio, en hij wees naar de gang waar we vandaan kwamen.

'Misschien worden we gevolgd. Ciacconio en ik blijven hier, in het donker,' besloot abt Melani, 'jullie twee lopen langzaam door met de lantaarns aan. Zo kunnen we hem tegenhouden, als hij jullie licht volgt.'

Ik aanvaardde niet graag het vooruitzicht om alleen met Ugonio te blijven, maar we gehoorzaamden allemaal zonder commentaar. Melani en Ciacconio bleven in het donker verborgen. Plotseling voelde ik mijn hart hard kloppen en mijn adem sneller gaan.

Ugonio en ik liepen nog zo'n twintig, dertig roeden door, toen stopten we en spitsten we onze oren. Niets.

'Ciacconio heb een aanwezerige en een blader geroken,' fluisterde Ugonio tegen me.

'Bedoel je een blad?'

Ugonio knikte.

In de gang tekende zich zwakjes een figuur af. Ik bereidde me met al mijn spieren voor op ik wist niet goed wat: aanvallen, weerstand bieden aan een overval of, waarschijnlijker, vluchten.

Het was Atto. Hij beduidde ons bij hem te komen.

'De onbekende volgde ons niet,' kondigde hij aan, zodra we bij hem waren, 'hij gaat zijn eigen weg en is het hoofdkanaal ingeslagen, datgene dat na het nauwe gat rechtdoor gaat. We zullen hem gaan volgen. Maar we moeten het snel doen, anders raken we hem kwijt.'

We kwamen bij Ciacconio, die roerloos als een beeld op ons wachtte met de punt van zijn enorme gok in de lucht, in het donker.

'Gfrrrlûlbh!'

'Mannerigheid, jongerigheid, gezonderigheid, bangerigheid,' oordeelde Ugonio.

'Man, van jeugdige leeftijd, van goede gezondheid en bang,' vertaalde Atto, in zichzelf mompelend. 'Ik kan ze niet uitstaan, die twee.'

We sloegen linksaf, en gingen opnieuw de hoofdgang in, waarbij we maar één lantaarn lieten branden. Na een paar minuten lopen zagen we eindelijk voor ons een ver, zwak schijnsel. Het was de lamp van onze prooi. Atto gebaarde mij de lantaarn uit te doen. We liepen op onze tenen en deden ons uiterste best om geen enkel geluid te maken.

We volgden een flink stuk lang de raadselachtige reiziger, zonder hem echter te kunnen zien, omdat het tracé van de gang licht naar rechts afboog. Als we te ver naar voren kwamen, zou hij ons op zijn beurt kunnen zien, en in dat geval dreigden we hem te laten ontglippen.

Plotseling weerklonk er vanonder mijn voet een licht gekraak. Ik had op een dor blad getrapt.

We stonden met ingehouden adem stil. Ook de ander was gestopt. In de gang viel de meest absolute stilte. We hoorden een ritmisch geritsel langzaam dichterbij komen. Een schim verwijderde zich van het licht van de achtervolgde en liep op ons toe. We bereidden ons voor op de botsing. De twee lijkenpikkers bleven roerloos, ondoorgrondelijk dankzij hun kappen. In het halfduister ontwaarde ik een wankele flikkering in Atto's hand. Ondanks de angst kon ik nog lachen: het ging vast om zijn pijp. Toen, bij een bocht van de gang, doemde de verschijning op.

We hadden een monster gevolgd. Aan de linkerkant van de ruimte legde het licht van de achtervolgde de schaduw bloot van een vreselijke gebogen arm. Daarop volgde een scherpe, langwerpige kop, waaruit een walgelijk dikke, volle bos haar stak. Het lichaam was vormeloos en buitensporig groot. Een infernaal wezen, waarvan we ons wijs gemaakt hadden dat we het konden betrappen, liep dreigend vlak langs en kwam dicht bij ons viertal. We waren versteend van angst. Het silhouet van het monster deed één, twee, drie voetstappen. Het kon elk moment opduiken uit de bocht van de gang. Het bleef staan.

'Ga weg!'

We sprongen allemaal op, en ik voelde me haast flauwvallen. Iemand had geroepen. De schaduw op de muur werd enorm en vervormde buiten iedere logica om. Daarna zakte hij in en nam normale afmetingen aan, terwijl het wezen juist als een aards schepsel voor onze ogen verscheen.

Het was een rat zo groot als een hondje, met een logge, onzekere tred. In plaats van bij onze aanblik snel weg te schieten (zoals de rioolrat waarop Atto en ik bij ons eerste ondergrondse uitstapje waren gestuit), liep het dikke beest moeizaam door, onverschillig voor onze aanwezigheid. Het leek te lijden. De lantaarn had zijn profiel op de wand van de gang geprojecteerd en dat enorm opgeblazen.

'Vuile rat, je hebt me laten schrikken,' zei de stem weer. Het licht ging weer bij ons vandaan. Voordat we opnieuw in het donker stonden, wisselde ik een blik met Atto. Ook hij had, net als ik, in de stem van de achtervolgde gemakkelijk die van Stilone Priàso herkend.

Nadat we de zieltogende rat achter ons hadden gelaten, zetten we geduldig het schaduwen voort. De verrassende ontdekking had een werveling aan veronderstellingen en verdenkingen losgemaakt. Ik wist maar bitter weinig van Stilone Priàso, behalve dat wat hij had door laten sijpelen. Hij noemde zich dichter, ofschoon het duidelijk was dat hij van verzen alleen niet kon leven. Zijn kleding, zij het niet weelderig, verried welstand en meer bestaanszekerheid dan van een gelegenheidsrijmelaar. Ik had meteen al gedacht dat iets anders zijn ware geldbron was. En nu wakkerde zijn onverklaarbare aanwezigheid in de onderaardse gangen iedere twijfel van mij weer aan.

We volgden hem nog een stuk, totdat er een trap begon die naar boven leidde en die plotseling smal en benauwend werd. We stonden inmiddels helemaal in het donker. We stelden ons op in een rij met Ciacconio aan het hoofd, die zonder enige moeite Stilone Priàso's sporen volgde. Tegelijkertijd raadde hij de veranderingen in de bodem en deelde hij ze mij, tweede in de groep, mee met snelle tikjes op mijn schouder.

Ineens bleef Ciacconio stilstaan en hervatte vervolgens de tocht. De treden waren afgelopen. Ik voelde andere lucht in mijn gezicht. Uit de lichte echo van onze voetstappen maakte ik op dat we in een heel uitgestrekte omgeving waren. Ciacconio aarzelde. Atto vroeg mij de lantaarn aan te steken.

Groot was mijn verbazing toen we, halfverblind door het licht, een blik om ons heen wierpen. We stonden in een enorme kunstmatige ruimte met wanden die geheel bedekt waren met fresco's. In het midden prijkte een groot marmeren ding dat ik nog niet goed kon onderscheiden. Ugonio en Ciacconio leken eveneens niet op hun gemak op deze onbekende plek.

'Gfrrrlûlbh,' klaagde Ciacconio.

'De stinkerigheid verdoezelerigt zijn aanwezigheid,' legde Ugonio uit.

Hij verwees naar de sterke lucht van ranzige urine die in de omgeving heerste. Atto keek gefascineerd naar de schilderingen boven ons. Te zien waren vogels, vrouwengezichten, atleten, rijke bloemdecoraties en overal vrolijk versierde stroken.

'We hebben geen tijd,' schrok hij echter meteen op. 'Hij mag niet zomaar verdwijnen.'

We vonden snel twee uitgangen. Ciacconio had weer de leiding genomen en wees ons aan welke naar zijn gevoel de goede was. Hij leidde ons met driftige pas door een labyrint van andere ruimten, die we niet konden zien door zowel de haast als het weinige licht van onze lantaarns. Het ontbreken van ramen, frisse lucht en mensen wees er echter op dat we nog onder de grond zaten.

'Dat zijn Romeinse ruïnes,' zei Atto met enige opwinding in zijn stem. 'We zouden onder het paleis van de kanselarij kunnen zijn.'

'Waar leidt u dat uit af?'

'We bevinden ons in een groot labyrint, wat me doet denken aan een gebouw van aanzienlijke afmetingen. Bedenk dat ze een deel van het Colosseum hebben neergehaald en heel de triomfboog van Jordanus om genoeg materiaal te hebben voor de bouw van de kanselarij.'

'Bent u er ooit in geweest?'

'Natuurlijk. Ik kende vice-kanselier kardinaal Barberini goed, hij heeft me zelfs om enkele gunsten gevraagd. Het paleis is schitterend en de zalen zijn grandioos, ook de voorgevels in travertijn zijn niet gek, hoewel...'

Hij moest zichzelf onderbreken, omdat Ciacconio ons een trap liet opgaan die, geniepig zonder leuning, omhoogvoerde in de sombere, donkere leegte van een andere grote grot. We hielden elkaar alle vier bij de hand. Aan de trap leek geen einde te komen.

'Gfrrrlûlbh!' viel Ciacconio ten slotte zegevierend uit. Hij duwde een deur open die uitkwam op straat. Halfdood van angst en inspanning kwamen we aldus weer in de openlucht.

Ik zoog mijn longen instinctief vol, na vijf dagen quarantaine in De Schildknaap verkwikt door de hernieuwde, ijle nachtlucht.

Voor één keer kon ik van nut zijn. Ik herkende meteen waar we waren, omdat ik er meermalen was geweest met Pellegrino, die er de levensmiddelen voor De Schildknaap aanschafte. Het was de boog van de Acetari, op korte afstand van de Campo di Fiore en de Piazza Farnese. Ciacconio had opnieuw zijn neus in de lucht gestoken, en meteen sleepte hij ons mee naar de brede open plek van de Campo di Fiore. Een lichte motregen viel stil op ons neer. Op het plein zagen we alleen twee bedelaars op de grond gehurkt tussen hun armoedige spullen, en een jongen die een karretje in de richting van een steeg duwde. We bereikten de andere kant van het plein en plotseling wees Ciacconio ons een gebouwtje aan. We liepen op een weg die me bekend voorkwam, maar waarvan ik de naam niet meer wist.

Door de ramen van het gebouwtje scheen geen enkel licht. Aan de straatkant echter leek een deur op een kier te staan. De weg was leeg, maar uit extra voorzichtigheid hielden Ugonio en Ciacconio aan weerszijden van de groep de wacht. We liepen op de deur toe, waarachter een verre, gesmoorde stem te horen was. Uiterst behoedzaam duwde ik de deur open. Een kleine trap leidde naar beneden, waarachter een andere halfopen deur een verlichte ruimte deed vermoeden. Daar kwam de stem vandaan, die nu in gesprek was.

Atto ging me voor de trap af, totdat we beneden waren. Daar merkten we dat we her en der op een waar tapijt van bladeren liepen. Atto raapte er net een paar op toen de stemmen plotseling dichterbij kwamen, vlak achter de halfgesloten deur.

'... en dat is veertig scudo's,' hoorden we een van de twee zeggen.

We gingen snel de trap op en bereikten de uitgang, er wel op lettend dat we de deur die op de straat uitkwam weer op een kier zetten om geen achterdocht te wekken. Met Ugonio en Ciacconio verstopten we ons om de hoek van het gebouw.

We hadden het goed gezien: Stilone Priàso kwam het deurtje uit.

Hij wierp een blik om zich heen en liep snel naar de boog van de Acetari.

'En nu?'

'Nu doen we de kooi open,' antwoordde Atto. Hij fluisterde iets tegen Ugonio en Ciacconio, die met een smerig, wreed lachje reageerden. Op een drafje haastten ze zich Stilone achterna.

'En wij?' vroeg ik verloren.

'Wij gaan weer naar binnen, maar rustig aan. Ugonio en Ciacconio zullen in de onderaardse gang op ons wachten, nadat ze een bepaald klusje hebben geklaard.'

We verlengden het traject door de Campo di Fiore te mijden om niet opgemerkt te worden. We zaten in de buurt van de Franse ambassade, signaleerde Atto terecht, en we liepen gevaar gesnapt te worden door een nachtwaker. Dankzij zijn kennissen zou hij zelfs asiel kunnen vragen. Maar op dat uur zouden de Corsicaanse wachters van de ambassade ons misschien liever beroven en wurgen dan arresteren.

'Zoals je misschien weet, bestaat er in Rome wijkvrijheid: pauselijke dienders en de Bargello mogen niemand arresteren in de wijken waar de ambassades zijn gevestigd. Dit systeem wordt echter te gemakkelijk voor vluchtende dieven en moordenaars. Daarom nemen de Corsicaanse wachters het niet zo nauw. Helaas is mijn broer Alessandro, die kapelmeester van kardinaal Pamphili is, dezer dagen uit Rome weg. Anders had hij ons een gewapend geleide kunnen geven.'

We gingen weer ondergronds. De hemel zij dank waren de lantaarns niet beschadigd. We liepen de onderaardse gang in op zoek naar de ruimte met de fresco's en dachten bijna dat we verdwaald waren, toen vanuit een of andere onbekende krocht de lijkenpikkers weer aan onze zij verschenen.
'Was het een prettig gesprek?'
'Gfrrrlûlbh!' antwoordde Ciacconio met een tevreden grijns.
'Wat hebben jullie met hem gedaan?' vroeg ik ongerust.
'Gfrrrlûlbh.'
Zijn boer stelde me gerust. Ik had de bizarre gewaarwording dat ik op een of andere duistere manier de eentonige spraak van de lijkenpikker begon te begrijpen.
'Ciacconio heb alleen bangerig gemaakt,' stelde Ugonio gerust.
'Denk je in dat je onze twee vrienden nooit hebt gezien,' legde Atto me uit, 'en dat je ze schreeuwend boven op je ziet springen in het donker in een onderaardse gang. Als ze je ergens om vragen en ze laten je in ruil met rust, wat doe je dan?'
'Dan geef ik het natuurlijk!'
'Kijk aan, ze hebben Stilone alleen maar gevraagd wat hij vannacht ging doen en waarom.'

Ugonio's samenvatting klonk kortweg als volgt. De arme Stilone Priàso was naar de werkplaats van ene Komarek gegaan, die zo nu en dan werkte in de drukkerij van de Broederschap van *Propaganda Fide*, en die 's nachts wat clandestiene karweitjes voor zichzelf deed om zijn loon aan te vullen. Komarek drukte couranten, anonieme brieven, misschien ook wel boeken die op de Index geplaatst waren: allemaal verboden spul, waarvoor hij zich goed liet betalen. Stilone Priàso had hem op last van een vriend uit Napels opdracht gegeven voor het drukken van enkele brieven met politieke voorspellingen. In ruil daarvoor zouden de twee de winst delen. Daarom was hij in Rome.
'En hoe zit het dan met de bijbel?' vroeg Atto.
Nee, zei Ugonio, van bijbels wist Stilone echt niks af. En hij had niets uit de werkplaats van Komarek meegenomen, nog geen velletje papier.
'Dus hij heeft die met bloed bevlekte bladzijde niet verloren in de onder-

aardse gang. Weten jullie zeker dat hij de waarheid heeft verteld?'

'Gfrrrlûlbh,' grinnikte Ciacconio.

'De aanwezerige bangerige scheet bagger,' legde Ugonio monter uit.

Om het werk af te maken hadden de twee Stilone Priàso gefouilleerd, waarbij ze een minuscuul beduimeld foldertje ontdekten dat hij waarschijnlijk altijd bij zich droeg. Terwijl we ons in beweging zetten voor de terugweg hield Atto het bij het licht van de lantaarn:

ASTROLOGISCH TRAKTAAT
VAN HOEZEER DE STERREN AAN DE HEMEL INVLOED HEBBEN
ten goede, en mindere dingen geven gedurende het hele jaar 1683
*berekend aan de lengte en de breedte
van de doorluchtige stad Florence*
DOOR DE FLORENTIJN BARTOLOMMEO ALBIZZINI
En door dezelve opgedragen
Aan de hooggeachte heer en meester, de achtenswaardige heer
CLAUDIO BUONVISI
gezant voor de doorluchte, verheven Republiek Lucca
bij Zijne Hoogheid Cosimo III, groothertog van Toscane

'Hé, een astrologiekrantje,' riep Atto geamuseerd uit. '*Son faci le Stelle che spirano ardore...*' * hief hij vervolgens melodieus aan, waarmee hij bij Ciacconio geluiden van bewondering wekte.

'Ooooh, castraterenzangerig!' applaudisseerde Ugonio nederig.

'Journaalschrijver had ik wel begrepen,' vervolgde Atto zonder acht op de lijkenpikkers te slaan, 'maar dat Stilone Priàso een oordeelsbepalende astroloog was, zover was ik nog niet.'

'Waarom dacht u al dat Stilone Priàso journaalschrijver was?'

'Intuïtie. In elk geval kon hij geen dichter wezen. Dichters zijn melancholiek ingesteld en als ze geen vorst of kardinaal hebben die ze protegeert, herken je ze meteen. Ze grijpen alles aan om je hun maaksels voor te lezen, ze zijn slecht gekleed, proberen zonder mankeren bij je aan tafel uitgenodigd te worden. Maar Stilone ziet er goed uit, spreekt en kijkt als iemand die *zijn pens vol*

---

* De Sterren die gloed afgeven, zijn fakkels...

heeft, zoals ze dat in zijn streek zeggen. Tegelijkertijd is hij echter gereserveerd van aard, zoals bijvoorbeeld Pompeo Dulcibeni, en zegt hij geen woord te veel, zoals Robleda juist graag doet.'

'Wat houdt oordeelsbepalende astroloog in?'

'Je weet uiteraard wel wat astrologen zo'n beetje doen?'

'Zo'n beetje ja: ze proberen aan de hand van de sterren de toekomst te voorspellen.'

'In het algemeen is dat zo. Maar dat is niet alles. Als je echt journaalschrijver wilt worden, is het het beste dat je onthoudt wat ik ga zeggen. Astrologen worden in twee categorieën verdeeld: zuivere, eenvoudige astrologen, en oordeelsbepalende astrologen. Beiden zijn het erover eens dat sterren en planeten, behalve dat ze licht en warmte voortbrengen, geheime krachten bezitten, waarmee ze bepaalde effecten op kleinere lichamen teweegbrengen.'

We liepen nu door de lange, bochtige gang waarin we ons doodgeschrokken waren van de rattenschaduw.

'Maar oordeelsbepalende astrologen gaan verder, in een zeer gevaarlijk spel,' zei abt Melani.

'Zij houden het namelijk niet bij de invloed van sterren en planeten op natuurlijke dingen, maar geloven dat die ook op de mens van toepassing is. Dus als je alleen maar de geboorteplaats en -datum van iemand weet, proberen ze te voorspellen wat de hemelwerkingen op zijn leven zijn, zoals bijvoorbeeld karakter, gezondheid, geluk en ongeluk, de dag van zijn dood, enzovoorts.'

'Wat heeft dat met journaalschrijvers te maken?'

'En óf dat ermee te maken heeft. Sommige astrologen zijn ook journaalschrijver, en op basis van de invloeden van de sterren doen ze politieke voorspellingen. Net als Stilone Priàso, die onbedachtzaam met een horoscoopkrantje op zak loopt en 's nachts de voorspellingen laat drukken.'

'Is dat dan verboden?'

'Strikt verboden. De gevallen van straf aan oordeelsbepalende astrologen of hun vrienden, ook geestelijken, zijn zeer talrijk. Een paar jaar geleden wekte het probleem mijn nieuwsgierigheid en las ik iets dienaangaande. Paus Alexander III, bijvoorbeeld, heeft voor een jaar een priester geschorst die zijn toevlucht had genomen tot de astrologie, ofschoon hij het hooggestemde doel had om de buit van een diefstal in zijn kerk terug te vinden.'

Ik draaide het van Stilone in beslag genomen blaadje bezorgd om en om in mijn handen, terwijl ik het bij het licht van de lantaarn hield.

'Van almanakken als deze,' zei Atto, 'heb ik er legio gezien. Sommige dragen titels als *Astrologische grappen* of *Astrologische fantasieën*, om de verdenking weg te nemen dat het zou gaan om serieuzer zaken, zoals de oordeelsbepalende astrologie, die juist in staat is politieke beslissingen te beïnvloeden. Op zich gaat het dan wel om onschuldige handleidingen met adviezen en gissingen voor het lopende jaar, maar onze Stilone moet geen groot licht zijn,' grijnsde de abt, 'als hij zich, met het gevaarlijke vak van hem, met dergelijk materiaal bij zich ophoudt in clandestiene drukkerijen!'

Ontsteld reikte ik Atto onmiddellijk het dunne boekje aan.

'Welnee, jij kunt het wel houden,' stelde hij me gerust.

Uit voorzichtigheid stak ik het toch maar in mijn broek, onder mijn kleding.

'Denkt u dat astrologie echt kan helpen?' vroeg ik.

'Ik niet. Maar ik weet dat veel artsen er grote waardering voor hebben. Ik weet dat Galenus een heel boek *De diebus criticis* heeft geschreven, over behandelingen bij zieken volgens de stand van de planeten. Ik ben geen astroloog, maar ik weet dat sommigen betogen dat het, zeg maar, voor de behandeling van de gal het beste is dat de Maan zich bevindt...'

'In Kreeft.'

We werden beiden verrast door Ugonio's inmenging.

'Als de Maan met het driehoeksaspect in Kreeft staat, of Mercurius,' vervolgde de lijkenpikker in druk gemompel, 'wordt de gal uitmuntend gezuiverd; het slijm met de sextiel of het driehoeksaspect in de Zon; de zwarte gal onder het aspect van Jupiter; in het teken van Draak, Steenbok en Ram, de herkauwende sterrenbeelden, veroorzaakt het omwentelingen, hoe meer het de noordelijke en zuidelijke hemelpool nadert, omdat de bedorven levenssappen overvloedig stromen, en de noordenwinden door druk en samendrukking in de hoogste mate reumatische pijnen en brandingen wekken, terwijl de stoelgang er niet in zit bij degenen die door vloeiingen worden bezocht; het zal dus nodig zijn om naar de betekenisvolle aspecten te kijken, om geen boerendokter te zijn, en om beter dan slechter uit te vallen, en meer vader dan vaderlijk te zijn, het geweten sussend, want zolang voldaan wordt aan de plicht, stijgt de vreugde bij de dopeling, om bezwaren eerder te bezweren dan te bezwaren, de geschikte, nooddruftige ontlastingen toepassend, bijvoorbeeld als men het meesterschap van Jalappe zal gebruiken.'

We zwegen allebei verbijsterd.

'Goed, we hebben een ware expert inzake de medische astrologie bij ons,' commentarieerde abt Melani even later. 'En waar heb je al die dure wijsheid opgedaan?'

'Gfrrrlûlbh,' kwam Ciacconio tussenbeide.

'We hebben onze kennisse vermeerderd met lezeringen van doorbladeringen.'

'Doorbladeringen?' vroeg Atto.

Ciacconio wees op het boekje dat ik in mijn hand had.

'Ah, je bedoelt boeken. Kom op, jongen, laten we niet stilstaan: ik vrees dat Cristofano her en der een blik zal werpen in de herberg. Het zou niet meevallen om onze afwezigheid te verklaren.'

'Stilone Priàso is ook afwezig.'

'Nu niet meer, denk ik. Na de ontmoeting met onze twee monsters is hij vast weer pijlsnel teruggegaan naar de herberg.'

Stilone Priàso, redeneerde Atto weer, was naar Rome gekomen vanwege zijn beroep als oordeelsbepalend astroloog, met andere woorden een weinig fris zaakje. Hij had dus tijdens de nachtelijke uren een discrete uitgang uit De Schildknaap nodig. Van de onderaardse weg moest hij al eerder gehoord hebben, aangezien hij had gezegd dat hij al eerder in De Schildknaap te gast was geweest.

'Denkt u dat Stilone iets te maken heeft met de moord op de heer De Mourai en de diefstal van mijn pareltjes?'

'Het is te vroeg om dat te stellen. We moeten even over hem nadenken. Hij zal de onderaardse gangen wie weet hoe vaak hebben bezocht. Voor ons gold dat niet zo. Vervloekt, als we het kaartje hadden dat Ugonio en Ciacconio hadden gemaakt, hoe smerig en warrig ook, zouden we over een enorm voordeel beschikken.'

Gelukkig hadden we een ander voordeel: we wisten dat Stilone in de onderaardse gangen was geweest, terwijl hij dat niet van ons wist.

'Intussen,' vervolgde de abt, 'moet je, voordat je naar bed gaat, even een blik op hem werpen: ik vertrouw die twee wezens niet zo,' zei hij, zich omdraaiend om op de grijnzende gezichten van de lijkenpikkers achter ons te wijzen.

We liepen de hele onderaardse route weer terug tot aan de nauwe doorgang die leidde naar de ruïnes van het Stadion van Domitianus, onder de Piazza Navona. Atto nam afscheid van de twee lijkenpikkers, sprak met hen af voor de volgende nacht, een uur na zonsondergang, en beloofde een vergoeding.

'Gfrrrlûlbh,' protesteerde Ciacconio.

De twee lijkenpikkers eisten teruggave van de bladzijde uit de bijbel. Atto besloot die echter te houden, omdat we nog niet begrepen hadden wat de herkomst ervan was, en reikte hem aan mij aan opdat ik hem zorgvuldig zou bewaren. Maar hij bood de lijkenpikkers wel een geldelijke beloning.

'Eerlijk is eerlijk, tenslotte hadden jullie het kaartje gemaakt,' zei hij hartelijk, terwijl hij het geld tevoorschijn haalde.

Plotseling sperde abt Melani zijn ogen open. Hij pakte van de grond een handje aarde en wierp dat op de schouder van Ciacconio, die verstijfde. Toen nam hij het blaadje uit de bijbel, vouwde het open en drukte het op Ciacconio's grove jas, daar waar hij hem net met aarde had bedekt.

'Grote gore klootzakken,' zei hij met een blik vol verontwaardiging. De twee stonden ootmoedig verstijfd, in afwachting van een straf. Op het blaadje stond een soort van labyrint vol bekende vormen gedrukt.

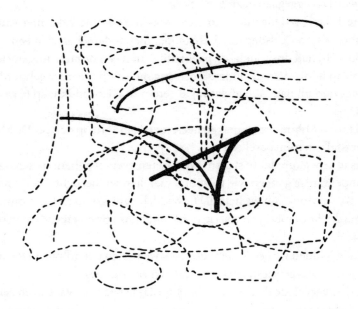

'Weet wel dat jullie me nooit meer zoiets flikken. Nooit meer.'

Toen zweeg hij, waarna hij het geld dat hij voor Ugonio en Ciacconio had gepakt, weer in zijn zak stopte.

'Begrijp je?' zei hij later tegen mij nadat we uiteengegaan waren. 'Ze wilden ons belazeren als twee idioten. Ze hebben het blaadje op dat geitenvel dat ze aanhebben gedrukt. Daarna hebben ze er twee krabbels bij gedaan en klaar is Kees, daar is het kostbare kaartje van de onderaardse gangen van Rome. Maar daar trap ik niet in, hè? Ik laat niet zo met me sollen. De figuur in het midden van het kaartje was hetzelfde als een gerepareerd plekje op Ciacconio's schouder, maar dan in spiegelbeeld: zo heb ik ze ontmaskerd!'

We deden geen mond meer open en keerden, inmiddels uitgeput, in het holst van de nacht naar De Schildknaap terug.

❦

Ik wilde, nadat ik Atto alleen had gelaten, weer de trap opgaan, toen ik op de tweede verdieping uit de kamer van Stilone Priàso een zwak schijnsel zag komen. Ik herinnerde mij abt Melani's aanbeveling om een blik te werpen op de jonge Napolitaan. Ik hield mijn gezicht bij de deur, die net op een kier stond, en probeerde naar binnen te gluren.

'Wie is daar?' hoorde ik hem met trillende stem vragen. Ik maakte me bekend en ging naar binnen. Hij zat ineengedoken op bed, bleek en besmeurd met aarde. In de schemer deed ik net of ik het niet zag.

'Wat doe jij nog wakker op dit uur, jongen?'

'Mijn baas moest een grote boodschap doen,' loog ik. 'En u?'

'Ik heb... een vreselijke nachtmerrie gehad. Twee monsters belaagden me in het donker, en beroofden me toen van mijn boeken en al het geld dat ik bij me had.'

'Ook geld?' vroeg ik, me herinnerend dat Ugonio en Ciacconio daar geen melding van hadden gemaakt.

'Ja, en toen vroegen ze me... enfin, ze mishandelden me en lieten me geen rust.'

'Het is vreselijk. U zou moeten uitrusten.'

'Onmogelijk, ik zie ze nog voor me,' zei hij, terwijl hij huiverde en naar een onbepaald punt in het donker staarde.

'Onlangs heb ik ook zulke rare dromen gehad,' zei ik om hem op te beuren, 'waarvan de betekenis onmogelijk was te begrijpen.'

'Betekenis...' herhaalde Stilone Priàso dromerig. 'Je kunt de betekenis van dromen niet begrijpen. Daar is een expert in de oneiromantie voor nodig. Maar wel een echte, geen charlatan of een hoer die je geld probeert af te troggelen.'

Bij die woorden bloosde ik en ik probeerde een ander onderwerp aan te snijden.

'Als u geen slaap hebt, kan ik u wel even gezelschap houden. Ik heb ook geen zin meer om te slapen vannacht,' stelde ik voor in de hoop een gesprek met de Napolitaan te kunnen aanknopen en hem misschien enige informatie te ontfutselen die nuttig zou zijn voor abt Melani's onderzoeken.

'Dat zou ik niet erg vinden. Te meer daar het me erg goed zou uitkomen als je mijn kleren afborstelde, terwijl ik me ga wassen.'

Hij stond op en, eenmaal uitgekleed, liep hij naar het teiltje waar hij zijn handen en bemodderde hoofd begon af te spoelen. Op zijn bed, waar hij zijn kleren en borstel voor me had achtergelaten, ontwaarde ik een aantekenboekje waarop merkwaardige tekens stonden. Daarnaast enkele oude boeken waarvan ik het titelblad begluurde: *Myrotecium, Weerkaatsend chemisch protolumen*, en ten slotte *Fysisch horoscoperend tegenlicht*.

'Bent u geïnteresseerd in alchemie en horoscopen?' vroeg ik, getroffen door die titels met een duistere betekenis.

'Welnee,' riep Stilone uit, zich met een ruk omdraaiend, 'alleen zijn ze op rijm geschreven en ik was ze aan het raadplegen om er inspiratie uit op te doen. Je weet toch dat ik dichter ben?'

'O ja,' deed ik net alsof ik hem geloofde, terwijl ik me opmaakte om te gaan borstelen. 'Bovendien is astrologie verboden, als ik het wel heb.'

'Dat klopt niet helemaal,' weerlegde hij verstoord, 'dat is alleen zo wanneer er gewicheld wordt.'

Om hem niet te alarmeren wendde ik totale onwetendheid op dat gebied voor en daarom herhaalde Stilone Priàso, terwijl hij energiek over zijn hoofd wreef, professoraal wat ik al van Atto had gehoord.

'Uiteindelijk, ongeveer een halve eeuw geleden,' besloot hij, 'liet paus Urbanus VIII midden in zijn pontificaat al zijn woede tegen de oordeelsbepalende astrologen de vrije teugel, nadat ze een dertigtal jaren steeds meer verdraagzaamheid en roem genoten, zelfs bij kardinalen, vorsten en prelaten, die een gelukkige voorspelling verlangden. Het was een aardverschuiving, zodat wie tegenwoordig nog het lot in de sterren leest, grote risico's loopt.'

'Jammer, het zou heel goed zijn om nu te weten hoe het met ons in De Schildknaap afloopt: of we in een lazaret sterven dan wel er heelhuids uitkomen,' daagde ik hem uit.

Stilone Priàso reageerde niet.

'Met behulp van een astroloog zouden we misschien ook kunnen uitvinden of de heer De Mourai is gestorven aan de pest of dat hij echt is vermoord, zoals Cristofano beweert,' probeerde ik nogmaals. 'Op die manier zouden we ons kunnen indekken tegen eventuele verdere dreigementen van de moordenaar.'

'Vergeet het maar. Meer dan enig ander dodelijk wapen onttrekt vergif zich aan het oplettende oog van de sterren. Het is sterker dan welke poging van waarzeggerij en voorspelling ook: als ik iemand moest vermoorden, zou ik juist vergif kiezen om onopgemerkt te blijven.'

Ik verbleekte bij die woorden, en het was of ik er een aanwijzing in zag voor mijn verdenkingen.

Astrologen en vergif: plotseling viel me het gesprek weer te binnen over diverse soorten vergif dat onze gasten had opgevrolijkt rond het lijk van de arme heer De Mourai, op de avond zelf van de opsluiting. Was er toen niet gezinspeeld op het feit dat de experts in de bereiding van gifdranken juist astrologen en parfumeurs waren? En Stilone Priàso, bedacht ik met een huivering, was een astroloog-journaalschrijver, zoals abt Melani net had ontdekt.

'Meent u dat?' reageerde ik, een argeloze belangstelling voorwendend. 'Weet u misschien al van sterfgevallen waarbij vergif werd vermoed en die je niet kon zien aankomen in de sterren...?'

'Eén: abt Morandi,' maakte Stilone bekend, 'was het meest geruchtmakende geval.'

'Wie was abt Morandi?' vroeg ik, mijn spanning slecht verhullend.

'Een monnik en tevens de grootste astroloog van Rome,' antwoordde hij bondig.

'Hoe kan dat, een monnik als astroloog?' wierp ik tegen, terwijl ik ongeloof voorwendde.

'Ik zal je nog meer vertellen: aan het eind van de vorige eeuw was bisschop Luca Glaurico de officiële astroloog aan het hof van maar liefst vier pausen. Gouden tijden! Nu helaas voorgoed voorbij,' zuchtte hij.

Ik zag hem ontdooien.

'Na de kwestie van pater Morandi?' drong ik aan.

'Precies. Je moet weten dat pater Orazio Morandi, de abt van het Sint-Prassedeklooster, nu zo'n zestig jaar geleden de grootste astrologiebibliotheek van Rome had, een waar referentiepunt voor alle bekendere astrologen van toen. Hij onderhield briefwisselingen met de bekendste letterkundigen van Rome, Milaan, Florence, Napels en andere steden, ook buiten Italië. Er waren veel literatoren en wetenschappers die hem raadpleegden over de sterren, en zelfs de arme Galileo Galilei was, toen hij Rome bezocht, bij hem te gast geweest.'

Destijds was abt Morandi, ging Stilone verder, net over de vijftig: hij was welbespraakt, altijd opgewekt, eerder lang dan kort, met een fiere kastanjebruine baard en een haardos die net begon te grijzen. Toentertijd bestond er nogal wat verdraagzaamheid jegens de astrologie. Er waren wetten tegen, maar die werden vrijwel genegeerd. Over abt Morandi echter gingen weinig eervolle geruchten: hij werd er, en niet ten onrechte, van verdacht journaalschrijver te zijn en zijn talrijke kennissen buiten de stad te gebruiken. In het pauselijk gebied circuleerde dan ook een groot aantal anonieme vlugschriften, op andere plaatsen gedrukt, vol berichten over het Romeinse hof. Men hield het erop dat dergelijke roddels werden verzameld en verspreid door Morandi, die bekendstond om zijn belangstelling voor politieke intriges en paleisspelletjes in het Vaticaan. Maar niemand had ooit kunnen bewijzen dat hij er de auteur van was. En dat niet alleen omdat het waarachtig moeilijk was om de schrijver van die krantjes te achterhalen, maar ook omdat de activiteit van journaalschrijvers en klerken, zij het verboden, in werkelijkheid alom getolereerd werd, en er maar zelden echt jacht werd gemaakt op de schrijvers van de berichten en de kranten. Verder was het vanwege de teneur van de berichten in dergelijke kwaadsprekende geschriften duidelijk dat de bronnen van de door pater Morandi verspreide berichten slechts hoogontwikkelde lieden konden zijn, zoals persoonlijke secretarissen van vorsten en kardinalen. Zo niet regelrecht, en waarschijnlijker nog, hun broodheren.

De faam van Orazio Morandi had een hoogtepunt bereikt toen de abt (het was 1630) zich in het hoofd had gehaald te beweren, op basis van zijn astrologische berekeningen, dat paus Urbanus VIII Barberini voor het einde van het jaar zou sterven. Voor hij deze vaststelling ruchtbaar maakte, had de abt andere gerenommeerde sterrenkundigen geraadpleegd. Zij hadden de berekeningen overgedaan en waren tot dezelfde slotsom gekomen.

Alleen pater Raffaello Visconti was het er niet mee eens geweest. Hij doceerde wiskunde in Rome en meende dat de paus, mits hij zich niet blootstelde aan gevaren, niet binnen dertien jaar zou sterven, dus in 1643 of 1644. De hoogleraar werd echter niet helemaal voor vol aangezien door zijn collega's, die het allen eens waren over de ophanden zijnde dood van paus Barberini. De voorspelling van de abt van Sint-Prassede deed bliksemsnel de ronde in Rome en de andere hoofdplaatsen. Als astroloog had hij zo'n groot krediet dat enkele Spaanse kardinalen haastig naar Rome afreisden om deel te nemen aan het conclaaf, dat nu zeker gehouden zou worden. Het gerucht verspreidde zich ook in Frankrijk, zodat kardinaal Richelieu het Romeinse hof moest verzoeken een onmiddellijke oplossing te zoeken om aan deze onverkwikkelijke situatie een einde te maken.

Zo kwam het praatje de paus zelf ter ore. Deze was er allerminst mee ingenomen te vernemen dat zijn laatste uur bijna had geslagen, en dan op dergelijke wijze. Op 13 juli beval paus Urbanus VIII een proces tegen abt Morandi en diens medeplichtigen aan te spannen. Twee dagen later werd Morandi in de Tor di Nona-gevangenis opgesloten; zijn bibliotheek en zijn kamer werden doorzocht en verzegeld.

'En dan nu de verrassing: er werden wel astrologische traktaten gevonden, maar geen courant of astrologische voorspelling die de wil om misdaden of zelfs hekserij te plegen kon bewijzen. Abt Morandi en zijn monniken waren voorzichtig geweest. Het was een vreselijke afgang. De paus dreigde in heel Europa een modderfiguur te slaan,' grinnikte Stilone Priàso.

'En toen?' spoorde ik hem aan, ongeduldig om het vervolg te horen, in de hoop er eindelijk iets interessants in te vinden voor mijn ondergrondse speurwerk.

'En toen ging zijn advocaat een rol spelen. Wie kan de verstandigste, snelste en scherpste der mensen bedriegen en ten val brengen? Een advocaat. Denk eraan, jongen: het is altijd zo geweest en het zal altijd zo zijn.'

De zeer geachte advocaat Theodorus Amayden – vervolgde Stilone Priàso niet zonder sarcasme –, sinds lange tijd rechtsgeleerde van het Sint-Prassedeklooster, kwam de paus te hulp. Amayden ging een paar dagen na Morandi's arrestatie naar de Luna-bibliotheek op de Piazza Pasquino en met het onschuldigste gezicht van de wereld liet hij zich argeloos tegenover meerdere mensen ontvallen dat er bij de huiszoeking niets was gevonden, doch slechts omdat de monniken op het juiste moment de werkkamer waren binnengedrongen, via een geheime doorgang waartoe men toegang had door een houten wand (die de advocaat vrij goed beschreef) los te maken; ze hadden alle geschriften die voor de abt belastend konden zijn meegenomen, ze vervolgens verbrand en deels verstopt. Dit, vervolgde de advocaat, was hem uit de doeken gedaan door een knecht die bij Morandi in dienst was. Nadat hij zijn gesprekspartners versteld had doen staan met dergelijke onthullingen, en vooral met de stoutmoedige wijze waarop hij ze bracht, vertrok Amayden rustig weer naar huis.

Het nieuws belandde uiteraard meteen op de tafel van de rechter, die alle twaalf monniken van Sint-Prassede liet arresteren en Amayden bij zich ontbood.

'Die slang van een advocaat,' siste Stilone vol afkeer, 'had de euvele moed om in het verbaal te bevestigen dat hij in het openbaar het geheim van de weggehaalde wand had uitgesproken: "Twee dagen na de gevangenneming van abt Morandi kwam Alessandro, de knecht van genoemde abt, bij mij thuis en meldde dat de monniken een deel van de werkkamer hadden weggehaald, geschriften hadden gepakt en verbrand. Hij zei met een vrolijk gezicht dat het hof niets belastends voor de abt had gevonden, omdat er niets meer was, omdat ze alle geschriften hadden verbrand"', zei Stilone door zijn neus pratend, de bedrieger-advocaat imiterend.

Dat was het einde. Kort daarop bekenden alle monniken en uiteindelijk gaf Morandi zelf toe dat hij aan de horoscoop van de paus had gewerkt en journaalschrijver was geweest. Onder druk gezet door de vragen van de rechter gaf hij ook de namen van collega's en vrienden op, die op hun beurt weer anderen in hun val meetrokken.

'En zo liep het proces af,' zei ik.

'Integendeel,' antwoordde Stilone Priàso, 'juist toen begon het ingewikkeld te worden.'

In het spel van op te roepen medeplichtigen dreigden er pijnlijke namen boven te komen drijven: vooral die van kardinalen met hun secretarissen en verwanten, die, toen ze de voorspelling van de naderende dood van Urbanus VIII vernamen, bevestiging aan de sterren hadden gevraagd omtrent hun kansen op de tiara. Vanaf het eerste verhoor had Morandi zijn aanklagers enkele hooggeplaatste namen onder de neus gewreven: een boekje met hekeldichten dat hij van de secretaris van het consistorie had gekregen, zou ook door de handen van de majordomus van het Vaticaan zijn gegaan; en een rede in briefvorm, met de horoscoop van de paus, had hij aan de bibliothecaris van de hoogeerwaarde kardinaal de' Medici gegeven. Die rede had hij gekopieerd van pater Raffaello Visconti, en ook de secretaris van zijn neef, kardinaal Antonio Barberini, had er kennis van genomen...

De paus had direct begrepen wat er zich aan de horizon aftekende: een schandaal dat zijn smet zou werpen op heel het consistorie, en in de eerste plaats op zijn eigen familie. Urbanus VIII dekte zich derhalve in door te eisen dat namen van pausen, kardinalen, prelaten en zelfs leken uit de notulen werden gehouden en in cijferschrift in de marge werden aangetekend, of eenvoudigweg opengelaten in de tekst. Aan hem persoonlijk zou de beslissing toekomen om ze al dan niet op te schrijven.

Zodra de ondervragers te ver gingen, kwamen de gewenste omissies van de paus:

'Ik ken velen die bekend zijn met astrologie. Vincenzo Bottelli was mijn leermeester. Hij vertelde mij dat velen in het paleis verstand hadden van astrologie, zoals de kardinalen ***, *** en ***, en verder ***, ***, ***, bovendien *** en ***.'

'Overal kardinalen, kortom', riep Stilone uit. 'De rechter wist, toen hij al die klinkende namen hoorde vallen, best dat die astrologische handel tot stand kwam uit naam van de kardinalen zelf. Dezen riskeerden met oneer beladen te worden als hun dienaren zich een woord te veel lieten ontsnappen. En dan was het bekeken met de hoop, voor wie die had gekoesterd, om ooit tot paus te worden gekozen.'

'En hoe liep het af?' vroeg ik, ongeduldig te horen wat dit hele relaas met vergif te maken had.

'O, daar heeft de… Voorzienigheid voor gezorgd,' antwoordde Stilone met een veelbetekenende grijns. 'Op 7 november 1630 werd abt Morandi dood in zijn cel aangetroffen, op zijn rug op zijn brits, gekleed in de bescheiden pij met de sandalen die hij heel zijn leven had gedragen.'

'Vermoord!'

'Nou, degene die de dood vaststelt is een van zijn monniken, en die heeft geen twijfels: hij ziet "geen enkel teken des kwaads" en erkent dat de overledene "een natuurlijke dood is gestorven, te weten door koorts, en dat weet ik omdat ik altijd zijn medewerker ben geweest terwijl hij in de gevangenis zat". En de abt was volgens de monnik de dagen daarvoor ziek geweest.'

Zes dagen later stelt de arts van de Tor di Nona-gevangenis zijn rapport op: Morandi is na twaalf dagen ziekte overleden. Hij had aanvankelijk een zesdaagse koorts, die kwaadaardig en uiteindelijk dodelijk was geworden. 'Ik heb geen sporen gezien van, noch reden om te denken aan vergif,' verklaart de arts, hetgeen bevestigd wordt door nog eens twee collega's. Iedereen verzwijgt echter dat twee dagen daarvoor, onder gelijke omstandigheden, nog een gevangene is overleden, die samen met Morandi werd vastgehouden en die met hem een taart van onbekende herkomst had gegeten. Geruchten en vermoedens van een vergiftiging deden maandenlang aanhoudend en onuitroeibaar de ronde.

Maar wat deed dat ertoe? Pater Morandi was dood, en droeg op zijn eenzame schouders de vreselijke last van de ondeugden van het hele pauselijk hof. Tot ieders grote opluchting werd de sluier, die achteloos was opgelicht, weer in alle haast neergelaten.

Urbanus VIII beval de rechter met een korte chirograaf om de uitspraak van het proces op te schorten, stelde de kopiisten, astrologen en monniken vrij van straf en verordonneerde dat van verdere gerechtelijke stappen tegen hen werd afgezien.

Stilone Priàso zweeg en keek me aan. Hij had zich afgedroogd en stapte in bed, terwijl hij in stilte mijn reactie op het verhaal afwachtte.

Dus ook in abt Morandi's geval had het vergif zich, net als bij de heer De Mourai – ging ik bij mezelf na, terwijl ik de geborstelde kleding over de stoel legde –, onder het mom van ziekte aangediend.

'Maar waren ze niet allemaal schuldig?' wierp ik intussen tegen, gegrepen door het treurige verhaal.

'Welbeschouwd hadden de kopiisten gekopieerd, hadden de monniken de bewijzen verborgen gehouden, hadden de astrologen over de dood van de paus gespeculeerd. En bovenal hadden de kardinalen steun betoond. Het was daarom niet onrechtvaardig om ze te straffen; maar daartoe had men tot een uitspraak moeten komen,' merkte Stilone Priàso op, 'die opschudding zou veroorzaken. Juist dat wat de paus het minst uitkwam.'

'Urbanus VIII stierf dus niet in dat jaar.'

'Nee, inderdaad. Morandi zat er totaal naast met zijn voorspellingen.'

'Wanneer stierf hij dan?'

'In 1644.'

'Maar was dat niet juist het jaar dat door pater Visconti, de wiskundige, was berekend?'

'Zeker,' antwoordde Stilone Priàso. 'Als de abt van Sint-Prassede beter naar zijn vriend de professor had geluisterd, zou hij de dood van Urbanus VIII echt hebben voorspeld. Maar hij voorspelde die van hemzelf.'

'En wat gebeurde er na Morandi's dood met de astrologen?' vroeg ik, somber geworden door zijn lugubere opmerking.

'De lijst is snel gemaakt: de afzwering van Galileo, de ballingschap van Argoli, de vlucht van Campanella, de brandstapel van Centini. Dat alles in de loop van slechts enkele jaren.'

Toen zweeg Stilone, alsof hij een moment van rouw in acht nam.

'En de astrologie werd ten slotte verpletterd onder het gewicht van de pauselijke missiven,' besloot hij.

'Maar als Morandi wist dat het einde voor hem naderde, had hij zich toch veilig kunnen stellen?' vroeg ik, inmiddels afgeleid van de onderzoeksintenties waarmee ik Stilone Priàso's verhaal had losgekregen.

'Je vraagt of er een hindernis op te werpen is tegen de invloed van de sterren. Moeilijk vraagstuk! De dominicaner monnik Tommaso Campanella, een man van veel kennis en nog meer geest, schreef *Het te vermijden lot van de sterren*, waarin hij juist de kunst onderricht om te ontsnappen aan de loop waarmee ons de sterren verschijnen. Anderzijds echter lijkt Campanella juist op die bladzijden te suggereren dat er in het uiterste geval ook voor de astroloog zelf geen uitweg is.'

'Wat, niet eens voor wie de sterren eerst en beter leest dan de anderen? Dan valt er tegen de wil van de sterren niets in te brengen!' riep ik met een rilling uit.

'Misschien. Misschien ook niet,' glimlachte Stilone Priàso dubbelzinnig.

'Waarom is Onze-Lieve-Heer dan op aarde gekomen? Als de macht van de hemelsferen alles domineert', en ik beefde, terwijl ik mezelf zo hoorde 'dan bestaat er geen verlossing.'

'Wat zou je ervan zeggen als ik je vertelde dat zelfs van de heilige Verlosser,' lachte Stilone Priàso allerminst verstoord, 'een horoscoop is gemaakt?'

En hij legde mij uit dat er aanvankelijk scharen geleerden waren, met roemrijke namen als Albertus Magnus, Pierre d'Ailly of Albumasar, die zich waagden aan de horoscoop van Onze-Lieve-Heer. Daarna wijdden steeds lagere geesten zich aan het blasfemische spelletje: onder hen de niettemin uitnemende Gerolamo Cardano, maar ook enkele onbeduidende plattelandsprelaten.

'En wat staat er in de horoscoop van Christus te lezen?'

'Niet weinig, geloof me. Zijn geboorte is een van de wonderbaarlijkste. Volgens Gerolamo Cardano betekent de komeet die bij zijn geboorte verscheen de eeuwige schittering van de roem, Jupiter betekent dat hij zich op zachte wijze voegt, dat hij rechtvaardig en zachtaardig is; de korenaar in het sterrenbeeld Maagd schenkt verder charme, welbespraaktheid en voorspellende gaven; de ascendant ten slotte, die de uiteinden van de Weegschaal van de achtste en negende sfeer verbindt, en de punt van de herfstequinox, verlenen het hele goddelijke kader een uitzonderlijk karakter. Volgens Campanella echter zou het astrale kader van de Messias ook weer niet zo uniek zijn als anderen te zien geven. Mede omdat zijn eigen horoscoop volgens Campanella nog veel uitzonderlijker was.'

'De zijne? Stelde Campanella zich boven Christus?'

'Min of meer. De inquisitie beschuldigde hem ervan zich voor te doen als de Messias, omdat hij beweerde dezelfde opmerkelijke planetenstand als Jezus te hebben op het moment van zijn geboorte.'

'En was de beschuldiging terecht?'

'Ja en nee. Ze was onterecht omdat Campanella zich voorzover ik weet nooit voor profeet heeft uitgegeven. Ze was ten dele terecht, omdat hij de vergissing beging zich te laten ontvallen, ook in de gevangenis, dat de aanwezigheid van zeven planeten in de ascendant (veel koningen en keizers hadden er niet meer dan drie) zo uitzonderlijk was dat hij, zoals joodse en Duitse astrologen hem hadden verzekerd, weldra zou stijgen tot de Wereldmonarchie. Een enigszins vermetele voorspelling, vind je ook niet?'

'Hoe liep het af?'

'Op een heel andere manier dan Campanella had verwacht. Hij bracht vanwege zijn beweringen lange jaren in de gevangenis door. Het was Urbanus VIII die zijn gevangenschap verlichtte, omdat hij gebruikmaakte van zijn astrologische vaardigheden. De voorspellingen van abt Morandi over zijn ophanden zijnde dood waren zich aan het verspreiden, en de paus was bang.'

'Dus ook Urbanus VIII zelf geloofde in de astrologie die hij zo bestreed!'

'Natuurlijk! Ik heb je toch gezegd dat iedereen, maar dan ook iedereen in elke periode hulde heeft betoond aan Madame Astrologie,' grinnikte Stilone Priàso weer. 'Zelfs Galileo verlaagde zich, wanneer hij geld nodig had, ertoe een paar ascendanten te berekenen.'

Toen de voorspelling van paus Barberini's dood, hervatte hij zijn verhaal, van mond tot mond ging, viel hij ten prooi aan de somberste angsten. Terwijl hij publiekelijk minachting tentoonspreidde voor abt Morandi's voorspelling, ontbood hij in het geheim Campanella en vroeg hem bevend de dreiging te bezweren. De dominicaan deed wat hij kon: door besprenkeling met geuren en parfums tegen de kwalijke luchten, door de paus witte gewaden te laten dragen die de effecten van de verduistering bezwoeren, door fakkels te ontsteken die de zeven planeten symboliseerden, enzovoorts.

'Het geluk leek aanvankelijk aan Campanella's zijde. Het gevaar werd bezworen en toen abt Morandi was gestorven, had de dominicaan zich eindelijk kunnen verheugen in de pauselijke erkenning. Maar zijn slechte gesternte sloeg wederom toe: iemand verried hem en zo evenaarde hij, althans in dat opzicht, Jezus Christus. Buiten zijn medeweten werd aan zijn vaste drukker in Frankrijk een vertrouwelijk manuscript van hem gestuurd: *Het te vermijden lot van de sterren*. De verraders waren twee dominicanen die zeer jaloers waren door de geruchten volgens welke hun medebroeder zou opklimmen tot het ambt van adviseur van het Heilig Officie. De Franse drukker liep in de val:

hij dacht dat Campanella (die de laatste jaren meer tijd in de gevangenis dan in vrijheid had doorgebracht) geen begeleidende brief bij het traktaatje had kunnen voegen. *Het te vermijden lot van de sterren* werd gepubliceerd.'

'Maar is dit *Het te vermijden lot van de sterren* niet een boek dat leert de kwaadaardige invloeden van de sterren te ontwijken?'

'Juist, en voor Campanella was het de zoveelste ondergang. In het boek stonden minutieus de bezwerende praktijken beschreven waaraan Campanella de paus had onderworpen. Ceremoniën waarover in Rome al lang de geruchten gingen en waarvoor niemand bewijzen had, maar die volgens velen duivelse riten verhulden. *Het te vermijden lot* leek met het vooropgezette doel te zijn geschreven om de Heilige Stoel te saboteren. Om het schandaal en de woede van de paus te sussen moest Campanella in allerijl een ander boekje uitbrengen, waarin hij trachtte aan te tonen dat dergelijke rituelen niet bijgelovig waren en evenmin compromissen met de Duivel, dat ze te verklaren waren volgens de criteria van de natuurfilosofie en de ervaring van de zintuigen. Ten slotte moest de dominicaan echter naar Frankrijk vluchten, waar hij een schuilplaats vond voor de vervolgingen en kon doceren aan de Sorbonne. De koningin vroeg hem zelfs de horoscoop te berekenen van de pasgeboren dauphin.'

'Lodewijk XIV dus?'

'Juist. Gelukkig bracht Campanella de laatste belangrijke voorspelling van zijn leven er wel goed af. Hij zei dat de toekomstige koning lang zou regeren, hardvochtig zou zijn, maar succesrijk. Precies wat er is gebeurd. Maar nu is het beter dat ik mezelf onderbreek. Ik krijg godzijdank weer wat slaap.'

Het was ochtend. Met stille opluchting begroette ik het einde van het gesprek. Ik verweet mezelf wederom dat ik hem zelf aanvankelijk had aangemoedigd. Ik had niet alleen niemendal ontdekt over de vergiftiging van De Mourai, noch over de diefstal van mijn pareltjes, maar aan het slot van dit lange onderhoud waren ook mijn ideeën nog wankeler dan voorheen.

Ik vroeg me af of mijn verlangen om tot het beroep van journaalschrijver toe te treden niet te veel gevaren voorspelde: door de uitzonderlijke verwantschap met mensen als abt Morandi, die zijn voorspellingen toevertrouwde aan kranten en aanplakbiljetten, liep ik het risico verward te worden met een astroloog, of misschien wel met een tovenaar of een ketter.

Tegelijkertijd vulde mijn gemoed zich met een gerechtvaardigde woede: was het terecht om te worden gestraft, zoals de abt van Sint-Prassede was gebeurd, wegens een zonde waaraan de kardinalen en pausen zelf leken toe te geven? Als astrologie maar een onschuldig spelletje was, het dwaze gevolg van ledigheid, waarom dan zo'n verbetenheid tegen Morandi en Campanella? Als het daarentegen een zonde was waar een ernstige straf op stond, hoe kon het dan dat zo'n groot deel van het Romeinse hof ermee te maken had gehad?

Maar ik zou de wetenschap van de planeten en de constellaties zeer waarschijnlijk niet op de proef kunnen stellen. Om mijn horoscoop te kunnen trekken moest ik beschikken over juist datgene wat mij, als vondeling, nooit gegeven kon worden: een geboorteuur en -jaar.

Vijfde dag
15 september 1683

Nadat ik Stilone Priàso alleen had gelaten, was ik uitgeput naar mijn kamer teruggegaan. Ik weet niet waar toen de kracht vandaan kwam om mijn dagboek bij te houden, maar ik slaagde erin. Vervolgens keek ik de reeds gevulde pagina's door. Ik recapituleerde moedeloos de uitkomsten van de schuchtere onderzoeken die ik had uitgevoerd bij de gasten van De Schildknaap: wat had ik ontdekt? Vrijwel niets. Elke gelegenheid was vals alarm gebleken. Ik had gehoord van feiten en omstandigheden die met het trieste einde van de heer De Mourai maar weinig van doen hadden, en die me vaak nog meer in verwarring hadden gebracht.

Maar wat wist ik uiteindelijk van De Mourai? vroeg ik me af, terwijl ik, nog aan de schrijftafel, langzaam op een arm neerzeeg. In de deken van de slaap rolden mijn gedachten ver weg, maar gaven zich niet gewonnen.

De Mourai was Fransman, oud en ziek, en zijn gezichtsvermogen was inmiddels heel zwak. Hij was tussen de zestig en zeventig jaar oud. Hij werd vergezeld door de jonge Franse musicus Devizé en Pompeo Dulcibeni. Hij leek van deftige afkomst en meer dan welgesteld. Hetgeen nogal contrasteerde met zijn slechte gezondheidstoestand: het was alsof hij in het verleden lange kwellingen had moeten verdragen.

Bovendien, waarom was een edelman van zijn statuur in De Schildknaap beland?

Ik wist van Pellegrino dat de wijk Ponte, waar onze herberg stond, al lang niet meer de buurt van de grote herbergen was. Die had je nu bij de Piazza di Spagna. Logeren in De Schildknaap was misschien beter voor iemand die over weinig geld beschikte. Of voor iemand die buren met een deftig taalgebruik wilde mijden: maar waarom?

De Mourai had bovendien de herberg uitsluitend verlaten bij zonsondergang, en dan alleen voor korte wandelingen in de buurt: zeker niet verder dan de Piazza Navona, of de Piazza Fiammetta...

Piazza Navona, piazza Fiammetta: daar begonnen mijn slapen pijnlijk te kloppen en, met veel moeite overeind gekomen van de stoel, liet ik me als een ledenpop op mijn bed vallen.

In dezelfde houding werd ik de volgende ochtend wakker. Het was al licht. Iemand had op de deur geklopt. Het was Cristofano, woedend dat ik op dat uur nog niet aan een van mijn verplichtingen was begonnen.

Uiterst sloom na slechts een paar uur slaap kwam ik overeind en ging op mijn bed zitten. In mijn broek vond ik het horoscopenblaadje dat de lijkenpikkers Stilone Priàso afhandig hadden gemaakt. Ik verkeerde nog onder invloed van de buitengewone gebeurtenissen van de nacht daarvoor: het traject vol onzekerheden en verrassingen in de onderaardse gangen, het schaduwen van Stilone, en als laatste de vreselijke lotgevallen van abt Morandi en Campanella, die de Napolitaan me in de laatste uren voor zonsopgang had verteld. Ondanks de vermoeidheid die zich in mij vastzette, was die levendige overvloed aan indrukken van de zintuigen en de geest in mij nog volop gaande toen ik het blaadje lui opensloeg. Misschien weerstond ik mede vanwege een stevige hoofdpijn niet de verleiding om weer te gaan liggen; even maar, dacht ik. En ik begon het boekje door te bladeren.

Voorin stond een lange, geleerde opdracht aan ene ambassadeur Buonvisi, en vervolgens een niet minder gepolijste openingsrede, gericht aan de lezer.

Verder stond er een tabel in met de titel Berekening van het opkomen van de Zon, die ik maar oversloeg. Eindelijk vond ik een Algemene rede over het jaar 1683:

> Het begint conform het gebruik van de Heilige Rooms-Katholieke Kerk op Vrijdag, de eerste dag van Januari, en volgens de oude astronomische stijl, wanneer de Zon de hele ronde van de twaalf tekenen van de Dierenriem zal hebben afgelegd, en die bij de eerste grens van het sterrenbeeld Ram weer terug zal gaan, want Fundamentum Principale in revolutionibus annorum mundi et introitus Solis in primum punctum Arietis. Dus met behulp van het Tychonisch systeem...

Ongeduldig geworden liet ik dat vertoon van astronomische kennis maar zitten. Ik las verderop dat er in de loop van het jaar vier eclipsen zouden optreden (waarvan er echter niet één vanuit Italië te zien zou zijn); en toen kwam er een lijst met een hoop getallen die mij geheel duister waren, getiteld *De rechte klimming van de hemelfiguur van de Winter*.

Ik was terneergeslagen. Alles leek me buitengewoon ingewikkeld. Ik zocht alleen maar een voorspelling van het lopende jaar, en bovendien had ik niet veel tijd. Eindelijk vond ik een veelbelovende titel: *Lunaties en Combinaties en andere Aspecten van de Planeten voor heel het jaar 1683*. Nu was ik dan aanbeland bij gedetailleerde veronderstellingen, verdeeld over seizoenen en maanden, die heel het jaar betroffen. Ik bekeek de bladzijden tot ik uiteindelijk de vier weken van september vond:

> *Over het Achtste huis beschikt Saturnus, die tevens de ouderen met levensgevaren bedreigt.*

Ik was ontdaan. Die voorspelling verwees naar de eerste week van de maand, maar zeker was dat de oude Mourai een paar ochtenden later op mysterieuze wijze was overleden. Ik keek snel verder naar de tweede week, aangezien De Mourai op de 11de was gestorven, en weldra hield mijn blik halt:

> *Wat ziekten betreft, over het Zesde huis beschikt Jupiter, die zal trachten gezondheid te schenken aan vele patiënten. Doch Mars in het vuurteken tegenover de Maan laat zien dat hij* velen wil kwellen door kwaadaardige koortsen, en giftige ziekten, *want boven die plaatsing stond geschreven*: Lunam opposito Martis morbos venenatos inducit, sicut in signis igneis, terminaturque cito, & raro ad vitam. *Over het Achtste huis beschikt Saturnus, die de ouderdomsleeftijd zeer bedreigt.*

Niet alleen had de schrijver helder gezien dat de bejaarden opnieuw door Saturnus werden bedreigd en had hij de dood van de heer De Mourai goed gehad, maar ook had hij het lijden voorspeld dat mijn baas en Bedford te wachten stond door *kwaadaardige koortsen* en *giftige ziekten*. Nog daargelaten dat de toespeling op gif misschien vooral de bejaarde Fransman betrof.

Ik ging een paar regels terug en hervatte de lectuur van de eerste week, met het goede voornemen om mij er zelfs niet van los te maken wanneer Cristofano opnieuw zou komen aankloppen.

De noodsituaties die nagevorst moeten worden aan de hand van de stand van de sterren deze week, zullen ons worden gezonden door Jupiter als heer van het Tiende huis, die met fraaie sluwheid een geheime schat probeert bloot te leggen om in het Vierde huis met de Zon en Mercurius te staan; Mercurius, begunstigd door Jupiter in het aardse teken, betekent het ontstaan van onderaardse branden, en aardbevingen tot angst en schrik van de menselijke soort; daarom stond er verder geschreven: Eo item in terrae cardine, & in signo terreo fortunatis ab eodem cadentibus dum Mercurius investigat eumdem, terraemotus nunciat, ignes de terra producit, terrores, & turbationes exauget, minerias & terrae sulphura corrumpit. *Saturnus in het Derde huis, heer van de Week, belooft grote sterfte door middel van veldslagen, en overvallen op de Steden, en door vierkant op Mars te staan toont hij aanzienlijke vestingovergave, en dat willen Ali en Leopold de Oostenrijker.*

Met enige moeilijkheid (waaronder de geleerde oproepen aan de meesters van de astrologische leer) kon ik iets begrijpen. En opnieuw huiverde ik. In de voorspelling van *de blootlegging van een geheime schat en van het ontstaan van onderaardse branden en aardbevingen tot angst en schrik van de menselijke soort* herkende ik onmiskenbaar de meest recente gebeurtenissen in De Schildknaap.

Wat was de *geheime schat* die begin van de maand aan het licht zou komen, anders dan de raadselachtige brieven in Colberts werkkamer die Atto vlak voor de dood van de minister, juist op 6 september, had ontvreemd? Alles leek glashelder en vreselijk in zijn onontkoombaarheid. Bovenal viel de datum van het overlijden van Colbert, die vast niet jong gestorven was, samen met de *levensbedreigingen voor ouderen*, waarover het krantje sprak.

Ook de *aardbevingen en onderaardse branden* kwamen mij bekend voor. Ik moest wel denken aan het gerommel dat we begin van de maand uit de kelder hadden horen komen. Het vreselijke gedreun had ons de komst van een aardbeving doen vrezen, terwijl het gelukkig alleen maar een scheur in de muur van de trap op de eerste verdieping had achtergelaten. Maar het had weinig gescheeld of meneer Pellegrino had een beroerte gekregen.

En wat te zeggen van de *grote sterfte door veldslagen, en overvallen op de Steden*, zoals *Ali en Leopold de Oostenrijker* hebben voorspeld? Wie zou hier niet de strijd tegen de Turken en het beleg van Wenen in hebben herkend? De namen zelf van de twee grote astrologen brachten op verontrustende wijze de namen van keizer Leopold van Oostenrijk en de volgelingen van Mohammed in herinnering. Mij bekroop de angst om verder te lezen en ik snelde onmiddellijk naar de vorige bladzijden. Ik stopte bij de maand juli, waar, zoals ik had verwacht, de Ottomaanse opmars en het begin van de belegering werden voorspeld:

> *De Zon in het Tiende huis betekent onderwerpingen van volkeren, Republieken en van buren aan een hogere buur, en dat wil Ali...*

Uitgerekend op dat moment klopte Cristofano op mijn deur.

Ik verstopte het astrologiekrantje onder mijn matras en ging in allerijl de deur uit. De oproep van de arts was bijna als een bevrijding gekomen: de exactheid waarmee de gebeurtenissen (en dan vooral die treurige en gewelddadige) leken te zijn voorspeld door de schrijver van het blaadje, had me in grote verwarring gebracht.

Terwijl ik het middagmaal in de keuken klaarmaakte en tegelijkertijd Cristofano hielp bij de bereiding van enkele geneesmiddelen voor Bedford, piekerde ik verder. Ik moest en zou het begrijpen. Het was of ik op een of andere manier de gevangene van de planeten was, en dat ons aller leven, zowel in De Schildknaap als in Wenen, zich tevergeefs woelde in een fatale versmalling, in een onzichtbare trechter die ons zou leiden naar waar we misschien niet heen wilden, terwijl onze droeve gebeden vol vertrouwen rondwaarden in de vergetelheid van een donkere, onbewoonde Hemel.

'Wat een wallen, jongen. Lijd je soms aan slapeloosheid?' vroeg Cristofano. 'Weinig slapen is heel ernstig: als hoofd en hart niet ophouden met waken, gaan de poriën niet open en laten ze niet de lichaamssappen verdampen die aangetast zijn door de inspanningen van de dag.'

Ik gaf toe dat ik inderdaad niet voldoende sliep. Cristofano waarschuwde mij toen dat hij niet zonder mijn diensten kon, en vooral nu hij, met mijn hulp, de gasten volmaakt gezond wist te houden. En waarachtig, vervolgde hij om me op te beuren, iedereen had de lof gezongen over mijn bijdrage.

De arts wist kennelijk niet dat ik nog geen enkele behandeling had gegeven aan Pompeo Dulcibeni, noch aan de jonge Devizé en evenmin aan Stilone Priàso, met wie ik toch bijna een hele nacht had doorgebracht. En dat dus tenminste de gezondheid van deze drie gasten te danken was aan Moeder Natuur in plaats van aan zijn therapieën.

Cristofano liet het echter daar niet bij: hij maakte zich op om een preparaat voor mij in gereedheid te brengen waardoor ik de slaap zou vatten.

'Heel Europa heeft het duizenden keren ondervonden. Het is goed voor de slaap en voor het merendeel van de wezenlijke ziekten van het lichaam, nog afgezien van een ontelbare rij rampen. Als ik je hier de wonderen vertelde die ik ermee heb verricht, dan zou je me niet geloven,' verzekerde de Toscaan mij. 'Het heet magnolicoor en het wordt ook in Venetië gemaakt, bij drogisterij De Beer op de Campo di Santa Maria Formosa. De bereiding kost veel tijd, maar kan slechts in de maand september afgerond worden.'

En met een glimlach haalde hij uit zijn zakken, waarvan de inhoud reeds het keukentafeltje in bezit had genomen, een grappig flesje van klei.

'Het is noodzakelijk om met de bereiding van de magnolicoor te beginnen in de lente, door twintig pond gewone olie te koken, met twee pond gerijpte witte wijn...'

Terwijl Cristofano zoals gewoonlijk tot in de obsessieve puntjes samenstelling en wonderlijke krachten van zijn preparaat opsomde, bleven mijn gedachten rondgaan.

'... en nu het september is, doen we er balsemkruid en een lekkere hoeveelheid fijne brandewijn van baas Pellegrino bij.'

Ik ontwaakte abrupt weer uit mijn gedachten bij het nieuws van de verdere plundering van kruiden uit de kelder van mijn baas. Cristofano merkte mijn verstrooidheid op.

'Jongen, wat houdt jouw hoofd en hart toch bezig?'

Ik vertelde hem dat ik die ochtend wakker was geworden met een sombere gedachte: als ons leven, zoals sommigen beweren, door de planeten en de sterren wordt bestuurd, dan is alles vergeefs, inclusief de medicijnen die Cristofano zelf zijn best deed te maken. Maar meteen verontschuldigde ik mij en voerde vermoeidheid aan voor mijn wartaal.

Hij keek me verbijsterd en met een zweem van begrip aan: 'Ik begrijp niet waar je die vragen vandaan hebt, maar je hebt geen wartaal gesproken. Integendeel: ikzelf heb hoge achting voor de astrologie. Ik weet dat veel artsen lachen om die wetenschap, en hun antwoord ik dan wat Galenus schreef, en wel *medici Astrologiam ignorantes sunt peiores spiculatoribus et homicidis*, artsen die niets van astrologie af weten zijn erger dan denkers en moordenaars. Afgezien van wat Hippocrates, Schottus en eindeloos veel andere deskundige schrijvers zeiden, bij wie ik me aansluit om op mijn beurt mijn sceptische collega's uit te lachen.'

Terwijl hij druk in de weer was om volgens recept de bereiding van de magnolicoor af te ronden, vertelde Cristofano mij dat men zelfs dacht dat de Zwarte Dood had afgehangen van een conjunctie van Saturnus, Jupiter en Mars op 24 maart 1345, en ook de eerste epidemie van de Franse ziekte zou veroorzaakt zijn door de conjunctie van Mars en Saturnus.

'*Membrum ferro ne percutito, cum Luna signum tenuerit, quod membro illi dominatur,*' declameerde hij, 'oftewel moge het iedere chirurgijn ontglippen om dat ledemaat af te zetten dat correspondeert met het teken van de dierenriem waarin de Maan op die dag staat, vooral als ze geraakt is door Saturnus en Mars, die kwade planeten voor de gezondheid zijn. Een voorbeeld: als de horoscoop van de zieke een negatieve uitkomst voorspelt voor een bepaalde ziekte, kan de arts met beleid proberen hem te redden door hem te behandelen op de dagen dat de sterren het gunstigst staan.'

'Dus met iedere constellatie van de dierenriem correspondeert een deel van het lichaam?'

'Zeker. Wanneer de Maan in Ram staat, en Mars en Saturnus tegenover zich heeft, moeten aan hoofd, gezicht en ogen uit te voeren operaties achterwege worden gelaten; in Stier aan hals, nek en keel; in Tweelingen aan schouders, armen en handen; in Kreeft aan borst, longen en maag; in Leeuw aan het hart, de rug en de lever; in Maagd aan de buik; in Weegschaal aan de scheenbenen, heupen, navel en ingewanden; in Schorpioen de blaas, schaamheuvel, het been van de rug, geslachtsdelen en kont; in Boogschutter de dijen; in Steenbok de knieën; in Waterman de benen; in Vissen, als ik het wel heb, voeten en hielen.'

Hij vervolgde dat de beste tijd voor een goede purgeerkuur was wanneer de Maan in Schorpioen of Vissen stond. Daarentegen kan beter geen medicijn worden toegediend wanneer de Maan in de herkauwende sterrenbeelden staat, in conjunctie met een paar retrograde planeten, omdat dan de patiënt het gevaar loopt het uit te braken en andere schadelijke veranderingen op te lopen.

'Met *de Maan in de herkauwende tekenen kunnen zieken op bizarre ongelukken rekenen*, zoals de hooggeleerde Hermes onderrichtte. En dat heeft vooral dit jaar gegolden, want in de lente en de winter heeft ze vier retrograde planeten gehad, waarvan drie in herkauwende sterrenbeelden,' besloot hij.

'Maar dan verandert ons leven in een strijd tussen de planeten.'

'Nee, integendeel, dit toont aan dat de mens met de sterren, zoals ook met heel de rest van de schepping, zijn eigen geluk of ongeluk kan construeren. Hij moet zelf gebruikmaken van de intuïtie, intelligentie en wijsheid die God hem geschonken heeft.'

Hij legde uit dat de planeetinvloeden een tendens, een richting, een geneigdheid aangaven, nooit een verplichte weg.

Cristofano's interpretatie ontkende niet de invloed van de sterren, maar bekrachtigde het oordeel van de mensen en vooral de suprematie van de wil Gods. Ik voelde me langzaam aan opgelucht.

Ik had intussen mijn taken beëindigd. Voor het middagmaal had ik broodsoep gekookt met rijstemeel, stukjes gerookte steur, citroensap en ten slotte een flinke laag kaneel. Maar het was pas over een paar uur etenstijd en dus liet Cristofano mij vrij. Niet echter voordat hij mij een fles van zijn magnolicoor had gegeven met de aanwijzing om er net een drupje van te drinken en er voor het slapen gaan mijn borst mee te besprenkelen, zodat ik er de heilzame dampen van opsnoof en een goede nachtrust kreeg.

'Vergeet niet dat het ook heel goed is om wonden en elk soort pijn te behandelen. Met uitzondering echter van de wonden van de Franse ziekte die, als ze ingesmeerd zijn met magnolicoor, de hevigste krampen veroorzaken.'

Ik ging net de trap weer op, toen ik ter hoogte van de eerste verdieping de echo hoorde van de klanken van Devizé: hij was opnieuw het rondo aan het uitvoeren dat me zo had veroverd en dat zo wonderbaarlijk aller ziel tot rust leek te brengen.

Op de tweede verdieping aangekomen hoorde ik mijn naam fluisteren. Ik ging de gang op en zag achterin uit de op een kier staande deur abt Melani's rode kousen opduiken.

'Ik heb je siroop nodig. De vorige keer heeft die me veel goed gedaan,' sprak hij met nadrukkelijk gedragen stem, vrezend dat Cristofano in de buurt was, terwijl hij mij druk gebaarde zijn kamer in te komen, waar mij, in plaats van het toedienen van een siroop, belangrijke noviteiten wachtten.

Alvorens de deur achter mij te sluiten luisterde de abt nog een laatste keer naar de verrukkelijke echo van het rondo.

'Ach, de macht van muziek,' zuchtte hij verrukt.

Hij begaf zich vervolgens met een levendig gezicht naar de schrijftafel: 'Nu wij, jongen. Zie je dit? In deze weinige kaarten schuilt meer werk dan jij je ooit kunt indenken.'

Mooi uitgestald op tafel lag de stapel handbeschreven vellen die ik hem tijdens mijn vorige bezoek enigszins ongerust had zien bedekken.

Hij legde me uit dat hij al sinds lange tijd bezig was een gids van Rome te schrijven voor Franse bezoekers, omdat hij vond dat die welke verkrijgbaar waren niet aansloten op de eisen van reizigers, noch recht deden aan het belang van de oudheden en kunstwerken die in de zetel van het pausdom te bewonderen waren. Hij liet mij de laatste bladzijden zien die hij in Parijs had geschreven, met een dicht openstaand, minutieus handschrift. Het ging om een hoofdstuk over de Sint-Athanasiuskerk.

'Ja, en?' vroeg ik verbaasd, terwijl ik ging zitten.

'Ik hoopte mijn uren van vrijheid tijdens dit verblijf in Rome te kunnen benutten om mijn gids af te maken. Vanmorgen was ik er juist mee bezig, toen ik een lumineus idee kreeg.'

En hij vertelde mij dat hij vier jaar eerder, in 1679, juist in de Sint-Athanasiuskerk een bizarre, onverwachte ontmoeting had gehad. Na te hebben verwijld bij de edele voorgevel die gewijd was aan Martino Longhi, was hij de kerk binnengegaan en stond hij in een zijkapel een fraai doek van Trabaldesi te bewonderen. Ineens werd hij zich met schrik de aanwezigheid van een vreemdeling naast hem bewust.

In het halfduister zag hij een bejaarde priester die naar zijn hoofddeksel te oordelen een jezuïet was. Hij was erg krom en ten prooi aan een licht maar onophoudelijke trillen van zijn bovenlijf en armen. Hij leunde op een stok, maar had ook twee jonge dienstmeisjes bij zich, die hem bij de arm hielden en zijn pijn bij het lopen verlichtten. Zijn grijze baard was goed verzorgd en de rimpels hadden zijn voorhoofd en wangen barmhartig doorgroefd. Zijn blauwe ogen, scherp als twee dolken, deden geloven dat het hem jaren daarvoor niet aan scherpzinnigheid en welbespraaktheid had ontbroken.

De jezuïet had Atto recht aangekeken en met een zwakke glimlach had hij geoordeeld: 'Uw ogen... ja, die zijn magnetisch.'

Abt Melani had, vaag ongerust, een vragende blik geworpen naar de twee begeleidsters van de oude priester. De meisjes echter hadden gezwegen, alsof ze niet zonder toestemming van de grijsaard durfden te spreken.

'De Magnetische Kunst is van groot belang in deze wijde Wereld,' was de jezuïet verdergegaan, 'en als je ook Meester bent in de Katoptrische Gnomonica dan wel de Nieuwe Spiegelhorlogegrafie, kun je je iedere Koptische Prodromus besparen.'

De twee dienstmeisjes zwegen verward, alsof deze gênante situatie zich al eens had voorgedaan.

'Als je verder al de Extatische Hemelse Gang hebt ondernomen,' hervatte de oude man met raspende stem, 'heb je geen Maltezer planetaria of fysiekmedische Stemmingen nodig, omdat de Grote Kunst van Licht en Schaduw, opgelost door de Diatribe van de Wonderbaarlijke Kruisen en de Nieuwe Polygrafie, je alle Aritmologia, Musurgia en Fonurgia zal schenken die je nodig hebt.'

Abt Melani had roerloos gezwegen.

'Maar de Magnetische Kunst kan niet geleerd worden, omdat ze behoort tot de natuur van de mens,' had de oude prelaat daarna betoogd. 'De Magneet is magnetisch. Ja, dat wel, maar de *Vis Magnetica* komt ook van gezichten af. En van muziekstukken, en dat weet je best.'

'Kent u mij dan?' had Atto Melani gevraagd, denkend dat de oude man wist dat hij zanger was geweest.

'De Magnetische Kracht van muziek zie je bij Tarantula's,' vervolgde de onbekende echter alsof Atto niets had gezegd, 'die kan een tarantulabeet genezen, en die kan nog veel meer genezen. Begrijp je?'

En zonder dat Atto de tijd kreeg om te antwoorden, gaf de oude toe aan een stille lach die hem inwendig steeds meer deed schudden en schokken. Hij trilde van top tot teen, en zijn jonge begeleidsters moesten hem stevig ondersteunen om te voorkomen dat hij zijn evenwicht verloor. De dwaze uitbarsting van hilariteit leek somtijds aan lijden te grenzen en vervormde de trekken van zijn gezicht monsterlijk, terwijl de tranen over zijn wangen stroomden.

'Maar pas op,' ging de jezuïet moeizaam verder met zijn gezwatel, 'de Magneet gaat ook schuil in Eros, en daar kan zonde uit voortkomen, en jij hebt magnetische ogen, maar de Heer wil geen zonde, de Heer wil dat niet!' en hij hief de stok op in een poging om abt Melani onhandig te raken.

Op dat punt hadden de twee dienstmeisjes hem tegengehouden, en een van de twee had hem gekalmeerd door hem naar de uitgang van de kerk te leiden. Sommige gelovigen raakten afgeleid van het bidden en keken nieuwsgierig naar het tafereel. De abt had een van de twee meisjes tegengehouden: 'Waarom is hij naar mij toe gekomen?'

Het meisje overwon de verlegenheid van eenvoudige zielen en legde uit dat de oude man vaak onbekenden benaderde en hen met zijn overpeinzingen lastigviel.

'Hij is een Duitser. Hij heeft veel boeken geschreven, en nu hij zichzelf niet meer is, noemt hij er voortdurend de titels van. Zijn medebroeders schamen zich, hij verwart vaak de levenden met de doden, en zij laten hem zelden de deur uit gaan. Maar hij is niet altijd zo: mijn zus en ik, die hem geregeld op zijn wandelingen vergezellen, maken vaak mee dat hij weer helemaal bij is. Hij schrijft zelfs brieven, die hij dan aan ons geeft om te versturen.'

Abt Melani, aanvankelijk geërgerd door de agressie van de oude, was ten slotte bewogen geraakt door dat treurige verhaal.

'Hoe heet hij?'

'Veel mensen in Rome kennen hem. Hij heet pater Athanasius Kircher.'

Door de verrassing werd ik van top tot teen door elkaar geschud.

'Kircher? Maar dat was toch de jezuïetengeleerde die zei dat hij het geheim van de pest had gevonden?' riep ik geestdriftig uit, me herinnerend dat de gasten van de herberg in het begin van onze gevangenschap geanimeerd over Kircher hadden gediscussieerd.

'Precies,' bevestigde Atto, 'maar misschien is het nu tijd dat je weet wie Kircher werkelijk was. Anders zou je de rest van de zaak niet begrijpen.'

En zo maakte Atto Melani mij duidelijk hoe stralend eens de ster van Kircher en zijn oneindige leer was geweest, en waarom elk woord van hem jarenlang werd gekoesterd als het wijste orakel.

Pater Athanasius Kircher was op uitnodiging van paus Urbanus VIII Barberini, die van de universiteiten van Würzburg, Wenen en Avignon wonderbaarlijke dingen over zijn eruditie had gehoord, naar Rome gekomen. Hij sprak vierentwintig talen, waarvan hij er vele had geleerd na een lange periode in het Oosten, en hij had een grote hoeveelheid Arabische en Chaldeeuwse manuscripten meegebracht naar Rome, met een uitgebreide tentoonstelling van hiëroglyfen. Hij beheerste verder diepgaand theologie, mathematica, fysica, logica, geneeskunde, ethiek, ascetiek, rechten, politiek, schriftuitleg, debat, moraaltheologie, retorica en combinatieleer. Niets is mooier dan de kennis van het Al, placht hij te zeggen, en in alle ootmoed en ad maiorem Dei gloriam had hij de mysteriën van de gnomica, de polygrafie, het magnetisme, de aritmologia, de musurgia en de fonurgia onthuld, en dankzij de geheimen van het Symbool en de Analogie had hij de nevelige raadsels van de kabbala en het hermetisme verhelderd en herleid tot de Universele Maat van de Eerste Wijsheid.

Hij had verder buitengewone experimenten uitgevoerd met toestellen en schitterende apparaten ontwikkeld die hij had uitgevonden en bijeengebracht in het door hem gestichte museum in het Collegium Romanum, waaronder: een klok die in werking werd gesteld door een plantenwortel die de loop van de Zon volgde; een apparaat dat het licht van een kaars veranderde in schitterende mensen- en dierenvormen; en ten slotte talloze katoptrische instrumenten, parastatische korfjes, mesoptische sluiers en sciaterische schema's.

De hooggeleerde jezuïet beroemde zich er voorts terecht op dat hij een Universele Taal had uitgevonden waarmee je met iedereen in de hele wereld kon communiceren, zo helder en volmaakt dat de bisschop van Vigevano hem enthousiast had geschreven met de verzekering dat hij die in amper een uur tijds had geleerd.

De eerbiedwaardige professor van het Collegium Romanum had ook de ware vorm van de Ark van Noach onthuld en kwam ertoe vast te stellen hoeveel en welke dieren erin zaten, in welke vorm er binnenin kooien, driepoten, voederbakken en troggen opgesteld waren, en zelfs waar deuren en ramen hadden gezeten. Hij had bovendien *geometrice et mathematice* aangetoond dat, als de Toren van Babel was gebouwd, hij zo zwaar zou zijn geweest dat hij de aardbol naar een kant had laten overhellen.

Maar vooral was Kircher een deskundig geleerde van oude, onbekende talen, waarover hij vele werken had gepubliceerd waarin hij eeuwenoude mysteriën ophelderde, zoals de oorsprong van de godsdiensten van de ouden, en voor het eerst het Chinees, het Japans, het Koptisch en het Egyptisch begrijpelijk maakte. Hij had de hiëroglyfen ontcijferd van de Alexandrijnse obelisk, die nu op de fontein stond welke op de piazza Navona was opgericht door cavalier Bernini, die hem volgens Kirchers instructies precies had gerestaureerd. De geschiedenis van de obelisk was misschien wel het wonderlijkste dat over hem werd verteld. Toen de enorme steenvondst was ontdekt, begraven in de ruïnes van het Circus Maximus, was de jezuïet onmiddellijk ter plaatse geroepen. Ofschoon slechts driekwart van de zijden van de obelisk zichtbaar was, had hij voorspeld welke symbolen er op de kant die nog onder de grond zat, zouden verschijnen. En de voorspelling was tot in de onbegrijpelijkste details exact gebleken.

'Maar toen u hem ontmoette was hij... zeg maar...' wierp ik op dit punt van het verhaal tegen.

'Zeg maar kinds,' knikte Atto.

Tja, in zijn laatste jaren was het grote genie seniel geworden. Zijn geest, legde Atto uit, was vervlogen en weldra zou het lichaam hetzelfde lot ondergaan: pater Kircher stierf een jaar later.

'Waanzin is voor iedereen gelijk, voor de koning en voor de boer,' oordeelde abt Melani, die eraan toevoegde dat hij in de dagen daarna een paar bezoekjes aan kennissen had gebracht die goed op de hoogte waren, en een bevestiging van de pijnlijke situatie had gekregen, hoewel de jezuïeten probeerden zo min mogelijk door te laten sijpelen.

'Maar ik kom nu bij de kern,' maakte de abt het kort. 'Als je een goed geheugen hebt, weet je nog dat ik in Colberts werkkamer allereerst een briefwisseling vond afkomstig uit Rome en oorspronkelijk gericht aan minister Fouquet, geschreven in het proza van een geestelijke, en waarin sprake was van een vertrouwelijk, maar helaas niet nader gespecificeerd bericht.'

'Dat herinner ik me nog, ja.'

'Welnu, die brieven waren van Kircher.'

'Hoe kunt u dat zo zeker weten?'

'Je hebt gelijk dat je twijfelt: ik moet je nog uitleggen welk idee ik vandaag heb gekregen, ik ben nog wat geëmotioneerd. En emotie is de slavin van de chaos, terwijl wij orde in de feiten moeten scheppen. Zoals je misschien nog weet, had ik bij het bekijken van de brieven opgemerkt dat één ervan merkwaardig begon met *mumiarum domino*, iets wat ik op dat moment echter niet begreep.'

'Dat is waar.'

'*Mumiarum domino* betekent "aan de baas van de mummies" en verwijst stellig naar Fouquet.'

'Wat zijn mummies?'

'Dat zijn stoffelijke overschotten van de oude Egyptenaren die in sarcofagen zitten en tegen bederf worden behoed door windsels en mysterieuze behandelingen.'

'Dan nog begijp ik het niet: waarom zou Fouquet "de baas van de mummies" zijn?'

De abt pakte een boek en reikte het me aan. Het was een dichtbundel van de heer La Fontaine, degene die in zijn verzen Atto Melani's stem had geroemd. Hij sloeg het open op een bladzij waar hij een teken had gezet en een paar regels onderstreept.

> *Je prendrai votre heure et la mienne.*
> *Si je vois qu'on vous entretienne,*
> *J'attendrai fort paisiblement*
> *En ce superbe appartement*
> *Ou l'on a fait d'étrange terre*
> *Depuis peu venir à grand-erre*

> *(Non sans travail et quelques frais)*
> *Des rois Céphrim et Kiopès*
> *Le cercueil, la tombe ou la bière:*
> *Pour les rois, ils sont en poussière.*
>
> ...
>
> *Je quittai donc la galerie,*
> *Fort content parmi mon chagrin,*
> *De Kiopès et de Céphrim,*
> *D'Orus et de tout son lignage*
> *Et de maint autre personnage.*

'Het is een gedicht dat gewijd is aan Fouquet. Snap je?'

'Niet direct,' antwoordde ik, geïrriteerd door dat breedsprakige, onbegrijpelijke gedicht.

'Toch is het simpel. Céphrim en Kiopès zijn twee Egyptische mummies die minister Fouquet had verworven. La Fontaine, die een groot bewonderaar van hem was, heeft het erover in dit geestige versje. Nu vraag ik je: wie interesseerde zich hier in Rome voor het oude Egypte?'

'Dat weet ik wel: Kircher.'

'Juist. Kircher heeft de mummies van Fouquet inderdaad bestudeerd. Hij ging naar Marseille waar ze net naartoe waren verscheept. En daarna had hij de resultaten van zijn studies vermeld in zijn traktaat met de titel *Oedipus Aegiptiacus*.'

'Dus Kircher en Fouquet kenden elkaar.'

'Zeker. Ik weet nog dat ik in het traktaat zelfs een fraaie tekening van de twee sarcofagen heb bewonderd die Kircher had laten maken door een jezuïetenmedebroeder van hem. De schrijver van de brieven en Kircher zijn dus een en dezelfde persoon. Maar pas nu heb ik alles met elkaar in verband gebracht en heb ik het begrepen.'

'Ik begin het ook te begrijpen. In een van de brieven wordt Fouqet *dominus mumiarum* genoemd, oftewel "baas van de mummies", omdat hij de twee door Kircher genoemde sarcofagen in bezit heeft gekregen.'

'Goed zo, je bent er.'

De situatie was inderdaad aardig gecompliceerd. Om kort te gaan, abt Melani had begrepen dat Kircher in contact was geweest met minister Fouquet in verband met de mummies die de laatste had verworven in Marseille en toen naar

Parijs had meegenomen. Wellicht had hij hem persoonlijk of misschien via andere wegen ontmoet, maar Kircher had Fouquet een geheim toevertrouwd. Dat werd echter in de briefwisseling tussen de twee die Atto Melani bij Colbert thuis had ontvreemd niet ronduit gezegd, er werd alleen op gezinspeeld.

'Dus u bent niet alleen naar Rome gekomen om onderzoek te doen naar de aanwezigheid van Fouquet, maar ook om uit te vinden wat het geheim was van die brieven.'

Ik zag abt Melani in gedachten verzinken, zoals wanneer je plotseling een onprettig idee krijgt.

'Aanvankelijk niet. Maar nu kan ik niet ontkennen dat de zaak heel intrigerend wordt.'

'En u bent niet zomaar in herberg De Schildknaap gekomen, hè?'

'Goed zo. Hoe heb je dat uitgevonden?'

'Ik heb erover nagedacht. En toen viel me te binnen dat de minister volgens de brieven die u hebt gevonden door Colberts spionnen was gezien op de Piazza Fiammetta, bij de Sint-Apollinariskerk en op de Piazza Navona. Steeds op korte afstand van ons.'

'Weer goed. Ik had meteen je kwaliteiten in de gaten.'

En toen, aangemoedigd door die waardering, durfde ik. Toen ik de vraag stelde, trilde mijn stem een beetje.

'De heer De Mourai, dat was toch Fouquet?'

Atto Melani zweeg, omdat zijn gezicht reeds een antwoord verried. Op die stilzwijgende erkenning volgde uiteraard mijn uitleg. Hoe ik dat had doorgekregen? Dat kon ik zelf ook niet zeggen. Misschien was het alleen de samenloop van meerdere, op zich onbeduidende feiten geweest die mij op weg hadden geholpen. Fouquet was een Fransman, en De Mourai ook. De Mourai was oud en ziek, en zijn gezichtsvermogen was inmiddels heel gering. Na bijna twintig jaar gevangenis verkeerde de minister stellig in identieke omstandigheden. Beider leeftijd was dezelfde: ongeveer zestig, misschien bijna zeventig. De Mourai had een jonge begeleider, de heer Devizé, die Italië echter niet zo kende als zijn eigen land en bovendien alleen verstand had van muziek. Een vluchteling had een ervarener gids nodig dan het toeval van het leven: en dat kon wel eens Pompeo Dulcibeni zijn. De bejaarde edelman leek dan ook blijkens sommige van zijn opmerkingen (over de prijs van stoffen in Rome, het maalrecht, de voedselinkopen op het platteland rond Rome) volop vertrouwd te zijn met de handel en de markt.

En dat was niet alles. Als Fouquet echt verborgen zat of op doorreis was in Rome, zou hij waarschijnlijk niet zo ver van zijn logeeradres vandaan gaan. En als hij gast van onze herberg was, waar zou hij dan bij het vallen van de avond anders een wandelingetje maken dan op de Piazza Navona of op de Piazza Fiammetta en de Sint-Apollinaris passeren? Bovendien, zoals ik, zij het verward, die ochtend op mijn bed al had aangevoeld, was logeren in De Schildknaap een goeie zet voor iemand die niet over veel geld beschikt; onze wijk, die ooit de beste logementen herbergde, was inmiddels in onverbiddelijke neergang. Maar de bejaarde Fransman wekte in het geheel niet de indruk dat hij krap bij kas zat, integendeel. Waarschijnlijk wilde hij dus vermijden heren van zijn stand tegen te komen. Fransen misschien, die ook na lange tijd een bekend gezicht als dat van de minister konden herkennen.

'Maar waarom hebt u mij niet de waarheid verteld?' vroeg ik geprikkeld aan het eind van mijn betoog, terwijl ik mijn emotie probeerde te onderdrukken.
'Omdat dat nog niet nodig was. Als ik je altijd alles vertelde wat ik weet, zou je hoofdpijn krijgen,' antwoordde hij bikkelhard.
Daarna zag ik hem echter bijtrekken en bewogen raken.
'Ik moet je behalve conclusies trekken nog veel leren,' zei hij aangedaan.
Voor het eerst wist ik zeker dat abt Melani niet veinsde, maar al zijn leed toonde om het treurige lot van zijn vriend. Aldus, soms met moeite zijn tranen beheersend, vertelde hij mij dat hij niet alleen naar Rome was gekomen om te onderzoeken of de signalering van Fouquets aanwezigheid klopte, en dus om vast te stellen of er opzettelijk valse geruchten verspreid waren om de Franse koning en heel Frankrijk van streek te brengen. Abt Melani had de lange reis vanuit Frankrijk naar Italië ook getrotseerd in de hoop dat hij zijn vriend van weleer zou kunnen weerzien, aan wie hij inmiddels alleen maar smartelijke, vage herinneringen bewaarde. Als Fouquet werkelijk in Rome was, had hij bedacht, dan verkeerde hij zeker in gevaar: dezelfde informant die tegenover Colbert de aanwezigheid van de minister in de stad had gesignaleerd, zou vroeg of laat orders ontvangen uit Parijs. Hij zou misschien de opdracht krijgen om Fouquet gevangen te nemen of hem, in geval van mislukking, uit de weg te ruimen.

Daarom was Melani, zoals hijzelf uitlegde, naar Rome gekomen ten prooi aan een pijnlijk kluwen van tegengestelde gevoelens: de hoop om zijn vriend, die hij na jaren hartverscheurende gevangenis dood waande, levend terug te zien, de wens om de koning trouw te dienen en ten slotte de vrees om, als hij Fouquet echt had gevonden, betrokken te raken bij wat er zou volgen.

'Wat bedoelt u?'

'In Parijs weet iedereen dat de koning niemand méér haatte dan de minister. En als hij erachter kwam dat Fouquet, in plaats van in Pinerolo gestorven te zijn, in leven en vrij was, dan zou zijn woede zeker opnieuw losbarsten.'

Atto legde mij toen uit dat een vertrouwensman van hem, zoals andere keren ook al, hielp om zijn vertrek verborgen te houden.

'Het is een klerk met een buitengewoon talent, en hij kan mijn handschrift tot in de perfectie nabootsen. Het is een brave man, hij heet Buvat. Telkens als ik stiekem uit Parijs vertrek, wikkelt hij mijn correspondentie af. Ik ontvang brieven vanuit alle hoven van Europa om de laatste informatie te krijgen, en de vorsten moet ik meteen antwoorden,' zei hij met grootspraak.

'En hoe weet die Buvat van u wat hij moet schrijven?'

'Sommige, geheel voorspelbare politieke berichten laat ik voor vertrek voor hem achter; maar aan hofnieuwtjes komt hij door bedienden wat te betalen; die vormen het beste informatiesysteem van heel Frankrijk.'

Ik wilde hem vragen hoe hij zijn vertrek ook voor de koning verborgen had kunnen houden, maar Atto liet zich niet in de rede vallen. In Rome aangekomen, zei hij, had hij uiteindelijk Fouquet en onze herberg gevonden. Maar dezelfde ochtend waarop hij voet had gezet in De Schildknaap, was de man die nog de heer De Mourai werd genoemd, tragisch genoeg overleden. Dus was abt Melani net op tijd geweest om zijn oude weldoener, die hij op zo'n wonderlijke wijze had weergevonden, in zijn armen te zien overlijden.

'En heeft hij u herkend?'

'Helaas niet. Toen ik zijn kamer binnenging, was hij al stervende, hij stamelde onsamenhangende dingen. Ik probeerde hem met al mijn krachten te reanimeren, schudde hem bij zijn schouders, praatte tegen hem, maar het was al te laat. Er is in jouw herberg een groot man gestorven.'

Abt Melani wendde zijn blik af, misschien in een poging om een steelse traan te verbergen. Ik hoorde hem met trillende stem in een smartelijke melodie aanheffen:

> '*Ma, quale pena infinita,*
> *sciolta hai ora la vita...*' *

---

* Maar welk een oneindige smart, gij hebt thans het leven ontward...

Ik vond geen woorden meer. Ik werd overmand door ontroering, terwijl Atto, plotseling in zichzelf gekeerd, een hoekje van de kamer opzocht. Ik bracht me de gelaatstrekken en bewegingen van de oude De Mourai weer in herinnering, zoals ik hem in die dagen in De Schildknaap had gekend. Ik trachtte me woorden, uitdrukkingen, accenten te herinneren, die hem in verband konden brengen met de grote, onfortuinlijke figuur van de minister, zoals ik mij hem had voorgesteld in de verhalen van abt Melani. Ik herinnerde mij zijn zeegroene en nu uitgedoofde ogen, zijn oude, bleke, bevende lichaam, zijn aamborstige, gebarsten lippen; maar niets, niets dat me naar de spreekwoordelijke levendigheid van de Eekhoorn kon terugvoeren. Of misschien wel: kijk, nu herinnerde ik mij de tengere, tere gestalte van De Mourai, zijn holle, maar ondanks zijn leeftijd absoluut niet stramme wangen. Bovendien zijn gebogen profiel en zijn fijne, nerveuze handen... een oude eekhoorn, ja, daar leek de heer De Mourai op. Niet één beweging, niet één zinsnede, niet één oogflits meer: de Eekhoorn maakte zich op voor de eeuwige rust. De laatste krachtsinspanning, de laatste onverhoedse beklimming had hij gewijd aan de boom der vrijheid: het mocht volstaan. Wat maakte het nu uit, besloot ik bij mezelf tussen de tranen door die stil in stromen opwelden, dat Fouquet was gestorven? Hij was gestorven als vrij man.

De abt wendde zich naar mij toe, zijn gezicht aangedaan.

'Nu zit mijn vriend aan de rechterhand van de Allerhoogste, te midden van de rechtvaardigen en de martelaren,' riep hij nadrukkelijk uit. 'Je moet weten, de moeder van Fouquet bezag met ongerustheid het opklimmen van haar zoon, dat hem machtig maakte in de dingen van de wereld, maar zijn ziel verzwakte. En elke dag bad ze God of Hij het lot van de minister wilde wijzigen en hem op de weg van de verlossing en de heiligheid wilde brengen. Toen de trouwe bediende La Forêt haar het noodlottige bericht van zijn arrestatie kwam brengen, knielde Fouquets moeder vol vreugde neer en dankte zij de Heer onder het uitroepen van "Nu zal hij heilig worden!"'

Atto onderbrak zichzelf even om het brok in zijn keel weg te slikken dat zijn woorden blokkeerde.

'De voorspelling van die goede vrouw,' hervatte hij, 'werd bewaarheid. Volgens een biechtvader van hem had Fouquet op het laatst van zijn gevangenschap zijn ziel wonderbaarlijk gereinigd. Het schijnt dat hij ook enkele geestelijke overdenkingen had geschreven. In de brieven aan zijn vrouw herhaalde hij vaak hoeveel dankbaarheid hij voelde voor dat gebed van zijn moeder, hoe blij hij was dat dat was verhoord.'

De abt snikte: 'O, Nicolas, de Hemel heeft je om de hoogste prijs gevraagd, maar heeft je daarvoor ook een grote genade verleend: Hij heeft je behoed voor dat ellendige lot van aardse roem dat onherroepelijk tot een ijdele cenotaaf leidt.'

Nadat ik de abt en mezelf nog een paar minuten had gegeven om ons tot rust te brengen, trachtte ik het gesprek een andere wending te geven: 'Ik weet dat u het er niet mee eens zult zijn, maar misschien is het moment gekomen om Pompeo Dulcibeni of Devizé te ondervragen.'

'In geen geval,' weerlegde hij levendig, terwijl hij snel ieder spoor van de wanhoop van daarvoor liet varen. 'Als die twee iets te verbergen hebben, zijn ze bij iedere vraag meteen op hun qui-vive.'

Hij stond op om zijn gezicht af te vegen. Vervolgens rommelde hij in zijn papieren en reikte me toen een vel papier aan.

'Er is voorlopig iets anders wat aandacht vraagt: we moeten de tot nu toe verzamelde aanwijzingen ontrafelen. Je zult nog wel weten dat, toen we voet zetten in de clandestiene drukkerij van Komarek, de vloer bezaaid was met papieren. Welnu, ik kon er net een paar oprapen. Zeg me of je nog iets weet.'

Letter Tekst Paragon Cursief
LIBER JOSUE.
HEBRAICE JEHOSHUA.

Caput Primum.

Et factum est post mortem Moysi servi Domini, ut loqueretur Dominus ad Josue filium Nun, ministrum Moysi, & diceret ei, Moyses seruus meus mortuus est surge & transi Jordanem istum tu & omnis populus tecum, in terram, quam ego dabo filiis Israel. Omnem locum, quem calcaverit vestigium pedis vestri, vobis tradam, sicut locutus sum Moysi. A deserto & Libano usque ad fluvium magnum contra Solis occasum erit terminus vester. Nullus poterit vobis resistere cunctis diebus vitae tuae: sicut fui cum Moyse, ita ero tecum: non dimittam, nec derelinquam te. Confortare & esto robustus: tu enim sorte divides populo huic terram…

'Het lijkt wel het begin van een ander stuk uit de bijbel.'

'En verder?'

Ik draaide het om en om in mijn handen.

'Ook dit is slechts enkelzijdig gedrukt!'

'Juist. De vraag is dus: is het in Rome soms mode geworden om bijbels enkelzijdig te drukken? Ik geloof van niet: je zou twee keer zoveel papier nodig hebben. En de boeken zouden twee keer zo zwaar zijn, en misschien ook twee keer zo duur.'

'Dus?'

'Dus zijn dit geen bladzijden van een boek.'

'Wat zijn het dan?'

'Een proeve van bekwaamheid, zeg maar.'

'Bedoelt u een typografische proef?'

'Niet alleen dat: het is een voorbeeld van wat de drukker in staat is de klant te leveren. Wat heeft Stilone Priàso de lijkenpikkers verteld? Komarek heeft geld nodig en naast zijn nederige positie als arbeider in de drukkerij van de Broederschap van Propaganda Fide doet hij af en toe clandestiene karweitjes. Maar tegelijkertijd zal hij proberen om, zeg maar, regelmatige klanten te vinden. Wellicht heeft hij al om toestemming gevraagd om zelfstandig typograaf te worden. Hij zal een monsterboek hebben gemaakt om aan toekomstige opdrachtgevers de kwaliteit van zijn werk te laten zien. En voor een monsterboek om letters te tonen, is één bladzij genoeg.'

'Ik denk dat u gelijk hebt.'

'Dat denk ik ook. En ik geef je er het bewijs voor: wat zegt de eerste regel van onze nieuwe bladzij? *Letter Tekst Paragon Cursief.* Ik ben geen expert, maar ik geloof dat Paragon de naam van de typografische letter is die in deze tekst is gebruikt. Op de andere bladzijde lees ik op hetzelfde punt *nd*. Waarschijnlijk werd er de naam van een ro*nd* schrift mee aangeduid.'

'Betekent dit alles dat we Stilone Priàso weer moeten verdenken?' vroeg ik opgewonden.

'Misschien wel, misschien ook niet. Maar om onze dief te vinden moeten we wel een opdrachtgever van Komarek zoeken. En dat is Stilone Priàso. Bovendien moet de dief van jouw pareltjes slecht in de slappe was zitten, evenals onze journaalschrijver. Die tenslotte uit Napels komt, dezelfde stad als waaruit de oude Fouquet was vertrokken op weg naar De Schildknaap. Merkwaardig, hè. Maar...'

'Maar?'

'Het is allemaal overduidelijk. Wie mijn arme vriend heeft vergiftigd is echter sluw en ervaren, en hij zal er zeker voor hebben gezorgd dat hij boven verdenking verheven is, er onopgemerkt tussendoor glipt. Kun je je in die hoedanigheid een continu onrustig wezen als Stilone Priàso voorstellen? Vind je het niet absurd dat hij, als hij de moordenaar zou zijn, rondloopt met een astrologiekrantje onder de arm? Je uitgeven voor astroloog is zeker geen goede dekking voor een huurmoordenaar. Laat staan voor kruimeldief spelen en je pareltjes pikken.'

Tja. En Stilone leek echt op een astroloog. Ik berichtte Atto met welke droefheid en verdriet de Napolitaan mij het verhaal van abt Morandi had verteld.

Terwijl ik zijn kamer verliet, besloot ik Melani de vraag te stellen die ik al lang klaar had liggen.

'Signor Atto, denkt u dat er al dan niet een verband bestaat tussen de mysterieuze dief en de dood van minister Fouquet?'

'Dat weet ik niet.'

Hij loog. Dat wist ik zeker. Terwijl ik na het rondbrengen van de maaltijd op bed mijn ideeën verzamelde, voelde ik een zwaar, koud gordijn neerkomen tussen abt Melani en mij. Hij verzweeg vast nog iets voor me, net zoals hij Fouquets aanwezigheid onder een valse naam in de herberg voor me had verborgen, en daarvóór weer de ontdekte brieven in Colberts werkkamer. En met welke onbeschaamdheid had hij het verhaal van de minister verteld! Hij had over hem gesproken alsof hij hem al jaren niet had gezien, terwijl hij en meneer Pellegrino hem kort daarvoor hadden zien sterven (en in gedachten woog ik dit erge gegeven af). Hij had verder ook de schaamteloosheid gehad om te insinueren dat Dulcibeni en Devizé iets over De Mourai, alias Fouquet verborgen hielden. Dat moest hij nodig zeggen! Wat voor een priester van de leugen, wat voor een virtuoos van de veinzerij was abt Melani? Ik vervloekte mijzelf dat ik de dingen die ik in de gesprekken van Cristofano, Devizé en Stilone Priàso over hem had gehoord niet ter harte had genomen. En ik vervloekte mijzelf dat ik me zo gevleid had gevoeld toen hij mijn scherpzinnigheid prees.

Ik was hoogst geïrriteerd, en dus nog verlangender om mij te meten met de abt en mijn vermogen op de proef te stellen om hem voor te zijn, zijn lacunes te ontmaskeren, zijn stilzwijgen te ontcijferen en zijn welbespraaktheid nutteloos te maken.

Mij welhaast koesterend in de lichte, jaloerse wrok die ik voelde voor abt Melani, sliep ik, afgepeigerd door de slapeloze nacht, zoetjes in. Met tegenzin zette ik, terwijl ik mij wilde overgeven aan de loomheid, de gedachte aan Cloridia van me af.

Ten tweeden male diezelfde dag viel het mij te beurt gewekt te worden door Cristofano. Ik had vier uur aan een stuk geslapen. Ik voelde me goed, zonder te weten of dat door die lange dut kwam of door de magnolicoor die ik uit voorzorg had gedronken en alvorens weg te sukkelen op mijn borst gesmeerd. Toen hij zich ervan vergewist had dat ik er weer bovenop was, ging de arts gerustgesteld weer weg. Ik herinnerde me toen dat ik de ronde voor het toedienen van de geneesmiddelen tegen de besmetting nog af moest maken. Ik kleedde me aan en nam de zak met potjes mee. Het was mijn bedoeling om eerst Brenozzi een maagtriakel en een aftreksel in een suikeroplossing van akkerzenegroen te geven, alsmede een inhalatie aan Stilone Priàso, en dan naar de eerste verdieping te gaan, naar Devizé en Dulcibeni. Ik liep naar de keuken om wat water in de ketel op te zetten.

Bij de Venetiaan maakte ik haast: ik duldde niet meer dat hij me met die onaangename vasthoudendheid van altijd ondervroeg en vragen stelde waarop hij zelf onmiddellijk het prompte antwoord gaf en mij verhinderde een mond open te doen. En evenmin kon ik inmiddels mijn ogen afhouden van dat walgelijke plukken van hem aan zijn onderste regionen met rusteloos contrapunt, zoals je ziet bij knaapjes die kortelings hun onschuld zijn kwijtgeraakt, maar nog onervaren in het leven met vergeefse vingeroefeningen hun selderijtje kittelen. Ik zag dat hij geen voedsel had aangeraakt, maar vermeed vragen te stellen uit angst de vrije teugel te laten aan weer een woordenvloed.

Ik klopte vervolgens aan bij de Napolitaan. Hij liet mij binnen, maar terwijl ik mijn spullen klaarzette, zag ik dat ook hij de maaltijd onaangeroerd had gelaten. Ik vroeg hem of hij zich toevallig niet in orde voelde.

'Weet je waar ik vandaan kom?' vroeg hij als reactie.

'Jawel, meneer,' antwoordde ik verbaasd, 'uit het koninkrijk Napels.'

'Ben je er wel eens geweest?'

'Helaas niet, ik heb sinds ik op de wereld ben nog nooit een stad bezocht.'

'Welnu, weet dan dat de Hemel geen landstreek zo kwistig heeft bedeeld met zijn heilzame invloeden van ieder seizoen,' sprak hij nadrukkelijk, terwijl ik de inhalatie voor hem in gereedheid bracht. 'Napels, de edele hoofdstad, bevolkt met de twaalf Provincies van het rijk, zetelt aan de oever van de zee in de vorm van een majestueus theater, aan de achterkant omgeven door glooiende heuvels en lieftallige vlakten. Gebouwd door een Sirene met de naam Parthenope, geniet het van de naburige vlakte, Poggio Reale genaamd, met ontelbare vruchten en de zuiverste bronnen en befaamde venkels en allerhande groenten, want daar kan de blik terecht bogen van verbazing vormen. En op het vruchtbare strand van Chiaia, evenals op de heuvels van Posillipo, worden bloemkolen, doperwten, kardoenen, artisjokken, radijzen en wortelen en de meest verrukkelijke kroppen sla en vruchten geoogst. En ik denk niet dat er een vruchtbaarder, aangenamer oord bestaat dan de lieflijkheid van de drieste Mergellina-kust, slechts verstoord door zachte, zoele avondwinden, die het verdienen de onsterfelijke as van de grote Maro en de onvergelijkelijke Sannazaro te verzamelen.'

Dus niet geheel in het wilde weg, bedacht ik, gaf Stilone Priàso zich uit voor dichter. Intussen ging hij vanonder het laken waarmee hij zijn hoofd bedekte, gehuld in de heilzame dampen, door: 'Verderop bevindt zich de oude stad Pozzuoli, gul met spargels, artisjokken, doperwten en kalebassen buiten het seizoen; en in maart, tot verbazing der mensen, landelijk groen. En vruchten op Procida; en op Ischia witte en rode azarooldoorns en uitstekende zoete Griekse wijn en volop fazanten. Op Capri prachtige kalveren en uitstekende kwartels. Varkensvlees in Sorrento, wild in Vico, zoete uien in Castell'a Mare, harders in Torre del Greco, zeebarbelen in Granatiello, wijnstokken op de Monte di Somma, vroeger Vesuvius genaamd. En watermeloenen en worstjes in Orta, vernotico-wijn in Nola, noga in Aversa, meloenen in Cardito, abrikocken in Arienzo, provola-kazen in Acerra, kardoenen in Giugliano, lamprijen in Capua, olijven in Gaeta, peulvruchten in Venafro. En forellen, wijn, olie en wild in Sora...'

Eindelijk begreep ik het.

'Meneer, wilt u hiermee misschien zeggen dat uw maag mijn eten niet zo waardeert?'

Hij stond op en keek me met een zweem van verlegenheid aan.

'Het is eerlijk gezegd zo dat je hier niets anders dan soep te eten krijgt. Maar dat is niet het punt...' zei hij, moeizaam naar woorden zoekend. 'Enfin, jouw eigenaardigheid om op alle slootwater, bocht, brij en bouillonnetjes kaneel te doen zal ons uiteindelijk het vernietigingswerk brengen dat ons wachtte door de pest!' en onverwachts lachte hij hardop.

Ik was van mijn stuk gebracht en vernederd. Ik smeekte hem zijn stem voor de andere gasten te dempen. Maar het was al te laat. Vanuit de kamer ernaast had Brenozzi Stilones protest al opgevangen, en ik hoorde hem onbedaarlijk lachen. Het galmde door naar pater Robleda's kamer en uiteindelijk verschenen ze allebei. Ook Stilone Priàso deed de deur open en sloot zich bij de hilariteit aan: ik bad en smeekte hun om de deur weer op slot te doen, maar tevergeefs. Ik werd ondergedompeld door een druk heen en weer kaatsen van spottende grappen en lachbuien, tot tranen toe, over de vermeende smerigheid van mijn kokkerellen dat, naar het scheen, alleen dankzij de barmhartige begeleiding van Devizés klanken nog net verteerbaar kon worden. Zelfs pater Robleda onderdrukte met moeite zijn hoongelach.

Niemand van hen had me nog de waarheid opgebiecht, lichtte de Napolitaan toe, omdat ze van Cristofano hadden gehoord van Pellegrino's ontwaken. Ze rekenden dus op de terugkeer van mijn baas en er waren die dagen ook wel andere zorgen. De recente verhoging van de hoeveelheid kaneel had de situatie echter onhoudbaar gemaakt. Daar aangekomen, onderbrak Priàso zichzelf bij het zien van mijn vernederde en gekwetste gezicht. De andere twee sloten zich uiteindelijk op in hun kamer. De Napolitaan legde een hand op mijn schouder.

'Kom op, jongen, trek het je niet aan: de quarantaine draagt niet bij tot goede manieren.'

Ik vroeg excuus omdat ik hem tot dan toe gekweld had met mijn kaneel, pakte de potjes op en nam afscheid. Ik was kwaad en ongelukkig, maar besloot dat voorlopig niet te laten merken.

Ik ging naar de eerste verdieping om aan te kloppen bij Devizé. Bij zijn deur gekomen hield ik mij echter in.

Vanachter de deur kwamen de nog onzekere klanken van zijn instrument. Hij was aan het stemmen. Vervolgens begon hij een dans, misschien een villanelle, en toen kwam wat ik nu zonder problemen zou herkennen als een gavotte.

Ik besloot dus te kloppen aan Pompeo Dulcibeni's deur vlak daarnaast: als de edelman uit Fermo zich beschikbaar stelde voor de massage, zou ik tegelijkertijd kunnen genieten van de klanken van Devizés gitaar.

Dulcibeni accepteerde het aanbod. Hij ontving mij zoals altijd met een strenge, vermoeide houding, een weemoedige, maar vaste stem en scherpe zeegroene ogen.

'Kom binnen, beste jongen. Zet je tas hier maar neer.'

Hij noemde mij vaak zo, zoals je doet bij een knecht. Hij was in De Schildknaap de gast die mij het meeste ontzag inboezemde. Zijn kalme toon als hij ondergeschikten aansprak, verre van warm, leek elk moment ongeduld of iets van minachting te kunnen verraden, die zich echter nooit voordeden, maar zijn naaste ertoe aanzetten zich in zijn aanwezigheid overdreven in te houden en te zwijgen. Daarom, dacht ik, was hij het eenzaamst van allen. Nooit had hij mij bij de maaltijden een keer staande gehouden. Hij leek geen last te hebben van de eenzaamheid: integendeel. Niettemin zag ik op zijn lage voorhoofd en rode wangen een bittere diepe rimpel en een kwelling, zoals alleen verschijnt bij iemand die in eenzaamheid een last moet dragen. De enige vrolijke noot was zijn zwak voor de goede keuken van mijn baas, die hem een enkel oprecht lachje ontlokte en een paar geestige opmerkingen.

Wie weet hoeveel ook hij geleden heeft door mijn kaneel, bedacht ik, waarna ik die gedachte echter meteen weer verdreef.

Nu moest ik toevallig voor het eerst een uur of misschien wel langer in zijn unieke gezelschap doorbrengen, en ik voelde me zeer opgelaten.

Ik had de tas opengedaan en de benodigde flesjes gepakt. Dulcibeni vroeg me wat erin zat en hoe het aangebracht moest worden, en hij veinsde een beleefde belangstelling voor mijn uitleg. Ik vroeg hem daarna om rug en zij vrij te maken, en schrijlings op de stoel te gaan zitten.

Toen hij de zwartkleurige kleding op zijn rug had opengemaakt en zijn malle, oude halskraag had afgedaan, zag ik dat hij dwars over zijn nek een lang litteken had: dus daarom, bedacht ik, deed Dulcibeni nooit die ouderwetse halskraag af. Hij ging vervolgens zitten zoals ik hem had aangeduid, en begon hem in te smeren met de oliën zoals Cristofano had aangegeven. De eerste minuten gingen voorbij in lichte kout. We genoten beiden van Devizés muziek: een allemande, daarna misschien een gigue, een chaconne en een menuet en rondeau. In gedachten ging ik terug naar wat Robleda me had gezegd over de jansenistische doctrines die Dulcibeni leek aan te hangen.

Plotseling vroeg hij me om op te mogen staan. Hij leek pijn te hebben.

'Voelt u zich niet goed? Hebt u misschien last van de geur van de olie?'

'Nee, nee, jongen. Ik wil alleen wat tabak nemen.'

Hij draaide de sleutel van de ladekast om en haalde drie boekjes tevoorschijn, heel fraai ingebonden in scharlaken rood leer met gouden arabesken, allemaal eender. Hij pakte er vervolgens de snuifdoos uit, mooi gemaakt van ingelegd kersenhout. Hij maakte hem open, nam er een snuifje uit en bracht het naar zijn neus, twee, drie keer krachtig snuivend. Hij keek me aan en liet een hartelijker gezichtsuitdrukking zien. Hij leek tot rust gebracht. Hij informeerde met oprechte belangstelling naar de omstandigheden van de andere gasten van de herberg. Toen begon het gesprek te tanen. Af en toe slaakte hij een zucht, sloot zijn ogen en streelde kort over zijn sneeuwwitte haardos, die vroeger blond moest zijn geweest.

Toen ik hem aankeek, vroeg ik mij af of hij wel het ware verhaal kende van zijn overleden kamergenoot. Mijn gedachten bleven terugkeren naar de onthullingen over De Mourai-Fouquet, die ik kort daarvoor van Atto had gehoord. Ik kwam in verleiding om hem een paar vage vragen te stellen over die bejaarde Fransman, die hij (wellicht zonder zijn identiteit te kennen) vanuit Napels had vergezeld. En wie weet, misschien hadden de twee elkaar enige tijd daarvoor leren kennen of wellicht waren ze al lang met elkaar omgegaan, in tegenstelling tot wat Dulcibeni had beweerd tegenover de arts en de officieren van de Bargello. Als dat zo was, had ik maar weinig hoop om aan de lippen van de man uit de Marche een bevestiging te ontlokken; daarom, besloot ik bij mezelf, bleef het het beste om zomaar een gesprekje aan te knopen en hem zo lang mogelijk aan de praat te krijgen, in de hoop er een nuttige aanwijzing uit te halen. Precies zoals ik reeds had gedaan – zij het met geringe resultaten – bij de andere gasten.

Ik spande mij derhalve in om Dulcibeni's mening te vragen inzake een belangrijk voorval, zoals je doet in een gesprek met grijsaards voor wie je ontzag hebt. Ik vroeg dus, terwijl ik zelf de ene na de andere afweging maakte, wat hij dacht van de belegering van Wenen, waar het lot van de hele christenheid op het spel stond, en of hij dacht dat de keizer de Turken zou verslaan.

'Keizer Leopold van Oostenrijk kan niemand verslaan: hij is gevlucht,' antwoordde hij droog, en daarna zweeg hij ten teken dat het gesprek was afgelopen.

Ik hoopte niettemin dat er nog meer oordelen zouden komen, terwijl ik wanhopig naar iets zocht om de dialoog te redden. Maar er schoot me niets te binnen en zo viel er opnieuw een zware stilte.

Toen maakte ik snel mijn taak bij hem af en nam afscheid. Dulcibeni bleef zwijgen. Ik wilde juist de deur uitgaan, toen ik op het idee kwam hem nog een laatste vraag te stellen: ik moest absoluut weten of mijn gerechten ook door hem meedogenloos veroordeeld werden.

'Nee, jongen, helemaal niet,' antwoordde hij met zijn opnieuw vermoeid klinkende stem. 'Integendeel, ik zou zeggen dat er talent in je schuilt.'

Opgebeurd bedankte ik hem en ik wilde de deur weer achter me sluiten, toen ik hem er bij zichzelf met een vreemd gesis als een buikspreker aan toe hoorde voegen: 'Afgezien van je slootwatersoepjes en die vervloekte kaneel. Kuiken van een knecht die je bent!'

Dat deed de deur dicht. Nooit had ik me zo vernederd gevoeld. Toch was het waar, bedacht ik, wat Dulcibeni zei: ik had alles op alles kunnen zetten, maar dat zou niet geholpen hebben om me één span langer te maken in andermans ogen, zelfs niet die van Cloridia. Er ging een schok van woede en trots door me heen. Ik hoopte zoveel te bereiken (op een dag journaalschrijver te worden) en intussen kon ik me niet eens opwerken van keukenhulp tot kok?

Zo, inwendig kreunend achter Dulcibeni's deur, leek het of ik een gemompel hoorde. Ik hield mijn oor dichter bij om het beter te verstaan, en luisterde verbaasd toe toen ik hoorde dat Dulcibeni met iemand anders stond te praten.

'Voelt u zich niet goed? Hebt u soms last van de geur van de olie?' vroeg de andere stem zorgzaam. Het zat me niet lekker: was dat niet dezelfde vraag die ik kort daarvoor aan Dulcibeni had gesteld? Wie had zich nu in de kamer kunnen verstoppen om af te luisteren? En waarom herhaalde hij dat nu? Bij die woorden viel bovendien één detail op: het was een vrouwenstem. En niet die van Cloridia.

Er volgden een paar momenten van stilte.

'Keizer Leopold van Oostenrijk kan niemand verslaan: hij is gevlucht!' riep Dulcibeni plotseling uit.

Ook deze zin had hij al tegen mij uitgesproken! Ik bleef luisteren, zwevend tussen verbazing en de angst te worden gesnapt.

'U bent onrechtvaardig, u zou niet...' antwoordde de vrouwenstem verlegen, met een eigenaardig klagend, hees geluid.

'Zwijg!' onderbrak Dulcibeni haar. 'Als Europa in de lucht vliegt moeten we daar alleen maar blij mee zijn.'

'Dat meent u toch niet?'

'Luister nou,' hervatte Dulcibeni op meer verzoenende toon, 'deze landstreken van ons zijn, zogezegd, één groot huis. Een huis dat één grote familie herbergt. Maar wat zal er gebeuren als de kinderen groot worden? En wat zal er gebeuren als ook hun vrouwen allemaal zussen zijn, en hun kinderen vervolgens allemaal neefjes en nichtjes? Ze zullen voortdurend ruziemaken, ze zullen een hekel aan elkaar hebben, elkaar zwartmaken. Ze zullen soms bondgenootschappen sluiten, maar allemaal te zwak. Hun kinderen zullen zich vleselijk verenigen in een schandelijke orgie en zullen op hun beurt dwaas, zwak, aangetast kroost voortbrengen. Waarop kan zo'n noodlottige familie hopen?'

'Ik weet het niet, misschien dat... er iemand komt om haar tot rust te brengen. En vooral dat de kinderen niet meer onderling trouwen,' antwoordde de vrouwenstem onzeker.

'Nou, als de Turken Wenen veroveren,' weerlegde Dulcibeni toen met een grimmig lachje, 'zullen we misschien eens wat nieuw bloed op de Europese tronen krijgen. Na uiteraard het oude in stromen te hebben zien vloeien.'

'Neem me niet kwalijk, maar ik begrijp het niet,' waagde zijn gesprekspartner verlegen.

'Het is simpel: inmiddels zijn de koningen allemaal familie van elkaar.'

'Hoe bedoelt u, allemaal familie?' vroeg het stemmetje.

'Ah, je wilt een voorbeeld. Lodewijk XIV, koning van Frankrijk, is van twee kanten de neef van zijn vrouw Maria Theresia, de infante van Spanje. Hun beider ouders waren dan ook broer en zus. Dit komt doordat de moeder van de Zonnekoning, Anna van Oostenrijk, de zuster was van Maria Theresia's vader, Filips IV, de koning van Spanje; terwijl de vader van de Zonnekoning, Lodewijk XIII, de broer was van Maria Theresia's moeder, Elisabeth van Frankrijk, de eerste vrouw van Filips IV.'

Dulcibeni stopte even; ik hoorde hem van een naburige ladekast zijn snuifdoos pakken en met zorg de inhoud mengen, waarbij hij onderwijl het gesprek voortzette.

'De respectieve schoonouders van de koning en koningin van Frankrijk zijn dus ook hun volle oom en tante. Nu vraag ik je: wat voor effect zal het hebben om neef en nicht te zijn van je eigen schoonouders, of zo je wilt, schoonzoon en -dochter van je eigen oom en tante?'

Ik hield het niet meer: ik moest absoluut weten wie de vrouw was met wie Dulcibeni sprak. Hoe was ze in 's hemelsnaam De Schilknaap ingekomen ondanks de quarantaine? En waarom sprak Dulcibeni zo vol vuur met haar?

Zachtjes probeerde ik de deur, die ik bij het weggaan niet goed had dichtgetrokken, iets meer open te duwen. Er vormde zich een kier en met ingehouden adem hield ik mijn oog erbij. Dulcibeni stond met zijn ellebogen op de ladekast geleund, druk in de weer met de snuifdoos. Terwijl hij sprak, wendde hij zich naar rechts, in de richting van de muur, waar de mysterieuze gast zich moest bevinden. Helaas reikte mijn blik niet zover dat ik het vrouwspersoon kon zien. En als ik de deur verder open zou duwen, liep ik gevaar ontdekt te worden.

Nadat hij krachtig enige snuifjes uit zijn doos had genomen, begon Dulcibeni druk gedrag te vertonen en zijn borstkas uit te zetten, alsof hij na een tijdelijke ademstilstand adem wilde halen.

'De koning van Engeland is Karel II Stuart,' vervolgde hij. 'Diens vader was getrouwd met Henriëtte van Frankrijk, een zuster van de vader van Lodewijk XIV. De koning van Engeland is dus ook van twee kanten zowel de neef van de Franse koning als van diens Spaanse echtgenote. Die, zoals je hebt gezien, dubbel neef en nicht van elkaar zijn. En wat te zeggen van Holland? Henriëtte van Frankrijk, de moeder van Karel II, was behalve de tante van vaderskant van de Zonnekoning ook de grootmoeder van moederskant van de jonge Hollandse prins Willem van Oranje. Een zus van koning Karel en van hertog Jacobus, Maria, huwde in Holland Willem II van Oranje, en uit dat huwelijk is prins Willem III geboren, die verrassend genoeg zes jaar geleden met de oudste dochter van Jacobus is getrouwd, zijn volle nicht. Vier vorsten hebben dus acht keer hetzelfde bloed gemengd.'

Hij rommelde weer in de snuifdoos en bracht wat snuif naar zijn neus. Hij snoof het koortsachtig op, alsof hij het lange tijd zonder tabak had moeten stellen. Toen hervatte hij zijn pleidooi, terwijl zijn gezicht lijkbleek en zijn stem hees geworden was:

'Een andere zuster van Karel II huwde haar neef, de broer van Lodewijk XIV. Ook zij mengden hetzelfde bloed.'

Hij onderbrak zichzelf voor een hoestbui, bracht een zakdoekje naar zijn mond alsof hij moest overgeven, en leunde op de ladekast.

'Maar laten we naar Wenen gaan,' begon Dulcibeni weer met een spoor van ademnood in zijn stem. 'De Bourbons van Frankrijk en de Habsburgers van Spanje zijn vier en zes keer neef en nicht van de Habsburgers uit Oostenrijk. De moeder van keizer Leopold I van Oostenrijk is de zuster van Lodewijk XIV. Maar ze is ook de zuster van de vader van zijn vrouw Maria Theresia, koning Filips IV van Spanje, en ze is de dochter van de zuster van de vader van haar man, wijlen keizer Ferdinand III. De zuster van Leopold I is getrouwd met haar oom van moederskant, wederom Filips IV van Spanje. En Leopold I is getrouwd met zijn nicht Margaretha Theresia, de dochter van Filips IV en de zuster van de vrouw van Lodewijk XIV. Dus de koning van Spanje is oom, schoonzoon en schoonvader van de keizer van Oostenrijk. Dus drie vorstelijke families hebben duizend keer hetzelfde bloed gemengd!'

Dulcibeni's stem werd hoger en hij sperde zijn ogen steeds verder open.

'Wat vind je ervan?' riep hij plotseling. 'Zou je het leuk vinden om tante en schoonzus van je schoonzoon te zijn?'

Woedend van razernij maaide hij de weinige voorwerpen van de ladekast (een boek en een kaars) en slingerde ze tegen de muur en op de grond. In de kamer viel een stilte.

'Maar is het ook altijd zo geweest?' stamelde de vrouwenstem uiteindelijk.

Dulcibeni hervatte zijn gebruikelijke strenge houding en trok een sarcastische grijns: 'Nee, mijn beste,' hervatte hij op didactische toon, 'in het allereerste begin verzekerden de heersers zich van nageslacht door met de fine fleur van de feodale adel te trouwen. Elke nieuwe koning was de zuiverste synthese van het edelste bloed van zijn land: in Frankrijk was de vorst Franser dan de Fransen. In Engeland was hij Engelser dan alle Engelsen.'

Juist op dat moment verloor ik door te veel nieuwsgierigheid per ongeluk mijn evenwicht en duwde tegen de deur. Alleen door een wonder wist ik tegen de deurpost steun te vinden en te voorkomen dat ik voorover viel. De kier was op die manier een beetje wijder geworden. Dulcibeni had niets gehoord. Bezweet en trillend van angst wierp ik een blik rechts van de edelman uit de Marche, daar waar de vrouw zich moest bevinden.

Ik had minutenlang nodig om van de verbazing te bekomen: in plaats van een mensengestalte gaf de muur slechts een spiegel te zien. Dulcibeni had tegen zichzelf gepraat.

In de volgende ogenblikken deed ik nog meer moeite om die hevige uitbarsting over koningen, vorsten en keizers te volgen. Luisterde ik naar een gek? Met wie deed Dulcibeni alsof hij praatte?

Misschien, bedacht ik toen, was hij bezeten door de herinnering aan een dierbare (een zus, een echtgenote) die er niet meer was. En het moest een wel heel verscheurende herinnering zijn, als die hem tot dit droevige, verontrustende tafereel dreef. Ik voelde me tegelijkertijd opgelaten en vertederd door dat openlijk vertoon van intiem, eenzaam leed dat ik mij als een dief had toegeëigend. Toen ik hem in het gesprek op die onderwerpen had proberen te krijgen, had ik gezien dat Dulcibeni zich terugtrok. Hij had misschien liever het gezelschap van een gestorvene dan dat van levenden gehad.

'En toen?' hervatte de man uit de Marche, op onschuldige, verstoorde toon het jongemeisjesstemmetje imiterend.

'En toen, en toen...' zong Dulcibeni, 'toen won de zucht naar grondgebied, die hen er allemaal toe heeft aangezet zich te vermaagschappen met de andere vorsten der aarde. Neem het Oostenrijkse huis. Tegenwoordig bezoedelt het zo stinkende bloed daarvan de graven van onverschrokken voorouders: Albrecht de Wijze, Rudolf de Grootmoedige, en verder Leopold de Stoute en zijn zoon Ernst I de IJzeren, tot aan Albrecht de Geduldige en Albrecht de Vermaarde. Een bloed dat drie eeuwen geleden al begon te rotten, toen het de ongelukkige Frederik met de Lege Zakken voortbracht, en daarna Frederik met de Dikke Lip met zijn zoon Maximiliaan I, gestorven door een beklagenswaardige schranspartij met meloen. En uitgerekend bij die twee rijst het ongezonde verlangen om alle aangrenzende Habsburgse bezittingen weer bijeen te voegen, die Leopold de Stoute juist wijselijk met zijn broer had verdeeld. Het waren gebieden die niet samen konden gaan: alsof een dwaze chirurg op hetzelfde lichaam drie hoofden, vier benen en acht armen wilde dwingen. Om zijn landhonger te stillen trouwt Maximiliaan I maar liefst drie keer: zijn echtgenotes brengen als bruidsschat de Lage Landen en Franche-Comté in, maar tevens de monstrueuze kinnebak die het gelaat van zijn afstammelingen misvormt. Zijn zoon Filips de Schone lijft in de achtentwintig korte jaren van zijn leven Spanje in door Johanna de Waanzinnige te trouwen, de dochter en erfgename van Ferdinand van Aragon en Isabella van Castilië, alsmede de moeder van Karel V en Ferdinand I. Karel V bekroont het plan van zijn grootvader Maximiliaan I, dat tegelijkertijd mislukt: hij doet afstand van de troon en verdeelt zijn rijk, waarboven de zon nooit onderging, tussen zijn zoon Filips II en zijn broer Ferdinand I. Hij verdeelt zijn rijk, maar kan het bloed niet verdelen: bij zijn afstammelingen is de waanzin inmiddels onstuitbaar, zijn broer begeert zijn zuster, en beiden willen zich verenigen met hun eigen kinderen. De zoon van Ferdinand I, keizer Maximiliaan II van Oostenrijk, trouwde met de zuster van zijn vader, en bij zijn echtgenote-tante verwekte hij zo een dochter, Anna Maria van Oostenrijk, die trouwde met koning Filips II van Spanje, als zoon van Karel V, haar oom en neef; uit dit noodlottige huwelijk werd koning Filips III van Spanje geboren, die trouwde met Margaretha van Oostenrijk en bij haar koning Filips IV en Maria Anna van Spanje kreeg, die trouwde met keizer Ferdinand III van Oostenrijk, haar volle neef omdat hij de zoon van de broer van haar moeder was, en de huidige keizer Leopold I van Oostenrijk ter wereld bracht, en zijn zuster Maria Anna...'

Plotseling werd ik door walging bevangen. Die orgie van incest had me duizelig gemaakt. Dat walgelijke web van huwelijken tussen ooms en tantes, neven en nichten, zwagers en schoonzusters had iets monsterachtigs. Na mijn ontdekking dat Dulcibeni tot de spiegel sprak, had ik afwezig geluisterd. Maar uiteindelijk had die heimelijke, lugubere rede mij geïntrigeerd en tegelijkertijd misselijk gemaakt.

Dulcibeni, meer dan opgewonden en paars aangelopen, was intussen in de leegte blijven staren, alsof te veel woede zijn stem dichtkneep.

'Weet wel,' wist hij ten slotte uit te brengen, opnieuw tegen zijn denkbeeldige gezelschap, 'Frankrijk, Spanje, Oostenrijk, Engeland en Holland: al eeuwen zijn het gebieden die jaloers zijn op leden van andere geslachten, en nu worden ze onderworpen aan de heerschappij van één geslacht zonder land en zonder eed. *Autàdelphos* bloed, twee maal broer van zichzelf, zoals de kinderen van Oedipus en Jokaste. Bloed dat de geschiedenis van ieder volk vreemd is, maar dat van alle volkeren de geschiedenis dicteert. Bloed zonder grond en zonder eed. Verradersbloed.'

Slootwatersoepjes: eenmaal in de keuken herinnerde ik me dat Pompeo Dulcibeni met dat woord mijn culinaire inspanningen vol kostbare kaneel had bestempeld.

Bijgekomen van de walging die de hoge, eenzame bespiegelingen van de edelman uit de Marche bij mij hadden gewekt, was mij de afkeer weer te binnen geschoten die ikzelf, ongemerkt, tot dan toe in de magen van de herberggasten teweeg had gebracht. Ik besloot het goed te maken.

Ik daalde af naar de kelder. Ik waagde mij tot het laagste, ondergrondse niveau en bracht er denkelijk meer dan een uur door, bijna een ziekte oplopend door de bijtende kou die er altijd heerste. Vanaf het lage plafond bracht ik die ruimte helemaal in kaart, bij de lantaarn de heimelijkste hoekjes verkennend, daar waar ik me nog nooit had gewaagd of bij stil was blijven staan, waarbij ik de kasten tot aan de hoogste planken en de kisten sneeuw tot bijna de bodem ervan bestreek. In een ruime spleet, verborgen achter rijen kruiken met wijn, olie en elk soort peulvruchten en gedroogde zaden, gekonfijt fruit, groenten in een pot en zakken macaroni, noedels, lasagne en oliekoeken, zag ik onder brede juten doeken of in de kou van de sneeuw een grote variëteit aan pekel-, gerookt en gedroogd vlees en in een pot. Daar had meneer Pellegrino, als een jaloerse minnaar, ter conservering tongen in ragout, speenvarkens en verder stukken van verschillende dieren in gedaan: herten- en geitenzwezeriken, kalfspens, stekelvarkenspoten, -nieren en -hersenen, koeien- en geitenuiers, tongwormen van gecastreerd lam en everzwijn, stukken dij van een pink en een gems, lever, poten, nek en gevilde stukken van een beer, reezijde, -ribbetjes en -biefstuk.

En ik ontdekte lendenstukken van haas, berghaan, kalkoense hennen, wild haantje, kuikens, duiven, wilde houtduiven, fazanten en fazantenjongen, patrijzen en patrijzenjongen, houtsneppen, pauw en pauwenjong en kievieten, eend en meerkoeten, jonge wijfjesganzen, watersneppen, kwartels, tortelduiven, koperwieken, frankolijnen, vijgeneters, ortolanen, zwaluwen, leeuweriken, musjes, tuinfluiters uit Cyprus en Candia.

Ik stelde me met hartkloppingen voor hoe mijn arme baas ze zou bereiden: gekookt, gebraden, in soepen, in ragouts, aan het spit, gebakken, in een pastei met of zonder bladerdeeg, gepaneerd, in bouillon, in stukjes, in korstdeeg, met sauzen, met azijn, met vruchten en tafelversieringen.

Aangetrokken door de sterke rookgeur en de geur van droge alg zette ik mijn inspectie voort; en onder nog meer geperste sneeuw en andere juten doeken vond ik, zoals ik had verwacht, gesloten in flessen in het zout of opgehangen in bosjes en gehaakte netjes: breinaalden, jakobsschelpen, lange schelpen, harders, zaagbaarzen, wijngaardslakken, ombervissen, tandslakken, alikruiken, kreeftjes, venusschelpen, krabben, elften, lampreien, visbroedsel, tong, slakken, snoeken, haanvissen, bakeljauwen, tongen, zeebaarzen, schotelschelpen, zwaardvis- en schorpioenvisfilets, haanvissen, tarbotten, karpers, marmerbrasems, kikvorsen, sardines, drakenkopvissen, makrelen, steuren, schildpadden, platschelpen en zeelten.

Te midden van al die heerlijkheden had ik tot dan toe alleen volop kennis van de hoeveelheid verse waar die door de leveranciers werd gebracht, telkens als ik voor hen de dienstingang openzwaaide. Het merendeel van de voorraden echter had ik tot dan toe alleen vluchtig gezien, wanneer mijn baas mij opdroeg de etenswaren in de kelder op te halen en verder wanneer ik met Cristofano mee had moeten lopen.

Mij bekroop de twijfel: wanneer en aan wie dacht Pellegrino zoveel en zulk voedsel te serveren? Hoopte hij soms een van die weelderige stoeten bisschoppen uit Armenië gastvrijheid te kunnen verlenen, die, zoals in de buurt nog steeds werd verteld, de trots waren van De Schildknaap ten tijde van signora Luigia zaliger? Ik vermoedde dat mijn baas, voordat hij zich had laten wegjagen uit zijn betrekking als keukenmeesterhulp, zijn zakken handig had gevuld met de voorraadkamerleveringen van de kardinaal.

Ik pakte een vaatje met koeienuiers en ging terug naar de keuken. Ik ontdeed ze van het zout, bond hun spenen bij elkaar en kookte ze allemaal. Waarna ik er een paar tot mijn tevredenheid in dunne plakken sneed, door het meel haalde, goudbruin bakte en braadde met saus erover. Een ander deel smoorde ik in ragout met geurige kruiden en specerijen, weinig vette bouillon en eieren erbij. Andere gratineerde ik in de oven met witte wijn, zure druiven en citroensap, vers fruit, rozijnen, pijnboompitten en plakken ham. Weer andere sneed ik in stukken en ik maakte een pastei met gekookte wijn, gestopt in bladerdeeg met specerijen, ham en ander gezouten vlees, en merg met eiersaus en suiker. De restanten lardeerde ik wat met plakjes hamvet en kruidnagelen, en deed ze met een netje eromheen aan het spit.

Op het laatst was ik doodop. Cristofano, die aan het einde van mijn lange karwei in de keuken kwam, trof me half in zwijm aan, badend in het zweet in een hoekje bij de haard. Hij onderzocht en berook de rijen schotels op het tafeltje. Hij wierp een tevreden vaderlijke blik op mij.

'Ik zorg wel voor het rondbrengen, jongen. Jij gaat nu uitrusten.'

Verzadigd door het herhaalde, ruime proeven dat ik me tijdens de bereiding had vergund, liep ik de trap op naar de vliering, maar ik ging niet naar mijn kamer. Gezeten op de traptreden genoot ik ongezien van mijn verdiende succes: terwijl de avondmaaltijd werd verorberd, klonk er ruim een halfuur door de gangen van De Schildknaap gerinkel, gesteun en gesmak van tevredenheid. Een koor van magen die lawaaiig de opgehoopte lucht uithoestten, beval ten slotte dat het vaatwerk kon worden opgehaald. Door de revanche die ik had genomen, was ik bijna in tranen.

⁂

Ik haastte mij vervolgens de kamers af: ik wilde niets liever dan de complimenten van de gasten van De Schildknaap in ontvangst nemen. Vlak voor abt Melani's deur echter herkende ik zijn indroeve gezang. Ik werd getroffen door de hartverscheurende toon van zijn stem, waardoor ik bleef staan luisteren:

> *Ahi, dunqu'è pur vero;*
> *dunque, dunqu'è pur vero...* *

---

* Ai, het is dus toch waar;
dus, dus het is toch waar...

Hij herhaalde de strofe op lieflijke wijze en met steeds nieuwe, verrassende melodievariaties.

Die woorden ontroerden me, want het was alsof ik ze al eens eerder had gehoord, op een mijzelf onbekende tijd en plaats. Plotseling kreeg ik een inval: had mijn baas Pellegrino me niet verteld dat de oude heer De Mourai, alias Fouquet, alvorens de laatste adem uit te blazen met een laatste, uiterste inspanning een zin in het Italiaans had gepreveld? En nu wist ik het weer: de stervende had juist die woorden gesproken van de aria die Atto nu zong: Ai, het is dus toch waar.

Waarom, vroeg ik me af, had de oude Fouquet zijn laatste woorden in het Italiaans uitgesproken? Ik herinnerde me ook dat Pellegrino Atto gebogen over het gezicht van de oude man met hem had zien praten in het Frans. Waarom had Fouquet dan die zin in het Italiaans gemurmeld?

Intussen ging Melani verder met zijn lied:

> *Dunque, dunqu'è pur vero,*
> *anima del mio cor,*
> *che per novello Amor*
> *tu cangiasti, cangiasti pensiero...**

Aan het slot hoorde ik hem met moeite zijn snikken inhouden. Verscheurd tussen verlegenheid en medelijden durfde ik mij niet te verroeren, noch te spreken. Ik kromp ineen van medelijden voor die inmiddels op leeftijd zijnde eunuch: de verminking die door vaderlijke hebzucht op zijn jongenslichaam was uitgevoerd had hem roem gebracht, maar had hem tegelijkertijd veroordeeld tot een schandelijke eenzaamheid. Misschien had Fouquet er niets mee van doen, bedacht ik. Die zin, door de minister vlak voor zijn dood uitgesproken, kon eenvoudigweg een verbaasde uitroep zijn tegenover het verscheiden; iets waarvan ik gehoord had dat dat bij stervenden wel vaker voorkwam.

De abt was intussen een andere aria begonnen, een met nog luguberder en angstiger accenten.

---

*   Dus, dus het is toch waar
    ziel van mijn hart,
    dat gij om nieuwe liefde
    veranderde, veranderde van gedachte...

> *Lascia speranza, ohimé,*
> *ch'io mi lamenti,*
> *lascia ch'io mi quereli.*
> *Non ti chiedo mercé,*
> *no, no, non ti chiedo mercé...**

Hij beklemtoonde die laatste zin, en herhaalde hem eindeloos. Wat kwelde hem nu, vroeg ik me af, terwijl hij in zijn gedempte, bescheiden lied droef uitriep dat hij geen genade wilde vragen? Ondertussen naderde achter mij Cristofano. Hij was op visiteronde.

'Arme stakker,' fluisterde hij tegen mij, verwijzend naar Atto, 'hij is ten prooi aan een moment van moedeloosheid. Zoals wij allemaal overigens in deze walgelijke opsluiting.'

'Ja,' antwoordde ik, denkend aan het eenzame gesprek van Dulcibeni.

'Laten we hem in vrede zijn hart laten luchten; ik zal hem later wel bezoeken en een kalmerend aftreksel te drinken geven.'

We liepen weg, terwijl Atto maar doorging.

> *Lascia ch'io mi disperi...* **

---

*   Laat mij, hoop,
     mijzelf helaas beklagen,
     laat mij mijzelf aanklagen.
     Ik vraag je niet om genade,
     nee, nee, ik vraag je niet om genade...
**   Laat mij wanhopen...

Vijfde nacht
van 15 op 16 september 1683

Ik was zeer weemoedig gestemd toen de abt me kwam halen om wederom in de onderaardse gangen af te dalen. Het avondmaal van koeienuiers had de gemoederen van de gasten wel opgemonterd. Maar helaas niet het mijne, belast als ik werd door de elkaar opeenvolgende onthullingen en ontdekkingen omtrent De Mourai en Fouquet, naast de sombere scherpzinnigheid van Dulcibeni. En het schrijven in mijn dagboekje had de toestand er niet beter op gemaakt.

De abt moest mijn slechte gemoedsgesteldheid in de gaten hebben, want terwijl we voortgingen, probeerde hij geenszins het gesprek op te vrolijken. Hij was ook niet in een betere luim, zij het zichtbaar rustiger vergeleken bij de wanhopige klachten die ik hem na het eten had horen zingen. Hij leek te lijden onder de last van een onuitgesproken zorg, die hem op zijn beurt ongewoon zwijgzaam maakte. Voor enig leven in de brouwerij zorgden, zoals te raden viel, Ugonio en Ciacconio.

De twee lijkenpikkers stonden ons al enige tijd op te wachten, toen we ons in het onderaardse van de Piazza Navona bij hen voegden.

'Vannacht zullen we onze ideeën omtrent de onderaardse stad een beetje helder moeten krijgen,' kondigde Melani aan.

Hij haalde een vel papier tevoorschijn, waar hij schematisch een reeks lijnen op had uitgezet.

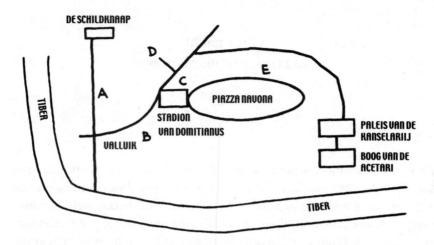

'Dat had ik dus van die twee schurken willen krijgen, maar heb ik nu zelf moeten maken.'

Het was een summier kaartje van de onderaardse gangen die we tot dan toe hadden bewandeld. De eerste nacht waren we van herberg De Schildknaap afgedaald tot aan de Tiber, door een gang die Atto had aangeduid met de letter A. In het gewelf van dezelfde gang hadden we vervolgens het valluik ontdekt waar we door waren gegaan naar de erboven gelegen gang die leidde naar de ruïnes van het Stadion van Domitianus, in het ondergrondse van de Piazza Navona, en die overeenkwam met de letter B. Van de Piazza Navona ging je door de nauwe doorgang waarbij je moest bukken lijn C in. Daarvandaan vertakte zich de lange bocht (aangegeven door de letter E) waarin we Stilone Priàso hadden gevolgd en die ons had gebracht tot aan de met fresco's beschilderde onderaardse gangen, waarboven waarschijnlijk het gebouw van de kanselarij stond. Vandaar waren we bij de boog van de Acetari beland. Ten slotte sloeg je van C, links, lijn D in.

'Er zijn drie gangen waarvan we het begin, maar niet het einde kennen: B, C en D. Het zou verstandig zijn om die te verkennen voordat we weer een achtervolging beginnen. De eerste is de linkerarm van de gang die je inslaat nadat je door het valluik bent gekropen. Hij gaat ongeveer naar de Tiber, maar meer weten we niet. De tweede gang is die welke bij de vertakking van de Piazza Navona rechtdoor gaat. De derde is de omleiding naar links, die je in deze gang tegenkomt. We zullen beginnen bij de derde, gang D.'

We liepen met voorzichtige tred voort, totdat we ongeveer het punt bereikten waar Ugonio en ik de vorige nacht hadden stilgestaan tijdens het schaduwen van Stilone Priàso. Atto liet ons stoppen om aan de hand van het kaartje onze positie in te schatten.

'Gfrrrlûlbh,' zei Ciacconio, waarmee hij onze aandacht trok.

Op een paar passen van ons vandaan lag iets op de grond. Abt Melani beval iedereen halt te houden en kwam als eerste naderbij om de vondst te onderzoeken. Daarna wenkte hij ons dichterbij. Het was een aardewerken kannetje, voorzichtig neergelegd op de grond, waaruit eerst gulpen (inmiddels opgedroogd), en daarna duidelijk druppels bloed waren gekomen.

'Wat een wonder,' hijgde abt Melani uitgeput.

Er kwam heel wat bij kijken om de lijkenpikkers te kalmeren, zeker als ze waren dat het kannetje een van de relikwieën was waarnaar ze altijd al op zoek waren. Ciacconio rende met kleine pasjes in het rond, opgewonden geluiden uitstotend. Ugonio had geprobeerd het kannetje te pakken, maar Atto had hem afgeweerd en hem een paar flinke duwen verkocht. Uiteindelijk waren de lijkenpikkers bedaard en hadden we alles op een rijtje kunnen zetten. Het ging duidelijk niet om een pot met bloed van een martelaar: gang D, waarin we het kannetje hadden gevonden, was geen catacombe en evenmin een columbarium of een andere oude heilige plaats, memoreerde abt Melani, de twee schatzoekers tot kalmte manend. Maar bovenal was het bloed dat erin zat pas sinds kort opgedroogd, en zelfs op de grond terechtgekomen: het behoorde dus toe aan een levende, of aan een iemand die sinds een paar uur dood was, en niet aan een martelaar van eeuwen her. Atto wikkelde het kannetje vervolgens in een fijn lapje en stak het in zijn justaucorps, waarna hij met een voet de sporen van zwartig vocht op de grond uitwiste. We besloten de verkenning voort te zetten: misschien zouden we de verklaring van het mysterie verderop vinden.

Melani zweeg, maar het was al te gemakkelijk om zijn gedachten te raden. Weer een onverwachte vondst, weer een voorwerp waarvan de herkomst lastig te traceren was. En weer bloed.

Zoals reeds de vorige nacht leek het ondergrondse traject me geleidelijk aan naar links af te hellen.

'Ook vreemd, dit,' merkte abt Melani op. 'Dit had ik wel het minst verwacht.'

Eindelijk leek de gang weer naar de oppervlakte te leiden. In plaats van een trap vonden we ditmaal een heel flauwe helling. Plotseling echter doemde voor onze ogen een wenteltrap op, met stenen treden handig in de steen uitgehakt. De lijkenpikkers leken weinig zin te hebben om naar boven te gaan. Ugonio en Ciacconio waren in een slechte bui: nadat ze de bladzijde uit de bijbel hadden prijsgegeven, hadden ze ook het kannetje ingepikt zien worden.

'Akkoord, jullie blijven hier totdat wij terugkomen,' stond Melani met tegenzin toe.

Terwijl we aan de klim begonnen, vroeg ik de abt waarom hij zich erover verbaasd had dat gang D, die we net hadden doorlopen, naar links afboog.

'Dat is simpel: als je het kaartje dat ik je liet zien aandachtig bekeken hebt, zul je gemerkt hebben dat we bijna weer bij af zijn, oftewel in de buurt van de herberg.'

We gingen langzaam de trap op, totdat ik een droog geluid hoorde en abt Melani het uitjammerde. Hij had zijn hoofd gestoten tegen een valluik. Ik moest hem helpen duwen totdat de houten planken, die alleen werden gesteund, omhooggingen.

We zetten zo voet op een afgesloten plaats, met de scherpe lucht van urine en dierlijke uitwasemingen. We waren in een paardenstal beland.

Er stond een rijtuigje met twee wielen geparkeerd dat we kort inspecteerden. Het had een leren huif, waarvan het metalen frame beschermd was met opgespannen wasdoek en verfraaid door gladde ijzeren knoppen. Binnenin was op het plafonnetje een fraaie rozige hemel geschilderd, en de twee stoelen waren comfortabel gemaakt door een stel kussens. Verder stond er nog een gewonere, maar wel grotere koets, met vier wielen, ook die met een huif van rundleer, waarbij zich stilletjes twee aftandse paarden bevonden die door onze aanwezigheid licht nerveus geworden waren.

Gebruikmakend van het zwakke schijnsel van de lamp boog ik mij voorover naar het interieur van de wagen; daar ontwaarde ik achter de achterbank een groot kruisbeeld. Aan het houten kruis hing een soort metalen kooitje, dat een glazen bolletje bevatte waarin een bruinig goedje zat.

Ook Atto was dichterbij gekomen om het interieur van de koets bij te lichten.

'Het moet een reliek zijn,' zei hij, de lamp erbij houdend, 'maar laten we geen tijd verliezen.'

Rondom was de grond bezaaid met (en het scheelde weinig of ik struikelde er lawaaiig over) emmers om de rijtuigen te wassen, kammen, roskammen en rosborstels.

Zonder ons onnodig op te laten houden vonden we de ingang die naar alle waarschijnlijkheid naar een woning leidde. Voorzichtig probeerde ik de deur. Die zat dicht.

Ik keerde mij teleurgesteld om naar abt Melani. Ook hij leek te aarzelen. We konden ons niet veroorloven het slot te forceren met het risico door de bewoners te worden betrapt en wellicht dubbel veroordeeld te worden: wegens ontsnapping uit de quarantaine en wegens poging tot diefstal.

Het was al een geluk geweest dat we in de schuur niet toevallig iemand waren tegengekomen, bedacht ik, toen ik plotseling een monstrueuze hand met klauwen zag rusten op abt Melani's schouders. Ik hield wonderwel een gil in, terwijl Melani verstijfde en zich voorbereidde op een reactie tegenover de onbekende die hem van achteren aanviel. Ik beval mezelf iets te pakken – een stok, een emmer, wat dan ook – om de agressor te treffen. Te laat: daar had je 'm al.

Het was Ugonio. Atto, zag ik, was verbleekt van schrik en kreeg een hevige duizeling, zodat hij een paar minuten moest gaan zitten.

'Idioot, ik schrik me bijna dood van je. Ik had je nog zo gezegd daar beneden te blijven.'

'Ciacconio heb een aanwezerige geroken. Hij wil dus aanwijzeringen krijgeren.'

'Goed, we gaan nu naar beneden en... maar wat heb jij in je hand?'

Ugonio spande zijn onderarmen en bekeek vragend allebei zijn handen, alsof hij niet wist waar Atto het over had. In zijn rechterhand klemde hij echter het kruisbeeld met reliek dat we in de koets hadden zien hangen.

'Hang meteen op zijn plaats terug,' beval abt Melani. 'Niemand mag zien dat we hier binnen zijn geweest.'

'Ga verder maar naar Ciacconio en zeg dat wij ook zo komen, want het lijkt erop dat hierboven weinig te doen is,' vervolgde hij, naar de deur wijzend.

Nadat hij met tegenzin het kruisbeeld had teruggehangen, liep Ugonio op de gesloten deur toe, hield zijn gezicht bij het slot en loerde in het gaatje.

'Waar verdoe je je tijd nou mee, beest? Zie je niet dat hij op slot is en dat er geen licht is aan de andere kant?' viel Atto uit.

'Eventualiserend, kunnen we de deur ontsleutelen. Om beter dan slechter uit te vallen, welverstaan,' antwoordde Ugonio zonder een krimp te geven, terwijl hij als bij toverslag uit zijn smerige overjas een enorme ijzeren ring haalde waaraan tientallen, ja, honderden sleutels in alle soorten en maten zaten.

Atto en ik waren verbaasd. Meteen begon Ugonio met katachtige snelheid de rinkelende halsband af te tasten. Binnen een paar seconden hielden zijn klauwen stil bij een oude halfverroeste sleutel.

'Nu gaat Ugonio ontsleutelen en, om geen boerendokter te spelen, wanneer voldaan wordt aan de plicht, stijgt de vreugde bij de dopeling,' zei hij grinnikend, terwijl hij de sleutel in het slot omdraaide. Het mechanisme liet zich met een ruk openen.

Later zouden de twee lijkenpikkers ons ook die zoveelste verbazing verklaren. Om toegang te krijgen tot de onderaardse gangen van de stad moesten ze dikwijls via kelders, magazijnen of deuren die vergrendeld waren door hangsloten en sloten in het ondergrondse doordringen. Om dit probleem op te lossen ('en om bezwaren te bezweren en niet te bezwaren,' had Ugonio benadrukt) hadden de twee zich gewijd aan de systematische omkoping van tientallen knechten, meiden en huisbedienden. Wel wetend dat de heren des huizes die eigenaar van de sleutels waren, hun nooit maar dan ook nooit een kopie zouden afstaan, hadden de twee lijkenpikkers met het dienstpersoneel kopieën van de sleutels geruild. In ruil smeerden ze de knechten een paar van hun kostbare relikwieën aan. Met deze handel hadden Ugonio en Ciacconio er wel voor gewaakt om niet hun beste stukken weg te geven. Maar soms hadden ze een pijnlijk offer moeten dulden; voor de sleutel van een tuin waardoor je toegang had tot een catacombe in de buurt van de Via Appia, bijvoorbeeld, hadden ze een kostbaar fragment van het sleutelbeen van de heilige Petrus moeten afstaan. Het was moeilijk te begrijpen hoe een dergelijke ingewikkelde handel zich had kunnen voltrekken tussen alle gebrabbel van Ciacconio en de verbale omtrekkende bewegingen van Ugonio door. Maar vaststond dat de twee de sleutels tot de kelders en de fundamenten van de huizen van een flink deel van de stad bezaten. En de sloten waarvan ze geen sleutel hadden werden vaak geopend met een van de vele andere min of meer identieke sleutels.

Toen de schuurdeur met Ciacconio's sleutel was opengemaakt, wisten we zeker dat we ons binnen een bewoond huis bevonden. Er klonken, gedempt door de afstand, stemmen en geluiden die afkomstig waren van de hoger gelegen verdiepingen. Voordat we de enige lamp die nog brandde doofden, hadden we maar een paar seconden om een blik in het rond te werpen. We waren in een grote keuken beland vol borden, een grote ketel, drie kleinere keteltjes, ijzeren pannen, kommen, koperen vuurpotten, pannen met ijzeren handvat, een kommetje, verschillende braadpannen, en kannen, beddenpannen en kruiken. De hele keukenuitrusting hing aan de muur of werd bewaard in een open keukenkast van abeelhout en een kleinere kast, alles van zeer hoge kwaliteit, zoals ik me de weinige werktuigen waarover ik in de keuken van De Schildknaap beschikte mocht wensen. We doorkruisten de ruimte en droegen er zorg voor om niet met veel lawaai te struikelen, over een paar pannen op de grond bijvoorbeeld.

Aan het andere einde van de keuken was nog een deur, en vandaar drongen we de volgende kamer binnen. We werden gedwongen de lamp weer even aan te steken, die ik voorzichtig met mijn hand afdekte.

We stonden tegenover een bed met een baldakijn, bekleed met een geel-rood gestreepte satijnen deken. Aan weerszijden stonden een paar houten tafeltjes en in een hoek bevond zich een stoel zonder armleuningen van versleten bewerkt leer. Te oordelen naar die oude meubels en de muffe lucht moest het gaan om een in onbruik geraakte kamer.

We gebaarden naar Ugonio dat hij terug moest gaan en in de schuur op ons moest wachten: in geval van een snelle aftocht zouden twee indringers misschien nog kunnen verdwijnen, terwijl we ons met ons drieën meer in de nesten zouden werken.

Ook de zojuist bezochte kamer beschikte over een tweede uitgang. Nadat we de lantaarn opnieuw hadden gedoofd, spitsten we daar onze oren. Het leek of de stemmen van de bewoners ver genoeg weg waren om het erop te wagen: we deden voorzichtig de deur open en stapten de volgende ruimte, de vierde, binnen. We waren nu in de vestibule. De voordeur bevond zich, zoals we konden raden, ook al stonden we bijna compleet in het donker, links van ons. Tegenover ons, aan het einde van een korte gang, begon een in de muur ingevoegde wenteltrap die naar de bovenverdieping leidde. Van boven de wenteltrap kwam een onzeker schijnsel dat ons net in staat stelde ons te oriënteren.

Uiterst behoedzaam liepen we op de trap toe. De geluiden en de gesprekken, die we eerst ver hoorden, leken nu bijna weggestorven. Hoezeer het idee mij nu ook dwaas en buitengemeen vermetel voorkomt, Atto begon de treden op te gaan en ik toog achter hem aan.

Halverwege de trap, tussen de begane grond en de eerste verdieping, kwamen we een kamertje tegen dat verlicht werd door een kandelaar, met verschillende fraaie voorwerpen die wij kort bekeken. Ik verbaasde mij over de weelderige inrichting, zoals ik nooit eerder had gezien: wij moesten in het huis van een heer van stand zijn. De abt liep op een uit walnotenhout gesneden tafeltje toe waarover een groene doek hing. Hij sloeg zijn ogen op en ontwaarde enkele goed uitgevoerde schilderijen: een Annunciatie, een Pietà, een heilige Franciscus met Engelen in een lijst van walnotenhout afgebiesd met goud, nog een schilderij met de heilige Johannes de Doper erop afgebeeld, een papieren schilderijtje met een verguld schildpadlijstje eromheen en ten slotte een achthoek van gips in bas-reliëf met de afbeelding van Onze-Lieve-Vrouwe. Ik zag een wastafel, op het oog van perenhout, gemaakt met veel vakmanschap en kunstigheid aan de draaibank. Daarboven hing een klein crucifix in koper en goud met een ebbenhouten kruis. Het kleine vertrekje werd gecompleteerd door een licht houten tafeltje met fraaie laatjes, en twee stoelen.

Toen we nog een paar treden waren opgegaan, bereikten we de eerste verdieping, die op het eerste gezicht verlaten leek en in het donker gehuld. Atto Melani wees mij de volgende treden aan, die opnieuw omhoog leidden en waarop het licht feller en vaster viel. Wij staken ons hoofd uit en zagen dat in de muur langs de trap een kandelaar was opgehangen met vier grote kaarsen. Daar voorbij kwam je op de tweede verdieping, waar de bewoners waarschijnlijk waren.

We bleven vrijwel roerloos op de trap staan, met gespitste oren. Geen enkel gerucht: we vervolgden onze gang naar boven. Plotseling echter deed een gedreun ons opspringen. Een deur op de eerste verdieping ging open en toen ruw weer dicht, waarna, te onduidelijk om verstaanbaar te zijn, twee mannenstemmen zich lieten horen. We vernamen voetstappen uit de kamers die geleidelijk aan naar de trap kwamen. Atto en ik keken elkaar paniekerig aan: op slag namen wij nog vier of vijf treden. Daar, voorbij de kandelaar, vonden we halverwege de trap een tweede kamertje, waar we halt hielden in de hoop dat de voetstappen niet verder de trap op zouden gaan in de richting van onze tijdelijke schuilplaats. We hadden geluk. We hoorden een deur dichtslaan, en toen nog een, totdat we geen voetstappen meer hoorden, en evenmin de twee mannenstemmen.

Ongemakkelijk op onze hurken in het vertrekje halverwege de trap wisselden Atto en ik een blik van grote opluchting. Ook hier schonk een kandelaar ons voldoende licht. Toen de paniek was geluwd en wij weer op adem waren, wierpen we een blik om ons heen. Tegen de muren van het tweede kamertje was ditmaal een hoge, rijk versierde boekenkast te zien vol netjes geordende boeken. Abt Melani nam er een in de hand, sloeg het open en onderzocht het titelblad.

Het was een *Leven van de zalige Margaretha van Cortona*, van een onbekende auteur. Atto sloeg het meteen weer dicht en legde het op zijn plaats terug. Vervolgens gingen door zijn handen het eerste deel van een *Theatrum Vitae Humanae* in acht delen, een *Leven van de heilige Philippus Neri*, een *Fundamentum Doctrinae motus gravium Vitali Iordani*, een *Tractatus de Ordine Iudiciorum*, vervolgens een fraaie uitgave van *Institutiones ac meditationes in Graecam linguam* en ten slotte een Franse grammatica en een boek waarin *De kunst om goed te sterven* werd uitgelegd.

Na snel ook dit laatste curieuze werk met zijn morele ondertoon te hebben doorgebladerd schudde de abt nerveus geworden zijn hoofd.

'Wat zoekt u?' vroeg ik met de zachtst mogelijke stem.

'Dat is toch duidelijk: de heer des huizes. Iedereen parafeert tegenwoordig zijn boeken, de waardevolle tenminste, met zijn naam.'

Ik stond Atto toen terzijde, en door mijn handen gingen snel de volgende werken: *De arte Gymnastica* van Gerolamo Mercuriale, een *Vocabularium Ecclesiasticum* en een *Pharetra divini Amoris*, terwijl Atto snuivend de *Werken* van Plato en een *Theater van den mensch* van Gaspare da Villa Lobos wegzette en met verbazing een exemplaar van *Bacchus in Toscane* begroette van Francesco Redi, die hem zo dierbaar was.

'Ik begrijp het niet,' stamelde hij ongeduldig aan het einde van de verkenningstocht. 'Er staat hier van alles: geschiedenis, filosofie, christelijke leer, oude en moderne talen, boeken over devotie, diverse curiosa en zelfs wat astrologie. Kijk, hier: *De Geheimen der sterren* van ene Antonio Carnevale, en de *Ephemerides Andreae Argoli*. Maar op geen enkel boek de naam van de eigenaar.'

Omdat we het geluk tot dan toe aan onze zij hadden gehad en op een haar na niet waren betrapt door de heer des huizes, wilde ik Atto juist voorstellen ervandoor te gaan, toen ik op een geneeskundeboek, het eerste, stuitte.

Ik had wat gegrasduind op een andere plank en was tegen een deeltje van Vallesius opgelopen, en daarna tegen *Medecina Septentrionalis* en *Praktische anatomie* van Bonetus, *Romeins Antidotarium*, *Liber observationum medicarum Ioannes Chenchi*, *Over hypochondrische kwalen* van Paolo Tacchia, *Commentarium Ioannis Casimiri in Hippocratis Aphorismos*, *Enciclopedia Chi-*

rurgica Rationalis van Giovanni Doleo en vele andere waardevolle teksten over geneeskunde, heelkunde en anatomie. Ik werd onder meer getroffen door vier banden van een uitgave in zeven delen van de werken van Galenus, alle zeer fraai ingebonden in vermiljoen leer met gouden arabesken; de andere drie stonden niet op hun plaats. Ik pakte er een, genietend van de aanraking van het kostbare omslag, en sloeg het open. Een klein handschrift rechts onder aan de titelpagina vermeldde: *Ioannis Tiracordae*. Hetzelfde, zo verifieerde ik snel, stond op de andere medische boeken.

'Ik weet het!' fluisterde ik opgewonden. 'Ik weet waar we zijn.'

Ik wilde hem mijn ontdekking deelachtig maken, toen we opnieuw verrast werden door rumoer uit een deur die op de eerste verdieping openging, en door een bejaarde stem.

'Paradisa! Kom naar beneden, onze vriend neemt zo afscheid.'

Een vrouwenstem antwoordde vanaf de tweede verdieping dat ze er zo aankwam.

We zaten dus vast tussen twee vuren: de vrouw die van de tweede verdieping kwam, en de heer des huizes die op de eerste wachtte. Het kamertje had geen deur en was bovendien te klein om er onopgemerkt te hurken. We zouden worden ontdekt.

Luisteren, begrijpen en doen ging tegelijk. Als hagedissen achtervolgd door een roofdier slopen we in innerlijke wanhoop de trap af. We hoopten vóór de twee mannen de begane grond te bereiken. In het omgekeerde geval zou er geen ontkomen aan zijn.

In minder dan een seconde kwam het moment van de waarheid: we waren een paar treden afgegaan toen we de stem van de heer des huizes hoorden: 'En vergeet morgen niet uw likeurtje mee te brengen!' zei hij gedempt, maar op joviale toon, kennelijk tot zijn gast gericht, terwijl ze het begin van de trap naderden. Er zat niets anders op: we waren verloren.

Telkens als ik terugdenk aan die momenten van angst, herhaal ik bij mezelf dat alleen de Goddelijke Zachtmoedigheid ons de vele kastijdingen heeft bespaard die we zonder meer hadden verdiend. Ik moet echter ook toegeven dat, als abt Melani niet voor een van zijn kunstgrepen had gezorgd, de dingen heel anders zouden zijn gelopen.

Atto had namelijk de bliksemsnelle vondst gehad om krachtig op de vier kaarsen te blazen die dat deel van de trap verlichtten, waarna we ons weer in het kamertje terugtrokken, waar we, ditmaal eensgezind, onze longen uitzetten en ook daar de kandelaar doofden. Toen de heer des huizes op de trap verscheen, trof hij het er stikdonker aan en hoorde de stem van de vrouw die hem verzocht de kaarsen weer aan te steken. Dat sorteerde het tweeledige effect dat wij niet werden gezien en dat de twee mannen, voorzien van één olielampje, teruggingen om een kaars te pakken. In die korte tijdsspanne slopen wij op de tast de trap af.

Toen we de begane grond hadden bereikt, haastten we ons naar de verlaten slaapkamer, vanwaar we in de keuken kwamen en uiteindelijk in de schuur met de koetsen. Daar struikelde ik in mijn geestdrift en viel op mijn gezicht op het dunne hooitapijt, waarmee ik de nervositeit van een van de twee knollen opwekte. Achter ons had Atto snel de deur op een kier gezet, zodat Ugonio hem op het juiste moment weer gemakkelijk op slot kon draaien.

Roerloos hijgend bleven we in het donker met ons oor bij de deur staan. Het leek ons of we mensen naar beneden naar de binnenplaats hoorden lopen. De voetstappen haastten zich over het plaveisel in de richting van de voordeur die uitkwam op de weg. We hoorden het zware paneel open-, en met een plof weer dichtgaan. Twee of drie minuten stonden we doodstil. Het gevaar leek bezworen.

We staken daarom weer een lantaarn aan en kropen door het valluik. Zodra het zware houten beschot weer met een doffe klap dichtging, kon ik eindelijk de abt mijn ontdekking meedelen. We waren het huis binnengegaan van Giovanni Tiracorda, de oude hofarts van de paus.

'Weet je dat zeker?' vroeg abt Melani, terwijl we de onderaardse holen opnieuw indoken.

'Natuurlijk weet ik dat zeker,' antwoordde ik.

'Tiracorda, hoe bestaat het,' lachte Atto.

'Kent u hem?'

'Het is een buitengewoon toeval. Tiracorda was arts bij het conclaaf waarin Clemens ix Rospigliosi, mijn stadgenoot, tot paus werd gekozen. En ik was er ook.'

Ik had echter nooit de oude hofarts aangesproken. Tiracorda, die de arts van twee pausen was geweest, was zeer gezien in de buurt, zodat hij nog steeds hofarts werd genoemd, terwijl hij nu eigenlijk het ambt van plaatsvervanger bekleedde. Hij woonde in een paleisje dat toebehoorde aan hertog Salviati en dat slechts twee deuren verder dan De Schildknaap in de Via dell'Orso stond, op de hoek met de Via della Stufa delle Donne, de Vrouwenkachelstraat. Het kaartje van de onderaardse gangen dat Atto Melani had gemaakt was waarheidsgetrouw gebleken: van gang tot gang, tot Tiracorda's paardenschuur, waren we bijna weer terug bij af. Weinig, ja, bitter weinig wist ik van Tiracorda af: dat hij een vrouw had (misschien die Paradisa wier naam we kort tevoren hadden horen noemen), dat er in zijn grote, fraaie huis ook twee of drie meisjes waren voor huishoudelijk werk, en dat hij zijn vak uitoefende in het hoofdhospitaal van Santo Spirito in Sassia.

Hij was eerder rond dan lang, met een gebochelde rug en vrijwel geen nek, hij had een grote uitpuilende buik waarover hij vaak zijn handen vouwde, zodat hij als het ware de deugden geduld en verdraagzaamheid belichaamde en een flegmatiek, lauw temperament verborg. Soms had ik hem vanuit het raam zien dribbelen in de Via dell'Orso, in zijn lange kleed tot op zijn voeten. Ik had hem een praatje zien maken met winkeliers, terwijl hij zijn snor en sikje gladstreek. Geen groot liefhebber van pruiken liep hij ondanks zijn kaalheid altijd met de hoed in de hand, zodat de zon zijn glimmende knobbelige schedel, zijn lage, rimpelige voorhoofd en zijn puntoren bescheen. Bij een vroegere ontmoeting hadden me zijn vrolijke appelwangen en goedmoedige blik getroffen: de schuine wenkbrauwen boven de ingevallen ogen, het vermoeide ooglid van de arts die gewend is andermans leed te aanschouwen, maar daar nooit in berust.

Toen het moeilijkste deel van de terugweg was overwonnen, vroeg abt Melani aan Ugonio of hij hem een kopie van de sleutel kon geven die hij had gebruikt om de schuurdeur weer open te maken.

'Ik verzeker op uwer beslissering dat ik niet zal verzuimeren wat u eisert, en eerst van altijd. Ook al was het, om meer vader dan vaderlijk te lijken, perfecter beter datter te doen in der voriger nacht.'

'Bedoel je dat het beter was geweest gisteren een kopie van de sleutel te laten maken? Waar dan?'

Ugonio leek verbaasd door die vraag.

'Natuurlijker in de Via dei Chiavari, waar Komarek der drukker is.'

Atto fronste zijn voorhoofd. Toen stak hij een hand in zijn zak en haalde de bladzijde uit de bijbel tevoorschijn. Hij ging er meermalen met zijn hand overheen, waarna hij hem rechtop bij de lantaarn hield die ik in mijn hand had. Ik zag hem aandachtig de schaduwen onderzoeken die de kreukels in het schijnsel van de lamp vormden.

'Vervloekt, hoe heeft dat me kunnen ontgaan?' vloekte abt Melani.

En hij wees me met zijn vinger een vorm aan die ik toen pas midden op het vel zag: 'Als je goed kijkt, ondanks de deplorabele toestand waarin dit stuk papier verkeert,' begon hij uit te leggen, 'zie je min of meer in het midden de omtrek van een grote sleutel met een langwerpige kop, zoals die van het kamertje. Kijk, hier, waar het vel gladder is gebleven, terwijl het aan weerszijden is verfrommeld.'

'Dus dit stuk papier zou niets anders zijn dan de wikkel van een sleutel?' concludeerde ik verbaasd.

'Precies. De clandestiene winkel van Komarek, de drukker van wie Stilone Priàso gebruikmaakte hebben we ook ontdekt in de Via dei Chiavari, waar alle werkplaatsen voor sleutels en grendels zitten.'

'Dan begrijp ik het,' deduceerde ik. 'Stilone Priàso heeft de sleutels gestolen en daarna een kopie laten maken in de Via dei Chiavari, vlak bij Komarek.'

'Nee, beste jongen, meerdere van de gasten, dat heb jij me zelf verteld, weet je nog? zeiden dat ze in het verleden al in De Schildknaap hadden gelogeerd.'

'Dat is waar: Stilone Priàso, Bedford en Angiolo Brenozzi,' herinnerde ik mij, 'in de tijd van signora Luigia zaliger.'

'Goed. Dit betekent dat Stilone de sleutel van het kamertje dat van de herberg naar de onderaardse gangen leidt, heel waarschijnlijk al had. Bovendien had hij meer dan voldoende reden om naar Komarek te gaan, namelijk het drukken van een clandestien blaadje. Nee, we moeten niet meer naar een opdrachtgever van Komarek zoeken, maar alleen naar een van de andere gasten. Iemand die een kopie van de sleutel van het kamertje bij moest laten maken van de bos die tijdelijk van Pellegrino was gestolen.'

'Maar dan is pater Robleda de dief! Hij heeft op Maleachi gezinspeeld om te zien hoe ik zou reageren: misschien wist hij dat hij het vel van de profetie van Maleachi had verloren in de onderaardse gangen, en heeft hij om mij te ontmaskeren een truc verzonnen zoals van de beste spionnen te verwachten is volgens Dulcibeni,' riep ik uit, waarna ik Dulcibeni's rede tegen de spionageroeping van de jezuïeten voor Atto samenvatte.

'Ja inderdaad. Dan is de dief misschien wel pater Robleda, mede omdat...'

'Gfrrrlûlbh,' kwam Ciacconio beleefd tussenbeide.

'Argumenteren die niet deugeren en klopperen,' vertaalde Ugonio.

'Hoezo dat?' onderbrak abt Melani hem met een ongelovig gezicht.

'Ciacconio garandeert, het vellertje is niet der proferetie van Maleachi, overeenkomstig uwer beslissering, om beter bezwaren te bezweren dan te bezwaren.'

Tegelijkertijd toverde Ciacconio vanonder zijn kleed een bijbeltje tevoorschijn, smerig en versleten, maar leesbaar.

'Heb je dat altijd bij je?' vroeg ik.

'Gfrrrlûlbh.'

'Hij is gans religieuzerig, bijna trigot,' legde Ugonio uit.

We zochten in de inhoud de profeet Maleachi op. Het was het laatste boek van de twaalf kleine profeten, en zat dus op de laatste bladzijden van het Oude Testament. Ik bladerde snel totdat ik de titel vond, en begon met moeite vanwege de microscopisch kleine lettertjes te lezen:

PROPHETHIA
MALACHIAE
caput i

Onus verbi Domini ad Israel in manu Malachiae.
Dilexi vos, dicit Dominus, & dixistis: in quo dilexisti
nos? Nonne frater erat Esau Iacob, dicit Dominus, &
dilexi Iacob, Esau autem odio habui? & posui montes
ejus in solitudinem, & hereditatem ejus in dracones
deserti.
Quod si dixerit Idumaea: Destructi sumus, sed
revertentes aedificabimus quae destructa sunt: Haec
dicit Dominus exercituum: Isti aedificabunt, & ego
destruam: & vocabuntur terminis impietatis, &
populus cui iratus est Dominus usque in aeternum.
Et oculi vestri videbunt: & vos dicetis: Magnificetur
Dominus super terminum Israel.
Filius honorat patrem, & servus dominum suum: si
ergo Pater ergo sum, ubi est honor meus? & si
Dominus ego sum, ubi est timor meus? Dicit Dominus
exercituum ad vos, & sacerdotes, qui despicitis nomen
meum, & dixitis: In quo despeximus nomen tuum?...

Ik onderbrak mezelf: abt Melani had uit zijn zak het velletje gehaald dat door Ugonio en Ciacconio was gevonden. We vergeleken het. Daarin stonden, zij het verminkt, de namen van Ochozias, Accaron en Beëlzebub, die hier niet in stonden. Geen woord kwam overeen.

'Het is... nou ja, het is een andere tekst dan Maleachi,' merkte ik aarzelend op.

'Gfrrrlûlbh,' weerlegde Ciacconio hoofdschuddend.

'Het vellertje, zoals Ciacconio suggereert met verwijzering naar vergrijzering van uwer beslissering om eerder kegelwichelaar dan vogelwichelaar te worden, en om meer arts dan aards te zijn, is het tweedste hoofdstuk van het Boek der Koningen.'

En hij legde uit dat Malachi, het verminkte woord dat te lezen viel op de flard bijbel, niet het restant was van Malachia, maar van Malachim, dat in het Hebreeuws 'der Koningen' betekende. Dit omdat, lichtte Ugonio geduldig toe, de titel in veel bijbels ook wel wordt geschreven volgens de versie der joden, die niet altijd overeenkomt met die van de christenen: zij laten bijvoorbeeld niet de twee boeken van de Makkabeeën toe in de Schrift. Bijgevolg was het complete schema van de titel, verminkt en wel vanwege de scheuringen en de bloedvlek, volgens de lijkenpikkers oorspronkelijk:

Romeinse letter
LIBER REGUM.
SECUNDUS MALACHIM.

Caput Primum.

Liber Regum betekende 'Boek der Koningen', terwijl *Secundus Malachim* stond voor 'Tweede Boek der Koningen: en niet 'van Maleachi'. We gingen het tweede Boek der Koningen vergelijken in de bijbel van de lijkenpikkers. Inderdaad, titel en tekst van het tweede Boek der Koningen kwamen volmaakt overeen met zowel het uitgescheurde velletje als het schema van Ugonio en Ciacconio. Abt Melani trok een donker gezicht.

'Eén vraag maar: waarom hebben jullie dat niet eerder gezegd?' vroeg hij, terwijl ik me het eenstemming antwoord van de lijkenpikkers al voorstelde.

'We hebberen niet der eer gehadderd om gevragerd te worderen,' antwoordde Ugonio.

'Gfrrrlûlbh,' sloot Ciacconio zich erbij aan.

Robleda had dus niet de sleutels en de pareltjes gestolen, hij was niet in de onderaardse gangen geweest, hij had het losse vel uit de bijbel niet verloren, hij wist niets van de Via dei Chiavari, noch van Komarek. En des te minder van de heer De Mourai, oftewel Nicolas Fouquet. Of beter gezegd, er was geen reden om hem meer dan iemand anders te verdenken, aangezien zijn lange verhaal over de profetie van de heilige Maleachi geheel toevallig was geweest. Kortom, we waren weer bij af.

Daartegenover stond dat we ontdekt hadden dat gang D uitkwam op een grote, ruime woning, waarvan de eigenaar hofarts van de paus was. Maar er was die nacht nog iets mysterieus voorgevallen. Bij het terugvinden van het vel uit de bijbel had zich de ontdekking gevoegd van het kannetje met bloed, dat iemand per ongeluk (of misschien expres) had verloren in de gang die leidde naar Tiracorda.

'Denkt u dat het kannetje door de dief is verloren?' vroeg ik aan abt Melani.

Op dat moment struikelde de abt over een steentje en kwam ongelukkig ten val. We hielpen hem overeind, hoewel hij iedere hulp weigerde; hij klopte het stof haastig af, overdreven nerveus door het voorval, vloekte lang tegen de makers van de gang, de pest, de artsen, de quarantaine en ten slotte tegen de twee onschuldige lijkenpikkers, die, overladen met die onverdiende beledigingen, een blik vol vernedering wisselden.

Zo kon ik, dankzij dat ogenschijnlijk onbeduidend incident, duidelijk de onverwachte verandering waarnemen die zich sinds enige tijd bij abt Melani had voorgedaan. Wierpen zijn ogen in de eerste dagen nog vlammende blikken, nu stonden ze menigmaal peinzend. Zijn fiere tred was voorzichtig geworden, zijn eerst zo zekere houding aarzelend. Zijn scherpe, insinuerende redeneringen hadden plaatsgemaakt voor twijfels en tegenzin. Natuurlijk, we waren met succes Tiracorda's huis binnengedrongen, waarbij we ons hadden blootgesteld aan de grootste risico's. Natuurlijk, we durfden bijna blindelings nieuwe gangen te verkennen, meer geholpen door Ciacconio's neus dan door onze lampen, maar bij dat alles was het alsof ik af en toe abt Melani's hand lichtelijk zag trillen, en hem zijn ogen zag sluiten in een stil gebed om behoud.

Genoemde stemming, die momenteel alleen af en toe als een halfgezonken wrak opdook, was sinds kort, ja, sinds heel kort bij hem opgetreden. Lastig om precies het ontstaan ervan aan te geven; het was niet voortgekomen uit een of ander specifieke gebeurtenis, maar uit oude en nieuwe voorvallen die nu moeizaam in één vorm met elkaar in overeenstemming moesten komen. Wel een nog ongrijpbare vorm. De substantie daarentegen was zwart en bloederig als de angst die, dat wist ik zeker, abt Melani's gedachten verontrustte.

Vanuit gang D waren we weer gang C ingegaan, die het zonder twijfel verdiende om vervolgens door en door te worden verkend. Nu echter lieten we aftakking E, die naar het paleis van de kanselarij leidde, rechts liggen en gingen we rechtdoor.

Ik merkte de aandachtige uitdrukking en vooral het zwijgen van abt Melani op. Ik raadde dat hij over onze ontdekkingen piekerde, en besloot hem daarom te prikkelen met de nieuwsgierigheid die hij mij een paar uur eerder had ingeboezemd.

'U zei dat Lodewijk XIV nooit iemand zo heeft gehaat als minister Fouquet.'
'Inderdaad.'
'En dat, als hij erachter kwam dat Fouquet in plaats van in Pinerolo gestorven te zijn, levend en wel in Rome zat, zijn woede zeker opnieuw zou losbarsten.'
'Precies.'
'Maar waarom zoveel felheid?'
'Dit stelt nog niets voor vergeleken bij de woede die de koning voelde ten tijde van de arrestatie en tijdens het proces.'
'Was het de koning niet voldoende dat hij hem verjaagd had?'
'Jij bent niet de enige die zich dergelijke vragen stelt. En je moet je er niet over verbazen, want niemand heeft nog een antwoord gevonden. Ik ook niet. Voorlopig niet althans.'

Het mysterie van de haat van Lodewijk XIV tegen Fouquet, legde abt Melani uit, gaf in Parijs stof tot onophoudelijke discussie.

'Er zijn dingen die ik je uit gebrek aan tijd nog niet heb kunnen vertellen.'
Ik deed net alsof ik die rechtvaardiging geloofde. Maar ik wist dat Atto nu pas, vanwege zijn nieuwe gemoedsstemming, bereid was veel dingen prijs te geven die hij voorheen had verzwegen. Zo riep ik weer de vreselijke dagen op waarin de strop van de samenzwering zich rond de hals van de minister sloot.

Colbert begint zijn intriges vanaf de dag van kardinaal Mazarins dood. Hij weet dat hij altijd achter het rookgordijn van het welzijn van de staat en de glorie van de monarchie moet handelen. Hij weet ook dat hij niet veel tijd heeft: hij moet haast maken zolang de koning op het gebied van financiën nog onervaren is. Lodewijk weet niet wat er werkelijk is gebeurd onder de regering van

Mazarin, wiens geheime werkwijzen hem ontgaan. De enige die de kaarten van de kardinaal kan manoeuvreren is Colbert, meester van talloze geheimen. En terwijl hij al knoeit met documenten en bewijzen vervalst, laat de Slang geen gelegenheid voorbijgaan om de koning als fijn gif het wantrouwen tegen de minister in te druppelen. Intussen vleit hij de laatste met gemaakte blijken van trouw. Het complot slaagt precies: drie maanden vóór het feest op kasteel Vaux overweegt de koning al zijn minister van Financiën te treffen. Er is echter één kink in de kabel: Fouquet, die ook het ambt van procureur-generaal bekleedt, geniet parlementaire onschendbaarheid. De Slang weet, door de dringende behoefte aan geld van de kant van de koning aan te voeren, de Eekhoorn te overtuigen zijn ambt te verkopen.

De arme Nicolas trapt midden in de val: hij krijgt er 1.400.000 *livres* voor, en zodra hij een miljoen vooruit krijgt, schenkt hij dat aan de koning.

'Toen hij het geld eenmaal had, zei de koning: Hij heeft zijn handen zelf in de ijzers geslagen,' memoreerde Atto bitter, terwijl hij wat aarde van zijn mouwen schudde en met afkeuring het kwastje van zijn inmiddels bezoedelde manchet onderzocht.

'Het is vreselijk!' kon ik niet nalaten uit te roepen.

'Niet zoals jij denkt, jongen. De jonge koning was voor het eerst zijn macht aan het proeven. Dat kun je alleen doen door de koninklijke wil op te leggen, en soms onrecht. Welk machtsvertoon kan de besten begunstigen, die door hun eigenschappen al voor de top bestemd zijn? Machtig is echter degene die het middelmatige en slechte aan het hoofd van wijze, goede mensen weet te stellen, waarbij hij de natuurlijke loop der dingen door slechts een gril omverwerpt.'

'Maar vermoedde Fouquet niets?'

'Het is een raadsel. Hij werd juist door meerdere partijen gewaarschuwd dat er achter zijn rug iets werd bekokstoofd. Maar hij had een gerust geweten. Ik herinner me dat hij glimlachend antwoordde met de woorden van een voorganger van hem: "Ministers zijn ervoor om te worden gehaat." Gehaat door de koningen, die steeds meer geld voor oorlogen en balletten opeisen; en gehaat door het volk, dat de belastingen moet opbrengen.'

Fouquet, vervolgde Atto, wist zelfs dat er iets belangrijks stond te gebeuren in Nantes, waar hij kort daarna in de boeien zou eindigen, maar hij wilde de werkelijkheid niet onder ogen zien: hij was ervan overtuigd dat de koning Colbert elk moment kon arresteren, en niet hem. Eenmaal in Nantes, overreedden zijn vrienden hem zijn intrek te nemen in een huis dat voorzien was van een onderaardse gang. Het was een oud aquaduct dat uitkwam op het strand, waar een bootje, van top tot teen uitgerust, altijd gereed zou liggen om het anker te lichten en hem in veiligheid te brengen. In de daaropvolgende dagen merkte Fouquet dat de wegen rond het huis vol raakten met musketiers. Zijn ogen gaan open, maar hij houdt vol tegenover zijn vrienden dat hij nooit gebruik zal maken van de vluchtweg: 'Ik moet het risico lopen: ik kan niet geloven dat de koning mijn ondergang wil.'

'Een fatale vergissing!' riep Atto uit. 'De minister kende alleen de politiek van het vertrouwen. En hij had niet gemerkt dat zijn tijdperk was weggevaagd door de ruwe politiek van de verdenking. Mazarin was dood, alles was anders.'

'Hoe was Frankrijk dan voordat Mazarin stierf?'

Abt Melani zuchtte: 'Hoe was het, hoe was het... Het was het goede oude Frankrijk van Lodewijk XIII. Een wereld die – hoe moet ik het zeggen? – opener was en meer in beweging, waarin vrijheid van meningsuiting, vrolijke eigenaardigheden, een stoutmoedige houding en moreel evenwicht voorgoed leken te zullen heersen. In de chique kringen van Madame de Sévigné en haar vriendin Madame de la Fayette, evenzeer als in de maximes van de heer de la Rochefoucauld en in de verzen van Jean de la Fontaine. Niemand kon de ijzige, absolute heerschappij van de nieuwe koning voorspellen.'

Een halfjaar was voor de Slang genoeg om de Eekhoorn kapot te maken. Na zijn arrestatie rotte Fouquet drie maanden weg in de gevangenis voordat hij een proces kon krijgen. Uiteindelijk, in december 1661, werd de Kamer van Justitie ingesteld die hem zou berechten. Kanselier Pierre Séguier, president Lamoignon en zesentwintig leden, gekozen uit de regionale parlementen en onder de scheidsmannen.

President Lamoignon opende de eerste zitting en beschreef met dramatische nadruk de ellende die het Franse volk teisterde, elk jaar belast als het was met nieuwe accijnzen, en uitgeput door honger, ziekten, wanhoop. Bij dat alles kwamen de slechte landbouwoogsten van de laatste jaren, die de situatie nog hadden verergerd. In veel provincies stierf men letterlijk van de honger, terwijl de roofzuchtige hand van de belastinginners geen genade kende en zich met steeds grotere hebzucht over de dorpen uitstrekte.

'Wat had de ellende van het Franse volk met Fouquet te maken?' vroeg ik.

'Alles. Die diende om een stelling te poneren en te bevestigen: op het platteland stierf men van de honger omdat hij zich schandalig had verrijkt met het geld van de staat.'

'En dat deed hij niet?'

'Natuurlijk niet. Ten eerste: Fouquet was niet echt rijk. Ten tweede: sinds hij in Pinerolo terechtkwam, werd de ellende in de Franse dorpen nog erger. Luister maar naar het vervolg.'

Terwijl het proces begon, werden de burgers met een bekendmaking die in alle kerken van het koninkrijk werd voorgelezen, aangespoord om tolgaarders, belastingheffers en geldschieters die financieel strafbare feiten hadden begaan, aan te geven. Een tweede bekendmaking verbood genoemde ritselaars hun stad te verlaten. In het andere geval zouden ze onmiddellijk worden beschuldigd van verduistering van overheidsgelden, een vergrijp dat met de dood bestraft kon worden.

Het zo verkregen effect was enorm. Alle geldschieters, uitbesteders en inners van de belastingen werden door het volk onmiddellijk als misdadigers aangewezen; de schatrijke minister van Financiën Nicolas Fouquet werd automatisch leider van een bende bandieten, alsmede uitzuiger van boeren.

'Het kon niet valser: Fouquet had altijd, maar tevergeefs, bij de Kroon het gevaar gesignaleerd om te hoge belastingen op te leggen. Toen hij als belastingopzichter naar de Dauphiné werd gezonden, met het doel om meer geld uit die weerspannige lieden te persen, had hij zich zelfs door Mazarin laten verjagen. Na nauwgezette onderzoeken had Fouquet namelijk geconcludeerd dat de belastingheffing in die streek onhoudbaar was, en een officieel verzoek om fiscale verlichting naar Parijs durven doorsturen. De parlementsleden van de Dauphiné liepen te hoop om hem te verdedigen.

Maar die tijden leek niemand zich meer te herinneren. Bij het proces tegen de minister werden de punten van aanklacht voorgelezen, aanvankelijk maar liefst zesennegentig, die de rechter-rapporteur wijselijk terugbracht tot een tiental: allereerst dat hij de koning valse leningen had toegestaan, waarover hij onterecht rente had ontvangen. Ten tweede dat hij onrechtmatig het geld van de koning met dat van hemzelf had verward en voor privé-doeleinden had gebruikt. Ten derde dat hij van aanbesteders meer dan driehonderdduizend *livres* had ontvangen om hun zaak te begunstigen, en dat hij persoonlijk, onder een valse naam, het bedrag van enkele cijnzen had geïncasseerd. Ten vierde dat hij de staat oude verlopen wissels had aangesmeerd in ruil voor contant geld.

Wanneer de behandeling ter rechtszitting aan het begin is, woedt de volkshaat tegen Fouquet in alle hevigheid. Reeds de dag na de arrestatie hadden de wachters die hem escorteerden, zorgvuldig een paar dorpen moeten mijden, waar de ziedende menigte klaarstond om hem levend te villen.

De minister, opgesloten in zijn minuscule cel, van alles en iedereen verlaten, beseft niet eens ten volle hoe diep de afgrond is waarin hij is gevallen. Zijn gezondheid gaat achteruit en hij vraagt of er een biechtvader kan komen; hij stuurt memories ter rechtvaardiging aan de koning; hij vraagt hem vier keer tevergeefs om ontvangen te worden; hij laat brieven rondgaan waarin hij met trots zijn zaak bepleit; hij koestert zich in de illusie dat het incident op eervolle wijze kan worden afgesloten. Al zijn verzoeken worden afgewezen, en hij begint te beseffen dat in de muur van vijandigheid die door de koning en Colbert is opgetrokken geen opening komt.

Colbert intrigeert intussen achter de schermen: hij roept in aanwezigheid van de koning de leden van de Kamer van Justitie bijeen, waarna hij hen onderwerpt aan suggesties, druk en dreigementen. Erger doet hij met de getuigen, van wie er velen op hun beurt worden ondervraagd.

We werden onderbroken door Ugonio. Hij wees ons een valluik aan, waaruit Ciacconio en hijzelf zich een paar weken tevoren hadden laten zakken en zo de gang hadden ontdekt die we doorwandelden.

'Waar komt het valluik op uit?'

'Op der achterderkant van der Onderpanthereon.'

'Hou in gedachten, jongen,' zei Atto. 'Dit valluik leidt, als ik het goed begrepen heb, naar een onderaardse gang achter het Pantheon. Vervolgens sta je op een of andere privé-binnenplaats, en ten slotte gebruik je een van jullie sleutels om het hek open te maken en de straat op te gaan, nietwaar?'

Met een lompe, voldane lach knikte Ugonio, waarna hij wel preciseerde dat er geen sleutel nodig was omdat het hek altijd openstond. Nadat deze nieuwtjes ter kennis waren genomen, vervolgden wij allen onze tocht, en abt Melani zijn verhaal.

Op het proces verdedigde Fouquet zich alleen, zonder advocaat. Zijn manier van spreken was onstuitbaar, zijn reflexen waren pijlsnel, zijn argumentaties subtiel en innemend, zijn geheugen onfeilbaar. Zijn papieren waren in beslag genomen en waarschijnlijk gezuiverd van alles wat zijn verdediging kon steunen. Maar de minister verdedigde zich als geen ander. Voor elke aantijging had hij een antwoord klaar. Onmogelijk om hem zich in zijn eigen woorden te laten verstrikken.

'Zoals ik al heb aangeroerd, werd ook de vervalsing ontdekt van enkele gedocumenteerde bewijzen van de hand van Berryer, een mannetje van Colbert. En uiteindelijk kon door de hele verzameling stukken (een papierberg) geen van de punten van aanklacht tegen Fouquet bewezen worden! Veeleer doken er verantwoordelijkheid en betrokkenheid van Mazarin op, wiens nagedachtenis echter smetteloos moest blijven.'

Colbert en de koning, die hoopten op een totaal onderworpen, snel en meedogenloos recht, hadden niet voorzien dat veel rechters van de Kamer van Justitie, oude bewonderaars van Fouquet, zouden weigeren van het proces een simpele formaliteit te maken.

De tijd ging snel voorbij: tussen de ene en de andere zitting waren inmiddels drie lange jaren verstreken. Fouquets vurige pleidooien waren een attractie voor alle Parijzenaars geworden. Het volk, dat hem op het moment van de arrestatie wilde lynchen, was geleidelijk aan om hem gaan treuren. Colbert was voor niets teruggedeinsd om maar belastingen te innen, die moesten dienen voor nieuwe oorlogen en de voltooiing van het paleis te Versailles. De boeren werden nog meer onderdrukt, vervolgd, opgehangen. De Slang had de belastingdruk verder opgevoerd dan Fouquet ooit had durven doen. Bovendien bleek uit de inventaris van de goederen die Fouquet op het moment van zijn arrestatie bezat dat zijn financiën verliesgevend waren. Alle luister waarmee hij zich omringde had alleen maar gediend om zijn schuldeisers zand in de ogen te strooien. Hij had zich persoonlijk met hen gecompromitteerd, omdat hij niet meer wist hoe hij de oorlogskosten van Frankrijk het hoofd moest bieden. Hij had zodoende zelf schulden afgesloten voor 16 miljoen *livres*, tegen een vermogen in land, huizen en ambten van naar schatting niet meer dan 15 miljoen *livres*.

'Niets vergeleken bij de 33 miljoen netto die Mazarin zijn neven en nichten had nagelaten!' commentarieerde Atto verhit.

'Dan had Fouquet zich kunnen redden,' merkte ik op.

'Ja en nee,' antwoordde de abt, terwijl we stil waren blijven staan om een van de twee lantaarns met olie bij te vullen. 'Allereerst wist Colbert te verhinderen dat de rechters de inventaris van Fouquets goederen zouden keuren. Tevergeefs vroeg de minister om een beschrijving ervan in de stukken. Bovendien was meteen na de arrestatie ook ontdekt dat hij het verloor.'

Hier kwam het laatste punt van de aanklacht dat niets te maken had met financiële malversaties of andere geldkwesties. Het ging om een document dat tijdens de huiszoeking bij Fouquet in Saint-Mandé gevonden was achter een spiegel. Het was een brief uit 1657, vier jaar vóór de arrestatie, gericht aan vrienden en verwanten. In de brief drukte de minister zijn zorg uit om het wantrouwen dat hij voelde groeien bij Mazarin en om de intriges waarmee zijn vijanden trachtten hem kapot te maken. Fouquet gaf toen instructies over wat te doen in het geval Mazarin hem in de gevangenis zou zetten. Het was hem niet te doen om een opstand, maar om politieke onrust op kleine schaal, bestemd om de kardinaal te alarmeren en hem tot onderhandelingen te bewegen. Fouquet wist hoezeer Mazarin op zijn schreden kon terugkeren om zich uit een moeilijke situatie te redden.

Hoewel er in het document nooit sprake was van een opstand tegen de Kroon, presenteerde de aanklacht het als het plan voor een staatsgreep. Iets soortgelijks als de Fronde, kortom, die alle Fransen zich nog maar al te goed herinnerden. Volgens de beschuldiging zouden de opstandelingen gehuisvest worden op het versterkte eiland Belle-Île, dat eigendom was van Fouquet. Naar de Bretonse kust, waar Belle-Île lag, werden afgezanten van de onderzoeksleiders gestuurd, die hun best deden om de vestingwerken, de kanonnen en de wapendepots te presenteren als bewijzen van schuld.

'Waarom had Fouquet het eiland versterkt?'

'Hij was een genie op het gebied van de zee en zeestrategie, en hij was van plan Belle-Île te gebruiken als steunbasis tegen Engeland. Hij had zelfs bedacht er een stad op te bouwen, waarvan de natuurlijke haven, die bijzonder gunstig gelegen was, alle handelsverkeer naar het noorden van Amsterdam moest leiden. Zo zou hij de koning en Frankrijk een grote dienst bewijzen.'

Fouquet zag zich dus, gearresteerd wegens verduistering van overheidsgelden, beoordeeld als subversief element. En daar bleef het niet bij. In Saint-Mandé was ook een houten kistje gevonden, afgesloten met een hangslot en bevattende de geheime correspondentie van de minister. De commissarissen van de koning vonden er namen in van alle vertrouwelingen van de verdachte, en velen beefden. Het merendeel van de brieven werd aan de koning overhandigd, en ten slotte werden ze in hun geheel aan Colbert toevertrouwd. De laatste bewaarde er verscheidene van, wel wetend voor hoeveel chantage ze nog van pas konden komen.

Slechts enkele papieren die Colbert in alle rust kon selecteren, werden uiteindelijk verbrand om geen beroemde namen te compromitteren.

'U denkt dus,' onderbrak ik het verhaal, 'dat de brieven van Kircher die u in Colberts werkkamer hebt ontdekt in dat kistje zaten?'

'Misschien.'

'En hoe liep het proces af?'

Fouquet had om de wraking van diverse rechters gevraagd. Bijvoorbeeld van Pussort, een oom van Colbert die zijn neef de Slang hardnekkig 'mijn partij' noemde. Pussort viel Fouquet met zo'n grofheid aan dat deze hem geen antwoord kon geven, hetgeen de andere rechters nerveus maakte.

Binnen het hof zetelde ook kanselier Séguier, die tijdens de Fronde-opstand de kant van de opstandelingen tegen de Kroon had gekozen. Hoe kon Séguier een staatsmisdaad beoordelen? merkte Fouquet op. De volgende dag applaudisseerde heel Parijs voor de briljante aanval van de beklaagde, maar de wraking werd niet toegestaan.

Het publiek begon te morren: er ging geen dag voorbij of er werd wel een nieuwe aanklacht tegen Fouquet uitgesproken. Zijn aanklagers hadden het koord zo dik gemaakt dat het te dik dreigde te worden om hem te wurgen.

Zo kwamen de beslissende uren dichterbij. Een paar rechters werden door de koning persoonlijk verzocht zich niet meer met het proces te bemoeien. Talon zelf, die in zijn requisitoirs veel ijver, maar weinig succes aan de dag had gelegd, moest plaats maken voor een andere procureur-generaal, Chamillart. De laatste zette op 14 november 1664 tegenover de Kamer van Justitie zijn conclusies uiteen. Chamillart vroeg Fouquet tot de galg te veroordelen, afgezien van de restitutie van alle onrechtmatig van de staat geroofde sommen geld. Daarna was het de beurt aan de rechters-rapporteur om een pleidooi te houden. Rechter Olivier d'Ormesson, die vergeefs door Colbert was geïntimideerd, sprak vijf dagen lang op hartstochtelijke wijze, hij viel de vervalser Berryer en diens opdrachtgevers fel aan en sloot af met het verzoek om veroordeling tot ballingschap: de best mogelijke oplossing voor Fouquet.

De tweede rechter-rapporteur, Sainte-Hélène, hield een betoog met zachtere, gedemptere stem, maar vroeg wel om de doodstraf. Daarna moest iedere rechter zijn vonnis geven.

De ceremonie was langdurig, hartverscheurend, voor sommigen rampzalig. Rechter Massenau liet zich ondanks een ernstige ongesteldheid de zaal in leiden en mompelde 'beter hier te sterven'. Hij stemde voor ballingschap. Rechter Pontchartrain had Colberts verleidingen en dreigementen weerstaan: ook hij stemde voor ballingschap, waarmee hij zijn eigen carrière en die van zijn zoon ruïneerde. Rechter Roquesante eindigde zijn carrière (ook hij!) in ballingschap, omdat hij niet voor de doodstraf had gestemd.

Uiteindelijk kozen slechts negen van de zesentwintig commissarissen voor de doodstraf. Fouquets hoofd was veilig.

Toen de uitspraak die Fouquets leven redde en hem de vrijheid schonk, zij het buiten Frankrijk, bekend werd gemaakt, waren de opluchting en de vreugde in Parijs groot.

Maar toen ging Lodewijk XIV een rol spelen. Overmand door woede verzette hij zich resoluut tegen ballingschap. Hij maakte het oordeel van de Kamer van Justitie ongedaan en deed zo drie lange jaren van het proces teniet. Met een beslissing zonder precedent in de geschiedenis van het koninkrijk Frankrijk paste de koning het koninklijk recht om vonnissen te wijzigen andersom toe; tot dan toe was dat recht gebruikt om gratie te verlenen: hij veroordeelde Fouquet tot levenslange gevangenisstraf, uit te zitten in totaal isolement in de ver gelegen vesting van Pinerolo.

'Parijs was ontsteld. Niemand heeft ooit de reden van deze daad begrepen. Het was alsof hij tegen Fouquet een geheime, onbedwingbare haat koesterde,' zei abt Melani.

Het was Lodewijk XIV niet genoeg hem te ontslaan, te vernederen, te ontdoen van alle goederen en hem aan de grens van de Franse bodem in gevangenschap te stellen. De koning zelf plunderde kasteel Vaux en de residentie van Saint-Mandé; hij richtte zijn eigen kasteel in met Fouquets meubels, collecties, behangsels, goud en gobelins, en de dertienduizend kostbare banden die in jaren van studie en onderzoek liefdevol door de minister waren gekozen lijfde hij in bij de Koninklijke Bibliotheek. Het geheel was niet minder dan veertigduizend *livres* waard.

Voor Fouquets schuldeisers, die zich plotseling van overal aandienden, waren de kruimels overgebleven. Een van hen, een smid met de naam Jolly, drong Vaux en andere woonverblijven binnen en trok eigenhandig alle bekledingen van kostbaar leer los: vervolgens groef hij de moderne hydraulische leidingen van lood op, zonder welke de parken en tuinen van Vaux bijna niets waard waren, en nam ze mee. Stucwerk, ornamenten en lampen werden door honderd andere woedende handen haastig losgerukt. Aan het einde van de strooptocht leken de glorieuze residenties van Nicolas Fouquet op twee lege schelpen: het bewijs van alle wonderen die ze herbergden sluimert slechts in de inventarissen van hen die huiszoeking hebben verricht. En op de Antillen werden Fouquets bezittingen verslonden door de werknemers overzee van de minister.

'Was kasteel Vaux net zo mooi als het paleis van Versailles?' vroeg ik.

'Vaux loopt wel vijf jaar op Versailles vooruit,' zei Atto met stellige nadruk, 'en het vormt de inspiratie voor vele verzen. Als je eens wist welk een steek de bezoekers van Fouquet door het hart voelen, als ze wandelend door het paleis van Versailles de schilderijen, de beelden en de andere wonderen herkennen die aan de minister toebehoorden en er weer zijn verfijnde, zekere smaak in proeven...'

Hij zweeg, en bijna dacht ik dat hij aan zijn tranen zou toegeven.

'Een paar jaar geleden ging Madame de Sévigné op pelgrimage naar kasteel Vaux,' hervatte Atto, 'waar men haar lang heeft zien wenen om de ondergang van al die schatten, en van hun grote meester.'

De marteling werd vervolmaakt met het gevangenisregime. De koning gaf bevel dat het Nicolas Fouquet zelfs verboden was om te schrijven of met wie dan ook te praten, behalve met zijn cipiers. Wat de gevangene in zijn hoofd en op zijn tong had zou enkel en alleen van hem blijven. De enige die naar zijn stem kon luisteren, verscholen in de oren van de gevangenbewaarders, was de koning. En als Fouquet niet met zijn beul wilde praten, kon hij net zo goed zwijgen.

Velen in Parijs begonnen naar een verklaring te gissen. Als Lodewijk XIV de gevangene voor eeuwig het zwijgen had willen opleggen, had het hem niet aan gelegenheden ontbroken om hem iets speciaals voor te zetten...

Maar de tijd verstreek, en Fouquet bleef in leven. Misschien lag de kwestie ingewikkelder. Misschien begeerde de vorst iets wat de gevangene, in de kille stilte van zijn cel, voor zichzelf bleef houden. Op een dag, stelde hij zich voor, zouden de ontberingen van de gevangenschap hem wel tot praten bewegen.

Ugonio eiste onze aandacht op. In het vuur van ons gesprek waren we vergeten dat Ciacconio, terwijl we in Tiracorda's huis waren, een vreemde aanwezigheid had geroken. Nu had de neus van de lijkenpikker weer iets opgevangen.

'Gfrrrlûlbh.'

'Bezweter, ouder, banger aanweziger,' legde Ugonio uit.

'Kan hij ons ook vertellen wat hij als ontbijt heeft gegeten?' vroeg Atto Melani spottend.

Ik was bang dat de lijkenpikker erdoor in zijn wiek geschoten zou zijn, want zijn fenomenale reuk was ons van pas gekomen, en zou dat waarschijnlijk weer doen.

'Gfrrrlûlbh,' antwoordde Ciacconio echter, nadat hij zijn vormeloze vleesboom van een neus in de lucht had gestoken.

'Ciacconio heb koeienuieren opgesnoveren,' vertaalde zijn kameraad, 'met waarschijnlijking van eieren, ham en witter wijn, misschien met bouierron en suiker.'

Atto en ik keken elkaar verbluft aan. Dat was precies het gerecht dat ik met zoveel zorg had bereid voor de gasten van De Schildknaap. Ciacconio kon er niets van weten: en toch was hij in staat geweest in het geurspoor van de onbekende niet alleen de geur van koeienuiers, maar zelfs het aroma van enkele ingrediënten die ik erbij had gedaan, te onderscheiden. Als de neusgaten van de lijkenpikker zich niet bedrogen, concludeerden we ongelovig, liepen we achter een gast van De Schildknaap aan.

Het verhaal van Fouquets proces was nogal lang geweest en in de tussentijd hadden we gang C voor een behoorlijk stuk verkend. Moeilijk te zeggen hoe ver we ons inmiddels bevonden van het ondergrondse van de Piazza Navona en waar we op dit moment waren. Maar afgezien van enkele flauwe bochten had het traject geen enkele omleiding te zien gegeven: we hadden daarom de enig mogelijke richting gevolgd. Na deze observaties veranderde alles.

Het terrein werd vochtig en glibberig, de lucht nog dikker en muffer, terwijl in de sombere stilte van de gang een ver geruis hoorbaar was. We gingen voorzichtig verder, waarbij Ciacconio met zijn hoofd wiegelde als om onverschilligheid te tonen. Ik werd een misselijk makende geur gewaar die bekend aandeed, maar die ik nog niet thuis kon brengen.

'Riolen,' zei Atto Melani.

'Gfrrrlûlbh,' stemde Ciacconio narrig in.

Ugonio legde uit dat zijn collega nogal last had van het rioolvocht en daardoor niet goed andere geuren kon onderscheiden.

Iets verderop werd de grond waarop we onze voeten zetten pas echt drassig. De muffe lucht, die in het begin nog flauwtjes was, was vrij intens geworden. Eindelijk vonden we de oorzaak van dat alles. In de linkerwand opende zich een brede, diepe spleet, waaruit een stroom donker, stinkend water opborrelde. Het straaltje volgde daarna het hoogteverschil van de gang, deels aan weerszijden druppelend en deels opgeslokt door het ogenschijnlijk eindeloze duister van onze gang. Ik raakte de tegenoverliggende wand aan: die was vochtig en liet op mijn vingertoppen een dunne drab achter. Toen trok iets bijzonders onze aandacht. Op zijn rug in het water en onverschillig voor onze aanwezigheid lag vóór ons een dikke rat.

'Doder als een pier,' oordeelde Ugonio, die hem een zetje gaf met zijn voet.

Ciacconio nam de rat met twee geklauwde vingers bij zijn staart en liet hem bungelen. Uit de bek van de rat druppelde in het grijzige water een dun straaltje bloed. Ciacconio boog zijn hoofd en sloeg het onverwachte fenomeen met een verbijsterd gezicht gade.

'Gfrrrlûlbh,' commentarieerde hij peinzend.

'Dood, gebloed, ongezond,' legde Ugonio uit.

'Hoe weet hij dat-ie ziek was?' vroeg ik.

'Ciacconio houdt veel van die beestjes, hè?' kwam abt Melani tussenbeide.

Ciacconio knikte, en lachte argeloos en dierlijk zijn gruwelijke gelige tanden bloot.

We zetten de tocht voort en passeerden het stuk gang dat door de rioolleiding onder water stond. Alles leidde ertoe te geloven dat het een recent lek was en dat we in normale omstandigheden geen spoor van water gevonden zouden hebben. Wat de rat betreft, daarmee hield de ontdekking niet op. We vonden nog drie dode ratten, min of meer van dezelfde grootte als de eerste. Ciacconio ging het na: allemaal vertoonden ze dezelfde overvloedige bloedspuwing, volgens de lijkenpikkers toe te schrijven aan een niet nader aangegeven ziekte. Voor de zoveelste keer kwamen we bloed tegen: eerst de vlek op het vel uit de bijbel, toen het kannetje en ten slotte de ratten.

Onze verkenning werd abrupt onderbroken door weer iets onverwachts. Ditmaal ging het niet om een lek, hoe groot ook. We stonden tegenover een heuse rivier, die onstuimig en vrij diep door een gang stroomde die haaks op de onze stond. Het ging zo te zien om een ondergrondse rivier met daarin misschien uitwerpselen die normaliter door riolen werden afgevoerd. Er hing echter niet de kwalijke geur waar Ciacconio tevoren zo'n last van had gehad.

Met enig misnoegen moesten we capituleren. Verder gaan was onmogelijk, en er was sinds ons vertrek uit De Schildknaap veel tijd verstreken. Het was niet verstandig om te lang buiten de herberg te blijven en te riskeren dat onze afwezigheid zou worden opgemerkt. Daarom besloten we, vermoeid en getekend, terug te gaan.

Terwijl we omkeerden, rook Ciacconio argwanend nog een laatste keer.

Atto Melani niesde.

Zesde dag
16 september 1683

De terugtocht naar De Schildknaap was lang, treurig en zwaar. Met onze handen, gezichten en kleren bevuild met aarde en doortrokken van het vocht keerden we naar onze kamers terug. Uitgeput wierp ik me op bed en viel bijna meteen in een diepe, loodzware slaap.

Toen ik de volgende ochtend wakker werd, ontdekte ik dat ik in dezelfde ongemakkelijke houding lag waarin ik was gaan slapen. Ik zou haast zeggen dat mijn benen gemarteld waren door de klappen van ontelbare zwaarden. Ik strekte een arm uit om overeind te komen, en mijn handpalm raakte een voorwerp met een ruw, ritselig oppervlak, waarmee ik kennelijk het bed had gedeeld. Het was het astrologieblaadje van Stilone Priàso, waarvan ik de lezing bijna vierentwintig uur eerder haastig had gestaakt toen ik door Cristofano tot de arbeid werd geroepen.

De juist voorbije nacht had me gelukkig geholpen de vreselijke voorvallen te vergeten die het blaadje via occulte wegen heel precies had voorspeld: Colberts dood, die van Mourai (sterker nog Fouquet) en de aanwezigheid van een vergif; de *kwaadaardige koortsen en giftige ziekten* waaraan mijn baas en Bedford zouden lijden; *de geheime schat* die begin van de maand aan het licht was gekomen, dat wil zeggen de brieven die in Colberts werkkamer waren verborgen en door Atto waren ontvreemd; *de onderaardse vuren en aardbevingen* die in de kelder hadden gewoed. En ten slotte de voorspelling van het beleg van Wenen: oftewel, volgens de woorden van het blaadje, *de veldslagen en overvallen op de Steden van Ali en Leopold de Oostenrijker.*

Wilde ik vernemen wat er de volgende dagen zou gebeuren? Nee, bedacht ik met een steek in mijn maag, vooreerst tenminste niet. Ik zag echter de voorgaande bladzijden, en mijn blik viel op de laatste week van juli, vanaf de 22ste tot de laatste dag van de maand.

De wereldberichten van deze week zullen komen van Jupiter als beschikker van het Tiende huis, die om weer in het Derde huis te staan vele boden zendt, misschien vanwege ziekte van een heerser, want uiteindelijk raakt een Rijk aangrijpend vacant.

Dus eind juli zou een vorst zijn overleden. Ik had geen bericht van een dergelijk feit gehoord, en derhalve begroette ik met genoegen de komst van Cristofano: ik zou het hem vragen.

Maar Cristofano wist van niks. Wederom vroeg hij zich af, en vroeg hij mij, waar toch die zorgen vandaan kwamen die zo ver van onze huidige lotgevallen af stonden: eerst de astrologie, toen het geluk van de vorsten. Gelukkig had ik ervoor gezorgd het astrologieblaadje op het juiste moment in mijn bed te verstoppen. Ik voelde me tevreden dat ik een onnauwkeurigheid, en een cruciale ook, had waargenomen in de maar al te exacte voorspellingen van het blaadje. Eén voorspelling was niet uitgekomen: wat betekende dat de sterren niet onfeilbaar waren. Ik slaakte heimelijk een zucht van verlichting.

Cristofano bestudeerde intussen peinzend de kringen om mijn ogen. Hij zei dat de jeugd een heel gelukkige periode in een mensenleven was, die leidde tot het ontluiken van alle krachten van lichaam en ziel. Evenwel, voegde hij er met nadruk aan toe, diende men zo'n plotseling en soms wanordelijk opbloeien niet verkeerd te gebruiken en de nieuwe en welhaast oncontroleerbare energie niet te verspillen. En terwijl hij bezorgd mijn wallen bevoelde, herinnerde hij mij eraan dat verspilling bovendien zonde was, evenals het bedrijf met vrouwen van lichte zeden (en zijn hoofd wees naar boven, waar Cloridia's torentje was), dat onder meer de Franse ziekte kon veroorzaken. Hij wist dat als de beste, want velen had hij moeten behandelen met zijn vermaarde geneesmiddelen, zoals de beroemde zalf en het heilige hout. En toch was dat bedrijf misschien minder slecht voor de gezondheid dan de solitaire verspilling.

'Neemt u me niet kwalijk,' zei ik om van het heikele onderwerp af te komen, 'ik zit eigenlijk met nog een vraag: weet u toevallig aan welke ziekte ratten kunnen lijden?'

Cristofano liet een lachje horen:

'Hou maar op, het is me al duidelijk. Iemand van onze gasten heeft je gevraagd of er in de herberg ook ratten zijn, nietwaar?'

Ik beperkte me tot een onzeker glimlachje dat het midden hield tussen een bevestiging en een ontkenning.

'Welnu, ik vraag je: zijn er ratten in de herberg?'

'Lieve hemel, nee, ik heb altijd overal zorgvuldig schoongemaakt...'

'Weet ik, weet ik. Andersom, als ik een dode rat had gevonden, had ik zelf iedereen wel gewaarschuwd.'

'Waarom dat?'

'Maar mijn arme jongen, ratten worden als eerste door de pest besmet: Hippocrates adviseerde ze niet aan te raken, en hij werd gevolgd door Aristoteles, Plinius en Avicenna. De geograaf Strabo bericht dat de noodlottige betekenis van het verschijnen van zieke ratten op straat, voorafgaand aan een epidemie, welbekend was in de Romeinse tijd, en hij memoreert dat er in Italië en Spanje beloningen werden verstrekt aan wie er het grootste aantal afmaakte. In het Oude Testament merkten de Filistijnen, bezocht door een hevige pestilentie die hun achterwerk teisterde, zodat de verrotte ingewanden door hun aars naar buiten kwamen, dat velden en dorpen werden overspoeld door ratten. Ze ondervroegen vervolgens de waarzeggers en de priesters, die antwoordden dat de ratten de aarde hadden verwoest en dat ze om Zijn woede te sussen aan de God van Israël een votiefgeschenk moesten brengen met een tekening van de aarsopeningen en de ratten. Apollo zelf, de god die de pest stuurde wanneer hij vertoornd was en die wegnam wanneer hij was gekalmeerd, werd in Griekenland Sminteo genoemd, oftewel rattendoder: in de *Ilias* is het Apollo Sminteo die de Achaeërs die Troje belegeren met de pest afmaakt. En ook Aesculapius werd tijdens de pestepidemieën afgebeeld met een dode rat aan zijn voeten.'

'Maar dan wordt de pest door ratten veroorzaakt!' riep ik uit, met afschuw terugdenkend aan de dode ratten die ik de nacht tevoren in de onderaardse gangen had gezien.

'Rustig jongen. Dat heb ik niet gezegd. Wat ik je nu uiteen heb gezet is alleen wat de ouden dachten. Het is nu gelukkig 1683, en de moderne medische wetenschap heeft enorme vooruitgang geboekt. De vieze rat veroorzaakt niet de pest, overgebracht als die wordt – zoals ik al heb kunnen zeggen – door het bederf van de natuurlijke lichaamssappen en in de eerste plaats door de toorn van de Heer God. Het klopt echter wel dat ratten en muizen de pest krijgen en eraan sterven, net als mensen. Als je ze maar niet aanraakt, zoals Hippocrates voorschreef.'

'Hoe herken je een met pest besmette rat?' vroeg ik, het antwoord vrezend.

'Persoonlijk heb ik er nooit een gezien, maar mijn vader wel: ze hebben krampen, krijgen rood opgezette oogjes, ze beginnen te trillen en piepen in hun doodsstrijd.'

'En hoe weet je dat het niet om een andere ziekte gaat?'

'Dat is eenvoudig: kort daarop gaan ze dood, ze maken een pirouette en spuwen bloed. Eenmaal dood zwellen ze op en blijven hun snorharen stijf staan.'

Ik verschoot van kleur. Alle ratten die ik in de gangen was tegengekomen, gaven een rood straaltje bloed te zien dat uit hun spitse snuit stroomde. En Ciacconio had er zelfs een bij de staart gepakt!

Immuun als ik was vreesde ik niet voor mezelf; maar de vondst van die kleine kadavers betekende misschien dat de pest bezig was zich in de stad te verspreiden. Misschien waren er nog meer huizen en herbergen gesloten, waar ongelukkigen dezelfde angst uitstonden. Opgesloten in onze quarantaine konden we niets te weten komen. Ik vroeg Cristofano daarom of hij dacht dat de besmetting om zich heen had gegrepen.

'Wees niet bang. Dezer dagen heb ik meermalen inlichtingen ingewonnen bij een van de wachters die voor de herberg staan; ze deelden mij mee dat er geen andere verdachte gevallen zijn geconstateerd in de stad. En er is geen reden om daaraan te twijfelen.'

Terwijl we naar beneden gingen, beval de arts mij die middag een paar uur te gaan rusten, uiteraard na mijn borst te hebben ingesmeerd met zijn magnolicoor.

Cristofano was op mijn slaapkamer komen vertellen dat hij zelf voor iets eenvoudigs en zuiverends te eten zou zorgen. Nu had hij echter mijn hulp nodig: hij was bezorgd om enkele gasten die de avond tevoren na de maaltijd op basis van koeienuiers nogal wat lucht uit hun maag hadden laten ontsnappen.

Toen we in de keuken kwamen, zag ik op een vuurtje een grote glazen stolp met een tuit in de vorm van een distilleerkolf, die net olie begon te distilleren; met een diepe zwavelstank brandde daaronder iets in een pannetje. Wat verderop stond een buikfles in de vorm van een luit, die de arts oppakte en zachtjes met zijn vingertoppen begon te schudden, waardoor een subtiel geluid ontstond.

'Hoor je dat? Perfect in luitvorm: het dient om in de oven vitrioololie uit te gloeien, die ik ga toepassen op de builen van de arme Bedford. En hopelijk rijpen ze ditmaal en gaan ze eindelijk open. Vitriool is heel bijtend, vlijmscherp, het is een zwart, vettig vocht en het koelt geweldig alle vitale warme plekken. De Romeinse – die ik gelukkig al voor de quarantaine had aangeschaft – is de beste, omdat die wordt gestold met ijzer, niet zoals de Duitse die wordt gestold met koper.'

Ik snapte er niet veel van, behalve dat Bedford allerminst was opgeknapt. De arts vervolgde:

'Om de spijsvertering van onze gasten te bevorderen ga jij me nu helpen mijn engelenlikkepot te maken, die met zijn attractieve, blijvende kracht alle maagkwaaltjes oplost en de maag leegmaakt, de zwerende wonden zuivert, de buik bevrijdt en alle bedorven sappen tot bedaren brengt. Het is ook goed tegen overtollig slijm en kiespijn.'

Hij reikte me vervolgens twee foedralen van kastanjebruin vilt aan. Ik haalde er een stel flessen van bewerkt glas uit.

'Goh, wat mooi,' merkte ik op.

'Om likkepotten volgens de kunst der apothekers goed te houden dienen ze in heel fijn glas te worden bewaard, want andere potten deugen niet voor dat doel,' verklaarde hij trots.

In de ene zat zijn vijfde essence vermengd met likkepot van rozenvuur, legde Cristofano uit; in de andere rood koraal, krokus, kaneel, aurikel en de *lapis filosoforum Leonardi*, in poedervorm.

'*Misce*,' beval hij, 'en dien iedereen twee drachmen toe. Ga meteen, dan hoeven ze de eerste vier uur niet te eten.'

Toen de engelenlikkepot goed en wel in een fles gegoten was, ging ik de kamers langs. Devizé was de laatste die ik aandeed; hij moest als enige nog behandeld worden met de middelen tegen de pest.

Toen ik met de tas met flesjes van Cristofano op mijn schouder bij zijn deur kwam, hoorde ik een bevallig vlechtwerk van consonanten, waarin eenvoudig het stuk te herkennen viel dat ik hem meermalen had horen spelen en waarvan de onuitsprekelijke liefelijkheid mij telkens weer had gegrepen. Ik klopte verlegen aan en welwillend nodigde hij me uit om binnen te komen. Ik legde hem de reden van mijn bezoek uit en al spelend knikte hij. Zonder een woord hurkte ik neer. Devizé legde de gitaar weg en beproefde de sonore snaren van een veel groter en langer soort gitaar met een brede greepplank. Hij stopte even en legde mij uit dat het een grote teorbe was, en dat hij voor dat instrument zelf vele danssuites had gecomponeerd met een levendige rij van preludes, allemandes, gavottes, correntes, sarabandes, menuetten, gigues, passacaglia's en chaconnes.

'Hebt u dat stuk dat u zo vaak speelt ook gecomponeerd? Als u eens wist hoe u iedereen hier in de herberg ermee in verrukking brengt!'

'Dat heb ik niet gecomponeerd,' antwoordde hij verstrooid, 'de koningin heeft het me gegeven om het voor haar te spelen.'

'Dus u kent de koningin van Frankrijk persoonlijk?'

'Ik heb haar gekend: Hare Majesteit Maria Theresia van Oostenrijk zaliger.'

'Het spijt me, ik...'

'Ik speelde vaak voor haar,' vervolgde hij onverstoorbaar, 'en ook voor de koning, die ik de eerste beginselen van de gitaar heb mogen bijbrengen. De koning heeft er altijd veel van gehouden.'

'Waarvan, van de koningin?'

'Nee, van de gitaar,' grijnsde Devizé.

'Ja, de koning wilde trouwen met de nicht van Mazarin,' reageerde ik, maar ik had er onmiddellijk spijt van, want zo verried ik dat ik zijn gesprekken met Stilone Priàso en Cristofano had afgeluisterd.

'Ik zie dat je iets weet,' zei hij licht beduusd. 'Dat zal het werk van abt Melani wel zijn geweest.'

Al was hij overrompeld, ik wist Devizés argwaan te neutraliseren:

'Alstublieft, meneer. Van dat merkwaardige sujet, vergeeft u mij dat ik zo praat, probeer ik uit de buurt te blijven sinds', hier veinsde ik schaamte, 'sinds, kijk...'

'Ik begrijp het, ik begrijp het, zeg maar niets meer,' viel Devizé mij met een lachje in de rede. 'Ik houd ook niet van pederasten.'

'Hebt u ook tegen Melani in het geweer moeten treden?' vroeg ik, in gedachten om vergeving smekend voor de schandelijke laster die ik over de eer van de abt uitstortte.

Devizé lachte: 'Gelukkig niet! Mij heeft hij nooit... eh lastiggevallen. In Parijs hebben we elkaar zelfs nooit gesproken. Men zegt dat Melani in de tijd van Luigi Rossi en Cavalli een buitengewone sopraan was. Hij zong voor de koningin-moeder, die erg gesteld was op weemoedige stemmen. Nu zingt hij niet meer: hij gebruikt zijn tong alleen nog om te liegen en te bedriegen,' sprak hij ijzig.

Het was meer dan duidelijk: Devizé mocht Atto niet en hij wist van diens reputatie als intrigant. Maar met de nodige laster over abt Melani en door mij grover voor te doen dan ik was, kon ik met de gitarist een beetje saamhorigheid kweken. Met behulp van een goede massage zou ik zijn tong nog losser maken, zoals bij de andere gasten was gebeurd, ik zou hem misschien wat informatie over de oude Fouquet ontlokken. Het belangrijkste was, bedacht ik, dat hij me behandelde als een naïeve knecht, zonder hersens en geheugen.

Ik koos uit mijn tas de geurigste essences: wit sandelhout, kruidnagel, aloë, benzoë. Ik mengde ze volgens het recept van meester Nicolò dalla Grotaria Calabrese met goudstrobloem, storax, opiumtinctuur, nootmuskaat, mastiek, spijknardus, vloeibare storax en fijne gedistilleerde azijn. Ik maakte er een geurige bal van, waarmee ik over de schouders en heupen van de jonge musicus zou wrijven totdat de bal uit elkaar was gevallen door de lichte druk die ik uitoefende op de spieren.

Nadat hij zijn rug had ontbloot, ging Devizé schrijlings op de stoel zitten met zijn gezicht naar het traliewerk van het raam gericht: het daglicht, zei hij, vormde de enige verlichting in die moeilijke dagen. Eerst zweeg ik. Toen zette ik, hem onderwijl masserend, zo'n beetje neuriënd het motiefje in dat ik zo mooi vond:

'U zei dat koningin Mara Theresia u dat heeft gegeven; heeft zíj het soms gecomponeerd?'

'Welnee, wat denk je wel? Hare Majesteit componeerde niet. Bovendien is dat rondo geen beginnerswerk; het is van mijn leermeester, Francesco Corbetta, die het hoorde op een van zijn reizen en het vóór zijn dood aan Maria Theresia schonk.'

'Ah, uw leermeester was een Italiaan,' zei ik vaag. 'Waar kwam hij vandaan? Ik weet dat de heer De Mourai uit Napels kwam, evenals een van de andere gasten, Stilone...'

'Zelfs een knechtje als jij,' viel Devizé me in de rede, als in gedachten verzonken, 'weet van de liefde tussen de Franse koning en het nichtje van Mazarin. Het is een schande. Van de koningin weet niemand iets, behalve dat Lodewijk haar bedroog. En de grootste belediging die je een vrouw kunt aandoen, vooral Maria Theresia, is op de uiterlijke schijn afgaan.'

Deze woorden, die de jonge musicus met oprechte bitterheid leek uit te spreken, troffen mij diep: nooit op het eerste gezicht afgaan bij het beoordelen van een vrouw. Ofschoon ik de wond van onze laatste ontmoeting nog pijnlijk voelde branden, ging ik in gedachten instinctief naar Cloridia, toen ze me schaamteloos onder de neus had gewreven dat ik haar niet de obool had betaald die haar toekwam. Kon Devizés opmerking ook niet op haar slaan? Ik voelde toen iets van schaamte voor de drieste vergelijking tussen de twee vrouwen, de koningin en de courtisane. Maar meer dan wat ook voelde ik plotseling nostalgie, eenzaamheid en de wrede afstand van mijn Cloridia aan mij knagen. Omdat ik *à la minute* in geen van de drie kon voorzien, hunkerde ik om meer te weten te komen over de gemalin van de allerchristelijkste koning, wier lot Devizé al had laten doorschemeren als treurig en gekweld. Op de een of andere manier, hoopte ik vaag, zou het verhaal me verzoenen met het voorwerp van mijn smachten.

'Toch,' hield ik hem met een leugentje het aas voor, 'heb ik wel iets gehoord over Hare Majesteit Maria Theresia. Maar alleen van gasten die de herberg op doorreis aandeden. Misschien...'

'Niet misschien: je moet beter onderricht worden,' onderbrak hij me bruusk, 'en het is beter dat je die hovelingenpraatjes vergeet, als je echt wilt begrijpen wie Maria Theresia was en wat zij voor Frankrijk, ja voor heel Europa, heeft betekend.'

Hij hapte toe en begon te vertellen.

Van Devizé vernam ik, terwijl ik de geurbal over zijn schouderbladen wreef, dat de huwelijksintocht in Parijs van de jonge Maria Theresia, prinses van Spanje, een van de vreugdevolste gebeurtenissen in de hele geschiedenis van Frankrijk was geweest. Op een heldere dag aan het eind van augustus 1660 kwamen Lodewijk en Maria Theresia uit Vincennes aan. De jonge koningin was gezeten op een triomfwagen die nog mooier was dan wanneer Apollo zelf daar gezeteld had; haar dikke krulhaar glansde even helder als de stralen van de zon, en zegevierde over haar fraaie met goud en zilver geborduurde jurk, die bezaaid was met ontelbare stenen van onschatbare waarde; het zilver van de haarornamenten en haar blanke teint, die zo volmaakt samenging met het blauw van haar kijkers, verleenden haar een luister die daarvoor en sindsdien nooit meer zo bewonderd is. De Fransen reageerden geestdriftig op dit schouwspel, en meegesleept door de vreugde en de toegewijde liefde die alleen trouwe onderdanen kunnen tonen, wierpen ze haar talloze zegeningen toe. Lodewijk XIV, koning van Frankrijk en Navarra, was op zijn beurt zoals de dichters ons de nu vergoddelijkte stervelingen voorstellen; zijn kleding was geheel en al geweven van goud en zilver en werd slechts overtroffen door de waardigheid van de drager zelf. Hij bereed een magnifiek rijdier, gevolgd door een groot aantal prinsen. De vrede tussen Frankrijk en Spanje, die de koning Frankrijk met zo'n gunstig huwelijk had geschonken, vernieuwde de toewijding en trouw in het hart van het volk; en allen die die dag het genoegen hadden om hem te aanschouwen, prezen zich gelukkig hem als hun heer en koning te hebben. De koningin-moeder, Anna van Oostenrijk, zag de koning en koningin voorbijkomen vanaf een balkon in de Rue Saint-Antoine: je hoefde haar gezicht maar te zien om de vreugde te raden die door haar heen voer. Het jonge koninklijke paar werd verenigd om de grootheid van de twee eindelijk verzoende koninkrijken te verhogen.

Maar ook kardinaal Mazarin triomfeerde: zijn fijnzinnige politiek, die Frankrijk met de vrede van de Pyreneeën weer rust en voorspoed had gebracht, vond op deze manier de meest sublieme bekroning. Er volgden maanden van festiviteiten, balletten, muziekuitvoeringen, en het hof kende nooit meer zoveel vreugde, galanterie en weelderigheid.

'En toen?' vroeg ik, geboeid door het verhaal.

'En toen, en toen...' zong Devizé.

En toen waren een paar maanden voldoende, hervatte hij zijn relaas, om Maria Theresia duidelijk te maken wat haar werkelijke lot zou wezen en tot welke trouw haar gemaal in staat zou zijn.

De eerste lusten van de jonge koning waren bevredigd door de gezelschapsdames van Maria Theresia. En toen zijn vrouw nog niet goed begreep uit welk hout Lodewijk gesneden was, werd ze geholpen door andere, niet eens al te geheime erotische *rendez-vous* van de koning met Madame de la Vallière, de eredame van haar schoonzuster Henriëtte Stuart. Daarna was het de beurt aan Madame de Montespan, die Lodewijk maar liefst zeven kinderen schonk. Dit ongebreidelde overspel speelde zich zo open en bloot af dat het volk Maria Theresia, Madame de la Vallière en la Montespan inmiddels 'de drie koninginnen' noemde.

De koning kende geen remmingen. Hij had de arme echtgenoot van la Montespan, Louis de Gondrin, die het bestaan had te protesteren door zich in rouwkleding te hullen en de hoeken van zijn koets met grote hoorns te versieren, van het hof verbannen en meermalen met de gevangenis gedreigd. Voor zijn maîtresse echter had hij twee schitterende paleizen laten bouwen met een pracht aan tuinen en fonteinen. In 1674 was la Montespan nagenoeg zonder rivales gebleven, aangezien Louise de la Vallière zich in een klooster had teruggetrokken. De nieuwe favoriete reisde met twee zesspannen, met in haar kielzog steeds een wagen met proviand en een gevolg van tientallen bedienden. Racine, Boileau en La Fontaine roemden haar in hun verzen, en heel het hof achtte het een grote eer om in haar vertrekken te worden ontvangen, terwijl niemand de koningin eer bewees, buiten het minimum dat de etiquette vereiste.

Het geluk van la Montespan viel echter in duigen zodra de ogen van de koning waren gevallen op Marie Angelique de Fontanges, schoon als een engel en onnozel als een kip. Marie Angelique, die er geen genoegen mee nam haar rivales te hebben verdrongen, kon moeilijk begrip opbrengen voor de grenzen die haar positie haar oplegde: ze eiste in het openbaar aan de zijde van de koning te verschijnen en niemand te hoeven groeten, zelfs niet de koningin, hoewel ze deel had uitgemaakt van haar gevolg.

Ten slotte liet de vorst zich in de val lokken door Madame de Maintenon, aan wie hij zijn wettige kinderen en de talrijke bastaarden die hij bij andere minnaressen had gekregen zonder onderscheid toevertrouwde. Maar daarmee waren de krenkingen voor Maria Theresia nog niet ten einde. De koning verkoos zijn onwettige kinderen en verachtte juist de dauphin, de oudste zoon die hij bij de koningin had gekregen. Hij had hem uitgehuwelijkt aan Maria Anna Victoria, de dochter van de keurvorst van Beieren, een lelijk, schutterig meisje. De mooie vrouwen, alsjeblieft! die waren alleen voor Zijne Majesteit.

Hier stopte Devizé.

'En de koningin?' vroeg ik ongelovig tegenover die vrouwenparade, en gespannen om de reactie van Maria Theresia te vernemen.

'Ze onderging alles zwijgend,' antwoordde de musicus somber. 'Wat er werkelijk in haar omging zal niemand ooit weten.'

Alle overspel, de vernederingen, de meewarige lachjes van het hof en het volk: in de loop van de tijd had Maria Theresia geleerd alles met een glimlach op haar lippen te slikken. Bedroog de koning haar? Zij werd nog menslievender en soberder. Pronkte de koning tegenover iedereen met zijn veroveringen? Zij vermeerderde gebeden en godsdienstoefeningen. Maakte de koning Mademoiselle de Théobon of Mademoiselle de la Mothe, de gezelschapsdame van zijn vrouw, het hof? Maria Theresia deelde aan iedereen lachjes, wijze adviezen en warme blikken uit.

In de tijd dat koningin-moeder Anna van Oostenrijk nog in leven was, had Maria Theresia een paar dagen lang echt gramstorig durven zijn op Lodewijk. Maar dat was nog niets vergeleken bij de ontvangen beledigingen. Desondanks duurde het weken en weken voordat Lodewijk zich verwaardigde haar weer aan te kijken, en dan alleen dankzij de koningin-moeder, die zich dag en nacht had ingezet om de situatie bij te leggen. Toen reeds had Maria Theresia begrepen dat ze alles moest aanvaarden wat het huwelijk haar bracht: vooral de ellende. En zonder iets terug te verwachten, behalve dat weinige dat haar gemaal haar toestond.

Ook in de liefde had Lodewijk overwonnen. En omdat hij de kunst van het overwinnen kende en vereerde, had hij uiteindelijk bedacht wat – volgens hem

– het beste en meest passende gedrag was. Hij behandelde zijn vrouw, de koningin van Frankrijk, met alle bij haar status passende eer: hij at met haar, sliep met haar, vervulde alle familieplichten, converseerde met haar alsof al zijn maîtresses nooit hadden bestaan.

Maria Theresia gunde zich behalve de godsdienstoefeningen maar nauwelijks afleiding. Ze hield een zestal kleine narren bij zich, die ze Ventje, Hartje of Knaapje noemde, en een stoet hondjes die ze met een obsessieve, buitensporige tederheid behandelde. Voor haar wandelingen had ze aan dat idiote gezelschap een aparte koets laten toewijzen. Vaak aten dwergen en hondjes bij de koningin aan tafel, en om ze altijd om zich heen te hebben gaf Maria Theresia krankzinnige bedragen uit.

'Maar zei u niet dat ze een menslievende, sobere vrouw was?' vroeg ik ontzet.

'Zeker; maar dit was de prijs van de eenzaamheid.'

Van acht tot tien uur 's avonds, vervolgde Devizé, wijdde Maria Theresia zich aan het spel, totdat de koning haar kwam halen voor de avondmaaltijd. Wanneer de koningin kaartte, gingen de prinsessen en hertoginnen er in een halve cirkel omheen staan, terwijl achter haar de lagere adel samendromde, puffend van de hitte. Het lievelingsspel van de koningin was *hombre*, maar zij was te dom en verloor altijd. Soms offerde prinses d'Elbeuf zich op en liet zich met opzet door de koningin verslaan: een treurige, gênante vertoning. Tot het einde toe had de koningin zich met de dag eenzamer gevoeld, zoals zij zelf aan haar weinige intimi toevertrouwde. En vóór ze stierf had ze in één zin haar leed samengebald: 'Pas nu ik elk moment heen kan gaan raakt de koning vertederd door mij.'

Het verhaal, dat zozeer mijn medelijden had gewekt, maakte mij nu ongeduldig: ik had gehoopt andere informatie te vernemen van de musicus met de levendige stem. Terwijl ik Devizés rug bleef masseren, richtte ik mijn blik op de tafel die op een paar passen afstand stond. Verstrooid had ik een van mijn medicijnpotjes op enkele vellen met tabulaturen gezet. Ik vroeg excuses aan Devizé, die een schok kreeg en met een ruk overeind kwam om de vellen te controleren, bang dat er vet op was gekomen. Hij vond inderdaad een klein vlekje olie op een ervan en barstte in woede uit: 'Jij bent geen knecht, jij bent een beest! Je hebt het rondo van mijn leermeester verpest.'

Ik was ontzet: uitgerekend het schitterende rondo waar ik zo van hield had ik vuilgemaakt. Ik bood aan het vel te bestrooien met een fijn, droog poeder dat het vet zou opnemen; Devizé vloekte intussen en overlaadde me met schimpscheuten. Ik deed ijverig en met bevende hand mijn best om het muziekblad, waarop die prachtige klanken geschreven stonden, weer als nieuw te krijgen. En toen zag ik bovenaan in de kantlijn iets staan: *à Mademoiselle*.

'Is dit een liefdesopdracht?' vroeg ik stamelend, nog steeds even verlegen met het voorval.

'Wie houdt er nu van Mademoiselle... de enige vrouw ter wereld die eenzamer en treuriger is dan de koningin!'

'Wie is Mademoiselle?'

'O, een arme stakker, een nicht van Zijne Majesteit. Ze had partij gekozen voor de opstandelingen van de Fronde, en hij heeft haar daar flink voor laten boeten: Mademoiselle had nota bene de kanonnen van de Bastille de troepen van de koning laten beschieten.'

'Is ze tot de galg veroordeeld?'

'Erger nog: tot het oudevrijsterschap,' grinnikte Devizé, 'de koning belette haar te trouwen. Mazarin zei: "Die kanonnen hebben haar man uit de weg geruimd."'

'De koning heeft niet eens medelijden met verwanten,' merkte ik op.

'Inderdaad. Weet je wat Zijne Majesteit zei toen Maria Theresia afgelopen juli stierf? "Dit is het eerste verdriet dat ze me aandoet." En dat was dat. Hij is zelfs bij Colberts dood onverschillig gebleven, terwijl die hem twintig jaar lang trouw had gediend.'

Devizé dwaalde steeds verder af, maar ik luisterde al niet meer. Eén woord bonsde in mijn hoofd: juli.

'Zei u dat de koningin in juli is gestorven?' viel ik hem abrupt in de rede.

'Wat zeg je? Ja, de 30ste juli, na een ziekte.'

Ik vroeg niet verder. Ik was klaar met het ontvetten van het papier; snel veegde ik de overtollige zalf van zijn rug en reikte hem ten slotte zijn hemd aan. Ik nam afscheid en liep hijgend van opwinding zijn kamer uit, sloot de deur en leunde tegen de muur om na te denken.

Een vorstin, de koningin van Frankrijk, had in de laatste week van juli de laatste adem uitgeblazen vanwege een ziekte: precies zoals het astrologieblaadje had voorspeld.

Het was alsof mij bij monde van Devizé een waarschuwing was gestuurd: een maanden oud bericht (dat alleen mij, nederig knechtje, was ontgaan) bewees weer de onfeilbaarheid van het astrologieblaadje en de onontkoombaarheid van het Lot der Sterren.

Cristofano had me verzekerd dat astrologie niet noodzakelijkerwijs tegen het geloof indruist, en juist een enorme hulp in de geneeskunst is. Maar in die situatie overheerste bij mij de herinnering aan de ondoorgrondelijke redeneringen van Stilone Priàso, aan het sombere verhaal van Campanella en het tragische lot van pater Morandi. Ik bad de Hemel om mij een teken te geven, om mij te bevrijden van de angst en mij de weg te wijzen.

Toen hoorde ik opnieuw op de ernstige tonen van de teorbe de noten van het schitterende rondo opklinken: Devizé had zijn spel hervat. Ik vouwde mijn handen in gebed en bleef roerloos met gesloten ogen staan, verscheurd tussen hoop en vrees, totdat de muziek ophield.

Ik sjokte naar mijn kamer en liet mij op bed vallen, helemaal leeg, zonder enige wil of kracht, gekweld door gebeurtenissen waarvan ik de betekenis noch de ordening zag. Terwijl ik toegaf aan de loomheid, zong ik de lieflijke melodie die ik net had gehoord, alsof die mij de gunst kon bewijzen van een geheime sleutel waarmee het labyrint van mijn kwellingen kon worden ontcijferd.

Ik werd gewekt door enkele geluiden, afkomstig uit de Via dell'Orso. Ik was maar even weggedommeld; mijn eerste gedachte ging ditmaal opnieuw uit naar het krantje, zich echter mengend met een bitterzoet samenspel van verlangen en onthouding, waarvan de eerste oorzaak mij niet moeilijk te traceren viel. Om rust en opluchting te vinden wist ik dat ik ergens moest aankloppen.

Al een paar dagen liet ik de maaltijden voor Cloridia's kamer staan en beperkte ik mij tot kloppen om haar te melden dat het eten weer was bezorgd. Sindsdien had alleen Cristofano toegang tot haar kamer. Maar nu had het gesprek met Devizé de wond van de afstand tot haar weer opengereten.

Wat maakte het nu uit dat zij mij had gekwetst met haar veile verzoek? Met de pestziekte die onder ons heerste, kon ze binnen een paar dagen dood zijn, zei ik bij mezelf met een steek door mijn hart. In extreme ogenblikken is trots een slechte raadgever. Een voorwendsel om me weer bij haar aan te dienen was zo gevonden: ik had haar veel te vertellen en evenzeer te vragen.

'Maar ik weet niets van astrologie, dat heb ik je toch al gezegd,' verdedigde Cloridia zich, toen die voorspellingen accuraat en exact bleken. 'Ik kan dromen, getallen en handlijnen lezen. Voor de sterren moet je bij iemand anders zijn.'

Met een enigszins verward gemoed keerde ik naar mijn kamer terug. Maar het was niet erg: van belang was alleen dat de blinde god met de vleugeltjes eens te meer mijn hart had doorboord. Het maakte me niet uit dat ik bij Cloridia nooit hoop zou kunnen koesteren. Het maakte me niet uit dat zij mijn hartstocht in de gaten had en erom moest lachen. Ik was evengoed gelukkig: ik kon haar zien en zelfs wanneer en zoveel ik wilde met haar praten, ten minste voor de duur van de quarantaine. Een unieke gelegenheid voor een arme knecht als ik; onbetaalbare momenten die ik me zeker zou herinneren en waar ik voor de rest van mijn grauwe dagen om zou treuren. Ik nam me voor haar zo snel mogelijk weer te bezoeken.

Op mijn kamer trof ik een kleine verfrissing aan die door Cristofano voor me was achtergelaten. Ten prooi aan een amoureuze roes nipte ik van een glas wijn als was het de zuiverste nectar van Eros, en werkte snel een homp brood met kaas naar binnen als de fijnste manna, over mijn hoofd uitgestrooid door de tedere Aphrodite.

Eenmaal verkwikt, hoewel de lieflijke sfeer die de ontmoeting met Cloridia in mijn hart had achtergelaten helaas was vervlogen, dacht ik weer diep na over het onderhoud dat ik met Devizé had gehad: ik had hem niets weten te ontlokken over de dood van minister Fouquet. Abt Melani had gelijk: Devizé en Dulcibeni zouden niet gemakkelijk een mond opendoen over die merkwaardige kwestie. Ik was er evenwel in geslaagd met mijn vragen bij de jonge musicus geen argwaan te wekken. Integendeel: met mijn onschuldige vragen en met de schade die ik onhandig genoeg aan zijn partituur had toegebracht, had ik mij verzekerd van het onuitwisbare beeld van een lompe, stomme bediende.

Ik toog naar mijn baas, die ik in een licht verbeterde toestand aantrof. Cristofano was aanwezig en had hem net gevoerd. Pellegrino begon vrij ongedwongen te praten en leek voldoende te begrijpen van wat hem werd gezegd. Hij was zeker niet volmaakt gezond en sliep nog een groot deel van de dag, maar, concludeerde Cristofano, het was niet gewaagd om te voorspellen dat hij over een paar dagen weer gewoon zou kunnen lopen.

Na mij enige tijd met Pellegrino en de arts te hebben onderhouden ging ik terug naar mijn kamer om mijzelf eindelijk een slaap te gunnen die die naam waardig was. Ik sliep lang en toen ik naar de keuken ging, was het tijd voor de avondmaaltijd. Ik haastte mij om voor de gasten te koken; ik maakte wat partjes pomeransen met suiker erover om de maag te kalmeren. Vervolgens ging ik met *ciambuglione* aan de slag, een Milanese specialiteit van eierdooiers en muskadel, met gestampte pijnboompitten om in te weken, kaneel naar believen (wat ik achterwege liet) en een beetje boter. Het geheel moet in de vijzel worden fijngestampt, door een zeef gehaald en dan in een koperen pan met kokend water gedaan worden totdat het indikt. Ten slotte deed ik er een paar bergamotperen bij.

Toen ik mijn ronde gedaan had, ging ik weer naar de keuken en maakte een half kopje warm vocht van geroosterde koffie. Vervolgens ging ik naar het torentje, op mijn tenen om me niet door Cristofano te laten betrappen.

'Dank je wel!' riep Cloridia stralend uit, toen ze de deur had opengezwaaid.

'Ik heb het alleen voor u gemaakt,' had ik de moed haar te zeggen, terwijl ik hevig bloosde.

'Ik ben dol op koffie!' zei ze, haar ogen sluitend en verzaligd de geur opsnuivend die zich vanuit het kopje verbreidde in de kamer.

'Wordt er veel koffie gedronken in Holland waar u vandaan komt?'

'Nee. Maar zoals jij het hebt gezet, ruim aangelengd, vind ik 't heel lekker. Het herinnert me aan mijn moeder.'

'Fijn. Ik meen te hebben begrepen dat u haar nooit hebt gekend.'

'Klopt,' antwoordde Cloridia haastig. 'Ik bedoel: ik herinner me van haar niet eens haar gezicht, maar alleen de geur van koffie, die ze, naar ik later heb gehoord, uitstekend wist te zetten.'

'Was zij ook Italiaanse, net als uw vader?'

'Nee. Maar ben je gekomen om me met vragen te kwellen?'

Cloridia was somber geworden: ik had alles verpest. Maar meteen zag ik haar mijn ogen zoeken met de hare, en me een mooie glimlach schenken.

Ze nodigde me lief uit om te gaan zitten en wees me een stoel.

Ze haalde uit een latafel twee bekertjes en een droge anijskoek en schonk me koffie in. Daarna ging ze tegenover me zitten, op de rand van het bed, en nipte gretig.

Er viel me niets meer te binnen om te zeggen en de stilte te verdrijven. En ik schaamde me om verdere vragen te stellen. Cloridia leek intussen lekker bezig een stuk van de koek in de warme drank te dopen en er bevallig en tegelijk dierlijk van te knabbelen. Ik smolt van tederheid toen ik naar haar keek, en ik voelde mijn ogen vochtig worden, terwijl ik me voorstelde dat ik mijn neus in haar haar begroef en met mijn lippen haar voorhoofd beroerde.

Cloridia keek op.

'Ik praat nu al dagen alleen met jou, maar over jou weet ik helemaal niets.'

'Er is zo weinig dat u kan interesseren, monna Cloridia.'

'Dat is niet waar: waar je vandaan komt bijvoorbeeld, hoe oud je bent, hoe en wanneer je hier terechtkwam.'

Ik zette haar bondig mijn verleden als vondeling uiteen, het onderwijs dat ik genoten had dankzij de bejaarde religieuze en de welwillendheid van meneer Pellegrino jegens mij.

'En zo heb je een opleiding gekregen. Dat had ik al bedacht door je vragen. Je hebt veel geluk gehad. Ik heb me, nadat ik op mijn twaalfde mijn vader verloor, moeten zien te redden met het weinige dat hij me nog had kunnen leren,' zei ze, zonder haar glimlach te verliezen.

'U hebt dus alleen van uw vader Italiaans gehoord. Toch spreekt u het heel goed.'

'Nee, ik heb het niet alleen van hem geleerd. We woonden in Rome toen ik alleen overbleef. Toen hebben andere Italiaanse kooplieden me weer meegenomen naar Holland.'

'Dat moet wel droevig zijn geweest.'

'Daarom ben ik nu hier. In Amsterdam heb ik jarenlang gehuild bij de herinnering aan hoe gelukkig ik in Rome was geweest. Intussen las en studeerde ik alleen, in de weinige tijd die me resteerde tussen...'

Het was niet nodig om de zin af te maken. Ze bedoelde vast het lijden dat het leven weeskinderen oplegt, en dat Cloridia op het pad van de vermaledijde prostitutie had gebracht.

'Maar zo kon ik me vrijmaken,' hervatte ze, alsof ze mijn gedachte had geraden, 'en kon ik eindelijk het levenspad volgen dat verborgen ligt in mijn getallen...'

'Uw getallen?'

'Ach ja, jij kent de numerologie niet,' zei ze overdreven vriendelijk, wat mij een beetje ongemakkelijk maakte.

'Welnu,' vervolgde ze, 'je moet weten dat de getallen van onze geboortedatum, maar ook die van andere belangrijke data in ons leven, ons hele bestaan in zich bergen. De Griekse filosoof Pythagoras zei dat getallen alles kunnen verklaren.'

'En brachten de getallen van uw geboortedatum u hier naar Rome?' vroeg ik licht ongelovig.

'Niet alleen: ik en Rome zijn maar één ding. Onze lotgevallen hangen van elkaar af.'

'Maar hoe kan dat?' vroeg ik geboeid.

'De getallen spreken duidelijke taal. Ik ben geboren op 1 april 1664. Terwijl de verjaardag van Rome...'

'Wat: kan een stad ook jarig zijn?'

'Natuurlijk. Ken je niet de geschiedenis van Romulus en Remus, van de wolvin en het vliegen van de vogels, en hoe de stad gesticht werd?'

'Tuurlijk wel.'

'Welnu, Rome werd gesticht op een heel bijzondere dag: 21 april 753 voor Christus. En de twee geboortedata, die van Rome en die van mij, geven dezelfde uitkomst. Als je ze maar schrijft zoals dat hoort bij de numerologie, oftewel door de maanden te tellen vanaf maart, de lentemaand en dus het begin van het nieuwe leven, zoals de oude Romeinen ook deden en zoals tegenwoordig nog gebeurt in de astrologische kalender, die dus begint met Ram.'

Ik begreep dat we ons op glad ijs begaven en dat de grens met ketterij en hekserij heel dun werd.

'April is dus de tweede maand van het jaar,' vervolgde Cloridia, terwijl ze papier en inkt pakte, 'en de twee data moeten zo worden geschreven: 1/2/1664 en 21/2/753. Als je de twee groepen getallen optelt krijg je eerst 1+2+1+6+6+4=20. En dan 2+1+2+7+5+3=20. Zie je wel? Dezelfde uitkomst.'

Ik staarde naar die haastig neergekrabbelde cijfers op het papier en zweeg. Het toeval was inderdaad verrassend.

'Niet alleen dat,' vervolgde Cloridia, terwijl ze de pen in de inkt doopte en weer begon te rekenen. 'Als ik dag, maand en jaar bij elkaar optel, in plaats elk cijfer apart, krijg ik 21+2+753=776. Als ik de cijfers van het totaal optel, 7+7+6, krijg ik weer 20. Maar als ik 1+2+1664 optel, krijg ik 1667, waarvan de som ook weer 20 is. En weet je wat het getal 20 betekent? Dat is het Oordeel, het grootste mysterie van de tarot dat nummer 20 draagt, en het betekent herstel van geleden onrecht en een rechtvaardig oordeel van het nageslacht.'

Ze was echt goed, mijn Cloridia. Hoewel ik niet bijster veel begreep van haar voorspellende berekeningen, en evenmin waarom ze er zoveel vuur in legde. Maar geleidelijk aan had haar vaardigheid mijn wantrouwen overwonnen. Ik was vol bewondering: de bekoorlijkheden van Venus wedijverden met het intellect van Minerva.

'Bent u dan in Rome om herstel van geleden onrecht te krijgen?' vroeg ik.

'Val me niet in de rede,' wierp ze onverwachts tegen. 'De wetenschap van de getallen zegt dat herstel van onrecht het nageslacht er op een dag toe zal brengen zijn oordeel bij te stellen. Maar vraag me niet wat het precies betekent, want dat weet ik ook niet.'

'Stond ook in de cijfers geschreven dat u in herberg De Schildknaap zou komen?' vroeg ik, aangetrokken door het idee dat mijn ontmoeting met Cloridia was voorbestemd.

'Nee, niet in de cijfers. Eenmaal in Rome aangekomen heb ik deze herberg gekozen door de *virga ardentis* te volgen, de gloeiende, trillende of zo je wilt vooruitstekende roede. Weet je waar ik het over heb?' zei ze, terwijl ze opstond en haar arm uitstak ter hoogte van mijn buik, als om een lange stok na te bootsen.

Het leek een obscene toespeling. Ik was verstomd en voelde me gehoond.

'Maar daar hebben we het een andere keer wel over, als jij dat wilt tenminste,' besloot ze met een glimlach die mij dubbelzinnig voorkwam.

Ik nam afscheid en ging snel de kamers af om de schotels op te halen waarop ik het avondmaal had geserveerd. Wat had Cloridia nu willen zeggen met dat liederlijke gebaar? Was het soms een wellustige uitnodiging of, wat erger was, één tot betaalde liefde? Zo dom was ik niet: ik wist best dat het met mijn nederige status belachelijk was te hopen dat zij meer in mij zag dan een arme knecht. Maar had zij ook niet door dat ik geen cent bezat? Hoopte ze soms dat ik voor haar geld van mijn baas zou ontvreemden? Met afschuw verdreef ik die gedachte. Cloridia had gezinspeeld op een geleden onrecht dat te maken had met haar terugkeer naar Rome. Nee, ze kon het op een voor haar zo ernstig moment niet over prostitutie hebben gehad. Ik moest het verkeerd hebben begrepen.

Ik was voldaan de gasten van de herberg zichtbaar tevreden te zien over de maaltijd. Toen ik aan zijn deur klopte, zat Pompeo Dulcibeni juist van de inmiddels koude *ciambuglione* te nippen, en liet die met smaak tussen zijn tong en verhemelte klakken.

'Ga maar zitten, beste jongen. Vergeef me, maar ik heb vandaag laat honger gekregen.'

Ik gehoorzaamde zwijgend en bleef wachten tot hij klaar was met de soep. Terwijl ik mijn blik over de voorwerpen op de ladekast naast de stoel liet gaan, bleven mijn ogen rusten op drie bandjes met een vermiljoen rode kaft versierd met gouden arabesken. Ze waren heel mooi, vond ik; maar waar had ik ze eerder gezien?

Dulcibeni staarde me intussen nieuwsgierig aan: hij was klaar met de *ciam-*

buglione en reikte me de schotel over. Ik nam alles met mijn onnozelste glimlach in ontvangst en liep met neergeslagen ogen de deur uit.

Zodra ik buiten het vertrek was, haastte ik me in plaats van naar de keuken naar de tweede verdieping. Toen ik buiten adem aan de deur van Atto Melani klopte, had ik mijn armen nog vol vaatwerk.

'Pompeo Dulcibeni?' riep de abt ongelovig uit, terwijl ik mijn verhaal afmaakte.

De dag daarvoor was ik Dulcibeni's kamer ingegaan om hem te masseren, en tijdens de behandeling had hij de behoefte gehad om wat tabak te snuiven. Hij had met dat doel de ladekast opengedaan op zoek naar zijn snuifdoos van ingelegd kersenhout, en om orde te scheppen had hij een paar boekjes uit het meubel gehaald, heel fraai ingebonden in vermiljoen rood leer met gouden arabesken. Welnu, in Tiracorda's boekenkast had ik een paar identieke boekjes kunnen ontwaren: het ging om een uitgave van de werken van Galenus in zeven delen, waarvan er drie ontbraken. En juist die drie exemplaren had ik net gezien in Dulcibeni's kamer. Op de rug stond *Galeni opera*, en het ging zonder twijfel om de *opera omnia* van Galenus in zeven delen, waarvan er vier in Tiracorda's huis waren.

'Natuurlijk,' begon de abt te redeneren, 'het is altijd mogelijk dat Dulcibeni en Tiracorda elkaar voor het laatst gezien hebben voor het begin van de quarantaine. Toen heeft Tiracorda die boeken misschien aan Dulcibeni geleend.'

Evenwel, wierp hij tegen, waren abt Melani en ik beiden getuige geweest van het feit dat de hofarts midden in de nacht een gast ontving: een curieus bezoekuur! En dat niet alleen: het stel had voor de dag erna op hetzelfde tijdstip afgesproken. Tiracorda's mysterieuze gast zwierf dus op ongeveer dezelfde uren door de stad als waarop wij tweeën ongezien De Schildknaap uit konden gaan. De gast moest dus wel Dulcibeni zijn.

'Hoe kunnen Tiracorda en Dulcibeni elkaar kennen?'

'Je stelt die vraag,' antwoordde Atto, 'omdat je iets niet weet: Tiracorda komt uit de Marche.'

'Net als Dulcibeni!'

'Ik zal het je nog sterker vertellen: Dulcibeni is geboortig uit Fermo, en ik meen me te herinneren dat Tiracorda ook uit Fermo komt.'

'Dan zijn het stadgenoten.'

'Precies. Rome heeft altijd veel vermaarde artsen gehuisvest afkomstig uit die oude, nobele stad: bijvoorbeeld Romolo Spezioli, de lijfarts van koningin Christina van Zweden, de eerste geneesheer Giovan Battista Benci en ook Cesare Macchiati, als ik het wel heb, die evenals Tiracorda conclaafarts was. De mensen uit Fermo wonen bijna allemaal in deze wijk, rond de kerk van San Salvatore in Lauro, waar hun broederschap bijeenkomt.'

'Maar Tiracorda woont ook op een paar roeden afstand van De Schildknaap,' tekende ik aan, 'en hij weet vast dat we in quarantaine zijn. Is hij niet bang om door Dulcibeni besmet te worden?'

'Kennelijk niet. Misschien heeft Dulcibeni hem verteld dat het volgens Cristofano niet om de pest gaat, en heeft hij hem Bedfords ziekte en het merkwaardige ongeluk dat jouw baas is overkomen, verzwegen.'

'Dan is Pompeo Dulcibeni de dief van de sleutels van mijn baas. Juist hij, die zo streng is!'

'Nooit op de schijn afgaan. Waarschijnlijk zal hij door Pellegrino zijn geïnstrueerd omtrent het gebruik van de onderaardse gangen.'

'Terwijl ik nooit wat gemerkt heb. Dat is ongeloofwaardig...'

Noi siam tre donzellette
semplicette semplicette,
oh, oh, senza fallo...*

spotte de abt, zachtjes zingend in een gekke houding, 'word wakker jongen. Bedenk: geheimen bestaan voor de verkoop. Eerst moet Pellegrino tegen betaling de geheime doorgang voor hem geopend hebben. Maar daarna, in het begin van de quarantaine, is je baas uitgeschakeld. Dulcibeni heeft dus de sleutelbos moeten ontvreemden om een kopie van de sleutel van het kamertje te laten maken door een ambachtsman in de Via dei Chiavari: de straat waar, zoals Ugonio zegt, Komarek zijn drukkerij heeft.'

'En wat heeft Komarek ermee te maken?'

'Helemaal niets, dat heb ik je al uitgelegd, weet je nog? Puur toeval, dat ons op het verkeerde been heeft gezet.'

'Dat is waar ook,' antwoordde ik, bezorgd dat ik de massa ontdekkingen, ontkenningen, intuïties en valse sporen die elkaar de laatste dagen opvolgden, niet meer kon bijbenen. 'Maar waarom heeft Pellegrino Dulcibeni geen kopie van de sleutel gegeven?'

---

*   Wij zijn drie gewone, fijne maagdekijnen, oh, oh, zonder vandatteme...

'Omdat je baas zich misschien, zoals ik al zei, telkens laat betalen als een gast gebruik wil maken van de onderaardse gangen. Welke gast geen sleutel ter beschikking heeft.'

'Waarom bezit Stilone Priàso dan wel een kopie?'

'Vergeet niet dat de laatste keer dat hij in de herberg logeerde, nog in de tijd van signora Luigia was, God hebbe haar ziel, hij zal erom gevraagd of hem gestolen hebben.'

'Maar dat verklaart nog niet waarom Dulcibeni mijn pareltjes gestolen zou hebben, want hij lijkt allesbehalve arm,' merkte ik op.

'En ik heb een nog moeilijker vraag: als hij de mysterieuze dief is die we zo ons best hebben gedaan te achtervolgen, hoe komt het dan dat hij telkens honderd keer sneller heeft kunnen zijn dan wij, en zijn sporen heeft weten uit te wissen?'

'Misschien kent hij het gangenstelsel beter dan wij. Toch kan hij, nu ik erover nadenk, niet zo snel lopen: twee dagen geleden is hij nog getroffen door een aanval van heupjicht. En Cristofano heeft hem gezegd dat hij daar een paar dagen onder te lijden zou hebben.'

'Kijk es aan. Doen we daarbij het feit dat Dulcibeni ook geen twintig meer is, zwaar gebouwd en als hij wat langer praat, begint te hijgen: hoe voor de duivel speelt hij het dan klaar om elke nacht aan het touw tot aan het valluik omhoog te klauteren?' besloot Atto met een zweem van venijn, hij die telkens zweette en pufte als we met het touw in de weer waren in de onderaardse gangen.

Ik vertelde Atto vervolgens wat ik recentelijk over Pompeo Dulcibeni had gehoord. Ik berichtte hem dat, naar zeggen van pater Robleda, de oudere man uit de Marche tot de sekte der jansenisten behoorde. Ik vertelde hem ook van het harde oordeel van Dulcibeni over de spionageactiviteit van de jezuïeten en van zijn verhitte monoloog tegen de huwelijken onder bloedverwanten, zoals die al eeuwen voorkwamen onder de regerende families van Europa. De edelman uit Fermo, onderstreepte ik, was zo verontwaardigd door die praktijk en had zich zo opgewonden, dat hij hardop – in een denkbeeldig gesprek met een vrouw voor de spiegel – de overwinning van de Turken in Wenen wenste: zo zou er, had hij zichzelf gewenst, wat frisser en onbedorvener bloed op de tronen komen.

'Een betoog, pardon, monoloog als van een echte jansenist. Ten dele althans,' merkte abt Melani op, zijn voorhoofd peinzend fronsend. 'Tja, want de Turkse invasie in Europa willen, en dan alleen om de Bourbons en de

Habsburgers te treiteren, lijkt me zelfs voor de meest fanatieke volgeling van Jansenius een beetje te.'

Hoe dan ook, besloot Atto, mijn ontdekking noopte ons ertoe opnieuw de gang naar Tiracorda's huis te maken. Zoals we de nacht daarvoor hadden gehoord, zou ook Dulcibeni er weer heen gaan.

Zesde nacht
van 16 op 17 september 1683

We wachtten zoals gewoonlijk het moment af waarop alle gasten, Cristofano incluis, zich definitief leken te hebben teruggetrokken in hun kamers, en daalden af in de put die naar de meanders onder de herberg leidde.

Zonder onvoorziene voorvallen legden we het traject af tot aan het trefpunt met Ugonio en Ciacconio, in de onderaardse gangen van de Piazza Navona. Maar toen we de lijkenpikkers weer zagen, moest Atto Melani het hoofd bieden aan enkele eisen en een felle discussie.

De twee vreemde wezens klaagden er vanwege de avonturen waarin we hen hadden betrokken over dat ze zich niet meer vrijelijk aan hun bezigheid konden wijden. Naar hun zeggen had ik zelfs een paar van de kostbare botten beschadigd die ze netjes hadden opgestapeld en die bij onze ontmoeting boven op mij waren gevallen. De zaak was amper geloofwaardig, maar Ciacconio begon onbeschaamd onder abt Melani's neus een enorm riekend bot te zwaaien met nog wat vlees eraan, waarvan de lijkenpikker beweerde dat er door het incident scheuren in gekomen waren. Om die smerige, stinkende fetisj maar te zien verdwijnen ging Atto liever door de knieën.

'Al goed, akkoord. Maar dan wil ik niets meer over jullie problemen horen.'

Hij haalde uit zijn zak een handje munten en gaf die aan Ciacconio. De klauwen van de lijkenpikker gristen het geld bliksemsnel weg, waarbij ze zich bijna vastgrepen in abt Melani's handen.

'Ik kan die twee niet uitstaan,' mompelde Atto bij zichzelf, vol walging zijn hand masserend.

'Gfrrrlûlbh, gfrrrlûlbh, gfrrrlûlbh...' scandeerde Ciacconio gedempt, terwijl hij de munten van de ene in de andere hand liet glijden.

'Hij totaliseert de waarder der gelderen,' zei Ugonio met een afzichtelijke glimlach vol zinspelingen in mijn oor, 'hij is een krentenman.'

'Gfrrrlûlbh,' stelde Ciacconio toen tevreden vast, waarna hij het geld in een vieze, vettige tas liet vallen, waar het rinkelend op een massa munten viel die vermoedelijk substantieel was.

'Al met al zijn die twee monsters waardevol voor ons,' zei abt Melani later, terwijl Ugonio en Ciacconio in het donker verdwenen. 'Dat weerzinwekkende ding dat Ciacconio me onder de neus hield was eigenlijk slagersafval, en allesbehalve een relikwie. Maar soms is het beter de zaak niet op de spits te drijven en te betalen; anders worden we hun vijanden. Bedenk: in Rome moet je winnen, nooit ruim winnen. Deze heilige stad heeft ontzag voor machthebbers, maar geniet van hun ondergang.'

Na hun vergoeding geïncasseerd te hebben hadden de lijkenpikkers Atto gegeven wat hij nodig had: een kopie van de sleutel waarmee de deur tussen Tiracorda's paardenschuur en de keuken opening. Toen we eenmaal uit het valluik in de kleine stal van de arts opdoken, was het niet moeilijk de woning binnen te komen. Het late uur liet redelijkerwijs veronderstellen dat inmiddels alleen de oude hofarts nog op de been was, in afwachting van zijn gast.

We doorkruisten de keuken, drongen de kamer met het oude hemelbed binnen en daarna de vestibule. We vorderden in het donker en oriënteerden ons alleen dankzij ons geheugen en het zwakke maanlicht. We klommen vervolgens de wenteltrap op: daar werden we ontvangen door het dankbare schijnsel van de hoger geplaatste, grote kaarsen, die Atto de avond daarvoor had moeten doven om ons de terugtocht te waarborgen. We passeerden het eerste kamertje halverwege de trap, waar de fraaie voorwerpen stonden te pronken die we bij de vorige inspectie hadden bewonderd. We bereikten vervolgens de eerste verdieping die, evenals de nacht daarvoor, in het donker gehuld leek. Ditmaal echter stond de toegangsdeur naar de verdieping open. Alles was doordrongen van stilte. De abt en ik wisselden een blik van verstandhouding: we stonden op het punt die welhaast profetische drempel over te gaan en ik voelde me sterk in een even ongewone als dwaze moed. De nacht daarvoor was alles goed gegaan, bedacht ik, ditmaal zouden we het ook wel redden.

Plotseling deed een drievoudig gedreun, afkomstig uit de vestibule op de begane grond, het hart in onze keel kloppen. Iemand bonsde op de voordeur. Bijna onmiddellijk vluchtten we de treden tussen de eerste en tweede verdieping op tot bij het andere kamertje dat de bibliotheek herbergde.

We hoorden een geroezemoes van boven komen en toen van beneden een geschuifel van verre voetstappen. We zaten wederom tussen twee vuren. Atto wilde opnieuw de kandelaar uitblazen (wat ditmaal de achterdocht van de huisbewoners had kunnen wekken) toen Tiracorda's stem duidelijk onze oren bereikte.

'Ik ga wel, Paradisa, ik ga wel.'

We hoorden hem de trap afgaan, de vestibule door lopen, de voordeur opendoen en een kreet van aangename verbazing slaken. De bezoeker kwam zonder een woord te spreken naar binnen.

'Ga leer vilten,' sprak Tiracorda joviaal, de deur sluitend, 'vier getallen.'

'Het spijt me, Giovanni, vanavond ben ik niet in de stemming. Iemand moet me gevolgd zijn, en deze keer wilde ik liever een andere ingang nemen.'

'Kom verder, kom verder, mijn beste, mijn bovenstebeste.'

Als twee slakjes aan de muur van de trap geplakt hielden Atto en ik onze adem in. De summiere dialoog was voor ons voldoende geweest om boven iedere twijfel verheven de stem van Pompeo Dulcibeni te herkennen.

⁂

Tiracorda nam de gast mee naar de eerste verdieping. We hoorden de twee weglopen en ten slotte een deur op een kier laten staan. Zodra we weer alleen waren, gingen we van onze schuilplaats naar beneden en betraden op onze beurt de grote hal van de eerste verdieping. Ik had abt Melani wel duizend dingen te vragen en te melden, maar stilte was de enige hoop op behoud.

We gingen een grote ruimte binnen waar ik in het halfduister twee bedden met nachtkastjes en nog wat andere meubels kon onderscheiden. Afgezwakt door de afstand bereikte ons het gesprek tussen Tiracorda en Dulcibeni. Als door een wonder vermeed ik het over een dekenkist te struikelen. Maar toen mijn ogen aan het donker waren gewend, bemerkte ik ineens tot mijn afschuw dat twee ijzige, gefronste gezichten roerloos een stille hinderlaag voor ons spanden in de donkere ruimte.

Het duurde een paar seconden alvorens ik, bevend van angst, doorhad dat het om twee bustes ging, de een van koper en de ander van steen, op twee sokkels op mijn hoogte geplaatst. Daarnaast waren een gipsen Hercules en een gladiator te zien.

Links afslaand passeerden we een wachtkamer waar langs de wanden een lange rij stoelen stond, en vandaar een tweede, ruimere wachtkamer, gehuld in het duister. Uit een belendende ruimte kwamen de stemmen van Tiracorda en zijn stadgenoot. Met grote omzichtigheid naderden we de spleet tussen de deur, die slechts aanstond, en het lijstwerk. Doorboord door de messcherpe straal licht die door de deur kwam, maakten we een merkwaardig gesprek mee.

'Ga leer vilten, vier getallen,' articuleerde Tiracorda, net als toen hij zijn gast voor de voordeur binnenliet.

'Vier getallen, vier getallen...' herhaalde Dulcibeni.

'Zo is het: denk rustig na, daarvoor bent u toch ook gekomen?'

De arts stond op en verdween op een drafje links van ons uit ons gezichtsveld. Dulcibeni bleef zitten met zijn rug naar ons toe.

De kamer werd verlicht door twee grote, vergulde waskaarsen op de tafel waaraan de twee gezeten waren. Door de pracht van het interieur, zoals ik nooit tevoren had gezien, stond ik wederom verbaasd en vol bewondering. Naast de kaarsen prijkte een verzilverd mandje vol fruit van was; om de omgeving te verlichten stonden er ook twee grote kandelabers, de een op een hardhouten tafeltje en de ander op een ebbenhouten secretaire met zwarte lijsten en verguld koperen schildjes. De muren waren bedekt met een rijk behangsel van karmijnrood satijn; overal waren fraaie schilderijen te zien met verschillende bevallige figuren: mijn rondgaande blik herkende schilderingen met dorpen, dieren, bloemen en figuurtjes: een Madonna met Kind, een Pietà, een Annunciatie, een heilige Sebastiaan en misschien een Ecce Homo.

Maar wat de kamer halverwege de langste muur recht tegenover ons domineerde was een imposant portret van Zijne Heiligheid Innocentius XI, met een grote vergulde en met arabesken versierde lijst, ingelegd gebladerte en kristallen slingertjes. Daaronder, op een kruk, ontwaarde ik een achthoekige reliekschrijn van verzilverd en verguld koper, die ik vol heilige relikwieën dacht. Meer naar links zag ik een bed en een kamerstoel, bedekt met rood brocatel. Dit laatste detail leek me onthullend: we bevonden ons naar alle waarschijnlijkheid in Tiracorda's spreekkamer, waar hij zijn patiënten ontving.

Nadat hij een deur open en dicht had gedaan, hoorden we de arts teruglopen naar het midden van de kamer.

'Wat suf, ik heb hem aan de andere kant gelaten.'

Hij begaf zich weer rechts langs de wand waar, kolossaal en dreigend, het portret van Zijne Heiligheid hing. Tot onze verbazing ging in de muur tegenover ons nog een deur open: twee onzichtbare panelen, bekleed met dezelfde karmijnrode stof van de wanden. Achter de geheime deur ging een nauwe donkere kamer schuil waarin zijn beroepsinstrumenten werden bewaard. Ik kon pincetten, tangen en trekijzers, potjes voor geneeskrachtige kruiden en een paar boeken en stapels papieren onderscheiden; de laatste waren misschien de uitkomsten van medische consulten.

'Zijn ze altijd hierbinnen?' vroeg Dulcibeni.

'Ze zijn hier, ze zijn hier en maken het goed,' zei Tiracorda, druk doende in het kamertje. 'Maar ik zoek alleen een paar leuke dingetjes die ik voor ons twee heb opgeschreven. Ah, hier zijn ze.'

Hij kwam uit het kamertje, zwaaide triomfantelijk met een strook half verkreukeld papier, sloot de geheime deur weer en ging zitten lezen.

'Hoor hier: als een vader zeven dochters heeft...'

En op dat moment bracht Melani tot mijn verbazing zijn handen als de bliksem naar zijn mond. Hij sloot zijn ogen, strekte zich en zette zijn borstkas uit. Toen boog hij wanhopig voorover, met zijn gezicht tussen arm en oksel en met beide handen voor zijn mond. Ik raakte in paniek: ik wist niet of hij gegrepen werd door verdriet, hilariteit of woede.

Toen gaven de angstige, machteloze ogen waarmee hij mij aankeek, mij te verstaan dat Atto elk moment kon niezen.

Ik heb al gelegenheid gehad te memoreren hoe abt Melani die dagen last had van korte, maar onbedwingbare niesbuien. Dit was in mijn herinnering, gelukkig, een van de zeldzame momenten waarop hij het oorverdovende geluid wist in te houden. Even was ik bang dat hij zijn evenwicht zou verliezen en zich tegen de halfopen deur zou laten vallen. Wonderlijk genoeg vond hij steun bij de muur, en het gevaar was bezworen.

Hierdoor hadden we echter, ook al was het maar een paar seconden, niet kunnen luisteren naar Tiracorda en Dulcibeni. De eerste flard conversatie die ik, zodra ik zag dat Atto zichzelf weer meester was, wist op te vangen, bleek even onbegrijpelijk als het voorgaande.

'Veertien?' vroeg Dulcibeni verveeld.

'Acht! En weet u waarom? Een broer is een broer van allemaal. Ha ha ha ha! Ha ha haaaaa!'

Tiracorda had zich overgegeven aan een onbedaarlijke astmatische lach, waaraan zijn gast echter niet deelnam. Zodra de arts bedaarde, probeerde Dulcibeni iets anders aan te snijden.

'En: hoe vond u hem vandaag?'

'Eh, zo zo. Als hij niet ophoudt zich te kwellen, zullen we geen verbetering zien, en dat weet hij. Misschien moeten we de bloedzuigers laten zitten en op een andere manier ingrijpen,' zei Tiracorda, zijn neus ophalend en met een zakdoek de tranen van het lachen afwissend.

'Werkelijk? Ik dacht...'

'Ook ik zou met de gewone middelen doorgaan,' weerlegde de arts, wijzend naar de geheime deur achter zich, 'maar nu weet ik het niet meer zo zeker...'

'Mag ik zo vrij zijn, Giovanni,' onderbrak Dulcibeni hem, 'hoewel het mijn vak niet is: elk middel moet je tijd geven.'

'Dat weet ik, dat weet ik, we zullen zien hoe het verder gaat...' antwoordde de ander afwezig. 'Helaas is monsignor Santucci er niet zo best aan toe en kan hij de patiënt niet verzorgen zoals in de goede oude tijd. Mij is voorgesteld hem te vervangen, maar ik ben te oud. Gelukkig zijn er mensen die op een dag onze plaats in kunnen nemen. Zoals de jonge Lancisi, voor wie ik alles gedaan heb en zal doen om hem vooruit te helpen.'

'Komt hij ook uit de Marche?'

'Nee, hij is hier in Rome geboren. Maar ik heb hem min of meer geadopteerd: eerst was hij leerling van ons college in de Marche, en toen heb ik hem tot mijn assistent benoemd in het hoofdhospitaal van Santo Spirito in Sassia.'

'Dus u overweegt een andere behandeling?'

'We zullen zien, we zullen zien, misschien kan een verblijf op het platteland al voldoende zijn om een verbetering te bewerkstelligen. Tussen haakjes,' zei hij, terwijl hij van het verkreukelde vel papier verder las, 'op een boerderij...'

'Giovanni, luister,' viel Dulcibeni hem met enige opwinding in de rede, 'u weet hoezeer ik onze bijeenkomsten waardeer, maar...'

'Hebt u nog van uw dochter gedroomd?' vroeg de ander bezorgd. 'Het is niet uw schuld, dat heb ik u al duizend keer gezegd.'

'Welnee, dat is het niet. Het is...'

'Ik begrijp het: u zit weer in over de quarantaine. Ik zei u al: het is een dwaasheid. Als de dingen gegaan zijn zoals u me hebt beschreven, dan bestaat er geen gevaar voor besmetting en nog minder voor opsluiting in een lazaret. Uw, hoe-heet-ie-ook-al-weer... Cristogeno, heeft helemaal gelijk.'

'Cristofano, hij heet Cristofano. Maar het gaat om iets anders: volgens mij ben ik onderweg naar u toe in de onderaardse gangen gevolgd.'

'Tja, dat is wel zeker, beste vriend! U bent geschaduwd door een flinke waterrat, ha ha ha! Tussen haakjes, gisteren vond ik er nog één in de stal. Het was zo'n grote,' zei Tiracorda, terwijl hij met zijn korte, ronde armen de maat aangaf.

Dulcibeni zweeg, en ofschoon we zijn gezicht niet konden zien, kreeg ik de indruk dat hij ongeduldig werd.

'Ik weet het, ik weet het,' zei Tiracorda, 'u zit nog steeds in over die kwestie. Maar ik begrijp niet waarom u zich na al die jaren zo kwelt. Is het soms uw schuld? Nee; en toch meent u dat en denkt u: Ach, had ik maar een andere baas gediend! Ach, was ik maar schilder, keukenmeester, dichter, smid of stalknecht geweest! Alles behalve koopman.'

'Inderdaad, soms denk ik dat,' bevestigde Dulcibeni.

'En weet u wat ik dan zeg? Dat u, als het zo gelopen was, ook niet de moeder van uw dochter Maria gekend zou hebben.'

'Dat klopt. Ik zou met veel minder toe hebben gekund: was Francesco Feroni maar niet op mijn weg gekomen.'

'Daar gaan we weer! Weet u zo zeker dat hij het was?'

'Hij was het die de smerige doelstellingen van die smeerlap Huygens steunde.'

'U had ten minste de feiten bekend kunnen maken, om een onderzoek kunnen vragen...'

'Een onderzoek? Ik heb het u al uitgelegd: wie zou ooit het bastaarddochtertje van een Turkse slavin gaan zoeken? Nee, nee, in moeilijke gevallen kan hulp niet komen van de dienders van de Bargello, maar eerder van de galeiboeven, de schurken.'

'En de schurken hebben u gezegd dat er niets aan te doen was.'

'Precies, niets aan te doen: Feroni en Huygens hadden haar meegenomen, naar daarginds waar die ellendeling zat. Ik ben vertrokken om haar te gaan zoeken, maar zonder resultaat. Ziet u de oude zwarte jas die ik draag? Die heb ik sindsdien aan, ik kocht hem in een winkel in de haven toen ik aan het eind van mijn krachten was en alle hoop liet varen; ik zal hem nooit meer uitdoen... Ik heb opnieuw en opnieuw gezocht, ik heb informanten en spionnen over de halve wereld betaald; twee van de besten hebben me uiteindelijk verteld dat er van Maria geen spoor meer was: verkocht of, naar ik vrees, gestorven.'

De twee zwegen een paar ogenblikken. Atto en ik keken elkaar aan, en ik las in zijn ogen dezelfde verbazing en dezelfde vragen.

'Ik zei het u al, het is een troosteloze, hopeloze kwestie,' hervatte Dulcibeni treurig. 'Een drupje van hetzelfde?' vroeg hij vervolgens, terwijl hij een flesje tevoorschijn haalde en op tafel zette.

'Wat een vraag!' zei Tiracorda opverend.

Hij deed de geheime deur opnieuw open en ging dezelfde ruimte binnen. Nadat hij steunend op zijn tenen was gaan staan, strekte hij zich uit naar een plank bij het plafond, en met zijn mollige vingertoppen pakte hij twee glaasjes van fraai groenig glas.

'Het is een wonder: Paradisa heeft mijn nieuwe geheime schuilplaats nog niet ontdekt,' verklaarde hij, terwijl hij het kamertje weer sloot. 'Als ze mijn glaasjes zou vinden, zou ze er een drama van maken. Weet u, met al die obsessies van haar voor wijn, gulzigheid, Satan... Maar nu weer over u: wat is er van Maria's moeder geworden?' vroeg Tiracorda.

'Dat zei ik u al: die was kort voor de ontvoering van het meisje verkocht. En van haar is ook niets meer vernomen.'

'Kon u zich niet tegen haar verkoop verzetten?'

'Ze was van de Odescalchi's, niet van mij, evenals helaas mijn dochter.'

'Tja, u had ook met haar moeten trouwen...'

'Natuurlijk. Maar in mijn positie... met een slavin... enfin,' stamelde Dulcibeni.

'Maar op die manier had u de vaderlijke macht over uw dochter kunnen krijgen.'

'Dat is zo, maar u begrijpt...'

Een glasgerinkel deed ons opschrikken. Dulcibeni vloekte zachtjes.

'Het spijt me, o wat spijt me dat,' zei Tiracorda. 'Hopelijk heeft Paradisa niets gehoord, allemensen, wat een zootje...'

Toen hij een van de twee waskaarsen die de tafel verlichtten verplaatste, had de arts Dulcibeni's flesje omgestoten, dat op de grond in duizend stukken uiteen was gespat.

'Het geeft niet, ik heb er nog wel een in de herberg,' zei Dulcibeni verzoenend, en hij begon de grootste stukken glas van de vloer op te rapen.

'Pas op, u verwondt zich nog. Ik ga een doek pakken,' zei Tiracorda. 'Niet te veel in touw, zoals toen u de Odescalchi's nog diende, ha ha haaaa!'

En grinnikend begaf hij zich naar de halfgeopende deur waarachter wij ons schuilhielden.

We moesten wel in een paar seconden handelen. Terwijl Tiracorda de deur opendeed, drukten wij ons aan weerszijden van de doorgang met onze rug plat tegen de muur. De arts liep langs ons, die daar verstijfd en kaarsrecht van angst stonden, als tussen twee schildwachten door. Hij doorkruiste de hele wachtkamer en verdween door de deur aan de tegenovergestelde kant.

Toen kwam het genie van abt Melani ons te hulp, of misschien zijn ongezonde voorkeur voor uitkijkposten en hinderlagen. Hij gaf een teken en beiden begaven we ons naar voren naar de tegenoverliggende muur, stil en snel als twee muisjes; we drukten ons weer rechts en links van de deur tegen de muur en hadden ditmaal het voordeel dat we ons achter de open deurvleugels van de deur konden verbergen.

'Kijk eens hier,' hoorden we Tiracorda aankondigen, die de doek kennelijk had gevonden.

De hofarts liep de wachtkamer weer in en passeerde Atto en mij opnieuw. Als we aan de overkant gebleven waren, begreep ik toen, hadden we hem voor ons zien verschijnen en was er geen redding geweest.

Tiracorda liep weer de kamer in waar zijn gast op hem wachtte, de deur achter zich op een kier latend. Terwijl de laatste druppel licht op het punt stond door de deur te verdwijnen, zag ik nog net Dulcibeni zitten, die zich naar de deur omdraaide. Met een weifelende frons keek hij het donker van de wachtkamer in en liet zonder het te weten zijn blik op mijn angstige gezicht rusten.

We bleven een paar minuten roerloos staan. In die luttele momenten durfde ik niet eens het zweet van mijn voorhoofd te wissen. Dulcibeni kondigde aan dat hij een ongewone vermoeidheid voelde en besloot afscheid te nemen om weer naar De Schildknaap te gaan. Het was alsof de gemiste heildronk zijn bezoek plotseling van iedere zin had beroofd. We hoorden de twee overeind komen. We vonden niets beters te doen dan ons naar de eerste ruimte te begeven, die uitkwam op de trap, en ons achter de gipsen beelden te verstoppen. Tiracorda en Dulcibeni liepen op korte afstand voorbij, zich onbewust van onze aanwezigheid. Dulcibeni trok voorbij met een lantaarn in de hand die hij zou gebruiken voor de terugkeer naar de herberg, terwijl de arts zich weer aan het verontschuldigen was dat hij de fles had gebroken en daarmee de goede uitkomst van de avond in gevaar had gebracht.

Ze daalden langs de trappen af naar beneden naar de vestibule. We hoorden alleen niet de voordeur opengaan: Dulcibeni, fluisterde Atto, ging vast en zeker via de onderaardse gangen naar De Schildknaap terug, de enig mogelijke manier wegens de wachters die de herberg dag en nacht bewaakten.

Kort daarna ging Tiracorda de trap weer op en liep naar de tweede verdieping. We stonden in het stikdonker, en met de grootst mogelijke voorzichtigheid liepen we naar de keuken en vervolgens naar de stal. We maakten ons op om Dulcibeni te volgen.

'Er is geen gevaar: evenals Stilone Priàso zal hij ons niet ontsnappen,' fluisterde Atto.

Jammer genoeg verliep een en ander totaal anders. Algauw zagen we in gang D het licht van Dulcibeni's lantaarn. De edelman uit de Marche met zijn zware, gezette lijf liep met kalme tred. De verrassing kwam bij de verbinding met gang C: in plaats van rechts af te slaan, naar De Schildknaap, liep Dulcibeni door naar links.

'Dat kan niet,' gebaarde abt Melani.

We liepen een flink stuk door, totdat we op korte afstand waren van de stroom die de gang onderbrak. Verderop heerste duisternis: het was alsof Dulcibeni de olielamp had gedoofd. We hadden geen enkel houvast meer en liepen in den blinde verder.

Uit angst op onze prooi te botsen vertraagden we onze tred en spitsten onze oren. Alleen het ruisen van het onderaardse stroompje was te horen: we besloten verder te gaan.

Abt Melani struikelde en viel, gelukkig zonder gevolgen.

'Geef me voor de duivel die vervloekte lantaarn,' vloekte hij.

Hij ontstak zelf ons lichtje en beiden waren we ontsteld. Op een paar passen van ons af hield de gang op, afgekapt door de rivier. Dulcibeni was verdwenen.

'Waar zullen we beginnen?' vroeg abt Melani geïrriteerd, toen we op de terugweg probeerden een logische volgorde in de laatste gebeurtenissen te vinden. Ik zette kort uiteen wat we hadden vernomen.

Pompeo Dulcibeni was meermalen bij Giovanni Tiracorda, de arts van de paus en zijn stadgenoot uit Fermo, geweest om te discussiëren over mysterieuze zaken waarvan we de kern niet konden vatten. Tiracorda had warrige kwesties aangeroerd van broers en zussen, boerderijen, vier getallen en nog meer taal uitgekraamd waar geen touw aan vast te knopen was...

Tiracorda had bovendien een patiënt in behandeling die enige zorg leek te geven, maar van wie hij hoopte dat hij hem weldra weer in goede gezondheid zou kunnen brengen.

Grote noviteiten hadden we gehoord betreffende Pompeo Dulcibeni: hij had, of beweerde dat althans, een dochter met de naam Maria. De moeder was een slavin, van wie hij weldra ieder spoor was kwijtgeraakt: de vrouw was verkocht.

Pompeo Dulcibeni's dochter was naar zijn zeggen ontvoerd door een zekere Huygens, de rechterhand van ene Feroni (een naam die me eigenlijk niet nieuw in de oren klonk), die daaraan scheen te hebben meegewerkt. Dulcibeni had zich niet tegen deze rat kunnen verzetten en verkeerde in de veronderstelling dat het meisje inmiddels wel dood zou zijn.

'Naar alle waarschijnlijkheid was het verloren meisje,' merkte ik bewogen op, 'de vrouw tot wie Dulcibeni zich denkbeeldig richtte tijdens zijn monoloog, die stakker.'

Maar de abt luisterde al niet meer naar mij.

'Francesco Feroni,' mompelde hij, 'ik ken hem van naam: hij is rijk geworden met de slavenhandel naar de Spaanse koloniën in de Nieuwe Wereld, en daarna is hij in Florence weer in dienst getreden van groothertog Cosimo.'

'Een slavendrijver dus.'

'Inderdaad. Het schijnt dat hij geen man van veel scrupules is: in Florence staat hij nogal in een kwade reuk. En nu ik er weer aan denk, juist over hem en die Huygens deed een tamelijk lachwekkend verhaaltje de ronde. Het probleem was dat Huygens de vertrouwensman van Feroni was en namens hem alle belangrijke, gevoelige zaken leidde.'

'Wat gebeurde er? Heeft Feroni hem weggejaagd?'

'Integendeel: de oude koopman wilde en kon niet zonder hem. Dus ging Huygens door in het familiebedrijf, terwijl Feroni bijna obsessief zijn best deed om, dankzij zijn macht, aan iedere gril van zijn jonge medewerker te voldoen: om hem van zijn dochter af te houden liet hij hem alle vrouwen die hij maar wilde bezitten. Zelfs de prijzigste.'

'En hoe liep het af?'

'Dat weet ik niet, dat is voor ons niet van belang. Maar ik vrees dat Dulcibeni's dochtertje, het arme schepsel, Huygens en Feroni onder ogen is gekomen,' verzuchtte Atto.

Dulcibeni, hervatte hij toen, en dat was de verrassendste ontdekking, had een koopmansverleden in dienst van de Odescalchi's: de familie waaruit de Heilige Vader afkomstig was.

'En kom nu maar met je vragen,' zei Melani, radend dat ik een lange reeks vragen op mijn lippen had.

'Om te beginnen,' zei ik, terwijl we met een kleine buiteling bij gang D belandden, 'wat heeft Dulcibeni precies gedaan voor de familie van de paus?'

'Er zijn verschillende mogelijkheden,' antwoordde Atto. 'Dulcibeni zei "koopman". Maar die benaming is misschien niet juist: een koopman werkt voor zichzelf, terwijl híj een baas had. Voor de Odescalchi's kan hij dus secretaris, boekhouder, schatbewaarder of rentmeester geweest zijn. Misschien heeft hij namens hen reizen gemaakt: decennialang heeft die familie zich in heel Europa beziggehouden met de handel in graan en stoffen.'

'Pater Robleda vertelde me dat ze geld uitlenen tegen rente.'

'Heb je het hierover ook met Robleda gehad? Goed zo, jongen; klopt, inderdaad, vervolgens hebben ze zich teruggetrokken uit de handel en hebben ze zich op het lenen gestort. Ten slotte heb ik gehoord dat ze bijna alles hebben geïnvesteerd door openbare ambten en spaarbrieven te kopen.'

'Signor Atto, wie is de patiënt over wie Tiracorda het had?'

'Dat is de gemakkelijkste vraag. Denk es na: het is een patiënt van wie de ziekte geheim moet blijven, en Tiracorda is de lijfarts van de paus.'

'Goeie genade, dat moet...' waagde ik te concluderen, terwijl ik slikte, 'Zijne Heiligheid Innocentius XI zijn.'

'Volgens mij wel, ja. Toch sta ik ervan te kijken: als de paus ziek wordt, verspreidt het nieuws zich bliksemsnel door de stad. Maar Tiracorda wil het geheimhouden. Kennelijk zijn ze in het Vaticaan bang dat het moment nu te gevoelig is: het is nog niet duidelijk wie er in Wenen winnen zal. Met een verzwakte paus bestaat er in Rome gevaar voor ontevredenheid en chaos; in het buitenland dreigt de moraal van de Turken te verbeteren en die van de christelijke bondgenoten te verslechteren. De narigheid, zoals Tiracorda zei, is dat de paus niet opknapt, zodat er binnenkort een andere behandeling gevolgd zal moeten worden. Daarom mag de zaak niet uitlekken.'

'Maar zijn vriend heeft Tiracorda wel in vertrouwen genomen,' merkte ik op.

'Kennelijk denkt hij dat Dulcibeni zijn mond kan houden. En Dulcibeni zit, evenals wij, in een herberg met quarantaineregime opgesloten: hij heeft vast niet veel gelegenheid om het geheim wereldkundig te maken. Maar interessanter is iets anders.'

'Wat dan?'

'Dulcibeni reisde samen met Fouquet. Nu bezoekt hij de arts van de paus om te discussiëren over mysterieuze zaken: boerderijen, broers en zusters, vier getallen... Ik zou een lief ding willen geven om te begrijpen waar ze ze het over hadden.'

Weer in de buurt van De Schildknaap gekomen zagen we de lijkenpikkers terug in hun archief tussen de ruïnes van de Piazza Navona.

Ik zag dat de twee hun smerige stapel botten weer hadden opgebouwd, die nu nog omvangrijker leek. De lijkenpikkers begroetten onze komst op generlei wijze: ze waren in een druk gesprek verwikkeld en leken ruzie te maken om het bezit van een voorwerp. De overhand kreeg Ciacconio, die met een bruusk gebaar iets uit Ugonio's handen rukte en het Atto Melani met een al te serviele glimlach aanreikte. Het waren een paar stukjes gedroogd blad.

'En wat mag dit zijn?' vroeg Atto. 'Ik kan je niet betalen voor alle flauwekul die je me in de maag wilt splitsen.'

'Het is merkwaarderiger blad,' zei Ugonio, 'om eerder arts dan aards te wezen heb Ciacconio het opgeraperd in der buurt van de dodere, bebloederde ratteren.'

'Een vreemde plant bij dode ratten... eigenaardig,' commentarieerde Atto.

'Ciacconio zeg dat het stinkert op wonderinger wijzer,' vervolgde Ugonio, 'het is een opwindender, aparter en vreemder plant... Kort en breed: om beter dan slechter uit te vallen, hij zadelt u daarmeder op, terwijl zolang voldaan wordt aan de plicht, stijgt de vreugde bij de dopeling.'

Atto Melani pakte een van de bladeren; terwijl hij het bij het licht van de lamp hield om het te bestuderen, herinnerde ik mij plotseling iets.

'Nu ik erover nadenk, signor Atto, volgens mij heb ik in de onderaardse gangen ook dorre bladeren gezien.'

'Dat is fraai,' merkte hij geamuseerd op, 'het stikt hier beneden van de bladeren. Hoe kan dat? Onder de grond groeien geen bomen.'

Ik legde hem uit dat ik, terwijl we Stilone Priàso volgden in de gang, op gebladerte had getrapt, zodat ik bang was dat Stilone mij gehoord zou hebben.

'Sukkel die je bent, dat had je moeten vertellen. In situaties als waarin wij komen te verkeren moet je niets achterwege laten.'

Ik pakte een paar van de brosse stukjes vegetatie en nam mij voor mijn onachtzaamheid weer goed te maken. Aangezien ik niet in staat was Atto te helpen de boerderijen, de broers en zusters en de vier getallen te plaatsen waarover Tiracorda en Dulcibeni in hun onbegrijpelijk gesprek hadden gediscussieerd, zou ik ten minste kunnen proberen erachter te komen van welke plant die dorre bladeren afkomstig waren: zo zouden we misschien de persoon kunnen opsporen die ze in de onderaardse gangen had rondgestrooid.

〜❦〜

We lieten de lijkenpikkers achter in hun drukke werkzaamheden rondom hun botten. Tijdens de terugweg naar de herberg herinnerde ik mij dat ik abt Melani nog niet had verteld van het gesprek dat ik met Devizé had gehad. In de stroom van de recente ontdekkingen was ik het vergeten, bovendien was ik er niet in geslaagd iets belangrijks van de musicus te weten te komen. Ik vertelde

Atto dus van de ontmoeting. Uiteraard liet ik achterwege dat ik de eer van de abt had moeten bekladden om het vertrouwen van de gitarist te winnen.

'Niets belangrijks, zeg je?' riep de abt uit zonder me uit te laten spreken. 'Je zegt dat koningin Maria Theresia contacten heeft onderhouden met de vermaarde Francesco Corbetta, met Devizé, en dat noem jij niets belangrijks?'

Atto Melani's reactie verraste me: de abt leek bijna in paniek. Terwijl ik vertelde, liepen we automatisch verder: plotseling hield hij stil, sperde zijn ogen open en vroeg mij het te herhalen, vervolgens hervatte hij zwijgend de wandeling, toen stopte hij in gedachten verzonken opnieuw. Ten slotte liet hij me alles vanaf het begin recapituleren.

Ik vertelde hem dus wederom dat ik, op weg naar Devizés kamer voor een massage, dat rondo had gehoord dat hij zo vaak speelde en dat vóór de quarantaine begon ook de andere gasten van De Schildknaap zo had gegrepen. Ik had hem gevraagd of hij er de maker van was, en hij had geantwoord dat zijn leermeester, ene Corbetta, de melodie van dat rondo op een van zijn vele reizen had gehoord. Corbetta had het wat bewerkt en ten geschenke gedaan aan de koningin; zij had vervolgens de tabulatuur aan Devizé overhandigd, die er op zijn beurt deels iets aan had bijgeschaafd. Het was kortom niet meer na te gaan van wie de muziek nu was, maar het was wel duidelijk door welke handen ze was gegaan.

'Weet jij wie Corbetta was?' vroeg de abt met ogen die spleetjes geworden waren, en iedere lettergreep benadrukkend.

De Italiaan Francesco Corbetta, legde hij uit, was de grootste van alle gitaristen geweest. Mazarin had hem naar Frankrijk geroepen om muziekonderwijs te geven aan de jonge Lodewijk XIV, die dol was op de klank van de gitaar. Zijn naam was snel gevestigd en de koning van Engeland, Karel II (eveneens een gitaarliefhebber), had hem meegenomen naar Londen, hem een goed huwelijk bezorgd en hem verheven onder zijn Engelse collega's. Maar behalve dat hij een uitstekend musicus was, was Corbetta ook wat bijna niemand wist: een zeer bekwaam schrijver van geheimschrift.

'Schreef hij brieven in geheimschrift?'

'Beter nog: hij componeerde muziekstukken in geheimschrift, en daarin verborg hij geheime boodschappen.'

Corbetta was een buitengewoon iemand: charmant en intrigerend, een verstokt speler, had hij een groot deel van zijn leven gereisd tussen Mantua, Venetië, Bologna, Brussel, Spanje en Holland, waarbij hij ook in enkele schandalen verwikkeld raakte. Hij was net twee jaar eerder op zestigjarige leeftijd overleden.

'Misschien dat hij ook niet neerkeek op het beroep van... van adviseur naast dat van musicus?'

'Welnu, ik zou inderdaad zeggen dat hij nauw betrokken was bij de politieke kwesties van de landen die ik heb genoemd,' zei Atto Melani, daarmee toegevend dat Corbetta zich voor spionagezaken geleend moest hebben.

'En daarvoor gebruikte hij gitaartabulaturen?'

'Ja, maar dat was zeker geen uitvinding van hem. In Engeland schreef de beroemde John Dowland, de luitist van koningin Elizabeth, zijn muziekstukken zó dat zijn bazen er geheime informatie mee konden verzenden.'

Atto Melani deed er even over om mij ervan te overtuigen dat het muziekschrift betekenissen kan bevatten die geheel extrinsiek zijn aan de klankkunst. En toch was het altijd al zo: de regerende vorsten en zelfs de Kerkelijke Staat namen al eeuwen hun toevlucht tot de muziekcryptografie. En het onderwerp was welbekend bij alle mensen uit het vak. Om een voor iedereen begrijpelijk voorbeeld te geven, zei hij: in de *De furtivis literarum notis* had Della Porta een overvloed aan systemen toegelicht waarmee je in het muziekschrift geheime boodschappen van elke soort en lengte kon verbergen. Met de juiste sleutel, bijvoorbeeld, kon je iedere letter van het alfabet in verband brengen met een muzieknoot. De opeenvolging van noten op de notenbalk zou op die manier aan degene die de sleutel bezat woorden en hele zinnen onthullen.

'Zo creëer je echter het probleem van de *saltus indecentes*, oftewel de onaangename dissonanten en enharmonieken, die reeds ictu oculi degene die de muziek toevallig leest argwanend kunnen maken. Er is iemand die toen verfijndere systemen heeft uitgedacht.'

'Wie dan?'

'Niemand minder dan onze Kircher, in de *Musurgia universalis* bijvoorbeeld. In plaats van iedere noot een letter toe te kennen verdeelde hij het alfabet over de vier stemmen van een madrigaal of een orkest, teneinde de muziekmaterie beter te kunnen regelen en de compositie minder hoekig en onaangenaam te maken: iets wat, in het geval dat de boodschap werd onderschept, iedereen argwanend zou maken. Verder zijn oneindige manipulaties mogelijk van de gezongen tekst en de in te zetten noten. Een voorbeeld: als de muzieknoot van de tekst – *fa*, *la* of *re* – samenvalt met de tekst, dan worden alleen die lettergrepen in overweging genomen. Of je kunt het omgekeerde doen, door alleen de rest van de gezongen tekst te bewaren, die op dat punt zijn verborgen betekenis zal aantonen. En Corbetta zal zeker op de hoogte zijn geweest van deze vernieuwing van Kircher.'

'Denkt u dat Devizé van Corbetta behalve het gitaarspel deze... kunst van heimelijk communiceren heeft opgestoken?'

'Aan het hof van Parijs wordt gefluisterd dat dat inderdaad zo is. Te meer omdat Devizé niet alleen de favoriete leerling van Corbetta was, maar vooral ook een goede vriend van hem.'

Die Dowland, Melani, Corbetta en misschien ook wel zijn leerling Devizé: ik begon onderhand het vermoeden te krijgen dat muziek onlosmakelijk verbonden was met spionage.

'Nog daargelaten,' vervolgde abt Melani, 'dat Corbetta Fouquet goed kende, omdat hij tot aan 1660 gitarist aan het hof van Mazarin was; alleen emigreerde Corbetta in dat jaar naar Londen, hoewel hij wel heel vaak heen en weer pendelde tussen Londen en Parijs, waar hij zo'n tien jaar later definitief naar terug zou keren.'

'Maar dan,' concludeerde ik zonder mijn eigen woorden haast te willen geloven, 'zou in dat rondo ook een geheime boodschap kunnen schuilgaan.'

'Rustig, rustig, eerst de rest: je vertelde me dat het rondo door Corbetta aan koningin Maria Theresia is geschonken, die het op haar beurt aan Devizé zou hebben gegeven. Welnu, dit verschaft mij andere kostbare informatie: ik had geen idee dat de koningin betrekkingen onderhield met twee gitaristen. De kwestie is zo nieuw dat ik aarzel het te geloven.'

'Dat begrijp ik,' onderbrak ik. 'Maria Theresia leidde zowat een kloosterleven...'

Ik berichtte hem zo de lange monoloog waarmee Devizé me de vernederingen had beschreven waar de allerchristelijkste koning zijn arme echtgenote aan onderwierp.

'Kloosterleven?' zei Atto uiteindelijk. 'Dat woord zou ik niet willen gebruiken,' weerlegde hij liefjes.

En hij legde mij uit dat Devizé mij een misschien te zuiver portret had geschetst van de overleden koningin van Frankrijk. Toen hij me sprak was het in Versailles nog mogelijk een jong mulattenmeisje te ontmoeten dat curieus genoeg op de dauphin leek. De verklaring van dat fenomeen ging terug tot twintig jaar daarvoor, toen de gezanten van een Afrikaanse staat aan het hof hadden gelogeerd. Om hun toewijding aan de gemalin van Lodewijk XIV te tonen, hadden de gezanten de koningin een kleine zwarte page geschonken met de naam Nabo.

Een paar maanden later, in 1664, had Maria Theresia het leven geschonken aan een bloeiend, pittig meisje met een donkere huid. Toen het wonder zich voltrokken had, bezwoer de koninklijke arts Félix de koning dat de kleur van de boreling een tijdelijk probleem was, te wijten aan de congestie tijdens de bevalling. Met het verstrijken der dagen echter zag het er niet naar uit dat de huid van het meisje lichter zou worden. De koninklijke arts zei toen dat misschien te aanhoudende blikken van een hofnegertje de zwangerschap van de koningin had geschaad. 'Een blik?' had de koning geantwoord. 'Die moet dan wel heel doordringend zijn geweest!'

Een paar dagen later liet Lodewijk xiv het pagetje Nabo met grote discretie ter dood brengen.

'En Maria Theresia?'

'Die zweeg. Ze verblikte of verbloosde niet. Sterker nog, ze liet zich helemaal niet zien. Hoe dan ook had men nooit iets uit de koningin kunnen krijgen, behalve woorden van goedheid en vergeving. Ze heeft altijd gedaan alsof ze elk dingetje aan de koning overbracht om hem haar trouw te bewijzen, ook al waagde hij haar zijn maîtresses als gezelschapsdame toe te wijzen. Het was alsof Maria Theresia alleen maar kleurloos, mat, bijna zonder eigen wil naar voren kon treden. Ze was te goed. Veel te goed.'

De zinsnede van Devizé schoot me weer te binnen: het was een vergissing om Maria Theresia alleen naar de uiterlijke schijn te beoordelen.

'Denkt u dat ze huichelde?' vroeg ik toen.

'Ze was een Habsburgse. En Spaanse. Twee zeer trotse rassen, en alle twee doodsvijanden van haar man. Hoe denk je dat Maria Theresia van Oostenrijk zich voelde, beschimpt op Franse bodem? Haar vader hield zielsveel van haar, en stemde er alleen mee in haar te verliezen om de vrede van de Pyreneeën te sluiten. Ik was op het Fazenteneiland, jongen, toen Frankrijk en Spanje het verdrag tekenden en besloten tot het huwelijk van Lodewijk en Maria Theresia. Toen koning Filips van Spanje moest scheiden van zijn dochter, en hij wist dat hij haar nooit meer zou zien, omhelsde hij haar en huilde als een kind. Het was bijna gênant om een koning zich zo te zien gedragen. Aan het banket dat op het verdrag volgde, een van de weelderigste die ik ooit heb gezien, raakte hij haast geen voedsel aan. En 's avonds, voor hij zich terugtrok, hoorde men hem kreunend tussen zijn tranen door zeggen: "Ik ben een gestorven man" en andere zottenpraat.'

Ik keek van Melani's woorden op: nooit had ik gedacht dat de machtige vorsten, die het lot van Europa in hun hand hadden, zo bitter konden lijden om het verlies van een dierbare.

'En Maria Theresia?'

'Eerst deed ze zoals altijd of er niets aan de hand was. Ze had meteen duidelijk gemaakt dat haar verloofde haar beviel; ze lachte, converseerde beminnelijk en betoonde zich ingenomen met het vertrek. Maar die nacht hoorden we haar allemaal vanuit haar kamer gekweld schreeuwen *Ay mi padre, mi padre!*'

'Dan staat vast: ze was een huichelaarster.'

'Precies. Ze huichelde haat en liefde, en ze veinsde medelijden en trouw. En dus behoeft het geen verbazing te wekken als niemand wist van de hoffelijke uitwisselingen van tabulaturen tussen Maria Theresia, Corbetta en Devizé. Wellicht is alles onder de ogen van de koning gebeurd!'

'En denkt u dat koningin Maria Theresia de gitaristen heeft gebruikt om boodschappen te verbergen in hun muziek?'

'Het is niet onmogelijk. Ik herinner me ooit, jaren geleden, iets over het genre gelezen te hebben in een Hollandse courant. Het was een broodschrijversstukje, gepubliceerd te Amsterdam, maar geschreven in het Frans om gif te verspreiden over de Franse koning. Het ging over een jonge hoveling uit Parijs, Belloc geheten, meen ik, die voordrachtstukken schreef die daarna aan de balletten werden toegevoegd. In zijn verzen werden in cijferschrift de verwijten en kwellingen van de koningin om het bedrog van de koning verwerkt, en de opdrachtgeefster was Maria Theresia zelf.'

'Signor Atto,' vroeg ik hem toen, 'wie is Mademoiselle?'

'Waar heb je die naam gehoord?'

'Ik heb hem gelezen in de kantlijn boven aan de tabulatuur van Devizé. Er stond: *à Mademoiselle.*'

Ofschoon het diffuse schijnsel van de lantaarn vrij zwak was, zag ik abt Melani wit wegtrekken. En plotseling las ik in zijn ogen de angst waardoor hij al een paar dagen stilletjes werd verteerd.

Ik vertelde hem de rest van mijn ontmoeting met Devizé: hoe ik per ongeluk de tabulatuur van het rondo had besmeurd met vet en hoe ik, in een poging om het blad schoon te maken, de opdracht à Mademoiselle had gelezen. Ik vertelde hem ook de weinige dingen die Devizé me over Mademoiselle had gezegd: dat ze een nicht van de koning was, die haar vanwege haar opstandige verleden had veroordeeld een oude vrijster te blijven.

'Wie is Mademoiselle, signor Atto?' herhaalde ik.

'Het is niet belangrijk wie ze is, maar met wie ze is getrouwd.'

'Getrouwd? Maar moest ze niet voor straf een oude vrijster blijven?'

Atto legde uit dat het wat ingewikkelder lag dan zoals Devizé het had beschreven. Mademoiselle, die eigenlijk Anne Marie Louise heette en zich hertogin de Montpensier mocht noemen, was de rijkste vrouw van Frankrijk. Maar geld was voor haar nooit voldoende: ze wilde krankzinnig genoeg met een koning trouwen, en Lodewijk XIV had zich geamuseerd door haar leven te verpesten en haar een huwelijk te verbieden. Uiteindelijk was Mademoiselle van gedachte veranderd: ze zei dat ze geen koningin wilde worden en niet wilde eindigen als Maria Theresia, onderworpen aan een wrede koning in een ver land. Met haar ruim vierenveertig jaar werd ze toen verliefd op een obscuur heertje uit de provincie: een arme, jongere zoon uit de Gascogne die nergens voor deugde en jaren daarvoor het geluk had gehad om aardig te worden gevonden door de koning, zijn fuifmaatje te worden en uiteindelijk benoemd te worden tot graaf de Lauzun.

Lauzun was een waardeloze verleider, zei Atto minachtend, en hij had Mademoiselle ingepalmd om haar geld. Maar uiteindelijk had de koning met het huwelijk ingestemd. Lauzun evenwel, een en al verwaandheid, wilde festiviteiten een koninklijk huwelijk waardig. 'Zoals van kroon tot kroon,' herhaalde hij opgeblazen van trots tegenover zijn vrienden. En zo, terwijl het huwelijk vertraging opliep door de vele voorbereidingen, kon Lodewijk zich bedenken en hij verbood het huwelijk. De twee verloofden smeekten, bezwoeren, dreigden. Ze bereikten niets en moesten in het geheim trouwen. De koning ontdekte het en zo begon de ondergang van Lauzun, die in de gevangenis belandde, in een vesting mijlenver van Parijs vandaan.

'Een vesting...' herhaalde ik, terwijl ik het begon te begrijpen.

'In Pinerolo,' maakte de abt het af.

'Samen met...'

'Precies, samen met Fouquet.'

Tot op dat moment, legde Melani uit, was Fouquet de enige gevangene van de enorme vesting geweest. Maar hij kende Lauzun al, want die had de koning begeleid naar Nantes om hem te arresteren. Toen Lauzun naar Pinerolo werd gevoerd, teerde de minister al negen jaar weg in zijn cel.

'En hoe lang bleef Lauzun er?'

'Tien jaar.'

'Dat is wel heel lang!'

'Het had hem erger kunnen vergaan. De koning had de duur van zijn straf niet vastgesteld en had hem naar believen vast kunnen houden.'

'Hoe komt het dat hij hem na tien jaar heeft vrijgelaten?'

Dat was een raadsel, zei Atto Melani. Het enige dat vaststond, was dat Lauzun precies een paar maanden na Fouquets verdwijning werd vrijgelaten.

'Signor Atto, ik begrijp er niets meer van,' zei ik, terwijl ik het trillen van mijn ledematen niet kon beteugelen. We waren inmiddels, smerig en verkild, bijna terug in de herberg.

'Arme jongen,' zei abt Melani meelevend, 'in een paar nachten heb ik je gedwongen de halve geschiedenis van Frankrijk en Europa te leren. Maar het heeft allemaal zin! Als jij nu journaalschrijver was geweest, had je voor de komende drie jaar stof genoeg.'

'Maar te midden van al die raadsels begrijpt u evenmin iets van onze situatie,' waagde ik te weerleggen, moedeloos en hijgend. 'Hoe meer we ons best doen er iets van te begrijpen, hoe ingewikkelder het wordt. Ik weet ook wel: het gaat u er alleen om te begrijpen waarom de allerchristelijkste koning twintig jaar geleden uw vriend Fouquet liet veroordelen. Maar mijn pareltjes zijn voor altijd weg.'

'Tegenwoordig raadpleegt iedereen elkaar over de raadsels van het verleden,' legde abt Melani mij streng het zwijgen op, 'want die van het heden zijn te beangstigend. Maar jij en ik zullen zowel die van het heden als die van het verleden oplossen. Dat beloof ik je.'

Al te gemakkelijke woorden, vond ik. Ik probeerde tegenover de abt samen te vatten wat we in amper zes dagen van gedwongen samenleven in De Schildknaap hadden opgestoken. Een paar weken eerder was minister Fouquet in gezelschap van twee heren in onze herberg aangekomen. De eerste, Pompeo Dulcibeni, kende het systeem van onderaardse gangen en gebruikte het om naar dokter Tiracorda, zijn streekgenoot, te gaan, die op dat moment de paus onder behandeling had. Bovendien had Dulcibeni een dochter bij een Turkse slavin die was ontvoerd door een zekere Huygens, gesteund door ene Feroni toen Dulcibeni in dienst was van de Odescalchi's, oftewel de familie van de paus.

De tweede begeleider van Fouquet, Robert Devizé, was een gitarist met onduidelijke betrekkingen met de koningin van Frankrijk, Maria Theresia, en was leerling van Francesco Corbetta, een intrigerend personage die het rondo dat we Devizé steeds hoorden spelen, had geschreven en voor zijn dood aan Maria Theresia geschonken. De muziek van het rondo had echter als opdracht *à Mademoiselle*, de nicht van de Franse koning en de vrouw van graaf de Lauzun. De laatste was tien jaar lang de medegevangene van Fouquet geweest in Pinerolo, voordat de minister stierf...

'*Ontsnapte* zul je bedoelen,' corrigeerde Atto mij, 'aangezien hij hier in De Schildknaap is gestorven.'

'Klopt. En verder...'

'En verder zijn er een jezuïet, een voortvluchtige Venetiaan, een hoer, een drankzuchtige waard, een Napolitaanse astroloog, een Engelse vluchteling en een Siënese arts annex sloper van arme weerloze zielen, zoals al zijn vakgenoten.'

'En de twee lijkenpikkers,' voegde ik eraan toe.

'O ja, die twee monsters. Ten slotte wij tweeën, die ons suf piekeren, terwijl iemand in de herberg de pest heeft en wij in de onderaardse gangen bladzijden uit de bijbel vinden onder het bloed, kannetjes vol bloed, ratten die braken van het bloed... te veel bloed, als je er goed over nadenkt.'

'Wat zal dat betekenen, signor Atto?'

'Goeie vraag. Hoe vaak moet ik het je nog zeggen? Denk altijd aan de raven en de adelaar. En gedraag je als een adelaar.'

Op dat moment stonden we op het punt om de trap op te klauteren die naar het geheime kamertje van De Schildknaap leidde, en kort daarna gingen we uiteen met een afspraak voor de volgende dag.

Zevende dag
17 september 1683

Ook in die dagen vol emoties schoot mij soms weer een stichtelijke imperatief te binnen die de bejaarde vrouw die me liefdevol had gevormd en onderwezen, placht op te dreunen: nooit halverwege een boek ophouden.

In gedachten waarschijnlijk op die verstandige regel gericht besloot ik de volgende ochtend de lectuur van het astrologieblaadje van Stilone Priàso te voltooien. Mijn gewetensvolle opvoedster zat er niet naast: beter geen boek gelezen dan slechts een deel, zodat je je maar een deel herinnert en een verkeerd oordeel vormt. Misschien zouden de volgende bladzijden mij helpen, bedacht ik, om de betekenis van de duistere machten die ik tot dan toe had toegeschreven aan het mysterieuze boekje tot de juiste proporties terug te brengen.

Bij het wakker worden was ik niet meer zo uitgeput als de ochtenden daarvoor; ik had voldoende kunnen slapen na die mallemolen van achtervolgingen en de vlucht die ons ertoe gebracht had Dulcibeni vanuit Tiracorda's huis te schaduwen en opnieuw heel gang C tot aan het onderaardse riviertje te volgen. En vooral na de verrassende ontdekkingen omtrent Devizé (en diens raadselachtige rondo) waartoe de abt en ik op de terugweg naar de herberg waren gekomen.

Mijn hoofd weigerde opnieuw na te denken over die ingewikkelde geschiedenis. Daarom zag ik dit als een goede gelegenheid om het astrologieblaadje uit te lezen dat de lijkenpikkers Stilone Priàso hadden ontfutseld: ik bewaarde het nog steeds onder mijn matras.

Dat werkje met voorspellingen leek met precisie de gebeurtenissen van de laatste maanden te hebben voorzegd. Maar nu wilde ik weten wat de toekomst voor ons in petto had.

Ik las daarom de voorspellingen voor de derde week van de maand september: de dagen die zouden volgen.

'De voorspellingen die uit de sterren moeten worden afgeleid zullen deze week in de eerste plaats worden gegeven door Mercurius, als ontvanger van de twee Hemellichten in zijn domicilie, die, om opnieuw in het Derde huis met de Zon te staan, reizen van vorsten, veel koerierbezoek en verscheidene koninklijke gezantschappen belooft.
Jupiter en Venus in conjunctie proberen in het vurige driehoeksaspect een vergadering van deugdzame lieden samen te brengen om te onderhandelen over een verbond, of over een belangrijke vrede.'

Meteen viel mijn oog op *reizen van vorsten en veel koerierbezoek* en op *koninklijke gezantschappen*, en ik koesterde geen enkele twijfel: het ging om de berichten waarin de uitkomst van de slag van Wenen, die op dat moment op het beslissende punt was gekomen, bekend werd gemaakt.

Weldra zouden de horden boodschappers te paard, misschien geleid door de koningen en vorsten zelf die aan de strijd hadden deelgenomen, Europa doorreizen om de uitslag binnen drie dagen naar Warschau, binnen vijf naar Venetië, binnen acht of negen naar Rome en Parijs, en binnen nog meer dagen naar Londen en Madrid te brengen.

Wederom had de schrijver van het blaadje in de roos geschoten: niet alleen had hij de grote slag voorzien, maar tevens de koortsachtige verspreiding van het nieuws daags na de eindstrijd.

En was *de vergadering van deugdzame lieden om te onderhandelen over een belangrijke vrede* waarvan het astrologiekrantje repte, niet het vredesverdrag dat stellig bezegeld zou worden tussen winnaars en overwonnenen?

Ik las voorts over de vierde en laatste week van september:

Slechte berichten over de zieken zouden in deze vierde week vernomen kunnen worden, daar de Zon beschikt over het Zesde huis; hij heeft de behandeling gegeven aan Saturnus en daarom zullen vierdendaagse koortsen, vloeiingen, waterzucht, zwellingen, heupjicht, voetjicht en pijn door nierstenen heersen. Over het Achtste huis beschikt echter Jupiter, die weldra veel patiënten gezondheid zal geven.

Dus er zouden nog meer gevaren voor de gezondheid komen: koortsen, stoornissen in de circulatie van de lichaamssappen, overtollig vocht in de maag, pijn in de botten, benen en ingewanden.

Allemaal ernstige gevaren, maar volgens het krantje niet onoverkomelijk. Het ergste moest nog zijn opwachting maken:

'Zeer gewelddadig zouden de eerste waarschuwingen van deze week kunnen aankomen, daar ze verzonden worden door Mars als heer van de Ascendant, die, om in het Achtste huis te staan, ons de dood zou kunnen laten voelen van mensen door middel van gif, ijzer en vuur, oftewel vuurwapens. Saturnus in het Zesde huis, de beschikker over het Twaalfde, belooft de dood van enkele opgesloten heren.'

Bij de laatste woorden stokte mijn adem. Ik wierp het krantje ver van mij vandaan, en met gebalde vuisten richtte ik een droeve smeekbede tot de Hemel. Misschien had geen enkele lectuur in mijn leven een dieper stempel op mijn ziel achtergelaten dan die paar cryptische regels.

Er werden *gewelddadige* gebeurtenissen voorbereid, zoals *de dood van mensen door middel van gif, ijzer en vuur, oftewel vuurwapens*. De dood was voorbestemd voor *opgesloten heren*: sommige gasten van De Schildknaap waren echte heren, en we waren allemaal *opgesloten* wegens quarantaine!

Mocht ik ooit nog een bewijs nodig hebben dat dat krantje (dat duivelse werkje!) op de waarheid vooruitliep, dan had ik het nu: het ging over ons, die opgesloten zaten in De Schildknaap vanwege de pest, en over de dood van enkele heren onder ons.

Een gewelddadige dood, ook door gif: was minister Fouquet ook niet vergiftigd?

Ik wist dat het een goed christen niet paste te bezwijken voor wanhoop, zelfs niet in de meest tragische tegenspoed. Maar ik zou liegen als ik zei dat ik die ongehoorde onthullingen met mannelijke waardigheid het hoofd had geboden. Ik voelde mij, zoals mij ondanks mijn status van vondelingetje misschien nooit was overkomen, overgeleverd aan de sterren die wie weet sinds hoeveel eeuwen, misschien wel sinds het ontstaan van hun baan, over mijn lot hadden besloten.

Overmand door angst en wanhoop pakte ik de oude rozenkrans die ik had gekregen van de vrome vrouw die mij had opgevoed, kuste hem vurig en stak hem in mijn zak. Ik zei drie paternosters en merkte dat ik in mijn vrees voor de sterren had getwijfeld aan de goddelijke Voorzienigheid, die ieder goed christen als zijn enige Heer zou moeten erkennen. Ik voelde de diepe behoefte om mijn ziel te zuiveren en de troost van het geloof te ontvangen: dit was het moment om tegenover God de biecht af te leggen. En in de herberg was er God zij dank iemand die me daarin kon bijstaan.

'Welaan, kom binnen, zoon, je doet er goed aan om in deze moeilijke momenten je ziel te reinigen.'

Toen hij de reden van mijn bezoek had gehoord, ontving pater Robleda mij met grote welwillendheid in zijn kamertje. Het geheim van de biecht maakte mijn hart en tong los, en met een vurige inbreng eerde ik het sacrament.

Toen hij mij de absolutie had gegeven, vroeg hij mij naar de oorsprong van zoveel schuldige twijfel.

Ik zweeg over het blaadje, herinnerde Robleda eraan dat hij een tijd terug met mij had gesproken over de voorspellingen betreffende de engelpaus, en zei dat ik door dat gesprek lang had nagedacht over het thema van het lot en de predestinatie. Tijdens die overpeinzingen was me te binnen geschoten dat volgens sommigen de invloed van de sterren de dingen op aarde kan bepalen, die aldus adequaat kunnen worden voorspeld. Ik wist dat de Kerk deze veronderstelling verwierp en dat die tot de te veroordelen doctrines behoorde; dokter Cristofano verzekerde mij echter dat astrologie voor de medische praktijk veel vermag, en dus iets goeds en nuttigs is. Daarom had ik, kampend met die tegengestelde uitspraken, bedacht om Robleda uitkomst en advies te vragen.

'Goed zo, jongen, je moet je altijd tot de Heilige Moederkerk wenden om de veelvormige onzekerheden van het bestaan aan te kunnen. Ik begrijp dat jij hier in de herberg, met dit reizigersverkeer, meermalen hebt horen praten over de illusies die magiërs, astrologen en tovenaars van allerlei alooi aan simpele zielen slijten. Maar je moet aan hun praatjes geen gehoor geven. Er bestaan twee soorten astrologie: een valse en een ware. De eerste probeert op basis van de geboortedatum van de mensen hun toekomstige lotgevallen en gedragingen te voorspellen. Het is, zoals je weet, een leugenachtige, ketterse leer, die al tijden verboden is. Verder heb je de ware, goede astrologie, die door observatie van de natuur probeert de kracht van de sterren te onderzoeken om kennis te verwerven en niet om te voorspellen. En dat de sterren de dingen in dit ondermaanse beïnvloeden staat als een paal boven water.'

In de eerste plaats, argumenteerde Robleda, blij zijn mond te kunnen roeren en met zijn kennis te kunnen pronken, had je eb en vloed, bij iedereen bekend en veroorzaakt door de geheime kracht van de maan. Op dezelfde wijze moest je spreken over de metalen in de diepste aardlagen, waar geen zonlicht of zonnewarmte komt, en die dus gevormd moeten worden dankzij de geheime invloeden van de sterren. En veel andere ervaringen (die hij *ad abundantiam* zou kunnen memoreren) zijn moeilijk te verklaren zonder de tussenkomst van hemelse invloeden aan te nemen. Zelfs het bescheiden poleiplantje bloeit, voorzover Cicero in *De divinatione* meedeelt, alleen op de dag van de winterzonnewende, de kortste van heel het jaar. Andere bewijzen van de macht van hemelse objecten over de aardse komen uit de meteorologie: bij het opkomen en dalen van de zeven sterren aan het hoofd van het sterrenbeeld Stier, die door de Grieken Hyaden worden genoemd, pleegt er overvloedige regen te vallen. En wat te zeggen van de dieren? Het is bekend dat bij afnemende en wassende maan oesters, krabben en soortgelijke dieren aan levenskracht inboeten. Het was trouwens waar wat Cristofano zei: reeds Hippocrates en andere deskundige artsen wisten dat er bij zonnewenden en dag-en-nachteveningen dramatische veranderingen optreden bij ziekten. Met dat alles, zei de jezuïet, was de engelendokter, de heilige Thomas, het eens, verder Aristoteles in de *Meteoren* en tal van filosofen en schrijvers, onder wie Domingo de Soto, Javelli, Domenico Bagnes, Capreolus en nog anderen, en nog veel meer had ik kunnen vernemen als ik maar *De ware en valse astrologie* had kunnen lezen, het wijze, ware werk van zijn medebroeder Giovanni Battista Grassetti, dat een paar maanden eerder van de persen was gekomen.

'Maar als de goede astrologie, zoals u zegt, niet strijdig is met wat de christelijke godsdienst leert,' wierp ik tegen, 'dan zou er een christelijke astrologie moeten bestaan.'

'Die bestaat ook,' antwoordde Robleda, inmiddels voldaan over zijn vertoon van wijsheid, 'en het is zonde dat ik hier niet de *Verrijkte Christelijke Dierenriem oftewel de twaalf tekens van de Goddelijke Predestinatie* bij me heb, een boek van een zeer zuivere leer, te danken aan het vernuft van mijn medebroeder Geremia Drexelio en bijna veertig jaar geleden in deze heilige stad gepubliceerd.'

In dat werk, legde Robleda uit, werden de twaalf tekens van de traditionele astrologie uiteindelijk vervangen door evenzovele symbolen van de Enige Ware Godsdienst: een brandende altaarkaars, een schedel, de gouden hostiekelk van de eucharistie, een kaal, onbedekt altaar, een rozenplant, een vijgenboom, een tabaksplant, een cipres, twee stokken die bijeengehouden werden door een krans olijven, een zweep met roeden, een anker en een citer.

'En dat zouden de christelijke dierenriemtekens zijn?' vroeg ik, verbazing voorwendend.

'Meer nog: elk ervan is het symbool van de eeuwige waarden van het geloof: de brandende altaarkaars vertegenwoordigt het innerlijk licht van de onsterfelijke ziel, zoals beschreven in *Lucerna predibus meis verbum tuum et lumen semitis meis*, de schedel is het symbool van de overpeinzing van de dood, de gouden hostiekelk verbeeldt de biecht en de communie, het altaar... kijk, je laat iets vallen.'

Terwijl ik mijn rozenkrans uit mijn zak haalde, viel een van de blaadjes die Ugonio en Ciacconio hadden gevonden en die ik in dezelfde zak had zitten, op de grond.

'O, da's niks,' probeerde ik te liegen. 'Het is een... een eigenaardige specerij die ik een paar weken geleden heb gekregen op de markt van de Piazza Navona.'

'Geef es hier,' zei Robleda, een van de blaadjes bijna uit mijn hand rukkend. Verbaasd draaide hij het meermalen om en om in zijn handen.

'Dat is eigenaardig,' zei hij ten slotte. 'Hoe zou het hier terecht gekomen zijn?'

'Waarom?'

'Het is een plant die niet in Europa groeit. Hij komt van ver, uit West-Indië, Peru.'

'En hoe heet-ie?'

'Mamacoca.'

Pater Robleda vertelde me het verrassende verhaal van de mamacoca, een ongewoon plantje dat veel aan belang zou winnen door de gebeurtenissen van de daaropvolgende dagen.

Van aanvang leerde hij me dat men, toen West-Indië veroverd was en de plaatselijke wilden (volgelingen van valse godsdiensten en vloekers) waren verslagen, alsmede door de jezuïetenmissionarissen het heilige werk van de evangelisatie was begonnen, meteen overging op het bestuderen van de talloze plantenvariëteiten in de Nieuwe Wereld. Een onmetelijk universum: terwijl de toch oude en gezaghebbende *De materia medica* van Dioscorides in totaal driehonderd planten vermeldde, had de arts Francisco Hernández in de zeventien delen van zijn *Historia natural de las Indias* meer dan drieduizend plantensoorten geteld.

De schitterende ontdekkingen werden afgewisseld door ernstige hinderlagen. Voor de kolonisten was het onmogelijk onderscheid te maken tussen planten en drogerijen, tussen kruidendranken en vergiften, en onder de inheemse bevolking tussen artsen en magiërs. De dorpjes wemelden van de tovenaars die zwoeren dankzij de krachten van kruiden en wortels de duivel te kunnen oproepen of de toekomst te voorspellen.

'Net als de astrologen!' riep ik uit, in de hoop een verband te ontdekken met de gebeurtenissen die De Schildknaap hadden getroffen.

'Welnee, hier heeft astrologie niets mee van doen,' antwoordde Robleda, mijn verwachtingen teleurstellend. 'Ik heb het over veel ernstiger zaken.'

Volgens de tovenaars kon elke plant op twee manieren worden gebruikt: om een ziekte te behandelen of om de duivel te zien. En in Indië leken er vooral veel planten te zijn die voor het tweede doel geschikt waren.

De donanacal (zo leek me dat pater Robleda de exotische naam uitsprak), die door de inboorlingen 'schitterende paddestoel' werd genoemd, werd in staat geacht iemand in gemeenschap met Satan te brengen. Hetzelfde vermoeden rustte op de olyucizaden en op een cactus, peyote genaamd. Een plant met de naam pate werd door de tovernaars gebruikt om naar de bedrieglijke orakels van de Hel te luisteren.

De inquisitie besloot vervolgens de landbouwvelden met de verboden planten in brand te steken, en af en toe ook een paar tovenaars. Maar de velden waren te groot en de tovenaars te talrijk.

'Men begon te vrezen voor de onaantastbaarheid van de christelijke leer!' siste Robleda met sombere stem, het mamacoblaadje onder mijn neus zwaaiend alsof hij me wilde waarschuwen tegen de Boze.

Vanwege die vervloekte planten, hervatte hij zijn relaas, verwensten zelfs de gekerstende en gedoopte wilden de heilige naam van de kerkleraren. Er verspreidden zich kortom nieuwe, ongewone en uiterst gevaarlijke ketterijen.

'Je had zelfs mensen die nieuwe evangeliën leerden,' vervolgde hij, een kruis slaand. 'Er werd gezegd dat Christus, toen hij volwassen werd, moest vluchten omdat de duivels hem hadden aangevallen om hem zijn ziel af te pakken. Toen Maria weer thuiskwam en haar zoon niet aantrof, klom ze op een ezeltje en ging op zoek. Weldra echter raakte ze de weg kwijt, ging een bos in en voelde door honger en wanhoop de moed in haar schoenen zinken. Jezus zag haar in die toestand en kwam haar te hulp: hij zegende een mamacoheester die vlakbij stond. Het ezeltje werd door de heester aangetrokken en wilde er zich niet meer van losmaken; Maria begreep op die manier dat die plant voor haar was gezegend. Ze kauwde er een paar bladeren van en als bij toverslag voelde ze geen honger of vermoeidheid meer. Ze vervolgde de reis en bereikte een dorpje, waar een paar vrouwen haar voedsel aanboden. Maria antwoordde dat ze geen honger had en liet het gezegende mamacocatakje zien. Ze gaf een blaadje aan de vrouwen en zei: 'Zaai het maar, het zal wortelen en een heester voortbrengen.' De vrouwen deden wat Maria had gezegd en na vier dagen groeide er een struikje vol vruchten. Uit de vruchten kwamen de zaden voor de verbouw van de mamacoca voort, waar de vrouwen zich sindsdien aan wijdden.'

'Maar het is monsterachtig,' merkte ik op, 'om Onze-Lieve-Vrouwe en Onze-Lieve-Heer Jezus Christus zo te lasteren, te zeggen dat ze zich voedden met de planten van die tovenaars...'

'Inderdaad, het is monsterachtig,' zei Robleda, het zweet van zijn wangen en voorhoofd wissend, 'en het is nog niet afgelopen.'

De verboden specialiteiten waren zo talrijk dat de kolonisten (en zelfs de jezuïeten, sprak Robleda berustend) er al gauw niets meer van begrepen. Wie kon zonder aarzelen onderscheid maken tussen olyuci en donanacal, peyote en cocoba, pate en cola, iopa en mate, guarana en mamacoca?

'Werd mamacoca ook gebruikt om te bidden?'

'Nee, nee,' antwoordde hij zich een beetje generend, 'dat diende ergens anders voor.'

De bladeren van die heester die er zo onschuldig uitzag, zei de jezuïet, hadden de verbazende kracht om inspanning teniet te doen, honger te verdrijven en euforisch en sterk te maken. Mamacoca vermindert bovendien, zoals de jezuïeten zelf hadden gecontroleerd, allerlei pijn, geeft gebroken botten weer kracht, verwarmt de ledematen en geneest oude wonden waar de maden doorheen kruipen. Ten slotte (wat misschien wel belangrijker was, zei Robleda) waren arbeiders, dagloners en slaven dankzij de mamacoca in staat uren en uren te werken zonder moe te worden.

Onder de veroveraars bevonden zich dus mensen die van deze gesel gebruik dachten te maken in plaats van hem uit te roeien. Door de mamacoca konden de inboorlingen onuitsprekelijke inspanningen weerstaan; en de jezuïetenmissies uit Indië, merkte Robleda op, hadden constant behoefte aan arbeidskrachten.

Het gebruik van de plant werd daarom gelegaliseerd. De inheemse arbeiders werden betaald met de bladeren van de plant, die voor hen meer waarde hadden dan geld, zilver en zelfs goud. De geestelijkheid kreeg toestemming voor de verbouw tienden op te leggen, en veel inkomens van priesters en bisschoppen werden betaald dankzij de verkoop van mamacoca.

'Maar was het geen instrument van de Duivel?' wierp ik verbaasd tegen.

'Uhuhuh, och...' aarzelde Robleda, 'de situatie was heel ingewikkeld, en ze moesten toch kiezen. De inboorlingen meer vrijheid toestaan in het gebruik van mamacoca zou het mogelijk maken om nog meer missieposten te bouwen, om hen beter te civiliseren, kortom om steeds meer zieltjes te winnen voor Christus.'

Ik draaide het blaadje om en om in mijn hand. Ik kreukelde het en bracht het naar mijn neus om eraan te ruiken. Het leek een gewoon plantje.

'En hoe is het eigenlijk in Rome terechtgekomen?' vroeg ik.

'Misschien heeft een Spaans schip er een vracht van naar Portugal gebracht. Daarvandaan zou het in Genua beland kunnen zijn, of in Vlaanderen. Verder weet ik het niet: ik heb de plant herkend omdat mijn medebroeder me er een paar heeft laten zien, en daarna heb ik hem meermalen afgebeeld gezien in de brieven van de missionarissen uit Indië. Misschien weet degene die je het blaadje gegeven heeft er meer van.'

Ik wilde bijna afscheid nemen, toen me een laatste vraag te binnen schoot.

'Eén vraagje nog, pater. Hoe gebruik je mamacoca?'

'Alsjeblieft, jongen, je bent toch niet van plan er gebruik van te maken, hoop ik!'

'Nee, pater, het is alleen maar uit nieuwsgierigheid.'

'Doorgaans kauwen de inboorlingen erop, nadat ze de blaadjes vermengd hebben met hun slijm en wat as. Maar ik sluit niet uit dat het ook op een andere manier kan worden aangewend.'

Ik ging naar beneden om het middagmaal te bereiden, niet zonder even in de kamer van abt Melani te zijn geweest om hem te vertellen wat ik van Robleda had gehoord.

'Interessant, heel interessant,' reageerde Atto met aandachtige blik, 'al begrijp ik voorlopig niet waar het ons kan brengen. We zullen erover moeten nadenken.'

In de keuken trof ik Cristofano, zoals gewoonlijk druk in de weer tussen de diverse vuurtjes en de kelder. Hij was bezig met de bereiding van de meest verschillende en opmerkelijke geneesmiddelen tegen de pest die Bedford in de greep had. Ik had in die dagen de bedrijvigheid met kruiden van de Siënese arts zien groeien. Inmiddels probeerde hij van alles uit. Ik had hem zelfs de reserve aan wild van mijn baas zien opmaken, onder het voorwendsel dat het zou bederven en dat de stank ervan verdoezelen met kruiden, zoals Pellegrino deed, dodelijk was voor de gezondheid. Hij had daarom jonge patrijzen gepakt, jonge houtduiven, wilde duifjes, watersneppen, frankolijnen en leeuweriken, alleen maar om ze te vullen met Damascener pruimen of amarellen en dan, als hij het gevogelte in een tas van witte stof had gedaan, het delicate vlees onder de pers uit te persen en er een aftreksel van te maken, waarvan hij hoopte dat dat de arme Engelsman weer op de been zou brengen. Tot nu toe leken zijn pogingen om een doeltreffend *remedium* samen te stellen te zijn mislukt. Toch leefde de jonge Bedford nog.

Cristofano zei dat hij de andere gasten vrij gezond had aangetroffen, behalve Domenico Stilone Priàso en Pompeo Dulcibeni: de Napolitaan was wakker geworden met de eerste tekenen van de mierenziekte op zijn lippen, terwijl de oudere man uit Fermo een aanval van aambeien had gekregen, zonder twijfel vanwege het avondmaal op basis van koeienuiers. Het middel, legde hij uit, was voor beiden hetzelfde: we zouden daarom caustische stof bereiden.

'Dat pakt de rottende, aangetaste zweren aan, evenals ook mierenherpes en dauwworm,' oordeelde hij, en toen beval hij: '*Recipe* heel sterke azijn.'

Hij mengde de azijn toen met kristallijnen arsenicum, ammoniakzout en sublimaat. Hij maalde het geheel en liet het koken in een flesje.

'Goed. Nu moeten we wachten tot de helft van de azijn is ingekookt. Daarna ga ik naar boven, naar Stilone Priàso om zijn blaasjes af te vegen met caustische stof. Jij kunt intussen het middagmaal bereiden: ik heb al een paar jonge kalkoense hennen uit de kelder gehaald die geschikt zijn voor onze gasten. Braad ze met pieterseliewortels totdat ze bijna vaalgeel zijn, en doe er een paneermeelsoepje bij.'

Ik toog aan het werk. Toen de caustische stof klaar was, gaf Cristofano me de laatste instructies voor hij naar Stilone Priàso ging: 'Bij Dulcibeni heb ik je nodig. Ik zal je daarom helpen de maaltijden rond te brengen, dan schiet je wat op, aangezien de gasten van deze herberg mij te lang met je blijven praten,' besloot hij veelbetekenend.

Na het eten gingen we Bedford voeren. We werden daarna nogal beziggehouden door mijn baas. Pellegrino leek de geur van de zuiverende maaltijd die door de arts persoonlijk voor hem in gereedheid was gebracht en die eruitzag als een rare grauwe prak, niet te waarderen. Mijn baas maakte in ieder geval een levendiger indruk. De traag vorderende verbeteringen van de laatste uren logenstraften mijn verwachtingen dat hij geheel zou herstellen niet. Hij rook aan de prak; vervolgens keek hij om zich heen, balde zijn rechterhand tot een vuist en hief die op, waarbij hij zijn uitgestoken duim ritmisch naar zijn mond richtte. Het was het unieke gebaar waarmee Pellegrino gewend was zijn verlangen naar een lekker glaasje wijn uit te drukken.

Ik wilde hem aansporen nog een paar dagen redelijker en geduldiger te zijn, maar Cristofano hield me met een gebaar van zijn hand tegen.

'Merk je zijn grotere tegenwoordigheid van geest niet? Geest verlangt geestrijk vocht: we kunnen hem beslist een half glaasje rode wijn toestaan.'

'Maar hij heeft naar believen gedronken tot de dag waarop hij ziek werd!'

'Precies. Wijn moet dan ook met mate gedronken worden: dat is voedzaam, bevordert de spijsvertering, maakt bloed aan, verkwikt, verzacht, verblijdt, maakt lichter en levendiger. Haal dus maar wat rode wijn uit de kelder, jongen,' zei hij met een spoor van ongeduld in zijn stem, 'want Pellegrino zal flink veel baat hebben bij een glaasje.'

Terwijl ik de trap al afging, riep de arts me na: 'Denk erom, hij moet wel koud zijn! Nadat men in Messina sneeuw ging gebruiken om wijn en voedsel te koelen, zijn de pestkoortsen, veroorzaakt door verstopping van de eerste aderen, opgehouden: sindsdien sterven er jaarlijks duizend mensen minder!'

Ik stelde Cristofano gerust: behalve brood en zakken water werd er ook regelmatig geperste sneeuw geleverd.

Ik kwam met een karafje goede rode wijn en een glas uit de kelder terug. Toen ik het had ingeschonken, legde de arts uit dat de fout van mijn baas had gelegen in het onmatig gebruik van wijn, dat de mens krankzinnig, dom, wellustig, praatziek en moordzuchtig maakt. Matige drinkers waren Augustus en Caesar; terwijl Claudius, Tiberius, Nero en Alexander onmatige drankorgels waren, van wie de laatste uit dronkenschap wel twee dagen aan één stuk door sliep.

Daarna pakte hij het glas en slokte meer dan de helft in één teug op: 'Hij is niet slecht: stevig en vriendelijk,' oordeelde hij, terwijl hij het glas met de weinige overgebleven slokken boven zijn neus hield en er de fraaie robijnrode kleur van bekeek, 'en zoals ik al zei, de juiste hoeveelheid wijn verandert de ondeugden van de natuur in hun tegendeel, aangezien hij de goddeloze vroom maakt, de gierigaard vrijgevig, de trotse nederig, de luiaard ijverig, de verlegene stoutmoedig: zwijgzaamheid en luiheid van geest verandert hij in list en welbespraaktheid.'

Hij leegde het glas, vulde het weer bij en sloeg het snel achterover.

'Maar o wee, als je drinkt na de lichaamsfuncties of na de daad,' waarschuwde hij, terwijl hij met de rug van een hand zijn mond afveegde en met de andere een derde glas inschonk, 'je kunt beter drinken na het eten van bittere amandelen en kool of, na de maaltijd, kweeappels, kweeappeljam, mirtekorrels en andere samentrekkende zaken.'

En eindelijk diende hij ook een paar slokjes aan de arme Pellegrino toe.

We gingen vervolgens naar Dulcibeni, die licht ontstemd leek toen hij zag dat Cristofano mij bij zich had. Weldra begreep ik de reden: de arts had hem verzocht zijn schaamdelen te ontbloten. De bejaarde gast wierp een blik op mij en bromde. Ik begreep dat ik zijn intimiteit had verstoord, en draaide me om. Cristofano stelde hem gerust dat hij zich niet zou hoeven blootstellen aan mijn blik, en zich zeker niet zou hoeven schamen voor hem, die arts was. Hij verzocht hem daarna zich op handen en voeten op te stellen op bed, leunend op zijn ellebogen, opdat het euvel gemakkelijk te lokaliseren was. Dulcibeni stemde toe, zij het met tegenzin en niet zonder zich eerst te hebben voorzien van zijn snuifdoos. Cristofano liet mij tegenover Dulcibeni hurken om hem stevig bij zijn schouders vast te houden. Even later zou de medicus beginnen de aambeien in te smeren met zijn caustische stof: een bruuske beweging van de patiënt zou de vloeistof over zijn klok-en-hamerspel kunnen morsen en het algauw beschadigen. Op de waarschuwing van de arts onderdrukte Dulcibeni met moeite een huivering en nam gespannen een snuifje van zijn onafscheidelijke poeder.

Cristofano ondernam het karwei. In eerste aanzet wrong Dulcibeni zich, zoals voorzien, in bochten onder het branderig gevoel en slaakte hij korte, ingehouden kreetjes. Om hem af te leiden probeerde de arts een praatje aan te knopen en hij vroeg hem uit welke stad hij afkomstig was, hoe hij ooit vanuit Napels in De Schildknaap was beland enzovoorts, allemaal vragen dus die ik hem uit voorzichtigheid nog niet had gesteld. Dulcibeni (zoals abt Melani wel had voorzien) gaf steeds eenlettergrepige antwoorden en liet het ene na het andere gespreksonderwerp afsterven zonder enige aanwijzing te verschaffen die voor mij van nut kon zijn. De arts roerde zo het thema van die dagen aan, het beleg van Wenen, en vroeg hem wat er in Napels over werd gezegd.

'Dat zou ik niet weten,' antwoordde hij laconiek, zoals ik had voorzien.

'Maar er wordt al maanden over gepraat, in heel Europa. Wie wint er volgens u: de gelovigen of de ongelovigen?'

'Allebei, en geen van tweeën,' zei hij met overduidelijke onverschilligheid.

Ik vroeg me af of Dulcibeni ook bij die gelegenheid, nadat de arts en ik zijn kamer uit waren gegaan, een verhitte monoloog op gang zou brengen over het thema waarvoor hij nu verveling veinsde.

'Wat bedoelt u?' hield Cristofano evenwel aan, terwijl zijn massage Dulcibeni een rauw gilletje ontlokte. 'Als er in een oorlog geen verdrag wordt gesloten, is er altijd een winnaar en een overwonnene.'

De patiënt ging op zijn achterste benen staan en ik kon hem alleen in bedwang houden door hem bij zijn nekvel te grijpen. Ik wist niet of het de pijn was die hem zo nijdig maakte: vaststaat dat Dulcibeni die keer liever een gesprekspartner van vlees en bloed had dan zijn eigen beeld weerkaatst in de spiegel.

'Wat weet u er nou van! Men heeft het maar over christenen en Ottomanen, katholieken en protestanten, gelovigen en ongelovigen, alsof de gelovigen en de ongelovigen echt bestonden. En iedereen zaait op dezelfde manier het zaad van de haat onder de leden van de Kerk: hier de rooms-katholieken, daar de gallicanen, enzovoorts. Maar begeerte en zucht naar heerschappij belijden geen geloof behalve dat in zichzelf.'

'Nou vraag ik u!' kwam Cristofano tussenbeide. 'Te beweren dat christenen en Turken hetzelfde zijn... als pater Robleda u hoorde!'

Maar Dulcibeni luisterde niet naar hem. Terwijl hij driftig de inhoud van de snuifdoos door zijn neus joeg, waarvan een deel echter op de grond viel, klonk er af en toe woede door in zijn stem, alsof hij reageerde op de pijnlijke brandwond van de aambeien die Cristofano bezig was hem toe te brengen. Terwijl ik hem vasthield, probeerde ik niet te veel mijn blik op hem te laten rusten, iets wat geenszins meeviel in de positie waarin ik gedwongen werd.

Op zeker punt begon de strenge patiënt Bourbon en Habsburg weer fel aan te vallen, maar ook Stuart en Oranje, zoals ik al van hem had gehoord in zijn harde, eenzame scheldkanonnade tegen hun incestueuze huwelijken. Omdat toen de arts, als goede Toscaan, een paar woorden wijdde aan de verdediging van de Bourbons (die geparenteerd waren aan de groothertog van Toscane, zijn vorst), sprak hij hem tegen en ging met bijzondere wrok tekeer tegen Frankrijk.

'Hoe is het afgelopen met de oude feodale adel, het handelsmerk en de trots van die natie? Wat denkt u dat de edelen die tegenwoordig Versailles bevolken inmiddels zijn, behalve bastaarden van de koning? Condé, Conti, Beaufort, de hertog de Maine, de hertog de Vendôme, de hertog de Toulouse... vorsten van den bloede worden ze genoemd. Maar welk bloed? Dat van de hoeren die in het bed van de Zonnekoning belandden, of in dat van zijn grootvader Hendrik van Navarra?'

De laatste, ging Dulcibeni verder, was alleen opgetrokken naar Chartres om Gabriella d'Estrées te krijgen, die voordat zij zich gaf, verlangde dat hij haar vader tot gouverneur van de stad benoemde en haar broer tot bisschop. La d'Estrées wist zich voor goudgeld aan de koning te verkopen ofschoon ze de bedden achter de rug had van Hendrik VIII (waar de oude d'Estrées zesduizend scudo's aan overgehouden had), van de bankier Zamet, de hertog de Guise, de hertog de Longueville en de hertog de Belleguarde. En dit alles ondanks de twijfelachtige reputatie van haar grootmoeder, de maîtresse van Frans I, paus Clemens VI en Karel de Valois.

'Het behoeft toch niet te verbazen,' oreerde Dulcibeni, 'dat de grote leenmannen van Frankrijk het rijk wilden zuiveren van die smerigheid, en Hendrik van Navarra overhoopstaken? Maar het was te laat! De blinde macht van de vorsten zou hen sindsdien genadeloos beroven en verpletteren.'

'Volgens mij overdrijft u,' wierp Cristofano tegen, opkijkend van zijn delicate werk en de oververhitte patiënt bezorgd gadeslaand.

Ook mij leek het inderdaad dat Dulcibeni overdreef. Natuurlijk, hij werd afgemat door de pijnlijke brandwonden die door de caustische stof werden toegebracht. En toch verdienden de kalme en bijna verstrooide bezwaren van de arts zijn reacties van kokende woede niet. Het koortsachtig trillen van zijn ledematen suggereerde eigenlijk dat Dulcibeni verstrikt zat in een opmerkelijke staat van nerveuze opwinding. De herhaalde snuifjes uit zijn snuifdoos baatten niet om hem te kalmeren. Ik nam me voor om alles, evenals voorheen, aan abt Melani over te brengen.

'Als ik u zo hoor,' vervolgde Cristofano, 'zou je zeggen dat er niets goeds bestaat in Versailles noch aan een ander hof.'

'Versailles noemt u mij, juist Versailles, waar elke dag wordt gezondigd tegen het adellijk bloed der vaderen! Waar zijn de oude ridders gebleven? Daar heb je ze, allemaal door de Franse koning en zijn woekeraar Colbert in één paleis bijeengebracht, allemaal bezig tussen dansfeesten en jachtpartijen door hun jaargeld erdoorheen te jagen in plaats van de leengoederen van hun roemrijke voorvaderen te verdedigen.'

'Maar zo heeft Lodewijk XIV een einde gemaakt aan de samenzweringen,' protesteerde Cristofano. 's Konings grootvader is doodgestoken, zijn vader vergiftigd en hijzelf werd als kind bedreigd door de edelen van de Fronde in opstand!'

'Dat klopt. Maar daarmee is hij in het bezit van hun rijkdommen gekomen. En u hebt niet begrepen dat de edelen, die vroeger over heel Frankrijk verspreid waren, zo de vorst bedreigden, maar ook zijn beste bescherming vormden.'

'Wat bedoelt u?'

'Iedere vorst kan zijn rijk alleen goed controleren als hij een vazal heeft in elke provincie. De Franse koning heeft het omgekeerde gedaan: hij heeft de hele aristocratie in één lichaam verenigd. En één lichaam heeft maar één keel: wanneer de dag komt waarop het volk hem die zal willen afsnijden, is één houw genoeg.'

'Kom nu toch! Dat mag zeker niet gebeuren,' sprak Cristofano krachtig. 'Het volk van Parijs zal de edelen nooit hun hoofd afhakken. En de koning...'

Dulcibeni vervolgde zonder nog naar zijn gesprekspartner te luisteren: 'De geschiedenis,' brulde hij bijna, zodat hij me liet schrikken, 'zal geen medelijden hebben met die aasgieren bij de Kroon, gevoed als ze altijd al zijn met mensenbloed en kindermoord; gemene onderdrukkers van een slavenvolk dat ze, telkens als hun moordzuchtige woede werd geprikkeld door welke lage incestueuze hartstocht dan ook, naar de slachtbank hebben gestuurd.'

Hij had iedere lettergreep in felle woede gearticuleerd met bleke samengeperste lippen, en met zijn neus helemaal onder het poeder van de talrijke snuifjes.

Cristofano zag ervan af om tegenwerpingen te maken: het was of hij de uitbarsting van een beneveld geraakte geest bijwoonde. De arts had bovendien zijn pijnlijke taak inmiddels beëindigd en wikkelde zwijgend lappen fijne stof tussen de billen van de man uit de Marche, die zich uitgeput en met een diepe zucht op een zij liet vallen. En zo, zonder broek, bleef hij liggen totdat wij waren opgestapt.

※

Toen ik hem van de lange preek van Dulcibeni had verteld, kende Atto geen twijfels: 'Pater Robleda had het goed gezien: als híj geen jansenist is, is niemand het.'

'En waarom bent u daar zo zeker van?'

'Twee redenen. Ten eerste: de jansenisten haten de jezuïeten. En het lijkt me dat Dulcibeni's woorden tegen de Sociëteit van Jezus, die je me een paar dagen geleden overbracht, vrij helder waren. De jezuïeten zijn spionnen, bedriegers, gunstelingen van de paus, enzovoorts: de gebruikelijke propaganda tegen de orde van de heilige Ignatius.'

'Bedoelt u dat het niet klopt?'

'Integendeel: het klopt helemaal, maar alleen de jansenisten hebben de moed om het overal rond te vertellen. Onze Dulcibeni is ook niet bang; te meer omdat de enige jezuïet in de buurt die lafaard van een Robleda is.'

'En de jansenisten?'

'De jansenisten beweren dat de Kerk in de beginperiode zuiverder was, zoals de beekjes in de nabijheid van de bron. Volgens hen zijn sommige waarheden van het evangelie niet meer zo duidelijk als vroeger. Om terug te keren naar de Kerk van de beginperiode dient men zich dus te onderwerpen aan zeer strenge beproevingen: penitenties, vernederingen, ontberingen. En terwijl men dat allemaal verdraagt, dient men zich over te geven aan Gods barmhartige handen, voorgoed de wereld te verzaken en zich op te offeren aan de liefde Gods.'

'Pater Robleda vertelde me dat de jansenisten graag de eenzaamheid opzoeken...'

'Precies. Ze streven naar ascese, naar strenge, kuise zeden: jij zult ook wel hebben gemerkt hoe Dulcibeni telkens kookt van verontwaardiging als Cloridia bij hem in de buurt komt...' grinnikte de abt. 'Het spreekt voor zich dat de jansenisten een diepe haat koesteren tegen de jezuïeten, die zichzelf juist iedere vrijheid van geest en handeling toestaan. Ik weet dat er in Napels een grote kring volgelingen van Jansenius bestaat.'

'Daarom heeft Dulcibeni zich dus in die stad gevestigd.'

'Misschien. Jammer dat de jansenisten vanwege enkele theologische kwesties die ik je nu hier niet kan uitleggen, beschuldigd zijn van ketterij.'

'Ja, dat weet ik. Dulcibeni zou een ketter kunnen zijn.'

'Laat maar rusten: dat is niet het voornaamste. We gaan naar de tweede reden van overweging.'

'En wel?'

'Al die haat tegens de vorsten en koningen. Het is een, hoe zal ik het zeggen, te jansenistisch sentiment. De obsessie voor koningen die incest begaan, met hoeren trouwen, bastaardkinderen verwekken; en edelen die hun edele lot verraden en verwekelijken. Het zijn thema's die aanzetten tot rebellie, wanorde, vechtpartijen.'

'Dus?'

'Nou ja. Het lijkt me eigenaardig: waar komen die woorden vandaan, en vooral, waar kunnen ze toe leiden? Van hem weten we veel, maar tegelijkertijd ook veel te weinig.'

'Misschien hebben de vier getallen, de broers en zussen en de boerderij met die ideeën te maken.'

'Bedoel je de vreemde formules die we hebben gehoord bij Tiracorda? Mogelijk: dat zullen we vannacht zien.'

Zevende nacht
van 17 op 18 september 1683

Vanuit Tiracorda's praktijkruimte kwam flakkerend het licht van de kaarsen door, terwijl Dulcibeni ging zitten en een fles vol groenig vocht op tafel zette. De arts liet de glaasjes, die de vorige keer door het breken van de fles leeg gebleven waren, op het hout klakken.

Atto en ik zaten, evenals de nacht ervoor, op onze hurken in de schaduw van de belendende kamer. Het binnendringen in Tiracorda's huis was moeilijker geweest dan voorzien: een aardig tijdje was een van de dienstmeisjes die bij Tiracorda inwoonden, in de keuken bezig geweest, waardoor we niet uit de stal konden komen. Nadat het dienstmeisje naar de eerste verdieping was gegaan, wachtten we geruime tijd om er zeker van te zijn dat niemand meer in de kamers rondliep. Terwijl we in afwachting waren, had Dulcibeni uiteindelijk op de voordeur geklopt; de heer des huizes had hem binnengelaten en naar zijn werkkamer op de eerste verdieping geleid, waar we hen nu bespioneerden.

We hadden het begin van het gesprek gemist, en de twee zaten elkaar opnieuw af te troeven met onbegrijpelijke frases. Tiracorda nipte bedaard van de groenige drank.

'Dan herhaal het ik nog eens,' zei de arts, 'Een blank veld, zwart zaaizaad, vijf zaaien en twee leiden. Het is o-ver-dui-de-lijk.'

'Onbegonnen werk, onbegonnen werk,' weerde Dulcibeni af.

Ondertussen kreeg Atto Melani naast mij een lichte schok; vervolgens zag ik hem in stilte vloeken.

'Dan vertel ik het u maar,' zei Tiracorda. 'Het schrift.'

'Het schrift?'

'Natuurlijk! Het blanke veld is het papier, het zaad is de inkt, de zaaiende vijf zijn de vingers van de hand en de leidende twee zijn de ogen. Niet gek, hè? Ha ha ha ha ha! Haaaaaaa ha ha ha ha!'

De bejaarde hofarts gaf zich weer over aan zijn vette lach.

'Opmerkelijk ja,' beperkte Dulcibeni zijn commentaar.

Op dat moment begreep ik het ook: raadsels. Tiracorda en Dulcibeni gaven elkaar voor hun plezier raadsels op. Ook de mysterieuze zinnen die we de nacht daarvoor hadden gehoord, maakten zeker deel uit van hetzelfde onschuldige spelletje. Ik keek naar Atto en las dezelfde afkeuring op zijn gezicht: wederom hadden we ons over niets het hoofd gebroken. Dulcibeni echter leek het amusante tijdverdrijf veel minder te waarderen dan zijn kameraad, en trachtte van onderwerp te veranderen zoals hij ook tijdens ons vorige bezoek had gedaan.

'Goed zo, Giovanni, goed zo,' zei hij opnieuw de glazen vullend. 'Maar vertel nu eens: hoe maakte hij het vandaag?'

'O, niets nieuws. En hebt u goed geslapen?'

'Voorzover ik kon,' sprak Dulcibeni op ernstige toon.

'Ik begrijp het, ik begrijp het,' zei Tiracorda, die het glaasje achteroversloeg en weer bijvulde.

'U bent zo ongedurig,' vervolgde de arts, 'maar u hebt me een paar dingetjes nog niet verteld. Neem me niet kwalijk als ik het verleden steeds oprakel, maar waarom hebt u voor uw dochter geen hulp gevraagd aan de Odescalchi's?'

'Heb ik gedaan, heb ik gedaan,' antwoordde Dulcibeni, 'dat heb ik u al verteld. Maar zij zeiden dat ze niets konden doen. En toen...'

'O ja, toen had u die narigheid, de stokslagen, de val...' herinnerde Tiracorda zich.

'Het was geen val, Giovanni: ik werd geraakt in mijn nek en ben van de tweede verdieping naar beneden gegooid. Wonderwel heb ik het overleefd,' sprak Dulcibeni een beetje ongeduldig, nogmaals het glas van zijn vriend inschenkend.

'Ja, ja, neemt u me niet kwalijk, ik had het moeten weten door uw halskraag; het komt door de vermoeidheid...' Tiracorda sprak met dikke tong.

'U hoeft zich niet te excuseren, Giovanni, luister liever. Nu bent u. Ik heb er drie.'

Dulcibeni toverde een boekje tevoorschijn en begon met warme, ronde stem voor te dragen:

Van A tot Z u kond doen is mijn plan
wat ik immer beweer te noemen ook;
en zeg ik dat ik 't al benoemen kan,
dan ben ik ten slotte slechts wrak en rook.
Wat telt is dat 'k mij aan de jongens wijd;

zij vormen ook de reden dat ik slijt.
En u, Meesters, wier gunsten ik bezing,
weet wel: ik ben de zoon eens kloosterlings.

Het voorlezen ging met nog twee, drie, vier bizarre versjes door, onderbroken door korte pauzes.

Nadat hij de aaneenschakeling van raadseltjes had voorgelezen, vroeg Dulcibeni: 'Wat zegt u ervan, Giovanni?'

Hij kreeg slechts een stuurs en ritmisch gemompel ten antwoord. Tiracorda sliep.

Op dit punt deed zich iets onverwachts voor. In plaats van zijn vriend te wekken stak Dulcibeni het boekje weer in zijn zak en begaf zich op zijn tenen naar de geheime deur achter Tiracorda, vanwaar we hem de vorige nacht de twee glaasjes hadden zien pakken. Dulcibeni opende de deurtjes en begon druk te rommelen met een paar potjes en kruidendoosjes. Toen haalde hij een aardewerken pot tevoorschijn, waarop de golven van een meertje, enkele waterplanten en vreemde beestjes waren geschilderd die ik niet thuis kon brengen. Op sommige punten waren er in de wanden van de pot gaatjes geboord, als om er lucht door naar binnen te laten. Dulcibeni hield de pot bij het kaarslicht, tilde de deksel op, keek erin en zette de pot toen weer in het kamertje, waar hij opnieuw druk aan de gang ging.

'Giovanni!'

Een schrille onaangename vrouwenstem klonk vanaf de trap en leek dichterbij te komen. Zonder twijfel was Paradisa, de geduchte vrouw van Tiracorda, in aantocht. Dulcibeni stond een paar seconden als aan de grond genageld. Tiracorda, die leek te hebben geslapen als een roos, schrok op. Dulcibeni wist het geheime kamertje waarschijnlijk dicht te doen voordat de arts wakker werd en hem op snuffelen in zijn spullen betrapte. Maar Atto en ik konden het tafereel niet meemaken: voor de zoveelste maal tussen twee vuren keken we wanhopig om ons heen.

'Giovanniiii!' riep Paradisa steeds dichterbij. Ook in Tiracorda's werkkamer moest het alarm zijn hoogtepunt hebben bereikt: we hoorden een gedempt maar koortsachtig gestommel van stoelen, tafels, deuren, flessen en glazen: de arts was de bewijzen van zijn alcoholische wandaad aan het verbergen.

'Giovanni,' zei Paradisa ten slotte met bewolkte stem, terwijl ze haar entree in de wachtkamer maakte. Juist op dat moment hielden de abt en ik ons gezicht naar de grond, tussen de poten van een rij stoelen tegen de muur.

'O zondaren, o ellendigen, o verloren zielen,' dreunde Paradisa, terwijl ze plechtig als een priesteres de ingang van Tiracorda's spreekkamer naderde.

'Maar vrouw, hier is mijn vriend Pompeo...'

'Hou je mond, Satanskind!' schreeuwde Paradisa. 'Mijn neus bedriegt me niet.'

Zoals we vanuit onze ongemakkelijke houding konden horen, begon de vrouw de werkkamer ondersteboven te keren: ze verplaatste stoelen en tafels, opende en sloot lawaaiig deuren, panelen en laden, sloeg met snuisterijen en siervoorwerpen op zoek naar de bewijzen van de euveldaad. Tiracorda en Dulcibeni probeerden haar tevergeefs te sussen en verzekerden dat het nooit maar dan ook nooit bij hen was opgekomen om iets anders te drinken dan water.

'Je mond, laat me je mond ruiken!' snerpte Paradisa. De weigering van haar man bracht nog meer gegil en gekrijs teweeg.

Op dat moment besloten wij onder de stoelen waar we ons hadden verstopt, ertussen uit te knijpen en in stilte de benen te nemen.

'Vrouwen, vrouwen, vervloekt. En wij erger nog dan zij.'

Er waren twee of drie minuten verstreken en we waren al in de onderaardse gangen, waar we de feiten van zo-even becommentarieerden. Atto was furieus.

'Ik zal je vertellen wat de raadsels van Tiracorda en Dulcibeni waren. Het eerste, dat van gisternacht – weet je nog? – was raden wat *ga leer vilten* en *vier getallen* met elkaar gemeen hebben. Oplossing: Het is een anagram.'

'Een anagram?'

'Zeker. Dezelfde letters van een zin zijn anders geschikt om een andere zin te vormen. Het tweede spel was een bewijs van vernuft: een vader heeft zeven dochters; als elk een broer heeft, hoe groot is dan de kinderschaar van die vader?'

'Zeven keer twee, veertien.'

'Geen sprake van. Hij heeft er acht: zoals Tiracorda zei is de broer van één dochter de broer van allen. Het is allemaal onzin: wat Dulcibeni vanavond heeft voorgelezen en wat begint met *Van A tot Z u kond doen is mijn plan*, is heel gemakkelijk: de oplossing is het woordenboek.'

'En de andere?' vroeg ik, verbaasd door Atto's snelheid.

'Wie kan dat nou wat schelen?' viel hij uit. 'Ik ben geen helderziende. Het gaat ons erom te begrijpen waarom Dulcibeni Tiracorda dronken heeft gevoerd om vervolgens in zijn geheime kamertje te rommelen. En dat waren we te weten gekomen als die dwaas van een Paradisa niet was verschenen.'

Op dat moment herinnerde ik me dat er over mevrouw Paradisa eigenlijk niet zoveel bekend was in de Via dell'Orso. In het licht van wat we hadden gezien en gehoord in huize Tiracorda was het misschien niet toevallig dat de vrouw bijna nooit het huis uitging.

'En wat doen we nu?' vroeg ik met een blik op de snelle pas waarmee Atto mij voorging op weg naar de herberg.

'Het enig mogelijke om wat helderheid te verschaffen: we gaan een kijkje nemen in de kamer van Pompeo Dulcibeni.'

Het enige risico van deze onderneming was natuurlijk de onverwachte terugkeer van Dulcibeni. Maar we vertrouwden op de snelheid van onze tred, naast de trage loop van de bejaarde edelman uit de Marche, die overigens tijd gevonden en kans gezien moest hebben om Tiracorda's huis te verlaten.

'Neemt u me niet kwalijk, signor Atto,' voegde ik hem na een paar minuten van moed verzamelen toe, 'wat denkt u eigenlijk te vinden in de kamer van Pompeo Dulcibeni?'

'Wat een domme vragen stel je soms. We staan tegenover een van de afschuwelijkste mysteries uit de hele geschiedenis van Frankrijk, en jij vraagt me wat we zullen vinden! Weet ik veel? Vast iets meer over het lastige parket waarin we nu zitten: Dulcibeni de vriend van Tiracorda, Tiracorda de arts van de paus, de paus de vijand van Lodewijk XIV, Devizé de leerling van Corbetta, Corbetta de vriend van Maria Theresia en Mademoiselle, Lodewijk XIV de vijand van Fouquet, Kircher de vriend van Fouquet, Fouquet de vriend van Dulcibeni, Fouquet die reist met Devizé, Fouquet de vriend van de abt die voor je staat... heb je daar niet genoeg aan?'

Atto had behoefte om zijn hart te luchten, en daarvoor moest hij praten.

'En toch is Dulcibeni's kamer,' vervolgde hij, 'ook de kamer van de minister geweest. Of ben je dat vergeten?'

Hij liet me geen tijd om te antwoorden en vervolgde: 'Arme Nicolas, het is zijn lot om doorzocht te worden, zelfs na zijn dood.'

'Wat bedoelt u?'

'Lodewijk XIV liet in de twintig jaar van zijn gevangenschap in Pinerolo de cel van de minister voortdurend op elke manier uitkammen.'

'Wat zocht hij dan?' vroeg ik met een schok van verbazing.

Melani staakte de wandeling en zette droef een treurige aria van meester Rossi in:

> *Infelice pensier,*
> *chi ne conforta?*
> *Ohimé!*
> *Chi ne consiglia?**

Zuchtend deed hij zijn justaucorps weer goed, wiste zich het voorhoofd af en trok zijn rode kousen op.

'Wist ik maar wat de koning zocht!' antwoordde hij moedeloos. 'Maar het is goed dat ik het je uitleg; er zijn nog een paar dingen die je moet weten,' vervolgde hij nadat hij zijn kalmte had hervonden.

Aldus, om in mijn onwetendheid te voorzien, vertelde Atto Melani het laatste hoofdstuk van de geschiedenis van Nicolas Fouquet.

Wanneer het proces is afgelopen en Fouquet tot levenslang veroordeeld is, verlaat hij op 27 december voorgoed Parijs voor de vesting van Pinerolo, tussen twee hagen mensen door die hem wenend toejuichen. Hij wordt begeleid door de musketier D'Artagnan. Pinerolo ligt op Piëmontees grondgebied, aan de grens van het koninkrijk. Velen verwonderen zich over de keuze voor zo'n afgelegen plaats, die vooral gevaarlijk dicht bij de grens met de staten van de hertog van Savoye lag. Maar meer dan zijn vlucht vreesde de koning de talrijke vrienden van Fouquet, en Pinerolo bood de enige kans om hem voorgoed aan hun hulp te onttrekken.

Als zijn cipier wordt een musketier aangewezen uit het escorte dat Fouquet tijdens het proces van de ene naar de andere gevangenis had vergezeld: Benigne d'Auvergne, heer van Saint-Mars, door D'Artagnan persoonlijk bij de koning aanbevolen. Saint-Mars zal tachtig soldaten ter beschikking krijgen om over één gevangene te waken: Fouquet. Hij zal rechtstreeks verslag uitbrengen aan de minister van Oorlog Le Tellier, markies de Louvois.

Fouquets gevangenschap is loodzwaar: ieder contact met de buitenwereld, mondeling of schriftelijk, wordt hem verboden. Geen bezoeken van eniger-

---

* Ongelukkige gedachte, wie geeft haar troost? Och! Wie geeft haar raad?

lei aard of om enigerlei reden. Hij mag niet eens een luchtje scheppen op de ringmuur van de vesting. Hij zal mogen lezen; maar alleen de werken die de koning hem toestaat, en één boek per keer. Vooral zal hij niet mogen schrijven: eenmaal weer ingeleverd zal ieder boek bladzij voor bladzij door de trouwe Saint-Mars moeten worden doorgebladerd, voor het geval Fouquet er iets in heeft aangetekend of ook maar een woord heeft onderstreept. Hij zal moeten opletten dat er in de cel niets wordt binnengebracht dat hij kan gebruiken om te schrijven. Zijne Majesteit zal de zorg voor zijn kleding op zich nemen, die bij elke wisseling van het seizoen naar Pinerolo wordt gestuurd.

In die afgelegen citadel is het klimaat hard. Fouquet kan geen kant uit; de gezondheid van de minister, die gedwongen is tot absolute bewegingloosheid, holt achteruit. Desondanks wordt hem de mogelijkheid ontzegd om zich te laten behandelen door zijn lijfarts, Pecquet. Fouquet krijgt echter kruiden om zichzelf te behandelen. Ook wordt het gezelschap toegestaan van twee van zijn pages, die uit trouw hadden aanvaard het lot van hun meester te delen.

Lodewijk XIV weet hoe sterk het gemoed van Fouquet is. Hij kan hem de troost van het geloof niet weigeren, maar hij adviseert regelmatig zijn biechtvader te vervangen om te vermijden dat Fouquet hem naar zijn kant kan trekken en een verbinding met de buitenwereld kan aangaan.

In juni 1665 slaat de bliksem in in de vesting, waardoor een kruitvat ontploft. Het is een ravage. Fouquet en zijn pages werpen zich uit een raam. De kansen om de sprong in de diepte te overleven zijn gering: toch blijven de drie ongedeerd. Zodra het nieuws Parijs bereikt, gaan er gedichten rond die het feit van commentaar voorzien en wordt er geroepen dat het een wonder is: God heeft de minister willen sparen en de koning een teken van Zijn wil willen geven. Fouquet vrij! klinkt het uit veler mond. Maar de koning zwicht niet, hij vervolgt juist degenen die te veel misbaar maken.

De vesting moet worden herbouwd, en in de tussentijd brengt Fouquet een jaar door in het huis van de commissaris van Oorlog van Pinerolo en daarna in een andere gevangenis.

Tijdens de werkzaamheden ontdekt Saint-Mars aan de hand van de as van Fouquets meubilair waartoe het intellect van de minister in staat is. Meteen worden de kleine wonderen van vernuft, die in de cel van de Eekhoorn worden gevonden, naar Louvois en de koning gezonden: door Fouquet geschreven briefjes, waarvoor hij enkele kapoenbotjes gebruikte als pen, en als inkt rode wijn gemengd met roet. De gevangene is er zelfs toe gekomen onzichtbare inkt te bereiden en in de leuning van een stoel een schuilplaats voor wat hij geschreven heeft te maken.

'Maar wat probeerde hij te schrijven?' vroeg ik verbaasd en ontroerd door die jammerlijke listen.

'Dat is nooit duidelijk geworden,' antwoordde Atto. 'Wat werd onderschept, werd in het grootste geheim naar de koning gezonden.'

Vanaf dat moment, vervolgde Melani, beveelt de koning hem elke dag zorgvuldig te doorzoeken. Fouquet houdt dan alleen het lezen over. Hij krijgt een bijbel, een geschiedenis van Frankrijk, enkele Italiaanse boeken, een verzamelbundel Franse verzen en de werken van de heilige Bonaventura (maar die van de heilige Hiëronymus en Augustinus worden hem geweigerd). Hij begint zijn pages Latijn en de grondbeginselen van de farmacie te onderwijzen.

Maar Fouquet is in elk opzicht een eekhoorn: zijn listigheid en bedrijvigheid staan niet stil. Aangespoord door Louvois, die de minister wel kent en niet kan geloven dat hij zich gewonnen geeft, inspecteert Saint-Mars zorgvuldig zijn ondergoed. Hij treft er linten van passementwerk op aan vol met een minuscuul handschrift, en volgeschreven is ook de binnenkant van de voering van zijn wambuis. De koning beveelt onmiddellijk dat Fouquet uitsluitend kleding en ondergoed in de kleur zwart zal krijgen uitgereikt. Tafelkleden en servetten worden genummerd om te voorkomen dat hij er bezit van neemt.

Saint-Mars geeft de twee pages de schuld; zij laten hem geen rust met hun verzoeken en proberen steeds hun meester, die ze met lichaam en ziel zijn toegewijd, te begunstigen.

Intussen gaan de jaren voorbij, maar de bijna obsessieve angst van de koning dat Fouquet hem op enigerlei wijze zal ontsnappen neemt niet af. En hij heeft geen ongelijk: eind 1669 wordt een poging om hem te laten vluchten verijdeld. Men weet niet wie het heeft georganiseerd; misschien de familie, maar het gerucht wordt verspreid dat Madame de Sévigné en Mademoiselle de Scudéry er niet geheel vreemd aan waren. Wie zich opoffert is een oude bediende van hem, een roerend voorbeeld van trouw. Hij heette La Forêt en had de minister op het moment van zijn arrestatie vergezeld naar Nantes. Na de arrestatie had hij urenlang gelopen om te ontsnappen aan de musketiers die Nantes omsingelden, en zo het dichtstbijzijnde poststation bereikt, vanwaar hij te paard spoorslags naar Parijs was gereden. Dat alles alleen om de eerste te zijn die het noodlottige nieuws van de arrestatie aan Fouquets toegewijde moeder overbracht. Vervolgens had La Forêt zelfs op straat de koets afgewacht die zijn meester naar Pinerolo vervoerde, om hem een laatste keer te kunnen groeten.

De zaak had zelfs D'Artagnan ontroerd, die de stoet liet stilhouden en de twee toestond een paar woorden te wisselen.

La Forêt is dus de enige die de hoop niet heeft opgegeven. Hij komt onder valse voorwendselen Pinerolo binnen en weet zich zelfs een informant binnen de vesting te verwerven en via gebaren door het raam met zijn aanbeden meester te communiceren. Uiteindelijk wordt zijn poging ontdekt en de stakker wordt onverwijld opgehangen. Het leven wordt hard voor Fouquet: zijn ramen worden dichtgemaakt. Hij zal niet meer de blauwe lucht kunnen zien.

Zijn gezondheidstoestand verslechtert. In 1670 begeeft Louvois zich in opdracht van de koning persoonlijk naar Pinerolo. Na zes jaar van afwijzingen en verboden raadpleegt Lodewijk dan eindelijk Pecquet, de oude arts van de minister.

'Wat gek; wilde de koning niet dat Fouquet doodging?'

'Het enige zekere is dat Lodewijk zich vanaf dat moment zorgen lijkt te maken om de gezondheid van de arme Eekhoorn. De vrienden van de minister die niet in ongenade waren gevallen, zoals de Pomponne (juist benoemd tot staatssecretaris), Turenne, Chéqui, Bellefonds en Charost, gaan weer in de aanval en sturen petities aan de koning. Maar het keerpunt moet nog komen.'

In 1671 worden het er twee die speciaal bewaakt worden in Pinerolo. In de vesting komt plotseling een andere befaamde gevangene: de graaf de Lauzun.

'Omdat hij stiekem was getrouwd met Mademoiselle, de nicht van de koning,' kwam ik tussenbeide, me het vorige verhaal van abt Melani herinnerend.

'Goed zo, ik zie dat je een goed geheugen hebt. En nu wordt de geschiedenis echt interessant.'

Nadat Fouquet aan jaren van afzondering is onderworpen, lijkt de beslissing om hem een medegevangene toe te staan onverklaarbaar. Nog merkwaardiger is het dat in de immense vesting de aan Lauzun toegewezen cel aan die van Fouquet grenst.

Van Lauzun kon je alles zeggen, behalve dat hij ordinair was. Oorspronkelijk was hij een jongere zoon uit de Gascogne die nergens voor deugde, een opschepper en vol van zichzelf, maar een die het geluk had gehad om bij de koning in de smaak te vallen, toen Lodewijk nog heel jong was, en zo zijn fuifmaatje was geworden. Ook al was hij een waardeloze verleider, hij had Mademoiselle, de steenrijke en spuuglelijke vierenveertigjarige nicht van de koning, weten in te palmen. Hij is een lastige gevangene en stelt er prijs op dat meteen duidelijk te maken. Zijn houding is onstuimig, hoogdravend, beledigend; net aangekomen steekt hij zijn cel in brand en beschadigt ook een balk in Fouquets ruimte. Hij wijdt zich vervolgens aan gênante veinzerijen van ziekte of gekte, met het duidelijke doel om te ontsnappen. Saint-Mars, die alleen met de minister cipierservaring heeft opgedaan, weet Lauzun niet te temmen en tegenover zoveel woede doopt hij Fouquet om tot 'het lammetje'.

Weldra (maar dat zou veel later pas ontdekt worden) weet Lauzun via een gat in de muur met Fouquet te communiceren.

'Maar hoe bestaat het dat niemand dat heeft gemerkt,' protesteerde ik ongelovig, 'met al die bewaking die Fouquet elke dag moest ondergaan?'

'Dat heb ik me ook vaak afgevraagd,' erkende abt Melani.

Er gaat weer een jaar voorbij. In oktober 1672 geeft Zijne Majesteit Fouquet en zijn vrouw toestemming om elkaar te schrijven. De brieven van de twee zullen evenwel eerst gelezen moeten worden door de koning, die zich het recht voorbehoudt om ze door te sturen of te vernietigen. Maar er is meer. Zonder enige logische reden laat de koning Fouquet na nog eens twaalf maanden een paar boeken overhandigen over de recentere politieke situatie. En kort daarna stuurt Louvois aan Saint-Mars een brief voor de minister, waaraan hij toevoegt dat hij, als de gevangene om schrijfpapier voor een antwoord vraagt, het hem dan moet geven. En alzo gebeurde: de minister schreef en stuurde twee verslagen aan Louvois.

'Wat stond erin?'

'Niemand kon daar achterkomen, al ging in Parijs meteen het gerucht dat de twee geschriften in de stad waren bezorgd. Maar meteen daarna werd duidelijk dat Louvois ze had teruggestuurd aan Fouquet, met de woorden dat ze voor de koning van geen enkel belang waren.'

Een onverklaarbare daad, vond Melani. Ten eerste omdat als een memorie niet van nut is, die gewoon wordt weggegooid; ten tweede omdat het praktisch onmogelijk is dat Fouquet de koning niet goede raad kon verschaffen.

'Misschien hebben ze hem weer eens willen vernederen,' stelde ik me voor.

'Of misschien wilde de koning iets wat Fouquet hem niet heeft gegeven.'

De tegemoetkomingen evenwel gaan door. In 1674 geeft Lodewijk het echtpaar Fouquet toestemming om elkaar twee keer per jaar te schrijven, ook al gaan de brieven eerst door zijn handen. De gezondheidstoestand van de minister verslechtert weer en de koning wordt bang: hij staat hem niet toe zijn cel te verlaten, maar laat hem bezoeken door een vanuit Parijs gestuurde arts.

Vanaf november 1677 verleent men hem dan eindelijk toestemming om een uur te luchten. En in gezelschap van wie? Van Lauzun natuurlijk, en de twee mogen ook praten! Op voorwaarde echter dat Saint-Mars hun woorden hoort, en alles trouw overbrieft.

De goedgunstige tegemoetkomingen van de koning breiden zich uit. Inmiddels krijgt Fouquet zelfs nummers van de *Mercure galant* en andere couranten bezorgd. Het lijkt haast of Lodewijk Fouquet op de hoogte wil houden van alles wat er in Frankrijk en Europa aan belangrijks gebeurt. Louvois adviseert Saint-Mars om bij de gevangene het accent te leggen op de militaire overwinningen van de koning.

In december 1678 geeft Louvois aan Saint-Mars het voornemen te kennen om met Fouquet een vrije briefwisseling te onderhouden: de brieven zullen strikt gesloten en geheim zijn, daarom zal Saint-Mars er alleen voor moeten zorgen dat ze op de plaats van bestemming aankomen.

Nauwelijks een maand later ziet de stomverbaasde gevangenbewaarder hoe hem een eigenhandig geschreven memorie van de koning wordt bezorgd over de te volgen behandeling van Fouquet en Lauzun. De twee mogen elkaar ontmoeten en naar believen praten, alsmede wandelen op niet alleen de ringmuur van de vesting, maar in heel de citadel. Ze mogen lezen wat ze willen en de garnizoensofficieren moeten hen gezelschap houden als zij daar prijs op stellen. Ze mogen, als ze om een speeltafel vragen, er een krijgen.

Er verstrijken een paar maanden en er komt nog een opening: Fouquet kan naar believen met heel zijn gezin corresponderen.

'In Parijs waren we op het toppunt van onze zenuwen,' zei Atto Melani, 'en inmiddels wisten we bijna zeker dat de minister vroeg of laat zou worden vrijgelaten.'

Na enkele maanden, in mei 1679, volgt er wederom een langverwachte aankondiging: spoedig zal de koning Fouquets gezin toestaan hem te bezoeken. Fouquets vrienden zijn in de wolken. De maanden verstrijken, er gaat een jaar voorbij. Maar dan komt als een donderslag bij heldere hemel het nieuws van de plotselinge dood van Nicolas Fouquet in zijn cel in Pinerolo, in de armen van zijn zoon. Het was 23 maart 1680.

'En Lauzun?' vroeg ik, terwijl we weer omhooggingen in de put die naar de herberg leidde.

'Tja, Lauzun. Die bleef nog een paar maanden in de gevangenis. Daarna werd ook hij vrijgelaten.'

'Ik begrijp het niet, het is net alsof Lauzun in de gevangenis is gezet om bij Fouquet te zijn.'

'Geraden. Maar, vraag ik me af, met welk doel?'
'Nou, er schiet me niets te binnen, behalve... om hem aan de praat te krijgen. Om Fouquet iets te laten zeggen dat de koning wilde weten, iets dat...'
'Zo is het genoeg. Nu snap je waarom we in de kamer van Pompeo Dulcibeni gaan snuffelen.'

Het doorzoeken was veel minder lastig dan voorzien. Ik hield de gang in het oog, terwijl Atto de kamer van de oude man inging, waar maar één kaars stond. Ik hoorde hem een tijdje rommelen, met onderbrekingen van stilte. Na een paar minuten ging ik eveneens naar binnen, verteerd door zowel de angst om ontdekt te worden als nieuwsgierigheid.

Atto had al heel wat persoonlijke spullen van Pompeo Dulcibeni uitgekamd: kleren, boeken (waaronder de drie deeltjes uit Tiracorda's bibliotheek), wat etensresten, een paspoort om van het koninkrijk Napels naar de Kerkelijke Staat te reizen, en een paar couranten. Eentje had als kop *Verslag van wat er op 10 juli 1683 is geschied tussen de keizerlijke en de Ottomaanse troepen*.

'Dat gaat over het beleg van Wenen,' fluisterde abt Melani.

De andere couranten, behalve een tiental, behandelden hetzelfde onderwerp. We gingen in grote haast de hele kamer door; geen ander opvallend voorwerp leek zich aan onze ogen voor te doen. Ik wilde abt Melani al aansporen het onderzoek te staken, toen ik hem midden in de ruimte stil zag staan, in gedachten zijn kin krabbend.

Plotseling stortte hij zich op de kast en toen hij de hoek van de vuile kleren had gevonden, dook hij er letterlijk in, het te wassen ondergoed betastend en wrijvend. Hij pakte ten slotte een grote mousseline onderbroek. Hij begon hem op meerdere punten te bevoelen, totdat zijn handen zich concentreerden op een van de doorgaande gootjes waar het lint door stak waarmee de onderbroek werd opgehouden.

'Hierzo. Hij stonk, maar het was de moeite waard,' zei abt Melani tevreden, terwijl hij uit Dulcibeni's onderbroek een klein plat vouwseltje haalde. Het waren een paar gevouwen en samengeperste vellen papier. De abt vouwde ze open, legde ze bij het kaarslicht en begon te lezen.

Tegenover de lezer van deze pagina's zou ik liegen, als ik verheelde dat het beeld van wat er in de daaropvolgende minuten gebeurde even levendig als chaotisch in mijn herinnering staat.

We begonnen gretig, bijna eensgezind, de paar velletjes van die brief te doorlopen. Het was een lange verhandeling in het Latijn, geschreven in het onzekere handschrift van een oude man.

'*Optimo amico Nicolao Fouquet... mumiarum domino... tributum extremum... secretum pestis... secretum morbi... ut lues debelletur...* het is ongelooflijk, echt ongelooflijk,' fluisterde abt Melani bij zichzelf.

Een paar van die woorden kwamen me vreemd genoeg bekend voor. Meteen echter verzocht hij me de gang in het oog te houden om niet betrapt te worden door de eventuele terugkeer van Dulcibeni. Ik ging dus buiten de deur op de uitkijk staan en hield de trap in de gaten. Terwijl Atto de brief uitlas, hoorde ik hem zonder ophouden woorden van verbazing en ongeloof mompelen.

Daarna deed zich helaas voor wat ik onderhand gewend was te vrezen. Zijn neus en mond dichtknijpend haastte abt Melani zich met opgezette en opengesperde ogen de kamer uit en stopte mij de brief in de hand. Hij kromp herhaaldelijk ineen, meermalen wanhopig een allergevaarlijkste nies onderdrukkend.

Ik ging meteen naar het laatste deel van de brief, dat hij waarschijnlijk nog niet had kunnen lezen. Ik begreep echter weinig van de inhoud, vanwege de opwinding en de duizend bizarre draaien waarmee Atto Melani weerstand trachtte te bieden aan de heilzame uitbarsting. Met mijn blik ging ik rechtstreeks naar het slot, waar ik begreep waarom de woorden *mumiarum domino* me niet nieuw hadden geklonken, toen ik bijna ongelovig de handtekening ontcijferde:

Athanasius Kircher I.H.S.

Inmiddels aan de grens van zijn krachten wees Atto me Dulcibeni's onderbroek, waarin ik haastig de brief terugdeed. We konden hem uiteraard niet achteroverdrukken: Dulcibeni zou het zeker merken, met onvoorspelbare gevolgen. Een paar seconden later, nadat we Dulcibeni's kamer hadden verlaten en de deur weer op slot hadden gedaan, explodeerde Atto Melani in een luidruchtige, bevrijdende, triomfantelijke nies. Cristofano's deur ging open.

Ik liep naar de trap en ging die overijld af tot aan de kelder. Ik hoorde de arts abt Melani terechtwijzen: 'Wat doet u buiten uw kamer?'

Abt Melani moest al zijn welbespraaktheid in stelling brengen om een onhandige smoes te bedenken: hij wilde juist naar Cristofano gaan, zei hij, omdat hij bijna stikte door die plotselinge niesbuien.

'Ja, en waarom zitten uw schoenen dan helemaal onder de modder?' vroeg Cristofano met geïrriteerde stem.

'O, wel, eh, die zijn inderdaad een beetje vies geworden tijdens de reis van Parijs... en ik heb ze niet meer laten schoonmaken, dat is het, met alles wat er gebeurd is...' hakkelde Atto. 'Maar alstublieft, laten we niet hier praten. We maken Bedford nog wakker', want de Engelsman sliep inderdaad op korte afstand.

De arts mompelde nog iets en ik hoorde de deur dichtgaan. Cristofano moest de abt in zijn kamer hebben binnengelaten. Na een paar minuten hoorde ik hen weer naar buiten gaan.

'Dat verhaal bevalt me niet, we zullen eens zien wie er verder nog graag nachtbraakt,' siste Cristofano, terwijl hij op een deur klopte.

Van binnenuit antwoordde de half door slaap verstikte stem van Devizé.

'Niets aan de hand, neemt u mij niet kwalijk, alleen maar een kleine controle,' verontschuldigde de arts zich.

Het koude zweet brak me uit; nu zou hij op Dulcibeni's deur aankloppen. Cristofano klopte aan.

De deur ging open: 'Ja?'

Pompeo Dulcibeni was terug.

Toen de rust was weergekeerd, ging ik terug om Atto Melani op te wachten in mijn kamer. Helaas was er gebeurd wat we al vreesden. Niet alleen had Cristofano ontdekt dat Atto rondliep in de herberg; het ergste was dat ook Dulcibeni die nachtelijke opschudding had bijgewoond. Deze was blijkbaar naar zijn kamer teruggekeerd, terwijl Atto in Cristofano's kamer was. Op dat moment stond ik bijna onder aan de trap, en ik had Dulcibeni's terugkeer niet gehoord. De heer uit de Marche moest, ook al liep hij in het donker, met geruisloze pas de treden zijn afgegaan die het kamertje scheidden van zijn kamer op de eerste verdieping. Het was kortom een bizar, zo niet onmogelijk toeval gebleken.

Bijna ongelooflijk echter was dat Dulcibeni op tijd terug had kunnen komen na een lang heen-en-weer-geloop, eerst in de onderaardse gangen, daarna in Tiracorda's huis, ten slotte weer in de gangen; daarbij hees hij zich op eigen kracht op in het valluik, liep hij in het donker, besteeg hij steile trappen, en dat alles in totale eenzaamheid. Dulcibeni was iemand met een sterk lichaam en een lange adem. Te lang, bedacht ik, voor een man van zijn leeftijd.

Ik hoefde niet lang te wachten voor ik abt Melani in mijn deur zag verschijnen. Hij was tamelijk somber gestemd door de suffe, belachelijke manier waarop we ons door Cristofano hadden laten betrappen, zodat we zelfs Dulcibeni argwanend hadden gemaakt.

'En als Dulcibeni vlucht?'

'Ik denk niet dat hij dat zal doen. Hij is bang dat Cristofano alarm slaat en dat ook jij en ik, uit angst voor de straffen van de Bargello, lucht geven aan de zaak en de onderaardse doorgang laten ontdekken, alsmede het valluik dat regelrecht naar het huis van zijn vriend Tiracorda leidt. Hetgeen zijn mysterieuze plannen onherstelbaar in gevaar zou kunnen brengen. Ik geloof veeleer dat Dulcibeni, wat hij ook van zins is, na deze nacht haast zal maken. We moeten op onze hoede zijn.'

'Maar met de vondst van de brief in die onderbroek hebben we een grote slag geslagen,' vervolgde ik, terwijl ik mijn goede humeur terugkreeg. 'Trouwens, hoe hebt u die geheime bergplaats zo snel kunnen vinden?'

'Ik zie dat je niet van nadenken houdt. In aanwezigheid van wie kwam Dulcibeni in de herberg aan?'

'Van Devizé. En Fouquet.'

'Goed. En waar verborg Fouquet zijn briefjes, toen hij in Pinerolo zat?'

Ik dacht terug aan het verhaal dat abt Melani me pas een uur eerder had gedaan: 'In de stoelen, in de voering van zijn kleding en in zijn ondergoed!'

'Juist.'

'Maar dat betekent dat Dulcibeni alles weet over Fouquet.'

De abt knikte alsof dat vanzelf sprak.

'Dus het is niet waar wat Dulcibeni de mannen van de Bargello heeft verteld op de ochtend dat ze ons hebben ingesloten, dat wil zeggen, dat hij de bejaarde Fransman kort geleden had leren kennen,' zei ik verbaasd.

'Precies. Om zo'n mate van vertrouwdheid te bereiken moesten Dulcibeni en de minister elkaar al lang daarvoor hebben leren kennen. Vergeet niet dat Fouquet gehavend uit twintig jaar gevangenis tevoorschijn was gekomen: ik geloof niet dat hij veel heeft rondgereisd voordat hij zich in Napels vestigde. En waar kon hij eenvoudiger anoniem bescherming zoeken dan in de kring van jansenisten, de aartsvijanden van Lodewijk XIV, die in die stad diepgeworteld zijn.'

'En daar heeft hij Dulcibeni leren kennen, tegenover wie hij toen zijn ware identiteit zou onthullen,' concludeerde ik.

'Helemaal juist. Hun vriendschap is dus drie jaar oud en niet twee maanden, zoals Dulcibeni graag wil doen geloven. En nu zullen we deze kwestie, als God ons bijstaat, ontrafelen.'

Op dit punt moest ik abt Melani bekennen dat ik er niet helemaal zeker van was dat ik de juiste betekenis begreep van de brief die we zojuist stiekem in Dulcibeni's kamer hadden gelezen.

'Arme jongen, je hebt ook altijd iemand nodig die je vertelt wat je moet denken. Maar het geeft niet. Als je eenmaal journaalschrijver bent, zal het niet anders wezen.'

Zoals hij me in de vorige dagen had verteld, had Atto Kircher, die nu dement was, vier jaar daarvoor ontmoet. De brief die we net in Dulcibeni's kamer hadden gelezen, leek precies het resultaat van de erbarmelijke geestelijke toestand waarin de grote wetenschapper zich bevond: hij was gericht aan minister van Financiën Nicolas Fouquet, alsof de arme Fouquet niets was overkomen.

'Hij had alle gevoel voor tijd verloren,' zei Atto, 'zoals die grijsaards die denken dat ze weer kinderen zijn, en om hun moeder roepen.'

De inhoud van de brief was echter onmiskenbaar. Kircher voelde zich dicht bij het afscheid van het aardse, en wendde zich voor een laatste dankzegging tot zijn vriend Fouquet. Fouquet, memoreerde de jezuïet, was de enige machthebber aan wie hij zijn theorie had toevertrouwd – en de minister had zich vol bewondering aan zijn voeten geworpen –, toen Kircher hem uitentreuren de grote ontdekking van zijn leven had toegelicht: het *secretum pestis*.

'Misschien heb ik het begrepen!' haastte ik mij te concluderen. 'Dat is het traktaat van Kircher over de pest. Dulcibeni had het er aan het begin van de quarantaine over: Kircher heeft geschreven dat de pest niet van miasmen en ongezonde lichaamssappen afhangt, maar van kleine wezentjes, *vermiculi animati*, of iets dergelijks. Misschien is dat het geheim van de pest: die onzichtbare *vermiculi*.'

'Je vergist je schromelijk,' wierp Atto tegen. 'De theorie van de *vermiculi* is nooit een geheim geweest: Kircher heeft er bijna dertig jaar geleden over gepubliceerd in zijn *Scrutinium phisico-medicum contagiosae luis quae pestis dicitur*, enzovoorts, enzovoorts. In de brief die Dulcibeni bezit staat veel meer: Kircher kondigt aan dat hij kan *praevenire, regere* en *debellare*.'

'Dus de pest voorkomen, beheersen en overwinnen.'

'Goed zo. Dat is het *secretum pestis*. Maar om niet te vergeten wat ik heb kunnen lezen ben ik, voor ik bij jou kwam, naar mijn kamer geweest en heb ik alle belangrijke zinnen genoteerd.'

Hij liet enkele woorden en incomplete zinnen in het Latijn zien, die haastig op een papiertje gekrabbeld waren:

secretum morbi
morbus crescit sicut mortales
augescit patrimonium
senescit ex abrupto
per vices pestis petit et regreditur
ad infinitum renovatur
secretum vitae arcanae obices celant

'Volgens Kircher,' legde Atto uit, 'ontstaat, veroudert en sterft de pestziekte net zo als met mensen gebeurt. Ze voedt zich echter ten koste van hen: wanneer ze jong en sterk is, probeert ze haar vermogen zoveel ze maar kan te vergroten, evenals een wreed vorst doet die zijn onderdanen uitbuit, en met de besmetting veroorzaakt ze eindeloze slachtoffers en slachtingen. En dan wordt ze plotseling zwakker en raakt in verval als een arme bejaarde aan het eind van haar krachten; ten slotte sterft ze. De epidemie is cyclisch: ze valt de volkeren aan, rust dan uit, valt na jaren weer aan, en zo *ad infinitum*.'

'Dan is het een soort van... nou ja, iets wat altijd in de rondte draait.'

'Precies. Een cirkelvormige beweging.'

'Maar dan kan de pest nooit overwonnen worden, zoals Kircher juist belooft.'

'Dat is niet zo. De cyclus kan worden veranderd, wanneer je je toevlucht neemt tot het *secretum pestis*.'

'En hoe werkt dat?'

'Ik heb gelezen dat het in tweeën wordt verdeeld: het *secretum morbi*, om te besmetten; en het *secretum vitae*, om te behandelen.'

'Dus een pest veroorzakende hekserij en tegelijk remedie!'

'Helemaal juist.'

'Maar goed, hoe werkt het?'

'Dat heb ik niet begrepen. Sterker nog, Kircher heeft het ook niet uitgelegd. Hij heeft, voorzover ik heb kunnen lezen, op één punt sterk de nadruk gelegd. De cyclus van de pest heeft in zijn slotaanvallen iets onverwachts, iets raadselachtigs dat de geneeskundeleer niet kent: nadat de ziekte op haar hoogtepunt is gekomen, *senescit ex abrupto*, zet ze bruusk haar einde in.'

'Ik begrijp het niet, het is allemaal zo vreemd,' merkte ik op. 'Waarom heeft Kircher zijn ontdekkingen niet gepubliceerd?'

'Misschien was hij bang dat iemand er misbruik van zou maken. Er is weinig voor nodig om van zoiets kostbaars beroofd te worden, wanneer het manuscript eenmaal aan de drukker is overhandigd. En je kunt je voorstellen wat een ramp het voor de hele wereld zou zijn als die geheimen in verkeerde handen zouden vallen.'

'Hij moest dus veel achting voor Fouquet hebben om alleen hem in vertrouwen te nemen!'

'Ik kan je zeggen dat je maar één keer met de Eekhoorn hoefde te praten om verkocht te zijn. Kircher echter vervolgt dat het *secretum vitae* schuilgaat achter *arcanae obices*.'

'*Arcanae obices*? Dat betekent "mysterieuze hinderpalen". Maar waar verwijst hij naar?'

'Ik heb geen flauw benul. Misschien hoort het bij het jargon van de alchemisten, de haruspices, de tovenaars. Kircher kende religies, rituelen, allerlei bijgeloof en duivelse streken uit heel de wereld. Of misschien is *arcanae obices* een uitdrukking in een geheimschrift dat Fouquet kon ontcijferen nadat hij de brief had gelezen.'

'Maar Fouquet kon de brief niet ontvangen,' wierp ik tegen, 'toen hij in de gevangenis in Pinerolo zat.'

'Juist opgemerkt. En toch moet iemand hem hebben overhandigd, aangezien we hem in Dulcibeni's spullen hebben gevonden. Dus de beslissing dat hij hem kreeg, is genomen door degene die persoonlijk zijn hele correspondentie controleerde.'

Ik zweeg en durfde geen conclusies te trekken.

'... oftewel Zijne Majesteit de koning van Frankrijk,' zei Atto slikkend, bijna beangstigd door zijn eigen woorden.

'Maar dan,' aarzelde ik, 'was het *secretum pestis*...'

'Wat de koning van Fouquet wilde.'

Die ontbrak er nog maar aan, bedacht ik. Zodra Atto zijn naam had genoemd, was het alsof de allerchristelijkste koning, de Eerstgeboren Lievelingszoon van de Kerk, met een woedende ijzige windvlaag door een dakraam de herberg binnendrong, en wilde wegvagen wat er tussen de muren van De Schildknaap nog over was van de arme Fouquet.

'*Arcanae obices, arcanae obices*,' articuleerde Melani intussen aandachtig, met zijn vingers op zijn knieën trommelend.

'Signor Atto,' onderbrak ik hem, 'denkt u dat Fouquet uiteindelijk het *secretum pestis* aan de koning heeft onthuld?'

'*Arcanae*... wat zeg je? Ik weet het niet, ik weet het echt niet.'

'Misschien is Fouquet uit de gevangenis gekomen omdat hij het heeft bekend,' opperde ik.

'Wel, als hij ontsnapt was, zou het nieuws onmiddellijk zijn verspreid. Maar een en ander moet zo gegaan zijn: wanneer Fouquet wordt gearresteerd, worden er bij hem brieven van een mysterieuze prelaat gevonden waarin sprake is van het geheim van de pest. De brieven moeten door Colbert bewaard zijn. Als ik meer tijd had gehad toen ik de werkkamer van de Slang binnenging, zou ik die waarschijnlijk ook gevonden hebben.'

'En toen?'

'Toen is het proces van Fouquet begonnen. En nu weten we waarom de koning en Colbert tot elke prijs hebben verhinderd dat Fouquet er met ballingschap van afkwam: ze wilden hem in de gevangenis hebben om het *secretum pestis* af te dwingen. Bovendien konden ze zich, omdat ze niet doorhadden wie de mysterieuze geestelijke was, alleen tot de minister wenden. Als ze hadden geweten dat het Kircher was...'

'En wat zouden ze aan het geheim van de pest hebben gehad?'

Dat was maar al te duidelijk, zei Atto, steeds meer verhit: door de beheersing van de pest zou Lodewijk XIV eens en voor al kunnen afrekenen met zijn vijanden. De droom om de pest voor militaire doeleinden te gebruiken, vervolgde hij, was al eeuwenoud. Reeds Thucydides vertelde dat de Atheners, toen hun stad door de ziekte was gedecimeerd, vermoedden dat het hun Peloponnesische vijanden waren geweest die de besmetting hadden veroorzaakt door de putten te vergiftigen. In recenter tijden hadden de Turken geprobeerd de besmetting te gebruiken om belegerde steden te overmeesteren (maar met geringe resultaten) door besmette kadavers binnen de ringmuur te katapulteren.

Fouquet had het geheime wapen in handen dat de Franse koning tot zijn grenzeloze vreugde had kunnen gebruiken om Spanje en het keizerrijk een toontje lager te laten zingen, en ten slotte om het Holland van Willem van Oranje te verpletteren.

De gevangenneming was dus enkel zo wreed geweest om Fouquet aan de praat te krijgen en om er zeker van te zijn dat hij het geheim niet doorspeelde aan een van zijn vele vrienden. Daarom was het hem verboden te schrijven. Maar Fouquet zwichtte niet.

'Waarom zou hij ook?' vroeg abt Melani zich retorisch af. 'Het geheim voor zich houden was de enige garantie om in leven te blijven!'

Misschien had de minister jarenlang zelfs ontkend dat hij echt iets wist over hoe de pest verspreid werd; of had hij een reeks van halve waarheden opgesteld om maar tijd te winnen en een minder wrede gevangenschap te krijgen.

'Maar waarom is hij dan bevrijd?' vroeg ik.

'In Parijs was de brief van de oude Kircher aangekomen, die inmiddels wartaal uitsloeg en Fouquet had niet meer kunnen ontkennen, op straffe van zijn leven en dat van zijn gezin. Misschien is de minister uiteindelijk gezwicht en heeft hij de koning het *secretum pestis* beloofd in ruil voor invrijheidstelling. Daarna moet hij echter de voorwaarden niet gerespecteerd hebben. Daarom dus... hebben de waarnemers van Colbert toen jacht op hem gemaakt.'

'Zou het niet andersom kunnen zijn gegaan?' waagde ik.

'Wat wil je daarmee zeggen?'

'Misschien was het de koning wel die de voorwaarden niet respecteerde...'

'Basta. Ik kan je niet toestaan te denken dat Zijne Majesteit...'

Atto maakte zijn zin niet af, gegrepen als hij was in een onverwachte werveling van onbekende gedachten. Ik begreep dat zijn trots hem niet toestond mijn veronderstelling aan te horen: dat de koning de minister zijn invrijheidstelling beloofd kon hebben in ruil voor het geheim, met de bedoeling echter om hem meteen daarna uit de weg te laten ruimen. Hetgeen enkel niet was gebeurd omdat, zoals ik me hartstochtelijk begon voor te stellen, Fouquet de zet misschien had voorzien en er op enigerlei wijze, stellig door iemand geholpen, driest in geslaagd was aan de hinderlaag te ontsnappen. Maar misschien liep ik te hard van stapel. Ik keek het gezicht van de abt onderzoekend aan: met zijn strakke blik volgde hij mijn redenering, daar was ik van overtuigd.

'... Eén ding is echter zeker,' zei hij plotseling.

'Wat dan?'

'Bij Fouquets vlucht en bij het *secretum pestis* zijn ook anderen betrokken. En wel velen. Lauzun voorop, want hij is vast naar Pinerolo gestuurd om te proberen Fouquet zijn hart te laten luchten, wellicht met de belofte om hem gauw terug te laten keren naar Mademoiselle, zijn welgestelde vrouwtje. Verder heeft Devizé ermee van doen, die Fouquet hier naar De Schildknaap heeft vergezeld. Misschien heeft ook Corbetta ermee te maken, Devizés leermeester, die evenals zijn leerling de arme koningin Maria Theresia was toegewijd, en een expert was in cryptografie. Vergeet ook niet dat het *secretum vitae* op de een of andere manier verborgen ligt in de *arcanae obices*. Bovendien heeft Devizé van meet af aan gelogen: herinner je je zijn leugens over de theaters van Venetië nog? Ten slotte is Dulcibeni er bij betrokken, Fouquets vertrouweling, die in zijn onderbroek de brief over het *secretum pestis* verbergt, en die slechts een koopman is, maar wanneer hij over de pest praat, Paracelsus lijkt.'

Hij zweeg even om op adem te komen. Hij had een droge mond.

'Denkt u dat Dulcibeni het *secretum pestis* kent?'

'Dat is mogelijk. Het is nu in elk geval te laat om nog te praten.'

'Dat hele verhaal lijkt me absurd,' zei ik in een poging om hem te kalmeren. 'Bent u niet bang dat u zich aan te veel veronderstellingen waagt?'

'Ik zei het je al. Om staatsaangelegenheden te begrijpen moet je de feiten anders bekijken dan normaal. Het maakt niet uit wát je denkt, maar hóe je denkt. Niemand weet alles, zelfs de koning niet. En wanneer je niets weet, moet je wel leren veronderstellen, ook de waarheden die op het eerste oog het absurdst lijken: je zult dan zonder mankeren ontdekken dat het allemaal ontzettend waar is.'

Grauw in het gezicht ging hij de deur uit, links en rechts de gang afspeurend, alsof iemand een hinderlaag voor hem legde. Maar Atto Melani's angst, die eindelijk ten volle duidelijk was geworden, was voor mij niet meer zo raadselachtig. Ik benijdde hem niet meer om zijn geheime missie, zijn kennissen aan de hoven, zijn wijsheid als man die van wanten wist en van intrigeren.

Hij was naar Rome gekomen om de koning van Frankrijk te dienen en een onderzoek naar een mysterie in te stellen. Nu wist hij dat hij, om dat mysterie op te lossen, een onderzoek naar de koning moest instellen.

Achtste dag
18 september 1683

De volgende dag stond ik ten prooi aan een koortsachtige onrust op. Ondanks de lange overwegingen waarmee Atto en ik ons de vorige nacht hadden beziggehouden, en de weinige slaap die ik me wederom had gegund, was ik helemaal wakker en gereed om aan te pakken. Wat ik zou kunnen doen was me eigenlijk niet zo duidelijk: de vele mysteriën die tot de herberg doordrongen, beletten me ook maar iets te besluiten. Dreigende of onbereikbare verschijningen (Lodewijk XIV, Colbert, koningin Maria Theresia, zelfs Kircher) hadden hun intrede gedaan in de herberg en onze lotgevallen. De gesel van de pest was nog niet opgehouden ons te kwellen en angst aan te jagen; sommige gasten vertoonden bovendien al dagen onbegrijpelijke of verdachte houdingen en gedragingen. Alsof dat niet genoeg was, beloofde het astrologieblaadje van Stilone Priàso voor de volgende dagen rampzalige, dood aanbrengende gebeurtenissen.

Terwijl ik de trap afging naar de keuken, hoorde ik abt Melani gedempt maar gekweld zingen:

Infelice pensier, chi ne conforta?
Ohimé! Chi ne consiglia? *

Ook Atto moest zich verloren en terneergeslagen voelen. En wel meer dan ik! Ik liep haastig door en vermeed opzettelijk bij dergelijke ontmoedigende bespiegelingen stil te staan. Zoals altijd stond ik Cristofano vlot bij in de keuken en in de ronddeling van de maaltijden. Ik had gekookte zeebaars bereid, gebakken in olie met gekneusd knoflook, kattenkruid, pieterselie, kruiderijen en een partje citroen. Tot ieders waardering.

'Cloridia heeft naar je gevraagd,' kondigde Cristofano na de maaltijd aan. 'Je zou meteen naar haar toe moeten.'

---

*   zie noot blz. 382.

De reden van die oproep (en Cristofano wist dat) was geheel onbeduidend. Ik trof Cloridia aan met een halfopen lijfje en haar hoofd gebogen over de teil, terwijl ze haar haren waste. De kamer werd overstroomd door de geur van zoete essences. Verdoofd hoorde ik haar mij vragen om de azijn die in een flesje op de toilettafel stond, over haar hoofd te gieten: zij gebruikte die, zou ik later vernemen, om haar haar glanzender te maken.

Terwijl ik deed wat mij gevraagd werd, herinnerde ik mij de twijfels die ik had gekoesterd omtrent Cloridia's woorden aan het eind van onze vorige ontmoeting. Toen ze mij sprak over het buitengewone toeval met de getallen van haar geboortedatum en die van Rome, had ze een geleden onrecht aangeroerd dat in verband stond met haar terugkeer naar die stad. Daarna had ze verklaard dat ze bij De Schildknaap was uitgekomen door een zekere *virga ardentis*, een gloeiende roede die ook wel trillende of vooruitstekende roede werd genoemd, te volgen. Iets wat ik, mede door het dubbelzinnige gebaar dat met haar woorden gepaard ging, had opgevat als een obscene toespeling. Ik had mij toen voorgenomen om erachter te komen wat ze echt bedoelde. En daar laat Cloridia zelf me zomaar bij haar komen en biedt er de gelegenheid voor.

'Geef me de handdoek aan. Nee, niet die: die kleinere, van grof linnen,' commandeerde ze, terwijl ze haar haar uitwrong.

Ik gehoorzaamde. Nadat ze haar schouders had afgedroogd, hulde ze haar hoofd in de doek.

'Zou je nu mijn haar willen kammen?' vroeg ze op honingzoete toon. 'Het krult zo dat het haast onmogelijk te ontwarren is zonder het uit te trekken.'

Blij zette ik mij aan die dankbare taak. Ze ging met haar rug naar me toe zitten, nog half bevrijd van de veters van het lijfje, en verklaarde dat ik zou moeten beginnen bij de punten, om dan naar boven te gaan tot aan de haarinplant. Het leek me het juiste moment om haar te vragen mij te vertellen wat haar naar De Schildknaap had gebracht, en ik memoreerde haar wat ze me de vorige keer al had bekendgemaakt. Cloridia ging erop in.

'Wat is dan die gloeiende of trillende roede, monna Cloridia?' vroeg ik.

'*Uw stok en uw staf, die vertroosten mij,*' citeerde ze. 'Psalm 23.'

Ik slaakte een zucht van verlichting.

'Ken je die niet? Het is een simpele gevorkte tak van de hazelaar, anderhalve voet lang en een vinger dik, niet meer dan een jaar oud. Hij wordt ook wel lans van Pallas, Mercuriusstaf, toverstokje van Circe, Aronsstaf en Jakobsstaf genoemd. Bovendien goddelijke roede, lichtende roede, vooruitstekende roede, transcendente roede, vallende roede, hogere roede: allemaal namen die gegeven zijn door Italianen in de kwikzilvermijnen van Trente en Tirol werkzaam. Hij wordt vergeleken met de wensstok van de Romeinen, die hem in de plaats van de scepter hielden; met de stok die Mozes gebruikte om water uit de rots te slaan; met de scepter van Ahasveros, de koning van de Perzen en de Meden, van wie Esther – zodra ze het uiteinde had gekust – alles kreeg wat ze vroeg.'

En ze dook in een uitzonderlijke, scherpzinnige exegese. Ja, want dat wist ik nog goed, Cloridia was geen simpele straatmadelief, ze was een courtisane: en er waren geen vrouwen die aan de kunsten van Amor evenveel eruditie wisten te paren.

'De roede wordt al meer dan tweehonderd jaar gebruikt om metalen, en al een eeuw om water te ontdekken. Maar dat is algemeen bekend. Sinds mensenheugenis echter wordt hij toegepast om misdadigers en moordenaars te vangen in een groot aantal verre landen: in de gebieden van Idumaea, Sarmatië, Gaetulië, het land der Goten, Raetië, Raffia, Hibernia, Hircanië, Marmarika, Manziana, Confluenza, Prufuik, Alexandrië, Argentone, Frisange, Gaietta, Cuspia, Lijfland, Casperia, Serica, Brixia, Trapezonda, Syrië, Cilicië, Mutina, Arabië, Mechelen in Brabant, Liburnië, Slavonië, Ossiana, Pamphylië, Garamanza en ten slotte Lydië, dat *olim* Maeonië geheten was, waar de rivieren de Hermus en de Pactolus stromen, die zo door dichters worden geroemd. In Gedrosië is een moordenaar zelfs meer dan 45 mijl over land en meer dan 30 mijl over zee gevolgd en ten slotte gearresteerd. Met de roede hadden ze het bed gevonden waarop hij had geslapen, de tafel waaraan hij had gegeten, zijn potten en zijn pannen.'

Zo vernam ik van Cloridia dat deze mysterieuze roede werkt dankzij de poreusheid van de lichamen, die zich door voortdurende uitstoot eeuwig van ongrijpbare deeltjes scheiden. Tussen de zichtbare lichamen en de onwaarneembare, onkenbare wezens bestaat namelijk een middensoort van heel fijne, actieve, vluchtige agentia, oftewel materiedeeltjes, atomen, fijne materie. Ze kunnen een emissie van de stof zelf zijn waarvan ze stammen; of ze zijn een derde stof, die de kracht van de uitstralende materie naar de opnemende materie leidt. Dierlijke geesten hebben bijvoorbeeld een derde stof, die de hersenen (die er het reservoir van zijn) in de zenuwen verdelen en vandaar naar de spieren om de diverse bewegingen te veroorzaken. Andere keren echter zijn die deeltjes in de lucht vlak bij de uitstralende materie, die die lucht als vehikel gebruikt om haar afdruk te brengen op de opnemende stof.

'Zo werken bijvoorbeeld de klok en de klepel, die een impuls geeft aan de nabije lucht, die op zijn beurt weer andere lucht aandrijft enzovoorts, totdat ons gehoor wordt geprikkeld en er de sensatie van geluid aan ontleent,' verhelderde Cloridia.

Welnu, het waren die deeltjes die sympathie en antipathie, en zelfs liefde veroorzaakten.

'Het zoeken naar een dief en een moordenaar berust op antipathie. Op de markt van Amsterdam zag ik een meute varkens woedend tegen een slager knorren toen die bij hen stond, en proberen zich op hem te storten voorzover het touw dat om hun nek zat dat toestond. Dit omdat die varkens de deeltjes van andere varkens die net door de slager waren gekeeld, hadden waargenomen: deeltjes die in de kleren van de man waren getrokken, en de lucht om hem heen bewogen en de meute levende varkens hinderden.'

Om diezelfde reden, zoals ik niet zonder verbazing hoorde, zet het bloed van een vermoorde of zelfs alleen maar gewonde man (of vrouw tegenover wie geweld is gebruikt) zich in beweging, het stroomt van de wond in de richting van de misdadiger en maakt het de roede gemakkelijk om hen te volgen en op te sporen.

Maar ook als het misdrijf indirect en op afstand is gepleegd, bijvoorbeeld in opdracht, of door handelingen en beslissingen die een of meer mensen de dood of geweld hebben aangedaan, kan de roede hen opsporen, mits hij vertrekt vanaf de plaats waar de misdaad is gepleegd. De geest van de schuldigen wordt namelijk in beweging gebracht door de dodelijke noodkreten die de gruwel van zoveel misdaad oproept, en door de eeuwige angst voor de laatste marteling die, zoals de Heilige Schrift zegt, de poort van de verdorven ziel altijd bewaakt.

'*Fugit impius nemine persequente:* de verdorvene vlucht, hoewel niemand hem achtervolgt,' citeerde Cloridia met onverwachte eruditie, waarbij ze haar hoofd ophief en haar ogen flikkerden.

Op dezelfde manier was het uit antipathie dat, als er een wolvenstaart aan de stalmuur hangt, die staart de koeien verhindert te eten; dat de wijnstok vlucht voor kool; dat dollekervel zich verre houdt van wijnruit en hoewel het sap van de dollekervel een dodelijk gif is, is het geenszins schadelijk als men na het drinken ervan het sap van de wijnruit slikt. Zoals er ook onverzoenlijke antipathie heerst tussen schorpioen en krokodil, olifant en varken, leeuw en haan, raaf en uil, wolf en schaap, alsmede pad en wezel.

'Maar zoals ik al zei, de deeltjes veroorzaken ook sympathie en liefde,' vervolgde Clorida, die toen voordroeg:

> *Er zijn geheime kernen, er zijn sympathieën,*
> *En hun zoete eensgezindheid geeft de zielen harmonieën*
> *Zodat ze elkaar beminnen en zich laten zeggen*
> *Door deze ik weet niet wat, die niet zijn uit te leggen.*

'Welnu, beste jongen, wat we niet kunnen verklaren, zijn die deeltjes. Volgens Giobatta Porta bestaat er bijvoorbeeld grote sympathie tussen de mannetjes- en de vrouwtjespalm, tussen de wijnstok en de olijf, tussen de vijg en de mirte. En het is uit sympathie dat een woedende stier meteen bedaart als hij aan een vijgenboom wordt vastgebonden; of een olifant kalmeert bij het zien van een ram. En weet,' zei ze met zachtere stem, 'dat de hagedis sympathie heeft voor de mens, graag naar hem kijkt en graag zijn speeksel zoekt, dat hij gretig drinkt.'

In de tussentijd had ze een arm achter zich uitgestrekt. Ze pakte de hand waarmee ik haar kamde en trok me naast zich.

'Op dezelfde manier,' ging ze verder alsof er niets aan de hand was, 'wordt genegenheid of het feit dat we ons heimelijk door iemand aangetrokken voelen vanaf de eerste keren dat we bij hem in de buurt komen, veroorzaakt door een uitstoot van geesten of deeltjes van deze persoon die zacht het oog of de zenuwen binnenkomen, tot ze de hersenen bereiken en een aangenaam gevoel geven.'

Bevend was ik met de kam in de weer bij haar slapen.

'En weet je?' vervolgde ze verleidelijk. 'Die aantrekkingskracht heeft het schitterende vermogen om het voorwerp van onze verlangens helemaal te vervolmaken.'

Niemand zou mij ooit als helemaal volmaakt kunnen zien, vast niet, herhaalde ik bij mezelf, in een poging de heftige emotie te beteugelen; en intussen kon ik geen woord uitbrengen.

Cloridia leunde haar hoofd lichtjes tegen mijn borst en zuchtte.

'Nu moet je het haar in mijn nek uit de knoop halen, maar zonder me pijn te doen: daar zijn de klitten het ergst, maar ook kwetsbaarder en gevoeliger.'

Na haar woorden ging ik tegenover haar zitten op haar hoge bed en nam haar hoofd in mijn schoot, met haar gezicht neerwaarts, waarbij ze me haar nek toonde. Nog verdoofd en verward voelde ik in mijn liezen de warmte van haar adem. Ik hervatte het kammen van haar krullen. Mijn hoofd voelde helemaal leeg.

'Ik heb je nog niet uitgelegd op welke manier je de roede met succes kunt gebruiken,' hernam ze langzaam, terwijl ik voelde hoe ze zich beter in haar positie installeerde.

'Weet allereerst dat de natuur slechts één mechanisme kent bij al haar operaties, en dat is het enige waaraan de beweging van de roede kan worden toegeschreven. Je moet allereerst de punt van de roede in een zo mogelijk vochtige, warme materie dopen (zoals bloed of andere lichaamssappen), die te maken heeft met wat je zoekt. Dit omdat de aanraking soms openbaart wat de ogen niet kunnen. Vervolgens neem je de roede tussen twee vingers en houdt hem ter hoogte van je buik. Je kunt hem ook in evenwicht op de rug van je hand dragen, maar volgens mij werkt dat niet. Dan moet je langzaam in de richting lopen waarvan je denkt dat het gezochte zich bevindt. Je moet naar voren en naar achteren lopen, meermalen op en neer, totdat de roede omhoog gaat; en zo weet je zeker dat de ingeslagen richting de juiste is. De inclinatie van de roede is hetzelfde als de inclinatie van de kompasnaald: ze antwoordt op de aantrekkingskracht van de magneet. Het voornaamste is om de roede nooit bruusk te hanteren, anders breekt het volume aan dampen en uitstoten van de gezochte plaats, die als ze in de roede trekken, ervoor zorgen dat die omhooggaat in de juiste richting. Af en toe is het goed om de twee hoorns die aan de basis van de roede zitten, vast te houden, maar zonder ze te veel vast te klemmen, en wel zo dat de bovenkant van de hand naar de grond gedraaid is en ervoor zorgend dat de punt van de roede goed omhoog staat in de richting van het doel. Je moet bovendien weten dat de roede niet in ieders hand beweegt. Er is een bijzondere gave voor nodig, en veel talent. Hij beweegt bijvoorbeeld niet in de handen van iemand die grove, ruwe, overvloedige materie uitwasemt, aangezien die deeltjes de kolom van dampen, uitstoten en rook gaan breken. Maar het gebeurt soms dat de roede zelfs niet beweegt in de handen van iemand die hem al met succes heeft gebruikt. Niet dat het mij ooit is gebeurd, nee zeg. Maar er kan iets gebeuren dat de constitutie wijzigt van iemand die de roede moet hanteren, en zijn bloed heftiger laat bruisen. Iets in het eten of in de lucht kan bijtende, zure zouten veroorzaken. Of te inspannend werk, nachtbraken of studie kan een bijtende, ruwe uitwaseming creëren die van de handen overgaat in de tussenruimten van de roede en de weg naar de kolom van dampen in de war stuurt, waardoor ze niet in beweging kunnen komen. Dit omdat de roede werkt als katalysator van de onzichtbare deeltjes, als een microscoop. Als je eens zag hoe het eruitziet, wanneer de roede eindelijk...'

Cloridia onderbrak haar verhaal. Cristofano klopte aan.

'Het leek of ik een schreeuw hoorde. Alles goed hier?' vroeg de arts, die de trappen op was gesneld, buiten adem.

'Niets om u zorgen over te maken. Ons arme knechtje heeft zich bezeerd terwijl hij me hielp, maar het stelt niets voor. Ik groet u, signor Cristofano, en bedankt,' antwoordde Cloridia opgeruimd.

Ik had geschreeuwd. En nu lag ik, uitgeput van genot en schaamte, achterover op Cloridia's bed.

Ik weet niet na hoeveel tijd of op welke manier ik afscheid nam. Ik herinner me alleen Cloridia's glimlach en het tedere tikje dat ze op mijn hoofd gaf voor ik de deur weer dichtdeed.

Ten prooi aan de meest tegenstrijdige gevoelens glipte ik bliksemsnel mijn kamer in om een andere broek aan te trekken: ik kon niet het risico lopen dat Cristofano me zo liederlijk bezoedeld zou aantreffen. Het was een mooie lauwe middag, en bijna ongemerkt dommelde ik halfgekleed op mijn legerstede in.

Na een uurtje werd ik weer wakker. Ik ging bij abt Melani langs om te vragen of hij nog iets nodig had: bij de herinnering aan zijn gekwelde lied van die ochtend had ik eigenlijk met hem te doen en ik wilde dat hij zich niet alleen zou voelen. Ik trof hem echter goedgemutst aan:

A petto ch'adora è solo un bel guardo. È solo un bel guardo!* zong hij blij en met coloratuur bij wijze van groet.

Ik keek hem niet-begrijpend aan.

'Volgens mij heb ik jou vanmorgen in de verte horen, eh, lijden. Je hebt Cristofano laten schrikken, weet je dat? Hij stond met mij in de deur, toen we je daarboven in Cloridia's torentje hoorden...'

'O, maar u moet niet denken, signor Atto,' weerde ik blozend af. 'Monna Cloridia heeft niet...'

'Ach ja, natuurlijk,' sprak de abt met plotselinge ernst, 'de blonde Cloridia heeft niets gedaan: voor een adorerend gemoed is één betoverende blik genoeg, zoals mijn leermeester *seigneur* Luigi het zo mooi uitdrukte.'

---

* Voor een adorerend hart is het slechts een fraaie blik. Het is slechts een fraaie blik!

Overgeleverd aan de ergste schaamte en Melani uit alle macht hatend, liep ik weg.

In de keuken trof ik Cristofano aan, bleek en overmand door bezorgdheid.
'De Engelsman is er slecht aan toe. Heel slecht,' siste hij bij mijn aanblik.
'Maar alle kuren die u hem hebt verstrekt...'
'Niets. Een raadsel. Mijn wonderbaarlijke *remedia*: tevergeefs. Begrijp je wel? Bedford sterft. En wij komen hier niet meer uit. Allemaal verloren. Allemaal,' sprak hij hortend, met onnatuurlijke stem.

Op zijn gelaat zag ik met zorg een paar vreselijke wallen en een lege, verloren blik; het leek of hij zijn woorden kwijt was, en hij praatte hortend.

De gezondheid van de Engelsman was al die tijd niet verbeterd, en de patiënt was ook al die tijd niet weer bij kennis gekomen. Ik keek om me heen: de keuken stond compleet op zijn kop. Potten, flesjes, brandende vuurtjes, distilleerkolven en glazen in alle soorten en maten overspoelden elk meubel, elke tafel, stoel, hoek, krocht en doorgang, en zelfs de vloer. In de haard kookten de twee kookpotten en een bescheiden aantal andere potten: met afschuw zag ik op het vuur de betere reuzel-, vlees-, vis- en gedroogd-fruitreserves uit de kelder gruwelijk vermengd in onbekende, stinkende alchemistische preparaten. Op het tafeltje, op het bordenrek, op de ladekast en op de planken van de open voorraadkast lag een eindeloze vlakte schaaltjes met olie en hoopjes poeder in verschillende kleuren. Naast elk schaaltje en hoopje lag een kaartje: zedoarwortel, galgant, lange peper, ronde peper, jeneverbes, cederschors, cedraat, savie, basilicum, mariolein, laurierblad, polei, gentiaan, akkermunt, vlierblad, rode en witte roos, spijknardus, cubebe, rozemarijn, munt, kaneel, slangewortel, gamander, sticados, camepiteos, kardemomzaden, moerasbies, thuris albi, aloë, artemisiazaad, aloëhout, kardemom, laurierolie, moederhars, klimopgom, wierook, kruidnagel, smeerwortel, nootmuskaat, gingiber, wit essenkruid, benzoë, verse gele was, fijne terpentijn en as van het vuur.

Ik draaide me om naar de arts om uitleg te vragen, maar hield me in: bleek en met een verloren blik zwierf Cristofano verward van het ene einde van de ruimte naar het andere, de hand leggend aan duizend operaties zonder er een te voltooien.

'Je moet me helpen. We zullen alles op alles zetten. Die vervloekte builen van Bedford, ze zijn niet opengegaan. Ze zijn ook niet gerijpt, de krengen. Dus dan, tjak! snijden wij ze maar weg.'

'O, nee!' riep ik uit, wel wetend dat niet rijpe gezwellen wegsnijden dodelijk kan zijn voor de patiënt.

'In het ergste geval crepeert hij toch,' kapte hij met ongewone hardheid af. 'En dit is het plan. Ten eerste: hij moet braken. Maar het is afgelopen met de keizerlijke achtarmen. Iets sterkers, mijn rozenlikkepot bijvoorbeeld: uit zwakheid even in- als extrinsiek. Twee drachmen op de nuchtere maag en daar komt het braaksel. Het bevrijdt het lichaam. Het maakt het hoofd leeg. En je gaat ervan spugen. Een teken dat het met alle zwakheden afrekent. Recipe!' schreeuwde Cristofano onverwachts, zodat ik opschrok. 'Fijne suiker, gemalen parels, muskus, krokus, aloëhout, kaneel en steen der wijzen. Misce en maak van alles tabletjes, want die zijn onvergankelijk: wonderbaarlijk tegen de pest. Ze verdunnen de dikke, aangetaste lichaamssappen die de gezwellen veroorzaken. Ze sterken de maag. En vrolijken het hart op.'

Ellende in zicht voor Bedford, bedacht ik. Maar welke alternatieven hadden we verder? Behalve op God de Heer was iedere hoop op redding op Cristofano gevestigd.

De arts deelde, overmand door opwinding, bij herhaling orders uit zonder mij de tijd te gunnen om ze uit te voeren, en herhaalde mechanisch de recepten die hij in de teksten van de medische praktijk moest hebben gelezen

'Ten tweede: *elixir vitae* voor herstel. Een groot succes hier in Rome tijdens de pest van '56. Zeer krachtig: het geneest veel soorten ellendige, kwaadaardige ziekten. Van nature zeer doordringend. Het droogt uit en sterkt alle plaatsen die door welke ziekte dan ook zijn gekwetst. Het behoudt alle vergankelijke dingen; het lost slijm op, hoest, benauwdheid op de borst en al dergelijke dingen meer. Het behandelt en geneest elk wrede soort stinkende zweren, en verlicht alle leed, veroorzaakt door koudheid, *et coetera*.'

Even leek hij te wankelen, met zijn verloren blik in de leegte. Ik schoot toe, maar meteen hersteld hernam hij: 'Ten derde: pillen tegen de pest van meester Alessandro Cospio van Bolsena. Imola, 1527: een groot succes. Armeense bolus. Zegelaarde. Kamfer. Tormentil. Aloë. Vier drachmen elk. Alles gemengd met koolsap. En een scrupel saffraan. Ten vierde: medicijn bij monde van meester Roberto Coccalino van Formigine. In 1500 een groot medicus in Reggio di Lombardia. *Recipe!*' riep hij andermaal met verstikte stem.

Hij commandeerde me zo een afkooksel te maken van kerstroos, terrasiena, kolokwint en rebarber.

'Het medicijn bij monde van meester Coccalino brengen we in via zijn achterwerk. Ja. Zo zal het halverwege de pillen van meester Cospio tegenkomen. En samen zullen ze die smerige pest aankunnen. En overwinnen, ja.'

We gingen vervolgens naar de kamer van Bedford, die inmiddels meer dood dan levend was, waar ik hielp om, niet zonder afgrijzen, in de praktijk te brengen wat Cristofano had uitgedacht.

Aan het einde van de bloederige operaties leek de kamer wel een slachthuis: braaksel, bloed en uitwerpselen in een ragout vermengd boden een verwoestend schouwspel en een geheel eigen stank. We gingen verder met het wegsnijden van de builen en smeerden op de wonden azijnachtige siroop met olie *filosoforum*, dat naar zeggen van de arts de pijn zou genezen.

'En ten slotte verbinden met de pleister *gratiadei*,' besloot Cristofano, ritmisch hijgend.

Ja, bad ik, juist de *gratia dei*, de genade Gods, zouden we nodig hebben: de jonge Engelsman had op geen enkele manier op de therapie gereageerd. Onverschillig voor alles had hij zich niet eens verroerd om te kreunen van de pijn. We keken naar hem en wachtten tevergeefs op een teken, ten goede of ten kwade.

Met gebalde vuisten beduidde Cristofano mij hem snel te volgen naar de keuken. Helemaal bezweet begon hij vervolgens mompelend een grote hoeveelheid geurstoffen grof te stampen. Hij mengde ze en liet ze in fijne brandewijn koken in een distilleerkolf die hij op een komfoor zette, waaronder hij langzaam vuur maakte.

'Nu krijgen we water, olie en flegma. En alle apart!' verkondigde hij nadrukkelijk.

Weldra begon de kolf een melkachtig water te druppelen dat vervolgens dampend en gelig werd. Cristofano nam toen een andere kolf en bewaarde het witte vocht in een goed afgesloten ijzeren pot.

'Eerst balsemwater!' riep hij uit, overdreven uitgelaten zwaaiend met de pot.

Hij zette het vuur onder de distilleerkolf hoger, waarin een vloeistof was blijven koken die in een inktzwarte olie veranderde.

'Balsemmoer!' verkondigde Cristofano, die de smurrie in een fles goot.

Vervolgens zette hij het vuur op zijn hoogst, totdat alle substantie uit de distilleerkolf kwam: 'Balsemlicoor: wonderbaarlijk!' jubelde hij woest, terwijl hij me die samen met de twee andere geneesmiddelen in een fles aanreikte.

'Breng ik dat naar Bedford?'

'Nee!' brulde hij verontwaardigd; hij stak zijn wijsvinger omhoog zoals je doet tegen een hond of een kind en nam me van top tot teen op.

Hij had opengesperde, rooddoorlopen ogen: 'Nee, jongen, dat is niet voor Bedford. Het is voor ons. Ons allemaal. Drie uitstekende brandewijnen. Zo zuiver als wat.'

Hij nam de nog warme distilleerkolf in de hand en schonk zich met boerse bezetenheid een glas van de eerste sterkedrank in.

'Maar waar zijn ze voor?' vroeg ik kleintjes.

Bij wijze van antwoord vulde hij het glas met het tweede preparaat en sloeg het wederom achterover.

'Om de angst te grazen te nemen, ha, ha!' zei hij, terwijl hij ook een glas van de derde brandewijn naar binnen werkte, en het voor de vierde keer vulde.

Hij dwong me vervolgens tot een dwaze toast met de lege kolf die ik in de hand hield.

'Op die manier zullen we het niet eens merken, wanneer ze ons naar het lazaret brengen om te creperen! Ha ha ha!'

Na die woorden gooide hij het glas over zijn schouder en liet een paar krachtige boeren. Hij probeerde te lopen, maar kon zich niet op de been houden. Hij viel op de grond, angstwekkend wit in zijn gezicht, en raakte vervolgens buiten bewustzijn.

Meer dan geschrokken wilde ik om hulp roepen, maar ik wist mezelf te bedwingen. Als er paniek uitbrak, zou de situatie in de herberg tot chaos vervallen. Met het risico dat we in de gaten liepen bij de dienstdoende wachters. Ik snelde dus naar abt Melani om bijstand te vragen. Met grote behoedzaamheid (en uiterste inspanning) wisten we de arts naar zijn kamer op de eerste verdieping te vervoeren, bijna zonder lawaai te maken. Ik vertelde de abt van de doodsstrijd van de jonge Engelsman en van de verwarde toestand waarin Cristofano verkeerde voor hij in katzwijm raakte.

De arts lag intussen bleek en roerloos, luidruchtig hijgend op bed.

'Reutelt hij, signor Atto?' vroeg ik met een brok in mijn keel.

Abt Melani bukte om het gezicht van de patiënt te onderzoeken.

'Nee, hij snurkt,' antwoordde hij geamuseerd. 'Ik heb trouwens altijd wel gedacht dat Bacchus achter de brouwsels van de dokter zat. Bovendien heeft hij te hard gewerkt. We laten hem maar slapen, maar houden hem wel in het oog. Je kunt niet voorzichtig genoeg zijn.'

We gingen naast het bed zitten. Met gedempte stem vroeg Melani nogmaals naar Bedford. Hij leek erg bezorgd: het vooruitzicht van het lazaret werd gruwelijk voelbaar. We gingen vruchteloos de vluchtmogelijkheden via de onderaardse gangen na. Vroeg of laat zouden ze ons toch weer te pakken krijgen.

Moedeloos trachtte ik aan iets anders te denken. Zo viel mij in gedachten dat Bedfords kamer nog gereinigd moest worden van de viezigheid van de arme pestlijder. Ik gebaarde Atto dat hij mij verderop bij de Engelsman kon vinden en ging me aan deze ondankbare taak wijden. Toen ik terugkwam, trof ik Atto de slaap der onschuldigen slapend aan op een stoel. Hij sliep met zijn armen over elkaar en zijn benen op de stoel die ik leeg had achtergelaten. Ik boog me over Cristofano heen: hij sliep als een roos en zijn gezicht leek al aan kleur te winnen.

Lichtelijk gerustgesteld zat ik net in een hoekje op de rand van het bed gehurkt, toen ik gemompel hoorde. Het was Atto. Onhandig op de twee stoelen genesteld wond hij zich op in zijn slaap. Zijn bungelende hoofd ging ritmisch heen en neer. Zijn vuisten op zijn borst omklemden het kant van zijn mouwen, terwijl het aanhoudende gemurmel deed denken aan de reactie van een boze kleuter op de schrobbering van vader of moeder.

Ik spitste mijn oren: met zware, onvaste ademhaling, bijna alsof hij op het punt stond het uit te snikken, sprak Atto Frans.

'*Les baricades, baricades...*' kreunde hij zachtjes in zijn slaap.

Ik herinnerde me dat Atto, nauwelijks twintig jaar oud, met de koninklijke familie en zijn leermeester, *seigneur* Luigi Rossi, tijdens het oproer van de Fronde had moeten vluchten uit Parijs. Nu brabbelde hij over barricaden: misschien beleefde hij in zijn slaap de opstand van die dagen opnieuw.

Ik vroeg me af of het niet beter was hem te wekken en hem te onttrekken aan die nare herinneringen. Ik glipte voorzichtig van het bed en hield mijn gezicht bij het zijne. Ik aarzelde: voor het eerst had ik de kans om Atto zo van nabij te onderzoeken, zonder onderworpen te zijn aan zijn waakzame, kritische blik. Het gezicht van de abt, opgezet en vlekkerig van de slaap, trof me: zijn wangen, glad en inmiddels hangend, vertelden van zijn eenzaamheid en weemoed als eunuch. Een oude zee van leed in het midden waarvan het fiere, nukkige kuiltje zich nog als een drenkeling drijvende trachtte te houden door eerbied en respect op te eisen voor de diplomaat van de allerchristelijkste koning. Ik voelde een steek door mijn hart, maar op slag raakten mijn gevoelens op de achtergrond.

'*Baricades... mistérieuses, mistérieuses. Baricades. Mistérieuses. Les baricades...*' mompelde de abt plotseling.

Hij ijlde. Onverklaarbaar genoeg werd ik door die woorden verontrust. Wat waren die barricaden in Melani's hoofd? Mysterieuze barricaden. Waaraan herinnerden die twee woorden mij? Het was alsof het denkbeeld me niet nieuw voorkwam...

Juist toen vertoonde Atto tekenen van ontwaken. Hij leek allerminst bezwaard door leed, zoals kort daarvoor. Bij mijn aanblik verbreedde zijn gezicht zich juist meteen in een glimlach:

> *Chi giace nel sonno*
> *non speri mai Fama*
>
> *Chi dorme codardo*
> *è degno che mora...* *

zong hij zacht.

'Zo zou *seigneur* Luigi, mijn leermeester, mij terechtwijzen,' grapte hij, zich uitrekkend en zich her en der krabbend. 'Heb ik iets gemist? Hoe gaat het met de dokter?' vroeg hij vervolgens, toen hij me in gedachten zag.

'Niks nieuws, signor Atto.'

'Ik denk dat ik je mijn verontschuldigingen verplicht ben, jongen,' zei hij even later.

'Waarvoor, signor Atto?'

'Welnu, misschien had ik je niet op die manier moeten plagen, toen we vanmiddag in mijn kamer waren. Vanwege dat met Cloridia, bedoel ik.'

Ik antwoordde dat zijn verontschuldigingen niet nodig waren; eigenlijk was ik even verbaasd als blij over abt Melani's woorden. Meer welgemoed vertelde ik hem wat Cloridia mij had uitgelegd, uitweidend over de magische, verrassende wetenschap der getallen, waarin ieders lot verborgen ligt. Daarna ging ik over op de onderzoekende krachten van de gloeiende roede.

'Ik begrijp het. De gloeiende roede is een, zeg maar, ongewoon en pakkend onderwerp,' reageerde Atto, 'waarin Cloridia stellig zeer ervaren is.'

'O, nou ja, ze was haar haar aan het wassen en had mij laten roepen om het uit de knoop te halen,' zei ik, Atto's fijne ironie afwerend.

---

* Laat hij die ligt te slapen nooit hopen op Roem
   Hij die lafhartig slaapt is het waard dat hij sterft...

> *O biondi tesori*
> *inanellati*

bracht hij, zachtjes zingend, hiertegen in,

> *chiome divine, cori,*
> *labirinti dorati...* *

Ik bloosde eerst van woede en schaamte, maar werd meteen veroverd door de schoonheid van die aria, die ditmaal zonder enig spoor van hoon was.

> *Tra i vostri splendori*
> *m'è dolce smarrire*
> *la vita e morire...* **

zong Melani verder.

Ik liet me meeslepen door de melodie om over de liefde na te denken: ik wiegde mij in het beeld van Cloridia's blonde, krullende haren, en herinnerde mij haar lieve stem. Inwendig begon ik me af te vragen wat Cloridia naar De Schildknaap had gevoerd. Het was de gloeiende roede geweest, dat had ze mij gezegd. Maar ze had er ook aan toegevoegd dat de roede beweegt uit 'antipathie' of uit 'sympathie'. Hoe zat het bij haar? Was zij in de herberg iemand op het spoor gekomen die haar groot onrecht had aangedaan, wat ze misschien wilde wreken; of, o lichtzinnige hypothese! was Cloridia naar hier gekomen door dat magnetisme dat ons ertoe leidt de liefde te ontdekken en waarvoor die roede heel gevoelig leek te zijn? Ik begon me in te beelden dat het misschien wel zo was...

> *Su tutto allacciate,*
> *legate, legate*
> *gioir e tormento...* ***

hief Atto aan bij wijze van hulde aan het gouden haar van mijn donkere courtisane, de woorden op verschillende manieren herhalend.

*   O blondgelokte schatten, goddelijke haren, goudkleurige koren, labyrinten...
**   Te midden van uw schoonheid is het mij zoet het leven te verliezen en te sterven...
***   Maak vast, verbind op alles vreugde en kwelling...

Trouwens, ging ik verder in mijn liefdesbespiegelingen, had Cloridia mij die momenten van... ontspanning niet belangeloos geschonken, zonder ooit over geld te beginnen, zoals ze (helaas) wel had gedaan aan het slot van het laatste droomconsult?

Terwijl ik zo nadacht, en Atto zo in beslag genomen werd door de onstuimigheid van zijn lied dat hij zijn stem haast niet kon inhouden, had Cristofano zijn ogen geopend.

Hij bezag de abt met gefronste wenkbrauwen, zonder hem evenwel te onderbreken. Na een ogenblik van stilte bedankte hij hem voor zijn hulp. Ik slaakte een zucht van verlichting: naar zijn blik en kleur te oordelen leek de arts weer hersteld. Zijn weer vloeiende, normale manier van spreken stelde mij gerust omtrent zijn gezondheidstoestand. Het was een kortstondige crisis gebleken.

'Een nog schitterende stem, signor abt Melani,' vond de arts bij het opstaan, terwijl hij zijn kleren schikte, 'al was het van uw kant niet voorzichtig om u door de andere bewoners van deze verdieping te laten horen. Hopelijk stellen Dulcibeni en Devizé geen vragen over wat u in mijn kamer aan het zingen bracht.'

Na abt Melani opnieuw te hebben bedankt voor zijn vlotte hulp begaf Cristofano zich in mijn gezelschap naar de kamer ernaast om de arme Bedford te bezoeken, terwijl Atto weer naar zijn kamer op de tweede verdieping ging.

Bedford lag zoals gewoonlijk roerloos. De arts schudde zijn hoofd:

'Ik vrees dat het nu tijd is om de andere gasten van de toestand van deze ongelukkige jongeman op de hoogte te stellen. Mocht hij sterven, dan moeten we verhinderen dat er paniek uitbreekt in de herberg.'

We spraken af allereerst pater Robleda te waarschuwen, opdat hij hem van het heilig oliesel zou kunnen voorzien. Ik vermeed het Cristofano te berichten dat Robleda al een keer, door mij aangespoord, uit angst voor besmetting had geweigerd het heilig oliesel toe te dienen aan de jonge Engelsman: protestant die hij was, dus iemand die geëxcommuniceerd was.

We klopten daarom op de deur van de jezuïet. Ik voorzag al de reactie van de benauwde Robleda op het slechte nieuws: spanning, gehakkel en hoogdravende verontwaardiging over Cristofano's onbekwaamheid. Bij verrassing gebeurde er niets van dat al.

'Wat: hebt u nog niet geprobeerd Bedford met magnetisme te behandelen?' vroeg Robleda aan de arts, zodra deze hem de trieste situatie had uitgelegd.

Cristofano was beduusd. Robleda herinnerde hem er toen aan dat al het geschapene volgens pater Kircher werd beheerst door magnetisme; de geleerde jezuïet had er zelfs een boek aan gewijd om de hele leer te verklaren, en eens en voor altijd uitgelegd dat de wereld niets anders is dan een grote magnetische keten met God in het midden, de eerste en enige Oorspronkelijke Magneet, waar elk voorwerp en elk levend wezen onontkoombaar naartoe trekt. Is de liefde (van zowel God als mens) niet de uitdrukking van een magnetische aantrekkingskracht, evenals ook ieder soort bekoring? De planeten en de sterren zijn, zoals iedereen weet, onderworpen aan wederzijds magnetisme; maar de hemellichamen zijn ook van binnen doortrokken van magnetische kracht.

'Nou,' kwam Cristofano tussenbeide, 'ik ken inderdaad het voorbeeld van het kompas...'

'... dat de zeelieden en de reizigers helpt zich te oriënteren, natuurlijk,' wees Robleda hem terecht, 'maar er is veel meer.'

Wat te zeggen van de magnetische werking van zon en maan op de wateren, die zo duidelijk is bij de getijden? En ook bij de planten is de algemene *vis attractiva* meer dan evident, als je alleen al kijkt naar de onregelmatigheid in de zichtbare aderen en ringen in boomstammen, die de invloed bevestigen van externe krachten op hun groei. Dankzij het magnetisme zuigen planten via de wortels de voeding waarmee ze zich in leven houden uit de grond op. Dezelfde magnetische plantenkracht zegeviert ook bij Boramez, zei Robleda, die de arts vast ook niet kende.

'Jawel, inderdaad...' aarzelde Cristofano.

'Wat is dat?' vroeg ik.

'Welnu, jongen,' zei de jezuïet op vaderlijke toon, 'het gaat om de beroemde plant uit de wijnsteenzuurhoudende gebieden, die magnetisch gezien onder invloed staat van de aanwezigheid van naburige schapen, en wonderbaarlijke bloemen in schaapvorm laat uitkomen.'

Navenant gedroegen zich de heliotropen, die magnetisch gezien de loop van de zon volgen (evenals de zonnebloem, waarmee pater Kircher een buitengewone heliotropische klok had ontwikkeld) en de selenotropen, waarvan de knoppen de maan volgen. Maar ook de dieren zijn magnetisch: ook zonder de overbekende voorbeelden van sidderrog en zeeduivel, die hun prooi aantrekken en verlammen, is het dierlijke magnetisme duidelijk te zien in de *anguis stupidus*, de enorme Amerikaanse slang die roerloos onder de grond leeft en zijn prooien aantrekt, met name herten, waar hij in alle rust omheen kronkelt, waarna hij ze opslokt; tot en met het harde gewei laat hij langzaam het vlees in zijn bek verdwijnen. En is het ook geen magnetisch vermogen waarmee de antropomorfe vissen, ook wel sirenes genoemd, de beklagenswaardige zeelieden het water in trekken?

'Ik begrijp het,' weerlegde Cristofano lichtelijk verward, 'maar wij moeten Bedford behandelen en hoeven hem niet te vangen of te verslinden.'

'Denkt u dat medicijnen niet werken door magnetische kracht?' vroeg Robleda met vaardige retoriek.

'Ik heb nog nooit gehoord van iemand die op die manier is genezen,' merkte ik onzeker op.

'Uhuhuh, natuurlijk moet de therapie worden toegepast waar andere middelen reeds hebben gefaald,' verdedigde Robleda zich. 'Het voornaamste is de wetten van het magnetisme niet uit het oog te verliezen. Primum, de kwaal wordt behandeld met elk kruid, elke steen, elk metaal, elke vrucht of elk zaad dat in kleur, vorm, hoedanigheid, et coetera overeenkomt met het zieke lichaamsdeel. Men dient de verwantschap met de sterren op te merken: heliotropische planten voor de zonnige typen, maanplanten voor de maanzieken, enzovoorts. Vervolgens het principium similitudinis: nierstenen bijvoorbeeld worden behandeld met steentjes uit een varkensblaas, of die van andere dieren uit een steenrijke omgeving, zoals schaaldieren en oesters. Hetzelfde geldt voor planten: de knikbloem, waarvan de wortels knobbeltjes en uitsteeksels hebben, is een uitstekende remedie tegen aambeien. Ten slotte kan zelfs gif op dezelfde manier fungeren als antidotum: honing is uitstekend om een bijensteek te verzorgen, spinnenpoten worden gebruikt voor kompressen tegen spinnenbeten...'

'Nu begrijp ik het,' loog Cristofano. 'Mij ontgaat alleen met welke magnetische therapie we Bedford zouden moeten behandelen.'

'Dat is toch eenvoudig: met muziek.'

Pater Robleda kende geen twijfel: zoals Kircher duidelijk uiteen had gezet, viel ook de kunst der geluiden onder de wet van het Universele Magnetisme. De ouden wisten dat wijzen van muziek door magnetisme in staat zijn op het gemoed te werken: de Dorische wijze boezemt maat en gematigdheid in; de Lydische wijze, geschikt voor begrafenissen, maakt geween en klaagzangen los; de Misolydische wekt mededogen, medelijden en dergelijke meer; de Eolische of Ionische leidt tot slaap en loomheid. Als je verder met een vochtige vingertop over de rand van een glas strijkt, geeft die een geluid dat zich magnetisch verspreidt over alle identieke glazen in de directe nabijheid, waardoor een unanieme galm ontstaat. Maar het *magnetismus musicae* kent ook krachtige therapeutische vermogens, die vooral naar voren komen in de behandeling van het tarantisme.

'Het tarantisme?' vroeg ik, terwijl Cristofano eindelijk knikte.

'In de stad Tarente, in het koninkrijk Napels,' legde de arts uit, 'stuit je gemakkelijk op een soort spinnen die heel schadelijk is, tarantula's genaamd.'

Hun beet, vertelde Cristofano, veroorzaakt effecten die op zijn zachtst gezegd angstwekkend zijn: het slachtoffer barst eerst in een onbedwingbare lachbui uit, waarbij hij onophoudelijk over de grond rolt en kronkelt. Daarna springt hij overeind en heft zijn rechterarm op alsof hij een zwaard trekt, zoals een gladiator doet die zich plechtig op het gevecht voorbereidt, en laat een reeks belachelijke gebaren zien, om zich dan ten prooi aan hilariteit opnieuw ter aarde te storten. Vervolgens doet hij weer met veel vertoon alsof hij generaal of condottiere is, waarna hij bevangen wordt door een onstuitbaar verlangen naar water en verkwikking, en als hem een vat vol water wordt gegeven, dompelt hij zijn hoofd erin onder en schudt er als bezeten mee, zoals jonge mussen doen die zich wassen in de fontein. Vervolgens rent hij naar een boom, klautert erin en blijft aan een tak hangen, soms dagenlang. Uiteindelijk laat hij zich uitgeput op de grond vallen, hurkt op zijn knieën en begint te kreunen en te zuchten en met zijn handen op de naakte grond te slaan als een epilepticus of een maanzieke, en roept straffen en ongeluk over zijn hoofd af.

'Maar dat is vreselijk,' verzuchtte ik vol afschuw, 'en dat alles door een tarantulabeet?'

'Zeker,' antwoordde Robleda, 'en dan heb ik het nog niet over andere ongehoorde magnetische effecten. Van de beet van rode tarantula's wordt het slachtoffer helemaal rood in zijn gezicht, van groene tarantula's wordt men groen, de gestreepte veroorzaakt strepen, door watertarantula's verlangt men naar water, die welke op warme plaatsen zitten, brengen tot razernij, enzovoorts.'

'En hoe wordt de beet behandeld?' vroeg ik steeds nieuwsgieriger.

'Door de primitieve kennis van enkele Tarentijnse boeren te vervolmaken,' zei Robleda, terwijl hij in zijn laden zocht en ons toen met trots een papiertje liet zien. 'Pater Kircher heeft een antidotum ontwikkeld.'

TONUM FRIGIUM

Ven de Leefde een Cemboal bin unse hert'n
Vuul de bewaigelike sin'n en bemerk
Gedink de staik'n, socht'n en de smert'n
Rosa is main doadelik verwoende hert
Pail'n bin 't metoal, ven stoal bin main voer'n
De hoamer is de gedechte, main lut det dwingt
Maisteres is main wief det up elle oer'n
El singend guudgemotst en blai main doad besingt

Verbijsterd en argwanend lazen we die onbegrijpelijke woorden. Robleda zag meteen ons wantrouwen: 'Nee, het gaat niet om magie. Het is slechts een gedicht dat de boeren altijd zingen, onder begeleiding van verschillende instrumenten, om op magnetische wijze het effect van het tarantulagif te neutraliseren. Het voornaamste antigif is niet het gedicht, maar de muziek: die wordt tarantella genoemd, of zoiets. Maar het was pater Kircher die na lang zoeken de meest aangewezen melodie vond.'

Hij liet me toen een ander half verkreukeld velletje vol met noten en pentagrammen zien.

'En waar wordt het mee gespeeld?'

'Wel, de Tarentijnse boeren voeren het uit met pauken, lieren, citers, cimbalen en fluiten. En uiteraard gitaren, zoals die van Devizé.'

'Kortom,' wierp de arts enigszins verbluft tegen, 'u bedoelt dat Devizé Bedford met die muziek zou kunnen genezen.'

'O nee. Dit gaat helaas alleen goed bij tarantula's. Er zal iets anders moeten worden gebruikt.'

'Andere muziek?' vroeg ik.

'Het is een kwestie van uitproberen. We zullen Devizé laten kiezen. Maar bedenk, kinderen: in wanhopige gevallen komt de enige ware hulp van de Heer; aangezien niemand,' vervolgde pater Robleda, 'nog een antidotum tegen de pest heeft uitgevonden.'

'U hebt gelijk, pater,' hoorde ik Cristofano zeggen, terwijl me vaag de *arcanae obices* te binnen schoten, 'en ik wil mijn totale vertrouwen stellen in de theorieën van uw medebroeder Kircher.'

De arts wist zich, zoals hij zelf toegaf, totaal geen raad meer. En ofschoon hij hoopte dat zijn behandelingen vroeg of laat een heilzaam effect zouden hebben op Bedford, zou hij een stervende zeker niet die laatste wanhoopspoging ontzeggen. Hij deelde mij dus mee dat we er voorlopig van zouden afzien om de anderen over de hopeloze toestand van de Engelsman in te lichten.

Later, toen ik het avondeten serveerde, berichtte Cristofano mij dat hij met Devizé een afspraak had gemaakt voor de volgende dag. De Franse musicus, wiens kamer naast die van Bedford lag, zou niets anders hoeven doen dan in de deuropening van de Engelsman op zijn gitaar spelen.
   'Tot morgenochtend dus, signor Cristofano?'
   'Nee, met Devizé heb ik vlak voor het middagmaal afgesproken. Dat is de beste tijd: dan staat de zon hoog en kan de energie van de muzikale vibraties in de hoogste mate expanderen. Welterusten, jongen.'

Achtste nacht
van 18 op 19 september 1683

'Dicht! Het zit dicht, vervloekt nog an toe.'
Dat was te verwachten, dacht ik, terwijl Atto tevergeefs het valluik dat naar Tiracorda's stal leidde, omhoogduwde. Al terwijl we onderweg waren in de onderaardse gangen, geëscorteerd door het zachte gemompel van Ugonio en Ciacconio, leek de zoveelste nachtelijke expeditie naar Tiracorda's huis mij gedoemd te mislukken. Dulcibeni had door dat we hem in het oog hielden. Misschien wist hij niet dat we hem al in Tiracorda's werkkamer hadden bespioneerd; maar hij zou nooit het risico willen lopen om geobserveerd te worden, terwijl hij iets in zijn schild voerde met (of tegen) zijn oude vriend. En na het huis van zijn stadgenoot te zijn binnengegaan, had hij er dan ook voor gezorgd dat het valluik was gesloten.

'Neemt u me niet kwalijk, meneer de abt,' zei ik, terwijl Atto nerveus zijn handen schoonmaakte, 'maar misschien is het beter zo. Als Dulcibeni vannacht niets vreemds merkt terwijl hij raadsels maakt met Tiracorda, treffen we morgen misschien de kust veilig aan.'

'Helemaal niet,' antwoordde Atto droog. 'Inmiddels weet hij dat hij in de gaten wordt gehouden. Als hij iets vreemds moet uithalen, zal hij het zo snel mogelijk doen: vannacht al, of op zijn laatst morgen.'

'Dus?'

'Dus moeten we een manier zien te vinden om bij Tiracorda binnen te komen, al weet ik echt niet hoe. Je zou...'

'Gfrrrlûlbh,' viel Ciacconio hem, naar voren tredend, in de rede.

Ugonio keek hem fronsend aan, alsof hij hem wilde berispen.

'Eindelijk een vrijwilliger,' merkte abt Melani tevreden op.

Een paar minuten later waren we al opgesplitst in twee zij het ongelijke groepen. Atto, Ugonio en ik waren op weg in gang C, in de richting van het onderaardse riviertje. Ciacconio echter was naar boven, naar het aardoppervlak gegaan via de put die door dezelfde gang leidde naar de Piazza della Rotonda, bij het Pantheon. Hij had niet willen zeggen hoe hij dacht Tiracorda's huis binnen te komen. We hadden hem geduldig tot in de kleinste details beschreven hoe het huis van de arts eruitzag, maar pas aan het eind had de lijkenpikker argeloos verklaard dat dat hem van geen enkel nut was. We hadden hem zelfs een schets van het huis met de indeling van de ramen gegeven; maar toen we uiteen waren gegaan, hoorden we in de gang een koortsachtig, dierlijk herkauwen. Het leven van onze schets, waarvan Ciacconio huiveringwekkend zat te smikkelen, was maar kort geweest.

'Denkt u dat hij erin slaagt?' vroeg ik aan Melani.

'Ik heb geen flauw idee. We hebben hem tot vervelens toe elke hoek van het huis uitgelegd, maar het is net of hij al wist wat hij zou gaan doen. Ik kan die twee niet uitstaan.'

In de tussentijd bereikten we met ferme pas de kleine onderaardse rivier in de buurt waarvan we Dulcibeni twee nachten daarvoor mysterieus hadden zien verdwijnen. We liepen langs oude misselijk makende karkasjes van ratten en hoorden weldra het geluid van de onderaardse stroom. Ditmaal waren we goed uitgerust: op Atto's verzoek hadden de twee lijkenpikkers een lang, stevig touw, een paar spijkers, een hamer en een paar lange stokken meegebracht. Ze zouden ons van pas komen bij de gevaarlijke en weinig verstandige operatie die Atto koste wat het kostte van plan was uit te voeren: de rivier doorwaden.

We bleven enige tijd in gedachten verzonken naar de stroom kijken, die haast nog donkerder, stinkender en dreigender leek dan anders. Ik huiverde toen ik mij een hevige val in die smerige, vijandige stroom voorstelde. Zelfs Ugonio leek bezorgd. Ik putte moed en richtte in stilte een gebed tot Onze-Lieve-Heer.

Plotseling zag ik Atto echter weglopen en zijn blik richten naar het punt waar de rechterwand van de gang een hoek maakte met het kanaal waarin de rivier stroomde. Een paar seconden lang bleef Atto roerloos tegenover de hoek tussen de twee wegen staan. Toen strekte hij een hand uit langs de wand van de gang met de rivier.

'Wat doet u?' vroeg ik gealarmeerd, toen ik hem zich gevaarlijk voorover zag buigen naar het water.

'Stil,' siste hij, steeds gretiger de wand bevoelend, alsof hij iets zocht.

Ik wilde hem al haast te hulp schieten, bang als ik was dat hij zijn evenwicht zou verliezen. Juist op dat moment zag ik hem eindelijk die houding verlaten, terwijl hij iets in zijn hand hield. Het was een kleine tros, zoals die gebruikt wordt door vissers om hun bootje op de Tiber vast te leggen. Atto begon aan de tros te trekken en wond hem langzaamaan op. Toen het andere einde uiteindelijk weerstand leek te bieden, verzocht Atto Ugonio en mij om in het riviertje te kijken. Vlak voor ons, amper verlicht door het licht van de lamp, dreef een platte schuit.

⁂

'Nu denk ik dat jij het ook wel doorhebt,' zei abt Melani kort daarna, terwijl we stilletjes voortdreven op de stroom.
   'Eigenlijk niet,' bekende ik. 'Hoe hebt u die boot ontdekt?'
   'Dat is simpel. Dulcibeni had twee mogelijkheden: de rivier oversteken of die afgaan per boot. Om te varen had hij echter een scheepje nodig dat vastlag op de kruising tussen de twee gangen. Toen we aankwamen, was er van boten geen spoor; maar als er een geweest was, zou die zeker onderhevig zijn geweest aan de kracht van de stroom.'
   'Dus, als hij vastlag aan een touw,' opperde ik, 'zou hij in de gang naar onze rechterkant zijn gedreven, door de stroom van de rivier, die van links naar rechts stroomt, waar hij in de Tiber uitkomt.'
   'Precies. De tros had daarom vastgemaakt moeten worden op een punt dat rechts lag ten opzichte van gang C, oftewel in de richting van de stroom. Daarom heb ik de tros aan de rechterkant gezocht. Hij was vastgeknoopt aan een ijzeren haak, die wie weet door wie hoe lang geleden al is aangebracht.'
   Terwijl ik peinsde over de nieuwe proeve van scherpzinnigheid van abt Melani, zette Ugonio onze vaart kracht bij door de schuit met de twee aanwezige roeispanen voort te bewegen. Het schamele landschap dat geboden werd door het licht van onze lantaarn was somber en eentonig. Tegen het ronde stenen gewelf van de gang echode het geklots van de golven tegen ons fragiele bootje.
   'Maar u wist niet zeker dat Dulcibeni een boot had gebruikt,' wierp ik plotseling tegen. 'U zei "als er een geweest was"...'
   'Om de waarheid te kennen is het soms nodig die te veronderstellen.'
   'Wat bedoelt u?'
   'Zo gaat het ook bij staatszaken: ten overstaan van onverklaarbare of onlogische feiten dient men zich voor te stellen wat de noodzakelijke voorwaarde is waardoor ze bepaald worden, hoe ongeloofwaardig die ook moge zijn.'
   'Ik snap het niet.'
   'De meest absurde waarheden, jongen, die trouwens ook de meest duistere

zijn, laten nooit een spoor achter. Denk daaraan.'

'Bedoelt u dat die nooit ontdekt kunnen worden?'

'Dat is niet gezegd. Er zijn twee mogelijkheden. De eerste is dat er iemand is die iets weet of doorheeft, maar niet over bewijzen beschikt.'

'Dus?' vroeg ik, die maar weinig van de woorden van de abt begreep.

'Dus construeert hij de bewijzen die hij niet heeft, opdat de waarheid komt bovendrijven,' antwoordde Atto in alle onschuld.

'Bedoelt u dat je op valse bewijzen van echte feiten kunt stuiten?' vroeg ik met stomheid geslagen.

'Goed zo. Maar wees niet verbaasd. Je moet nooit in de fout vervallen die iedereen maakt door – als eenmaal is ontdekt dat een document of een bewijs vervalst is – ook de inhoud ervan als vals te zien, en juist het omgekeerde als waar. Denk daaraan als je journaalschrijver bent: vaak liggen de meest gruwelijke, onaanvaardbare waarheden juist in die valse documenten verborgen.'

'En als die laatste er ook niet zijn?' vroeg ik.

'Dan – en dit is de tweede hypothese – blijven er slechts veronderstellingen over, zoals ik je in het begin al zei, en verder nagaan of de redenering klopt.'

'Dan moeten we ook zo redeneren om het *secretum pestis* te begrijpen.'

'Nog niet,' antwoordde Melani. 'Eerst moeten we begrijpen wat de rol van elke toneelspeler is, en vooral van de komedie die wordt opgevoerd. En ik denk dat ik die gevonden heb.'

Ik keek hem zwijgend aan, met een gezicht dat mijn ongeduld verried.

'Het is een complot tegen de allerchristelijkste koning,' sprak Atto plechtig.

'En wie zou dat gesmeed hebben?'

'Dat is toch duidelijk: zijn vrouw, de koningin.'

Tegenover mijn ongeloof moest Atto mijn geheugen opfrissen. Lodewijk XIV had Fouquet gevangengezet om hem het geheim van de pest af te dwingen. Maar rond Fouquet bewogen zich personages die, evenals de minister, door de vorst waren vernederd of ten val gebracht. Allereerst Lauzun, die met Fouqet was vastgezet in Pinerolo en gebruikt als spion; verder Mademoiselle, de rijke nicht van Zijne Majesteit, die van de koning niet met Lauzun had mogen trouwen. Bovendien was Devizé, die Fouquet naar De Schildknaap vergezelde, zeer trouw aan koningin Maria Theresia, die van Lodewijk XIV allerlei overspel, intimidaties en treiterijen had ondergaan.

'Maar dit is niet voldoende om te beweren dat zij allemaal een complot hebben beraamd tegen de Franse koning,' onderbrak ik hem onzeker.

'Dat klopt. Maar ga maar na: de koning wil het geheim van de pest. Fouquet weigert hem dat, waarschijnlijk met de bewering dat hij er niets van af weet. Wanneer de raaskallende brief van Kircher die we bij Dulcibeni vonden, in Colberts handen komt, kan Fouquet niet meer ontkennen, op straffe van zijn leven en dat van zijn gezin. Uiteindelijk sluit hij een overeenkomst met de koning en verlaat Pinerolo in ruil voor het *secretum pestis*. Tot zover mee eens?'

'Mee eens.'

'Welnu, op dit punt heeft de koning gewonnen. Is Fouquet volgens jou tevreden na twintig jaar zware gevangenis en gebracht aan de bedelstaf?'

'Nee.'

'Zou het menselijk zijn als hij een kleine wraak op de koning nam alvorens te verdwijnen?'

'Eh, ja.'

'Kijk aan. Denk dan maar eens in: een oppermachtige vijand van je dwingt je het geheim van de pest af: hij wil het tot iedere prijs, omdat hij ernaar haakt nog machtiger te worden. Maar hij heeft niet door dat jij ook het geheim van het antidotum hebt, het *secretum vitae*. Als je het niet zelf kunt gebruiken, wat doe je dan?'

'Dan geef ik het aan iemand die... nou ja, aan een vijand van mijn vijand.'

'Heel goed. En Fouquet had er volop ter beschikking, allemaal gereed om wraak te nemen op de Zonnekoning. Te beginnen bij Lauzun.'

'Maar waarom had Lodewijk xiv volgens u niet door dat Fouquet ook het antidotum voor de pest had?'

'Dat veronderstel ik. Zoals je nog wel weet had ik in Kirchers brief ook gelezen *secretum vitae arcanae obices celant*, oftewel het geheim van het leven ligt verborgen in mysterieuze hindernissen, terwijl dat met het geheim van de pestoverdracht niet zo is. Welnu, ik denk dat Fouquet niet meer heeft kunnen ontkennen dat hij het *secretum morbi* kende maar wel het geheim van het antidotum voor zich heeft gehouden, en als voorwendsel heeft aangevoerd – dankzij die zin – dat Kircher het ook voor hem had verborgen. De minister moet vrij gemakkelijk spel hebben gehad, aangezien het de koning er vooral om te doen was hoe je de pest verspreidt, en niet zozeer hoe je die bestrijdt, als ik hem goed ken.'

'Het lijkt me een beetje ingewikkeld.'

'Maar het klopt wel. Denk maar mee: wie zou Lodewijk XIV met het geheim van de pest hoofdbrekens kunnen bezorgen?'

'Eh, vooral het keizerrijk,' zei ik, daarbij terugdenkend aan wat Brenozzi me had verteld.

'Heel goed. En wellicht ook Spanje, dat eeuwenlang met Frankrijk oorlog heeft gevoerd. Nietwaar?'

'Dat kan,' gaf ik toe, zonder te begrijpen waar Atto heen wilde.

'Maar het keizerrijk is in handen van de Habsburgers, en Spanje ook. Tot welk geslacht behoort koningin Maria Theresia?'

'Tot de Habsburgers!'

'Kijk aan. Om orde te scheppen in de feiten is het dus nodig te denken dat Maria Theresia het *secretum vitae* heeft ontvangen en gebruikt tegen Lodewijk XIV. Fouquet kan het *secretum vitae* aan Lauzun gegeven hebben, die het weer heeft doorgespeeld aan zijn beminde Mademoiselle, en zij aan de koningin.'

'Een koningin die in de schaduw optreedt tegen haar echtgenoot de koning,' dacht ik hardop na. 'Het is ongehoord.'

'Maar ook hier vergis je je,' zei Atto, 'want er is een precedent.'

In 1637, zei de abt, een jaar voordat Lodewijk XIV geboren werd, onderschepte de geheime dienst van de Franse kroon een brief van de Spaanse gezant in Brussel. De brief was gericht aan koningin Anna van Oostenrijk, de zuster van de Spaanse koning, Filips IV, en gemalin van koning Lodewijk XIII. De moeder van de Zonnekoning dus. Door de brief raadde men dat Anna van Oostenrijk een geheime correspondentie onderhield met haar oude vaderland. En dat terwijl er tussen Frankrijk en Spanje een scherp conflict oplaaide. De koning en kardinaal Richelieu bevalen een zorgvuldig, discreet onderzoek. Zo werd ontdekt dat de koningin een beetje te vaak naar een zeker klooster in Parijs ging: officieel om te bidden, maar in werkelijkheid om brieven uit te wisselen met Madrid en met de Spaanse gezanten in Engeland en Vlaanderen.

Anna ontkende dat ze zich voor spionage had geleend. Ze werd toen door Richelieu opgeroepen voor een privé-gesprek: de koningin riskeerde de gevangenis, waarschuwde de kardinaal ijzig, en een simpele bekentenis zou haar niet redden. Lodewijk XIII zou haar alleen vergeven in ruil voor een uitgebreid verslag van de berichten die zij in haar geheime briefwisseling met de Spanjaarden had vernomen. De brieven van Anna van Oostenrijk betroffen namelijk niet de alledaagse klachten over het hofleven van Parijs (waar Anna, zoals ook Maria Theresia zou gebeuren, zeer ongelukkig was). De koningin van Frankrijk wisselde met de Spanjaarden kostbare politieke informatie uit, misschien omdat ze dacht daarmee het einde van de oorlog te versnellen. Maar dat was tegen de belangen van haar koninkrijk. Anna bekende alles.

'In 1659, tijdens de onderhandelingen voor de vrede van de Pyreneeën op het Fazanteneiland,' vervolgde Atto, 'zag Anna eindelijk haar broer, koning Filips IV van Spanje, terug. Ze hadden elkaar vijfenveertig jaar niet gezien. Ze waren verscheurd uiteengegaan, toen zij, een amper zestienjarige prinses, voorgoed naar Frankrijk was verhuisd. Anna omhelsde en kuste haar broer teder. Filips echter maakte zich van zijn zuster los en keek haar recht aan. Zij zei: "Zult u mij vergeven dat ik zo'n goede Française ben geweest?" "U hebt mijn achting," antwoordde hij. Sinds Anna was gestopt voor hem te spioneren, zij het gedwongen, was haar broer gestopt van haar te houden.'

'Maar ze was de koningin van Frankrijk, ze kon niet...'

'Ik weet het, ik weet het,' zei Atto haastig. 'Ik heb je dit oude verhaal alleen verteld om je duidelijk te maken hoe de Habsburgers zijn, zelfs wanneer ze met een buitenlandse koning trouwen: ze blijven Habsburgers.'

'Het water woestert.'

We werden onderbroken door Ugonio, die tekenen van nervositeit vertoonde. Na een betrekkelijk rustig stuk was het riviertje onstuimiger geworden. De lijkenpikker roeide met meer inzet maar trachtte in werkelijkheid onze vaart te minderen. Tegen de stroom in roeiend had hij eerst een roeispaan gebroken op de harde bedding van de waterloop. Nu was een gevoelig moment gekomen: iets verderop splitste de rivier zich in twee vertakkingen, de ene twee keer zo breed als de andere. Het geraas en de snelheid van het water nam beslist toe.

'Rechts of links?' vroeg ik aan de lijkenpikker.

'Beter bezwaren bezweren dan bezwaren en om beter dan slechter uit te vallen, ik ontkenner het begrip en stuur de richtering,' zei Ugonio, terwijl Atto protesteerde.

'Blijf op de grootste vertakking, niet keren,' zei de abt, 'de vertakking zou zonder uitgang kunnen zijn.'

Ugonio echter trok een paar keer vastberaden aan de roeispaan en sloeg het kleinste kanaal in, waar de snelheid vrijwel meteen afnam.

'Waarom heb je me niet gehoorzaamd?' zei Atto kwaad.

'Het kleinkanalertje is geleiderig, het grootkanaler afvoerderig, zolang voldaan wordt aan de plicht stijgt de vreugde bij de dopeling, welverstaan.'

Ten prooi aan een forse hoofdpijnen in zijn ogen wrijvend zag Atto ervan af de raadselachtige uitleg van Ugonio te snappen en sloot zich af in een grimmig zwijgen.

Weldra had abt Melani's onderdrukte woede gelegenheid om een uitweg te vinden. Na een paar minuten vredig varen werd het gewelf van de nieuwe gang lager.

'Het is een secundair rioolkanaal, vervloekt nog toe, jij met je kippenverstand,' richtte Atto zich tot Ugonio.

'Maaralser het er niet afvoerderig is, hoe hard er de andere vertakkering ook stromert,' antwoordde Ugonio zonder een krimp.

'Maar wat betekent dat?' vroeg ik, bezorgd over het gewelf dat steeds nauwer werd.

'Het is niet afvoerderig desondanks de smallerigheid.'

We gaven het definitief op de verbale hiërogliefen van Ugonio te duiden, mede omdat de gang in de tussentijd zo laag was geworden dat we ongemakkelijk in elkaar hadden moeten duiken in het bootje. Ugonio kon inmiddels amper roeien, en zelfs Atto moest de vaart van de boot bevorderen door met een van de stokken vanaf de achtersteven te duwen. De stank van het donkere water, die op zich al niet te harden was, was nog onaangenamer vanwege de positie en de verstikkende ruimte waarin we werden gedwongen. Ik dacht met een scheut van droefheid aan Cloridia, aan het getier van baas Pellegrino, de dagen met zon, mijn bed.

Plotseling hoorden we vlak naast onze boot een geklots. Levende wezens van onbekende aard leken in het water om ons heen druk in de weer te zijn.

'Rattenmuizen,' kondigde Ugonio aan, 'ze vluchteren.'

'Wat een gruwel,' commentarieerde abt Melani.

Het gewelf werd steeds lager. Ugonio werd gedwongen de roeispanen aan boord te trekken. Alleen Atto, die nu overgestapt was op de voorsteven, dreef onze boot voort met ritmische tikjes van de stok tegen de kanaalbodem. Het water dat we doorkliefden was nu bijna helemaal stilstaand geworden, en niettemin beroofd van zijn natuurlijke stilte: overal om ons heen, in een bizar contrapunt met het ritmische bomen van abt Melani, klonk het sinistere geborrel dat de ratten veroorzaakten.

'Als ik niet wist dat ik leefde, zou ik zeggen dat we pak 'm beet op de Styx zaten,' zei Atto snuivend van inspanning. 'Vooropgesteld dat ik me omtrent het eerste punt niet vergis natuurlijk,' voegde hij eraan toe.

We lagen inmiddels languit op onze rug, de een tegen de ander aan gedrukt in het minuscule kompashuisje van de boot, toen we de akoestiek van de doorgang hoorden veranderen en zachter worden, alsof het kanaal zich verbreedde. En toen onthulde zich voor onze stomverbaasde gezichten in het gewelf van de gang een kring van knetterend vuur, waarin gele en rode vlammen ons leken te willen opslokken.

In een stralenkrans in de kring bevonden zich drie tovenaars, akelig roerloos. Gehuld in karmijnrode tunieken met lange kegelvormige kappen sloegen ze ons ijzig gade. In hun kappen flikkerden uit twee ronde openingen kwaadaardig glinsterende, alwetende ogen. Een van de drie hield een schedel in zijn hand.

Vol verbazing werden we alle drie eensgezind door elkaar geschud. De boot week licht af van zijn natuurlijke vaart en ging scheef; voor- en achtersteven schuurden tegen de zijkanten van het kanaal en de boot bleef pal onder de kring van vuur steken.

Een van de drie tovenaars (of waren het hellewachters?) boog zijn hoofd omlaag en bekeek ons met boosaardige nieuwsgierigheid. Hij zwaaide met een fakkel, die meermalen op en neer ging om beter onze gezichten te beschijnen; zijn makkers pleegden gedempt overleg.

'Misschien heb ik me omtrent het eerste punt vergist,' hoorde ik Atto stamelen.

De tweede tovenaar, die een grote witte waskaars in de hand hield, boog zich op zijn beurt voorover. En toen barstte Ugonio los in een angstig kinderlijk gebrul, uitzinnig zwaaiend en mij onbedoeld een schop in mijn maag uitdelend en op abt Melani zijn neus een flinke stomp. Tot dan toe verstijfd van angst reageerden we beiden met onvergeeflijke ontreddering, ons in het wilde weg in allerlei bochten wringend. De boot was intussen weer los geraakt, zodat ons getrappel van angst, voordat we het ons konden realiseren, de overhand kreeg. Aan weerszijden hoorde ik een plons, ja twee.

De wereld klapte om, en alles was plotseling kil en donker, terwijl uit duivelse kolken wezens opdoken, over mijn gezicht kropen en het besprenkelden met walgelijk vuil. Ik brulde op mijn beurt, maar mijn stem brak en maakte een val als Icarus.

Ik zal nooit weten hoe lang (seconden, uren?) die nachtmerrie in het onderaardse kanaal heeft geduurd. Ik weet alleen dat Ugonio me heeft gered; met dierlijke kracht trok hij me uit de golven en kwakte me zonder veel omhaal op een harde houten vloer, daarmee haast mijn rug brekend.

Overmand door angst was ik mijn geheugen kwijt. Ik moest lelijk in het kanaal gekukeld zijn, bedacht ik, waarbij ik ten dele om me heen sloeg (ik kon zelfs de bodem raken) en me ten dele liet drijven, om uiteindelijk door Ugonio geholpen te worden. Nu lag ik in de boot, die zich weer in rechte positie bevond en op het droge getrokken was.

Mijn rug deed erge pijn; ik hijgde van de kou en de angst, die zijn duivelse werkingen nog liet voelen. Ik dacht daarom dat mijn ogen me bedrogen toen ik, overeind gekomen, om me heen keek.

'Bedanken jullie allebei abt Melani maar,' hoorde ik Atto zeggen. 'Als ik, toen ik in het water viel, de lamp had losgelaten, waren we nu voer voor de ratten geweest.'

Het schuchtere schijnsel bleef ons heldhaftig bijlichten en bood onze ogen de meest onverwachte omgeving. Ofschoon ik met het duister vocht, kon ik met zekerheid onderscheiden dat we ons in het midden van een onderaards meer bevonden. Boven onze hoofden ontvouwde zich, zoals de echo te verstaan gaf, een grote, majestueus aandoende grot. Overal om ons heen was het donkere, dreigende onderaardse water. Maar onze lichamen waren veilig: we hadden aangelegd op een eiland.

'Om beter dan slechter uit te vallen, en om meer vader dan vaderlijk te zijn, ik verfroei de schepper van dit ellenderig, fielterig schouwerspel. Het is een misdaderige schande!'

'Je hebt gelijk. Wie het ook was, het is een monster,' zei Atto, voor het eerst met Ugonio instemmend.

Het eiland verkennen waarop het lot (of liever gezegd onze eigen onnadenkendheid en gebrek aan de vreze Gods) ons jammerlijk had neergezet, was niet moeilijk. Het kleine stuk grond kon geheel te voet in een paar seconden worden belopen, en ik zou niet zeggen, voor de duidelijkheid, dat het groter was dan het bescheiden kerkje van Santa Maria in Posterula.

Maar wat Atto's en Ugonio's aandacht trok was het midden van het eilandje, waar enkele voorwerpen van verschillende grootte verzameld waren, die ik nog niet goed kon onderscheiden.

Ik bevoelde mijn kleren: ik was drijfnat en sidderde van de kou. Ik gaf mezelf een klap in een poging om van binnen weer warm te worden, en stapte eveneens uit de boot, waarbij ik met mijn voet argwanend de asgrauwe grond van het eiland aftastte. Ik kwam bij Atto en Ugonio, die her en der met peinzende, van walging vervulde gelaatsuitdrukking aan het verkennen waren.

'Ik moet zeggen, jongen, dat jouw talent om flauw te vallen allengs verfijnder wordt,' verwelkomde Atto mij. 'Je ziet bleek. Ik zie dat de ontmoeting van zoeven je heeft aangepakt.'

'Maar wie waren dat? Lieve Hemel, het leken wel...'

'Nee, het waren geen hellewachters. Het was slechts de Broederschap van de Oratie en de Dood.'

'De vrome orde die achtergelaten lijken begraaft?'

'Die ja. Ze zijn ook onder aan de herberg gekomen om het lijk van de arme Fouquet op te halen, weet je nog? Helaas was ik ook vergeten dat ze, wanneer ze in processie bijeenkomen, tunieken dragen, en capuchons, fakkels, schedels enzovoorts. Tamelijk schilderachtig kortom.'

'Ook Ugonio is geschrokken,' merkte ik op.

'Ik vroeg hem waarom, maar hij wilde geen antwoord geven. Ik heb de indruk dat de Broederschap van de Dood een van de weinige dingen is waar de lijkenpikkers bang voor zijn. De broederschap was op weg, in een onderaardse gang waarvan een valluik uitkwam op het kanaal waarop wij op dat moment voeren. Zij hebben ons horen voorbijgaan en hebben gekeken, en wij zijn lelijk in paniek geraakt. Weet je wat er daarna is gebeurd?'

'Ik... ik herinner me niks,' bekende ik.

Atto vertelde me in het kort het vervolg: Ugonio en hij waren in het water gevallen en de schuit, plotseling uit evenwicht, was omgekieperd. Ik was gevangen gebleven in de omgeslagen schuit, met mijn lichaam onder water en mijn hoofd erboven; daarom hadden mijn kreten verstikt geklonken, zoals in een stolp. De ratten waar het van wemelde in het kanaalwater waren, bang geworden door het cataclysme, boven op mij gesprongen en op mijn gezicht, mij bevuilend met hun uitwerpselen.

Ik voelde mijn gezicht: het was waar. Ik veegde het met mijn onderarm af, terwijl mijn maag omdraaide van walging.

'We hebben geluk gehad,' vervolgde Atto, terwijl hij me leidde in de verkenning van het eiland, 'want tussen het geschreeuw door zijn Ugonio en ik erin geslaagd die smerige beesten van ons af te schudden...'

'Rattenmuizen, geen beesteren,' corrigeerde Ugonio hem weemoedig, zijn blik gericht op een soort van kooi die aan onze voeten stond.

'Ratten, muizen, goed dan! Om kort te gaan,' legde abt Melani ten slotte uit, 'we hebben jou en de boot uit dat vervloekte kanaal gehaald, en daar zaten we dan in dit onderaardse meer. Die drie kappendragers hebben ons gelukkig niet gevolgd, en nu zijn we hier. Kop op! Je bent heus niet de enige die het koud heeft. Kijk maar naar mij: ik ben ook helemaal drijfnat en zit onder de modder. Wie had ooit kunnen denken dat ik zoveel schitterende kleding zou verpesten in die vervloekte herberg van jou... Kom nu maar.'

Hij wees me het bizarre kantoortje aan dat midden op het eiland stond.

Twee grote blokken wit steen waren op de grond gezet, om als voetstuk te dienen voor twee planken van donker, verrot hout. Op een ervan zag ik een grote hoeveelheid instrumenten: pincetten, zakmessen, slagersmessen, scharen en verschillende lemmeten zonder handvat; bij het licht van de lantaarn zag ik dat ze allemaal besmeurd waren met gestold bloed, met kleurverschillen die liepen van karmijnrood naar het zwart van de korsten. Van de plank kwam een afschuwelijke kadaverstank. Tussen de messen stond een tweetal dikke half opgebrande kaarsen. Abt Melani stak ze aan.

Ik liep naar de andere plank, waar nog meer mysterieuze dingen op lagen: een aardewerken pot, voorzien van een deksel en helemaal versierd, met een paar gaten opzij die me merkwaardig bekend voorkwamen; een doorzichtig glazen kannetje, dat er eveneens niet nieuw uitzag; daarnaast een brede, wijd uitlopende schaal van oranje aardewerk met een diameter van ongeveer een arm en in het midden een bizar metalen werktuig. Het was een soort galgje: op een brede driepoot verhief zich een verticale stang die eindigde in twee kromme vleugels, die via een schroef naar believen konden worden aangedraaid, als om een beklagenswaardig mannetje te wurgen. De schaal stond halfvol water, zodat het galgje (dat niet hoger was dan een kan) helemaal werd bedekt, behalve de wurgkring bovenaan.

Op de grond echter stond het opmerkelijkste stuk van heel het mysterieuze laboratorium: een metalen kooi, zo hoog als een kleuter en met heel dikke tralies; alsof hij als gevangenis moest dienen, bedacht ik, voor minuscule, wervelende gevleugelde wezens, zoals vlinders of kanaries.

Ik merkte dat er iets bewoog in de kooi en kwam dichterbij. Een grauw wezentje keek me op zijn beurt aan, angstig en steels, vanaf de binnenkant van zijn leger: een houten laatje met stro.

Atto hield de lamp bij om me beter te laten zien wat Ugonio en hij reeds hadden herkend. Verbaasd ontwaarde ik een arm muisje, de laatst overgebleven gijzelaar van het eiland, zichtbaar geschrokken van onze aanwezigheid.

Rond de kooi naast elkaar opgestapeld stonden nog meer sinistere apparaten, die we met behoedzame afkeer onderzochten: urnen vol gelig poeder, kooknat, uitscheidingen, galsappen, opgebracht slijm en drab; kruikjes vol dierlijk (of menselijk?) vet, gemengd met as en dode huid, en andere weerzinwekkende verbindingen; retorten, distilleerkolven, glazen buikflessen, een emmer vol stellig dierlijke botten (die Ugonio evenwel pietepeuterig wilde nakijken), een stuk verrot vlees, ranzige vruchtenschillen, walnotendoppen; een aardewerken pot vol plukken haar, een andere van glas met daarin een kluwen slangetjes op sterk water; een visnetje, een vuurpot met blaasbalg, oud brandhout, vellen halfvergaan papier, steenkolen en stenen; ten slotte een smerig paar dikke wanten, een hoop vieze vodden en andere prullaria van smerig, laag allooi.

'Dit is het hol van een tovenaar,' zei ik van mijn stuk gebracht.

'Erger nog,' wierp Atto tegen, terwijl we nog ontheemd in die dwaze, barbaarse apotheek rondwaarden, 'dit is het hol van Dulcibeni, de gast van je herberg.'

'Wat zou hij hier nou moeten?' riep ik vol afschuw uit.

'Dat is niet zo duidelijk. Hij doet vast iets met muizen wat Ugonio niet bevalt.'

De lijkenpikker sloeg nog steeds in gedachten verzonken het slagersplankje gade, geenszins gestoord door de verderfelijke walm die ervan afsloeg.

'Vangert, wurgert, scalpert... bewaardert, maar je snapt er geen donder van,' zei hij ten slotte.

'Hartelijk dank, zover was ik ook gekomen,' zei Atto, 'Eerst vangt hij de muizen met het visnetje, en zet ze in de kooi. Daarna gebruikt hij ze voor een merkwaardige toverij en wurgt ze met dat soort van galgje. Vervolgens verdeelt hij ze in stukken, maar wat hij er uiteindelijk mee uithaalt weten we niet,' zei Atto met een zure glimlach. 'Het geheel echter in overeenstemming met de vrome voorschriften van de jansenisten van Port-Royal. Dat muisje in de kooi moet de enige overlevende zijn.'

'Signor Atto,' zei ik, misselijk door die triomf van smerigheid, 'hebt u ook niet het idee dat u iets al eerder hebt gezien?'

Ik wees hem het kannetje op de plank aan, naast het miniatuurgalgje.

Als reactie haalde Atto uit zijn zak een voorwerp waarvan ik inmiddels het bestaan was vergeten. Terwijl hij ze uit een zakdoek wikkelde, liet hij de scherven van het glazen kannetje vol bloed zien dat we hadden gevonden in gang D. Hij haalde de stukken eruit en legde ze bij de nog gave kan.

'Dat zijn dezelfde!' besefte ik verbaasd.

Het gebroken kannetje was inderdaad in zijn vorm en groenige glas identiek aan dat op het eiland.

'Maar ook de versierde pot met de deksel hebben we al eens gezien,' hield ik aan, 'die stond als ik me niet vergis...'

'... in Tiracorda's geheime kamertje,' hielp Atto.

'Juist!'

'Nee hoor. Jij denkt aan de pot waarmee Dulcibeni in de weer was, toen zijn vriend in slaap viel. Maar deze is groter, en er staan meer versieringen op. Het motief van de decoratie en de gaten opzij dat geef ik toe, zijn nagenoeg identiek: misschien zijn ze het werk van dezelfde ambachtsman.'

Ook de pot op het eiland beschikte over luchtgaten opzij, en was versierd met vijverplanten en kleine drijvende wezentjes, waarschijnlijk dikkopjes die tussen de bladeren door zwommen. Ik deed de deksel open, hield de pot bij de lamp en stak er een vinger in: in de pot zat grauw water, waarin stukken licht wit doek dreven. Op de bodem lag zand.

'Signor Atto, Cristofano vertelde me dat het gevaarlijk is om ratten aan te raken in tijden van pest.'

'Dat weet ik. Ik heb er de vorige nacht ook over nagedacht, nadat we die stervende ratten met bloed aan hun bek vonden. Kennelijk is onze Dulcibeni er niet bang voor.'

'Het is een eierlandheid zonder veiligheid, heiligheid, gunstigheid,' waarschuwde Ugonio ernstig.

'Ik snap het, beest, we gaan zo. In plaats van te klagen zou je ons ten minste kunnen vertellen waar we zijn, aangezien we hier dankzij jou terecht zijn gekomen.'

'Dat is waar,' zei ik eveneens tegen Ugonio, 'als jij bij de splitsing de andere aftakking van de rivier had gekozen, hadden we het eiland van Dulcibeni niet ontdekt.'

'Het is geen werkerigheid van genoegenheid, niettegenstaandehoezeerook de droefheid van het eierlandheid is, met grote bekwaamheid uitgeoefend op het altaar.'

'Hé, vanavond doet-ie alles met heid,' fluisterde abt Melani bij zichzelf, als in uiterste moedeloosheid zijn ogen ten hemel heffend.

Hij zweeg even en barstte toen los. 'Laat iemand me dan vertellen wat voor de duivel dit voor prietproetpreit eierlandheid is!' schreeuwde hij, zodat de hele grot ervan daverde.

De echo stierf weg. Zonder een mond open te doen verzocht Ugonio mij hem te volgen. Hij wees me de achterkant van het grote steenblok dat fungeerde als voetstuk voor een van de planken, en knikte met zijn hoofd, waarbij hij een gegrom van voldoening liet horen, alsof hij antwoordde op de uitdaging van abt Melani.

Atto voegde zich bij ons. Op de steen was een haut-reliëf zichtbaar waarin figuren van mensen en dieren te onderscheiden waren. Melani kwam nog dichterbij en begon met zijn vingertoppen ongeduldig het ingekerfde oppervlak te verkennen, alsof hij bevestiging wilde vinden voor wat zijn ogen ontdekten.

'Buitengewoon. Het is een Mitrasheiligdom,' fluisterde hij. 'Kijk, kijk hier. Helemaal volgens het boekje, alles is er: de bloeddoop, de schorpioen...'

We bevonden ons daar waar heel lang geleden een onderaardse tempel had gestaan waarin de oude Romeinen de god Mitras vereerden. Het was een godheid afkomstig uit het Oosten, legde Atto uit, die in Rome in populariteit was gaan wedijveren met Apollo, omdat beiden de Zon voorstelden. Dat het om een oud Mitrasheiligdom ging, was wel zeker: het uitgehouwen beeld op een van de twee stenen toonde de god die een stier doodt, terwijl een schorpioen zijn testikels beetpakt, de typische afbeelding van Mitras. Bovendien was de ondergrondse ligging, aangenomen dat die oorspronkelijk ook zo was, favoriet bij de Mitrasvereerders.

'We hebben alleen de twee grote stenen gevonden waarop Dulcibeni steunt voor zijn praktijken,' concludeerde abt Melani. 'Misschien omdat de rest van de tempel in het meer ligt.'

'En hoe heeft dat kunnen gebeuren?'

'Met al die ondergrondse rivieren herordent de bodem hier beneden zich van tijd tot tijd. Dat heb jij ook gezien: ondergronds zijn er niet alleen gangen, maar ook grotten, spelonken, grote holten, hele Romeinse paleizen, opgenomen in de constructies van de recente eeuwen. Het water van de rivieren en de riolen holt blindelings uit, en af en toe stort er een grot in, een andere vult zich met water, enzovoorts. Dat is de natuur van de *Urbs subterranea*.'

Ik dacht instinctief terug aan de scheur die een aantal dagen geleden was ontstaan in de muur van de trap in de herberg, nadat er een onderaards gedreun te horen was geweest.

Ugonio vertoonde opnieuw tekenen van ongeduld. We besloten het bootje weer in het water te duwen en de terugkeer te beproeven. Atto popelde om Ciacconio te zien en de uitkomst van diens binnendringen in Tiracorda's huis te vernemen. We lieten onze nederige schuit wederom te water (die gelukkig geen lekken of schade van belang had opgelopen) en maakten ons op om het smalle kanaal dat ons naar het ondergrondse Mitrasheiligdom had gebracht in omgekeerde richting af te leggen.

Ugonio leek de pest erin te hebben. Onverwachts, juist terwijl we weg wilden varen, sprong hij van de boot en met zijn snelle dribbelpasjes een regen van spatten veroorzakend, liep hij terug naar het eiland.

'Ugonio!' riep ik hem verbaasd terug.

'Rustig, het duurt maar even,' zei Atto Melani, die de stap van de lijkenpikker al aangevoeld moest hebben.

Na een paar seconden kwam Ugonio inderdaad weer naar ons toe en sprong lenig op de boot. Hij leek opgelucht.

Ik wilde hem bijna vragen wat hem voor de duivel had teruggevoerd, toen ik het plotseling begreep.

'Eierlandheid niet gunstigheid,' mompelde Ugonio bij zichzelf.

Hij had de laatste muis uit de kooi bevrijd.

※

Via het verstikkende kanaal dat de toevoer vormde voor het meer verliep de terugweg op misschien minder dramatische, maar even moeizame wijze als de heenweg. De vaart was nu langzamer en zwaarder geworden doordat we moe waren en de stroom tegen hadden, al was die dan zwak. Niemand sprak; Atto en Ugonio duwden aan de achtersteven met de stokken, terwijl ik aan de voorsteven tegenwicht bood en de lantaarn vasthield.

Na een tijdje kreeg ik zin om die zware stilte, die alleen door geklots werd opgeluisterd, te doorbreken.

'Signor Atto, over verschuivingen door onderaardse rivieren gesproken, ik heb iets eigenaardigs meegemaakt.'

Ik vertelde hem dat het astrologieblaadje dat we van Stilone Priàso hadden ontvreemd voor de maand september natuurverschijnselen als aardbevingen en dergelijke had voorspeld. Een paar dagen terug was er in de herberg prompt een soort van donker, dreigend schudden onder de grond te horen geweest, en had zich in de muur van de trap een scheur gevormd. Ging het alleen maar om een toevallige voorspelling, of wist de schrijver van het astrologieblaadje dat er zich in de maand september met meer waarschijnlijkheid verschijnselen van dien aard zouden voordoen?

'Ik kan je alleen maar zeggen dat ik niet in die onzin geloof,' zei abt Melani met een geringschattend lachje, 'anders was ik al lang naar een astroloog gerend om me heden, verleden en toekomst te laten vertellen. Ik geloof echt niet dat het feit dat ik op 31 maart geboren ben, kan...'

'Rammer,' mompelde Ugonio.

Atto en ik keken elkaar aan.

'Ach ja. Ik vergat dat jij, nou ja, jij hebt er verstand van...' zei Atto, terwijl hij probeerde een lach te onderdrukken.

Maar de lijkenpikker liet zich niet intimideren. Volgens de grote astroloog Arcandam, voorspelde Ugonio onverstoorbaar, wordt een Ram, van nature warm en droog, gedomineerd door woede. Hij is roodharig of blond en heeft bijna altijd tekens op zijn schouders of op zijn linkervoet, welig haar, sterke baard, ogen goed gekleurd, wit gebit, goed gevormde kaken, fraaie neus, zware oogleden.

Hij is een vorser en onderzoeker van woorden en andermans feiten en elk geheim. Hij is studieus, hoogstaand, veranderlijk en krachtig. Hij heeft veel vrienden, vliedt het kwaad. Hij is weinig vatbaar voor ziekten, afgezien van ernstige hoofdpijnkwellingen. Hij is welsprekend, solitair in zijn manier van leven, royaal met noodzakelijke dingen: hij denkt na over frauduleuze zaken, en zet dreigementen vaak om in daden. Hij heeft geluk bij elk soort conflict en onderhandeling.

In zijn vroege jeugd is hij twistziek en lichtgeraakt. Hij heeft last van een inwendige woede die hij ternauwernood laat merken. Hij is leugenachtig, onoprecht, en achter lieve woorden verbergt hij veinzerij en leugen; hij zegt het een en doet het ander, belooft de halve wereld en houdt zich niet aan beloften. Hij leeft een deel van zijn leven in autoriteit. Hij is gierig en draagt er daarom zorg voor dat hij koopt en verkoopt. Hij is jaloers en daardoor eenvoudig ontstemd te krijgen, maar hij wordt nog meer door anderen benijd, zodat hij veel vijanden en belagers heeft. Wat tegenslag betreft, kan hij getroffen worden door diverse rampen, zodat hij niet één gemak heeft zonder ongemak en zijn goederen gevaar lopen. Hij bezit een onbestendige erfenis, oftewel hij verliest meteen wat hij heeft verworven en krijgt meteen terug wat hij had verspeeld. Maar veel rijkdommen worden hem geschonken.

Hij maakt veel reizen en verlaat zijn land en zijn ouders. Op zijn drieëntwintigste komt uit bij betere dingen en kan hij met geld omgaan. Op zijn veertigste wordt hij rijk en bereikt grote waardigheid. Hij voert wat hij wil doen tot in de perfectie uit; zijn taken worden gewaardeerd. Hij trouwt niet met de vrouw die aanvankelijk voor hem was bestemd, maar met een andere van wie hij houdt en bij wie hij voortreffelijke kinderen krijgt. Hij spreekt met geestelijken. Als hij overdag geboren wordt, heeft hij in het algemeen geluk en geniet grote achting bij vorsten en heren. Hij wordt zevenentachtig jaar en drie maanden oud.

In plaats van Ugonio in de maling te nemen hadden Atto en ik alles tot het einde toe in plechtige stilte aangehoord. Abt Melani was zelfs gestopt met bomen, terwijl de lijkenpikker nederig in hetzelfde ritme was doorgegaan.

'Nou, even zien,' ging Atto na. 'Rijk, klopt. Bekwaam bij onderhandelingen, klopt. Licht van haar, klopt, voorzover het tenminste niet grijs is geworden. Groot reiziger, vorser van andermans woorden en feiten: allicht. Sterke baard, fraaie ogen, wit gebit, goed gevormde kaken, fraaie neus: dat hebben we. Welsprekend, studieus ingesteld, veranderlijk en krachtig: God vergeve me de onbescheidenheid, maar het is niet onjuist, integendeel. Verder? O ja: de achting van vorsten, het contact met prelaten, en de hoofdpijn. Ik weet niet waar onze Ugonio al die kennis van het sterrenbeeld Ram vandaan haalt, maar het is niet helemaal uit de lucht gegrepen.'

Ik vermeed het om Atto Melani te vragen of hij zich ook herkende in de gierigheid, de woede, het bedrog, de naijver, het gebruik van leugens en dreigementen waarvan het astrologisch portret sprak. En ik liet achterwege om Ugonio te vragen waarom hij onder de vele gebreken van degenen die onder Ram geboren zijn, niet ook ijdelheid had genoemd. Ik paste wel op dat ik niet zinspeelde op de voorspelling van huwelijk en nageslacht, die voor de abt uiteraard waren uitgesloten.

'Je weet warempel veel van astrologie,' complimenteerde ik de lijkenpikker echter, zijn welsprekende excursus in de medische astrologie van een paar nachten daarvoor indachtig.

'Gelezeren, gehoordeerd, verwoorderd.'

'Weet, jongen,' bemoeide abt Melani zich ermee, 'dat elk huis, elke muur, elke afzonderlijke steen in deze heilige stad is vergeven van magie, bijgeloof, duistere hermetische wijsheid. Onze twee beesten moeten wat astrologische naslagwerken gelezen hebben; die zijn overal te vinden, mits niemand het hardop zegt. Een schandaal is alleen iets voor naïeve mensen: denk aan de geschiedenis van abt Morandi.'

En toen overstemde het geluid van de rivier ons gesprek: we waren weer bij de samenvloeiing met het hoofdkanaal.

'Nu kunnen we beter gaan bomen,' zei Atto, terwijl onze boot zich aan het water toevertrouwde dat sneller en vastberadener was dan het onderaards riviertje.

Nog geen seconde later keken we elkaar alle drie sprakeloos aan:

'Ik geloof,' zei ik, 'dat we de roeispanen zijn verloren toen die drie van de Broederschap van de Dood verschenen.'

Ik zag Atto Ugonio verstoord aankijken, alsof hij een verklaring verlangde.

'Rammer ook verstrooiderig,' verdedigde Ugonio zich in een poging om het verlies van de roeispanen aan de abt te wijten.

Het bootje, een weerloze prooi van de stroom, begon met meedogenloze regelmaat te versnellen. Iedere poging om onze vaart te remmen door de stokken tegen de bodem van de rivier te houden, was tevergeefs.

Nog een korte afstand voeren we op het riviertje; weldra echter boog een zijrivier af naar links; dit veroorzaakte een golf waardoor we ons stevig vast moesten klemmen aan ons arme scheepje om er niet uit geslingerd te worden. Het geklater van de rivier was nu harder en opdringeriger geworden; de wanden van het kanaal boden geen steun meer. Niemand durfde een mond open te doen.

Ugonio trachtte het touw dat hij had meegenomen te gebruiken om het vast te maken aan een uitsteeksel op de muur, maar de stenen waren helemaal glad.

Eensklaps herinnerde ik me dat de lijkenpikker op de heenreis, zij het raadselachtig, de reden had uitgelegd waarom hij, eenmaal op de splitsing voor het meer, niet het hoofdkanaal op had willen gaan.

'Zei je dat deze rivier afvoerderig is?' vroeg ik hem.

Hij knikte: 'Hij is afvoerderig met afvaarderige riekerigheid.'

Ineens bevonden we ons midden op een soort rivierenkruispunt: van links en rechts stroomden twee gelijke en tegenovergestelde zijrivieren met nog meer kabaal in onze rivier.

Dit was het begin van het einde. Het bootje, bijna dronken geworden door die over elkaar heen rollende samenvloeiingen, begon om zijn as te draaien, eerst langzaam en toen duizelingwekkend snel. We klampten ons niet meer alleen aan de boot vast, maar ook aan elkaar. Door de draaiing verloren we al snel ons oriëntatievermogen, zodat ik even de absurde gewaarwording had dat ik de rivier tegen de stroom in opging, de redding tegemoet.

Intussen kwam een oorverdovend geklater steeds dichterbij. Het enige referentiepunt vormde onze lamp, die Atto met geweldige inspanning roerloos in de lucht bleef houden, alsof het lot van de wereld ervan afhing; om dat lichtpunt tolde alles als waanzinnig rond. Het leek haast of we vlogen, dacht ik, buiten mezelf van angst en duizeligheid.

Ik kreeg gelijk. Onder de boot verdween het water, en ik hoorde de golven onder ons ruisen, alsof een magnetische kracht ons had opgetild en ons meedogenloos op zielenrust brengend zand wilde neerzetten. In een dwaze fractie van een seconde schoten me weer de woorden van pater Robleda te binnen over het Universele Magnetisme van Kircher, dat van God komt en alle dingen bijeenhoudt.

Maar direct daarop knalde er een blinde, kolossale kracht tegen de bodem van de boot aan, wat ons ter plekke uit het zadel lichtte, en alles werd zwart. Ik lag in het water, omgolfd door ijzige, kwaadaardige draaikolken, bespoeld door smerig, goor schuim, en schreeuwend van angst en wanhoop.

We waren de lucht in gevlogen door een waterval die in een andere, nog stinkender, smeriger rivier uitkwam. Bij de landing op de rivier was de boot omgeslagen, en de lamp was verloren gegaan. Slechts af en toe wist ik de bodem te raken, misschien omdat hier en daar een groot rotsblok lag. Als dat niet het geval was geweest, zou ik zeker zijn verdronken. De stank was verstikkend, en ik wist mijn longen alleen aan het werk te zetten door van inspanning en angst te hijgen.

'Leven jullie nog?' brulde Atto in het donker, terwijl het geraas van de waterval onze oren teisterde.

'Ik ben er,' antwoordde ik buiten adem, spartelend om me drijvende te houden.

Een stomp voorwerp deelde me een houw op mijn borst uit en benam me de adem.

'Hou je vast, hou je vast aan de boot, die is vlak bij ons,' zei Atto.

Wonderwel slaagde ik erin de rand van het scheepje te grijpen, terwijl de stroom ons weer meezoog.

'Ugonio,' gilde Atto weer zo hard hij kon. 'Ugonio, waar ben je?'

We waren met ons tweeën over. Inmiddels wisten we zeker dat we op weg waren naar de dood en we lieten ons meeslepen door het arme wrak, drijvend te midden van drek en andere onbeschrijfelijke uitwerpselen.

'Afvoerderig... nu begrijp ik het,' zei Atto.

'Wat?'

'Dit is niet zomaar een kanaal. Het is de Cloaca Maxima, het grootste riool van Rome, aangelegd door de oude Romeinen.'

De snelheid nam nog toe, en afgaand op de akoestiek vermoedden we dat we in een brede lange ruimte zaten, maar met een heel laag gewelf, waar de boot misschien op zijn kop nog net door kon. Nu was het lawaai van de rivier minder geworden, dankzij de afstand tot de waterval.

Plotseling echter hield de boot stil. Het gewelf was inmiddels te laag en had ons bootje grappig genoeg in omgekeerde positie laten vastlopen. Ik wist me amper aan de rand vast te houden; ik hief een arm op en voelde met afgrijzen hoe dichtbij en benauwend het oppervlak van het gewelf was. De lucht was heel muf en onwelriekend geworden, ademen was haast onmogelijk.

'Wat zullen we doen?' hijgde ik, wanhopig pogend mijn mond boven de waterspiegel te houden.

'Teruggaan kan niet. Laten we maar met de stroom meegaan.'

'Maar ik kan niet zwemmen.'

'Ik ook niet. Maar het water is dik, je hoeft je alleen maar drijvende te houden. Ga op je rug en hou je hoofd omhoog,' zei hij, spuwend om zijn lippen schoon te maken, 'en sla af en toe met je armen, maar ook weer niet te hard, anders ga je naar de bodem.'

'En dan?'

'We komen er wel ergens uit.'

'En als het gewelf eerst helemaal doodloopt?'

Hij antwoordde niet.

Inmiddels aan het eind van onze krachten gekomen lieten we ons door de golven (als je die stuitende drab zo kon noemen) meesleuren, totdat mijn voorspelling uitkwam. De rivier die ons meevoerde, versnelde opnieuw, alsof we ons in een hellend stuk bevonden; de lucht was zo ijl dat ik lange adempauzes afwisselde met plotseling gejaagd ademhalen; de aldus ingeademde ongezonde gassen veroorzaakten spasmen in mijn hoofd en een hevige duizeling. Het leek of een verre, krachtige kolk ons wilde opslokken.

Opeens stootte ik met de bovenkant van mijn hoofd tegen het plafond van de ruimte. De snelheid nam nog meer toe. Dit was het einde.

Ik moest braken. Ik beheerste me evenwel, alsof elk moment de bevrijding kon komen en daarmee de rust. Heel dichtbij maar verstikt hoorde ik voor een laatste keer Atto's stem.

'*Ahi, dunqu'è pur vero*,'* fluisterde hij bij zichzelf.

---

*   Zie noot blz 23.

Negende dag
19 september 1683

'Kijk, kijk hier. Die ander is nog jong.'
Barmhartige engelenhanden en -ogen waren voor mij aan het zorgen. Ik was aan het einde van de lange reis gekomen. Alleen was ik er niet meer: mijn lichaam moest elders zijn, terwijl ik genoot van de weldadige warmte die vanuit de Hemel over alle goede zielen straalt. Ik wachtte tot mij de weg werd gewezen.

Er ging een tijdloos moment voorbij, totdat de handen van een van de engelen me liefelijk betastten. Licht en onduidelijk gemompel wekte me geleidelijk. Uiteindelijk kon ik iets van dat liefelijke, hemelse gesprek opvangen: 'Inspecteer de ander beter.'

Na vluchtige, maar misschien eeuwige momenten begreep ik dat de hemelse gevleugelde boodschappers me tijdelijk hadden verlaten. Misschien had ik momenteel geen behoefte aan hun liefdadige bijstand. Ik ging toen op in het goddelijke licht dat de welwillende hemel over mij en andere arme dolende zielen uitspreidde.
Tegen iedere verwachting in had ik nog ogen om te zien, oren om te horen en een lijf om te genieten van de engelachtige, zoele zonsopgang die me helemaal doortrok. Ik lichtte dus mijn oogleden op, en tegenover mij posteerde zich het goddelijk symbool van Onze-Lieve-Heer dat eeuwen geleden door de eerste christenen werd gebruikt: een schitterende zilveren vis die me genadig gadesloeg.
Eindelijk richtte ik mijn blik naar het schijnsel, maar meteen moest ik een hand voor mijn gezicht houden.
Het was dag en ik lag in de zon, languit op een strand.

Het werd me weldra duidelijk dat ik leefde, ofschoon ik behoorlijk was toegetakeld. Tevergeefs zocht ik met mijn blik de twee engelen (of wat het ook waren) die om mij heen bewogen. Mijn hoofd deed vreselijk pijn en mijn ogen verdroegen het daglicht niet. Opeens merkte ik dat ik ternauwernood op mijn benen kon staan. Mijn knieën trilden, en ik dreigde gevaarlijk uit te glijden over de modder waarop ik liep.

Mijn oogleden toeknijpend, wierp ik evengoed een blik om me heen. Ik bevond mij zonder twijfel op de oever van de Tiber. Het was net licht geworden en een paar vissersbootjes doorkliefden vredig het water van de rivier. Op de andere oever stonden de ruïnes van de oude Ponte Rotto. Rechts het slome silhouet van het Tibereiland, omgeven door de twee aftakkingen van de rivier die het sedert millennia zachtjes liefkozen. Links tekende de helling met de Santa Sabina zich af tegen de rustige hemel van de dageraad. Nu wist ik waar ik was: iets meer naar rechts was de uitmonding van de Cloaca Maxima, die Atto en mij in de rivier had uitgespuugd. Gelukkig had de stroming ons niet verder naar beneden gesleurd. Ik bewaarde de verwarde herinnering dat ik uit het water was gekomen en me afgemat op de kale grond had geworpen. Het was een wonder dat ik nog leefde; als dit allemaal in de winter was gebeurd, bedacht ik, had ik stellig het leven gelaten.

Om me op te beuren was er echter de septemberzon, die nieuw aan de klare hemel was verschenen; maar zodra mijn hoofd helder werd, merkte ik dat ik helemaal smerig en verstijfd was, en een onstuitbare huivering trok van top tot teen door me heen.

'Laat me los, schurk, laat me los! Help!'

De stem kwam achter mij vandaan. Ik draaide mij om en vond de doorgang belemmerd door een hoge wilde haag. Ik stapte er resoluut overheen en trof abt Melani op zijn rug liggend op de grond aan, hij eveneens geheel overdekt met modder, inmiddels niet meer in staat te schreeuwen: hij was hevig aan het overgeven. Twee mannen, ja, twee louche figuren stonden over hem heen gebogen, maar zodra ik dichterbij kwam, trokken zij zich terug en sloegen op de vlucht, achter de lichte hoogte verdwijnend op het strand. Vanaf de boten die in de buurt voeren leek geen enkele visser het tafereel te hebben gezien.

Door elkaar geschud door vreselijke krampen braakte Atto het water uit dat hij tijdens onze rampzalige schipbreuk had ingeslikt. Ik hield zijn hoofd vast in de hoop dat hij niet in het uitgestoten vocht zou stikken. Na een tijdje kon hij weer spreken en normaal ademhalen.

'Die twee schoften...'

'Forceer u niet, signor Atto.'
'... dieven. Ik zal ze grijpen.'

Ik had niet de moed en zou die ook nooit krijgen om Atto te bekennen dat ik in die twee dieven de gewijde engelen van mijn ontwaken had gezien. In plaats van voor ons te zorgen hadden ze ons zorgvuldig geïnspecteerd om ons te beroven. De zilveren vis die ik naast mij had gevonden, was geen heilige openbaring, maar slechts het afval van een visverkoper.

'Ze hebben toch niets gevonden,' hernam Atto tussen het spugen door. 'Het weinige dat ik bij me had, ben ik kwijtgeraakt in de Cloaca Maxima.'

'Hoe voelt u zich?'

'Hoe zou ik mij nu moeten voelen in deze omstandigheden, op mijn leeftijd?' zei hij, zijn bemodderde justaucorps en hemd openmakend. 'Als het aan mij lag bleef ik hier in de zon liggen tot ik geen kou meer voelde. Maar dat gaat niet.'

Ik kreeg een schok. Zo dadelijk zou Cristofano zijn ochtendronde langs de kamers maken.

Onder de nieuwsgierige blikken van een groepje vissers die zich aangordden om in de buurt aan land te gaan, liepen we weg.

We gingen over een weggetje parallel aan de grot van de rivier, waarbij we rechts Monte Savello lieten liggen. Vies en wanhopig als we waren, keken de weinige passanten ons met grote ogen aan. Ik was mijn schoenen kwijtgeraakt, hinkte en moest onbedaarlijk hoesten; Atto leek dertig jaar ouder, en zijn kleren hingen om zijn lijf alsof hij ze uit een graf had gestolen. Hij vloekte mompelend vanwege de reumatiek en de spierpijn die dat vreselijke nachtelijke geploeter en het vocht hem hadden bezorgd. We wilden naar de Portico d'Ottavia gaan, toen hij ineens van richting veranderde.

'Hier heb ik te veel bekenden, we nemen een andere weg.'

We liepen toen via de Piazza Montanara, en namen vervolgens de Piazza Campitelli. Er waren steeds meer mensen.

In de doolhof van nauwe, vochtige, donkere kronkelstraatjes, bijna zonder straatstenen proefde ik helaas weer de afwisseling van modder en stof, de stank, het bekende geschreeuw. Grote en kleine varkens snuffelden in het opgetaste afval rond rokerige kookpotten met op dat vroege uur pasta en brede pannen met alreeds sissende vis, tegen de afkondigingen en verordeningen van Volksgezondheid in.

Ik hoorde Atto met afkeer en ergernis iets mompelen, maar het plotselinge geraas van de wielen van een koets overstemde zijn woorden.

Toen de rust was weergekeerd, hervatte abt Melani: 'Moeten we dan als varkens de rust in de mest, de vrede in het afval, en de kalmte in de chaos van de onbegaanbare wegen zoeken? Waar is het goed voor om in een stad als Rome te wonen als we er moeten ronddolen als beesten in plaats van mensen? Ik smeek u, Heilige Vader, haal ons uit de drek!'

Ik keek hem vragend aan.

'Dat zei Lorenzo Pizzati van Pontremoli,' antwoordde hij, 'een parasiet aan het hof van paus Rospigliosi, maar wat had hij gelijk: zo'n twintig jaar geleden schreef hij deze smeekbede ongezouten aan Clemens ix.'

'Maar dan is Rome altijd zo geweest,' riep ik verbaasd uit, omdat ik me de stad van vroeger in een heel ander, sprookjesachtig licht had voorgesteld.

'Zoals ik je al zei, was ik destijds in Rome: wel, ik verzeker je dat de wegen in die tijd bijna elke dag (slecht) werden hersteld. En met alle riolen en buizen die men aanbracht, verdronk je op de straten in de bouwwerkzaamheden. Om je veilig te stellen tegen de poel van regenwater en vuilnis moest je toen al tot augustus met laarzen aan rondlopen. Pizzati had gelijk: Rome is een Babylon geworden waar je in voortdurend lawaai leeft. Het is geen stad meer: het is een stal,' dreunde de abt met nadruk op het laatste woord.

'En deed paus Rospigliosi niets om een en ander te verbeteren?'

'Integendeel, mijn jongen. Maar jij weet ook wel wat voor geitenkoppen de Romeinen zijn. Hij probeerde bijvoorbeeld een openbaar systeem te verzinnen om vuilnis op te halen: de burgers kregen opdracht om de weg voor hun deur schoon te maken, vooral 's zomers. Allemaal tevergeefs.'

Plotseling trok de abt mij met een harde ruk terug en beiden drukten we ons tegen de muur: op het nippertje ontkwam ik zo aan een enorme voorbij stuivende, luxueuze koets. Het humeur van de abt werd er niet beter op.

'Volgens Carolus Borromaeus zijn er in Rome twee dingen nodig voor succes: God liefhebben en een koets bezitten,' oordeelde Melani scherp. 'Weet je dat er in deze stad meer dan duizend zijn?'

'Dan komt het verre gedreun dat ik zelfs hoor wanneer er geen kip op straat is misschien daardoor,' zei ik verbijsterd, 'waar gaan al die koetsen heen?'

'O, nergens heen. Edellieden, gezanten, artsen, beroemde advocaten en Romeinse kardinalen verplaatsen zich uitsluitend per koets, zelfs over heel korte afstanden. En dat is nog niet alles: ze gaan er alleen per koets op uit, vaak zelfs met meerdere koetsen tegelijk.'

'Hebben ze zulke grote gezinnen?'

'Welnee,' lachte Atto, 'ze gaan er met een gevolg van vier of vijf koetsen op uit om zich meer aanzien te verschaffen. Maar kardinalen en gezanten op officieel bezoek mogen zelfs tot driehonderd gaan. Met de nodige opstoppingen en dagelijkse stofwolken.'

'Nu begrijp ik de ruzie om een standplaats,' echode ik, 'die ik een tijd geleden heb meegemaakt op de Piazza in Posterula: het waren de staffiers van twee adellijke koetsen en ze sloegen elkaar bont en blauw.'

Op dat punt veranderde Atto weer van richting.

'Ook hier zou ik herkend kunnen worden. Er is een jonge kanunnik... Laten we afslaan naar de Piazza San Pantaleo.'

Uitgeput als ik was, protesteerde ik tegen al die omwegen.

'Hou je mond en trek niet de aandacht,' zei Atto, die ineens zijn grijze verlepte haardos schikte.

'Gelukkig let niemand in deze beestachtige drukte op ons,' siste hij, en met bijna onhoorbare stem vervolgde hij. 'Ik haat het om in deze situatie te moeten verkeren.'

Het was verstandig, en Atto wist dat, om de grote menigte van de markt op de Piazza Navona te doorkruisen in plaats van alleen en zwervend midden op de Piazza Madama of op de weg van Parione in het oog te lopen.

'We moeten zo snel mogelijk bij Tiracorda's huis komen,' zei Atto, 'maar zonder opgemerkt te worden door de wachters van de Bargello die tegenover de herberg dienst hebben.'

'En dan?'

'We zullen proberen de stal binnen te komen en de onderaardse gangen in te slaan.'

'Maar dat zal heel lastig zijn, we zouden door iedereen gezien kunnen worden.'

'Weet ik. Heb jij een beter idee?'

We maakten ons dus op om ons in het marktgedrang van de Piazza Navona te storten. Groot was echter ons misnoegen toen we tegenover het halflege plein stonden, dat alleen door groepjes her en der tot leven werd gewekt en waar in het midden vanaf een verhoginkje of een stoel bebaarde en bezwete redenaars met hun armen zwaaiden tijdens het toespreken en harangeren. Geen markt, geen verkopers, geen fruit- en groentestalletjes, geen menigte.

'Vervloekt, het is zondag,' zeiden Atto en ik bijna eenstemmig.

's Zondags werd er geen markt gehouden: daarom waren er weinig mensen op straat. Door de quarantaine en de vele avonturen waren we vergeten wat voor dag het was.

Zoals op alle zon- en feestdagen waren de heren van het plein de priesters, predikers en vrome lieden die met opbouwende preken, de een met de subtiliteit van de logica, de ander met een stentorstem, kleine groepjes nieuwsgierigen trokken: studenten, erudiete personen, leeglopers, bedelaars en ten slotte zakkenrollers die gebruikmaakten van de verstrooidheid van de andere toeschouwers. De vrolijke dagelijkse chaos van de markt had plaatsgemaakt voor een ernstige, loodzware sfeer; de wolken leken mee te gaan in dit klimaat en bedekten plotseling de zon.

Verdoofd van teleurstelling staken we het plein over en voelden ons nog naakter en onbeschermder dan we al waren. Meteen verlieten we het midden van de open ruimte en liepen naar de rechterkant, waar we op onze tenen langsliepen in de hoop niet op te vallen. Ik schrok op toen een kind, dat zich van een groepje vlakbij had losgemaakt, ons tegenover de volwassene die bij hem liep, aanwees. De laatste keek ons kort aan, om toen gelukkig zijn aandacht van onze heimelijke, armoedige aanwezigheid af te wenden.

'Ze zullen ons zien, vervloekt nog aan toe. Laten we proberen in de massa op te gaan,' zei Atto, terwijl hij op een groepje vlakbij wees.

We mengden ons derhalve in een kleine, maar hechte oploop die rond een onzichtbaar centraal punt verzameld was. We stonden juist vlak bij de grote vier-rivierenfontein van Bernini op het midden van het plein; de vier antropomorfe titanenbeelden van de zeegoden, bijna waarschuwend in hun marmerkracht, leken deel te hebben aan de sacrale sfeer van het plein. Van binnen de fontein keek een stenen leeuw mij, woest maar machteloos, vorsend aan. Op het monument prijkte een obelisk, geheel versierd met hiërogliefen en bekroond met een kleine vergulde piramide, als het ware vanzelfsprekend naar de Allerhoogste gericht. Was het niet die obelisk die door Kircher was ontcijferd, zoals iemand mij de dagen daarvoor had verteld? Maar ik werd afgeleid door de menigte, die verder samendromde om beter te luisteren naar de preek die ik van een paar passen verder hoorde komen.

Door het woud van hoofden, ruggen en schouders kon ik de prediker slechts een paar seconden zien. Zijn hoofddeksel wees op een jezuïetenpater: het was een rond, hoogrood mannetje met een bonnet op die te groot was voor zijn hoofd, en met een onstuitbare woordenstroom onderhield hij de kleine, maar hechte groep toeschouwers.

'En wat is een toegewijd leven?' hoorde ik hem met pathos uitspreken. 'Dan zeg ik u: weinig woorden, vele tranen, spotternijen van Jan en alleman; armoede in het leven, lichaamsgebreken, schofferingen, lastenverzwaringen. En hoeft zo'n leven niet ongelukkig te zijn? Dan zeg ik u: ja!'

Er ging een gegons van ongeloof en scepsis door de menigte.

'Ik weet het!' vervolgde de prediker heftig. 'Mensen van geest zijn aan deze ellende gewend, en willen die juist vrijwillig ondergaan. En als ze die niet op hun weg vinden, gaan ze er wel naar op zoek!'

Weer ging er een onrustig gemompel door de menigte.

'Zoals Simon van Cyrene, die zich als dwaas voordeed om door het volk te kunnen worden gehoond. Zoals Bernard van Chiaravalle, die een slechte gezondheid genoot en zich altijd terugtrok in de kilste en hardste kluizenaarsverblijven! Ze hadden heus niet gehoeven! En daarom beoordeelt u hen alleen maar als beklagenswaardig? Nee, nee, luister naar wat de grote kerkvorst Salvianus...'

Abt Melani trok met een ruk mijn aandacht: 'De kust lijkt me veilig, laten we gaan.'

We begaven ons naar de uitgang van de Piazza Navona die het dichtst bij De Schildknaap lag, in de hoop dat die laatste voetstappen geen onaangename verrassing voor ons in het vat hadden.

'De grote kerkvorst Salvianus mag zeggen wat hij wil, maar ik verlang ernaar om mij te verkleden,' snoof Atto, inmiddels aan het eind van zijn Latijn.

Zonder de moed te hebben om me om te draaien kreeg ik de onplezierige indruk dat we werden gevolgd.

We wilden bijna ongedeerd uit de gevaarlijke oversteek stappen, toen het onvoorziene gebeurde. Atto liep juist voor me, bij de muur van een gebouw, toen ik uit een zij-ingang bliksemsnel een paar stevige, vastberaden handen zag komen, hem beet zag pakken en hem krachtig de ingang in zag trekken. Door het afschuwwekkende gezicht en door de vermoeidheid die me kwelde, viel ik bijna flauw. Ik stond als versteend, niet wetend of ik moest vluchten of om hulp moest roepen; in beide gevallen zou ik het grote risico lopen te worden herkend en gearresteerd.

Om me uit de nood te helpen kwam van achter mij, hemels zoals ik nooit had gedacht dat die kon klinken, een bekende stem: 'Spoeder jij ook maar in verstopperen.'

Hoe groot ook de minachting die abt Melani voor de lijkenpikkers had, ik denk dat hij bij die gelegenheid heel wat moeite heeft gedaan om zijn dankbaarheid voor hun tussenkomst te verhelen. Niet alleen had Ugonio wonderbaarlijk genoeg de Cloaca Maxima overleefd, hij had ook, nadat hij zich herenigd had met Ciacconio, ons opgespoord en – zij het met wat hardhandige methoden – veiliggesteld. Het was dan ook Ciacconio geweest die Atto in de zij-ingang van de Piazza Navona had getrokken, waar Ugonio me had aangespoord eveneens naar binnen te gaan.

Toen we binnen waren, en zonder dat we de tijd hadden om vragen te stellen, lieten de lijkenpikkers ons een andere ingang inglippen en een steil trapje afgaan dat op zijn beurt naar een smal en nog somberder gangetje zonder ramen leidde. Ciacconio haalde een lantaarn tevoorschijn die hij absurd genoeg, zo leek me, reeds brandend onder zijn smerige overjas hield. Onze redder leek even nat als wij, maar dribbelde snel en zelfverzekerd als altijd.

'Waar brengen jullie ons heen?' vroeg Atto, voor één keer verbaasd en de situatie niet meer meester.

'De piazzame Navonio gevaarderlijk,' zei Ugonio, 'en om eerder vader dan vaderlijk te zijn, is het onderpantheon gezonder.'

Ik herinnerde mij dat de lijkenpikkers ons op een van de verkenningen van gang C de opening hadden laten zien van een uitgang die naar de binnenplaats voerde van een gebouw achter het Pantheon, op de Piazza della Rotonda. Ze leidden ons een kwartier lang van kelder naar kelder, met een ononderbroken opeenvolging van deurtjes, trapjes, verlaten magazijnen, stenen wenteltrappen en gangen. Af en toe haalde Ugonio zijn ring met sleutels tevoorschijn, maakte een deur open, liet ons passeren en sloot de deur weer achter ons door vier of vijf keer de sleutel om te draaien. Atto en ik liepen op onze laatste benen, voortgedreven door de lijkenpikkers, als twee stoffelijke omhulsels die gereed waren de aarde te verlaten.

We kwamen uiteindelijk voor een soort van dikke houten deur die piepend opening naar een binnenplaats. Het daglicht deed opnieuw pijn aan onze ogen. Vanaf de binnenplaats kwamen we op een steegje uit en daarvandaan op een andere halfverlaten binnenplaats, waartoe een hek zonder slot toegang verschafte.

'Spoeder u naar de onderaardse ganger,' maande Ugonio, terwijl hij ons een soort van houten valluik in het terrein aanwees. We tilden het schot op, dat een verstikkende, donkere put te zien gaf. Boven in de verticale gang stak horizontaal in het terrein een ijzeren stang met een touw eraan waar we ons aan vastklemden, terwijl we ons naar beneden lieten glijden. We wisten al waar we zouden uitkomen: het gangenstelsel dat in verbinding stond met De Schildknaap.

Terwijl het valluik weer boven onze hoofden sloot, zag ik de bekapte koppen van Ugonio en Ciacconio in het daglicht verdwijnen. Ik had Ugonio willen vragen hoe hij de schipbreuk in de Cloaca Maxima had weten te overleven, en hoe hij er voor de duivel uit was gekomen, maar er was geen tijd voor. Terwijl ik me naar omlaag liet zakken, me vasthoudend aan het touw, leek het even of Ugonio's blik en de mijne elkaar kruisten. Onverklaarbaar genoeg wist ik zeker dat hij wist wat ik dacht: ik was blij dat hij het had gered.

Zodra ik weer op mijn kamer was, verkleedde ik mij haastig en verstopte mijn vieze, bemodderde kleren. Meteen ging ik naar Cristofano's kamer, gereed om mijn afwezigheid te rechtvaardigen met een onwaarschijnlijk bezoek aan de kelder. Te uitgeput om me zorgen te maken had ik erin berust om vragen en bezwaren te krijgen die ik op geen enkele manier het hoofd zou kunnen bieden.

Maar Cristofano sliep. Misschien nog gevloerd door de crisis van de vorige dag was hij gaan liggen zonder zelfs maar de deur dicht te doen. Hij lag halfgekleed op zijn rug.

Ik wachtte mij er wel voor om hem wakker te maken. De zon stond laag aan de horizon; ik had nog vóór de afspraak met Devizé in Bedfords kamer ergens tijd voor: slapen.

Tegen de verwachting in was het geen verkwikkende slaap. De rust werd in de weg gestaan door getourmenteerde, onrustige dromen, waarin ik het ellendige onderaardse avontuur herbeleefde: eerst de ontmoeting met de Broederschap van de Dood en de vreselijke momenten onder de omgeslagen boot, toen de verontrustende vondsten op het eiland van het Mitrasheiligdom, en ten slotte de lange nachtmerrie van de Cloaca Maxima, waarin ik dacht dat ik de dood had leren kennen. Daarom werd ik, toen Cristofano's knokkels op mijn deur bonsden, nog vermoeider wakker dan daarvoor.

Ook de arts leek allerminst in vorm. Twee zware, blauwige wallen tekenden zijn vermoeide gelaat; zijn blik was lodderig en afwezig en zijn houding, die ik kende als degelijk en rechtop, was lichtelijk gebogen geworden. Hij groette me niet en vroeg me God zij dank niets over de afgelopen nacht.

Ik moest hem er juist aan herinneren dat we weldra, zoals gewoonlijk, de honger van de gasten zouden moeten stillen. Maar eerst moesten we een noodgeval verzorgen. Het was namelijk tijd om Robleda's theorieën in de praktijk te brengen: de pest van Bedford zou ditmaal behandeld worden met de noten van Devizés gitaar. Ik ging de jezuïet verwittigen dat we op het punt stonden om zijn aanwijzingen op te volgen. We riepen Devizé en begaven ons toen naar de kamer ernaast, naar het ziekbed van de arme Engelsman.

De jonge musicus had een krukje meegenomen om in de gang te kunnen spelen zonder de kamer van de pestlijder in te hoeven gaan en zo zijn gezondheid op het spel te zetten. De deur zou open blijven, zodat de (hopelijk) heilzame klanken van de gitaar konden binnendringen. Cristofano echter zette zich vlak naast het bed van Bedford om diens reacties, zo die er waren, gade te slaan.

Ik ging discreet in de gang op de loer liggen, vlak bij de gitarist. Devizé nam op het krukje plaats, installeerde zich en stemde kort zijn instrument. Hij maakte eerst zijn vingers los met een allemande. Vervolgens pakte hij een corrente aan, om dan weer terug te keren naar een strenge sarabande. Daarmee had hij zijn instrument gestemd en hij vroeg Cristofano naar nieuws over de zieke.

'Niets.'

Het concert hervatte met een gavotte en een gigue.

'Niets. Niets maar dan ook helemaal niets. Het lijkt of hij het ook niet hoort,' berichtte de arts ontmoedigd en ongeduldig.

En toen speelde Devizé eindelijk wat ik hoopte en wat als enige van alle dansen die ik hem had horen uitvoeren, in staat leek de aandacht en het hart van alle gasten van de herberg te grijpen: het superbe rondo dat zijn leermeester Francesco Corbetta had geschreven voor Maria Theresia, de koningin van Frankrijk.

Zoals ik al vermoedde, was ik niet de enige die op die noten met hun onweerstaanbare tintje zat te wachten. Devizé speelde het rondo één keer, toen nog eens en nog een derde keer, alsof hij te verstaan wilde geven dat die noten ook voor hem – om onbekende redenen – allerzoetst en verrukkelijk waren. We zwegen allemaal, op dezelfde manier verrukt. We hadden al vele malen naar die muziek geluisterd zonder er ooit genoeg van te krijgen.

Maar terwijl we voor de vierde keer naar dat rondo luisterden, maakte het genot van die klanken plaats voor iets geheel onverwachts. Ik werd gewiegd door het cyclisch herhalen van het refrein toen ik terugdacht: wat had Devizé een paar dagen geleden gezegd? De afwisselende strofen van het rondo 'bevatten steeds nieuwe harmonische proeven, die alle op een onverwachte manier afliepen, alsof de goede muziekleer onbekend was. En na op zijn hoogtepunt te zijn gekomen, zet het rondo abrupt zijn einde in.'

En wat had abt Melani in de brief van Kircher gelezen? Dat de pest eveneens cyclisch is, en ze heeft 'in haar slotaanvallen iets onverwachts, iets raadselachtigs, dat de geneeskundeleer niet kent: nadat de ziekte op haar hoogtepunt is gekomen, *senescit ex abrupto*, oftewel zet ze bruusk haar einde in.'

De woorden die Devizé gebruikt had om het rondo te beschrijven waren haast identiek aan die waarmee Kircher had gesproken over de pest...

Ik wachtte tot de muziek was uitgespeeld en stelde eindelijk de vraag die ik al lang, al veel te lang had moeten stellen: 'Signor Devizé, heeft dit rondo een naam?'

'Ja, *Les baricades mistérieuses*,' articuleerde hij langzaam.

Ik zweeg.

'In jullie taal zeg je... mysterieuze barricaden,' vervolgde hij, alsof hij de stilte wilde opvullen.

Ik bleef als versteend zwijgen.

Mysterieuze barricaden, *les baricades mistérieuses*: waren dat niet dezelfde duistere woorden die Atto 's middags in zijn slaap had gemompeld?

Ik kon mezelf niet op tijd antwoord geven: mijn hart galoppeerde reeds schichtig naar andere mysterieuze barricaden, de *arcanae obices* uit Kirchers brief...

Mijn gedachten werden weggevaagd. In een zee van argwaan en illusie gestort door het onuitstaanbare gegons dat die twee Latijnse woorden in mijn hoofd veroorzaakten, werd ik bevangen door een duizeling. Ik kwam met een ruk overeind en ging in allerijl op weg naar mijn kamer, onder de verblufte blik van Cristofano en Devizé, die hetzelfde motief opnieuw was gaan spelen.

Ik sloot de deur achter me, verpletterd door het gewicht van die ontdekking en alle consequenties die ze, als een gevaarlijke lawine, met zich mee sleurde.

Het vreselijke mysterie van de *arcanae obices* van Kircher, de mysterieuze obstakels die het *secretum vitae* verhulden, had uiteindelijk vlak voor mijn ogen vorm aangenomen.

Een denkpauze in alle eenzaamheid op mijn kamer was noodzakelijk. En niet zozeer omdat ik mijn gedachten op een rijtje moest krijgen, als wel omdat ik moest uitvinden met wie ik ze kon delen.

Atto en ik waren de *arcanae obices* op het spoor, oftewel de mysterieuze barricaden die het uiterste vermogen hebben om de pest te overwinnen, en die door Kircher genoemd werden in zijn ijlende brief aan minister Fouquet; vervolgens had ik de abt in zijn slaap, in de taal van het land van zijn keuze, niet nader geïdentificeerde *baricades mistérieuses* horen noemen. En nu, na mijn vraag aan Devizé hoe het rondo heette dat hij aan het spelen was om de aan pest lijdende Bedford te behandelen, ontdekte ik dat het juist *Les baricades mistérieuses* heette. Iemand wist veel meer dan hij bereid was toe te geven.

'Jij begrijpt ook helemaal niks!' riep abt Melani uit.

Ik had hem net uit een diepe slaap gewekt om uitleg te krijgen, en meteen raakten zijn woorden en gebaren verhit door het vuur van het nieuws. Hij vroeg me om woord voor woord het verslag te herhalen: Devizé die het rondo speelde voor Bedfords gezondheid en die mij met alle vanzelfsprekendheid van de wereld bekende dat die muziek als titel *Les baricades mistérieuses* had.

'Neem me niet kwalijk, maar je moet me drie minuten alleen laten om na te denken,' zei hij bijna overweldigd door het nieuws.

'Maar u weet dat ik allerlei uitleg wil, en dat...'

'Goed, goed, maar laat me nu nadenken.'

Ik werd derhalve gedwongen om hem alleen te laten en even later opnieuw aan zijn deur te kloppen. Door zijn ogen, die weer waakzaam en strijdlustig stonden, had ik kunnen denken dat hij nooit in slaap was gevallen.

'Juist nu we dicht bij de waarheid zijn, heb je besloten mijn vijand te worden,' begon hij bijna afgemat.

'Niet vijand,' haastte ik me hem te corrigeren, 'maar u moet begrijpen...'

'Kom nou,' viel hij me in de rede, 'probeer logisch na te denken.'

'Als u mij toestaat, signor Atto, ditmaal ben ik heel wel in staat om logisch na te denken. En ik zeg: hoe is het mogelijk dat u de titel van dat rondo kent, en dat dit ook de vertaling is van *arcanae obices*?'

Ik voelde me trots dat ik dat zo wijze individu, zij het kort, met zijn rug tegen de muur zette. Ik vorste hem met ogen vol argwaan en beschuldiging.

'Ben je klaar?'
'Ja.'
'Welnu,' zei hij uiteindelijk, 'laat mij nu aan het woord. In mijn slaap heb je me *baricades mistérieuses* horen fluisteren, als ik het wel heb.'
'Precies.'
'Goed. Zoals jij ook wel weet, is dit min of meer de vertaling van *arcanae obices*.'
'Precies. En ik wil heel graag dat u me es uitlegt hoe u erachter kwam...'
'Zwijg, zwijg. Begrijp je het niet? Dat is niet het punt.'
'Maar u...'
'Vertrouw me een laatste keer. Wat ik je wil zeggen zal je op andere gedachten brengen.'
'Signor Atto, ik kan die mysteries niet meer volgen, bovendien...'
'Je hoeft niets meer te volgen. We zijn er. Het geheim van de arcanae obices is onder ons, en het is misschien meer van jou dan van mij.'
'Wat bedoelt u?'
'Dat jij het vaker hebt gezien, of liever gezegd, gehoord dan ik.'
'Dus...'
'Het *secretum vitae* dat tegen de pest beschermt schuilt in die muziek.'

Deze keer had ik tijd nodig om aan dat onthutsende idee te wennen. In het schitterende rondo dat me zo had gefascineerd lag de kern van het mysterie van Kircher en Fouquet, de Zonnekoning en Maria Theresia.

Atto liet me de nodige tijd om van kleur te verschieten, weerloos ten prooi aan de verbazing, en om zwakjes te stamelen: 'Maar ik dacht... het kan niet.'

'Dat heb ik eerst ook bij mezelf gezegd, maar als je er goed over nadenkt, zul je het begrijpen. Volg mijn redenering maar: heb ik je niet gezegd dat Corbetta, de leermeester van Devizé, bedreven was in de kunst van het verwerken van geheime boodschappen in zijn muziekstukken?'

'Ja, dat is waar.'

'Welaan. En Devizé heeft je zelf gezegd dat het rondo van *Les baricades mistérieuses* is geschreven door Corbetta en voor zijn dood door hem geschonken werd aan Maria Theresia van Spanje.'

'Ook dat is waar.'

'Goed. De opdracht van het rondo, die jij met eigen ogen hebt gezien, luidt *à Mademoiselle*: Lauzuns vrouw. Lauzun zat met Fouquet in de gevangenis. En Fouquet had het geheim van de pest van Kircher gekregen. Nu moet Fouquet, toen hij nog minister was, in overleg met Kircher aan Corbetta de opdracht hebben gegeven om het *secretum vitae*, oftewel de *arcanae obices* of zo je wilt mysterieuze barricaden, die van de pest genezen, als geheime boodschap in zijn muziek te verwerken.'

'Maar ook Kircher, had u gezegd, kon geheime boodschappen in muziek verwerken.'

'Zeker. Ik sluit ook niet uit dat Kircher het *secretum vitae* reeds gecodeerd in tabulaturen aan Fouquet heeft gegeven. Maar waarschijnlijk bevonden die zich nog in een vrij ruw stadium. Weet je nog wat Devizé je vertelde? Corbetta heeft het rondo gemaakt en het verder uitgewerkt op grond van een eerdere melodie. Ik weet zeker dat hij naar Kircher verwees. Niet alleen dat: Devizé zelf, die het herhaaldelijk op zijn gitaar speelde, heeft op zijn beurt de uitvoering kunnen perfectioneren en verder kunnen bijdragen aan de verbazing dat achter zo'n schitterende harmonie een boodschap in cijferschrift schuil kan gaan. Ongelooflijk, hè? Ik kan er zelf nauwelijks bij.'

'En het is in de vorm van een rondo dat de minister het *secretum vitae* zorgvuldig moet hebben bewaard.'

'Ja. Die tabulaturen zijn, wie weet hoe, ontsnapt aan de ellende van mijn arme vriend Nicolas.'

'Totdat hij ze in Pinerolo...'

'... heeft toevertrouwd aan Lauzun. Weet je wat ik nu denk? Dat het Lauzun was die de opdracht *à Mademoiselle* heeft geschreven: hij zal die vellen muziek aan zijn vrouw hebben gegeven om ze aan koningin Maria Theresia te doen toekomen.'

'Maar Devizé vertelde me dat ze een geschenk van Corbetta waren aan de koningin.'

'Een slappe smoes. Een manier om je een eenvoudig verhaal aan te smeren: de waarheid is dat dat rondo na Corbetta en voordat het in bezit kwam van Maria Theresia door de handen van Fouquet, Lauzun en Mademoiselle is gegaan.'

'Eén ding klopt volgens mij niet, signor Atto: vermoedde u niet dat Lauzun in Pinerolo bij de minister werd vastgezet om hem het geheim te ontfutselen?'

'Misschien heeft Lauzun twee heren gediend. In plaats van Fouquet te bespioneren en te bedriegen zal hij liever duidelijke taal met hem hebben gesproken, mede omdat de Eekhoorn een fijnzinnig verstand had. Dus heeft Lauzun hem geholpen om met de koning over zijn vrijheid te onderhandelen in ruil voor het *secretum vitae*, oftewel het rondo. Ja, hij en Mademoiselle zullen de gelegenheid hebben aangegrepen om wraak te nemen op de koning door het hoogst kostbare antidotum tegen de besmetting in handen van de vijanden van Zijne Majesteit te spelen. Te beginnen, en het spijt me geweldig om het te zeggen, bij zijn vrouw koningin Maria Theresia, God hebbe haar ziel.'

Ik bleef peinzen, in gedachten alle stappen nalopend die Atto me had uiteengezet.

'Er is inderdaad iets vreemds aan die muziek,' merkte ik op, de draden van mijn herinnering weer aaneen knopend. 'Het is net alsof de klank... kwam en ging, steeds hetzelfde en toch steeds anders. Ik kan het niet goed verklaren, maar het doet me denken aan wat Kircher over de pest heeft geschreven: de ziekte verdwijnt en komt terug, verdwijnt en komt terug, en tenslotte sterft hij net wanneer ze op haar hoogtepunt is. Het is net alsof... die muziek erover sprak.'

'O ja? Des te beter dan. Dat er in dat rondo iets mysterieus en ondefinieerbaars schuilt heb ik inderdaad ook bedacht toen ik het de afgelopen dagen hoorde voorafgaand aan de opsluiting.'

In het vuur van het betoog was ik helemaal vergeten waarom ik naar abt Melani was gegaan: om een verklaring te krijgen voor de woorden in zijn slaap. Maar Atto liet me wederom niet aan het woord.

'Luister. We zitten nog met twee onopgeloste problemen: allereerst wie het antidotum van het *secretum vitae* tegen het *secretum morbi*, dus tegen Zijne allerchristelijkste Majesteit, nodig heeft. Ten tweede: wat voert Dulcibeni in zijn schild. Waarom reisde hij met Devizé en Fouquet, voordat mijn arme vriend', en daar haperde Atto's stem andermaal onder het gewicht van de emotie, 'in jouw herberg kwam te overlijden.'

Ik wilde hem eraan herinneren dat we ook nog moesten ontdekken aan wie of wat de merkwaardige dood van Fouquet te wijten was en waar mijn pareltjes gebleven waren, toen de abt, vaderlijk met de palm van zijn hand mijn kin optillend, hervatte: 'Nu vraag ik je: als ik had geweten op welke deur ik moest kloppen om de *arcanae obices* waar Kircher het over had te vinden, had ik dan al deze tijd verdaan met jou?'

'Nou, misschien niet.'

'*Zeker* niet: ik had er op gemikt om Devizé het geheim van zijn rondo rechtstreeks te ontfutselen. Wellicht was het me zonder veel problemen gelukt; misschien weet Devizé niet eens precies wat er in het rondo van de *Baricades mistérieuses* schuilgaat. En daar gaan Corbetta, Lauzun, Mademoiselle en dit hele zo vervloekt ingewikkelde verhaal.'

Juist op dat moment kruisten onze blikken elkaar.

'Nee, jongen, ik moet zeggen: je bent echt waardevol voor mij, en ik ben nooit van plan geweest om door bedrog je hulp te krijgen. Nu moet abt Melani je echter een laatste offer vragen. Zul je me nog gehoorzamen?'

Het antwoord werd me bespaard door de echo van een schreeuw: het kostte me geen moeite om de stem van Cristofano te herkennen.

Ik liet abt Melani alleen en rende onmiddellijk naar Bedfords kamer.

'Een overwinning! Een wonder! Hoera!' herhaalde de arts hijgend, zijn gelaat hoogrood van opwinding, zijn hand op zijn hart, zijn rug tegen de muur om niet te vallen.

De jonge Engelsman, Eduardus Bedfordi, zat op de rand van zijn bed en hoestte luidruchtig.

'Zou ik een glaasje water mogen?' vroeg hij met hese stem, alsof hij uit een lange slaap was ontwaakt.

☙❦☙

Een kwartier later verdrong de hele herberg zich voor Bedfords deur rond een stomverbaasde Devizé. Vol vreugde en ademloos door de blije verrassing waren de gasten van De Schildknaap als een klaterend beekje samengestroomd op de gang van de eerste verdieping, en wisselden nu uitroepen van verbazing en vragen uit waarop ze niet eens antwoord verwachtten. Ze durfden nog niet op Cristofano en de uit de dood herrezen Engelsman af te gaan: de arts, die weer helemaal de overhand had, was de patiënt nauwkeurig aan het onderzoeken. Algauw kwam de uitspraak: 'Hij maakt het goed. Hij maakt het heel goed, verdorie. Ik durf zelfs te zeggen dat hij het nooit beter heeft gemaakt,' oordeelde Cristofano, die zich vervolgens liet gaan in een bevrijdende, aanstekelijke lach.

In tegenstelling tot mijn baas Pellegrino was Bedford meteen weer helemaal bij. Hij vroeg wat er was gebeurd en waarom hij er op die rare manier bij lag, helemaal verbonden met veel pijn in al zijn ledematen: het wegsnijden van de gezwellen en de incisies voor de aderlatingen hadden zijn jonge lichaam niet onberoerd gelaten.

Hij wist zich niets meer te herinneren. En op iedere vraag die hem werd gesteld, door Brenozzi voorop, reageerde hij verdwaasd, zijn ogen uitwrijvend en vermoeid zijn hoofd schuddend.

Toen ik goed keek, merkte ik dat niet iedereen in dezelfde stemming was. Tegenover de vreugde van pater Robleda, Brenozzi, Stilone Priàso en mijn Cloridia (die me een mooie glimlach schonk) vormden het ontroerde stilzwijgen van Devizé en het wasbleke gezicht van Dulcibeni een duidelijk contrast. Ik zag Atto Melani peinzend iets aan Cristofano vragen. Vervolgens liep hij weg en ging weer de trap op.

Toen pas, in de algemene drukte, begreep Bedford eindelijk dat hij de pest had gehad en dat hij al dagen was opgegeven. Hij verschoot van kleur.

'Maar dan was dat visioen...' riep hij uit.

'Welk visioen?' vroeg iedereen in koor.

'Wel, ik denk dat ik in de hel ben geweest.'

Hij vertelde dat hij zich van zijn pijn alleen herinnerde dat hij ineens iets had gevoeld als een heel lange val naar beneden en naar het vuur. En na onbestemde tijd was niemand minder dan Lucifer voor hem verschenen. De duivel met een groene huid, snor en sikje (net als Cristofano, wees hij aan) had een van zijn rode klauwen in Bedfords keel geslagen, waaruit vurige tongen kwamen, en had geprobeerd zijn ziel uit te rukken. Toen dat niet lukte, had Lucifer de vork gepakt en hem meermalen doorboord, waardoor hij bijna leegbloedde. Daarna had het verdorven Beest zijn arme, inmiddels uitgeputte lichaam gegrepen en het in de kokende pek geworpen: en toen zwoer Bedford dat het hem allemaal gruwelijk echt was voorgekomen en dat hij nooit had gedacht dat hij zo kon vergaan van de pijn. En in die pek was de jongeman enige tijd kronkelend van de pijn gebleven, en hij had God vergeving gevraagd voor al zijn zonden en zijn kleine geloof, en hij had de Allerhoogste gesmeekt hem aan die helse Hades te ontrukken. Toen was alles donker geworden.

We hadden als in gewijde stilte toegehoord; maar nu wedijverden de stemmen van de gasten om het hardst wie er het meest een wonder in zag. Pater Robleda, die tijdens het verhaal herhaaldelijk een kruis sloeg, boog zich voorzichtig uit het groepje over in de richting van Bedford: het was slechts de krankzinnige herinnering aan de bloederige therapieën waaraan Cristofano hem had onderworpen, terwijl hij daar ten prooi lag aan de pest. De duivelse klauw die hem zijn ziel had willen ontrukken, was niet anders dan de kleine achtarmen waarmee Cristofano hem had willen laten braken; terwijl we in de bloederige vork van Lucifer zonder problemen het werktuig hadden herkend waarmee de arts hem had adergelaten; en ten slotte was er de kokende pek, waarin de arme Bedford de dampende ketel had veranderd waarop we hem hadden gezet voor het stoombad.

Bedford had honger, maar tegelijkertijd, zei hij, had hij een erg branderig gevoel in zijn maag. Cristofano droeg mij toen op wat lekkere duivenbouillon die over was voor hem warm te maken. Dat zou goed vullen en zijn ingewanden tot bedaren brengen. Op dat moment echter sluimerde de Engelsman in.

We besloten hem te laten rusten, en gingen allemaal naar de vertrekken op de begane grond. Opvallend genoeg zat niemand erover in dat hij zonder toestemming van de arts zijn kamer was uitgegaan; evenmin herinnerde Cristofano zich dat hij ze allemaal de mantel uit had moeten vegen en had moeten dwingen zich weer in hun kamer op te sluiten. De pest leek te zijn verdwenen: dus was de kameropsluiting volgens een stilzwijgende overeenkomst afgelopen, maar niemand die erover begon.

De gasten van De Schildknaap leken eveneens grote honger te hebben. De reden waarom ik naar de kelder afdaalde, vastbesloten om iets smakelijks en lekker vets te koken om het te vieren. Terwijl ik, diep voorovergebukt in de kisten met sneeuw, koppen en pootjes van geitenbokjes, zwezeriken, vlees van gecastreerd lam voor in een ragout en jonge kalkoense hennen pakte, verdrong een massa gedachten zich in mijn hoofd. Bedford was genezen: hoe was het mogelijk? Devizé had op advies van pater Robleda voor hem gespeeld: dus misschien was de theorie van de jezuïet over het magnetisme van muziek waar. Zoals het ook waar was dat de Engelsman pas ontwaakt leek te zijn na *Les baricades mistérieuses*... Maar zou dat rondo niet gewoon een code van het secretum vitae zijn? Zo althans had abt Melani verondersteld. En nu bleek die melodie misschien zelf een genezende werking te hebben... Nee, ik kon eigenlijk geen enkele orde in die hele geschiedenis aanbrengen. Ik moest er zo snel mogelijk met abt Melani over praten.

Toen ik weer naar boven ging, hoorde ik Cristofano's stem. In de gelagkamer zag ik dat Atto zich bij de groep had gevoegd.

'Wat moet je ervan zeggen?' vroeg de arts zich tegenover het kleine gezelschap af. 'Het zal het magnetisme van de muziek geweest zijn, zoals pater Robleda zegt, of mijn behandelingen, ik weet het niet. Maar de waarheid is dat we niet weten waarom de pest zo plotseling verdween. Nog wonderbaarlijker is het dat Bedford geen enkel teken van herstel vertoonde. Integendeel: hij lag op sterven; en weldra zou ik gedwongen zijn u mee te delen dat iedere hoop opgegeven was.'

Robleda knikte nadrukkelijk met zijn hoofd naar de anderen om aan te geven dat hij die wanhoopsmomenten al kende.

'Ik kan u alleen zeggen,' vervolgde Cristofano, 'dat het niet het eerste geval is.

Er zijn mensen die dergelijke mysterieuze genezingen verklaren met de overtuiging dat de pest niet in het huisraad, de huizen of andere materiële zaken zit, maar in één nacht kan verdwijnen. Ik weet nog dat er, toen ik tijdens de pest van 1656 hier in Rome was en er geen enkel geneesmiddel voor handen was, besloten werd een algemene vasten uit te roepen en een groot aantal processies barrevoets, tijdens welke de deelnemers allemaal wenend en in een zak gekleed treurig en diep bedroefd vergeving voor hun zonden vroegen. God zou de aartsengel Michaël sturen, die door heel het Romeinse volk op 8 mei boven de Burcht werd gezien met zijn bebloede zwaard in de hand: sinds die dag hield de pest op slag op en kleefde er nergens nog besmetting aan, niet eens aan kleren of bedden, die doorgaans de hoogst gevaarlijke doorgever zijn van een infectie. En dat is nog niet alles. Ook de historici uit de Oudheid verhalen van dergelijke eigenaardigheden. In het jaar 567, berichten ze, heerste er in heel de wereld een wrede, woeste pest en slechts een kwart van de mensheid overleefde die. Plotseling echter hield die pest op en kleefde er aan geen enkel voorwerp nog besmetting. In 1348 woedde in de wereld bovendien drie jaar lang de Zwarte Dood, vooral in Milaan, waar 60.000 mensen stierven, en in Venetië waar hij ook stevig huishield.'

'In de pest van 1468,' viel Brenozzi bij, 'stierven er in Venetië meer dan 36.000 mensen, in Brescia meer dan 20.000, en veel steden raakten zelfs ontvolkt. Maar ook deze twee pestepidemieën stopten even plotseling als ze begonnen waren. Zo ook de volgende besmettingen: in 1485 keerde de pest gruwelijk terug in Venetië en doodde vele edellieden, zelfs de doge Giovanni Mocenigo; in 1527 keerde ze overal ter wereld terug, en in 1556 verscheen ze weer in Venetië en omstreken, ofschoon ze door kundig bestuur van de senatoren weinig schade aanrichtte. Maar al die besmettingen namen vanaf een bepaald moment spontaan af en bleven nergens nog bestaan. Hoe dit nu te verklaren?' besloot hij nadrukkelijk, terwijl hij een kleur kreeg.

'Goed, tot nu toe had ik ook liever willen zwijgen om geen ongeluk te verspreiden,' vervolgde Stilone Priàso ernstig, 'maar volgens de astrologen sterven alle mensen die door de pest besmet worden in de loop van twee, drie dagen, of zelfs binnen vierentwintig uur, vanwege de kwaadaardige invloed van de Hondsster in de laatste twee weken van augustus en de eerste drie van september. Tijdens de pest van 1665 in Londen was dat de ergste periode en men zei dat er in één nacht, tussen één en drie uur, meer dan drieduizend mensen stierven. Maar ons is in dezelfde periode niets van dien aard overkomen.'

Een huivering van angst en een zucht van verlichting ging door het kleine gezelschap, terwijl Robleda opstond om in de keuken te komen snuffelen. Zodra de geitenbokkenkoppen, de ragout en de jonge kalkoense hennen hun eerste lieflijke geuren begonnen af te geven, bereidde ik bouillon met spargels en druivennat om de maag te verkwikken.

'Ik weet nog toen er in '56 hier in Rome,' hervatte Cristofano zijn verhaal, 'volop de pest heerste. Ik was een jonge arts en een collega van mij, die me kwam opzoeken, vertelde me dat het geweld waarmee de ziekte had toegeslagen inmiddels nagenoeg bedaard was. Maar in die week luidden de berichten dat er in dat hele jaar nog niet zoveel gevallen met dodelijke afloop waren geweest, en ik maakte er mijn vakbroeder op attent: ik vroeg hem waar hij zijn optimistische voorspellingen vandaan had. Hij gaf me een hoogst verrassend antwoord: "Op grond van het aantal personen dat op dit moment ziek is," zei hij, "en aangenomen dat de ziekte nog even dodelijk is als twee weken geleden, zouden we drie keer zoveel sterfgevallen moeten hebben. Toen trad na twee of drie dagen al de dood in, terwijl dat nu pas na acht of tien dagen is. Twee weken geleden genas bovendien zo om en nabij één op de vijf pestlijders, terwijl dat er nu minstens drie op de vijf zijn. U kunt er zeker van zijn dat dat aantal in het komende weekbulletin nog flink zal dalen, en dat de genezing steeds meer zal toenemen. De ziekte heeft haar kwaadaardige karakter verloren, en hoe groot het aantal geïnfecteerden ook is, hoezeer de infectie zich ook verbreidt, de doden zullen steeds verder afnemen in getal."'

'En ging het ook zo?' vroeg Devizé zichtbaar verontrust.

'Nou en of. In het bulletin van twee weken later was het aantal bijna gehalveerd. Het dodental was eerlijk gezegd nog altijd groot, maar veel groter was het aantal mensen dat genas.'

Dat zijn vakbroeder zich niet had vergist, legde Cristofano uit, was de weken daarop duidelijker gebleken: een maand later was het aantal doden ingezakt, ofschoon er nog altijd tienduizenden zieken werden geteld.

'De ziekte had haar kwaadaardige karakter verloren,' herhaalde de arts, 'en niet geleidelijk, maar juist op het hoogtepunt, toen we de wanhoop nabij waren. Precies zoals ons nu is gebeurd met de jonge Engelsman.'

'Alleen de hand Gods kan de loop van de ziekte met zo'n snelheid onderbreken,' was de jezuïet ontroerd van mening.

Cristofano knikte ernstig: 'Het medicijn stond machteloos tegenover de besmetting; op elke hoek eiste de dood slachtoffers; en als een en ander zo nog twee of drie weken was doorgegaan, zou er in Rome geen levende ziel zijn overgebleven.'

Toen ze aan dodelijke kracht had ingeboet, vervolgde de arts, kende de ziekte slechts bij een gering deel van de geïnfecteerde mensen een dodelijk afloop. De artsen stonden er zelf verbaasd van. Ze zagen dat de patiënten beter werden; ze zweetten overvloedig en hadden rijpende gezwellen, geen ontstoken puisten meer, geen hoge koorts meer, leden niet meer aan hoofdpijn. Ook de artsen met een minder vurig geloof zagen zich toen gedwongen te erkennen dat de plotselinge neergang van de pest te danken was aan iets onverklaarbaars.

'De wegen vulden zich met amper genezen mensen, hun hals en hoofd in het verband, of kreupel vanwege de littekens van de gezwellen in hun liezen. En iedereen juichte om het geweken gevaar.'

Toen ging Robleda staan, haalde een crucifix uit zijn zwarte kleed, hield het zijn gehoor voor en riep plechtig uit: 'Wat een wonderbaarlijke verandering, o Heer! Tot gisteren waren we levend begraven, en Gij hebt ons weer tot leven gebracht!'

We gingen gloeiend van dankbaarheid op onze knieën, en onder leiding van de jezuïet hieven we een lofzang op de Allerhoogste aan. Waarna iedereen, toen de maaltijd was geserveerd, zich het eten goed liet smaken.

Ik bleef echter maar denken aan Cristofano's woorden: de pest bezat een eigen natuurlijke, duistere cyclus, volgens welke ze, nadat ze toegenomen was, onverwacht verminderde, haar dodelijke kracht verloor en vervolgens geheel verdween. Ze verdween even geheimzinnig als ze was gekomen. *Morbus crescit sicut mortales, senescit ex abrupto...* de ziekte groeit zoals de stervelingen, en veroudert plotseling. Waren dat niet dezelfde woorden die abt Melani had gelezen in de wartaalbrief van pater Kircher die hij had ontdekt in Dulcibeni's ondergoed?

Nadat ik aan het keukentafeltje haastig mijn maaltijd had verorberd, trof ik Atto in de eetzaal. We hadden aan één blik genoeg: ik zou zodra ik kon bij hem langsgaan.

Ik bracht het middagmaal aan Pellegrino, die als hersteld beschouwd kon worden, als hij die aanhoudende draaierigheid in zijn hoofd niet had gehad. De arts voegde zich bij mij en waarschuwde dat hij de jonge Engelsman zelf de bouillon zou brengen.

'Signor Cristofano, zouden we Devizé misschien ook kunnen laten spelen op de kamer van mijn baas, om hem weer even kwiek te krijgen als vroeger?' nam ik het moment te baat om hem te vragen.

'Ik denk niet dat dat zin heeft, jongen. Helaas zijn de dingen niet gegaan zoals ik dacht: Pellegrino zal niet zo snel weer helemaal de oude zijn. Ik heb zijn herstel dezer dagen bestudeerd: ik weet zeker dat het niet om petechieën ging en nog minder om de pest, zoals zelfs jij begrepen zult hebben.'

'Wat mankeert hem dan?' fluisterde ik, ontmoedigd bij het zien van de doffe, starende blik van de herbergier.

'Bloed in zijn hoofd, vanwege de val van de trap. Een klont bloed die alleen heel, heel langzaam weer opgelost zal worden. Ik denk pas nadat wij hier allemaal veilig en wel uit zijn gekomen. Maar wees niet bang: je baas heeft een vrouw, toch?'

En met die woorden liep hij weg. Terwijl ik Pellegrino spijzigde, dacht ik met een steek in mijn hart aan zijn ongelukkige lot, wanneer zijn strenge gade hem in die toestand van versuffing zou aantreffen.

                        ❧

'Weet je nog wat we gelezen hebben?' bestookte Atto mij, toen ik weer op zijn kamer was. 'Volgens Kircher ontstaat, groeit, veroudert en sterft de pestziekte net als mensen. Wanneer ze elk moment kan sterven, maakt ze zich kwaad en op haar hoogtepunt dooft ze uit.'

'Precies wat Cristofano eerst zei.'

'Ja. En weet je wat het betekent?'

'Misschien dat Bedford vanzelf is genezen, en niet dankzij het rondo?' waagde ik.

'Je stelt me teleur, jongen. Begrijp je het dan niet? De pest in deze herberg stond maar net aan het begin: ze had een slachting moeten aanrichten alvorens haar dodelijke lading te verliezen. Maar zo is het niet gegaan. Niemand anders van ons is ziek geworden. En weet je wat ik denk? Sinds Devizé, gedwongen tot de beslotenheid van zijn kamer, het rondo steeds vaker speelt, hebben die noten, die zich door de herberg verspreidden, ons voor besmetting behoed.'

'Denkt u echt dat het dankzij die muziek is geweest dat er geen andere pestlijders bij zijn gekomen?' vroeg ik twijfelend.

'Het is verbazend, ik weet het. Maar denk es na: sinds mensenheugenis is je alleen terugtrekken in een kamertje nooit voldoende geweest tegenover de pestverspreiding. Wat betreft de preventieve geneesmiddelen van Cristofano... laat ook maar,' lachte de abt. 'Bovendien spreken de feiten voor zich: de arts is elke dag in contact geweest met de arme Bedford, waarna hij alle anderen bezocht. Maar noch hij noch iemand van ons is ziek geworden. Hoe verklaar je dat?'

Inderdaad, bedacht ik: als ik immuun was voor de pest, kon je van Cristofano hetzelfde zeggen.

'Niet alleen dat,' hernam Atto. 'Eenmaal onderworpen aan de directe invloed van de noten van het rondo, is zelfs Bedford, juist toen hij de geest wilde geven, ontwaakt en is de ziekte letterlijk verdwenen.'

'Het is net alsof... pater Kircher een geheim had ontdekt dat bij pestlijders de natuurlijke cyclus van de ziekte versnelt, wat het onschuldige uitsterven ervan teweegbrengt. Een geheim dat echter ook gezonde mensen tegen besmetting kan beschermen!'

'Goed zo, je bent er. Het *secretum vitae*, verborgen in het rondo, werkt precies zo.'

Bedford, recapituleerde Atto, terwijl hij zich op het bed zette, was nadat Devizé voor hem had gespeeld, nagenoeg weer tot leven gekomen. Het idee was afkomstig van pater Robleda, overtuigd als hij was van de genezende magnetische werking van muziek. In het begin had de Franse musicus echter lang gespeeld zonder dat er iets gebeurde.

'Je zult gemerkt hebben dat ik na Bedfords genezing met de arts ben gaan praten: wel, hij heeft gespecificeerd dat de Engelsman pas nadat Devizé het rondo was begonnen en het eindeloos had overgespeeld, tekenen van leven had gegeven. Ik heb me afgevraagd: wat gaat er verdorie schuil achter die *Baricades mistérieuses*?'

'Ik heb er ook over nagedacht, signor Atto: die melodie moet mysterieuze vermogens hebben...'

'Precies. Alsof Kircher daarin een wonderdadig geheim had verborgen, maar dat evenwel samenviel met de schrijn ervan; zodat het zijn machtige, weldadige licht alleen al uitstraalt bij het luisteren naar het rondo. Heb je het nu goed begrepen?'

Ik knikte weinig overtuigd.

'Maar kunnen we er niet meer van te weten komen?' trachtte ik te vragen. 'We kunnen proberen het rondo te ontrafelen: u hebt verstand van muziek; ik kan proberen Devizé de tabulaturen afhandig te maken en vandaar zouden we verder kunnen kijken. Misschien zouden we iets uit Devizé zelf kunnen krijgen...'

De abt bracht me met een gebaar tot zwijgen.

'Denk niet dat hij meer weet dan wij,' weerlegde hij vaderlijk glimlachend. 'Bovendien, wat maakt het ons inmiddels uit? Het vermogen van de muziek: dat is het ware geheim. In deze dagen en nachten hebben we altijd en alleen maar logisch geredeneerd: we wilden alles tot iedere prijs begrijpen. In alle hoogmoed wilden we het probleem van de kwadratuur van de cirkel oplossen. En ik voorop:

> *Als de meetkundige die het betreurt*
> *Dat hij de cirkel niet vermag te meten*
> *En die vergeefs naar de principes speurt,*
> *Zo raakte ik toen van de wens bezeten*

zoals de Dichter zegt.'

'Woorden van uw leermeester *seigneur* Luigi?'

'Dat niet, ze zijn van een goddelijke streekgenoot van mij van een paar eeuwen geleden, die nu helaas uit de mode is. Wat ik je wil zeggen is dat we onze hersens gepijnigd hebben, maar niet ons hart hebben gebruikt.'

'Hebben we alles dan verkeerd begrepen, signor Atto?'

'Nee. Wat we hebben ontdekt, vermoed en afgeleid klopt allemaal. Maar het is incompleet.'

'Kortom?'

'In dat rondo is stellig ik weet niet welke formule van Kircher tegen de pest gecodeerd. Maar dat is niet alles wat Kircher ons wilde zeggen. Het *secretum vitae*, het geheim van het leven, is iets meer. Het is dat wat niet gezegd kan worden: je zult het niet vinden in woorden noch in getallen. Maar in de muziek. Dat is Kirchers boodschap.'

Atto, nog half uitgestrekt, had zijn hoofd tegen de muur geleund en richtte zijn blik dromerig boven mijn hoofd.

Ik was teleurgesteld: abt Melani's uitleg suste mijn nieuwsgierigheid niet.

'Maar is er geen manier om de melodie van de *Baricades mistérieuses* te decoderen? Dan zouden we het geheime recept dat de pest geneest eindelijk kunnen lezen,' hield ik aan.

'Vergeet het maar. We zouden eeuwen kunnen ploeteren op die vellen papier zonder er een lettergreep uit te krijgen. Ons resteert slechts wat we vandaag hebben gezien en gehoord: alleen als je ernaar luistert, geneest het rondo van de pest. Laat ons dat genoeg zijn. Maar op welke manier dat gebeurt, is ons niet gegeven te begrijpen: *Mijn kracht tot Godsaanschouwing was vervlogen*,' articuleerde de abt, opnieuw de dichter uit zijn streek citerend, en hij besloot: 'Die dwaas van een Athanasius Kircher was toch altijd een groot man op het gebied van wetenschap en geloof, en met zijn rondo heeft hij ons een lesje in nederigheid geleerd. Vergeet dat nooit, mijn jongen.'

Uitgestrekt op mijn bedje wachtte ik op de slaap, afgepeigerd door de wervelstorm aan onthullingen en verrassingen. Ik was ten prooi aan eindeloze overpeinzingen en innerlijke beroering. Pas aan het slot van het gesprek met Atto had ik de dubbele, onoplosbare toverij van het rondo begrepen: niet toevallig heette het *Les Baricades mistérieuses*. En die ontcijferen had geen enkele zin. Evenals Kircher had ook abt Melani mij een nobele les geleerd: door de betuiging van nederigheid van iemand wie het niet aan trots en wantrouwen ontbrak. Ik peinsde al dromend nog lang over het mysterie van de *Baricades*, terwijl ik tevergeefs trachtte de roerende melodie te neuriën.

Bovendien had de vaderlijke toon waarop Atto me 'mijn jongen' had genoemd me bewogen. In die gedachte koesterde ik mij, zodat ik mij pas op de drempel van de slaap herinnerde dat de abt, ondanks de fraaie woorden en geruststellingen die hij me had verstrekt, nog niet had verklaard waarom hij de vorige dag de woorden 'baricades mistérieuses' had gebezigd in zijn slaap.

Ik lag in mijn kamertje ik weet niet hoeveel uur uit te rusten. Bij mijn ontwaken heerste er een diepe stilte in De Schildknaap. De herberg leek, nadat het kabaal was verstomd, zelf ook in lethargie vervallen: ik spitste mijn oren, maar hoorde Devizé niet spelen en Brenozzi niet ronddwalen om de andere gasten lastig te vallen. En Cristofano was mij niet komen halen.

Het was nog te vroeg om het avondmaal te bereiden, maar ik besloot evengoed naar de keuken te gaan: ik wilde nog meer dan ik bij het middageten had gedaan, het goede nieuws van Bedfords genezing en de hernieuwde hoop op vrijheid vieren. Ik zou lekkere, kleine wildzangen, of lijsters zo u wilt, van het seizoen koken. Op de trap kwam ik Cristofano tegen, bij wie ik naar de Engelsman informeerde.

'Hij maakt het goed, heel goed,' antwoordde hij voldaan. 'Hij heeft alleen wat pijn, eh, door het wegsnijden van de gezwellen,' vervolgde hij met iets van verlegenheid.

'Ik was van plan om wildzangen te maken voor het avondeten: denkt u dat die ook voor Bedford goed zijn?'

De arts klakte met zijn tong: 'Meer dan goed. Het vlees van lijsters is uitstekend van smaak, substantieel en voedzaam, licht verteerbaar en ook goed voor herstellende patiënten en mensen met een verzwakt gestel. Nu zijn ze trouwens op hun best. Maar 's winters komen ze uit de bergen van Spoleto en Terni, en zijn ze vet omdat ze zich voeden met mirte en jeneverstruik. Wanneer ze mirtebessen hebben gegeten, helpen ze ook erg bij rodeloop. Maar als je echt van plan bent ze te koken,' zei hij met een zweem van hongerig ongeduld, 'kun je maar beter opschieten: de bereiding kost tijd.'

Eenmaal op de begane grond ontdekte ik dat de andere gasten reeds beneden waren en zich met elkaar onderhielden, dezen met een spelletje kaart, genen met een gesprek, weer anderen slenterden wat rond. Niemand leek zin te hebben om weer terug te gaan naar zijn kamer waar ze allen hadden gevreesd aan de pest te zullen overlijden.

Mijn Cloridia kwam me in feeststemming tegemoet: 'We leven weer!' riep ze blij uit. 'Alleen Pompeo Dulcibeni is er niet, volgens mij', en ze keek mij vragend aan.

Ik betrok meteen: daar dook Cloridia's belangstelling voor de bejaarde edelman uit de Marche weer op.

'Abt Melani is er ook niet,' antwoordde ik droog, veelbetekenend mijn schouders ophalend en me naar de kelder haastend om te halen wat ik nodig had.

Het avondmaal dat volgde was het vreugdevolste na de koeienuiers, en oogstte – vergeet u mij de onbescheidenheid – grote, algehele bijval. Zoals ik mijn baas al had zien doen, bereidde ik de wildzangen op de wijze van de meest eerlijke en vrije fantasie. Sommige gepaneerd en gebakken met plakken ham in reuzel, vervolgens bedekt met broccoliroosjes, gebakken in lekker vet en afgemaakt met citroen; andere gevuld met gesneden levertjes, zure druiven, kruiden, ham, specerijen en dun gesneden plakjes spek. Weer andere gebraden op een lekker vuurtje, met worst en schijfjes citroen en pomerans. Of ik kookte ze met hartige dingen erin, overdekt met venkeltjes of kroppen sla, gebonden met eieren; ik serveerde ze dan in een netje of in bladeren gewikkeld met amandelsaus.

Terwijl die kookten, reeg ik er ook heel wat aan het spit: in bladerdeeg of gelardeerd met plakken spek en laurier, ingesmeerd met goede olie en bestrooid met paneermeel. Eveneens liet ik niet na de wildzangen te koken zoals Pellegrino dat het beste kon: in elkaar geflanst, met plakken spek of ham erop, met kruidnagelen en *sauce royale* eroverheen; en in een netje en pompoenblad gewikkeld. Een paar grotere lijsters kookte ik tot ze halfgaar waren, deelde ze in tweeën en bakte ze. Ik diende het geheel op met gebakken groenten, eenvoudig afgewerkt met suiker en citroensap, geen kaneel.

In de laatste ogenblikken van het koken werd ik omringd door de vrolijke gezichten van de gasten, die zelf zorgden voor het opscheppen en verdelen van de verschillende schotels. Cloridia reikte me tot mijn verrassing mijn portie aan: ze had die op een ruim bord geschept dat ze niet verzuimd had verrukkelijk te garneren met pieterselie en een schijfje citroen. Ik bloosde, maar zij liet me geen tijd om iets te zeggen en met een glimlach voegde ze zich weer bij de anderen aan tafel.

In de tussentijd was ook abt Melani naar beneden gekomen. Dulcibeni echter liet zich niet zien. Ik ging naar boven om op zijn kamerdeur te kloppen en hem te vragen of hij honger had. Al had ik de bedoeling gehad om hem iets van zijn toekomstige plannen te ontfutselen, ik zou geen kans hebben gezien. Hij zei me vanachter de deur dat hij geen honger had en ook geen zin om met iemand te praten. Om geen argwaan te wekken drong ik niet aan. Terwijl ik van zijn deur wegliep, hoorde ik een inmiddels bekend geluid, als van een haastig snuiven.

Dulcibeni was weer met zijn snuifdoos bezig.

Negende nacht
van 19 op 20 september 1683

'Dringelijk, gevaarlerijk en heilirig,' verzekerde Ugonio met ongewoon opgewonden stem.

'Heilirig? Wat betekent dat?' vroeg abt Melani.

'Gfrrrlûlbh,' verklaarde Ciacconio, een kruis slaand.

'Wanneer het gadert om een heilirige aangelegenerheid, of dat het desalzekerniettemin een persoonsmens van de kerker of een heilirige of belangerijkerige is, zolang voldaan wordt aan de plicht, stijgt de vreugde bij der dopeling, Ciacconio sprekert hem aan met fatsoensrijk, redelijk en overblijflijk respect.'

Atto en ik keken elkaar verbluft aan. De lijkenpikkers leken vreemd onrustig en probeerden ons iets uit te leggen over iemand van de Curie of iets dergelijks, voor wie ze nogal wat heilige angst leken te koesteren.

Benieuwd om de uitkomst van Ciacconio's bliksemactie in Tiracorda's huis te vernemen hadden Atto en ik hen opgespoord in het Archief, zoals gewoonlijk bezig met hun gore stapel beenderen en afval. Door Ciacconio's gegrom weer woordelijke waardigheid te geven had Ugonio ons meteen gewaarschuwd: in het huis van de bevriende arts van Dulcibeni stond iets gevaarlijks te gebeuren, dat dringend afgewend moest worden en dat te maken had met iemand van rang, misschien een prelaat van wie de identiteit nog niet duidelijk was.

'Vertel me om te beginnen es: hoe is het je gelukt bij Tiracorda binnen te komen?' vroeg Atto.

'Gfrrrlûlbh,' antwoordde Ciacconio met een sluw lachje.

'Hij is binnengekomen door het rokerskanaal,' legde Ugonio uit.

'Door de schoorsteen? Daarom hoefde je niet te weten waar de ramen zaten. Maar hij zal zich helemaal vies gemaakt hebben... Niks gezegd,' corrigeerde Atto, die zich herinnerde dat vuil een natuurlijk onderdeel van de twee lijkenpikkers was.

Ciacconio had zonder al te veel problemen door de schoorsteen van de keuken naar de begane grond af kunnen dalen. Vandaar had hij, het spoor van de stemmen volgend, Tiracorda en Dulcibeni in de werkkamer aangetroffen, druk met het bespreken van voor hem onbegrijpelijke dingen.

'Ze besprakeren theoristische, voorspellerige, misschien wel toverige onderwerpen,' legde Ugonio uit.

'Gfrrrlûlbh,' knikte Ciacconio ter bevestiging, duidelijk verontrust.

'Welnee, nee, geen angst,' onderbrak Atto hen glimlachend, 'dat zijn maar raadseltjes.'

Ciacconio had de raadsels gehoord waarmee Tiracorda zich graag met Dulcibeni vermaakte, en had ze opgevat als duistere kabbalistische ceremonieën.

'Bij het sprekeren heb de dokter gezeggerd dat hij zich gedurender tijdens de nacht naar Monte Cavallo opmaakt om die sacrisante persoonsmens te therapiseren,' vervolgde Ugonio.

'Ik begrijp het: vannacht gaat hij naar Monte Cavallo, naar het paleis van de paus, om die persoon, die kennelijk heel belangrijke prelaat, te behandelen,' begreep Atto, mij veelbetekenend aankijkend.

'En verder?'

'Daarnavolgens hebben ze alcoholismen geslikt met veel jolerijt, en dulcis in fungo is de dokter weggedutterd.'

Dulcibeni had dus opnieuw het drankje meegenomen waar de dokter zo van hield, en waardoor hij in slaap was gevallen.

Daarmee begon het belangrijkste deel van Ciacconio's verslag. Toen Tiracorda in dromenland was, had Dulcibeni uit een kast een met vreemde tekeningen gedecoreerde pot gepakt, waarin aan de zijkanten verschillende luchtgaten zaten. Hij had vervolgens een kannetje uit zijn zak gehaald en daaruit een paar druppels vocht in Tiracorda's pot laten druppelen. Atto en ik keken elkaar gealarmeerd aan.

'Terwijl dat de druppertjes vieleren, momperde hij *voor haar*.'

'*Voor haar*... Interessant. En toen?' drong Atto aan.

'Daarnavolgens heb zich de woederij voorgedaan.'

'De woede?' vroegen wij eenstemmig.

In Tiracorda's spreekkamer was zijn vrouw Paradisa binnengevallen, die zo haar man had betrapt ten prooi aan Bacchus' dampen, en Dulcibeni in het bezit van de gehate alcoholische dranken.

'Ze is erg te keerder gegaren, op een nijderige, bozerige manier,' legde Ugonio uit.

Voorzover wij begrepen had Paradisa haar man overladen met scheldwoorden en hem herhaaldelijk bekogeld met de glaasjes waarmee geproost was, met de instrumenten van de arme medicus en wat er verder maar binnen handbereik lag. Om al die projectielen te ontwijken had Tiracorda onder de tafeldekking gezocht, terwijl Dulcibeni de gedecoreerde pot waarin hij de druppels mysterieus vocht had gedruppeld haastig weer op zijn plaats had teruggezet.

'Vrouwspersoon zwaar belederigd: niet terecht voor dokter, die therapiseert om beter dan slechter uit te vallen,' schudde Ugonio zijn hoofd, terwijl Ciacconio bezorgd gewichtig knikte.

Helaas had Ciacconio's missie juist op dat moment, vervolgde hij zijn verhaal, een verandering ondergaan. Terwijl Paradisa haar haat tegen wijn en brandewijn op de weerloze Tiracorda koelde, en terwijl Dulcibeni braafjes in een hoekje stond te wachten tot haar woede luwde, had Ciacconio de gelegenheid te baat genomen om zijn lage lusten te bevredigen. Reeds voordat de vrouw op het toneel verscheen, had hij zijn oog laten vallen op een voorwerp naar zijn smaak op een boekenkast in Tiracorda's werkkamer.

'Gfrrrlûlbh,' mompelde hij tevreden, terwijl hij een schitterende schedel compleet met onderkaak, die Tiracorda waarschijnlijk tijdens de lessen aan zijn studenten had gebruikt, uit zijn jas tevoorschijn toverde en aan ons liet zien.

Terwijl Paradisa uit haar vel sprong, was Ciacconio op handen en voeten de werkkamer binnengeslopen, om de tafel heen waaronder Tiracorda zich had verscholen, en had de schedel ongezien kunnen pakken. Het geval wilde echter dat een grote kandelaar, die door Paradisa naar Tiracorda was geslingerd, ineens indirect Ciacconio had getroffen. Gekwetst en bezeerd was de lijkenpikker op tafel gesprongen en had op het vuur gereageerd door het enige geluid dat zijn mond uit kon brengen als een oorlogskreet uit te stoten.

Bij de onverwachte aanblik van dat smerige, vormeloze wezen, dat bovendien op zijn beurt met de kandelaar op haar mikte, had Paradisa de longen uit haar lijf gegild. Dulcibeni was ter plekke versteend van angst, terwijl Tiracorda zich onder tafel nog meer had platgedrukt.

Op Paradisa's gegil waren de dienstmeisjes overijld van de bovenste verdieping gekomen, juist op tijd om Ciacconio te kruisen, die snel de trap nam naar de keuken. Toen de lijkenpikker zich tegenover de drie jonge, frisse maagden zag geplaatst, kon hij de verleiding niet weerstaan om zijn poten uit te steken naar degene die het dichtst binnen handbereik was.

De arme meid, daar onbeschaamd betast waar haar vlees het zachtst en het volst was, was ter plekke flauwgevallen; het tweede dienstmeisje was in een hysterisch gekrijs uitgebarsten, terwijl het derde zich naar de tweede verdieping uit de voeten had gemaakt.

'Al ook knijperen, toch niet krijgeren,' preciseerde Ugonio en tezamen met zijn kameraad grinnikte hij grof.

Woest grijnzend om het onverhoopte plezier had Ciacconio zo de keuken en de haard weten te bereiken waardoor hij binnen was gekomen en waardoor hij snel (en op waarachtig onbegrijpelijke wijze) omhoog was gegaan, totdat hij weer op het dak van Tiracorda's huis stond en de vrijheid vond.

'Ongelooflijk,' commentarieerde Atto Melani, 'die twee hebben meer levens dan een salamander.'

'Gfrrrlûlbh,' preciseerde Ciacconio.

'Wat zei hij?'

'Dat er geen salamanderers in de pot zaten, maar bloedzuigerers,' verduidelijkte Ugonio.

'Pardon? Misschien bedoel je...' stamelde abt Melani.

'Bloedzuigers,' was ik hem voor, 'die zaten er dus in Tiracorda's pot en daar was Dulcibeni zo in geïnteresseerd...'

Ik zweeg abrupt: een ingeving schopte mijn gedachten in de war.

'Ik begrijp het, ik begrijp alles!' riep ik uiteindelijk, terwijl Atto aan mijn lippen hing. 'Dulcibeni... o, mijn God!...'

'Vertel op, zeg dan,' smeekte Melani, die me bij mijn schouders greep en me als een boompje door elkaar schudde, terwijl de lijkenpikkers ons stomverbaasd en nieuwsgierig als twee ransuilen aankeken.

'Hij heeft het op de paus voorzien,' kon ik ten slotte uitbrengen.

We gingen alle vier zitten, bijna verpletterd door het onverdraaglijke gewicht van die onthulling.

'De vraag is: wat is het voor vocht dat Dulcibeni stiekem in de pot met bloedzuigers goot?' zei Atto.

'Iets wat hij op zijn eiland bereid moet hebben,' antwoordde ik prompt, 'in de werkplaats waar hij de ratten in stukken snijdt.'

'Precies. Hij snijdt ze in stukken en laat ze dan leegbloeden. Maar het zijn zieke ratten,' vervolgde Atto, 'we zijn er een paar tegengekomen die dood of bijna dood waren, weet je nog?'

'En of ik dat nog weet: ze verloren al dat bloed uit hun bek! En Cristofano zei dat dat juist gebeurt bij ratten die de pest hebben,' antwoordde ik opgewonden.

'Dus waren het met de pest besmette ratten,' stemde Atto in. 'Uit hun bloed heeft Dulcibeni een geïnfecteerd vocht bereid. Daarna is hij naar Tiracorda gegaan en heeft hem met de sterke drank in slaap gebracht. Zo heeft hij het pestvocht bij het vocht van de bloedzuigers kunnen doen, die daardoor de ziekte overbrengen. Met die bloedzuigers zal Tiracorda vannacht Innocentius xi aderlaten,' besloot Atto met een hese stem van emotie, 'en hem de pest bezorgen. Misschien zijn we te laat gekomen.'

'We hebben er al dagen omheen gedraaid, signor Atto. We hebben Tiracorda zelfs horen zeggen dat de paus met bloedzuigers werd behandeld!' kwam ik verhit geraakt tussenbeide.

'Lieve Hemel, je hebt gelijk,' antwoordde Melani somber geworden, nadat hij even had nagedacht. 'Het was toen we hem voor het eerst met Dulcibeni hoorden praten. Hoe heeft het me kunnen ontgaan?'

We redeneerden, memoreerden en gisten verder, waarmee we onze reconstructie rap voltooiden en verstevigden.

'Dulcibeni heeft veel geneeskundeboeken gelezen,' hervatte de abt, 'en dat merk je zodra hij het onderwerp aanroert. Dus hij weet heel goed dat ratten tijdens de pest ziek worden en dat hij door die beesten, door hun bloed, kan krijgen wat hem van pas komt. Bovendien reist hij samen met Fouquet, die de geheimen van de pest kent. Ten slotte is hij bekend met de theorie van Kircher: de pest wordt niet door miasmen, geuren of luchten verspreid, maar *per animalcula*. Dus door piepkleine wezentjes die van het ene op het andere wezen kunnen overgaan. Van de ratten op de paus.'

'Klopt!' herinnerde ik me. 'In het begin van de quarantaine discussieerden we met ons allen over de theorieën omtrent de pest, en Dulcibeni wist Kirchers theorie tot in de puntjes uit de doeken te doen. Hij kende die zo goed dat het leek of hij nooit aan iets anders had gedacht, voor hem leek het haast...'

'... een obsessie, juist. Op het idee om de paus te besmetten moet hij al een tijd geleden gekomen zijn. Waarschijnlijk toen hij met Fouquet over de geheimen van de pest sprak, in de drie jaar die de minister in Napels doorbracht.'

'Maar dan moet Fouquet Dulcibeni erg vertrouwd hebben.'

'Zeker. We hebben immers de brief van Kircher in zijn onderbroek gevonden. Waarom zou Dulcibeni anders zo ruimhartig een blinde grijsaard bijstaan?' merkte de abt sarcastisch op.

'Maar waar zal Dulcibeni de *animalcula* die de pest overbrengen op de kop hebben getikt?' vroeg ik.

'Besmettingshaarden zijn er voortdurend, dan weer hier, dan weer daar, ook al leiden ze niet altijd tot echte epidemieën. Ik herinner me bijvoorbeeld dat ik begin dit jaar heb gehoord van een pesthaard aan de grens met het keizerrijk, in de buurt van Bolzano. Daar is Dulcibeni waarschijnlijk aan bloed van besmette ratten gekomen, waarmee hij zijn experimenten is begonnen. Daarna, toen hij vond dat het moment gekomen was, is hij naar De Schildknaap gegaan, naast Tiracorda's huis, en is hij ratten in de onderaardse gangen blijven besmetten, zodat hij steeds vers geïnfecteerd bloed had.'

'Kortom, hij heeft de pest levend gehouden door die van rat tot rat over te brengen.'

'Precies. Maar misschien is hem op een gegeven moment iets uit de handen geglipt. In de onderaardse gangen had je van alles: geïnfecteerde ratten, kannetjes bloed, herberggasten die kwamen en gingen... Te veel verkeer. Uiteindelijk heeft een onzichtbare kiem, een *animalculum*, Bedford bereikt en heeft onze jonge Engelsman de ziekte opgelopen. Des te beter: het had jou of mij kunnen overkomen.'

'En Pellegrino's ziekte, en de dood van Fouquet?'

'Daar heeft de pest niets mee te maken. Het ongeluk van je baas is een simpele val, althans weinig anders gebleken. Maar Fouquet is volgens Cristofano (en volgens mij) vergiftigd. En het zou me niet verbazen als Dulcibeni hem had vermoord.'

'O Hemel, ook de moordenaar van Fouquet?' verbaasde ik me. 'Maar mij leek Dulcibeni niet zo slecht, zo... Enfin, hij heeft het erg moeilijk gehad vanwege zijn dochter, de arme man; hij is haast te bescheiden; en uiteindelijk heeft hij het vertrouwen van de oude Fouquet weten te winnen door hem bij te staan, te beschermen...'

'Dulcibeni wil de paus vermoorden,' kapte Atto af, 'dat heb jij als eerste doorgehad. Waarom zou hij dan zijn vriend niet hebben vergiftigd?'

'Ja, maar...'

'Iedereen begaat vroeg of laat de fout om op de verkeerde persoon af te gaan,' brak hij met een grijns af. 'Bovendien weet je: de minister heeft zijn vrienden altijd te veel vertrouwd,' vervolgde hij, en hij schrok licht van zijn eigen woorden. 'Maar als je echt van twijfels houdt,' drong hij aan, 'dan heb ik een nog veel grotere. Tijdens het aderlaten vannacht zal de paus besmet worden door de bloedzuigers van Tiracorda, en aan de pest overlijden. En waarom? Alleen omdat de Odescalchi's Dulcibeni niet hebben geholpen zijn dochter terug te vinden.'

'Dus?'

'Vind je dat niet een beetje weinig om een paus ter dood te veroordelen?'

'Eh, eigenlijk wel...'

'Het is weinig, veel te weinig,' bevestigde Atto, 'en ik heb de indruk dat Dulcibeni nog andere redenen heeft om zo'n gewaagd complot te ondernemen. Maar à la minute schiet me niets anders te binnen.'

Terwijl wij tweeën zo nadachten, waren ook Ugonio en Ciacconio druk aan het discussiëren. Uiteindelijk stond Ugonio op, alsof hij popelde om weer op weg te gaan.

'Over dodelijke risico's gesproken, hoe heb jij je eigenlijk gered uit de schipbreuk in de Cloaca Maxima?' vroeg ik aan de lijkenpikker.

'Sacrament van de reddering, dat heb Baronio gedaan.'

'Baronio? Wie is dat?'

Ugonio keek ons veelbetekenend aan, alsof hij een plechtige aankondiging wilde doen:

'Alhoeweldesalniettemin, dringerend is mettereen een controle van de persoonlijke kennis,' zei hij, terwijl zijn makker ons met een serie porren aanspoorde om op te staan en hen te volgen.

Aldus, geleid door de lijkenpikkers, begaven we ons wederom naar gang C.

Na een paar minuten hielden Ugonio en Ciacconio eensklaps stil. We waren doorgedrongen tot het eerste stuk van de gang en het was of ik een druk geroezemoes dichterbij hoorde komen. Het was ook of ik een sterke, onaangename, dierlijke geur bespeurde.

Plotseling bukten Ugonio en Ciacconio zich, alsof ze hulde wilden brengen aan een onzichtbare godheid. Uit het dichte duister van de gang zag ik moeizaam een reeks grauwige, dribbelende silhouetten opduiken.

'Gfrrrlûlbh,' sprak Ciacconio respectvol.

'Baronio, van alle lijkenpikkers grootman, hoofdman en leidsman,' kondigde Ugonio plechtig aan.

Dat het duistere volk der lijkenpikkers een bepaalde numerieke consistentie zou kennen, was beslist te voorzien. Dat het werd geleid door een erkende hoofdman, aan wie de stinkende massa relikwieënzoekers prestige, gezag en bijna wonderdadige vermogens toekende, dat hadden we niet verwacht.

Niettemin was dit het nieuws dat zich aan ons openbaarde. De mysterieuze Baronio was ons tegemoet gekomen, alsof hij onze toenadering voorvoelde, omringd door een hechte groep volgelingen. Het was een bonte troep (als die term opgaat voor uitsluitend grijs- en bruintinten), bestaande uit individuen die niet al te veel verschilden van Ugonio en Ciacconio: zo goed en zo kwaad als het ging gehuld in armoedige, stoffige jassen, met hun gezichten en handen verborgen onder kappen en te lange mouwen, vormden de medestanders van Ugonio, Ciacconio en Baronio het ijzingwekkendste uitschot dat een mens maar bedenken kan. De doordringende stank die ik voor de ontmoeting had bespeurd was niets anders dan de voorbode van hun komst geweest.

Baronio trad naar voren; hij was alleen te onderscheiden omdat hij ietsje langer was dan zijn metgezellen.

Toen hij ons echter tegemoet kwam, deed er zich iets onverwachts voor. De hoofdman van de lijkenpikkers maakte snel rechtsomkeert en liet zich afschermen met een paar gedrongen adepten. De hele vertegenwoordiging van de lijkenpikkers zette haar stekels op en sloot zich in slagorde onder het uitstoten van een woud aan wantrouwend gebrom.

'Gfrrrlûlbh,' zei Ciacconio toen, en ineens leek de groep zich te ontspannen.

'Je hebt Baronio afgeschrikkerd: hij heb je gehouderd voor een *daemunculus subterraneus*,' zei Ugonio tegen mij, 'maar ik heb nader verklaarderd, en ik kan zweerderen dat je een goede kameraderd ben.'

De hoofdman van de lijkenpikkers had me aangezien voor een van die duiveltjes die – volgens hun bizarre overtuigingen – de duistere onderaardse gangen bewonen, en die de relikwieënzoekers nooit hadden gezien, maar van wier bestaan ze gruwelijk zeker waren. Ugonio legde me uit dat van die wezens, die uitgestrekte onderaardse gebieden bewoonden, uitvoerige beschrijvingen waren gegeven door Nicephorus, Caspar Schottus, Fortunius Licetus, Johannes Eusebius Nierembergius en zelfs Kircher, die het uitgebreid had gehad over de aard en gewoonten van de *daemunculi subterranei*, alsmede van de cyclopen, reuzen, pygmeeën, eenvoetigen, tritons, sirenes, saters, mensen met een hondenkop en mensen zonder hoofd.

Nu had ik echter niets meer te vrezen: Ugonio en Ciacconio stonden borg voor Atto en mij. Snel werden ons dus de andere lijkenpikkers voorgesteld, die luisterden (maar in de details zou mijn geheugen mij kunnen bedriegen) naar ongebruikelijke namen als Gallonio, Stellonio, Marronio, Salonio, Plafonio, Scacconio, Grufonio, Polonio, Svetonio en Antonio.

'Wat een eer,' zei Atto, met moeite zijn ironische afkeer onderdrukkend.

Ugonio legde uit dat Baronio de groep had geleid die hem te hulp was geschoten, toen ons bootje was omgeslagen en ons had overgeleverd aan de Cloaca Maxima. Ook nu had de hoofdman van de lijkenpikkers mysterieus bespeurd (misschien dankzij dezelfde wonderbaarlijke reuk waarover Ciacconio beschikte, of dankzij andere vermogens die buiten het alledaagse vallen) dat Ugonio hem wilde ontmoeten, en was hij hem vanuit de onderaardse krochten tegemoet gegaan; of simpeler, misschien door het valluik dat vanuit het Pantheon naar de onderaardse gangen leidde.

Tussen de lijkenpikkers leek kortom een band van broederschap en christelijke solidariteit te bestaan. Via een kardinaal met een passie voor relikwieën hadden ze zelfs informeel bij de paus verzocht een Aartsbroederschap te mogen oprichten, maar de paus had ('merkwaarderig genoeg', had Ugonio opgemerkt) nog niet geantwoord.

'Ze stelen, bedriegen, smokkelen, en dan doen ze zo schijnheilig,' fluisterde Atto mij toe.

Vervolgens zweeg Ugonio om Baronio het woord te geven. Eindelijk hield toen de ononderbroken drukte van de lijkenpikkerstroep op, die continu bezig was met krabben, roos verwijderen, hoesten, alsmede onzichtbare, walgelijke dingen knabbelen, kauwen en eten.

Baronio zette een hoge borst op, hield streng zijn klauwende wijsvinger omhoog en declameerde: 'Gfrrrlûlbh!'

'Buitengewoon,' antwoordde Atto Melani ijzig, 'we spreken, zeg maar, dezelfde taal.'

'Het is geen taler, het is gelofter,' kwam Ugonio wat ontstemd tussenbeide, misschien aanvoelend dat Atto fijntjes de spot dreef met zijn hoofdman.

We vernamen zo dat de beperkte lexicale vermogens van de lijkenpikkers niet te wijten waren aan domheid of geringe opleiding, maar aan een vrome gelofte.

'Zolang geen Heilig Voorwerper vinderen, niet woorderen,' zei Ugonio, die uitlegde dat hij niet aan de gelofte was gebonden, dus de contacten tussen de gemeenschap der lijkenpikkers en de rest van de wereld kon onderhouden.

'O ja? En wat mag dat Heilige Voorwerp wel zijn waar jullie naar zoeken?'

'Kannertje met Echt Bloed van Onzer-Liever-Heer,' zei Ugonio, terwijl de rest van de troep eensgezind een kruis sloeg.

'Een verheven, heilige taak, die van u,' sprak Atto glimlachend tot Baronio.

'Bid maar dat de gelofte nooit wordt opgeheven,' fluisterde hij mij vervolgens toe zonder zich te laten horen, 'anders gaan ze in Rome allemaal nog zo praten als Ugonio.'

'Dat is miswaarschijnlijk,' antwoordde Ugonio onverwachts. 'Niettegenstaandealtemin ondergetekende germaner is.'

'Ben je Duitser?' verbaasde Atto zich.

'Afgekomstig uit Vindobona,' preciseerde de lijkenpikker gewichtig.

'Ah, je bent geboren in Wenen,' vertaalde de abt, 'daarom praat je zo...'

'Ik maak mij baas van uw taler als moedertaler,' haastte Ugonio zich aan te vullen, 'en ik ben dankbaar voor uw beslissering mij achtering toe te kennen.'

Na zichzelf gecomplimenteerd te hebben voor zijn rammelende, wrakkige woorden legde Ugonio aan zijn kameraden uit wat er aan de hand was: een louche individu, een gast van onze herberg, had het plan uitgedacht om Zijne Heiligheid Innocentius xi door een pest aanbrengende aderlating te vermoorden, en dat terwijl er in Wenen beslist werd over de christelijke wereld. Het doodsplan zou diezelfde nacht worden volvoerd.

De lijkenpikkers namen de onthulling op met gelaatsuitdrukkingen van diepe verontwaardiging, en bijna van paniek. Er begon een kort maar opgewonden debat dat Ugonio in het kort voor ons vertaalde. Plafonio opperde zich terug te trekken in gebed en om bemiddeling van de Allerhoogste te vragen. Gallonio sprak zich echter uit ten gunste van een diplomatiek initiatief: een delegatie van lijkenpikkers zou naar Dulcibeni gaan en hem vragen van zijn plan af te zien. Stellonio mengde zich in de discussie en gaf een heel andere mening ten beste: we moesten De Schildknaap ingaan, Dulcibeni vangen en hem stante pede terechtstellen. Grufonio merkte echter op dat zo'n handgemeen ander onaangenaam handgemeen met zich mee zou brengen, zoals bijvoorbeeld met de pauselijke wachters. Marronio vervolgde dat een herberg binnengaan die vanwege pestbesmettingsgevaar gesloten is, verdere onloochenbare risico's zou opleveren. Svetonio merkte op dat dat handgemeen Dulcibeni's complot niet tegen zou kunnen houden: als Tiracorda naar de paus ging (en daar sloeg Grufonio weer een kruis), was alles verloren. Tiracorda moest dus tot iedere prijs tegengehouden worden. De hele groep lijkenpikkers keek toen naar Baronio, die hen doeltreffend toesprak: 'Gfrrrlûlbh!'

Baronio's gespuis begon daarop te springen en oorlogszuchtig en bezeten te grommen, en verdween toen onder onze ogen twee aan twee, als een groepje soldaten; ze sloegen gang C in in de richting die naar Tiracorda's huis leidde.

Dit alles maakten Atto en ik machteloos en ontheemd mee; Ugonio, die met zijn bekende makker bij ons was achtergebleven, moest ons vervolgens uitleggen wat er gaande was: de lijkenpikkers hadden besloten Tiracorda tot iedere prijs tegen te houden. Ze zouden zich opstellen in de straatjes rond het huis van de bejaarde hofarts, om zijn koets op weg naar het pauselijk paleis van Monte Cavallo tegen te houden.

'En wij, signor Atto, wat gaan wij doen om Tiracorda tegen te houden?' vroeg ik, ten prooi aan opwinding en verlangen om mij helemaal uit te leven op degene die het op het leven van de stedehouder van Christus had voorzien.

Maar de abt luisterde niet. Hij reageerde wel op Ugonio's uitleg. 'Ah, zit het zo,' zei hij met matte stem.

De situatie was hem ontglipt en hij leek er niet erg tevreden over.

'Kort en goed, wat gaan we doen?'

'Tiracorda moet tegengehouden worden, dat is zeker,' zei Melani in een poging zijn oude vastberadenheid terug te krijgen. 'Terwijl Baronio en de anderen het grondoppervlak controleren, wijden wij ons aan het onderaardse. Kijk es hier.'

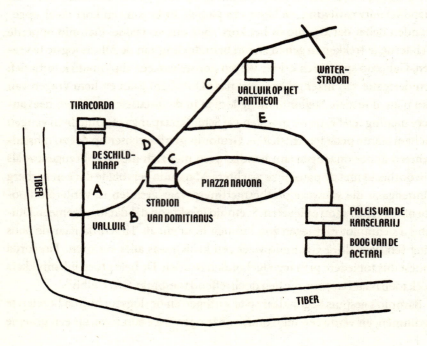

Onder onze ogen hield hij een bijgewerkte versie van het ondergrondse kaartje dat hij eerder al had gemaakt, en dat hij was kwijtgeraakt tijdens de schipbreuk in de Cloaca Maxima. Het nieuwe kaartje bevatte ook gang C, inclusief het snijpunt met het onderaardse riviertje vanwaar je bij het eiland-laboratorium van Dulcibeni en de Cloaca Maxima kwam. Verder was de ontwikkeling van gang D tot aan zijn uitmonding in Tiracorda's stal, vlak naast De Schildknaap, zichtbaar.

'Om Tiracorda tegen te houden is het niet genoeg om de straten rond de Via dell'Orso te controleren,' verklaarde Atto. 'We kunnen niet geheel uitsluiten dat de arts voor meer discretie liever via de onderaardse wegen gaat en gangen D, C, B en A in die volgorde inslaat en uitkomt op de bedding van de Tiber.'

'Waarom?'

'Hij zou bijvoorbeeld een stuk per boot kunnen doen en de rivier op kunnen gaan tot aan de haven van Ripetta. Dat zou de weg langer maken, maar het zou haast onmogelijk worden om hem te volgen. Of hij zou weer via een ons onbekende uitgang naar het grondoppervlak kunnen komen. Het zal goed zijn de taken te verdelen en alle mogelijkheden vóór te zijn: Ugonio en Ciacconio zullen de gangen A, B, C en D in het oog houden.'

'Is dat niet een beetje veel voor hen tweeën alleen?'

'Ze zijn niet met z'n tweeën, ze zijn met z'n drieën: Ciacconio's neus is er ook bij. Jij en ik, jongen, zullen het deel van gang B verkennen waar we nooit zijn geweest. Om er maar zeker van te zijn dat Tiracorda ons daar niet kan ontsnappen.'

'En Dulcibeni?' vroeg ik. 'Bent u niet bang dat hij ook in de onderaardse gangen rondloopt?'

'Nee. Hij heeft alles gedaan wat hij kon: de bloedzuigers infecteren. Nu is het voldoende dat Tiracorda naar de paus gaat en de aderlating bij hem toepast.'

Ugonio en Ciacconio vertrokken vrijwel onmiddellijk en liepen gang C in. Terwijl we ons op weg begaven, kon ik niet nalaten een dringende nieuwsgierigheid te bevredigen: 'Signor Atto, u bent een agent van de Franse koning.'

Hij keek me schuins aan: 'Wel?'

'Kijk, het is alleen dat... nou ja, deze paus is geen goede vriend van de allerchristelijkste koning. Maar u wilt hem redden, hè?'

Hij stond stil:

'Heb jij ooit iemand onthoofd zien worden?'

'Nee.'

'Nu, je moet weten dat terwijl het hoofd van het schavot rolt, de tong zich nog kan bewegen. En kan praten. Daarom is geen enkele vorst blij als een gelijke in rang sterft. Hij vreest dat rollende hoofd en die tong die gevaarlijke dingen kan zeggen.'

'Dus laten vorsten nooit iemand ombrengen.'

'Nou, zo ligt het niet echt... ze kunnen het doen, als de veiligheid van de Kroon op het spel staat. Maar de politiek, denk daaraan, jongen, de ware politiek bestaat uit evenwicht en niet uit aanvallen.'

Ik sloeg hem heimelijk gade: die onzekere stem, dat bleke gelaat en die ontwijkende blik verrieden de terugkeer van abt Melani's angsten: ondanks zijn woorden had ik zijn aarzeling bemerkt. De lijkenpikkers hadden hem niet de tijd gelaten om na te denken: ze hadden snel het initiatief genomen en waren de redding van Innocentius XI aan het regelen; een heldhaftige onderneming waartoe Atto zelf niet op het geschikte moment was overgegaan en die hem nu overviel. Hij kon niet meer terug. Hij trachtte zijn ongemak te maskeren door zijn pas te versnellen, zodat hij mij alleen zijn stijve, gespannen rug toonde.

Bij het Archief gekomen zochten we tevergeefs naar sporen van Ugonio's en Ciacconio's aanwezigheid. De twee moesten al op de loer staan, goed verborgen in een of andere krocht.

'Wij zijn het! Alles rustig?' vroeg Atto met luide stem.

Vanachter een in het duister begraven archivolte gaf het onmiskenbare gegrom van Ciacconio een bevestigend antwoord.

We zetten onze verkenning voort en begonnen onderweg weer te redeneren.

Het was een onvergeeflijke blindheid geweest, werden we het beiden eens, dat we de afgelopen dagen niet de heldere aanwijzingen waarvan we op de hoogte waren, onderling met elkaar in verband hadden gebracht. Gelukkig was het nog mogelijk om het op hol geslagen paard van de waarheid bij de manen te grijpen. Ter informatie probeerde Atto de onderdelen nog eens samen te vatten: 'Dulcibeni werkte voor de Odescalchi's, als boekhouder of zoiets. Bij een Turkse slavin had hij een dochter, Maria. Het meisje wordt door de voormalige slavendrijver Feroni en diens rechterhand Huygens ontvoerd, stellig om aan een gril van de laatste toe te geven. Maria wordt waarschijnlijk ver weg ondergebracht, ergens in Noord-Europa. Om haar terug te vinden wendt Dulcibeni zich tot de Odescalchi's, maar zij helpen hem niet. Daarom haat Dulcibeni hen en logischerwijs zal hij vooral de machtige kardinaal Benedetto Odescalchi haten, die in de tussentijd paus is geworden. Bovendien gebeurt er na de ontvoering iets merkwaardigs: Dulcibeni wordt aangevallen en uit een raam geworpen, waarschijnlijk om hem te vermoorden. Akkoord?'

'Akkoord.'

'En hier hebben we het eerste duistere punt: waarom wilde iemand hem, misschien in opdracht van Feroni of de Odescalchi's, uit de weg ruimen?'

'Misschien om hem te verhinderen zijn dochter te gaan terughalen.'

'Misschien,' zei Atto weinig overtuigd, 'maar jij hebt ook gehoord dat al het zoeken van zijn afgevaardigden tevergeefs is gebleken. Ik denk eerder dat Dulcibeni voor iemand gevaarlijk was geworden.'

'Signor Atto, waarom was Dulcibeni's dochter een slavin?'

'Heb je Tiracorda niet gehoord? Omdat haar moeder een Turkse slavin was, met wie Dulcibeni nooit had willen trouwen. Ik ken de handel in zwarten en ongelovigen wel, maar naar Dulcibeni zegt werd ook het bastaardje beschouwd als slavin van de Odescalchi's. Ik vraag me af: waarom hebben Huygens en Feroni haar dan niet gewoon gekocht?'

'Misschien wilden de Odescalchi's haar niet verkopen.'

'Maar ze hebben haar moeder wel verkocht. Nee, ik denk eerder dat Dulcibeni zich heeft verzet tegen de scheiding van zijn dochter: daarom is ze ontvoerd, wellicht met de steun van de Odescalchi's zelf.'

'Bedoelt u dat zo'n afschuwelijke daad zou zijn gesteund door de familie?' huiverde ik.

'Natuurlijk. Misschien wel door niemand minder dan kardinaal Benedetto Odescalchi, die nu paus is. Vergeet niet dat Feroni steenrijk is, en zeer machtig. Een man die je niets weigert. Zo zou je verklaren waarom de Odescalchi's Dulcibeni niet hebben willen helpen zijn dochter terug te vinden.'

'Maar met welke middelen kon Dulcibeni zich tegen de verkoop verzetten, als het meisje eigendom was van de Odescalchi's?'

'Dat zeg je goed: met welke middelen? Daar zit hem de kneep, volgens mij: Dulcibeni moet een wapen tevoorschijn getoverd hebben dat de Odescalchi's de handen heeft gebonden en misschien geen andere keuze liet dan met Feroni de ontvoering te beramen en daarna te proberen Dulcibeni voorgoed het zwijgen op te leggen.'

Feroni: ik wilde de abt zeggen dat die naam me niet helemaal nieuw in de oren klonk. Maar omdat ik me niet herinnerde wanneer en waar ik hem eerder had gehoord, hield ik mijn mond.

'Een wapen tegen de Odescalchi's. Een geheim, misschien... wie weet,' mompelde de abt intussen met een onbeschaamde flikkering in zijn ogen.

Een schandelijk geheim in het verleden van de paus: ik begreep dat Atto Melani, de agent van Zijne allerchristelijkste Majesteit, zijn leven zou geven om het te ontdekken.

'We moeten het oplossen, vervloekt nog aan toe!' riep hij aan het eind van zijn overpeinzingen uit. 'Maar eerst recapituleren we opnieuw: Dulcibeni krijgt het idee om niemand minder dan de paus te vermoorden. Hij kan het wel vergeten om audiëntie bij de paus te krijgen en een messteek uit te delen. Hoe vermoord je iemand op afstand? Je kunt proberen hem te vergiftigen; maar gif in de keukens van de paus introduceren is lastig. Dulcibeni heeft een geraffineerdere oplossing. Hij herinnert zich dat hij een oude vriend heeft die hem goed van pas komt: Giovanni Tiracorda, de lijfarts van de paus. Paus Odescalchi, en Dulcibeni weet dat, heeft altijd gezondheidsproblemen. Tiracorda behandelt hem en Dulcibeni kan die situatie uitbuiten. Juist in deze periode verslechtert bovendien de toestand van Innocentius XI, die in angst leeft dat de christelijke legers in Wenen worden verslagen. Bij de paus worden aderlatingen toegepast: aderlatingen worden gerealiseerd met bloedzuigers, die zich voeden met bloed. Wat doet Dulcibeni dan? Tussen het ene en het andere raadseltje door voert hij Tiracorda dronken. Dat is geen lastige onderneming, want Tiracorda's vrouw, Paradisa, is een kwezel en niet goed wijs: ze denkt dat alcohol tot de verdoemenis van de ziel leidt. Tiracorda moet in het geniep drinken, en dus bijna altijd in grote hoeveelheden. Zodra hij laveloos is, besmet zijn vriend Dulcibeni met het pest aanbrengende vocht, dat hij op zijn eiland heeft gemaakt, de bloedzuigers die bestemd zijn om de paus ader te laten. De beestjes zullen hun tandjes in het heilige vlees van de paus zetten, die dreigt besmet te worden.'

'Gruwelijk!' verzuchtte ik.

'Dat zou ik niet zeggen. Het is gewoon waar een wraakzuchtig mens toe in staat is. Weet je nog onze eerste keer in Tiracorda's huis? Dulcibeni vroeg hem "Hoe maken ze het?" en toen verwees hij – nu weten we dat – naar de bloedzuigers, die hij al van plan was te infecteren. Maar toen brak Tiracorda toevallig de fles sterke drank en moest Dulcibeni de operatie uitstellen. Gisternacht echter liepen de dingen van een leien dakje. Terwijl hij de bloedzuigers infecteerde, zei hij voor haar: hij pleegde zijn wraak tegen de Odescalchi's om de verdwijning van zijn dochter.'

'Maar hij had een rustige plek nodig om zijn plan voor te bereiden en zijn praktijken te realiseren,' merkte ik op.

'Juist. En vooral om met ons onbekende gaven de pestziekte te gaan cultiveren. Nadat hij de ratten had gevangen, sloot hij ze op in een kooi op het eiland en spoot ze de besmetting in. Hij is het vast geweest die het vel uit de bijbel in de onderaardse gangen heeft verloren.'

'Dus hij zou mijn pareltjes hebben gestolen?'

'Wie anders? Maar val me niet in de rede,' kapte Atto af, en hij vervolgde: 'Na het begin van de quarantaine en het ongeluk van je baas moest Dulcibeni, om nog toegang te krijgen tot de onderaardse gangen en dus tot het eilandje van het Mitrasheiligdom, de sleutels van Pellegrino's riem ontvreemden en er door een sleutelmaker een kopie van laten maken. Hij wikkelde de kopie in het vel uit de bijbel van Komarek; maar met al het gedoe tussen ratten, bloedzuigers en distilleerkolven in was het onvermijdelijk dat hij er per ongeluk bloed op morste.'

'Op het eiland hebben we net zo'n pot voor bloedzuigers gevonden als die van Tiracorda,' merkte ik op, 'en dan al die instrumenten...'

'De pot kwam hem, denk ik zo, van pas om een paar bloedzuigers te kweken, en misschien wel om zich ervan te vergewissen dat ze zich met geïnfecteerd bloed konden voeden zonder vroegtijdig dood te gaan. Toen hij echter door kreeg dat hij niet de enige was die in de onderaardse gangen uit wandelen ging, en dat iemand hem op het spoor kon komen, heeft hij zich bevrijd van de kleine zuigertjes, die zijn misdadig plan zouden hebben bewezen. De apparaten en instrumenten van het eiland kwamen hem echter niet alleen van pas voor de experimenten op ratten, maar ook om het pest aanbrengende vocht te maken. Daarom deed alles denken aan het laboratorium van een alchemist: distilleerkolven, zalven, ovens...'

'En dat soort van galgje?'

'Wie zal het zeggen, misschien kwam het hem van pas om de ratten vast te houden terwijl hij ze aderliet, of om ze in stukken te snijden en hun bloed op te vangen.'

Daarom dus, stelden we wederom vast, hadden we in de onderaardse gangen zieltogende ratten gevonden: misschien waren ze gevlucht of hadden ze Dulcibeni's experimenten jammerlijk overleefd, en waren we kort voordat ze doodgingen, op ze gestuit. Het glazen kannetje vol bloed ten slotte dat we in gang D hadden gevonden, was zeker door Dulcibeni verloren, die misschien vruchteloos had geprobeerd de bloedzuigers van zijn vriend Tiracorda rechtstreeks met het bloed van de ratten te infecteren.

'Maar in de onderaardse gangen hebben we ook de bladeren van de mamacoca gevonden,' merkte ik op.

'Dat begrijp ik inderdaad niet,' gaf abt Melani toe. 'Ze hebben niets met de pest te maken, en evenmin met Dulcibeni's plan. Iets anders: het is niet te geloven dat Dulcibeni dagen en dagen lang heeft kunnen rennen, roeien, klauteren en ons afschudden met de kwiekheid van een kleine jongen, en dan ook nog 's nachts. Je zou haast denken dat hij hulp moet hebben gehad.'

Terwijl we dergelijke redeneringen ten beste gaven, waren we bij het valluik gekomen dat als snijpunt diende tussen de gangen B en A. Het linkerdeel van traject B was het laatste stuk van de drie verkenningen die we ons dagen geleden hadden voorgenomen te doen om onze kennis van de gangen onder De Schildknaap te completeren.

Tegen de gewoonte in daalden we dus niet af via het valluik van gang B naar gang A, zoals we gedaan zouden hebben om naar De Schildknaap terug te keren, maar zetten we de wandeling voort. Dankzij de kaart van Atto was het me duidelijk dat we in de richting van de rivier liepen, waarbij we de herberg rechts hielden en de bocht van de Tiber links.

Het traject bood geen enkele verrassing, totdat we op een stenen trap stuitten die niet veel afweek van die welke van het geheime kamertje in De Schilknaap naar de onderaardse gangen leidde en die we inmiddels maar al te goed kenden.

'Maar zo komen we weer op de Via dell'Orso uit,' zei ik, terwijl we de treden omhooggingen naar de oppervlakte.

'Niet echt, misschien wat zuidelijker, in de Via Tor di Nona.'

De weg omhoog leidde naar een soort vestibule geplaveid met oude stenen die eveneens gelijk waren aan die welke we meermalen hadden betreden bij het verlaten van de herberg.

In het gewelf van de vestibule was een soort van putdeksel te zien (en meer nog te herkennen bij aanraking) van ijzer, of misschien wel lood, want hij was loodzwaar en zeer moeilijk open te krijgen. We moesten dit laatste obstakel verwijderen om te ontdekken op welk punt van het grondoppervlak onze tocht ons had geleid. Met een duw en ons krachtig afzettend tegen de laatste trede van de stenen trap wisten we de zware schijf met vereende krachten op te lichten. We konden hem het nodige opschuiven waardoor we uit het ondergrondse konden kruipen, en lieten hem met een kort geraas op het plaveisel glijden; intussen werden we vanuit onze ooghoeken en met onze oren gewaar dat vlak bij ons een hevig strijd werd geleverd.

We baanden ons een weg in het schaarse nachtlicht. In het halfduister onderscheidde ik midden op de weg een koets, die door twee fakkels aan de tegenoverliggende zijden van de cabine op slinkse, sinistere wijze werd verlicht. Gesmoorde kreten waren afkomstig van de koetsier die door enkele sujets werd belaagd. Een van de belagers moest bezit hebben genomen van de teugels en de paarden hebben gestopt, die nerveus hinnikten en briesten. Juist op dat moment glipte een ander sujet uit de koets, met (zo leek mij) een omvangrijk voorwerp in zijn armen. De koets werd zonder twijfel leeggeroofd.

Ofschoon nog gedesoriënteerd door het lange ondergrondse verblijf herkende ik instinctief om ons heen de Via Tor di Nona, die parallel aan de Tiber naar de Via dell'Orso leidt; abt Melani's inschatting omtrent onze bestemming was juist gebleken.

'Snel, we gaan erop af,' fluisterde Atto, wijzend op de koets. Het gewelddadige tafereel dat we bijwoonden had me haast verlamd; ik wist dat er op korte afstand, aan de uiteinden van de naburige Sant'Angelo-brug, normaal gesproken een paar wachters stonden. Het risico om bij zo'n ernstige aanslag betrokken te raken was niet voldoende om me ervan te weerhouden de abt te volgen, die voorzichtig langs de muur op het schouwspel van de ontvoering toetrad.

'Pompeo, help! Wachters, help!' hoorden we vanuit de koets jammeren.

De klagende, verstikte stem van de passagier behoorde zonder enige twijfel toe aan Giovanni Tiracorda.

In een flits begreep ik alles: de man op de bok, die zich tevergeefs tegen de overmeesterende krachten verzette en rauwe kreten slaakte, was vast Pompeo Dulcibeni. Tegen iedere voorspelling van ons in moest Tiracorda hem hebben gevraagd mee te gaan om zijn diensten aan de paus te verlenen in het paleis van Monte Cavallo. De arts, te oud en te stram om zijn eigen koets te rijden, had zich kennelijk liever door zijn vriend dan door een willekeurige voerman naar zijn delicate geheime missie laten vergezellen. Maar de lijkenpikkers, die in de buurt op de loer lagen, hadden de koets tegengehouden.

Alles verliep in een mum van tijd. Toen de bagage uit de cabine was gehaald, verslapten de vier of vijf lijkenpikkers die Dulcibeni overmeesterden, hun greep en sloegen op de vlucht; ze liepen vlak langs ons heen en verdwenen achter ons in de richting van het putdeksel waardoor wij zelf naar buiten waren gekomen.

'De bloedzuigers, ze moeten zijn bloedzuigers hebben gepakt,' zei ik opgewonden.

'Ssst!' siste Atto, en ik begreep dat hij geenszins van plan was om zich in het incident te mengen. Enkele bewoners van de omliggende huizen waren intussen door het rumoer van de vechtpartij voor het raam verschenen. Ook de wachters konden er elk moment aankomen.

Vanuit de koets jammerde Tiracorda klaaglijk, terwijl Dulcibeni van de bok kwam, waarschijnlijk om zijn vriend te hulp te schieten.

En toen gebeurde het ongelofelijke. Een snelle schim, die vanuit het putdeksel waarin de lijkenpikkers waren verdwenen, terugkeerde, kwam zigzaggend dichterbij en dook opnieuw in de koets. Onder zijn arm leek hij het omvangrijke voorwerp te houden dat we de arme Tiracorda hadden zien afgenomen worden.

'Nee, vervloekt, niet het crucifix, het bevat een relikwie...'

De smekende stem van de arts weergalmde jammerlijk in de nacht, terwijl de schim na een kort tumult aan de andere kant weer uitstapte. Een fatale vergissing: daar wachtte Pompeo Dulcibeni hem op. Wreed en droog hoorden we de zweep knallen waarvan hij zich ditmaal had voorzien en waarmee Dulcibeni naar de benen van de plunderaar sloeg, waarop deze viel. Terwijl hij tevergeefs probeerde weer op te krabbelen uit het stof, herkende ik in het licht van een van de twee fakkels de lompe, gebochelde gedaante van Ciacconio.

We kwamen nog wat dichterbij en dreigden zo ontdekt te worden. Met het zicht gedeeltelijk belemmerd door het nog openstaande portier hoorden we de zweep nog een keer knallen, en toen een derde keer, begeleid door het onmiskenbare gegrom van Ciacconio, ditmaal met een duidelijk protest.

'Smerige honden,' zei toen Dulcibeni, terwijl hij iets in de koets zette; hij sloot het portier weer en verdween met een sprong op de bok, waar hij de paarden aanspoorde.

Wederom verhinderde de rappe opeenvolging van de gebeurtenissen mij voorzichtig, verstandig, alsmede op de juiste manier God vrezend te zijn, waardoor ik mij had kunnen onttrekken aan de gevaarlijke invloed van abt Melani en mij niet in onbezonnen, misdadige en gewelddadige acties had gemengd.

Daarom dus durfde ik mij, weer opgenomen in het vermetele plan om Zijne Heiligheid Innocentius XI het leven te redden, niet terug te trekken toen abt Melani me uit de schaduw trok en naar de koets leidde, die toen in beweging kwam en wegreed.

'Nu of nooit,' zei hij, terwijl we na een korte achtervolging op de plank voor de bedienden achter de cabine sprongen.

Toen we ons aan de dikke handgrepen hadden vastgeklemd, voelde ik een derde sprong op de plank en klauwende handen die aan me trokken, waardoor ik op straat dreigde te belanden. Bijna overweldigd door de zoveelste verrassing draaide ik mij om en tegenover mij zag ik de afschuwelijke, vormeloze, tandeloze, duivelse glimlach van Ciacconio, die een crucifix in de hand hield met een hanger eraan.

Aldus verzwaard door een derde illegale passagier had de koets intussen een plotselinge zijwaartse beweging gemaakt.

'Smerige honden, ik krijg jullie allemaal,' zei Dulcibeni, terwijl de zweep herhaaldelijk knalde.

De koets zwenkte naar links en sloeg de Via di Panìco in, terwijl aan de andere kant voor ons de ordeloze bende lijkenpikkers langsging die de koerswijziging en vervolgens de vlucht van ons vervoermiddel machteloos gadesloeg. Toen ze Ciacconio niet hadden zien terugkomen, waren ze kennelijk weer naar de oppervlakte gegaan. Drie of vier van hen zetten de achtervolging in, terwijl we ter hoogte van de Piazza di Monte Giordano weer rechts afsloegen naar het Chiavica di Santa Lucia. Vanwege de hinderlaag had Dulcibeni niet de weg naar Monte Cavallo kunnen nemen, en nu leken we in het wilde weg te rijden.

'Je hebt wel weer wat uitgehaald, hè beest?' schreeuwde abt Melani naar Ciacconio, terwijl de koets aan snelheid won.

'Gfrrrlûlbh,' rechtvaardigde Ciacconio zich.

'Begrijp je wat hij heeft geleverd?' reageerde Atto tegen mij. 'Omdat het hem niet voldoende was dat hij had gewonnen, is hij teruggekomen om uit de koets ook het crucifix met het relikwie te stelen dat Ugonio al de eerste keer dat we Tiracorda's stal zijn binnengegaan, heeft proberen te gappen. Maar op die manier heeft Dulcibeni hem weer de bloedzuigers afgepakt.'

In ons kielzog gaven de lijkenpikkers de achtervolging niet op, ook al waren ze terrein aan het verliezen. Juist toen (we waren weer links afgeslagen) hoorden we de tremulerende, doodsbange stem van Tiracorda, die uit het raampje hing: 'Pompeo, Pompeo, we worden achtervolgd, en hierachter staat iemand...'

Dulcibeni antwoordde niet. Er klonk een onverwachte, oorverdovende, heftige knal, terwijl een rookwolk ons kortstondig het zicht benam en onze oren gepijnigd werden door een wreed, snijdend gefluit.

'Duiken! Hij heeft een pistool,' maande Atto ons, verstijvend op de treeplank.

Terwijl ik hem navolgde, ging de koets nog sneller. De zenuwen van de arme paarden, reeds op de proef gesteld door de entering van de lijkenpikkers, hadden de onverwachte knal niet verdragen.

In plaats van zich in te dekken koos Ciacconio zoals gewoonlijk de waanzinnigste weg en klauterde op handen en voeten over de koets naar Dulcibeni, waarbij hij zich als door een wonder vastgreep aan het wankele, dansende dak. Maar een paar seconden later dwong het knallen van de zweep hem onmiddellijk van de aanval af te zien.

We schoten in vliegende vaart van de Via del Pellegrino de Campo di Fiore op, toen ik Ciacconio, die nog dreigend verschanst op het dak zat, de hanger met de relikwie zag losmaken van het crucifix en het heilige kruis krachtig naar Dulcibeni zag slingeren. Door de lichte zijwaartse beweging van de koets leek het of het doel was geraakt. Ciacconio probeerde opnieuw naar voren te gaan, misschien om van de gelegenheid gebruik te maken voordat Dulcibeni zijn pistool opnieuw zou kunnen laden.

'Als Dulcibeni deze rit niet stopt zullen we tegen een muur te pletter slaan,' hoorde ik Atto boven het kabaal van de wielen op de kinderhoofdjes uit komen.

We hoorden opnieuw de zweep klinken; in plaats van te minderen nam de snelheid van de koets alleen maar toe. Ik merkte op dat ons tracé nagenoeg zonder bochten was geweest.

'Pompeo, o mijn God, stop die koets,' hoorden we Tiracorda jammeren vanuit de cabine, zijn stem haast overstemd door het ratelen van de wielen en de hoeven.

We waren inmiddels de Piazza Mattei en zelfs de Piazza Campitelli overgestoken; de dwaze nachtelijke rit van de koets, die Monte Savello rechts had laten liggen, leek inmiddels zonder logica en redding. Terwijl het dubbele spoor van de twee fakkels opzij feestelijk door het duister sneed, maakten de zeldzame steelse nachtbrakers, in hun mantels gedoken en bij enkel en alleen de maan bekend, verbijsterd ons oorverdovende voorbijstuiven mee. We passeerden zelfs een patrouille, die de tijd noch de gelegenheid kreeg om ons aan te houden en te ondervragen.

'Pompeo, alsjeblieft,' smeekte Tiracorda opnieuw, 'stop, stop onmiddellijk.'

'Waarom stopt hij niet, en waarom gaat hij almaar rechtdoor?' schreeuwde ik naar Atto.

Terwijl we de Piazza della Consolazione overstaken, waren Dulcibeni's zweep en de borrelingen in Ciacconio's buik niet meer te horen. We keken voorzichtig boven het dak uit en zagen Dulcibeni op de bok staan en met Ciacconio een woeste, wilde reeks klappen, vuistslagen en schoppen uitwisselen. Niemand hield de teugels vast.

'Mijn God,' riep Atto uit, 'daarom zijn we geen bocht omgegaan.'

Op dat moment reden we de lange, vierhoekige ruimte van de Campo Vaccino op, waar het restant te zien is van het oude Forum Romanum. Aan de wanhopige koortsachtigheid van onze blikken boden zich links de triomfboog van Septimius Severus, rechts de ruïnes van de tempel van Jupiter Stator en daarna de ingang van de Farnesische tuinen; aan het eind, steeds dichterbij, was de Titusboog te zien.

De tocht was nu nog avontuurlijker geworden door de barbaars oneffen ondergrond van de Campo Vaccino. We schoten als door een wonder rakelings langs een paar antieke Romeinse zuilen op de grond. Ten slotte gingen we onder de Titusboog door en reden de volgende helling af, wat tot een krankzinnige snelheid leidde en niets leek ons meer tegen te kunnen houden, terwijl ik de woedende stem van Dulcibeni hoorde: 'Smerige hond, loop naar de hel.'

'Gfrrrlûlbh,' snauwde Ciacconio hem op zijn beurt een belediging toe.

Toen tuimelde er iets grauws en sjofels uit de koets, en dat terwijl het konvooi uitgeput en zegevierend het brede terrein opreed waarbinnen sedert zestien eeuwen luisterrijk en onverschillig de vermoeide ruïnes van het Colosseum domineerden.

Terwijl we het indrukwekkende amfitheater naderden, hoorden we onder onze voeten een droge klap. Onder de druk van de lange rijtoer was de achteras bezweken, waardoor ons vervoermiddel naar rechts overhelde. Voordat de koets omsloeg, lieten Atto en ik ons schreeuwend van angst en ontzetting vallen en over de grond rollen, waarbij we wonderwel wisten te vermijden uiteindelijk vermorzeld te worden in de spaken van de grote wielen die langs ons heen schoten; de paarden kwamen lelijk ten val, terwijl de koets en zijn twee passagiers opzij klapten en slipten en iets verderop op een pijnlijke lijkwade van aarde, stenen en onkruid planeerden.

Na een paar tellen van begrijpelijke versuffing krabbelde ik weer overeind. Ik was gehavend, maar niet gewond. De koets lag op een kant, met een wiel dat nog draaide en weinig goeds beloofde voor zijn passagiers. De fakkels aan weerszijden waren gedoofd en rookten nog na.

We wisten al dat de grauwe vlek die kort daarvoor ons konvooi had verlaten, de arme Ciacconio moest zijn, die door Dulcibeni van de rijdende koets moest zijn geduwd. Maar meteen trok iets anders onze aandacht. Atto wees me op een portier van de koets dat open was blijven staan en heldhaftig hemelwaarts was gericht. We begrepen elkaar meteen: zonder aarzelen doken we de cabine in, waar Tiracorda kreunend half in zwijm lag. Sneller dan Atto pakte ik uit de handen van de hofarts een zwaar leren koffertje met metalen beslag waar zo te horen een pot in zat. Het leek zonder twijfel hetzelfde voorwerp dat we Ciacconio hadden zien ontvreemden: de stevige hermetisch gesloten pot die artsen gebruiken om bloedzuigers te vervoeren.

'We hebben hem!' juichte ik. 'Nu wegwezen!'

Ik had de zin nog niet uitgesproken of een krachtige hand trok me uit de koetscabine en smakte me onaangenaam op het harde plaveisel, waar ik pijnlijk voortrolde als een bundeltje vodden. Het was Dulcibeni, die zich op dat moment kennelijk had hersteld. Hij probeerde me nu het koffertje afhandig te maken: maar ik, die het uit alle macht vasthield, had mijn stekels rond de prooi opgezet en schermde het af met armen, bovenlijf en benen. Zodat iedere poging van Dulcibeni uitmondde in het tegelijk optillen van mij en mijn kostbare lading, maar zonder ons van elkaar te scheiden.

Terwijl Dulcibeni zich zo inspande en mij verpletterde met zijn enorme gewicht en me allerlei pijnlijke blauwe plekken toebracht, probeerde abt Melani het geweld van de bejaarde jansenist te dwarsbomen. Doch tevergeefs: Dulcibeni leek de kracht van honderd man te bezitten. We belandden alle drie op de grond, verstrikt in een chaotisch, woedend handgemeen.

'Laat me los, Melani!' brulde Dulcibeni. 'Je weet niet wat je doet, dat weet je niet!'

'Wil je echt de paus vermoorden vanwege je dochter? Vanwege een halve negerinnenbastaard?'

'Jij mag niet...' hijgde Dulcibeni, terwijl Atto een paar seconden een arm bij hem om wist te draaien, wat hem de adem deed stokken.

'Heeft de dochter van een Turkse hoer je zover gekregen?' drong Atto honend aan, nadat hij Dulcibeni's arm hevig hoestend van de inspanning had moeten loslaten.

Pompeo diende hem een vuistslag midden op zijn neus toe, waardoor de abt het uitkermde, en liet hem half buiten westen op de grond liggen.

Toen hij zich naar mij omdraaide, trof Dulcibeni mij nog steeds vastgeklonken aan het koffertje aan. Verlamd van angst durfde ik mij niet te verroeren.

Hij greep me bij mijn polsen en die bijna plettend bevrijdde hij het koffertje met de pot uit mijn omhelzing. Vervolgens begaf hij zich snel naar de koets.

Ik volgde hem met mijn blik in het schijnsel van de maan. Even later sprong hij stoutmoedig de koetscabine uit. In zijn linkerhand hield hij het koffertje.

'Geef me het andere. Ja, goed zo, het ligt daar achterin,' zei hij naar de koetscabine gewend.

Vervolgens stak hij zijn rechterhand in het portier en haalde er, als mijn ogen me niet bedrogen, een pistool uit. In plaats van het eerste wapen opnieuw te laden had hij liever een tweede pistool dat al gebruiksklaar was. Atto was intussen opgestaan en haastte zich naar de koets.

'Abt Melani,' zei Dulcibeni, half spottend, half dreigend, 'omdat je zo van schaduwen houdt, mag je nu je karwei afmaken.'

Daarop draaide hij zich om en rende in de richting van het Colosseum.

'Stop! Geef hier die koffer,' beval Atto.

'Maar signor Atto, Dulcibeni...' protesteerde ik.

'... is gewapend, alsof ik dat niet weet,' antwoordde abt Melani, voorzichtig bukkend, 'maar daarom zal hij ons nog niet ontsnappen.'

Ik werd getroffen door Atto's vastberaden toon en in een flits raadde ik wat er in hem omging en waarom hij die avond zomaar, zonder aarzeling, achter op Tiracorda's koets was gesprongen en het dodelijke risico trotseerde om Dulcibeni te volgen.

Atto's natuurlijke roeping om zich in duistere intriges te mengen, alsmede de sterke trots die hem een hoge borst deed opzetten wanneer hij samenzweerders had ontdekt, ja, alles wat hij in zijn hart voelde en wilde en bewaarde was nog niet bevredigd. De voor de helft ontdekte onthullingen omtrent Dulcibeni hadden Atto in hun maalstroom meegezogen. En nu kon noch wilde de abt er zich nog aan onttrekken. Hij wilde alles van a tot z weten. Atto rende niet om Dulcibeni zijn pest aanbrengende bloedzuigers af te pakken: hij wilde zijn geheimen.

Terwijl die beelden en gedachten met een oneindig hogere snelheid dan die van Tiracorda's koets aan me voorbijtrokken, sloeg Dulcibeni op de vlucht in de richting van het Colosseum.

'Laten we hem achtervolgen, maar wel gebukt,' raadde Atto aan.

Zonder ertegenin te durven gaan sloeg ik, me bewust van onze riskante taak, een kruis, en ging achter hem aan.

In een oogwenk was Dulcibeni in de donkere zuilengang van het Colosseum verdwenen. Atto trok me met een ruk naar rechts, alsof hij hetzelfde traject als de achtervolgde wilde afleggen, maar dan buiten de colonnade.

'We moeten hem overvallen voordat hij zijn pistool opnieuw laadt,' fluisterde hij.

Met een slangachtige gang liepen we op de bogen van het Colosseum toe. Eerst gingen we bij een van de imposante steunpilaren staan, ons als klimopblaadjes hechtend aan de blokken steen. We gluurden vervolgens de zuilengang in: van Dulcibeni niet het geringste spoor.

We liepen nog een paar passen met onze oren gespitst. Het was pas de tweede keer in mijn leven dat ik tussen de ruïnes van het Colosseum liep, maar ik wist dat de plek, behalve van uilen en vleermuizen, vaak wemelde van pooiers, diefjes en allerhande schurken die er zich schuilhielden om aan de rechtbank te ontkomen of om hun verwerpelijke praktijken te verrichten. Het donker belemmerde bijna helemaal het zicht; je onderscheidde af en toe alleen de weerschijn van de hemel, schuchter beschenen door de maan.

We liepen behoedzaam verder in de grote zuilengang, er bijna meer op bedacht om niet over een halfbegraven stenen plaat te struikelen dan om onze prooi te vinden. De geluiden werden weerkaatst door het gewelf van de zuilengang en de muur rechts; de laatste vormde de scheidingswand met het amfitheater en werd regelmatig onderbroken door verticale spleten waardoor je een blik op de grote arena kon werpen. Behalve de schuifelende voetstappen en bewegingen die wij onvermijdelijk maakten, hoorde je niets. Daarom schrokken we toen er in het donker luid en duidelijk een stem klonk: 'Arme Melani, tot op het laatst slaaf van je koning.'

Atto hield stil: 'Dulcibeni, waar ben je?'

Er volgde een ogenblik stilte.

'Ik stijg op ten hemel, ik wil God van dichtbij zien,' siste Dulcibeni vanaf een onduidelijk punt, dat tegelijkertijd dichtbij en ver weg klonk.

We keken tevergeefs om ons heen.

'Blijf staan en laten we praten,' zei Atto, 'als je dat doet, zullen we je niet aangeven.'

'Wil je alles weten, abt? Nou, dan zal ik je tegemoet komen. Maar eerst moet je me vinden.'

Dulcibeni klonk verder weg; maar niet verder naar achteren of vóór ons in de zuilengang, en nog minder buiten het Colosseum.

'Hij is al binnen,' concludeerde Atto.

Pas later, lang daarna, zou ik vernemen dat de muur die het amfitheater scheidt van de zuilengang, maar waardoor je de grote arena kunt bewonderen, geregeld door tuig werd aangepakt. Je mocht de arena alleen binnen via de grote houten hekken die aan de tegenovergelegen uiteinden van het gebouw stonden en die 's nachts natuurlijk gesloten werden. Daarom maakten mannen en vrouwen uit de onderwereld gaten in de muur om de ruïnes in een handig, geheim nest te veranderen; gaten die de autoriteiten zelden tijdig lieten herstellen.

Dulcibeni was kennelijk door een van die openingen gegaan. Meteen begon abt Melani het omliggende deel van de muur te verkennen op zoek naar de doorgang.

'Kom maar, kom maar, Melani,' spotte Dulcibeni's stem intussen steeds verder weg.

'Vervloekt, ik zie niet... daar is het!' riep Atto onderwijl uit.

Meer dan een gat was het gewoon een breder gemaakte opening in de ringmuur, ter hoogte van het middel van iemand met een normaal postuur. We doken de opening in, elkaar om beurten helpend. Terwijl ik afdaalde naar de arena, voelde ik een sterke rilling van angst door me heen gaan: een hand had me van buitenaf bij mijn schouders gegrepen. Ik dacht paniekerig aan een van de misdadigers die 's nachts het gebied onveilig maakten en wilde een keel opzetten, toen een bekende stem me tot stilte maande: 'Gfrrrlûlbh.'

Ciacconio had ons teruggevonden, en nu kwam hij ons helpen bij het lastige karwei om Dulcibeni in de kraag te grijpen. Terwijl ook de lijkenpikker zich via de muur naar beneden liet zakken, slaakte ik een zucht van verlichting en deelde het nieuws aan Atto mee.

De abt was reeds op verkenning uitgegaan. We troffen elkaar in een van de vele gangen tussen de ringmuur van het Colosseum en de centrale ruimte waarvan het zand zich eeuwen geleden vermengde met het bloed van gladiatoren, leeuwen en christenmartelaren, die allemaal werden opgeofferd aan de waanzin van de heidense mensenmassa's.

We liepen achter elkaar aan, tussen hoge, hellende stenen muurwerken door die de centrale arena omlijstten en ooit – zoals gemakkelijk was af te leiden – de treden moesten hebben gesteund waarop het publiek zat, naar het midden van het Colosseum. Het nachtelijk uur, de vochtigheid en de stank van de omlijsting van muren, bogen en half afgebrokkelde bruggen, en ten slotte het flappende, onrustige gefladder van de vleermuizen maakten de sfeer duister en dreigend. De muffe lucht van schimmel en uitwerpselen stond zelfs Ciacconio met zijn wonderbaarlijke reukzin in de weg om uit te maken in welke richting hij Dulcibeni moest zoeken. Ik zag de lijkenpikker meermalen zijn gok in de lucht steken en afwisselend dierlijk hijgen en snuiven, maar tevergeefs. Alleen het maanlicht, dat op het witte steen van de hoogste rijen van het Colosseum werd weerspiegeld, gaf enig soelaas en stelde ons in staat om ook zonder een lantaarn door te lopen zonder in de talloze afgronden te storten die tussen de ene puinhoop en de andere gaapten.

Na een zinloze inspectie hield Atto, ongeduldig geworden, stil.

'Dulcibeni, waar zit je?' schreeuwde hij.

De onrustige stilte van de ruïnes vormde het enige antwoord.

'Zullen we ons opsplitsen?' stelde ik voor.

'Geen sprake van,' antwoordde Atto. 'Waar zijn je vrienden trouwens gebleven?' vroeg hij aan Ciacconio.

'Gfrrrlûlbh,' antwoordde de laatste, gebarend dat de rest van de bende lijkenpikkers, ofschoon te voet, zo snel mogelijk zou komen.

'Goed. We hebben versterking nodig voor het grijpen van...'

'Dienaar van de Kroon, kom je me niet halen?'

Dulcibeni maande ons weer tot actie. De stem kwam ditmaal onmiskenbaar van boven onze hoofden.

'Stomme jansenist,' commentarieerde Atto zachtjes, duidelijk geïrriteerd door de provocatie, en vervolgens riep hij: 'Kom dichterbij, Pompeo, ik wil alleen maar met je praten.'

We hoorden een schallende lach als reactie..

'Nou goed, dan kom ík,' kaatste Atto terug.

Dat was alleen gemakkelijker gezegd dan gedaan. Het Colosseum, dat wil zeggen de ruimte tussen de centrale arena en de voorgevel, was een labyrintische opeenvolging van gesloopte muren, verminkte architraven en afgebroken zuilen, waarbij dan nog de moeilijkheid kwam om je te oriënteren en het weinige licht boven op de barbaarse, brokkelige vormen van de ruïnes.

Eeuwenlang was het Colosseum eerst verlaten geweest en vervolgens door talrijke pausen beroofd van hoeveelheden marmer en stenen voor de (terechte, heilige) bouw van vele kerken; zoals ik al zei, waren van de oude, naar de arena afhellende rangen slechts de steunmuren over. Deze verhieven zich vanaf de omtrek van de arena in een krans tot boven aan de buitenste muurring. Parallel daaraan liepen de smalle verbindingspassages van de talrijke concentrische cirkelvormige gangen die door het hele stadion liepen. Het geheel vormde het onontwarbare labyrint waarin wij rondwaarden.

We legden een kort stuk af in een van de cirkelvormige gangen en probeerden het punt te naderen waar Dulcibeni's stem vandaan leek te komen. De poging bleek tevergeefs. Atto keek Ciacconio vragend aan. De lijkenpikker verkende opnieuw met wijd opengesperde neusgaten de lucht, maar zonder resultaat.

Dulcibeni moest onze moeilijkheden doorhebben, want vrijwel meteen liet hij weer van zich horen: 'Abt Melani, mijn geduld raakt op.'

In tegenstelling tot wat wij verwachtten, klonk de stem allesbehalve van ver, maar door de echoënde ruïnes kon je niet de richting bepalen waaruit de honende woorden van de voortvluchtige kwamen. Merkwaardig genoeg was het of ik, zodra de sonore weerkaatsingen van zijn stem waren weggestorven, een kort, herhaald geluid hoorde dat heel bekend aandeed.

'Hoort u dat ook?' vroeg ik met een dun stemmetje aan Atto. 'Het lijkt of... ik denk dat hij tabak aan het snuiven is.'

'Vreemd,' tekende de abt aan, 'op een moment als dit...'

'Ik heb het hem vanavond ook horen doen, toen hij niet kwam eten.'

'Kort dus voor hij in beweging kwam om zijn plan af te maken,' merkte abt Melani op.

'Precies. Ik heb hem zelfs tabak zien snuiven voordat hij zijn uitlatingen deed over de gekroonde hoofden,' vervolgde ik, 'de ontaarde vorsten, enzovoorts. En ik heb gemerkt dat hij na zo'n snuifje wakkerder en krachtiger was. Het is net of het hem van pas kwam om zijn ideeën helder te krijgen of... om juist kracht te putten.'

'Ik geloof dat ik het aardig doorheb,' mompelde Atto bij zichzelf, om zichzelf meteen te onderbreken.

Ciacconio trok aan onze mouw en nam ons mee naar het midden van de arena. De lijkenpikker was het labyrint uitgegaan om Dulcibeni's geurspoor beter te kunnen volgen. Zodra we in de open ruimte waren, stak hij zijn neus in de lucht en kreeg een schok: 'Gfrrrlûlbh,' zei hij, wijzend op een punt van de reusachtige, onbegaanbare muurwerken rond het Colosseum.

'Weet je het zeker?' vroegen we eensgezind, vagelijk ontzet door het gevaarlijke en ontoegankelijke van die plek.

Ciacconio knikte, en we zetten er meteen de pas in naar ons doel.

De muurwerken rond het stadion bestonden uit drie grote bogenrijen boven elkaar. Het punt dat Ciacconio aangaf, was de middelste boog, op een hoogte die misschien wel verder reikte dan de hele herberg De Schildknaap bij elkaar.

'Hoe komen we daarboven?' vroeg abt Melani.

'Vraag hulp aan je monsters,' hoorden we Dulcibeni schreeuwen: ditmaal had Atto gesproken zonder zijn stem voldoende te dempen.

'Je hebt gelijk, da's een goed idee,' brulde hij terug.

'Je vergiste je niet,' vervolgde hij toen tegenover Ciacconio, 'de stem komt van daarboven.'

Ciacconio ging ons intussen in allerijl voor door het labyrint. Hij leidde ons naar een van de twee grote houten hekken die overdag opengelaten werden en toegang boden tot het amfitheater. Vlak voor het hek was een grote, steile trap die doordrong in het machtige lichaam van het Colosseum.

'Hij moet daarlangs gegaan zijn,' fluisterde Melani.

De trap leidde naar de eerste verdieping van het gebouw, ofwel ter hoogte van de tweede rij bogen. Aan het einde van de trap gingen we de openlucht in en stonden we in een enorme ringvormige gang die langs het hele amfitheater liep. Daar, ver boven de toeschouwersruimte, verspreidde het maanlicht zich zekerder en ruimhartiger. Het uitzicht op de centrale open ruimte, op de ruïnes van de rangen en, boven ons, de enorme muren die de hele massa van het circus bijeenhielden en zich majestueus tegen de hemel aftekenden, was grandioos. Buiten adem vanwege het snelle traplopen stonden we even stil, bijna ons doel vergetend, verrukt van het schouwspel.

'Je bent er bijna, koningenspion,' klonk opnieuw Dulcibeni's scherpe, snerpende stem van rechts.

Van rechts joeg een gedaver ons angst aan, en vrijwel onmiddellijk drukten we ons tegen de grond. Dulcibeni had op ons geschoten.

Vervolgens schrokken we opnieuw op van kletterende geluiden op een paar passen afstand van ons. Ik kwam op handen en voeten dichterbij en vond Dulcibeni's pistool, dat half stuk was door de harde landing.

'Twee keer gemist, wat jammer. Kop op, Melani, wat wapens betreft staan we nu quitte.'

Ik reikte Atto het wapen aan, die peinzend in Dulcibeni's richting keek.

'Er is iets wat me ontgaat,' merkte hij op, terwijl we het punt naderden waar zowel de stem als het pistool vandaan was gekomen.

Ook voor mij klopte er iets niet. Al terwijl we de grote trap opgingen, was ik bevangen door nogal wat twijfels. Waarom had Dulcibeni ons meegelokt in die bizarre achtervolging bij maanlicht tussen de ruïnes van het Colosseum, waardoor hij kostbare tijd verloor en het risico liep door de dienders op heterdaad betrapt te worden? Waarom wilde hij abt Melani zo graag naar boven lokken met de belofte dat hij hem alles zou onthullen wat Atto wilde weten?

Terwijl we hijgend de oude, door de tijd aangevreten treden beklommen, hoorden we intussen de echo van verre kreten, bijna als het strijdgegons van troepen die op een afgesproken punt samenkomen.

'Ik wist het,' pufte abt Melani, 'het was ook onmogelijk dat er niet een paar dienders en bendeleiders zouden komen opdagen. Met die rit per koets kon Dulcibeni niet verwachten er ongemerkt vanaf te komen.'

Met zijn spottende provocaties had onze prooi ons het zoeken vergemakkelijkt. Maar het was meteen klip en klaar dat we hem maar moeilijk zouden kunnen bereiken. Dulcibeni was boven op een steunmuur van de rangen geklauterd; vanuit de gang waarin wij stonden reikte de muur schuin tot aan een raampje in het muurwerk rondom, dat zich bijna op het hoogste punt van het Colosseum bevond.

Hij zat daar comfortabel in de omlijsting van het raampje, met zijn rug tegen de muur, de koffer met bloedzuigers tegen zich aan geklemd. Ik stond ervan te kijken dat hij zich daar bovenin had kunnen verschansen: onder aan de scheve muur waarop hij zich gewaagd had, lag een gruwelijk, levensgevaarlijk ravijn; ieder wie daar in viel, zou een gruwelijk einde tegemoet gaan. Aan de andere kant van het raampje lag een afgrond zo hoog als twee hele gebouwen, wat Dulcibeni op geen enkele manier leek te raken. Drie vreeswekkende, prachtige universums ontvouwden zich dus rondom de achtervolgde: de grote arena van het Colosseum, de vreselijke kloof buiten de voorgevel en de sterrenhemel die het sombere, schitterende theater van die nacht kracht bijzette.

Onder aan het Colosseum leek hij intussen stemmen en mensen gewaar te worden: de dienders moesten gearriveerd zijn. Tussen ons en onze prooi lag hemelsbreed ongeveer een middelgrote stadsstraat.

'Daar heb je de redders van de woekeraar met de tiara, van het onverzadigbare roofdier uit Como', en hij barstte uit in een gelach dat mij geforceerd en onnatuurlijk aandeed, het resultaat van een waanzinnige mengeling van woede en euforie.

Atto wierp een vragende blik op Ciacconio en mij. Dulcibeni snoof nog een keer, en toen nog eens.

'Ik had het wel door, weet je,' zei Atto.

'Zeg op, zeg op, Melani, zeg op wat je wel doorhad,' riep hij uit, terwijl hij weer ging zitten.

'Die tabak is geen tabak...'

'Goed gedaan, zeg. Zal ik jou es wat vertellen? Je hebt gelijk. Veel dingen zijn niet wat ze lijken,' zei Dulcibeni.

'Jij ademt die vreemde dorre bladeren in, hoe heet het...' ging Atto door.

'Mamacoca!' riep ik uit.

'Wat een inzicht, daar kijk ik van op,' antwoordde Dulcibeni sarcastisch.

'Daarom werd je 's nachts dus niet moe,' zei de abt, 'maar overdag ben je prikkelbaar en voel je de behoefte om opnieuw te nemen, en zo blijf je je neusgaten vullen: dan krijg je dat je voor de spiegel hele gesprekken houdt, omdat je je verbeeldt dat je je dochter weer bij je hebt. En wanneer je een van je dwaze praatjes begint over vorsten en gekroonde hoofden, raak je in vuur en vlam en ben je niet meer te stuiten, want dat kruid versterkt het lichaam, maar is... enfin, het vertroebelt de geest en maakt bezeten. Of zit ik ernaast?'

'Ik zie dat je je knechtje fijn het vak van spion hebt geleerd in plaats van hem aan zijn natuurlijke bestemming over te laten om de vorsten te vermaken en het publiek te verbazen,' antwoordde Dulcibeni, waarna hij uitbarstte in een daverend gelach uit wraak tegen mij.

Het was ook zo dat ik aan de deur van de jansenist had geluistervinkt en alles aan de abt was gaan doorbrieven.

Dulcibeni sprong toen lenig op de schuine muur, zonder acht te slaan op het ravijn dat onder hem gaapte, en hees zich (ondanks het koffertje) op het hoogste punt van de grote muur van de voorgevel, waarvan de oppervlakte meer dan drie passen breed was.

Onze tegenstander stond nu rechtop, en bijna majestueus torende hij boven onze hoofden. Op een paar passen bij hem vandaan verhief zich rechts meer dan manshoog een groot houten kruis dat ter herinnering aan de christelijke martelaren op de voorgevel van het Colosseum was aangebracht.

Dulcibeni wierp een blik naar beneden, buiten het Colosseum: 'Kop op, Melani, zo dadelijk komen de versterkingen. Hier beneden staat een groep dienders.'

'Vertel me, voordat ze komen,' hervatte Atto, 'waarom je zo gebrand bent op de dood van Innocentius XI?'

'Pijnig je hersens maar af,' zei Dulcibeni, terwijl hij zich terugtrok op de rand van het muurwerk: juist op dat moment wist Atto op zijn beurt op de smalle muur te klimmen die naar het muurwerk van de omtrek leidde.

'Wat heeft hij je ooit gedaan, vervloekt nog aan toe?' joeg Atto hem op met verstikte stem. 'Heeft hij het christelijk geloof te schande gemaakt, het overladen met smet en blaam? Want dat denk je, hè? Zeg op, Pompeo, want zoals alle jansenisten ben je bezeten. Jij haat de wereld, Pompeo, want je kunt jezelf niet haten.'

Dulcibeni antwoordde niet. In de tussentijd klauterde Atto, zich vastklemmend aan de naakte steen, moeizaam op de rand van de muur die omhoog, naar zijn gesprekspartner leidde.

'Die experimenten op het eiland,' ging hij door, terwijl hij zich onhandig vastgreep aan de rand van de muur, 'die bezoekjes aan Tiracorda, die nachten in de onderaardse gangen... Je deed het allemaal voor een half heidens bastaardteefje, arme dwaas. Je mag Huygens en die ouwe kwijlebal van een Feroni wel dankbaar zijn dat ze haar de eer hebben bewezen van een goeie beurt alvorens haar in zee te lozen.'

Ik stond verbaasd van de wrede vuilbekkerij die abt Melani onverwachts ten beste gaf. Toen begreep ik het: Atto was Dulcibeni aan het provoceren om hem te laten ontploffen. En dat lukte.

'Zwijg, castraat, schande Gods, jij die alleen je kont een beurt kunt laten geven,' brulde Dulcibeni van ver, 'dat je het lekker zou vinden om een pik in de stront te laten zwemmen had ik al wel begrepen: maar dat je hersens er ook vol mee zouden zitten...'

'Die oude Feroni,' sprong Atto er meteen op in, 'wilde je dochter kopen, hè, Pompeo?'

Dulcibeni liet zich een uitroep van verbazing ontvallen. 'Ga door, want je bent op de goede weg,' zei hij enkel.

'Even zien...' Atto hijgde door de inspanning van de klauterpartij, maar kwam wel steeds dichter naar Dulcibeni toe. 'Huygens behartigde Feroni's belangen; daarom onderhandelde hij vaak met de Odescalchi's, en dus ook met jou. Op een dag ziet hij je dochtertje en valt erop. Die dwaas van een Feroni wil hem haar zoals altijd tot iedere prijs geven. Hij vraagt de Odescalchi's haar te mogen kopen, wellicht om haar weer te door verkopen wanneer Huygens genoeg van haar heeft. Misschien krijgt hij haar wel van Innocentius XI, die toen nog kardinaal was.'

'Hij kreeg haar van hem en zijn neef Livio, de verdoemde zielen,' corrigeerde Dulcibeni.

'Jij kon je er niet rechtmatig tegen verzetten,' vervolgde Atto, 'want je had het beneden je waardigheid gevonden om met haar moeder te trouwen, een armzalige Turkse slavin, en dus was je dochter niet jouw eigendom, maar van de Odescalchi's. Toen vond je een oplossing: een schandaal oprakelen in het oor van je meesters, een smet op het blazoen van de Odescalchi's. Kort en goed, je hebt ze gechanteerd.'

Dulcibeni zweeg nog steeds, en ditmaal leek zijn stilzwijgen meer dan ooit een bevestiging.

'Ik mis nog één datum,' vroeg Atto, 'wanneer is je dochter ontvoerd?'

'In 1676,' antwoordde Dulcibeni ijzig, 'ze was pas twaalf.'

'Kort voor het conclaaf, nietwaar?' zei Atto, terwijl hij nog een stap deed.

'Ik geloof dat je het doorhebt.'

'De verkiezing van de nieuwe paus was in volle gang, en kardinaal Benedetto Odescalchi, die het vorige conclaaf op het nippertje had verloren, was ditmaal vastbesloten te zegevieren. Maar met je chantage had je hem in je zak: als een bepaald bericht de andere kardinalen ter ore kwam, zou dat een enorm schandaal teweegbrengen, zodat hij zijn verkiezing wel kon vergeten. Ben ik warm?'

'Warmer kan niet, zou ik zeggen,' zei Dulcibeni zonder zijn verbazing onder stoelen of banken te steken.

'Wat was het schandaal, Pompeo? Wat hadden de Odescalchi's te verbergen?'

'Maak eerst je verhaaltje maar af,' spoorde Dulcibeni hem honend aan.

De avondwind, die zich op die hoogte meer liet gelden, striemde ons zonder ophouden; ik trilde zonder te weten of het van kou was of van angst.

'Met genoegen,' zei Atto. 'Met de afpersing dacht je de verkoop van je dochter tegen te houden. Maar je tekende juist je doodvonnis. Feroni ontvoerde je dochter, misschien met hulp van de Odescalchi's zelf, en zo snoerde hij je zolang de mond, zodat Benedetto tot paus kon worden gekozen. Daarna probeerde jij je dochtertje terug te vinden. Maar dat lukt je niet.'

'Ik heb heel Holland in alle windstreken afgereisd. God alleen weet dat ik niet meer kon doen!' brieste Dulcibeni.

'Je vond je dochter niet en werd zelfs het slachtoffer van een merkwaardig ongeluk: iemand liet je uit een raam kukelen, of iets dergelijks. Maar je bent er levend vanaf gekomen.'

'Er was een heg, ik heb geluk gehad,' vulde Dulcibeni aan. 'Ga door.'

Atto aarzelde tegenover de zoveelste aansporing van Dulcibeni. En ook ik vroeg me af waarom hij ons zoveel ruimte gaf.

'Je vluchtte uit Rome, op de hielen gezeten en doodsbenauwd,' ging Melani verder. 'De rest wist ik al: je bekeerde je tot het jansenisme en in Napels ontmoette je Fouquet. Maar er is nog iets wat ik niet begrijp: waarom nu, na zoveel jaar, nog wraak nemen? Misschien omdat... o mijn God, ik begrijp het al.'

Ik zag abt Melani ten teken van verbazing een hand naar zijn voorhoofd brengen. Hij had intussen met vermetele evenwichtskunst weer een stuk muur afgelegd en was nog dichter bij Dulcibeni gekomen.

'Omdat er nu gevochten wordt in Wenen, en als je de paus vermoordt, valt de alliantie van de christenen uit elkaar, zullen de Turken winnen en zullen ze Europa verwoesten. Is het niet zo?' riep Atto met van verbazing en verontwaardiging aangeslagen stem.

'Europa is al verwoest: en wel door zijn eigen vorsten,' ging Dulcibeni ertegenin.

'O vervloekte dwaas,' repliceerde Atto. 'Jij zou... jij wilt...' en hij niesde drie, vier, vijf keer met ongewone hevigheid, waarbij hij zijn greep op de muur dreigde te verliezen en in de diepte dreigde te vallen.

'Vervloekt,' merkte hij toen geïrriteerd op. 'Ik heb altijd alleen maar geniesd van één ding: Hollandse stoffen. En nu begrijp ik waarom ik zo moet niezen sinds ik die verdomde herberg ben binnengegaan.'

Ik begreep het ook: het kwam door de oude Hollandse kleren van Dulcibeni. Hoewel, ik herinnerde mij opeens dat Atto soms bij mijn komst ook moest niezen. Dat kwam misschien, bedacht ik, omdat ik dan net terugkwam uit de kamer van de jansenist. Of...

Maar dit was niet het moment voor overpeinzingen. Ik zag Dulcibeni op het hoogste punt van de voorgevel van het amfitheater opzijschuiven, eerst naar links en toen naar rechts, nauwlettend Tiracorda's koets in het oog houdend.

'Jij verbergt nóg iets, Pompeo,' schreeuwde Atto, die zich van het niezen had hersteld en zijn evenwicht had hervonden, schrijlings op de muur. 'Waarmee heb je de Odescalchi's kunnen afpersen? Wat is het geheim waarmee je kardinaal Benedetto in je macht had?'

'Er valt niets meer te zeggen,' kapte Dulcibeni hem af, terwijl hij weer naar het rijtuig van de hofarts keek.

'O nee, veel te gemakkelijk! Bovendien, Pompeo, klopt dat van je dochter niet: daarvoor ga je geen aanslag plegen op het leven van een paus. Hoe zit het nou: eerst wil je niet eens trouwen met haar moeder, en nu doe je dit allemaal om haar te wreken? Nee, dat is niet logisch. Bovendien is deze paus een vriend van jullie, jansenisten. Spreek op, Pompeo!'

'Het gaat je niets aan.'

'Jij kunt niet...'

'Ik heb niets meer te zeggen tegen een spion van de allerchristelijkste koning.'

'Ja, maar met je bloedzuigers wilde je de allerchristelijkste koning wel een goede dienst bewijzen: hem in één klap van de paus en Wenen afhelpen.'

'Denk jij nu werkelijk dat Lodewijk XIV net als de Turken winnaar zal zijn?' antwoordde Dulcibeni bitter. 'Arme naïeveling! Nee, de Ottomaanse horde zal ook het hoofd van de Franse koning afmaaien. Geen genade voor verraders: dat is de regel van de winnaar.'

'Dan is dit dus je vernieuwingsplan, je hoop op terugkeer naar het zuivere christelijke geloof, hè jansenist?' weerlegde Atto. 'Welja, we maaien de Kerk van Rome en de christelijke vorsten weg, we laten toe dat de altaren in vlammen opgaan. Zo keren we terug naar de tijd van de martelaren: gekeeld door de Turken, maar steviger en sterker in het geloof! En jij gelooft daarin? Wie van ons is hier de naïeveling, Dulcibeni?'

Intussen was ik van Atto en Dulcibeni weggelopen, en had een soort van klein terras bereikt bij de trap vanwaar we naar de eerste verdieping waren gegaan; daarvandaan zou ik kunnen zien wat er buiten het Colosseum gebeurde, en ik begreep nu waarom Dulcibeni met zoveel belangstelling naar beneden keek.

Een groep dienders was druk in de weer rond de koets, en in de verte was Tiracorda's stem te horen. Sommigen sloegen ons gade: weldra, bedacht en vreesde ik tegelijkertijd, zouden ze naar boven komen en ons grijpen.

Plotseling was het niet meer de avondkoelte waardoor ik huiverde, maar een brul, ja, een heel koor van dierlijk gebrul dat opsteeg rond de ruimte voor het Colosseum, en een wijdverbreid gekletter dat leek veroorzaakt door het gooien van veel stenen en stokken.

De horde der lijkenpikkers (die de aanval kennelijk goed had doordacht) rukte al schreeuwend naar de ruimte voor het Colosseum op, gewapend met knuppels en stokken, zonder de mannen van de Bargello de tijd te gunnen om te beseffen wat er aan de hand was. Ons zicht was deels te danken aan het schijnsel dat de fakkels van de dienders her en der op het tafereel wierpen.

De hinderlaag verliep bliksemsnel, barbaars en meedogenloos. Een groepje aanvallers kwam tevoorschijn uit de triomfboog van Constantijn, een tweede daalde af van de muur die de tuinen afbakende bij de ruïnes van de Curia

Hostilia, een ander kwam uit de ruïnes van de tempel van Isis en Sarapis. Het krijgsgebrul van de aanvallende bende steeg hoog en woest op, en de verwarring eiste de nodige slachtoffers; slechts vijf of zes tegenover bijna twee keer zoveel bij de tegenstanders.

Een paar dienders die meer afgezonderd van de groep waren, eindigden nagenoeg verlamd van verbazing als eersten onder de knuppelslagen, krauwen, schoppen en beten van de drie lijkenpikkers uit de triomfboog van Constantijn. Er ontstond een chaotisch kluwen van benen, armen en hoofden in een primitief man-tegen-mangevecht zonder enige krijgsallure. De klappen waren echter verre van dodelijk, aangezien de slachtoffers, zij het ruw toegetakeld, weldra de aftocht bliezen naar de weg die leidt naar de Sint-Jan. Twee andere dienders (juist degenen die zich waarschijnlijk opmaakten om in het Colosseum door te dringen en ons te arresteren), doodsbang door de glanzende lijkenpikkersbende, maakten zich zonder de confrontatie te zoeken pijlsnel uit de voeten naar de weg die leidt naar de San Pietro in Vincoli, nagezeten door een viertal aanvallers, onder wie ik het onmiskenbare taaltje van Ugonio meende op te vangen.

Heel anders verging het de twee dienders die bij Tiracorda's koets stonden: een van hen verdedigde zich met zijn sabel en wist een drietal lijkenpikkers driest op afstand te houden. Ondertussen tilde zijn makker, de enige te paard, een derde figuur op, gezet en stram, die (als mijn oog mij niet bedroog) een koffer aan zijn nek had hangen. Het was Tiracorda, die door de diender kennelijk was herkend als slachtoffer van de criminele feiten van die nacht, en door hem in veiligheid werd gebracht. Zodra het paard met de twee vertrok in de richting van de Monte Cavallo, koos de diender te voet uiteindelijk ook het hazenpad en verdween in het donker. Rond het Colosseum trad opnieuw de stilte in.

Ik richtte mijn blik weer op Atto en Dulcibeni, die zelf ook even afgeleid waren geweest door de heuse strijd die zich onder onze ogen had voltrokken.

'Het is afgelopen, Melani,' zei hij. 'Jij hebt gewonnen met je onderaardse monsters, met je zucht tot spioneren en intrigeren, met je ongezonde verlangen om voor een vorst te kruipen. Nu zal ik deze koffer openmaken en je de inhoud ervan geven, die het knechtje hier misschien nog wel harder wenst dan jij.'

'Ja, het is afgelopen,' herhaalde Atto met een vermoeide zucht.

Bijna had hij het einde van de muur bereikt, hij bevond zich op een paar handbreedtes van Dulcibeni's voeten vandaan. Weldra zou hij de buitenmuur van het Colosseum kunnen betreden en oog in oog met zijn tegenstander staan.

Ik dacht er echter niet zo over als de abt: het was niet afgelopen. We hadden nachten- en nachtenlang geschaduwd, achtervolgd, nagespeurd en gepraat. Alles om maar één vraag te kunnen beantwoorden: door wie en hoe was Nicolas Fouquet vermoord? Ik verbaasde me erover dat van de duizend vragen die Atto aan Dulcibeni had gesteld, juist deze niet aan de orde was gekomen. Maar als hij hem niet stelde, was ik er altijd nog.

'Waarom ook de minister vermoorden, signor Pompeo?' waagde ik het toen te vragen.

Dulcibeni zette grote ogen op en barstte in een holle lach uit.

'Vraag dat maar aan die dierbare abt van je, jongen!' riep hij uit. 'Vraag maar aan hem waarom zijn geliefde vriend Fouquet zich zo beroerd voelde na het voetbad. Laat je ook maar vertellen waarom abt Melani intussen zo opgewonden was, en waarom hij die arme stakker met zijn vragen kwelde zonder hem in vrede te laten sterven. En vraag hem verder wat er voor sterks in het water van Fouquets voetbad zat, vraag hem welke vergiften zo trouweloos kunnen moorden.'

Ik keek meteen naar Atto, die niets zei, alsof hij overrompeld was.

'Maar jij...' probeerde hij zwakjes tussenbeide te komen.

'Ik heb een van mijn ratjes in dat water gehouden,' hervatte Dulcibeni, 'en na een tijdje heb ik het op de gruwelijkst denkbare wijze zien creperen. Krachtig gif, abt Melani, en bedrieglijk: als het goed is opgelost in een voetbad, dringt het zonder sporen na te laten tot de huid en onder de nagels door en bereikt het uiteindelijk de ingewanden, die onherroepelijk aangevreten worden. Een staaltje vakwerk zoals alleen de meester-parfumeurs uit Frankrijk kunnen leveren, nietwaar?'

Juist toen viel me te binnen dat Cristofano bij zijn tweede bezoek aan het lijk van Fouquet rond het voetbad een paar plasjes water had gevonden. En dat ofschoon ik die ochtend zelf de vloer nog zorgvuldig had drooggemaakt. Bij het wegnemen van een beetje voetbadwater moest Dulcibeni wat gemorst hebben. Ik voelde een huivering bij de herinnering dat ik een paar druppels van het dodelijke vocht had aangeraakt. Te weinig gelukkig om er ook maar iets van te krijgen.

Dulcibeni wendde zich tot Atto en vervolgde: 'Misschien had de allerchristelijkste koning je een heel speciale opdracht toevertrouwd, signor abt Atto

Melani? Iets verschrikkelijks, waarop je echter geen nee kon zeggen: een bewijs van hoogste trouw aan de koning...'

'Basta, waag het niet!' beval Atto, moeizaam bezig zich op de grote ringmuur van het Colosseum te hijsen.

'Welke laffe leugens over Fouquet heeft de allerchristelijkste koning je verteld toen hij je opdroeg hem uit de weg te ruimen?' ging Dulcibeni door. 'Jij, miezerig mannetje, hebt gehoorzaamd. Maar terwijl hij in je armen stierf, prevelde de minister iets wat je niet had verwacht. Ik kan het wel bedenken: een zinspeling op duistere geheimen, een paar gemompelde zinnen die misschien niemand iets zouden zeggen. Maar het was voldoende om te begrijpen dat je een pion was in een spel dat je niet kende.'

'Je raaskalt, Dulcibeni, ik...' trachtte Atto hem opnieuw te onderbreken.

'Aha! Je bent niet verplicht iets te zeggen: die paar woorden zullen voor altijd een geheim blijven tussen jou en Fouquet, daar gaat het niet om,' riep Dulcibeni, zich verzettend tegen de wind die in kracht toenam, 'maar op dat moment begreep je hoezeer de koning je had voorgelogen en uitgebuit. En begon je te vrezen voor jezelf. Toen heb je het in je hoofd gezet om alle gasten van de herberg te onderzoeken: je probeerde wanhopig de ware reden te ontdekken waarom je erop uit was gestuurd om nota bene je vriend te doden.'

'Je bent gek, Dulcibeni, je bent gek en je beschuldigt mij om je eigen schuld weg te moffelen, jij bent...'

'En jij, jongen,' snoerde Dulcibeni hem de mond, zich wederom tot mij richtend, 'vraag nog maar eens aan die abt van je: waarom waren de laatste woorden van Fouquet *Ahi, dunqu'è pur vero*? Doen die vreemd genoeg niet denken aan een beroemde aria uit de gouden tijden van de minister? Abt Melani, je moet ze wel hebben herkend: zeg op, hoe vaak zul jij ze zelf voor hem gezongen hebben? En hij wilde je die woorden in herinnering brengen, terwijl hij stierf met het verdriet om jouw verraad. Net als Julius Caesar, toen hij ontdekte dat onder de huurmoordenaars die hem neerstaken ook zijn zoon Brutus was.'

Atto weersprak hem niet meer. Hij was op het muurwerk geklommen, zodat Dulcibeni en hij tegenover elkaar waren komen te staan. Maar dat de abt zweeg had een andere reden. Dulcibeni wilde de koffer van de bloedzuigers openmaken.

'Het was een belofte, en die houd ik altijd,' zei Dulcibeni, 'de inhoud is van jou.'

Toen liep hij naar de rand van de muur, opende het koffertje en keerde het om.

Uit het koffertje kwam (dat kon zelfs ik, die op een afstand stond, duidelijk zien) niets. Het was leeg.

Dulcibeni lachte.

'Arme sukkel,' zei hij tegen Melani, 'dacht je echt dat ik al deze tijd hier boven zou verdoen om me alleen maar door jou te laten beledigen?'

Instinctief zochten Atto en ik elkaars blik, terwijl we dezelfde gedachte deelden: Dulcibeni had ons alleen daar naar boven gelokt om ons af te leiden. De bloedzuigers had hij voordat hij het Colosseum in vluchtte, in de koets gelaten.

'Nu zijn ze met hun baas op reis, rechtstreeks naar de aderen van de paus,' vervolgde hij spottend, waarmee hij onze vermoedens bevestigde, 'en niemand kan ze meer tegenhouden.'

Atto ging zitten, doodop; Dulcibeni liet het koffertje in de diepte buiten het Colosseum vallen. Na een paar seconden hoorden we de droeve, doffe klap.

Dulcibeni profiteerde van de onderbreking om uit zijn zak wederom de snuifdoos te halen en een flinke snuif mamacoca te nemen; daarna gooide hij het kleine doosje eveneens in de diepte en draaide met een triomfantelijk, minachtend gebaar zijn arm rond.

Juist bij die laatste worp echter verloor hij zijn evenwicht. We zagen hem licht wankelen, vervolgens weer pogen rechtop te staan, en ten slotte naar rechts overhellen, waar het grote houten kruis stond.

Het was een kwestie van seconden. Hij bracht zijn handen naar zijn hoofd als door een wrede, scherpe pijn of door een plotselinge flauwte getroffen, en klapte tegen het kruis aan, waarvan hij, bedacht ik, niet eens had gezien dat het er stond.

De botsing met het houten symbool bracht hem volledig uit zijn reeds precaire evenwicht. Ik zag zijn lichaam het Colosseum in tuimelen en in een paar seconden vele manslengten afleggen. Gelukkig – en dat redde hem het leven – kwam hij eerst in aanraking met een licht hellend oppervlak in baksteen. Vervolgens klapte Dulcibeni's lichaam op een grote, dikke stenen plaat, die hem genadig opving, zoals de bedding van een rivier de wrakken opvangt van schepen die in de stormwind ten onder zijn gegaan.

Alleen met behulp van de andere lijkenpikkers waren we in staat Dulcibeni's gehavende lichaam op te rapen. Hij leefde nog, en na een paar minuten kwam hij zelfs weer bij.

'Mijn benen... ik voel ze niet meer,' waren zijn eerste woorden.

Onder leiding van Baronio scharrelden de lijkenpikkers in de buurt een karretje op dat mogelijk door een fruitverkoper was achtergelaten. Het was oud en gammel, maar dankzij de vereende krachten van de lijkenpikkers konden we het gebruiken voor het vervoer van Dulcibeni's arme gekwetste lichaam. Atto en ik hadden de gewonde natuurlijk tussen de ruïnes van het Colosseum kunnen achterlaten, maar we besloten dat dat onnodig wreed zou zijn; hij zou vroeg of laat gevonden worden en bovendien zou hij dan op onverklaarbare wijze ontbreken op het appèl in de herberg, waarop Cristofano en later de autoriteiten onvermijdelijk een onderzoek zouden instellen.

Ik voelde me opgelucht door onze gemeenschappelijke beslissing om Dulcibeni te redden: het trieste, tragische verhaal van zijn dochtertje had mij niet onberoerd gelaten.

De weg terug naar De Schildknaap was eindeloos en onheilspellend. We namen alle meest kronkelige achterafstraatjes om niet opnieuw door de dienders te worden betrapt. De lijkenpikkers waren, zwijgzaam en stug, gebroken van verdriet omdat ze niet hadden kunnen voorkomen dat Tiracorda met de bloedzuigers verdween, en ze werden verteerd door zowel bitterheid om de nederlaag als angst dat de paus reeds de volgende dag dodelijk geïnfecteerd zou blijken. Anderzijds hadden de uitzichtloze omstandigheden waarin Dulcibeni verkeerde niemand op het idee gebracht om hem aan te geven: de wilde aanval die de lijkenpikkers kort daarvoor hadden uitgevoerd op de groep dienders maande tot voorzichtigheid en stilte. Het was voor iedereen beter dat er bij de ordehandhavers slechts een herinnering aan die nacht bleef bestaan, en niets tastbaars.

Opdat we niet al te zeer in het oog zouden lopen verlieten een paar lijkenpikkers ons, maar niet zonder een haastig gegrom ten afscheid. We bleven dus met ons zevenen over: Ugonio, Ciacconio, Polonio, Grufonio, Atto, Dulcibeni (op het karretje) en ik.

We liepen met ons groepje verder en duwden het karretje om beurten; we kwamen in de buurt van de Jezuskerk, in de omgeving van het Pantheon, waar we de onderaardse gangen zouden bereiken om terug te gaan naar De Schildknaap. Ik realiseerde me dat Ciacconio uit de pas was geraakt en was achtergebleven. Ik sloeg hem gade: hij liep moeizaam, slepend. Ik waarschuwde de anderen en we wachtten tot Ciacconio bij ons was.

'De haasterige kracht mattert hem af. Hij is buiteren aderem,' luidde Ugonio's commentaar.

Het leek me dat Ciacconio niet alleen uitgeput was. Zodra hij bij ons was, leunde hij tegen het karretje, zette zich op de grond met zijn rug tegen een muur, en bleef roerloos zitten. Zijn ademhaling ging moeizaam en snel.

'Ciacconio, wat heb je?' vroeg ik bezorgd.

'Gfrrrlûlbh,' antwoordde hij, op de linkerkant van zijn buik wijzend.

'Ben je moe of ben je ziek?'

'Gfrrrlûlbh,' antwoordde hij, het gebaar herhalend met een gezicht waaruit sprak dat hij er niets aan toe te voegen had.

Instinctief (en hoewel ieder lichamelijk contact met de lijkenpikkers als allesbehalve wenselijk te beschouwen was) bevoelde ik Ciacconio's kleding op het door hem aangewezen punt. Het voelde nattig.

Ik deed wat plooien stof opzij en bespeurde een onaangename maar bekende geur. Iedereen kwam dichterbij, en abt Melani het meest van allemaal. Hij raakte Ciacconio's jas aan en bracht zijn hand naar zijn neus.

'Bloed. Lieve hemel, laten we zijn kleding openmaken,' zei hij, met nerveuze snelheid het koord lostrekkend dat Ciacconio's jasje dicht hield. Halverwege zijn buik zat een jaap, waaruit onophoudelijk bloed kwam dat de stof inmiddels behoorlijk had doordrenkt. De wond was ernstig, de bloeding overvloedig, en ik verbaasde me erover dat Ciacconio nog zo'n end had kunnen lopen.

'Mijn God, hij moet geholpen worden, hij kan niet bij ons blijven,' zei ik geschrokken.

Iedereen zweeg. Het was niet al te ingewikkeld om te begrijpen welke gedachten er in ieders hoofd omgingen. De kogel die Ciacconio had geraakt was afkomstig uit het pistool van Dulcibeni, die de onfortuinlijke lijkenpikker, weliswaar ongewild, dodelijk had verwond.

'Gfrrrlûlbh,' sprak Ciacconio, met een hand naar de weg wijzend die we aflegden en ons beduidend door te lopen. Ugonio knielde vlak bij hem. Er volgde een snel en onverstaanbaar gesmoezel tussen de twee, en Ugonio verhief meermalen zijn stem alsof hij zijn kameraad wilde overtuigen van zijn mening. Ciacconio echter herhaalde telkens zwakker en moeizamer het bekende gemompel.

Toen begreep Atto wat er stond te gebeuren. 'Mijn God, nee, we kunnen hem hier niet achterlaten. Roep je vrienden,' zei hij tegen Ugonio, 'ze moeten hem komen halen, we moeten iets doen, iemand roepen, een chirurgijn...'

'Gfrrrlûlbh,' zei Ciacconio met een licht, gelaten gefluister dat ons meer raakte dan onverschillig welk schitterend betoog.

Ugonio van zijn kant legde zijn hand zacht op de schouder van zijn kameraad, om vervolgens op te staan alsof het onderhoud was afgelopen. Ook Polonio en Grufonio kwamen bij de gewonde en wisselden met hem in een ononderbroken gefluister verwarde, raadselachtige betogen uit. Ten slotte knielden ze neer en begonnen eenstemmig te bidden.

'O nee,' jammerde ik, 'dit kan niet, dit mag niet.'

Ook Atto, die toch altijd zo weinig sympathie voor de lijkenpikkers en hun eigenaardigheden aan de dag had gelegd, kon zijn ontroering niet de baas. Ik zag hem een stapje opzij doen en zijn gezicht verbergen; zijn schouders schokten. In een stil en bevrijdend geween liet de abt eindelijk zijn verdriet gaan: vanwege Ciacconio, vanwege Fouquet, vanwege Wenen, vanwege zichzelf, een verrader misschien, maar zelf ook verraden, en eenzaam. En terwijl ik terugdacht aan Dulcibeni's laatste mysterieuze woorden over Fouquets dood, voelde ik donkere schimmen tussen Atto en mij rijzen.

Uiteindelijk bogen we onze knieën in een gezamenlijk gebed, terwijl Ciacconio's ademhaling steeds korter en moeizamer werd; totdat Grufonio even wegliep om (zo leek mij althans) de rest van de lijkenpikkers te waarschuwen, die een paar minuten later inderdaad arriveerden om het arme lichaam op te halen en hem een waardige begrafenis te geven.

En toen gingen voor mijn ogen de laatste, martelende seconden van Ciacconio's leven voorbij. Terwijl zijn kameraden om hem heen gingen staan, ondersteunde Ugonio medelijdend het hoofd van de stervende; met een gebaar maande hij iedereen tot stilte en tot het staken van de gebeden. De rust van de nacht daalde op het tafereel neer en we konden de laatste woorden van de lijkenpikker horen:

'Gfrrrlûlbh.'

Ik keek vragend naar Ugonio, die tussen zijn snikken door vertaalde: 'Als tranen in der regeren.'

Toen blies de arme man zijn laatste adem uit.

Meer uitleg was niet nodig. In die woorden had Ciacconio zijn vluchtige aardse avontuur gebeiteld: wij zijn als tranen in de regen, die, als ze net zijn neergedruppeld, alweer opgaan in de allesoverheersende stroom van sterfelijke zaken.

Nadat Ciacconio's stoffelijk overschot was weggedragen, begaven we ons weer op weg, bezwaard door bitter en onbeschrijflijk verdriet. Ik liep met gebogen hoofd, alsof ik door een vreemde kracht werd voortgestuwd. Door het vele verdriet had ik de rest van het traject niet de moed om naar de arme Ugonio te kijken, uit angst dat ik mijn snikken niet kon bedwingen. Alle avonturen die we met de twee lijkenpikkers hadden doorgemaakt, schoten me weer te binnen: de verkenning van de onderaardse gangen, het schaduwen van Stilone Priàso, het binnendringen van Tiracorda's huis... Ik bedacht toen hoeveel andere wederwaardigheden hij met Ciacconio gedeeld moest hebben, en zijn gemoedstoestand met de mijne vergelijkend begreep ik hoe wanhopig hij zijn vriend moest bewenen.

De rouw was zodanig dat ik mij de rest van de reis niet zo goed meer weet te herinneren: de terugkeer onder de grond, de moeizame tocht in de gangen en Dulcibeni's vervoer naar de herberg, tot in zijn kamer. Om hem op te hijsen moesten we natuurlijk een soort van draagbaar knutselen door van het karretje dat we buiten hadden gebruikt een paar planken te halen. De gewonde, die nu koortsachtig en halfbewusteloos was en zich misschien alleen bewust dat hij ernstige en misschien onherstelbare kwetsuren had opgelopen, werd zo, ingeregen als een worst, vervoerd en van valluik tot valluik en van trap tot trap opgetild, dankzij geweldige inspanningen van wel twaalf armen: vier lijkenpikkers, Atto en ik.

Het was inmiddels ochtend toen de lijkenpikkers afscheid namen en in het geheime kamertje verdwenen. Ik vreesde dat Cristofano het toch lichte rumoer van onze stoet had gehoord, vooral toen we Dulcibeni in het kamertje hesen en daarna de herbergtrap af tot op de eerste verdieping. We liepen nota bene voor zijn kamer langs, en bemerkten alleen de vredige regelmaat van zijn gesnurk.

Ik had ook afscheid moeten nemen van Ugonio. Terwijl Atto zich afzijdig hield, had de lijkenpikker met zijn klauwhanden stevig mijn schouders omklemd: hij wist dat het zeer onwaarschijnlijk was dat we elkaar weer zouden tegenkomen. Ik zou niet meer in zijn *mundus subterraneus* afdalen, evenmin als hij nog onder het hemelgewelf zou komen zonder de bescherming van de nacht, wanneer eerlijke en arme mensen (zoals ik) doodop van de inspanningen van de dag liggen te slapen. Zo verlieten we elkaar met droefenis in het hart; ik zou hem nooit meer terugzien.

We moesten ons nodig te rusten leggen en gebruik maken van de weinige tijd die Atto en mij nog restte om weer op krachten te komen. Maar ik wist al, hevig ontdaan als ik was door de gebeurtenissen, dat ik nooit maar dan ook nooit de slaap zou kunnen vatten. Ik besloot de gelegenheid te baat te nemen om de laatste voorvallen op te tekenen in mijn dagboek.

Het tijdelijke afscheid van Atto was een kwestie van een moment waarin we in elkaars ogen hetzelfde lazen: al een paar uur belaagden de pest aanbrengende bloedzuigers van Dulcibeni het slappe, vermoeide vlees van Innocentius xi.

Alles hing af van het verloop van de ziekte: of die langzaam was of, zoals in veel gevallen, bliksemsnel zou gaan.

Misschien zou de nieuwe dag ons al het bericht van zijn dood brengen. En daarmee, wie weet, de uitkomst van de slag van Wenen.

Gebeurtenissen van
20 tot 25 september 1683

De aantekeningen die ik die nacht in mijn cahiertje heb neergeschreven, zijn de laatste. De gebeurtenissen daarna lieten me geen tijd (en geen lust) meer om verder te schrijven. Gelukkig zijn die laatste dagen van opsluiting in De Schildknaap me levendig bijgebleven, zij het in de naakte feiten.

De volgende dag werd Dulcibeni in zijn bed aangetroffen, zielig nat van zijn eigen urine en niet in staat op te staan of zelfs zijn benen te bewegen. Zinloos waren alle pogingen om hem weer aan het lopen te krijgen of hem maar controle over zijn benen uit te laten oefenen. Hij voelde zijn voeten niet eens; je kon in zijn vlees knijpen zonder dat hij een fysieke gewaarwording kreeg. Cristofano waarschuwde hem omtrent de ernst van de kwaal: hijzelf, gaf hij te kennen, had veel van dergelijke gevallen meegemaakt. Het meest daarop leek dat van een arme jongen die in een marmergroeve aan het werk was en bij een val van een wankele steiger zijn rug brak; de volgende dag was hij in dezelfde omstandigheden als Dulcibeni in zijn bed wakker geworden, hij had daarna het gebruik van zijn benen helaas niet teruggekregen en was levenslang verminkt.

Toch was de hoop niet geheel en al opgegeven, onderstreepte Cristofano, zich uitputtend in een reeks geruststellingen die mij even breedvoerig als vaag voorkwamen. De patiënt leek overgeleverd aan de koorts geen kennis te hebben genomen van zijn ernstige situatie.

Natuurlijk riep het ernstige ongeluk waarvan Dulcibeni het slachtoffer was, een spervuur van vragen op van Cristofano, die zeker niet zo onnozel was om niet te beseffen dat de man uit de Marche (en degenen die hem hadden teruggebracht) de kans had gehad de herberg in en uit te gaan.

Ook de schaafwonden, krassen en schrammen die Atto en ik overvloedig hadden door de val van Tiracorda's koets, vergden uitleg. Terwijl Cristofano ons onder zijn hoede nam – hij behandelde de wonden met zijn zelfbereide balsem en Bordelese pap, en smeerde de blauwe plekken in met olie filosoforum en likkepot van althaeawortel – werden we dus gedwongen om toe te geven dat ja, Dulcibeni de herberg was uitgegaan op zoek naar een vluchtweg uit de quarantaine, en zich vanuit het geheime kamertje in het netwerk van onderaardse gangen onder de herberg had gewaagd. Maar wij tweeën, die hem al een tijd in het oog hielden omdat we zijn bedoelingen hadden geraden, waren hem gevolgd en hadden hem teruggebracht. Op de terugweg, vervolgden we, had hij zijn evenwicht verloren en was in het rechte putje gevallen dat naar de herberg leidde, en zo had hij het ernstige letsel opgelopen dat hem nu aan het bed kluisterde.

Dulcibeni was trouwens niet in staat het te ontkennen: de dag na de val was zijn koorts erg toegenomen, wat hem het denken en spreken belemmerde. Slechts af en toe werd hij zichzelf meester en kreunde dan hartgrondig, klagend over voortdurende, afschuwelijke pijn in zijn rug.

Misschien was Cristofano ook vanwege dit pijnlijke schouwspel toegeeflijk; ons verhaal zat duidelijk vol hiaten en onwaarschijnlijkheden, en zou een serieus verhoor niet hebben doorstaan, vooral niet als het werd geleid door een paar man van de Bargello. Waarschijnlijk met het oog op de buitengewone verbeteringen van Bedford en het voorspelbare einde van de quarantaine woog de arts risico's en voordelen af en veinsde welwillend dat hij genoegen nam met onze versie, zonder aan de wachter (die zoals gewoonlijk voor de herberg op zijn plaats stond) te berichten wat er was gebeurd. Aan het einde van onze afzondering, zei hij, zou hij zich ervoor inzetten dat Dulcibeni alle mogelijke zorg kreeg. Maar wat hem ook tot dergelijke gelukkige besluiten dreef, was waarschijnlijk de feestelijke sfeer die juist toen in de stad begon te ontstaan en waarvan ik zo dadelijk zal vertellen.

Toen reeds tuimelden de berichten over de afloop van de slag van Wenen over elkaar heen. De eerste geruchten waren de 20ste gekomen, maar pas in de nacht van dinsdag de 21ste (waarover ik uiteraard pas later in detail zou vernemen) was aan kardinaal Pio een briefje uit Venetië bezorgd dat de aftocht meldde van het Turkse leger uit Wenen. Twee dagen later waren er, eveneens 's nachts, nog meer brieven uit het keizerrijk gekomen die spraken van een overwinning van de christenen. In de stad waren de eerste, nog onzekere uitingen van vreugde hoorbaar. Geleidelijk aan werden de bijzonderheden preciezer:

de bevolking van Wenen had na zo lang belegerd te zijn geweest eindelijk hulp geboden gekregen.

Op de 23ste was in Rome de officiële aankondiging van de overwinning gekomen, overgebracht door de koerier van kardinaal Buonvisi: elf dagen eerder, op 12 september, hadden de christelijke troepen de scharen der ongelovigen verpletterend verslagen.

De details zouden met de kranten in de weken daarna komen, maar in mijn herinnering mengen de verhalen van de glorieuze overwinning zich tot één geheel met de opgewonden, vreugdevolle uren waarop wij van de overwinning hoorden.

Bij het tevoorschijn komen van de sterren in de nacht van 11 op 12 september had men het Ottomaanse leger met felle uithalen horen bidden; het was ook zichtbaar door de lichtjes en ontstoken vuren die in symmetrie wedijverden met de dubbele lichten van de prachtige paviljoenen in het legerkamp der ongelovigen.

Ook onze mannen hadden gebeden, en heel wat ook: de christelijke troepen waren verreweg de mindere vergeleken bij de ongelovigen. Bij het ochtendkrieken van 12 september had de pater kapucijn Marco d'Aviano, een groot opzweper en inspirator van het christelijke leger, met de christelijke commandanten de mis opgedragen in een klein camaldulenzer klooster op een hoogte, de Kahlenberg genaamd, die vanaf de rechteroever van de Donau over Wenen uitkijkt. Meteen daarna hadden onze troepen zich opgesteld, evenzeer gereed voor de overwinning als voor de dood.

Aan de linkerflank stonden Karel van Lotharingen met markgraaf Herman en de jonge Lodewijk Willem, graaf Von Leslie en graaf Caprara, prins Lubomirski met zijn geduchte, geharnaste Poolse ridders, en verder Mercy en Tafe, de toekomstige helden van Hongarije. Samen met een tiental andere vorsten maakte de nog obscure Eugenius van Savoye, die net als Karel van Lotharingen Parijs had verlaten om aan de Zonnekoning te ontsnappen en daarna roem zou oogsten door voor de christelijke zaak Oost-Europa te heroveren, zich op voor de vuurdoop. Ook de Duitse keurvorst van Saksen bereidde zijn troepen voor, bijgestaan door veldmaarschalk Goltz en de keurvorst van Beieren met de vijf prinsen Wittelsbach. In het midden van de christelijke gelederen, stonden naast die uit Beieren de Frankische en Zwabische troepen; ook de vorsten en heersers van Thüringen, uit de roemrijke geslachten Welfen en Holstein; verder nog andere klinkende namen, zoals de markgraaf van Bayreuth, de veldmaarschalken en generaals Rudolf Baratta, Dünewald, Stirum, baron Von Degenfeld, Károly Pálffy en vele andere heldhaftige verdedigers van de zaak van Christus. De rechterflank ten slotte werd ingenomen door de dappere Polen van koning Jan Sobieski en zijn twee luitenants.

Toen de verzet biedende stakkers uit Wenen dit eendrachtige front van bevriende troepen in het oog kregen, hadden ze meteen uiting gegeven aan een feestelijke vreugde en het met tientallen saluutschoten gegroet.

Ook vanuit het kamp van Kara Moestafa werd het leger gesignaleerd, maar toen de Turken besloten in actie te komen was het al te laat: de aanvallers haastten zich halsoverkop de helling van de Kahlenberg af. De grootvizier en zijn mannen kwamen toen haastig uit hun tenten en loopgraven en stelden zich op hun beurt in slagorde op. Kara Moestafa was in het midden gelegerd met de grote menigte *spahi's*, naast hem bevond zich de goddeloze, onbetrouwbare prediker Wani Efendi met hun heilige vaandel, daarachter de Aga met zijn regimenten bloedige janitsaren. Rechts, bij de Donau, de bloedige Vojvodinezen uit Moldavië en Walachije, de vizier Kara Mehmet uit Diyarbakir en Ibrahim Pasja uit Boeda; links de kan der Tataren en een groot aantal pasja's.

De groene, liefelijke hoogten buiten de muren van Wenen vol wijngaarden vormden het strijdtoneel. De eerste, gedenkwaardige ontmoeting had plaats in het nauw van Nussberg tussen de christelijke linkerflank en de janitsaren. Na lang verzet tegen de keizerlijke troepen en de Saksen wisten deze door te stoten, maar op het middaguur werden de Turken teruggejaagd in de richting van Grinzing en Heiligenstadt. In de tussentijd bereikten de troepen van Karel van Lotharingen Döbling en naderden het Turkse legerkamp, terwijl de Oostenrijkse cavalerie van graaf Caprara en de kurassiers van Lubomirski de Moldaviërs in het stof hadden laten bijten, zij het ten koste van heel wat wapengekletter; ze joegen hen langs de Donau na. Inmiddels liet koning Sobieski vanaf de Kahlenberg de Poolse cavalerie oprukken; hun weg werd geëffend door de Duitse en Poolse infanteristen die huis voor huis, wijngaard voor wijngaard, hooiberg voor hooiberg jacht maakten op de janitsaren en hen even wreed als halsstarrig uit Neustift, Pötzleinsdorf, Dornbach verjoegen.

De christenen kregen het Spaans benauwd toen Kara Moestafa de zetten van de vijanden trachtte uit te buiten en zich even wist in te voegen in de leemten die ze met hun brutale opmars creëerden. Maar het was maar kortstondig; Karel van Lotharingen stuurde zijn Oostenrijkers in de aanval en liet hen aan de rechterkant samenkomen: in Dornbach sneden ze de Turken, die een goed heenkomen trachtten te zoeken naar Döbling, de pas af. Intussen rukten de

Poolse ruiters onweerstaanbaar op tot Hernals en liepen ieder verzet onder de voet.

In het midden, in eerste linie, onder het wapperen van de glorieuze militaire Sarmatische banier, reed de koning van Polen met de opgeheven valkenvleugel op de punt van zijn lans, schitterend en onverzettelijk naast prins Jakob, amper zeventien en nu al held, voort naast zijn ruiters in wapenrok, prachtig versierd door veelkleurige pantserhemden, pluimen, edelstenen. Op de leuze *Voor Jezus! Maria!* maaiden de lansen van de huzaren en de geharnaste cavalerie van koning Jan de *spahi's* weg en naderden ze vastberaden de tent van Kara Moestafa.

De laatste, die vanuit zijn commandopost de confrontatie tussen zijn mannen en de Poolse cavalerie gadesloeg, richtte zijn blik instinctief op het groene vaandel dat hem schaduw bood: het was zijn heilige banier waar de christenen het op gemunt hadden. Toen bezweek hij voor de angst en besloot zich terug te trekken; hij sleepte eerst de pasja's en daarna alle troepen mee in een schaamtevolle aftocht. Ook het centrum van het Turkse front ging op de knieën; de rest van het leger viel ten prooi aan paniek, de nederlaag was rampzalig.

De belegerde Weners vatten eindelijk moed en waagden een uitval vanuit de Poort der Schotten, terwijl de Turken vluchtten en hun enorme legerkamp vol onmeetbare schatten achterlieten voor de vijand, niet voordat echter honderden gevangenen waren gewurgd en aan slaven zesduizend mannen, elfduizend vrouwen, veertienduizend meisjes en vijftigduizend kinderen waren meegenomen.

De overwinning was zo totaal dat niemand op het idee kwam om de vluchtende ongelovigen achterna te zitten. Uit angst voor een terugkeer van de Turken werden de christelijke soldaten wel de hele nacht gereed gehouden voor de strijd.

De eerste die de tent van Kara Moestafa betrad was koning Sobieski, die als oorlogsbuit de paardenstaart en het ros voor zich opeiste, alsmede de vele schatten en oosterse wonderen waarmee de losbandige, ongelovige satraap zich had omringd.

De volgende dag werden de doden geteld: aan Turkse zijde tienduizend gesneuvelde soldaten, driehonderd in beslag genomen kanonnen, vijftienduizend tenten en bergen wapens. De christenen beweenden tweeduizend doden, onder wie helaas generaal De Souches en prins Potocki. Maar er was geen tijd voor tranen: heel Wenen wilde de overwinnaars in de bloemetjes zetten; zegevierend begaven ze zich binnen de muren van de hoofdstad die ontkomen was aan de ongelovige horde. Koning Sobieski berichtte ootmoedig aan de paus en schreef de overwinning aan niets anders toe dan een wonder: *Venimus, vidimus, Deus vicit.*

Van deze verheffende herinneringen zou ik, zoals ik al zei, pas later de details vernemen. Rondom De Schildknaap echter groeide reeds de vreugde: op 24 september werd in alle kerken van Rome een bekendmaking opgehangen met het bevel om diezelfde avond nog met alle klokken het Ave Maria te luiden, om de Heer te danken voor de verpletterende nederlaag van de Turken; voor alle ramen werden vrolijke kandelaars gezet, en met algemene, buitensporige vreugde liet men in grote hoeveelheden vuurpijlen, vuurraderen en knalvuurwerk ontsteken. Je kon zo vanuit onze ramen niet alleen de ongedwongen vrolijkheid van het volk horen, maar vooral de oorverdovende knallen van het vuurwerk dat werd afgestoken op de daken van de ambassades, op de Engelenburcht, op de Piazza Navona en de Campo di Fiore.

Met de luiken open en aan de tralievensters gekluisterd zagen we in de onstuitbare vreugde van het volk op straat poppen van de vizier en de pasja in brand gestoken worden. We zagen hele gezinnen, troepjes kinderen, groepen jongeren en grijsaards als bezetenen in de weer met fakkels, de zoete septembernachten verlichtend en met hun gelach een zilverachtig contrapunt vormend voor de klokken.

Zelfs zij die in de buurt van de herberg woonden en er in de afgelopen dagen uit angst voor besmetting voor gewaakt hadden zich in de nabijheid van onze ramen te begeven, maakten ons nu met kreten en vrolijke kwinkslagen deelgenoot van hun vreugde. Het leek of ze het moment van onze invrijheidstelling nabij voelden, alsof de bevrijding van Wenen door de christelijke legers de heel wat miezeriger bevrijding van De Schildknaap van de pestdreiging aankondigde.

Hoewel nog in quarantaine waren ook wij vervuld met de grootste vreugde: ikzelf bracht iedere gast het nieuws. We vierden gezamenlijk feest in de gelagkamers op de begane grond, elkaar broederlijk omhelzend en met groot gejuich de glazen heffend. Vooral ik was in de zevende hemel: Dulcibeni's plan om christelijk Europa te treffen was te laat gekomen, al bleef ik wel bezorgd om de gezondheid van de paus.

Behalve die oprechte betuigingen van blijdschap registreerde ik onder de berichten die bij het volk de ronde deden en ons vanaf de straat bereikten ook twee dingen die ik zeer onverwacht en het overpeinzen waard vond.

Het eerste: van een van de wachters (die de herberg in het oog bleven houden bij ontstentenis van tegenbevelen) hoorden we dat de christelijke overwinning te danken was aan een onverklaarbare reeks fouten van de kant van de Turken.

De legers van Kara Moestafa, die met hun welbekende techniek van mijnen en loopgraven de verdediging vanaf de muren van Wenen hadden uitgeput, hadden voordat de versterkingen van koning Sobieski kwamen naar het oordeel van de overwinnaars zelf beslist een geconcentreerde, zegevierende aanval kunnen uitvoeren. Maar in plaats van snel de beslissende slag toe te dienen was Kara Moestafa onverklaarbaar genoeg niet in actie gekomen en had hij kostbare dagen verloren. En de Turken hadden nagelaten de Kahlenberg te bezetten, wat hun tactisch een beslissend voordeel zou hebben opgeleverd. Niet alleen dat: ze hadden ook verzuimd de christelijke versterkingen die in aantocht waren het hoofd te bieden, voordat die de Donau zouden oversteken en de belegerden te hulp zouden schieten.

Ten slotte nog iets merkwaardigs: de pesthaard die al maanden de stad bedreigde, was plotseling, zonder duidelijke oorzaak uitgedoofd.

In deze reeks wonderen hadden de overwinnaars een teken van Gods wil gezien, die ook tot op het laatst de wanhopige krachten van de belegerden en de bevrijderstroepen van Jan Sobieski had gesteund.

Op de 25ste werd het hoogtepunt van de festiviteiten te Rome bereikt; maar over deze omstandigheid zal ik het verderop hebben, aangezien het beter is hier te vertellen over de andere belangrijke feiten waarvan ik de laatste dagen van de quarantaine op de hoogte kwam.

De vreemde manier waarop de pest in Wenen plotseling was uitgedoofd, gaf mij nogal te denken. Na de belegerden meer angst te hebben aangejaagd dan de dreiging van de Ottomaanse vijand, was de pest even snel als onverklaarbaar verdwenen. Dit gegeven was beslissend: als de ziekte was blijven woeden onder de Weense bevolking, zouden de Turken zonder enig probleem hebben gezegevierd.

Het was onmogelijk om die noviteit niet in verband te brengen met de feiten die Atto en ik zo moeizaam hadden ontdekt of afgeleid, en die ik in gedachten trachtte samen te vatten. Lodewijk XIV hoopte op een Turkse overwinning in

Wenen om Europa vervolgens te delen met de ongelovigen. Om zijn expansiedromen te realiseren was de Zonnekoning voornemens het besmettingsprincipe van het *secretum pestis*, oftewel het *secretum morbi*, in te zetten, dat hij Fouquet uiteindelijk had weten te ontfutselen.

Tegelijkertijd echter probeerde de gemalin van de allerchristelijkste koning, Maria Theresia, een geheel tegengesteld plan te ontwikkelen. Verbonden als zij was met de lotgevallen van het Habsburgse huis dat op de keizerlijke troon zat en waar ze zelf van afstamde, probeerde de trotse koningin van Frankrijk het plan van haar man heimelijk te dwarsbomen. Volgens Atto's hypothese had Fouquet Maria Theresia via Lauzun en Mademoiselle (die de vorst niet minder haatten dan Maria Theresia zelf) het enige tegengif doen toekomen dat in staat was het geheime pestwapen te vernietigen: het *secretum vitae*, oftewel het rondo waarmee Devizé ons in die dagen in De Schildknaap had opgevrolijkt, en dat Bedford zelfs leek te hebben genezen.

En het was geen toeval dat het antidotum voor de pest in Devizés handen was gekomen: ook al was het rondo in zijn ruwe vorm waarschijnlijk door Kircher gecomponeerd, het was geperfectioneerd en op papier gezet door de gitarist Francesco Corbetta, een meester in het ontcijferen van geheime boodschappen in muziekschrift.

Het zo gesimplificeerde kader was even onaangenaam voor het verstand als voor de herinnering. Maar als de methode die Atto Melani mij geleerd had juist was (veronderstellen wanneer iets onbekend is), viel alles op zijn plaats. We moesten dus met logisch redeneren verder ontdekken wat er nodig was om het absurde te verklaren.

Ik vroeg me derhalve af: als Lodewijk XIV de genadeslag had willen toedienen aan de gevreesde Habsburgers, die hem met Oostenrijk en Spanje in de tang hadden, en vooral aan de gehate keizer Leopold, waar zou de pest dan uitbreken? Het antwoord verbaasde me om zijn eenvoud: in Wenen.

Was dat niet de beslissende slag voor het wel en wee van de christenheid? En wist ik, sinds het gesprek tussen Brenozzi en Stilone Priàso mij daaromtrent op de hoogte had gebracht, niet dat de allerchristelijkste koning heimelijk onder één hoedje speelde met de Turken teneinde het keizerrijk in een helse wurggreep tussen Oost en West te kunnen klemmen?

Maar dat was niet alles. Was het niet zo dat er zich al maanden een pesthaard roerde in Wenen, en dat die alle heldhaftige strijders tijdens het beleg met grote zorg vervulde? En was het niet evenzeer waar dat die haard was uitgedoofd, oftewel mysterieus genoeg door een onzichtbare, geheimzinnige kracht was bedwongen, die zo het lot van de stad en heel het Westen had gered?

Ofschoon ik diep in deze overpeinzingen verzonken was, kostte het mezelf nog moeite om de te trekken conclusies te aanvaarden: de pest in Wenen was veroorzaakt door agenten van Lodewijk XIV, of door hun anonieme handlangers, die zich bedienden van de geheime wetenschap van het *secretum morbi*. Daarom hadden de Turken dagen- en dagenlang geen actie ondernomen, hoewel Wenen aan hun voeten lag: ze wachtten de noodlottige gevolgen af van de ziekte die door hun geheime bondgenoot, de koning van Frankrijk, was gezonden.

Maar deze veile sabotage was op vijandige en niet minder sterke krachten gestuit: de afgezanten van Maria Theresia waren op tijd in Wenen gearriveerd om de dreiging af te wenden. Hoe, daar zou ik nooit achter komen. In elk geval had al dat nutteloos geaarzel van het Turkse leger Kara Moestafa zeker de kop gekost.

Dit verslag, zo bol staand van de gebeurtenissen, dreigde al te verbeeldingrijk en bijna vol wartaal te lijken; maar het was ingegeven door logica en noodzaak. Grensde de hele verwikkeling van de gebeurtenissen rond Kircher en Fouquet, Maria Theresia en Lodewijk XIV, Lauzun en Mademoiselle, Corbetta en Devizé ook niet aan waanzin? En toch had ik hele nachten met Atto Melani doorgebracht om in een soort van goddelijke gekte die krankzinnige intrige stukje bij beetje te reconstrueren. Ja, krankzinnig, maar voor mij inmiddels toch reëler dan het leven dat zich buiten De Schildknaap afspeelde.

Mijn verbeelding werd bevolkt door de obscure agenten van de Zonnekoning die bezig waren het arme, inmiddels uitgeputte Wenen te besmetten; en anderzijds door de schimmige mannetjes van Maria Theresia. Allen raadpleegden ze geheime formules, die schuilgingen in de notenbalken van Kircher en Corbetta, ze zwaaiden met retorten en distilleerkolven en andere duistere instrumenten (zoals die we op Dulcibeni's eiland hebben gezien) en prevelden onbegrijpelijke hermetische formules in een of andere verlaten kelder. Vervolgens zou de ene groep wateren, tuinen, wegen vergiftigen – en zou de andere groep die weer herstellen. In de onzichtbare strijd tussen *secretum morbi* en *secretum vitae* had uiteindelijk het levensprincipe gezegevierd: hetzelfde dat mijn hoofd en hart had betoverd, toen ik naar het rondo luisterde dat Devizé op zijn gitaar speelde.

Van de laatste zou ik uiteraard nog geen syllabe loskrijgen. Maar zijn rol was overduidelijk, en ik stelde me die als volgt voor: Devizé die uit handen van de koningin het oorspronkelijke exemplaar van het rondo *Les baricades mistérieuses* ontvangt; het bevel krijgt om naar Italië te gaan, naar Napels, om zich aan te sluiten bij een bejaarde reiziger met een dubbele identiteit... In Napels treft Devizé Fouquet reeds in gezelschap van Dulcibeni. Hij laat de oude minister het rondo zien die dat zelf jaren eerder in Lauzuns vertrouwde handen had gegeven voor de koningin. Maar Fouquet is blind: hij zal die vellen papier in zijn benige handen hebben genomen, ze hebben gestreeld en herkend. Devizé zal het rondo voor hem gespeeld hebben, en de laatste onzekerheden van de oude man zullen tussen zijn ontroerde tranen vervlogen zijn: de koningin heeft het gehaald, het *secretum vitae* is in goede handen. Europa zal niet bezwijken voor de waanzin van één vorst. En alvorens afscheid te nemen van deze Aarde deed Maria Theresia hem via Devizé die laatste geruststelling toekomen.

Devizé en Dulcibeni besluiten eensgezind hun protégé naar Rome te brengen, waar de dreigende afgezanten van de Zonnekoning in de schaduw van de paus niet zo gemakkelijk in het geweer komen. Ofschoon Dulcibeni eigenlijk heel andere plannen heeft... En terwijl Devizé in Rome voor ons *Les baricades mistérieuses* speelt, weet hij dat Maria Theresia vanuit Parijs de geheime kwintessens van die noten, het *secretum vitae*, naar Wenen heeft gestuurd om de pest de weg te versperren, die de Turken de zege dreigt te bezorgen.

Ziedaar: over dat al zou ik Devizé met geen woord horen. Zijn trouw aan Maria Theresia zou, indien oprecht, niet verdwijnen met de dood van de vorstin. En het risico als samenzweerder tegen de Zonnekoning ontmaskerd te worden zou dodelijke gevolgen met zich meebrengen. Maar wederom de regel toepassend die ik van Atto Melani had geleerd, besloot ik Devizé van zijn gevaarlijke taak te ontslaan. In zijn plaats zou ik, nederig knechtje aan wie niemand belang hechtte, het woord doen. Slechts weinige, welgekozen woorden: niet op grond van zijn spreken zou ik oordelen, maar op grond van zijn zwijgen.

Weldra deed zich een gunstige gelegenheid voor toen hij mij op een namiddag had geroepen voor een vieruurtje. Ik bracht hem een bescheiden mandje met een worstje en een paar sneden brood, die hij gulzig verorberde. Zodra zijn wangen bol stonden van het smakelijke beleg, nam ik afscheid en liep naar de deur.

'Tussen haakjes,' zei ik langs mijn neus weg, 'het schijnt dat iedereen in Wenen voor de genezing van de pest grote erkentelijkheid moet betuigen aan koningin Maria Theresia.'

Devizé verbleekte.

'Mfmm,' kauwde hij gealarmeerd, zich bijna verslikkend en zich haastend om een slok water te drinken.

'O, verslikt u zich? Drink dan wat,' zei ik, terwijl ik hem een kruikje aanreikte dat ik bij me had, maar hem expres niet had gegeven.

Hij nam een slok en sperde zijn ogen vragend open.

'Wilt u weten wie me dat verteld heeft? Nou, u weet wel dat signor Pompeo Dulcibeni door dat nare ongeluk zeer beproefd is door de koorts, en tijdens een koortsaanval veel en lang gepraat heeft. Ik was er toevallig bij.'

Het was een grove leugen die Devizé gretig slikte, net als het water dat hij juist tot zich had genomen.

'En wat... wat heeft hij nog meer gezegd?' stotterde hij, met zijn onderarm mond en kin afvegend en pogend zijn kalmte te bewaren.

'O, een hoop dingen die ik maar half begreep. De koorts hè?... Als ik me goed herinner, noemde hij vaak een zekere Fucché, of zo'n soort naam, verder nog een zekere Lozen, dacht ik,' zei ik terloops, waarbij ik de namen bewust verhaspelde. 'Hij had het over een vesting, over de pest, een geheim van de pest of iets dergelijks, en verder over een antidotum, koningin Maria Theresia, de Turken, zelfs een complot. Kortom: hij ijlde, u weet hoe dat gaat. Cristofano maakte zich destijds grote zorgen, maar inmiddels is de arme Dulcibeni ervan af en dienen we ons nu zorgen te maken om zijn benen en rug, die...'

'Cristofano? Heeft hij het ook gehoord?'

'Ja, maar u weet hoe hij is. Wanneer een arts aan het werk is, luistert hij maar met een half oor. Ik heb er ook met abt Melani over gepraat, en die...'

'Wat heb je gedaan?' brulde Devizé.

'Ik heb tegen abt Melani gezegd dat Dulcibeni er slecht aan toe was, koorts had en ijlde.'

'En heb je hem... alles verteld?' vroeg hij op het toppunt van angst.

'Hoe moet ik dat nu nog weten, signor Devizé?' antwoordde ik quasi-gepikeerd. 'Ik weet alleen dat signor Pompeo Dulcibeni aardig heen was en dat abt Melani mijn zorg daarover deelde. En nu, als u me niet kwalijk neemt...' zei ik, terwijl ik de deur doorging en afscheid nam.

Tegelijk met het natrekken van wat Devizé wist, had ik mijzelf ook een kleine wraak vergund. De paniek die zich van de gitarist had meester gemaakt, sprak boekdelen: niet alleen wist hij wat Atto en ik ook wisten, maar hij had ook – zoals voorzien – een bevoorrechte rol in het geheel gespeeld.

Juist daarom glunderde ik, terwijl ik hem met grote argwaan achterliet: het ijlen van Dulcibeni (dat in werkelijkheid nooit had plaatsgehad) was via mij niet alleen ter ore gekomen van Cristofano, maar ook van abt Melani. En als Atto had gewild, had hij Devizé nu tegenover de koning van Frankrijk als verrader kunnen aanwijzen.

Ik had nog helemaal hoofdpijn van de misprijzende behandeling die ik van de gitarist had moeten ondergaan. Dankzij een leugentje om bestwil zou ik die nacht eindelijk de rijke slaap der heren slapen, en hij de ellendige slaap der uitgestotenen.

Ik geef het toe: er was nog iemand, één iemand, met wie ik die ultieme proef van het verstand zou moeten en willen delen. Maar die tijd was nu voorbij. Ik kon tegenover mezelf niet ontkennen dat, na de confrontatie met Dulcibeni op de muren van het Colosseum, alles tussen Atto Melani en mij was veranderd.

Hij had Dulcibeni's misdadige, blasfemische plan weliswaar ontmaskerd, maar op het moment van de waarheid had ik hem zien wankelen, en niet op zijn benen, zoals zijn tegenstander. Hij was als aanklager het Colosseum opgegaan en was er als beklaagde van afgekomen.

Zijn onzekere reactie op Dulcibeni's beschuldigingen en zinspelingen op Fouquets dood had me zeer verbaasd en verontwaardigd. In het verleden had ik hem wel zien aarzelen; maar altijd alleen uit angst voor duistere, naderende dreigingen. Tegenover Dulcibeni echter was het alsof de oorzaak van zijn gestamel niet meer de angst voor het onbekende was, maar voor wat hij heel wel wist en moest verbergen. En zo kwamen Dulcibeni's beschuldigingen (het gif in het voetbad, de opdracht van de Franse koning tot moord), weliswaar gespeend van ieder bewijs, harder aan dan een vonnis.

Bovendien die eigenaardige, verdachte samenloop: zoals Dulcibeni had gememoreerd waren Fouquets laatste woorden *Ahi, dunqu'è pur vero* geweest; de versregel van een lied van maestro Luigi Rossi, die hij Atto meerdere malen hoogst gekweld had horen zingen. *Ahi, dunqu'è pur vero... che tu cangiasti pensiero**: zo eindigde de strofe, als een onmiskenbare aanklacht.

En diezelfde woorden had ik hem zelf horen fluisteren toen we, overweldigd door de golven van de Cloaca Maxima, op onze beurt het gevaar liepen

---

* Ai, het is dus toch waar... dat gij veranderde van gedachte.

om deze wereld te verlaten. Waarom was met de dood in het zicht die versregel toen op zijn lippen gekomen?

Ik stelde me voor dat ik een oude vriend verraderlijk het leven had benomen, en deed alsof ik mij onderdompelde in de schuld die me stellig zou verteren. Als ik zijn laatste woorden hoorde, zouden die dan niet voorgoed in mijn oren klinken, tot ik ze openlijk in de mond zou nemen?

En terwijl Dulcibeni hem beschuldigde en hem die gekwelde, klagende versregel aanwreef, had ik Melani's stem horen breken door een groot schuldgevoel, welk dat ook was.

Hij was voor mij niet meer dezelfde Atto Melani die hij daarvoor was geweest. Niet dezelfde op de voet volgende mentor, niet dezelfde vertrouwde leider. Hij was weer de castraat Atto Melani geworden die ik dagen daarvoor had leren kennen toen ik de gesprekken van Devizé, Cristofano en Stilone Priàso had afgeluisterd: de abt van Beaubec op last van de Franse koning, een grote intrigant, een nog grotere leugenaar, een verrader pur sang, een uitzonderlijk spion. En misschien wel een moordenaar.

Toen herinnerde ik mij dat de abt mij nooit een overtuigende verklaring had gegeven voor het mompelen van de woorden *baricades mistérieuses* in zijn slaap: en ik begreep eindelijk dat hij die, zonder de betekenis ervan te vatten, de stervende Fouquet eveneens had moeten horen zeggen, terwijl hij hem door elkaar rammelde en – zoals Pellegrino had verteld – hem vragen toeschreeuwde die onbeantwoord zouden blijven.

Uiteindelijk had ik met de abt te doen: bedrogen als hij was door zijn eigen koning, zoals Dulcibeni had gezegd. Ik had nu wel begrepen dat Atto iets voor me had verzwegen in zijn relaas over de huiszoeking in Colberts werkkamer: de brieven die Fouquets aanwezigheid in Rome onthulden, had Atto later aan Lodewijk XIV laten zien.

Ik kon er niet bij: hoe, hoe had hij de moed gehad om zijn oude weldoener zo te verraden? Misschien had Atto eens te meer zijn trouw aan Zijne allerchristelijkste Majesteit willen bewijzen. Een belangrijk gebaar: hij had juist de man wiens vriendschap hem twintig jaar eerder de verre ballingschap uit Frankrijk had gekost, op een zilveren blaadje aan de koning gepresenteerd. Maar het was een fatale vergissing gebleken: de koning had de trouwe castraat met bedrog beloond. Hij had hem naar Rome gestuurd om uitgerekend Fouquet te vermoorden, zonder hem de ware motieven voor die vreselijke taak te onthullen, noch de onpeilbare diepte van dodelijke haat die hij in zich borg. Wie weet welk absurd verhaal de koning Atto had geschetst, met welke schandelijke leugens hij de gekrenkte eer van de oude minister wederom zal hebben bezoedeld.

De laatste dagen die ik in De Schildknaap doorbracht, werd ik beheerst door het schandelijke beeld van abt Melani, die het leven van zijn arme oude vriend aan de koning verkwanselde en zich daarna niet kon onttrekken aan de gruwelijke opdrachten van zijn wrede despoot.

Met welke moed had hij voorts tegenover mij de rol van door verdriet overmande vriend gespeeld? Hij zal een beroep hebben moeten doen op heel zijn talent als gecastreerde derderangsacteur, bedacht ik woedend. Of misschien waren die tranen wel echt geweest en vol spijt.

Ik weet niet of Atto ook geweend heeft, terwijl hij zich, gedwongen door de opdrachten van zijn vorst, opmaakte om naar Rome te vertrekken om een einde aan Fouquets leven te maken; dan wel of hij alles ten uitvoer bracht als een willig instrument.

Terwijl de oude, blinde minister door zijn hand stierf, zouden diens laatste, vermoeide woorden hem van zijn stuk brengen: door die moeizaam uitgesproken frases die gingen over mysterieuze barricaden en duistere geheimen, maar misschien nog wel meer door die doffe, oprechte ogen, begreep Atto dat hij het slachtoffer was geworden van de leugens van niemand minder dan zijn koning.

Toen was het te laat geweest om het goed te maken, maar niet te laat om het te begrijpen. Dáárom was hij het speurwerk begonnen, met mijn onwetende medewerking.

Algauw kon ik niet verdergaan. En kon ik mij niet onttrekken aan de wurggreep van walging jegens abt Melani. Ik sprak niet meer met hem. Het oude vertrouwen tussen ons, de oude vertrouwdheid die we in die dagen dat we in De Schildknaap bij elkaar woonden zo snel hadden opgebouwd, was hand in hand met mijn overwegingen verdwenen.

Toch was niemand meer dan hij mijn leermeester en inspirator geweest. Ik trachtte dus, uiterlijk althans, de dienstvaardige ijver waaraan ik hem had gewend, te handhaven. Maar in mijn ogen en stem miste ik dat licht en die warmte die alleen de troost van de vriendschap kan schenken.

Eenzelfde verandering merkte ik bij hem op: we waren inmiddels vreemden voor elkaar, ook hij wist dat. Nu Dulcibeni uitgeschakeld op bed lag en wij zijn plannen hadden ontmaskerd, had abt Melani geen vijand meer te bestrijden, geen hinderlaag meer te leggen, geen mysteries meer op te lossen. En nu de noodzaak om te handelen was weggevallen, had hij niet meer geprobeerd zich in mijn ogen te rechtvaardigen, mij een verklaring te geven voor zijn handelwijze, zoals hij tot dan toe altijd had gedaan als ik weer eens dwars keek. De laatste dagen trok hij zich zodoende terug in de verlegenheid en het stilzwijgen die schuld met zich meebrengt.

Slechts één keer, op een ochtend toen ik in de keuken het middagmaal bereidde, pakte hij me onverwachts bij een arm en drukte mijn handen in de zijne: 'Ga met me mee naar Parijs. Mijn huis is groot, ik zal je de beste opleiding geven. Je zult mijn zoon zijn,' sprak hij op ernstig droeve toon.

Ik voelde iets in mijn hand: ik maakte hem open, mijn drie margarieten zaten erin, de Venetiaanse pareltjes die ik van Brenozzi had gekregen. Ik had het kunnen weten: hij had ze onder mijn neus gestolen, die eerste keer in het kamertje, om me zover te krijgen hem te helpen bij zijn onderzoeken.

En nu gaf hij ze aan mij terug, zelf zijn laatste leugen afsluitend. Was het misschien een poging tot verzoening?

Ik dacht er even over na en nam toen een besluit. 'Wilt u dat ik uw zoon word?!' riep ik uit, en ik liet een wrede lach schallen tegenover de castraat voor wie kinderen nooit waren weggelegd.

Ik opende mijn hand en liet de margarieten op de grond vallen.

Die kleine, zinloze wraak zette er een punt achter voor Atto en mij: in die drie pareltjes rolden onze solidariteit, het vertrouwen, de genegenheid en alles wat we de afgelopen dagen zo nauw hadden gedeeld, ver weg. Het was afgelopen.

Maar niet alles was opgelost. Er ontbrak nog iets in het beeld dat we hadden gereconstrueerd: wat was de ware reden van Dulcibeni's felle haat tegen de Odescalchi's, en met name tegen paus Innocentius XI? In feite bestond er een motief: de ontvoering en verdwijning van Dulcibeni's dochter. Maar, zoals Atto terecht had opgemerkt, dat leek niet de enige reden te zijn.

En een paar dagen na de nacht in het Colosseum brak ik mijn hoofd over die vraag toen mij heftig en onverwachts een van die lumineuze ideeën beving die ons (op het moment dat ik dit schrijf kan ik dat wel ter directe kennisgeving zeggen) in het leven zo zelden geworden.

Ik ging in mijn herinnering weer terug naar wat ik had opgestoken uit de reconstructie die abt Melani tegenover Dulcibeni had gemaakt. De twaalfjarige dochter van Dulcibeni, een slavin van de Odescalchi's, was ontvoerd en door Huygens en Francesco Feroni, de slavenkoopman, naar Holland gebracht.

Waar bevond Dulcibeni's dochter zich nu? Was ze slavin in Holland, aangezien Feroni's rechterhand verliefd op haar was geworden; of verkocht naar een ander land? Ik wist dat sommige knappe slavinnen vroeg of laat hun vrijheid konden krijgen: door de prostitutie uiteraard, waarvan ik wist dat die in die aan de zee ontrukte contreien volop floreerde.

Hoe zou ze eruitzien? Als ze nog leefde, zou ze nu ongeveer negentien moeten zijn. Van haar moeder, die een donkere huid had, zou ze vast en zeker een soortgelijke huidskleur geërfd hebben. Moeilijk om me haar gezicht voor te stellen zonder dat van haar moeder te kennen. Maar ze was stellig mishandeld, gevangengezet, geslagen. Haar lichaam, bedacht ik, zou er de sporen van dragen.

'Hoe ben je erachter gekomen?' vroeg Cloridia slechts.

'Door je polsen. De littekens die je op je polsen hebt. En verder Holland, de Italiaanse kooplieden aan wie je zo de pest hebt, de naam Feroni, de koffie die je doet denken aan je moeder, dat je steeds naar Dulcibeni vroeg, je leeftijd en je huid, je zoeken met de gloeiende roede die je hier heeft gebracht; bovendien het Mysterie van het Oordeel, weet je nog: het herstel van geleden onrecht dat je aanroerde,' antwoordde ik, 'en ten slotte het niezen van abt Melani, die gevoelig is voor Hollandse stoffen, die in deze herberg alleen je vader en jij dragen.'

Natuurlijk nam Cloridia geen genoegen met deze uitleg, en om mijn inzicht te rechtvaardigen moest ik haar bondig een verslag doen van de meeste avonturen van die dagen. Aanvankelijk geloofde ze natuurlijk niet veel van mijn onthullingen, hoewel ik doelbewust talrijke gebeurtenissen achterwege liet die ik zelf te fantastisch of onwaarschijnlijk vond.

Uiteraard was het lastig om haar te bewijzen dat haar vader een plan had uitgewerkt om de paus om het leven te brengen, iets waarvan ze pas veel later overtuigd zou raken.

Ten langen leste evenwel, na een lange, geduldige uitleg, geloofde ze in mijn goede trouw en in het merendeel van de feiten waarvan ik haar op de hoogte had gesteld. Mijn verhaal, onderbroken door talloze vragen van haar kant, nam bijna een hele nacht in beslag, waar we natuurlijk geriefelijke rustpauzes in bouwden, waarin ik echter te vragen had en zij te instrueren.

'En heeft hij nooit een vermoeden gehad?' vroeg ik haar ten slotte.

'Nooit, dat weet ik zeker.'

'Ga je het hem vertellen?'

'Aanvankelijk wilde ik dat doen,' antwoordde zij na een korte stilte, 'ik had zo naar hem gezocht. Maar nu ben ik van gedachten veranderd. Eerst zou hij het niet geloven; daarna zou hij er misschien niet eens blij mee zijn. Bovendien, mijn moeder, weet je: ik kan het niet vergeten.'

'Dan weten alleen wij tweeën het,' stelde ik vast.

'Ook maar beter zo.'

'Dat niemand anders het weet?'

'Nee: maar beter dat jij het ook weet,' zei ze, en ze streelde mijn hoofd.

Op dit punt was het wachten op een laatste bericht, en niet alleen wat mij betreft. De algemene vreugde om de overwinning van Wenen vervulde de stad met vrolijke festiviteiten. Te laat waren derhalve Dulcibeni's inspanningen gekomen om de Ware Godsdienst in Europa te torpederen. Maar de paus? Hadden Tiracorda's bloedzuigers al effect gesorteerd? Misschien draaide de man achter de overwinning op de Turken zich op die uren wel koortsig om in zijn doodskleed, overgeleverd aan de pest. We hadden het zeker niet toen al kunnen horen, en vooral niet door de beslotenheid van onze vertrekken. Maar weldra zou er zich een feit aandienen dat ons eindelijk uit de gevangenschap bevrijdde.

Ik heb al meermalen de gelegenheid gehad om te zeggen dat er in de dagen voor het begin van de quarantaine een sterk gedreun te horen was onder de herberg, en meteen daarna had baas Pellegrino in de muur langs de trap een barst ontdekt ter hoogte van de eerste verdieping. Het verschijnsel had natuurlijk de nodige bezorgdheid gewekt, die door Fouquets dood, de invoering van de quarantaine en de vele daaropvolgende gebeurtenissen naar de achtergrond verdween. Maar het astrologiekrantje van Stilone Priàso voorspelde voor die dagen, zoals ik met mijn eigen ogen had kunnen lezen, *aardbevingen en onderaardse branden*. Als het ging om toeval, leek het opzettelijk veroorzaakt om de kalmste gemoederen overstuur te maken.

De herinnering aan dat onderaardse gerommel boezemde me dus een zekere angst in, die nog was toegenomen doordat de barst in de muur me – door te veel verbeeldingskracht? – met de dag langer en dieper leek te worden.

Het was misschien door die bezorgdheid dat ik in de nacht van 24 op 25 september in het holst van de nacht wakker werd. Zodra ik mijn ogen had geopend, leek het vochtige duister van mijn kamer me benauwder en verstikkender dan anders. Wat had mij gewekt? Niet de aandrang van een nachtelijke urinelozing, noch de ergernis om een geluid, zoals ik meteen had kunnen merken. Nee: het ging om een sinister, diffuus geknars, waarvan ik de herkomst niet thuis kon brengen. Het was als het gekreun van stenen die tegen elkaar verbrijzeld werden, alsof een krachtige molensteen ze langzaam vermorzelde.

De daad voegde zich bij de gedachte: ik gooide de deur van mijn kamer open en haastte me luidkeels schreeuwend de gang in, en toen naar de lagere verdiepingen. De herberg stond op instorten.

Cristofano droeg er met prijzenswaardige snelheid van geest allereerst zorg voor de nachtwacht te waarschuwen, opdat die ons veilig de straat op liet gaan. De evacuatie van De Schildknaap, met een mengeling van nieuwsgierigheid en bezorgdheid gadeslagen door enkele meteen naar de ramen gesnelde buren, was eenvoudig noch zonder gevaar. Het geknars kwam van de trap, waar de barst in de loop van een paar uur een afgrond was geworden. Zoals gewoonlijk was de moed van een paar mensen (Atto Melani, Cristofano en ik) noodzakelijk om de weerloze Dulcibeni op te halen en buiten in veiligheid te stellen. De herstellende Bedford redde zich alleen. Zo ook mijn baas die, weliswaar uit zijn doen, zijn gebruikelijke tegenwoordigheid van geest hervond om het noodlot te vervloeken. Toen we allemaal buiten stonden, leek het haast of het gevaar was geweken. Maar het was niet verstandig om weer naar binnen te gaan, en dat bewees een hard geluid van kalkgruis van binnen. Cristofano beraadslaagde druk met de wachters.

Het leverde de verstandige beslissing op om zich tot het naburige klooster van de paters celestijnen te wenden, die er stellig begaan met onze trieste situatie mee zouden instemmen bijstand en opvang te bieden.

Aldus geschiedde; midden in de nacht gewekt ontvingen de paters ons zonder veel geestdrift (misschien ook door het vermoeden van pest van de afgelopen dagen), maar wezen ons met barmhartige edelmoedigheid celletjes toe, waarin eenieder een meer dan waardig, geriefelijk onderkomen kon vinden.

Het grote nieuws van de volgende dag, zaterdag 25 september, kwam reeds bij het ontwaken. De stad was nog in feeststemming vanwege de Weense overwinning en toen ik mijn neus uit mijn celletje stak, merkte ik dat deze onbezorgde gedachteloosheid ook de paters betrof. Niemand van hen hield ons speciaal in de gaten, en het controlebezoek dat ik kreeg was van Cristofano, die in Dulcibeni's kamer had geslapen om hem te kunnen helpen bij eventuele nachtelijke behoeften. Hij bevestigde mij met iets van verbazing dat we aan geen enkele restrictie waren onderworpen en dat ieder van ons theoretisch gezien ervandoor kon gaan via een van de vele uitgangen van het klooster, en dat een vlucht in de komende dagen onvermijdelijk zou zijn. Hij wist niet dat de eerste ontsnapping al binnen een paar uur een feit zou zijn.

De indiscrete conversatie tussen twee paters celestijnen voor mijn deur had mij namelijk op de hoogte gebracht van de gebeurtenis die voor die avond werd voorbereid: in de Sint-Jansbasiliek zou de overwinning van Wenen gevierd worden met een groot *Te Deum*. En aan het plechtige dankritueel zou worden deelgenomen door Zijne Heiligheid paus Innocentius XI.

Ik bracht bijna de hele dag in mijn kleine cel door, afgezien van een paar bezoeken aan Dulcibeni en Cristofano, en een aan Pellegrino. In de maaltijd werd met overvloedig, maar weinig smakelijk resultaat voorzien door de provisiekamer van de celestijnen. Bij mijn arme baas had zich bij de pijn in zijn lichaam die in zijn hart gevoegd: hem was uitgelegd dat zijn herberg op instorten stond en dat in de eerste uren van de ochtend alle trappen waren bezweken, van de eerste tot de laatste verdieping, alsmede de overlopen en de muur die uitkeek op de binnenplaats. Bij dat nieuws sprong ik zelf op: dat betekende naar alle waarschijnlijkheid dat ook het geheime kamertje vanwaar je toegang had tot de onderaardse gangen, verloren was gegaan. Ik had dat nieuws graag willen delen met abt Melani, maar dat ging niet meer.

Toen het middaglicht inmiddels ontaardde in de lieflijke omhelzing van de avondschemer, had ik er niet veel moeite mee om mijn kamer en vervolgens, dankzij een klein onbewaakt deurtje, het klooster uit te piepen. Ik verzekerde me van de medeplichtigheid van een knecht van de monniken, tegen betaling van een bescheiden sommetje (hetwelk ik betrok van het weinige spaargeld dat ik op de vlucht uit De Schildknaap had gered), om zeker te zijn dat dat deurtje bij mijn terugkeer weer open zou zijn.

Het was geen vlucht: ik had maar één doel, als dat bereikt was zou ik mij weer terugtrekken in het klooster. Het kostte nogal wat om bij de Sint-Jansbasiliek te komen, waar zich een grote volksoploop aan het verzamelen was. Van het celestijner klooster bereikte ik eerst het Pantheon, toen de Piazza San Marco en vandaar het Colosseum. Binnen een paar minuten stond ik, na de weg die rechtstreeks van het amfitheater naar de basiliek leidde, op het plein van Sint-Jan van Lateranen, omringd door een onrustige, koortsachtige menigte die met de minuut groeide. Ik liep vervolgens op de ingang van de basiliek toe, waar ik zag dat ik net op tijd was gekomen: omringd door twee hagen van juichende mensen verliet Zijne Heiligheid op dat moment de kerk.

Terwijl ik mij uitrekte om beter te kunnen zien, kreeg ik een elleboogstoot op mijn oor van een oude man die zich naast mij een weg baande.

'Kijk toch uit, jongen,' zei hij bot, alsof hij de klap zelf gekregen had.

Ondanks de vele nekken en hoofden die boven mij uitstaken, kon ik, nadat ik mij moeizaam een weg door de massa had gebaand, uiteindelijk Zijne Heiligheid zien, net voordat hij weer in zijn koets stapte en zich aan de toejuichende blik van de menigte onttrok. Ik zag hem juist terwijl hij de gelovigen groette en hen één, twee, drie maal glimlachend en minzaam zegende. Gebruik makend van mijn jeugdige behendigheid slaagde ik erin op een paar passen afstand van de Heilige Vader te komen; ik kon zo van dichtbij zijn gezicht onderzoeken en de kleur van zijn wangen, het licht van zijn ogen en zelfs haast de stevigheid van zijn huid onderscheiden.

Ik was geen medicus en evenmin een ziener. Het was misschien alleen mijn drang om te weten die mijn observatie bijna bovennatuurlijk stimuleerde buiten de gewone ervaring om, en die me zei dat er bij hem geen ziekte heerste. Hij had het gezicht van iemand die veel had geleden, dat is waar: maar het was vooral zielenpijn, waar hij lang door gekweld was wegens de spanning om het lot van Wenen. Juist vlakbij hoorde ik twee oude prelaten fluisteren dat men Innocentius XI na het blije nieuws van de overwinning had zien huilen als een kind, geknield op de grond, terwijl hij de tegels van zijn kamer bevochtigde met jammerlijke tranen.

Maar ziek, nee, dat was hij niet: dat zeiden zijn glanzende blik, zijn rozige huid, en als laatste de korte, maar krachtige beweging waarmee hij zich uiteindelijk op de koets hees en in de cabine stapte. Niet ver daarvandaan zag ik onverwachts het kalme gelaat van Tiracorda. Hij werd omringd door een groepje jongeren (misschien zijn studenten, bedacht ik). Voordat de stevige hand van een pauselijke wachter me terugduwde, hoorde ik Tiracorda nog zeggen:

'Welnee, u bent te goed, dat is niet mijn verdienste... Het is de hand des Heren geweest: juist vannacht, na het blijde nieuws, heb ik niets meer hoeven doen.'

Nu had ik zekerheid. Toen hij van de overwinning van Wenen had gehoord, had de paus zich beter gevoeld en was aderlaten overbodig geworden. De paus was gezond en wel. Dulcibeni had gefaald.

Ik realiseerde me dat ik niet de enige was die dit wist. Op korte afstand herkende ik in de menigte, ongezien, het gespannen, schuwe gezicht van abt Melani.

In mijn eentje keerde ik terug naar het klooster, midden in het gedrang van mensen die naar huis gingen, zonder abt Melani te zien of te proberen hem op te sporen. Om me heen bloeide alles vrolijk op met opmerkingen over de ceremonie, de heiligheid van de paus en zijn roemrijke werk voor de christelijke wereld. Ik bevond mij toevallig in het kielzog van een levendige groep paters kapucijnen, die zich een weg baanden door vrolijk met een paar fakkels te zwaaien en zo de blijdschap lieten voortduren die zij tijdens de viering van het *Te Deum* hadden opgedaan. Uit hun gesprekken maakte ik een paar curieuze details op (waarvan me de waarheidsgetrouwheid de komende maanden duidelijk zou worden) over wat er ten tijde van de belegering in Wenen was voorgevallen. De paters verwezen naar berichten afkomstig van Marco d'Aviano, de kapucijn die zich zo moedig had ingezet in het anti-Turkse verbond. Aan het einde van het beleg – hoorde ik hen met tongen die losgekomen waren van de emotie vertellen – had de Poolse koning, Jan Sobieski, de bevelen van keizer Leopold overtreden door plechtig Wenen binnen te trekken, door alle Weners toegejuicht als overwinnaar. De keizer benijdde hem, zoals hij Marco d'Aviano had toevertrouwd, niet de triomf, maar de liefde van de onderdanen: heel Wenen had Leopold de hoofdstad aan haar lot zien overlaten en als een dief zien ontsnappen; en nu begroette ze feestelijk de buitenlandse koning die juist zijn leven, dat van zijn mensen en zelfs dat van zijn eerstgeborene had geriskeerd om de stad van de Turken te redden. Uiteraard liet de Habsburger Sobieski ervoor boeten: bij hun ontmoeting was de keizer stug en ijzig geweest. *Ik ben versteend*, had Sobieski zijn mannen toevertrouwd.

'Maar toen heeft de Allerhoogste beschikt dat alles weer goed zou komen,' besloot een van de kapucijnen verzoenend.

'O ja, als God het wil,' viel een medebroeder hem bij, 'komt alles wel weer goed.'

Die wijze woorden klonken nog na in mijn hoofd toen Cristofano me de volgende dag meedeelde dat we in de loop van een paar dagen bevrijd zouden worden van de plicht tot quarantaine. Dankzij de feeststemming had de arts de autoriteiten er gemakkelijk van kunnen overtuigen dat er geen gevaar meer bestond voor besmetting. De enige die nog hulp behoefde was Pompeo Dulcibeni, over wie de arts aan de wachters had verklaard dat hij in De Schildknaap onverhoopt van de trap was gevallen. Dulcibeni was nu helaas gedoemd tot eeuwig stilzitten. Cristofano zou hem nog een paar dagen kunnen bijstaan; daarna zou de arts terugkeren naar het groothertogdom Toscane.

Wie zou er, bedacht ik met een bittere glimlach, zorgen voor de man die had getracht de paus te vermoorden?

Gebeurtenissen
van het jaar 1688

Er zijn sinds het vreselijke avontuur in De Schildknaap vijf jaar voorbijgegaan. De herberg is niet meer heropend: Pellegrino heeft zijn vrouw naar, ik meen, zijn eigen familie meegenomen.

Cloridia, Pompeo Dulcibeni en ik zijn gaan wonen in een bescheiden huisje buiten de stadsmuren een stuk voorbij de Sint-Pancratiuspoort, waar ik me nog steeds bevind terwijl ik deze regels aan het papier toevertrouw. De dagen en seizoenen werden toen zowel als nu slechts onderscheiden door de oogst van ons akkertje en door de zorg voor de weinige beesten op het erf, die we dankzij Dulcibeni's spaargeld hebben aangeschaft. Ik kende reeds iedere ruigheid van de velden: ik heb geleerd met mijn handen in de aarde te wroeten, de wind en de hemel te raadplegen, de opbrengst van mijn inspanningen te ruilen voor die van anderen, te onderhandelen over prijzen en bedrog te voorkomen. Ik heb geleerd om 's avonds met mijn gezwollen, vuile handen de pagina's van boeken om te bladeren.

Cloridia en ik leefden *more uxorio*. Niemand zou ons erop aankijken: in onze afgelegen buurt kwamen niet eens priesters om de Paaszegen te brengen.

Sinds hij zich definitief had neergelegd bij het verlies van zijn benen, was Pompeo nog zwijgzamer en stugger geworden. Hij bediende zich ook niet meer van de fijngehakte mamacocabladeren, die hij nodig had gehad om de ongebreidelde tochtjes in de onderaardse gangen van De Schildknaap te doorstaan.

Hij begreep nog steeds niet waarom wij hem bij ons hadden opgenomen, en hem onderdak en bijstand verleenden. Aanvankelijk dacht hij dat wij op het niet onaardige sommetje mikten dat hij zou inbrengen. Hij kwam nooit achter Cloridia's verleden. Anderzijds wilde zij hem ook nooit onthullen dat zij zijn dochter was. In haar hart had zij hem nooit vergeven dat hij haar moeder had laten verkopen.

Toen er voldoende tijd verstreken was om haar af te schermen van de droeve herinnering, vertelde Cloridia mij uiteindelijk van de tegenslagen die zij, nadat ze van haar vader was weggerukt, had moeten doorstaan. Huygens had haar doen geloven dat hij haar, een meisje nog, van Dulcibeni had gekocht. Hij had haar afgezonderd en haar daarna, toen hij genoeg van haar had, alvorens terug te gaan naar Feroni in Toscane, in Holland doorverkocht aan rijke Italiaanse kooplieden.

Jarenlang had mijn Cloridia gereisd in het gevolg van die kooplieden, en toen van anderen en weer anderen, meer dan eens gekocht en doorverkocht. Daarna was de stap naar het oudste, schandelijke beroep klein geweest. Maar met wat heimelijk en moeizaam bijeengesprokkeld geld had zij haar vrijheid gekocht: het welvarende, liberale Amsterdam was de ideale stad voor die schunnige handel in lichamen. Uiteindelijk had de spanning om haar vader terug te zien en hem om rekenschap te vragen voor zijn verlating de overhand gekregen, en haar met behulp van de getallenwetenschap en met de mysterieuze praktijk van de gloeiende roede voor de deur van De Schildknaap gebracht.

Ondanks het doorstane leed en de treurige herinneringen die haar soms uit haar slaap hielden, stond Cloridia Dulcibeni met standvastigheid en toewijding bij. Hij van zijn kant hield algauw op haar minachtend te bejegenen. Hij stelde haar nooit vragen over haar verleden en bespaarde haar de gêne van een leugen.

Weldra vroeg Pompeo mij om de koffers met boeken te gaan halen die hij in Napels had achtergelaten. Hij deed ze mij ten geschenke en kondigde aan dat ik er mettertijd steeds meer de waarde van zou inzien. Dankzij die boeken en de manier van denken die we eraan konden ontlenen, kwam Dulcibeni's tong geleidelijk aan los. Mettertijd ging hij van op- en aanmerkingen over op herinneringen, en vandaar op leringen. Niet alleen vanuit de theorie, maar ook vanuit de praktijk: wie jarenlang in heel Europa handel heeft gedreven in dienst van een machtig huis als dat van de Odescalchi's, heeft veel te vertellen. Bij ons bleef echter dat niet onthulde raadsel in de lucht hangen: waarom had Dulcibeni een aanslag op het leven van de paus gepleegd?

Ik vertrouwde erop dat hij mij op een dag het mysterie zou onthullen. Ik wist echter dat het wegens zijn schuwe, koppige aard totaal zinloos zou zijn om hem ernaar te vragen. Wachten was geboden.

Toen kwam het najaar van 1688, en in Rome deden de couranten bericht van ernstige, treurige feiten. De ketterse prins Willem van Oranje was met zijn vloot het Kanaal overgestoken en in een plaats aan de Engelse kust, Torquay geheten, aan wal gegaan. Bijna zonder tegenstand te ontmoeten rukte zijn leger op, en binnen een paar dagen had Willem zich wederrechtelijk de troon toegeëigend van de katholieke koning Jacobus Stuart. Deze was er schuldig aan dat hij net twee maanden daarvoor bij zijn tweede vrouw de vurig verlangde mannelijke erfgenaam had gekregen die Oranje iedere hoop om koning van Engeland te worden zou ontnemen. Met de verrassingsaanval van Willem zou Engeland ten prooi vallen aan protestantse ketters en voorgoed verloren zijn voor de Kerk van Rome.

Toen ik hem dit dramatische nieuws meedeelde, leverde Pompeo Dulcibeni geenszins commentaar. Hij zat in de tuin en aaide een katje dat bij hem op schoot lag. Hij leek rustig. Maar plotseling zag ik hem op zijn lip bijten, het beestje wegduwen en met trillende hand op de tafel naast hem slaan.

'Wat is er, Pompeo?' vroeg ik opspringend en vrezend dat hij zich niet lekker voelde.

'Het is hem gelukt, de schurk! Uiteindelijk is het hem gelukt,' hijgde hij, overgeleverd aan een doffe woede, zijn blik op de horizon achter mij gericht.

Ik keek hem vragend aan, maar durfde geen vragen te stellen. En terwijl hij langzaam zijn ogen halfdicht deed, begon Pompeo Dulcibeni te praten.

Alles was bijna dertig jaar daarvoor begonnen. En toen, vertelde Dulcibeni, maakte de familie Odescalchi zich schuldig aan de laagste misdaad: hulp aan ketters.

Het was omstreeks 1660. Prins Willem van Oranje was nog een kind. Het huis van Oranje zat, zoals gewoonlijk, krap bij kas. Om maar een indruk te geven: Willems moeder en grootmoeder hadden alle familiejuwelen verpand.

Het Europese schouwtoneel voorspelde voor de Nederlanden vreselijke oorlogen, die weldra ook zouden uitbreken. Eerst tegen Engeland, en daarna tegen Frankrijk. Om die uit te vechten was geld nodig. Veel geld.

Na een reeks inleidende manoeuvres, waarvan Dulcibeni zelf de details niet kende, wendde het huis van Oranje zich tot de Odescalchi's. Zij waren de solvabelste geldschieters van Italië en zouden zich zeker niet terugtrekken.

Zo werden de oorlogen van het ketterse Holland gefinancierd door de katholieke familie van kardinaal Odescalchi, de toekomstige paus Innocentius XI.

Natuurlijk werd de hele leningenoperatie op de verstandigste manier geleid. Kardinaal Benedetto Odescalchi woonde in Rome; zijn broer Carlo, die de familiezaken persoonlijk leidde, zetelde in Como. Het geld werd echter via twee vertrouwde stromannen vanuit Venetië aan de Oranjes gezonden, zodat men de familie van Innocentius XI op geen enkele manier zou kunnen achterhalen. De overboekingen werden bovendien niet rechtstreeks aan leden van het huis van Oranje gericht, maar aan geheime tussenpersonen: admiraal Jean Neufville, financier Jan Deutz, de kooplieden Bartolotti, het Amsterdamse raadslid Jan Baptist Hochepied...

Door de laatsten werd het geld vervolgens aan het huis van Oranje overgemaakt om de oorlog tegen Lodewijk XIV te bekostigen.

'En u?' viel ik hem in de rede.

'Ik reisde voor de Odescalchi's op en neer naar Holland: ik vergewiste me ervan dat de wisselbrieven aankwamen en werden geïnd, en dat de bijbehorende kwitantie werd afgegeven. Bovendien controleerde ik of alles zich wel in het geheim voltrok.'

'Kortom, het geld van paus Innocentius XI heeft gediend voor de aankomst van de ketters in Engeland!' concludeerde ik onthutst.

'Min of meer. Alleen hebben de Odescalchi's tot zo'n vijftien jaar geleden geld geleend aan de Hollandse ketters, terwijl Willem pas nu de overtocht heeft gemaakt.'

'Ja en?'

Er was iets eigenaardigs gebeurd, verklaarde Dulcibeni. In 1673 stierf Carlo Odescalchi, de broer van de toekomstige paus. De paus kon toen de familiezaken vanuit Rome niet meer voortzetten, en besloot de leningen aan de Hollanders op te schorten. Het spel was te gevaarlijk geworden, en de vrome kardinaal Odescalchi kon niet riskeren te worden ondekt. Zijn imago moest onbezoedeld blijven. Hij was vooruitziend geweest: amper drie jaar later zou het conclaaf worden gehouden dat hem tot paus maakte.

'Maar hij had geld geleend aan ketters!' zei ik verontwaardigd.

'Luister naar de rest.'

Mettertijd was de schuld van het huis van Oranje aan de Odescalchi's buitensporig opgelopen, tot meer dan 150.000 scudo's. Hoe zou al dat geld worden terugbetaald, nu Benedetto tot paus was gekozen? In geval van insolventie voorzag de beginovereenkomst erin dat de Odescalchi's beslag mochten leggen op Willems privé-eigendommen. Nu echter stond Benedetto Odescalchi als paus in ieders aandacht: hij kon geen beslag leggen op het leengoed van een ketterse prins en zo ook de leningen laten uitlekken. Er zou een verschrikkelijk schandaal losbarsten. Benedetto had in de tussentijd dan wel al zijn bezittingen in een schijnschenking overgedaan aan zijn neef Livio, maar men wist best dat hij alles nog steeds even halsstarrig controleerde.

Verder was er nog een probleem. Willem zat altijd krap bij kas, omdat zijn Hollandse geldschieters (dat wil zeggen de rijke Amsterdamse regentenfamilies) de hand op de knip hielden. Innocentius XI liep kortom gevaar zijn geld niet meer terug te krijgen.

Daarom, zei Dulcibeni, was Innocentius altijd zo vijandig geweest jegens Lodewijk XIV: de allerchristelijkste koning van Frankrijk was de enige die Willem in de weg kon staan, de enige die hem kon verhinderen de Engelse troon te bestijgen. Lodewijk XIV was het enige obstakel tussen Innocentius XI en zijn geld.

De Odescalchi's hadden intussen alles stil weten te houden. Maar in 1676, even voordat het conclaaf begon, gebeurde de ellende: Huygens, de rechterhand van de slavenkoopman Francesco Feroni (ook hij deed zaken met de Odescalchi's), werd verkikkerd op de dochter van Pompeo Dulcibeni bij een Turkse slavin en wilde haar – met Feroni's steun – in bezit krijgen. Dulcibeni kon zich niet rechtmatig verzetten, want hij was niet met de moeder van het meisje getrouwd. Hij maakte de Odescalchi's toen duidelijk dat er, als Feroni en Huygens hun eisen niet opgaven, een voor kardinaal Benedetto gevaarlijke mededeling zou kunnen uitlekken: een affaire rond leningen tegen rente, verstrekt aan Hollandse ketters... en kardinaal Odescalchi kon het conclaaf wel vergeten.

De rest wist ik al: het meisje werd ontvoerd en mysterieuze handen gooiden Dulcibeni uit een raam, een val die hij wonderwel overleefde. Pompeo moest onderduiken, terwijl Benedetto Odescalchi tot paus werd gekozen.

'Tot op heden is de paus er alleen niet in geslaagd het geld van Willem van Oranje terug te krijgen. Ik weet het zeker, ik weet hoe die dingen werken. Maar nu wordt alles opgelost,' besloot Dulcibeni.

'Waarom?'

'Dat is toch duidelijk: nu wordt Willem koning van Engeland en zal hij zijn schulden op een of andere manier wel aan de paus kunnen terugbetalen.'

Ik zweeg, van mijn stuk gebracht en in verwarring.

'Dat was dus de ware reden van uw plan,' zei ik toen. 'De bezoeken aan Tiracorda, de experimenten op het eiland... Abt Melani had gelijk: u werd niet alleen gedreven door de ontvoering van uw dochter. Voor u was het alsof u de paus terechtstelde wegens, hoe zal ik het zeggen, verraad van...'

'... verraad van de Godsdienst, precies. Voor geld heeft hij de eer van de Kerk en de christenheid verkwanseld. En bedenk, het kwaad van het lichaam is niets vergeleken bij dat van de ziel. Dat is de ware pest.'

'Maar u wilde de hele christenheid ten val brengen: daarom koos u ervoor de paus tijdens het beleg van Wenen te besmetten.'

'Het beleg van Wenen... er is nog iets wat je moet weten. En ook heeft hier het geld van de Odescalchi's te maken met de keizer.'

'De keizer?' riep ik uit.

Het spel was simpel, en werd ook ditmaal in het grootste geheim geleid. Om de oorlog tegen de Turken te bekostigen werd het Habsburgse huis gesubsidieerd door de geldkisten van de Apostolische Kamer. Maar tegelijkertijd leende keizer Leopold ook privé-geld van de Odescalchi's. De familie van de paus ontving als borgsom kwikzilver, of kwik zo men wil, uit de keizerlijke mijnen.

'En wat deden de Odescalchi's met dat kwik?'

'Simpel: ze verkochten het door aan de Hollandse ketters. Om precies te zijn aan de protestantse bankier Jan Deutz.'

'Maar dan is Wenen gered dankzij de ketters!'

'In zekere zin wel. Maar vooral dankzij het geld van de Odescalchi's. En reken maar dat ze die gunst zullen weten terug te krijgen van de keizer. En dan heb ik het niet alleen over geld.'

'Wat bedoelt u?'

'De keizer zal stellig ooit een grote politieke gunst bewijzen aan de paus, of aan diens neef Livio, die zijn enige erfgenaam is. Wacht maar een paar jaar af en je zult het zien.'

September 1699

Op het moment dat ik deze memorie afsluit, zijn er bijna elf jaar voorbij sinds Willem van Oranje in Engeland landde. De ketterse vorst regeert nog steeds, en voorspoedig; de eer van de Kerk en de Engelse katholieken is door Innocentius XI voor een handvol zilverlingen verkocht.

Maar paus Odescalchi zal zijn ellendige onderneming niet meer kunnen herhalen. Tien jaar geleden heeft hij na een lange, pijnlijke doodsstrijd de laatste adem uitgeblazen. Na opening van het lijk bleken zijn darmen rot te zijn en zijn nieren vol stenen te zitten. Iemand heeft al geopperd hem zalig te verklaren.

Ook Pompeo Dulcibeni heeft ons verlaten. Hij is dit jaar na veel gebeden en oprecht berouw over zijn niet geringe zonden als een goed christen gestorven. Het gebeurde op een zondag in april; hij had misschien wat meer gegeten dan goed voor hem was en hij (die altijd een heel rood gezicht had en de laatste jaren te vaak aan de fles zat) vroeg me hem naar bed te helpen om wat te rusten. Hij is niet meer opgestaan.

Wat ik tegenwoordig ben, heb ik, denk ik, grotendeels aan hem te danken: hij was zogezegd mijn nieuwe leermeester geworden, God alleen weet hoe anders dan abt Melani. Dankzij zijn lange, smartelijke verblijf op deze aarde heeft Pompeo me veel van zijn leven en zijn ellende ontvouwd, al trachtte hij die altijd wel met de troost van het geloof en de vreze Gods aan mij door te geven. Ik heb alle boeken gelezen die hij me schonk: boeken over geschiedenis, theologie, poëzie en zelfs geneeskunde, plus een paar over de beginselen van de wetenschap rond kooplieden en bedrijven, waarin Dulcibeni zo lang had verkeerd en die vandaag de dag niet meer weg te denken valt. Daarom merk ik nu dat ik de herinneringen van toen misschien heb opgesteld zoals ik nu denk, door aan het jonge, naïeve knechtje van De Schildknaap dikwijls overpeinzingen en woorden toe te schrijven waarmee de Lieve Heer me nu pas vereert.

De grootste ontdekkingen evenwel zijn me niet gegeven door de delen over politieke of morele leerstellingen, maar door die over de geneeskunde. Het kostte nogal moeite om me ervan te overtuigen dat ik helemaal niet immuun was voor de pest, zoals Cristofano me in het begin van de quarantaine had verzekerd: mijn onfortuinlijke toestand beschermde me hoegenaamd niet tegen besmetting. De arts had gelogen, misschien om van mijn diensten gebruik te kunnen maken, en had alles verzonnen: van het sprookje van het Afrikaanse sodomie bedrijvende mannetje tot de classificaties van Caspar Schottus, Fortunius Licetus en Johannes Eusebius Nierembergius; in enkele daarvan gaat het in feite helemaal niet om een vermeende immuniteit van mij. Cristofano wist heel wel dat lichaamslengte geen enkel verband houdt met de pest. En tegen de pestziekte helpt het niets als je zoals ik een arme dwerg bent 'om vorsten te vermaken en het publiek te verbazen', zoals Dulcibeni me had gehoond.

Toch zal ik Cristofano altijd dankbaar zijn: dankzij zijn vergeeflijke leugen zwol mijn pygmeeënborst op van trots. Het was de enige keer. Mijn wrede lichaamsgebrek heeft mij alleen verlating op jeugdige leeftijd en de spot van de hele goegemeente opgeleverd; ondanks het feit dat ik – zoals Cristofano reeds had onderstreept – val te rekenen onder de geluksvogels van mijn soort, de *mediocres* van gestalte, en niet onder de *minores* of, erger nog de *minimi*.

Wanneer ik terugdenk aan het avontuur in De Schildknaap, hoor ik in mijn oren weer het wrede gelach van de mannen van de Bargello in het begin van de quarantaine, terwijl ze me krachtig de herberg induwen, en dan Dulcibeni die me uitlacht en me in het Latijn *pomilione* noemt, dwergje. Ik zie weer de vuige gewoonte van Brenozzi om in zijn kruis te plukken, juist ter hoogte van mijn neus; en de menigte lijkenpikkers die me voor een van de *daemunculi subterranei* houdt, de minuscule duiveltjes die hun nachtmerries bevolken. En ik zie mezelf weer, bijna geschapen voor die ondergrondse wereld, behendig voor Atto uitlopen in de nauwe gangen onder de herberg.

Mijn ongelukkige toestand was in die dagen in De Schildknaap niet minder een last dan tijdens de rest van mijn leven. Maar ik heb dat liever onbelicht willen laten in de herinneringen aan al die gebeurtenissen: wie zou ooit geloof hechten aan het verhaal van iemand die er alleen door zijn rimpels anders uitziet dan een kind?

Dulcibeni's onthullingen zijn intussen gestaafd door de feiten. De neef van Innocentius XI, Livio Odescalchi, de enige erfgenaam van de paus, heeft voor een krats van keizer Leopold het Hongaarse leengoed Sirmio gekocht. En dat, gaat het gerucht in Rome, ondanks het verzet van de keizerlijke ambtenaren zelf. Om de goede transactie luister bij te zetten heeft de keizer hem zelfs tot vorst van het Heilige Roomse Rijk benoemd. Maar ieder te onbeschaamd geschenk, het is bekend, verbergt de beantwoording van een gunst. Het was dus waar: ook de keizer stond bij de Odescalchi's in het krijt. Nu heeft hij dat geld met rente terugbetaald.

Livio Odescalchi lijkt geen enkele schaamte te voelen voor zijn inhalige, schaamteloze handel. Men zegt dat hij bij de dood van Innocentius XI over meer dan anderhalf miljoen scudo's beschikte, nog afgezien van het leengoed Ceri. Meteen daarna heeft hij de hand gelegd op het hertogdom Bracciano, het markizaat Roncofreddo, het graafschap Montiano en de heerlijkheid Palo, alsmede de villa Montalto in Frascati. Hij wilde ook het leengoed Albano kopen, en alleen de Apostolische Kamer zelf is er *in extremis* in geslaagd de zaak in te pikken. Ten slotte heeft Livio na de dood van koning Jan Sobieski, de triomfator van Wenen, geprobeerd hem op de troon van Polen op te volgen door acht miljoen florijnen te bieden.

Verontwaardiging is zinloos: geld – dat slijk der aarde – heeft Europa altijd verpest en zal steeds meer de eer van het geloof en van de vorstenhuizen schenden.

Ik ben niet meer de onschuldige jongen van die dagen in De Schildknaap. Wat ik toen heb gezien en gehoord, en wat ik ooit aan iemand zal onthullen, heeft mijn leven voorgoed getekend. Het geloof heeft me niet verlaten; onvermijdelijk is evenwel het gevoel van toewijding en trouw dat iedere christen voor zijn Kerk zou moeten koesteren, voorgoed aangetast.

Het schrijven van deze herinneringen heeft, zo niet anders, gediend om de momenten van grote moedeloosheid te overwinnen. Voor de rest zorgden het gebed, de nabijheid van Cloridia en de boeken die ik deze jaren heb gelezen.

Drie maanden geleden zijn Cloridia en ik eindelijk in het huwelijk getreden: we hebben de gelegenheid aangegrepen toen zich een bedelmonnik aandiende in onze povere buurt.

Een paar dagen geleden heb ik een paar druiventrossen verkocht aan een cantor van de Sixtijnse Kapel. Ik vroeg hem of hij ook wel eens aria's zong van de beroemde Luigi Rossi.

'Rossi?' antwoordde hij, zijn wenkbrauwen fronsend. 'O ja, misschien heb ik die naam wel gehoord, maar hij moet van lang geleden zijn, uit de tijd van de Barberini's. Nee,' vervolgde hij lachend, 'tegenwoordig weet niemand meer wie dat is: nu is in Rome alle glorie voor de grote Corelli, weet je dat niet?'

Pas nu besef ik dat ik de jaren buiten de deur van mijn huisje voorbij heb laten gaan. Nee, ik ken die Corelli niet. Maar ik weet dat ik nooit de naam van *seigneur* Luigi zal kunnen vergeten, noch de prachtige accenten van zijn aria's, die reeds uit de mode waren toen abt Melani ze voor zichzelf en mij opriep.

Van tijd tot tijd herinner ik me zelfs in mijn slaap nog de stem en de scherpe oogjes van Atto Melani, die ik me nu oud en gebogen voorstel in zijn huis te Parijs, dat ruime huis waar hij mij vroeger had aangeboden te komen wonen.

Gelukkig verdrijft het harde werken de nostalgie: onze boerderij is uitgebreid en het werk neemt nog steeds toe. We verkopen onder meer verse kruiden en mooi fruit aan de villa van de familie Spada, hier vlakbij, waar ze me ook vaak roepen voor losse karweitjes.

Zodra het werk me even rust gunt, herinner ik me weer Atto's woorden, herhaal ik weer een zin die spreekt van eenzame adelaars en zwermen raven. En ik probeer in mezelf te antwoorden op de tonen, accenten en intenties ervan, hoewel ik weet dat ze onverstandig en vermetel zijn.

Vele malen ben ik tevergeefs teruggegaan naar de Via dell'Orso om aan de nieuwe huurders van het pand waar de herberg stond (nu zitten er alleen huurwoningen in) te vragen of er brieven uit Parijs voor mij waren gekomen, of dat iemand naar de knecht van toen heeft gevraagd. Maar telkens werd, zoals ik vreesde, mijn wachten teleurgesteld.

De tijd heeft me geholpen te begrijpen. Pas nu zie ik in dat abt Melani niet echt van plan was om Fouquet te verraden. Het is waar, Atto gaf aan de Zonnekoning de van Colbert gestolen brieven, waaruit bleek dat de minister zich schuilhield in Rome. Maar voordien was de koning reeds begonnen clementie te betonen jegens Fouquet; hij had hem een minder streng regime toegestaan, en er werd zelfs al op zijn invrijheidstelling gehoopt. Maar iedereen dacht dat het ontslag uitbleef vanwege de bekende Colbert: was het dan geen goed idee om de brieven van de Slang aan de koning te brengen? Melani kon vast niet weten wat de koning bliksemsnel zou denken, zodra hij de door Atto gestolen brieven zag: Fouquet was in Rome, met het *secretum pestis*, en misschien zou hij het aan de paus geven, die het verzet van Wenen steunde...

Lodewijk XIV kon niet toestaan dat alles juist op dat moment zou mislukken, net toen zijn samenwerkingsplannen met de Turken hun voltooiing bereikten. Hij zal haastig afscheid hebben genomen van Atto. Hij zal tijd hebben genomen om na te denken. Hij zal hem kort daarop weer hebben ontboden en hem wie weet welk verhaal hebben verteld. Wat het ook was, ik weet zeker hoe die ontmoeting afgelopen is: Atto werd uitgezonden om een uiterste, treurige daad van trouw aan de Kroon te verrichten.

Tegenwoordig komt dit alles mij niet meer gruwelijk voor. Ik denk haast met tederheid terug aan de truc om mijn pareltjes te stelen teneinde mij in zijn speurwerk te betrekken. En ik zou wel weer terug willen naar de laatste dag waarop ik Atto Melani heb gezien: Meneer de abt, stop, ik wil u graag zeggen...

Nu gaat dat niet meer. Mijn jongensargeloosheid, mijn ontgoochelde geestdrift, mijn ongeduld hebben ons toen en voorgoed gescheiden. Nu weet ik dat het onterecht was om de vriendschap op te offeren aan de zuiverheid, de vertrouwelijkheid aan de rede, het gevoel aan de eerlijkheid. Je kunt niet met een spion bevriend zijn zonder de waarheid vaarwel te zeggen.

Alle voorspellingen zijn uitgekomen. In de eerste dagen van de quarantaine had ik gedroomd van Atto die me een ring gaf en van Devizé die op de trompet speelde. Welnu, in het boek over droomverklaring van mijn Cloridia las ik dat de ring symbool staat voor het goede verbonden met moeilijkheden, terwijl de trompet wijst op verborgen kennis: zoals het geheim van de pest.

In mijn droom had ik een overleden Pellegrino zien herrijzen: een voorteken van lijden en ellende, die ons daarna allemaal getroffen hebben. In mijn droomfantasieën had ik daarna zout zien strooien, wat wijst op moord (de dood van Fouquet); en toen een gitaar, die wijst op melancholie en anoniem werk (Cloridia en ik, onbekend en onbemind op ons akkertje). Alleen het laatste symbool was gunstig voor mij geweest, en Cloridia wist dat: de kat, de aankondiging van wellust.

Ook het astrologiekrantje van Stilone Priàso had alles voorzien: niet alleen het instorten van de herberg, maar ook de gevangenschap van een groep heren (de quarantaine in De Schildknaap), het beleg van een stad (Wenen), de kwaadaardige koortsen en de gemene ziekten (menige gast overkomen), de dood van een vorst (Maria Theresia), de reizen van de gezanten (om het nieuws van de overwinning van Wenen te brengen). Maar één voorspelling was niet uitgekomen, of was liever gezegd overwonnen door een grotere kracht: de *Baricades mistérieuses* hadden verhinderd dat de dood van de *opgesloten heren* zich voordeed, die het krantje had voorzien.

Dat alles heeft mij geholpen een beslissing te nemen, of liever gezegd mij te bevrijden van een oud waanzinnig verlangen.

Ik wil geen journaalschrijver meer worden. En niet alleen door de twijfel (onverenigbaar met het geloof) dat het de grillen van de sterren zijn die onze lotgevallen bepalen. Iets anders heeft het oude vuur in mij gedoofd.

In de couranten, die ik na het avontuur in De Schildknaap volop heb kunnen lezen, vond ik niets van wat Atto mij had geleerd. En dan heb ik het niet over de feiten: ik wist al wel dat de ware geheimen van vorsten en staten nooit een plek vinden in de vlugschriften die op straat verkocht worden. Wat aan de verslagen van de journaalschrijvers ontbreekt, is vooral de moed om logisch te redeneren, de dorst naar kennis, het oprechte, stoutmoedige bewijs van het intellect. Niet dat ze helemaal overbodig zijn, die couranten, maar voor iemand die echt de waarheid zoekt, zijn ze ongeschikt.

Ik had met mijn povere krachten zeker niet anders kunnen doen. Wie de raadselen van Fouquet en Kircher, Maria Theresia en Lodewijk XIV, Willem van Oranje en Innocentius XI ooit durfde te verspreiden, zou onmiddellijk worden gearresteerd, in de ketenen geklonken en voorgoed in het dolhuis opgesloten.

Wat Atto zei klopt: de waarheid kennen helpt iemand die couranten schrijft niet. Integendeel: het is het grootste der obstakels.

Zwijgen is het enige behoud van iemand die weet.

Wat niemand mij weer zal kunnen geven en wat ik des te meer mis, zijn geen woorden, maar klanken. Van de *Baricades mistérieuses* (waarvan ik helaas geen exemplaar heb kunnen bewaren) resteert mij nu alleen een kleine, zestien jaar oude herinnering vol gaten.

Ik heb er een soort eenzaam spelletje van gemaakt, een vrolijk gevecht met mijn eigen geheugen. Hoe was het, hoe klonk die passage, dat akkoord, die gewaagde modulatie? Wanneer de hondsdagen het hoofd en de knieën uitdrogen, neem ik plaats onder de eik die ons bescheiden huisje beschaduwt, op Dulcibeni's lievelingsstoel. Dan sluit ik mijn ogen en neurie zachtjes het rondo van Devizé: één keer, twee keer en dan nog eens, al weet ik dat iedere poging bleker, vager wordt, verder van de werkelijkheid af staat.

Een paar maanden geleden heb ik Atto een brief gestuurd. Ik had zijn adres in Parijs niet, en ik heb de brief naar Versailles gestuurd in de hoop dat iemand hem zou bezorgen. Aan het hof kent, daar ben ik zeker van, iedereen de beroemde gecastreerde abt, de adviseur van de allerchristelijkste koning.

Ik heb hem mijn diepste spijt betuigd dat ik afscheid van hem heb genomen zonder hem mijn gevoelens van dankbaarheid en toewijding te betuigen. Ik heb hem mijn diensten aangeboden, waarbij ik hem smeekte mij het genoegen te doen ze te aanvaarden en ik mij zijn ootmoedige, trouwe dienaar noemde. Ten slotte heb ik aangeroerd dat ik deze herinneringen heb geschreven, die ik heb opgesteld op basis van mijn dagboek uit die dagen, een dagboek waarvan Atto het bestaan niet eens vermoedde.

Helaas heeft hij mij nog niet geantwoord. Daarom is er de laatste tijd een scherpe argwaan bij me opgekomen.

Wat zal Atto, eenmaal terug in Parijs, de allerchristelijkste koning hebben meegedeeld? Zal hij hebben kunnen ontveinzen hoeveel koninklijke geheimen hij heeft blootgelegd? Of zal hij, aangezet door de vragen, zijn blik hebben neergeslagen en de koning hebben laten vermoeden dat hij van vele schanddaden op de hoogte was?

En zo stel ik mij soms een nachtelijke hinderlaag voor in een afgelegen steegje, een verstikte kreet, de vluchtende voetstappen van huurmoordenaars en Atto's lijk, badend in de modder en het bloed...

Maar ik geef niet op. Tegen mijn fantasieën in blijf ik hopen. En terwijl ik wacht tot de post uit Parijs aankomt, fluister ik somtijds een paar regels van zijn oude leermeester, seigneur Luigi:

> *Speranza, al tuo pallore*
> *so che non speri più.*
> *E pur non lasci tu*
> *di lusingarmi il core...* *

---

*   Zie noot blz. 219.

Addendum

Beste Alessio,
U bent ten langen leste aan het einde gekomen van het werk van mijn twee oude vrienden. Het is nu aan U om de laatste stap te zetten die het in handen van de Heilige Vader zal brengen. Terwijl ik deze regels aan het papier toevertrouw, bid ik dat de Heilige Geest Uw lectuur en de beslissing die eruit voortvloeit zal inspireren.

Er zijn nu bijna veertig jaar verstreken sinds ik per post het typoscript ontving waarin het verhaal van De Schildknaap en zijn dwergenknecht werd verteld. Uiteraard dacht ik meteen dat het om een werk ging waarin de fantasie overheerste. Natuurlijk, de twee schrijvers hadden naar hun zeggen een historisch document gebruikt: de onuitgegeven memorie van een knecht uit 1699. Bovendien kende ik al als priester en geleerde de historische juistheid van wat er gezegd wordt over abt Morandi en Campanella, over jansenisten en jezuïeten, over de oude Broederschap van de Oratie en de Dood, evenals over het inmiddels verdwenen klooster van de celestijnen, en over het bizarre geloof dat in de zeventiende eeuw bestond aangaande de biecht en het heilig oliesel. En ten slotte getuigen nogal wat lexicale vrijheden, zoals sommige lichtvaardigheden in de Latijnse citaten, onbetwistbaar van de taal die in de zeventiende eeuw werd gesproken.

Ja, vaak overdreven de personages de taal en de terminologie van de traktaatschrijvers uit de barok, tot de zwaarste gezwollenheid aan toe.

Maar hoeveel was er, afgezien van dit weinige, in feite ontsproten aan de fantasie? Twijfel was onvermijdelijk, en niet alleen door het vermetele en soms wonderbaarlijke karakter van de intrige, maar ook door de weergave zelf van de twee hoofdpersonen die – zoals gezegd – maar al te veel deden denken aan het traditionele speurdersduo Sherlock Holmes en zijn helper, de verteller Watson, om maar te zwijgen van het koppel Poirot en Hastings van Agatha Christie, die bovendien ook bij voorkeur speurwerk doen op afgesloten plaatsen (treinen, schepen, eilanden), net zoals herberg De Schildknaap afgesloten is...

Is het anderzijds ook niet zo dat men in de zestiende-eeuwse memoires van *Lazarillo de Tormes* een soortgelijk koppel meester-leerling, van een oudere en een jongere, tegenkomt? En wat te zeggen van Dante en zijn 'leermeester en gids' Vergilius, die hem leidt en onderricht in de helse gangen die zoveel overeenkomst vertonen met de onderaardse gangen van De Schildknaap?

Ik begon toen te denken dat ik een *Bildungsroman* voor me had, zoals een literatuurexpert het zou noemen, en een expert zou ik me zeker niet durven wanen: een vormingsroman kortom, opgesteld in de vorm van een memorie. Is het niet zo dat het naïeve knechtje volwassen wordt in de onderaardse nachten in het kielzog van abt Melani en diens onderwijzingen?

Maar ik merkte algauw dat dergelijke overwegingen, hoe prikkelend ook voor het intellect, geen antwoord gaven op de vraag wie de auteur was van het geschrift. Mijn twee vrienden of het knechtje zelf? Of beiden? En in welke mate?

Zolang de vermeende voorbeelden die ik ontdekte zover weg in de tijd lagen, kwam ik er niet uit. Met welk doel zou ik halsstarrig de narratieve indeling in dagen reeds aantreffen bij Aretino of liever nog in Boccaccio's *Decamerone*, waar de personages ook nog eens – net als in De Schildknaap – opgesloten zijn vanwege de pest en om de tijd te doden de meest wanhopige verhalen beginnen? Kon dit niet een voorbeeld zijn dat het onbekende knechtje al voor ogen stond?

'Boeken spreken altijd van andere boeken en iedere geschiedenis vertelt een geschiedenis die al eerder verteld is,' besloot ik, zoals ik weet niet meer wie zei. Ik zag dus af van dat soort vergeefse onderzoeken.

Er waren echter een paar dingen die wel donkerder schaduwen wierpen op de authenticiteit van heel het geschrevene, omdat ze regelrecht gepikt waren: bijvoorbeeld een van de tirades waarmee Pompeo Dulcibeni tegen de gekroonde hoofden tekeergaat en hen beschuldigt van plundering en incest, was ten dele zonder veel omhaal ontleend aan een beroemde rede van Robespierre, naar wie de auteurs zelf knipoogden door Dulcibeni op bed 'zonder broek', *sans culottes*, te laten, oftewel als een sansculotte.

En ten slotte nogal wat onbezonnenheden. Zoals de ongewone figuren van Ugonio en Ciacconio: gemodelleerd naar de valse lijn van de grafrovers, de plunderaars van oude voorwerpen waar ons land nu nog van wemelt, kregen zij hun naam (evenals de andere lijkenpikkers Baronio en Gallonio) van beroemde catacombenkenners en geleerden uit de zeventiende eeuw. Om maar te zwijgen over de courtisane Cloridia, die, terwijl ze naar de droom van het knechtje luistert en die uitlegt, hem zich op bed laat uitstrekken en aan zijn hoofdeinde gaat zitten, in de overduidelijk anachronistische houding van de psychoanalyticus.

Ook de boosaardige weergave van het personage van paus Innocentius XI leek me niets anders dan een onhandige poging om de historische werkelijkheid te verdraaien. Afkomstig uit Como kende ik de figuur en het werk van mijn stadgenoot de paus. Evenzo kende ik de boosaardigheid en kwaadsprekerij die – reeds bij zijn leven – over hem werden verspreid om duidelijke redenen van politieke propaganda, en die pater Robleda het knechtje voorschotelt. Maar deze insinuaties waren ruim gelogenstraft door de meest serieuze historici. Onder hen had bijvoorbeeld Papàsogli uitgeblonken, die er met zijn krachtige monografie van meer dan driehonderd bladzijden over de Zalige Innocentius XI in de jaren vijftig van de vorige eeuw toe bijdroeg om iedere leugen uit de weg te ruimen. Voordien had reeds Pastor, de beschermgod van de kerkhistorici, het terrein van veel vermoedens ontdaan.

En dat was niet de enige onwaarschijnlijkheid: daar was de geschiedenis van minister Fouquet.

In het verhaal van het knechtje sterft Fouquet op 11 september 1683 in herberg De Schildknaap aan vergiftiging door Atto Melani. Maar zelfs in de geschiedenisboekjes op school staat duidelijk te lezen dat de minister in 1680 in de gevangenis van Pinerolo stierf, en niet in 1683 in Rome! Enkele fantasievolle historici en romanciers hebben weliswaar verondersteld dat Fouquet niet in de gevangenis is gestorven, maar de kwestie is te oud en versleten om ze hier te herhalen. Voltaire, die met nog levende familieleden van de minister kon spreken, beweerde dat men nooit met zekerheid zal weten wanneer en waar hij is gestorven. Maar mij lijkt het te gewaagd om te beweren, zoals ik in het mij toegestuurde werk van mijn twee oude vrienden las, dat Fouquet in Rome is gestorven, in een herberg, vermoord in opdracht van Lodewijk XIV.

Ik had een tegenstrijdigheid, sterker nog, een ware manipulatie van de geschiedenis ontdekt. Ik was er na aan toe om de roman naar de prullenmand te verwijzen. Had ik geen bewijs gevonden dat het om een vervalsing ging? Algauw echter ontdekte ik dat de zaken niet zo eenvoudig lagen.

Alles begon vertroebeld te raken toen ik besloot de figuur van Fouquet diepgaander te bestuderen. Al eeuwen wordt de minister in de geschiedenisboeken aangewezen als het prototype van de diefachtige, corrupte staatsdienaar. Colbert daarentegen gaat door voor een modelstaatsman. Volgens Atto Melani was de rechtschapen Fouquet echter het onschuldige slachtoffer van jaloezie en vijandigheid van de middelmatige Colbert. In het begin had ik deze verrassende omkering als het resultaat van pure fantasie bestempeld, te meer omdat ik in het geschrift echo's had aangetroffen uit de oude roman over Fouquet van Paul Morand. Weldra echter moest ik mijn mening herzien. Ik vond in een bibliotheek het zware essay van de Franse historicus Daniel Dessert, die zo'n zestig jaar geleden – documenten bij de hand – zijn stem verhief om Fouquet zijn verdiende roem terug te geven en de laagheden en complotten van Colbert te ontmaskeren. In zijn wonderbaarlijke essay zette Dessert punt voor punt uiteen (en bewees hij onmiskenbaar) alles wat Atto ter verdediging van de minister aan het knechtje vertelt.

Helaas, zoals vaak gebeurt met degene die eeuwenoude mythologieën ter discussie stelt, werd het kostbare werk van Dessert door de historicikliek, die Dessert had durven beschuldigen van luiheid en onwetendheid, tot de vergetelheid veroordeeld. Het is evenwel veelzeggend dat geen enkele historicus ooit de moed heeft gehad om zijn indrukwekkende, gloedvolle studie te logenstraffen.

Het dramatische verhaal van Fouquet, zoals abt Melani het nauwgezet opriep, was dus allesbehalve uit de duim gezogen. Dat niet alleen. Toen ik mijn bibliotheekonderzoeken voortzette, verifieerde ik dat ook de kennismaking tussen Kircher en Fouquet, ofschoon niet duidelijk gedocumenteerd, hoogst waarschijnlijk is, omdat de jezuïet (dat bericht Anatole France in zijn werkje over Fouquet, en wordt gedeeltelijk bevestigd in Kirchers werken) zich werkelijk interesseerde voor de mummies van de minister.

Ook het geheimzinnige verhaal van Fouquets afzondering in Pinerolo is, zoals ik nauwgezet heb nagetrokken, regel voor regel authentiek. De Zonnekoning leek de minister werkelijk in de gevangenis te houden uit vrees voor wat hij wist; maar de reden is nooit boven water gekomen. Ook de onduidelijke graaf De Lauzun wordt getrouw weergegeven: hij werd tien jaar lang in Pinerolo opgesloten, wist daar in het geheim (en onverklaarbaar) te communiceren met Fouquet en werd meteen na het verscheiden van de minister vrijgelaten.

Er waren dus enkele degelijke, gedocumenteerde verwijzingen naar de historische werkelijkheid.

En als alles nu eens waar was? dacht ik ineens onthutst, toen ik het typoscript doorbladerde.

Ik kon me er op dat punt niet van weerhouden om verder te gaan zoeken in de bibliotheek, in de hoop meteen op een grove fout te stuiten die de onjuistheid van het geschrift van mijn twee vrienden zou aantonen en me in staat zou stellen de kwestie snel op te lossen. Ik beken het, ik was bang.

Mijn heimelijke ongerustheid werd bewaarheid. Met ondenkbare snelheid tevoorschijn stromend uit woordenboeken, encyclopedieën en handboeken uit die tijd flitsten voor mijn ogen – precies zoals ik ze in het typoscript had gelezen – de beschrijvingen van Rome, de quarantainemaatregelen, alle theorieën over de pest, evenals de pest van Londen en die van Rome, Cristofano's geneesmiddelen, plus de recepten van het knechtje; bovendien Lodewijk XIV, Maria Theresia en de Venetiaanse spiegelmakers, tot en met Tiracorda's raadseltjes en de indeling van de onderaardse gangen van Rome.

Voor me draaiden de gloeiende roede, de uitleg van dromen, de leer van de numerologie en de astrologie, de sage van de mamacoca (oftewel coke). En ten slotte het beleg en de slag van Wenen, inclusief de Franse geheimen van de belegeringstechnieken waarvan de Turken zich raadselachtig genoeg meester gemaakt hadden, alsmede het mysterie van de strategische missers van de ongelovigen die hun rampzalige nederlaag bepaalden.

In de Biblioteca Casanatense heb ik me nog vol ongeloof tegenover een origineel exemplaar van de bladzijde uit de bijbel, gedrukt door Komarek, gewonnen gegeven: alles wat ik had gelezen betoonde zich verbazend, akelig authentiek, tot in de onbeduidendste details.

Zij het met tegenzin zag ik me zodoende gedwongen door te gaan. In plaats van fouten vond ik bewijzen, waarachtige feiten en omstandigheden. Ik begon me de prooi te voelen van een sluwe valstrik, een boosaardig raderwerk, een spinnenweb, waarin je je, hoe meer je erin doordringt, steeds meer in de nesten werkt.

Ik besloot dus Kirchers theorieën aan te pakken: ik kende zijn leven en geschriften al voldoende, maar had nooit gehoord van het *secretum pestis*, noch van het zogenaamde *secretum vitae* dat in staat is de pest te vermijden, en nog minder van een rondo waarin dat geheim werd versleuteld. Ik had net als pater Robleda *Magnes, sive de arte magnetica* van Kircher gelezen, waarin de

Duitse jezuïet de therapeutische kracht van de muziek poneert en zelfs het gebruik van een door hemzelf geschreven melodie oppert als antidotum tegen een tarantulabeet. Anderzijds wist ik dat Kircher in moderne tijden soms van kwakzalverij was beschuldigd: in zijn traktaat over de pest beweerde hij bijvoorbeeld in de microscoop bacillen van de ziekte te hebben gezien. Maar ten tijde van Kircher, werpen de historici nu tegen, bestonden dergelijke sterke vergrootglazen nog niet. Alles verzonnen dus?

Als het dat was, moest ik alle noodzakelijke bewijzen verzamelen. Allereerst helderde ik voor mijzelf de ideeën over de historische ziekte die wij pest noemen op: het gaat om de builenpest, veroorzaakt door de bacil *Yersinia pestis*, die van vlooien wordt overgedragen op ratten en vandaar op de mens. De ziekte heeft niets te maken met de verschillende pestziekten van dieren of met de zogenaamde longpest die zo nu en dan de Derde Wereld treft.

Maar de verrassing kwam toen ik las dat de builenpest al eeuwen niet meer bestaat, en niemand weet waarom.

Ik moest lachen toen ik las dat in Europa (en eerder nog in Italië) de pest juist tussen eind zeventiende en begin achttiende eeuw vrijwel verdween, bijna tegelijkertijd met de feiten aangaande De Schildknaap. Ik had het kunnen weten.

Theorieën over het mysterieuze verdwijnen ervan zijn er vele, maar geen enkele is afdoend. Volgens sommigen is het te danken aan meer geavanceerde preventieve gezondheidsmaatregelen die geleidelijk aan werden toegepast door de mens; volgens anderen moeten we juist dankbaar zijn voor de komst in Europa van de *Rattus norvegicus* (bruine rat) die de *Rattus rattus* (zwarte rat) verdrong; deze is gastheer van de *Xenopsylla cheopis*, de vlo die drager is van de pestbacil. Anderen schrijven het toe aan de nieuwe huizenbouw met stenen en tegels in plaats van hout en stro, of aan de afschaffing van graanopslag in huis, waardoor de ratten uit de woningen zijn verdwenen. Weer anderen hameren op de rol van de pseudo-tuberculose, een goedaardige ziekte die als gevolg heeft dat ze immuun maakt voor de builenpest.

Uit de academische discussies echter duikt één zekerheid op: op de grens van de zeventiende en achttiende eeuw heeft Europa zich op mysterieuze wijze bevrijd van zijn oudste plaag: precies zoals Kircher door middel van zijn geheimen beloofde.

De coïncidenties namen toe toen ik terugdacht aan het raadsel van de *Baricades mistérieuses*, het rondo dat als schrijn lijkt te fungeren voor het *secretum vitae*, net zoals Kirchers tarantella het antidotum voor de tarantulabeet bevat. Maar juist hier, God vergeve het mij, had ik het heimelijke genoegen om eindelijk een onherstelbare historische fout te vinden.

Ik hoefde maar een muzieknaslagwerk door te bladeren om te vernemen dat *Les baricades mistérieuses* niet het werk van de miskende gitarist en componist Francesco Corbetta is, zoals in het geschrift van mijn twee vrienden wordt verteld, maar van François Couperin, de beroemde Franse componist en klavecinist die geboren is in 1668 en gestorven in 1733. Het rondo is ontleend aan het eerste boek van zijn *Pièces de Clavecin*: het is dus bestemd om te worden uitgevoerd op klavecimbel, en niet op gitaar. Maar vooral is het voor het eerst pas gepubliceerd in 1713: dertig jaar na de gebeurtenissen die zouden hebben plaatsgehad in herberg De Schildknaap. Het anachronisme van de twee jonge auteurs was zo ernstig dat het hun werk niet alleen van waarachtigheid, maar ook van waarschijnlijkheid beroofde.

Toen ik deze ernstige, onverwachte ongerijmdheid eenmaal had ontdekt, leek het me zinloos om de rest van het verhaal te weerleggen. Alsof een geschrift met zo'n ernstige vergissing de roemrijke faam van de zalige Innocentius XI kon bedreigen!

Een tijdlang beperkte ik me op vrije momenten in de avond tot het lui doorbladeren van de bladzijden van het typoscript, met mijn gedachten eerder bij de twee auteurs dan bij het verhaal. Die verontrustende geschiedenis vol venijnige roddels over mijn stadgenoot de paus leek me een aperte provocatie, ja, een grap. In mijn hart overheersten uiteindelijk de wrok en het natuurlijk wantrouwen die ik (dat geef ik toe) altijd al voor journalisten koesterde.

Er gingen jaren voorbij. Ik was mijn twee oude vrienden bijna helemaal vergeten, en met hen het typoscript, dat begraven lag in een oud berghok. Uit een overmaat aan voorzichtigheid had ik het echter verborgen gehouden voor vreemde ogen, die het dreigden te lezen zonder de noodzakelijke tegengiffen.

Ik kon toen nog niet weten hoe verstandig deze voorzorgsmaatregel zou blijken.

Drie jaar geleden, toen ik hoorde dat Zijne Heiligheid het proces tot heiligverklaring van paus Innocentius XI wenste te heropenen, herinnerde ik mij niet eens meer waar die stapel vergeelde papieren terecht was gekomen. Maar weldra diende hij zich weer bij mij aan.

Het gebeurde in Como, op een vochtige novemberavond. Als gevolg van aanhoudend gedram van enkele vrienden was ik aanwezig bij een concert georganiseerd door een verdienstelijke muziekvereniging in mijn bisdom. Tegen het einde van het eerste deel trad de kleinzoon van een oude studievriend van mij op aan de piano. Ik had er een zware dag opzitten en tot dan toe had ik de avond wat afwezig bijgewoond. Plotseling echter verleidde een verlokkelijk, onuitsprekelijk motief mij zoals geen enkele muziek ooit had kunnen doen. Het was een dans met een barokke inslag, maar met dromerige accenten en harmonieën die golfden van Scarlatti naar Debussy, van Franck naar Rameau. Ik ben altijd een groot liefhebber van goede muziek geweest en mag mij op een niet geringe platencollectie beroemen. Als mij echter was gevraagd uit welke eeuw die tijdloze noten kwamen, had ik het niet kunnen zeggen.

Pas aan het slot van dat stuk sloeg ik het programma open dat inmiddels vergeten op mijn knieën lag, en las de titel van de muziek: *Les baricades mistérieuses*.

Wederom had het verhaal van het knechtje niet gelogen. Die muziek had als geen andere het onverklaarbare vermogen om hoofd en hart te betoveren, in verwarring te brengen, te fascineren. Nadat ik het stuk gehoord had, liet het mij niet meer los. Het was geen verrassing dat het knechtje er zo door van slag was en dat hij jaren later nog piekerde over het motief. Het mysterie van het *secretum vitae* lag in een ander mysterie verscholen.

Het was niet voldoende om te zeggen dat ook al het overige waar was. Maar het was te veel om de verleiding om tot op de bodem te gaan te kunnen weerstaan.

De volgende ochtend schafte ik een dure integrale opname aan van de talrijke *Pièces de Clavecin* van Couperin. Nadat ik er dagen en dagen met de grootste aandacht naar geluisterd had, leek de conclusie mij evident. Geen enkele muziek van Couperin leek op de *Baricades mistérieuses*. Ik raadpleegde naslagwerken, las monografieën. De weinige critici die zich ermee bezig hadden gehouden waren het eens: Couperin had niets anders van dien aard gecomponeerd. De dansen van de suites van Couperin hebben altijd een beschrijvende titel: *Les sentiments, La lugubre, l'Âme en peine, La voluptueuse*, enzovoorts. Verder zijn er titels bij als *La Raphaële, L'Angélique, La Milordine* of *La Caste-*

lane: die zinspeelden op een of andere welbekende hovelinge waar tijdgenoten graag naar raadden. Alleen voor de *Baricades mistérieuses* bestaat geen verklaring. Een musicoloog noemde het stuk 'werkelijk *mistérieux*.'

Het was net alsof het om het werk van iemand anders ging. Maar wie dan? Vol met gewaagde dissonanten, smartelijke, gedistilleerde harmonieën staan de *Baricades* te ver van de sobere stijl van Couperin af. In een vernuftig spel van echo's, vervroegingen en vertragingen verenigen de vier stemmen van de polyfonie zich in het delicate uurwerk van een arpeggio. Het is de briséstijl die de klavecinisten hadden gekopieerd van de luitisten. En de luit is het zusje van de gitaar...

Ik begon me aan de veronderstelling te wagen dat *Les Baricades mistérieuses* misschien echt door Corbetta was geschreven, zoals het knechtje berichtte. Maar waarom was het dan Couperin geweest die het stuk onder zijn naam publiceerde? En hoe was het in zijn handen gekomen?

Volgens het manuscript was de maker van het rondo de obscure Italiaanse musicus Francesco Corbetta. Het leek een heus verzinsel: geen enkele musicoloog had zoiets ooit vermoed. Er was echter een suggestief precedent: al terwijl Corbetta nog in leven was, waren er polemieken losgebarsten over het geestelijk vaderschap van enkele stukken van hem. Corbetta zelf beschuldigde een van zijn leerlingen ervan hem enkele muziekstukken afhandig te hebben gemaakt om ze onder eigen naam te publiceren.

Ik verifieerde met gemak dat Corbetta werkelijk de leermeester en vriend van Devizé was geweest: het is daarom zeer waarschijnlijk dat een tabulatuur van de een op de ander is overgegaan. In hun tijd was er nog maar heel weinig gedrukte muziek, en musici kopieerden zelf wat hun interesseerde.

Toen Corbetta in 1681 overleed, genoot Robert Devizé (of De Visée, volgens de moderne schrijfwijze) al grote faam als virtuoos en leraar op de gitaar, de luit, de teorbe en de chitarrone. Lodewijk XIV in eigen persoon verlangde bijna elke avond zijn optreden. Devizé was te gast in alle betere salons aan het hof. Daar speelde hij samen met andere toegejuichte musici en natuurlijk ook met de klavecinist François Couperin.

Devizé en Couperin kenden elkaar dus en speelden samen; waarschijnlijk wisselden ze complimenten, meningen, adviezen, misschien wel vertrouwelijkheden uit. We weten dat Devizé er plezier in had de stukken van Couperin op de gitaar te spelen (enkele transcripties van hem zijn ons overgeleverd). Het is niet onwaarschijnlijk dat Couperin op zijn beurt op het klavecimbel de suites voor gitaar van zijn vriend probeerde. En het is onvermijdelijk dat cahiers en partituren van de handen van de één in die van de ander zouden overgaan. En misschien heeft Couperin op een avond, terwijl Devizé zich liet afleiden door het geflirt van de hofdames, uit de papieren van zijn vriend dat fraaie *rondeau* met die rare titel ontvreemd, denkend: ik geef het hem een volgende keer wel terug.

Onder invloed van die hemelse muziek en van het mysterie dat onder mijn ogen ontstond, verslond ik in korte tijd opnieuw het hele verhaal, terwijl ik minutieus in een notitieboekje de na te trekken passages en omstandigheden bijhield. Ik wist dat ik alleen zo mijn hart voorgoed kon verlossen van de schaduwen van achterdocht: was dat merkwaardige verhaal enkel een handig verzinsel dat de waarheid verdraaide en leugens verkocht?

Het resultaat van de drie jaar onderzoek die volgden, staat geheel op de bladzijden die u gaat lezen. Ik zeg vooruit dat ik, ingeval u ze zou willen gebruiken, van de geciteerde documenten en boeken fotokopieën bewaar.

Allereerst hield één raadsel mij bezig, aangezien dit de heiligverklaring van de zalige Innocentius Odescalchi in een catastrofe dreigde te veranderen. Het was Dulcibeni's grote geheim, de oorsprong van al zijn ellende en het ware motief voor al zijn intriges: was Innocentius XI echt de handlanger van Willem van Oranje?

Het knechtje bericht helaas alleen over deze kwestie op de slotpagina's, wanneer Dulcibeni's raadsel wordt opgelost. En mijn twee vrienden hadden het niet nodig geoordeeld het verhaal op eigen initiatief met verder nieuws dienaangaande te verrijken. Waarom, vroeg ik mij met uiterst misnoegen af, hadden twee nieuwsgierige journalisten zoals zij dat niet gedaan? Maar misschien waren ze er niet in geslaagd, veronderstelde ik toen hoopvol, ook maar iets tegen de grote Odescalchi te vinden.

Mijn plicht bleef het in elk geval om onderzoek te doen en schaduwen en laster van het beeld van de zalige weg te nemen door het zwart op wit te zetten. Ik zette mij dus aan een herlezing van de onthullingen die het knechtje aan het eind van het geschrift uit de mond van Pompeo Dulcibeni verneemt.

De schuld van Willem bij de paus, had de jansenist gezegd, werd gewaarborgd door de persoonlijke goederen van de prins van Oranje. Maar waar waren zijn bezittingen? Ik merkte dat ik geen idee had waar het leengoed van Willem zich bevond. In de Nederlanden misschien? Ik legde de hand op een atlas, en toen ik Orange eindelijk had gelokaliseerd, kon ik mijn verbazing niet onderdrukken:

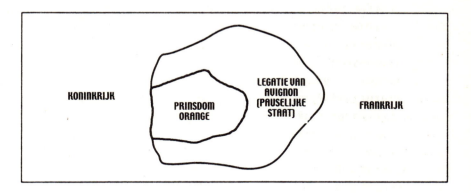

Het prinsdom Orange lag in Zuid-Fankrijk, omringd door het gebied van de pauselijke legatie van Avignon. Maar dat was niet anders dan de Kerkelijke Staat: sinds de Middeleeuwen maakte Avignon deel uit van het pausschap. En de legatie van Avignon werd op haar beurt weer omringd door Frankrijk! Een bizarre situatie: het prinsdom Orange werd omringd door de katholieke vijand, die op zijn beurt weer door een andere vijand werd omringd: Lodewijk XIV, de grote tegenstander van Innocentius XI.

Avignon dus: daar moest ik zoeken. Of liever gezegd, ik moest zoeken tussen de papieren die Avignon betroffen. Ik liet me derhalve een speciaal pasje bezorgen voor het Geheim Vaticaans Archief en bracht daar enkele weken door. Ik wist al waar ik de hand op moest leggen: op de diplomatieke bestuurscorrespondentie van de Vaticaanse bureaucratie tussen Rome en Avignon. Ik werkte stapels correspondentie door in de hoop een verwijzing naar Orange, naar Willem, naar geldleningen te vinden. Dagen- en dagenlang vond ik niets; ik wilde er al haast de brui aan geven toen ik in een pak correspondentie dat verder geheel zonder belang was, drie losse schriftjes vond. Ze stamden uit de laatste maanden van 1689, een paar maanden dus na de dood van Innocentius XI. De Heilige Stoel was net bestegen door de nieuwe paus, Alexander VIII Ottoboni. Het lezen van de drie schriftjes leek helaas alleen mogelijk voor ingewijden:

22 76 18 11 97 46 98 64 48 36
71 37 81 18 73 67 14 38 69
26 10 48 46 31 22 14 76
39 0 71 48 76 98 13 48 76
39 37 71 44 22 41 67 14
22 34 13 83 78 89 5
77 44 0 64 0 39 93 14 11
48 97 84 34 48 11 76 0
24 99 0 55 0 71 11 37 18 16
34 73 93 39 0 29 22 76 18
22 97 97 37 98 38 25 75
36 14 34 0 76 13 84 18
79 69 23 47 94 18 22 19
19 14 78 23 16 97 48 94
36 34 37 14 18 71 71 73
18 22 97 46 39 37 46
88 48 71 19 34 37 76 16 37
19 0 98 46 18 13 13 48 39
93 0 34 94 20 97 14 77 76
37 14 38 69 26 10 555
48 23 36 0 55 64 0 16
37 71 73 39 0 16 44 48 16
39 14 19 14 18 81 0 34 31
22 18 16 73 34 48 79 71

...

En zo twaalf pagina's lang, over een totaal van vierentwintig kolommen zoals die welke hierboven is weergegeven. Het was een brief in cijferschrift, en op het eerste gezicht zonk de moed om er iets van te kunnen begrijpen me in de schoenen.

Maar gelukkig was het cijferschrift dat in de brief was gebruikt in die periode meestal in gebruik op het staatssecretariaat van het Vaticaan. Ik vergeleek de boodschap dus met andere, reeds ontcijferde brieven en slaagde er uiteindelijk in tot een eerste, voorlopige decodering te komen:

EENTROUWENTALENTVOLONDERDAANVANDEHEILIGESTOELEENEDELMAN-
UITAVIGNONHEEFTMIJEENBRIEFDOENTOEKOMENDIEHEMGESCHREVENIS-
DOOREENONDERDAANVANHETPRINSDOMORANGE...

Het kostte twee dagen werk om een correcte, leesbare versie van de tekst te krijgen. Ik werd trouwens gedwongen een paar niet te ontcijferen termen, die gelukkig voor het begrip van de tekst niet belangrijk waren, in getallen te laten staan. Het was een brief van monseigneur Cenci, de vice-legaat van de paus in Avignon, die aan Rome schreef om melding te doen van een merkwaardige bespreking:

> Een trouw en talentvol onderdaan van de Heilige Stoel, een edelman uit Avignon, heeft mij een brief doen toekomen die hem geschreven is door een onderdaan van het prinsdom Orange, en die bij de onderdanen van dat prinsdom een groot verlangen veronderstelde om zich te onderwerpen aan de heerschappij van de Heilige Stoel...
> Als u mij zult spreken over deze onderhandelingen, zal ik alles wat u mij zult vertellen, horen en doorgeven, en ik zal de 2657 noch aanvaarden noch verwijderen. Het schijnt dat er niet te twijfelen valt aan de instemming van de bewoners van Orange...
> Mijn ministerie heeft mij verplicht mee te delen wat ik weet omtrent de belangrijke onderhandelingen. Het bijgesloten vel papier bevat een kopie van de hierboven uiteengezette brief, welke is geschreven aan de heer Salvador, auditor van het Rechtscollege van Avignon, door de heer Beaucastel, een edelman uit Courteson...

Ziehier wat er was gebeurd: monsieur de Beaucastel, een edelman uit het stadje Courthézon, onderdaan van het prinsdom Orange, had eerst contact opgenomen met een priester uit Avignon, de auditor van het Rechtscollege, Paolo de Salvador, en toen met vice-legaat Cenci. Beaucastel had een op zijn zachtst gezegd weinig verrassend voorstel in petto: het prinsdom Orange wilde zichzelf aan het pausschap aanbieden. Ik was stomverbaasd: waarom wilden de onderdanen van Willem van Oranje, die bovendien goeddeels protestant waren, zich aan het pausschap toevertrouwen? En hoe konden ze er zo zeker van zijn dat Willem daarmee zou instemmen?

Opnieuw in de correspondentie tussen Rome en Avignon rommelend vond ik ook de andere brieven die tussen Cenci en het staatssecretariaat van het Vaticaan waren uitgewisseld, en zelfs de beginbrief van Beaucastel aan De Salvador. Op het gevaar af pietluttig te lijken vermeld ik dat deze documenten – tot op heden onbekend bij de historici! – zich bevinden in het Vaticaans Geheim Archief, *Fondo Staatssecretariaat – legatie van Avignon*, envelop 369 (monsieur

Beaucastel aan Paolo de Salvador, 4 oktober 1689), envelop 350 (twee brieven van Monseigneur Cenci aan de Vaticaanse staatssecretaris, zonder datum, en een van kardinaal Ottoboni aan Cenci, 6 december 1689) en in envelop 59 (monseigneur Cenci aan kardinaal Ottoboni, 12 december 1689).

De weinige brieven in cijferschrift waren alle voorzien van een ontcijferde versie. Ik ontdekte echter tot mijn verbazing dat alleen de eerste die ik had vertaald, de belangrijkste, die niet had. Het was alsof iemand, gezien de uitzonderlijke ernst van de inhoud, de ontcijfering had laten verdwijnen... Bovendien lag de brief niet op zijn plaats, maar ver van de stapel met de andere brieven verwijderd.

Ondanks de moeilijkheden slaagde ik er uiteindelijk in een buitengewone geschiedenis te reconstrueren die geen historicus ooit aan het licht heeft gebracht.

De reden waarom de inwoners van Orange zich onder de pauselijke banier wilden scharen, was even simpel als opzienbarend: Willem van Oranje had bij Innocentius XI een grote berg schulden opgebouwd. En de onderdanen van Orange, die al heel wat geld hadden moeten betalen aan het pausschap, dachten hun eigen problemen op te lossen door hun aansluiting bij de Kerkelijke Staat aan te bieden:

Hier in het rijk – schrijft monseigneur Cenci – *is het algemeen bekend dat de prins van Oranje aan het vorige pausschap nog grote sommen verschuldigd is, ter betaling waarvan hij denkt eenvoudigweg het bezit van een staat te kunnen overdragen die hem zo weinig kapitaal oplevert.*

Juist om die reden echter gingen niet alle onderdanen van Orange akkoord: 'In het verleden hebben we al te veel geld aan de Kerk gegeven!' protesteerde monsieur de Saint Clément, voormalig schatbewaarder van het prinsdom.

In Rome werd het voorstel van Beaucastel in elk geval botweg geweigerd. De staatssecretaris, kardinaal Rubini, en de neef van de nieuwe paus, kardinaal Ottoboni, droegen Cenci op het gênante aanbod af te slaan. Allicht: de nieuwe paus wist absoluut niets van deze schulden. Bovendien was het onmogelijk – schreef kardinaal Rubini aan Cenci – dat de roemrijke paus Odescalchi geld had geleend aan een ketterse prins...

Ik was ontdaan. De in het geheim Vaticaans Archief gevonden brieven bevestigden wat Dulcibeni het knechtje had onthuld: Willem was de schuldenaar van Innocentius XI geweest. En dat niet alleen: als de prins van Oranje niet betaalde, zou worden overgegaan tot beslaglegging op zijn persoonlijke goederen. De schuld was zelfs zo hoog opgelopen dat de onderdanen van Willem hadden bedacht de bezittingen en zichzelf spontaan weg te geven!

※

Ik kon er echter geen genoegen mee nemen. Ik moest een bevestiging vinden voor de beweringen van de onderdanen van Orange. Ik moest daarom mijn ideeën over Willem verhelderen: waar haalde hij het geld vandaan voor zijn oorlogsondernemingen? En wie had de invasie in Engeland bekostigd?

De werken over de *Glorious Revolution*, zoals de coup waarmee de prins van Oranje zich meester maakte van de Engelse troon tegenwoordig wordt genoemd, herhalen constant hetzelfde liedje: Willem is goed, Willem is groot, Willem is zo idealistisch en belangeloos dat hij niet eens koning wil worden!

Als je de historici hoort, lijkt het of hij van de wind leefde, de onversaagde Willem; maar wie verschafte hem vanaf zijn jonge jaren de nodige middelen om de legers van Lodewijk XIV te bevechten en te verslaan? Iemand had hem toch het geld gegeven voor leeftocht, huursoldaten (die in die tijd het grootste deel van de milities uitmaakten), kanonnen en een paar generaals die die naam verdienden.

Alle Europese vorsten die in oorlogen waren verwikkeld, werden gekweld door het probleem van de financiering. Maar de prins van Oranje had één voordeel: als er een stad was waar in de zeventiende eeuw geld, heel veel geld, omging, dan was het Amsterdam, waar de banken van de joodse geldschieters niet toevallig floreerden. De hoofdstad van de Verenigde Nederlanden was de rijkste geldmarkt van Europa, precies zoals eerst Cloridia en later de andere personages aan het knechtje van De Schildknaap vertellen.

Ik raadpleegde een paar goede teksten over economische geschiedenis, en ontdekte dat ten tijde van Willem van Oranje een flink deel van de Amsterdamse zakenlieden uit Italianen bestond. De stad wemelde van achternamen als Tensini, Verrazzano, Balbi, Quingetti, en verder de Burlamacchi's en Calandrini's die al in Antwerpen zaten (bijna allen worden gememoreerd in het verhaal van het knechtje, eerst door Cloridia en daarna door Cristofano). Het waren Genuezen, Florentijnen, Venetianen, allemaal handelaren en bankiers, sommigen ook agenten van Italiaanse vorstendommen en republieken. De meest ondernemende lieden waren erin geslaagd in de beperkte kring van de Amsterdamse aristocratie te worden opgenomen. Anderen waren de lucratieve maar gevaarlijke slavenhandel ingegaan: dat is het geval met Francesco Feroni.

Het interessantste voorbeeld was echter dat van de Bartolotti's uit Bologna: eerst nederige bierbrouwers, daarna handelaren en ten slotte steenrijke financiers. Zij hadden zich vermengd met een Hollandse familie, totdat ze alle oorspronkelijke Italiaanse bloed verloren hadden. Wel, de protestantse Bartolotti's waren in de loop van een paar decennia zo rijk geworden dat ze het huis van Oranje bekostigden en sommen geld leenden, eerst aan Willems grootvader en toen aan de prins zelf. De leningen werden soms gewaarborgd door hypotheken op landgoederen in Holland en Duitsland.

Geld tegenover land: volgens Dulcibeni's verhaal hadden de Odescalchi's precies zo'n pact gesloten met het huis van Oranje. Dit was het moment om over te stappen op de Odescalchi's. En hun documenten te laten spreken.

Ik bracht maanden en maanden, ik weet niet eens hoeveel, door in het archief van Palazzo Odescalchi en in het staatsarchief van Rome, bijgestaan door slechts één jonge medewerker, beiden gekweld door kou en stof, de hele dag met de neus in de papieren. We schiftten alle papieren van Innocentius XI op zoek naar wat naar Willem van Oranje kon leiden: brieven, contracten, rescripten, rapporten, memoires, dagboeken, grootboeken. Tevergeefs.

Er was de nodige tijd verstreken sinds het begin van mijn onderzoeken, en ik had het gevoel dat ik vastgelopen was. Ik begon de gedachte te koesteren om op te geven. Totdat ik weer bedacht wat Dulcibeni had gezegd: het geld voor de Hollanders kwam uit Venetië vandaan. En in Venetië was een filiaal van het bedrijf van de familie Odescalchi gevestigd: vandaaruit moest ik proberen een opening te vinden.

Uit het testament van Carlo Odescalchi, de oudste broer van Benedetto, kwam ik te weten dat de familiegoederen van de twee al die tijd *communi et indivisi* waren gebleven: kortom, wat van de een was, was ook van de ander. Daarom leek de paus uit zijn papieren bijna arm: alleen door me met de financiële zaken van zijn broer te bemoeien zou ik echt kunnen ontdekken wat hij bezat.

Welnu, Carlo Odescalchi vormde de spil van de economische activiteit van de familie: hij beheerde de belangrijkste bezittingen van de Odescalchi's in Lombardije; bovendien leidde hij vanuit Milaan het filiaal te Venetië, waar twee beheerders werkten. Ik zocht vervolgens de twee boeken op met de inventaris van de goederen die genoemd worden in Carlo's testament. Die zouden het probleem kunnen oplossen: als er een lijst met schuldenaren was bijgesloten, zou ook Willem van Oranje opduiken. Maar van de inventaris was vreemd genoeg geen spoor.

Toen wierp ik een blik in de privé-grootboeken van Carlo en vond hem dan eindelijk. In de zware, in leer ingebonden delen, die tot zijn dood door de broer van de zalige Innocentius werden bijgehouden en tegenwoordig worden bewaard in het Staatsarchief van Rome, openbaarden zich een kolossale handel en talloze transacties: miljoenen en miljoenen scudo's. Een klein deel van de operaties betrof commerciële transacties, opbrengsten van tolgelden, huurprijzen. Vervolgens stuitte ik op wat mij interesseerde: honderden geldtransacties, goeddeels uitgevoerd vanuit Venetië door de twee beheerders, Cernezzi en Rezzonico, die recht hadden op de bijbehorende provisie. Ik voelde het bloed heftig in mijn slapen kloppen toen ik zag dat de meerderheid van de transacties gericht was op de Nederlanden. Ik vroeg me af hoe het kwam dat de zaak nog niet aan het licht was gekomen: een archivaris legde me uit dat die grootboeken eeuwenlang waren vergeten in de kelders van Palazzo Odescalchi en pas sindskort verkocht aan het Staatsarchief van Rome. Niemand had er nog naar omgekeken.

Het was niet moeilijk de kwestie volledig uit te diepen. Van 1660 tot 1671 had Carlo Odescalchi vanuit Venetië opdracht gegeven voor overboekingen in verschillende valuta naar Holland voor een totaal van 153.000 scudo's: een som die bijna gelijk is aan het hele gigantische jaarlijkse tekort van de Kerkelijke Staat (173.000 scudo's) op het moment dat Benedetto tot paus werd gekozen.

In de loop van ongeveer negen jaar, van 1660 tot 1669, sturen de Odescalchi's maar liefst 22.000 scudo's aan de financier Jan Deutz, de stichter en eigenaar van een van de grootste Hollandse banken. De familie Deutz was letterlijk een stuk Holland, niet alleen wegens de ontzaglijke vergaarde rijkdommen, maar ook wegens de regeringsambten die de leden ervan op alle niveaus bekleedden, alsmede door de vermaagschappingen en huwelijksbanden met de top van de heersende klasse in Holland. Een zwager van Jan Deutz was raadpensionaris Jan de Witt, de huisonderwijzer en leidsman van de jonge Willem III. Jan Deutz junior, de zoon en vennoot van de bankier, was van 1692 tot 1719 lid van de gemeenteraad van Amsterdam geweest; dochters uit het gezin Deutz waren uitgehuwelijkt aan Hollandse burgemeesters, generaals, handelaren en bankiers.

Dat was nog maar het begin. Van juni tot december 1669 worden er weer ongeveer 6000 scudo's door de Odescalchi's overgemaakt aan een compagnie waarvan Willem Bartolotti een vennoot was. Dit vormde het doorslaggevende bewijs: de Odescalchi's stuurden geld naar de Bartolotti's, en die leenden het weer aan Willem, het geld ging van de schatkist van de toekomstige paus naar die van het huis van Oranje.

Hoe meer ik klopte, hoe meer deuren er opengingen. De Venetiaanse beheerders van de Odescalchi's hadden van november 1660 tot oktober 1665 nog eens 22.000 scudo's aan ene Jean Neufville gestuurd. En Neufville stond zeker niet in de zijlijn van de *entourage* van Willem: zijn dochter Barbara trouwde met Huib de Wildt, de secretaris van de Admiraliteit van Amsterdam en later algemeen admiraal op last van Willem van Oranje zelf. De familie De Wildt was overigens voorgoed aan het huis van Oranje gebonden: Huibs grootvader, Gillis de Wildt, was door prins Maurits tot lid van de stadsraad van Haarlem benoemd. Huib de Wildt echter vergaarde de financiering voor de invasie van Engeland in 1688, en nadat Willem de Engelse troon besteeg, fungeerde hij als zijn persoonlijke vertegenwoordiger in Holland.

Ten slotte wordt in oktober 1665 door de beheerders van de Odescalchi's ook een klein bedrag gestuurd naar de compagnie van Daniël en Jan Baptist Hochepied, van wie de eerste lid was van de raad van Amsterdam, alsmede een der Heeren Zeventien van de voc: de zakelijke en financiële motor van het ketterse, protestantse Holland.

Het was dus waar. Dulcibeni had niets verzonnen: de namen van de heimelijk door de Odescalchi's gefinancierde Hollanders waren dezelfde die de jansenist ten slotte aan het knechtje had bekendgemaakt. Ook een ander belangrijk detail klopte: om geen sporen na te laten werd het geld door de twee Venetiaanse stromannen van de Odescalchi's, Cernezzi en Rezzonico, naar de vrienden van het huis van Oranje gestuurd. Soms noteerde Carlo Odescalchi in de grootboeken dat deze of gene transactie verricht moest worden op naam van Cernezzi en Rezzonico, maar het geld was van hem. En dus ook van zijn broer.

Uiteindelijk vond ik ook de financieringen van de voorstander van de slavernij Francesco Feroni: 24.000 scudo's in tien jaar, van 1661 tot 1671. Wie weet hoeveel die leningen hebben opgebracht; daaruit moest de inschikkelijkheid van de Odescalchi's jegens Feroni's eisen omtrent Dulcibeni's dochter stammen.

Dat niet alleen: de Odescalchi's hadden ook geld geleend aan de Genuezen

Grillo en Lomellini die van de Spaanse koning toestemming hadden gekregen om slavenhandel te drijven, vrienden en op hun beurt financiers van Feroni. Omdat ook deze documenten nooit door een historicus zijn gelezen, vermeld ik er de vindplaats van (Staatsarchief van Rome, *Fondo Odescalchi*, XXIII A1, c.216; cf. tevens XXXII E3, 8).

Ik heb geverifieerd hoeveel duizenden scudo's jaarlijks door de Odescalchi's naar de Nederlanden werden gestuurd, en er een grafiek van gemaakt:

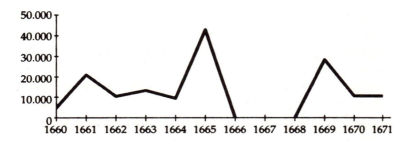

Het geld diende beslist om oorlogen mee te financieren. Dat wordt gestaafd door mijn bevindingen: in 1665 bijvoorbeeld, wanneer in de overboekingen de grootste piek van 43.964 scudo's wordt geregistreerd, treedt Holland in oorlog met Engeland.

Mijn werk was veel gemakkelijker geweest als ik de grootboeken van Carlo Odescalchi had kunnen vergelijken met zijn handelscorrespondentie. Vreemd genoeg zijn echter de brieven van 1650 tot 1680, die de namen van de Hollandse schuldenaren moesten vermelden, onvindbaar: ze blijken niet aanwezig te zijn in het staatsarchief van Rome, noch in het archief van Palazzo Odescalchi, de enige twee te raadplegen plaatsen waar papieren van de familie worden bewaard.

Maar het is niet voor het eerst dat er in deze kwestie een vreemde verdwijning optreedt. Lodewijk XIV had in Rome een spion van hoge rang in dienst: kardinaal Alderano Cybo, een naaste medewerker van Innocentius XI. Cybo had zeer waardevolle informatie aan de Fransen doorgespeeld: de staatssecretaris van het Vaticaan, Lorenzo Casoni, stond in geheim contact met de prins van Oranje.

Of dit nu al dan niet waar was, aan het eind van de achttiende eeuw werden de delen correspondentie van Casoni, die bewaard werden in het Vaticaan, door onbekende handen verduisterd.

Zelfs de treurigste en gênantste details in het typoscript van mijn twee oude vrienden zijn waar gebleken. Het kan niet, had ik eerst gedacht, dat Innocentius xi en zijn familie over Cloridia beschikten als over iets van hen, zodat ze haar als ordinaire slavendrijvers aan Feroni afstonden!

Nadat ik echter een paar goed gedocumenteerde essays had geraadpleegd, moest ik mijn mening bijstellen. De familie Odescalchi bezat evenals veel andere patriciërsfamilies normaliter slaven. Livio Odescalchi, de neef van de paus, was bijvoorbeeld de meester van Ali, een vijftienjarige jongen uit Smirna. En de zalige Innocentius xi bezat Selim, een moortje van negen jaar oud. Maar dat was nog niet alles.

In 1887 publiceerde de emeritus-archivaris Giuseppe Bertolotti in een veronachtzaamd, specialistisch periodiek, het *Tijdschrift voor het Gevangeniswezen*, een diepgaande studie over de slavernij in de Kerkelijke Staat. Er dook een verrassend portret uit op van de zalige Innocentius, dat zeker niet in een van zijn biografieën is terug te vinden.

Alle pausen, tot aan de barok en later, maakten gebruik van gekochte of in de oorlog gevangengenomen slaven, die ze als roeiers op de pauselijke galeien of voor privé-doeleinden tewerkstelden. Maar wat slaven betreft, waren de chirografen van Innocentius xi verreweg het wreedst, merkt Bertolotti op, gruwend van de 'slavendrijverscontracten voor mensenvlees' die door de paus persoonlijk zijn ondertekend.

Na jaren van onmenselijke inspanning vroegen de dwangarbeiders die inmiddels ongeschikt waren voor het werk, om de vrijheid. Als losprijs eiste paus Odescalchi het povere sommetje dat de ongelukkigen jaar na jaar nederig bij elkaar hadden gespaard. Zo moet Salem Ali uit Alexandrië, ziek aan zijn ogen en door een arts gehandicapt verklaard, 200 scudo's aan de pauselijke schatkist betalen om zich te bevrijden uit de ketenen van de pauselijke galeien. Ali Moestafa uit Constantinopel, die voor 50 scudo's is gekocht door de galeien van Malta, lijdt aan ischias, en niet in staat zijn dienst nog te vervullen zal hij 300 scudo's voldoen aan de staatskas van het Vaticaan. Mamoeth Abdi uit Tokat, 60 jaar oud, waarvan 22 in slavernij doorgebracht, moet 100 scudo's bieden. Ibrahim Amoer uit Constantinopel koopt zijn vrijheid met 200 scudo's. Mamoeth Amoerat uit het gebied rond de Zwarte Zee, 65 jaar oud en in slechte gezondheid, kan echter maar 80 scudo's afstaan.

Wie geen geld had, diende te wachten totdat de dood het probleem oploste.

In de tussentijd werd hij in de gevangenis gezet, waar de doktoren zich voor arme lichamen gesteld zagen die waren gebroken door inspanningen, ontberingen, gruwelijke verzweringen, jaren oude wonden.

Ontsteld door deze ontdekking zocht ik de door Bertolotti gebruikte documenten, die hij bestempelde als 'eenvoudig te raadplegen'. Niets aan te doen: ook die zijn verdwenen.

De papieren hadden zich moeten bevinden in het Staatsarchief van Rome, *Acta Diversorum* van de kardinaal-kamerling en de thesaurier van de Apostolische Kamer, anno 1678. De boeken van de kardinaal-kamerling beslaan alle jaren tot aan 1677, daarna gaan ze verder vanaf 1679: uitgerekend 1678 ontbreekt.

Wat de thesaurier betreft, één enkel verzameldeel groepeert de stukken van 1676 tot 1683. Maar ook hier is van het jaar 1678 geen spoor.

Belua insatiabilis, onverzadigbaar roofdier: noemde de profetie van Maleachi Innocentius XI niet zo?

Na maanden van hoesten in het stof van de zeventiende-eeuwse manuscripten heb ik weer een gedrukt werk ter hand genomen, *Het brievenboek van Innocentius*: honderdzesendertig brieven, in een tijdsbestek van twintig jaar door Benedetto Odescalchi geschreven aan zijn neef Antonio Maria Erba, een Milanese senator. De geduldige bezorger van het brievenboek, Pietro Gini uit Como, moet in zijn ijver niet beseft hebben wat hij prijsgaf aan de drukpers.

Het gaat om privé-brieven, dat is waar; maar juist uit die familiecorrespondentie komt onomstotelijk het karakter van de man en zijn relatie tot geld naar voren. Kadasterstukken en landgoederen, erfenissen, bankplaatsen, redenen tot schadeloosstelling, op te eisen bedragen, verbeurdverklaringen aan schuldenaren. Elke zin, elke regel, elke aantekening wordt vergiftigd door de hamerende gedachte aan geld. Afgezien van een paar familieruzies en wat informatie over de gezondheid van verwanten staat er niets anders in de privé-brieven van Innocentius.

Het wemelt echter van de adviezen over hoe je de hand op de zak moest houden, of hoe je geld van schuldenaren terug moest krijgen. Je kunt maar beter nooit te maken krijgen met rechtbanken, peinst de paus in een brief uit september 1680, maar als je je geld terug wilt hebben, moet je de eerste zijn die een zaak aanspant: een compromis kan altijd nog.

Zelfs de kring intimi lijkt het vuur van de paus bevreemd aan te zien. Een handgeschreven aantekening van neef Livio, omstreeks 1676: ze moeten op zoek naar '*een paar priesters om te corresponderen over de bedrijfszaken, want als de paus alles eigenhoofdig en eigenhandig wil blijven volgen, zal dat ten koste van zijn gezondheid gaan*'.

Zijn bezetenheid van geld sloopt zelfs zijn lichaam.

༄༅

Beste Alessio, nu weet ik het dus. Dag na dag is de memorie van het knechtje uit De Schildknaap onder mijn ogen werkelijkheid geworden. De geheimen die Pompeo Dulcibeni aan het slot aan het knechtje onthult, en die het motief voor de moordaanslag op Innocentius XI vormden, zijn allemaal waar.

De zalige Innocentius was de handlanger van de protestantse ketters ten koste van de katholieken; hij liet toe dat Engeland werd binnengevallen door Willem van Oranje, en dat alleen om zich een geldelijke schuld te laten terugbetalen.

Paus Odescalchi was verder financier van de slavenhandel, hij aarzelde niet om ook persoonlijk slaven te bezitten, geobsedeerd als hij was door de gedachte aan geld en gewin.

De persoon en het werk van Innocentius XI werden vervolgens onterecht met valse, misleidende of partijdige argumenten geroemd en verheven. De bewijzen werden weggemoffeld: de inventaris van het testament van Carlo Odescalchi, de handelsbrieven en kwitanties van 1650 tot 1680 uit het archief Odescalchi, de correspondentie van staatssecretaris Casoni, de chirografen over de slaven die door Bertolotti worden geciteerd, plus nog andere documenten waarvan ik de meestal onverklaarbare verdwijning signaleer in een appendix.

Ten slotte zegevierde dus de leugen en de financier van de ketters werd de Redder van de Christenheid genoemd. De gierige handelaar werd een wijs bestuurder, en de koppige politicus een consequent staatsman; wraak vermomde zich als trots, gierigheid heette soberheid, de onwetende veranderde in een eenvoudig man, het kwade nam de schijn aan van het goede, en dit laatste werd, verlaten door iedereen, aarde, stof, rook, schaduw, niets.

Nu begrijp ik misschien de opdracht die door mijn twee vrienden is gekozen: *Voor de overwonnenen*. Overwonnen werd Fouquet: voor Colbert was de glorie, voor hem de schande. Overwonnen werd Pompeo Dulcibeni, die er niet in slaagde recht te verkrijgen: zijn bloedzuigers faalden. Overwonnen werd Atto Melani: hij moest van de Zonnekoning zijn vriend Fouquet doden. En ondanks talloze wederwaardigheden slaagde hij er niet in Dulcibeni zijn geheim afhandig te maken. Overwonnen werd ook het knechtje, dat tegenover het visioen van het Kwaad zijn geloof en onschuld verloor: van aspirant-journaalschrijver zocht hij zijn heil in het simpele, harde werk op het veld. Overwonnen werd ook zijn memorie die, toch met zoveel zorg en inspanning opgesteld, eeuwenlang vergeten was.

Alle moeite van die personen was dus zinloos tegenover de kwaadaardige krachten van het onrecht die de geschiedenis van de wereld overheersen. Hun inspanningen dienen misschien alleen henzelf, om te ontdekken en te begrijpen wat niemand – lange tijd nog – gegeven zou zijn te weten. Ze dienden misschien vooral om te lijden.

Als het handelt om een roman, is het een roman over zinloosheid.

Ik hoop dat U, beste Alessio, mij zult vergeven dat ik in deze laatste regels zo mijn hart heb gelucht. Van mijn kant heb ik gedaan wat ik kon. Het zullen de historici zijn die op een dag het uitpluizen van de archiefdocumenten, het nauwgezet controleren van de bronnen, de omstandigheden, de details zullen voltooien.

Eerst nog echter is het aan Zijne Heiligheid, en alleen aan hem, om te beoordelen of het werk van mijn vrienden moet worden gepubliceerd of dat het geheim moet worden gehouden. De gevolgen van een eventuele verspreiding zouden er vele zijn, en ze zouden niet alleen de Kerk van Rome betreffen. Hoe zullen de Britse Orangisten nog driest en aanmatigend door de straten van Londen en Belfast kunnen paraderen, wanneer ze elk jaar op 12 juli de gedenkdag vieren van de Slag aan de Boyne waarmee Willem van Oranje definitief de katholieke troepen verpletterde? Welke betekenis zullen hun vieringen van protestants extremisme nog hebben, wanneer ze weten dat ze die te danken hebben aan een paus?

Als de oude voorspellingen niet liegen, neemt de Heilige Vader nu de meest juiste, geïnspireerde beslissing. Volgens de profetie van de heilige Maleachi, zoals opgeroepen door pater Robleda, zal onze geliefde en zeer lang levende paus de laatste zijn, en de heiligste: De *Gloria Olivae*, zoals de profetie hem noemt.

Ik weet dat de aan Maleachi toegeschreven lijst van pausen al lang erkend is als vals en als gemaakt in de zestiende eeuw in plaats van in de Middeleeuwen. Maar geen geleerde is erin geslaagd te verklaren waarom de namen van de moderne pausen, tot op heden, er toch correct in worden voorspeld.

Die lijst zegt ons dat de tijd nu om is: *Fides Intrepida* (Pius xi), *Pastor Angelicus* (Pius xii), *Pastor et Nauta* (Johannes xxiii), *Flos Florum* (Paulus vi), *De Medietate Lunae* (Johannes Paulus i), *De Labore Solis* (Johannes Paulus ii) en als laatste *De Gloria Olivae*: alle 111 pausen van de profetie zijn inmiddels de Heilige Drempel overgegaan. De Heilige Vader is dus misschien degene die de terugkeer van Petrus op Aarde zal voorbereiden, wanneer eenieder zal worden geoordeeld en ieder onrecht zal worden hersteld.

Cloridia had tegen het knechtje gezegd dat zij naar Rome was gekomen door de weg van de getallen en het orakel van de Tarot te volgen: het Mysterie van het Oordeel vroeg om *herstel van geleden onrecht en een rechtvaardig oordeel van het nageslacht*. Als de profetie van Maleachi klopt, is nu de tijd gekomen waarin dat zal gebeuren.

Al te vaak is de geschiedenis gekwetst, verraden, verminkt. Als men nu niet tussenbeide komt, als men niet hardop de waarheid zegt, als het geschrift van mijn twee vrienden niet wordt verspreid, is het mogelijk dat de verdwijning van de bewijzen doorgaat: dat de brieven van Beaucastel en monseigneur Cenci verloren gaan, per vergissing in het verkeerde dossier worden teruggelegd, of dat de grootboeken van Carlo Odescalchi op onverklaarbare wijze verdwijnen, zoals reeds met veel andere papieren is gebeurd.

Ik weet, beste Alessio, hoe graag U de verplichtingen die Uw ambt met zich meebrengt, respecteert. Daarom ook vertrouw ik erop dat U dit dossier met de grootste spoed aan Zijne Heiligheid zult doen toekomen, opdat hij kan beoordelen of hij opdracht moet geven voor een laat, maar toch nog tijdig *imprimatur*.

Noten

DE SCHILDKNAAP

Herberg De Schildknaap heeft echt bestaan. Ik heb met precisie kunnen lokaliseren waar zij stond dankzij de Stati animarum (de telling die elk jaar met Pasen door de pastoors van Rome wordt uitgevoerd) van de oude parochie Santa Maria in Posterula, het kerkje in de buurt van de herberg. In de negentiende eeuw werden de kerk en het pleintje dat ernaar genoemd was, opgeofferd aan de aanleg van de dijken van de Tiber. Maar de jaar na jaar uitgevoerde tellingen door de pastoors van Santa Maria in Posterula zijn bewaard, en ze zijn te raadplegen in het historisch archief van het vicariaat van Rome.

De oude herberg bevindt zich precies daar waar het knechtje zegt: aan een zestiende-eeuws pleintje aan het begin van de Via dell'Orso, de huidige huisnummers 87 en 88. De hoofdingang is een fraaie bossagedeur; daarnaast is in een langwerpige boog de brede deur zichtbaar die in 1683 naar de eetzaal van de herberg leidde en nu de ingang is van een antiekwinkel. Het gebouw werd een paar decennia geleden gekocht en gerenoveerd door een gezin dat er nog steeds woont en er enkele appartementen verhuurt.

Met een reeks kadasteronderzoeken heb ik kunnen verifiëren dat het gebouw aan de Via dell'Orso van 1683 tot nu enkele veranderingen heeft ondergaan, die het oorspronkelijke aanzien evenwel niet ingrijpend hebben gewijzigd. De ramen op de begane grond en de eerste verdieping hebben nu bijvoorbeeld geen traliewerk meer; de vliering is de derde verdieping geworden, met erboven een terras. De rij ramen die uitkijkt op de steeg op de hoek met de Via dell'Orso is helemaal dichtgemetseld, maar is nog wel zichtbaar. Het torentje dat de courtisane Cloridia geherbergd zou hebben, is uitgebreid tot een echte bovenverdieping. Op de andere verdiepingen zijn alleen de dragende muren overeind gebleven, terwijl de tussenwanden in de loop der eeuwen meermalen zijn veranderd. Ook het kamertje dat de geheime toegangstrap naar de onderaardse gangen verborg, heeft het niet overleefd: in plaats daarvan is in recenter tijden ex novo een nieuwe rij appartementen gebouwd.

De herberg staat daar kortom alsof de tijd nooit voorbij was gegaan. Met een beetje fantasie zou je denken dat je onder die oude ramen nog de boze stem hoort van Pellegrino, of het geprevel van pater Robleda.

Barmhartig als hij is, heeft de tijd nog meer documenten gespaard, die doorslaggevend zijn gebleken voor mijn onderzoeken. In het Fondo Orsini van het historisch Capitolijns archief heb ik een waardevol gastenboek van De Schildknaap gevonden tot het jaar 1682. Het boekwerk, beschermd door een ruwe perkamenten band, is door een onzekere hand getiteld *Boek waarin eenieder is genoteerd die kwam overnachten in de Herberg van sig.ra Luigia de Grandis Bonetti in de Via dell'Orso*. Binnenin bevestigt een handgeschreven aantekening dat de herberg 'De Schildknaap' werd genoemd.

Uit het gastenboek komen veel verrassende toevalligheden naar voren. Het verhaal van het knechtje wil dat de eigenares van De Schildknaap, signora Luigia, een gewelddadige dood was gestorven door de agressie van twee zigeuners.

Welnu, het herbergregister wordt op 20 oktober 1682 abrupt onderbroken. En het lijkt of de herbergierster Luigia Bonetti rond die datum werkelijk een ernstig ongeluk is overkomen: van haar is niets meer bekend tot 29 november daaropvolgend, de dag van haar dood (die ik heb kunnen natrekken in de overlijdensakten van de parochie van Santa Maria in Posterula).

Maar dat is nog niet alles. Ik geloofde mijn ogen niet toen ik in het gastenboek van De Schildknaap enkele zeer bekende namen las: Eduardus Bedfordi, 28 jaar oud, Engelsman; Angiolo Brenozzi, 23 jaar oud, Venetiaan; en ten slotte Domenico Stilone Priàso, 30 jaar oud, Napolitaan: allemaal tussen 1680 en 1681 in de herberg te gast. De drie jongelieden waren dus personen van vlees en bloed, en hadden reeds ten tijde van signora Luigia, voordat het knechtje kwam, echt in De Schildknaap gelogeerd.

Ik heb vervolgens ook gezocht naar sporen van het knechtje, dat in zijn memorie helaas nooit zijn naam vermeldt, en van zijn baas Pellegrino de Grandis.

Het knechtje zegt dat hij voorjaar 1683 door Pellegrino is aangenomen toen deze met vrouw en twee dochters vanuit Bologna was aangekomen en tijdelijk onderdak had gevonden vlak bij De Schildknaap *in afwachting tot enkele huurders het pand zouden verlaten*.

Welnu, alles klopt. In de *Stati animarum* heb ik gevonden dat De Schildknaap dat voorjaar een paar gezinnen van huurders huisvestte; kort daarop verscheen voor het eerst ene Pellegrino de Grandis, een kok uit Bologna, met zijn vrouw Bona Candiotti en twee dochters. Ze werden vergezeld door een twintigjarig knechtje met de naam Francesco. Was hij de dwerg uit de herberg?

Het jaar daarop zijn er weer andere huurders in De Schildknaap: een teken dat de schade van de instorting, zoals aan het slot van het verhaal door het knechtje beschreven, is hersteld, maar Pellegrino neemt zijn herbergiersactiviteiten niet meer op. En van hem noch van zijn hulpje zijn er verder nog sporen.

PERSONAGES EN DOCUMENTEN

De arts Giovanni Tiracorda, geboren in het dorpje Alteta in de provincie Fermo, was een van de bekendste hofartsen van de paus, en behandelde Innocentius XI meermalen. Zoals ik heb kunnen nagaan (ook ditmaal dankzij de *Stati animarum* van Santa Maria in Posterula), woonde hij echt in de Via dell'Orso, naast de herberg, samen met zijn vrouw Paradisa en drie dienstmeisjes. Zijn gezette, joviale figuur, zoals door het knechtje beschreven, beantwoordt precies aan de karikatuur die Pier Leone Ghezzi van hem maakte en die tegenwoordig bewaard wordt in de Vaticaanse Bibliotheek. Ook de boeken, de meubels, de spullen en de plattegrond van Tiracorda's huis, zoals beschreven door het knechtje, beantwoorden tot in de finesses aan de goedereninventaris die bij het testament van de arts is gevoegd, en die ik heb kunnen raadplegen in het staatsarchief van Rome.

Zelfs het grillige karakter van zijn vrouw Paradisa lijkt met de waarheid overeen te stemmen. In het Archief van het Vrome Genootschap der Picenen te Rome bevinden zich de weinige papieren van Tiracorda die de razzia van de napoleontische troepen in Rome hebben overleefd. Onder de bewaard gebleven documenten heb ik een dossier geraadpleegd met rechtszaken tegen Paradisa na de dood van haar man. Uit enkele deskundigenverklaringen wordt duidelijk dat de vrouw niet meer bij haar verstand was.

Van de achternaam Dulcibeni heb ik tijdens mijn twee bezoeken aldaar nogal wat blijken gevonden in het stadje Fermo in de Marche; helaas heb ik geen enkele memorie gevonden van iemand die in de zeventiende eeuw beantwoordde aan de naam Pompeo. Wel heb ik bevestiging gevonden van het bestaan te Napels van een belangrijke kring jansenisten: waarschijnlijk die waarbij Dulcibeni zich zou hebben aangesloten.

In het Archief van de Medici te Florence heb ik ook bijna helemaal het verhaal van Feroni en Huygens kunnen verifiëren: weer terug uit Holland in Toscane wilde Francesco Feroni een aristocratisch huwelijk regelen voor zijn dochter Caterina. Het meisje was echter hopeloos verliefd op de rechterhand van haar vader, Anton Huygens uit Keulen, zodat ze ziek werd, *lijdend aan voortdurende koortsen, die later overgingen in derdendaagse koortsen.* Desondanks was Huygens voor Feroni blijven werken en kreeg hij uiteindelijk de leiding over het bedrijfsfiliaal in Livorno. Ook hier heeft de memorie van het knechtje, naar het schijnt, niet gelogen.

Omtrent de Siënese arts Cristofano heb ik alleen berichten over zijn gelijknamige vader opgespoord, de welbekende inspecteur voor de volksgezondheid Cristofano Ceffini, die tijdens de pest van 1630 te Prato daadwerkelijk actief was. Hij liet ook een *Boek over volksgezondheid* na, met een lijst van voorschriften die de overheid in geval van pest moest naleven.

Luigi Rossi, Atto Melani's leermeester, woonde in Rome en Parijs, waar hij de vriend en mentor van de jonge Atto was. Alle versregels die abt Melani zingt komen uit zijn liederen. *Seigneur* Luigi (zoals men aangegeven vindt in de oorspronkelijke partituren in bibliotheken overal in Europa) bekommerde er zich bij zijn leven nooit om zijn bejubelde werken, waar de vorsten in die tijd om vochten, te laten drukken. Zodoende raakte Luigi Rossi, hoewel hij in de zeventiende eeuw als de grootste componist van Europa werd beschouwd, reeds bij aanvang van de nieuwe eeuw in de vergetelheid.

Ik heb slechts twee opnames met zijn liefdesliederen in de handel kunnen traceren, maar ik heb geluk gehad: ik heb er precies dezelfde stukken op gevonden die door Atto worden gezongen, en zodoende kon ik verrukt naar die verbluffende melodieën luisteren.

Het astrologiekrantje van Stilone Priàso, dat het knechtje van De Schildknaap zo grondig bestudeert, is in december 1682 gepubliceerd en te raadplegen in de Biblioteca Casanatense te Rome. Met de grootste ontsteltenis – ik beken het – heb ik ontdekt dat de schrijver echt had voorspeld dat de slag van Wenen in september 1683 zou plaatshebben. Het is een mysterie, denk ik, en dat zal het ook wel blijven.

In de Biblioteca Casanatense kon ik, dankzij de professionaliteit en de uiterste wellevendheid van de bibliothecarissen, ook het astrologisch handboek opsporen waaruit de horoscoop van de Ram wordt gehaald die Ugonio tijdens de tocht over de ondergrondse wateren voordraagt aan Atto en het knechtje. Het traktaatje werd gepubliceerd in Lyon in 1625, net een jaar voordat abt Melani werd geboren: *Livre D'Arcandam Docteur et Astrologve traictant des predictions d'Astrologie*. Welnu, in het geval van Atto Melani zijn de voorspellingen van Arcandam met ongehoorde precisie bewaarheid, met inbegrip van zijn levensduur: 87 jaar, zoals de astroloog had voorspeld.

ATTO MELANI

Alle omstandigheden uit Atto Melani's leven in het verhaal van het knechtje zijn authentiek. Als castraatzanger, diplomaat en spion was Atto eerst in dienst van de Medici, daarna van Mazarin en ten slotte van de Zonnekoning, maar ook van Fouquet en een niet nader aangegeven aantal kardinalen en adellijke families. Zijn carrière als castraat was lang en roemrijk, en zijn zang werd werkelijk – zoals hij tegenover het knechtje opschept – geprezen door Jean de la Fontaine en Francesco Redi. Behalve dat hij in alle belangrijke muzieknaslagwerken wordt aangehaald, verschijnt Atto's naam in de correspondentie van Mazarin en in de werken van enkele Franse memoiresschrijvers.

Ook wordt Atto wat betreft uiterlijk en karakter door het knechtje goed beschreven: om dat te beseffen hoeft men maar stil te staan voor het grafmonument dat te zijner ere door zijn erfgenamen werd opgericht in de Melanikapel van de Sint-Dominicuskerk in Pistoia. Als men omhoog kijkt ziet men de olijke ogen van de abt, en zal men de pesterige plooi om zijn mond en het brutale kuiltje in zijn kin herkennen. De markies De Grammont bestempelde de jonge Atto Melani in zijn memoires als *amusant en bepaald niet dom*. En je hoeft Atto's vele brieven maar te lezen, die als *disiecta membra* over de archieven van de vorstendommen van heel Italië zijn verspreid, of je staat verbaasd over zijn vrolijke, ironische, roddelende, scherpzinnige inslag.

In zijn correspondentie worden veel van de onderwijzingen teruggevonden die Atto het knechtje verstrekte, te beginnen bij zijn geleerde (en discutabele) betoog volgens hetwelk het voor een christenvorst absoluut geoorloofd was een verbond aan te gaan met de Turken.

Ook de gids voor de architectonische wonderen van Rome die abt Melani tussen het ene en het andere avontuur door schreef in zijn kamer in De Schildknaap lijkt allesbehalve een verzinsel. Atto's gids heeft buitengewoon veel weg van een anoniem manuscript in de Franse taal dat in 1996 voor het eerst onder de titel *Spiegel van barok Rome* werd gepubliceerd door een kleine Romeinse uitgeverij. De anonieme auteur van het manuscript was een geleerde, bemiddelde abt, een groot kenner van de politiek, met kennissen aan het pauselijk hof, een vrouwenhater en een francofiel. Dit lijkt op het portret van abt Melani.

Dat niet alleen: de schrijver van de gids moet tussen 1678 en 1681 in Rome verbleven hebben; net als Atto, die namelijk in 1679 Kircher ontmoet.

Evenals Atto's gids is ook de *Spiegel van barok Rome* onvoltooid gebleven. De auteur is met het werk opgehouden, terwijl hij de Sint-Athanasiuskerk beschrijft. Ongelofelijk genoeg onderbreekt Atto Melani op hetzelfde punt zijn gids, verlamd door de herinnering aan zijn ontmoeting met Kircher. Enkel toeval?

Verder heeft Atto werkelijk Jean Buvat gekend, de kopiist die – zoals men leest in het verhaal van het knechtje – zijn correspondentie in Parijs afwikkelde en tot in de perfectie zijn handschrift wist te imiteren. Buvat heeft echt bestaan: hij was kopiist aan de Koninklijke Bibliotheek, een zeer bekwaam ontcijferaar van perkamenten en een uitmuntend kalligraaf. Hij werkte tevens voor Atto, die – tevergeefs – een salarisverhoging voor hem probeerde te krijgen bij de prefect van de Bibliotheek (cf. *Mémoire-journal de Jean Buvat*, in *Révue des bibliothèques*, okt.-dec. 1900, blz. 235-236).

Voor Buvat had de geschiedenis een beter lot in petto dan voor Atto: terwijl abt Melani is opgeslokt door de vergetelheid, speelt Buvat een belangrijke rol in *Le chavalier d'Harmental* van Alexandre Dumas père.

ATTO EN FOUQUET

Ik heb een korte biografie van Atto (Staatsarchief van Florence, *Fondo Tordi*, n.350 c.62) teruggevonden die een paar jaar na zijn dood werd geschreven door zijn neef Luigi, en waaruit duidelijk wordt dat Atto bevriend was met Fouquet, zoals in de memorie van het knechtje staat. De minister onderhield volgens Atto's neef met abt Melani een hechte briefwisseling. Maar van die correspondentie heb ik eerlijk gezegd geen spoor kunnen vinden.

Wat waren Atto's ware betrekkingen met de minister?

Wanneer Fouquet wordt gearresteerd, is Atto in Rome. Zoals ook gememoreerd in de memorie van het knechtje is hij gevlucht voor de woede van hertog de la Meilleraye, Mazarins machtige erfgenaam, die de castraat te veel in zijn huis heeft zien rondsnuffelen en aan de koning heeft gevraagd hem te verbannen. In Parijs gaat echter het gerucht dat hij betrokken was bij het schandaal rond Fouquet.

Najaar 1661 schrijft Atto vanuit Rome aan Hugues de Lionne, een minister van Lodewijk XIV.

Het is een sombere brief (door mij opgespoord in het archief van het ministerie van Buitenlandse Zaken te Parijs, *Correspondence politique*, Rome 142, c.227 vv; het origineel is in het Frans), waarin het nerveuze handschrift, de krampachtige zinsbouw en de spelfouten al zijn angst blootleggen:

Rome, de laatste dag van oktober 1661

U zegt dat mijn kwaal geen geneesmiddel kent en dat de koning altijd geprikkeld tegen mij is.

Mij dit schrijven is mijn doodvonnis meedelen, en u bent, daar u van mijn onschuld weet, onmenselijk geweest dat u mij niet een beetje althans hebt getroost, want u bent niet onbekend met hoezeer ik de koning aanbid, en met de hartstocht die ik altijd heb gevoeld om hem te dienen zoals passend is.

God gave dat ik hem niet zo had liefgehad en dat ik meer aan Monsieur Fouquet gehecht was dan aan hem: ik zou mij althans rechtvaardig gestraft zien om een door mij begaan vergrijp, en ik zou slechts mijzelf te beklagen hebben. Want nu ben ik de ellendigste jongeman ter wereld, want nooit zal ik mij kunnen troosten, omdat ik de koning niet als een groot vorst beschouw, maar als iemand voor wie ik de vervoering van zo'n grote liefde voelde als een mens mogelijk is. Ik streefde er enkel naar hem te dienen zoals passend is en goede gunsten te verdienen, zonder ook maar aan het geringste voordeel te denken, en ik kan u zeggen dat ik niet zo lang in Frankrijk zou blijven, ook al leefde Mijnheer de Kardinaal [Mazarin] nog, zonder de liefde die ik voelde voor de koning.

Mijn ziel is niet sterk genoeg om zo'n grote rampspoed te weerstaan.

Ik durf niet te klagen, niet wetend wie ik van zo'n ongeluk moet beschuldigen, en al lijkt het mij dat de koning mij groot onrecht doet, ik kan geen mond opendoen, omdat hij gelijk heeft gehad verbaasd te staan dat ik een correspondentie onderhield met Mijnheer de Minister.

Hij heeft wel reden gehad om mij een trouweloos, slecht mens te vinden toen hij zag dat ik aan Monsieur Fouquet de kladjes stuur van de brieven die ik aan Zijne Majesteit schrijf. Hij heeft gelijk dat hij mijn gedrag veroordeelt, en de woorden waarvan ik mij bedien [sic] in mijn schrijven aan Monsieur Fouquet.

Ja, mijn arme Lionne, de koning heeft mij rechtvaardig behandeld door te verklaren dat hij ontevreden over mij is, omdat de hand die al zijn brieven heeft verraden het verdient te worden afgehakt, maar mijn hart is onschuldig, en mijn Ziel heeft geen enkele misstap begaan: ze zijn altijd trouw aan de koning geweest, en als de koning rechtvaardig wil zijn, moet hij de een veroordelen, en de ander vrijspreken, aangezien de hand fouten begaan heeft door een overdaad aan liefde die mijn hart voor de koning heeft gehad. De hand heeft fouten begaan omdat ik buitensporig het verlangen heb gevoeld om naar hem terug te gaan; omdat ik in behoeftige omstandigheden verkeerde, door iedereen verlaten; en omdat ik dacht dat de Minister de beste en trouwste Minister van de koning was, die hem zijn goedheid meer betoonde dan ieder ander.

Dit zijn de vier redenen die mij op deze wijze hebben doen schrijven aan Monsieur Fouquet, en er staat niet één woord in mijn brieven dat ik niet kan rechtvaardigen, en als de koning de goedheid wil hebben om mij deze gunst te verlenen, die geen misdadiger ooit is ontzegd, laat u al mijn brieven dan maar onderzoeken, laat mij maar verhoren, laat mij maar nog voor ik antwoord geef, om gestraft te worden, of om vergeving te krijgen de gevangenis in gaan, als ik die verdien.

Het zal niet gevonden worden in de brieven die ik aan Monsieur Fouquet heb geschreven, dat ik hem anders geschreven heb dan in de tijd dat ik in ongenade viel, en dat bewijst dat ik hem daarvoor niet kende.

Het zal in deze verslagen niet gevonden worden dat hij mij enig bedrag heeft verstrekt en dat ik tot het aantal mensen behoor dat van hem een geheim pensioen ontving.

Door middel van enkele brieven die hij mij heeft geschreven kan ik wel de hele waarheid aantonen, en dat hij, toen hij de reden kende die mij ertoe bracht hem te schrijven, tegen mij zei (of het nu waarheid is of vleierij) dat hij voor mij bij de koning zou bemiddelen, en mijn belangen wilde behartigen.

Ziehier bijgesloten een kopie van de laatste brief, de enige die ik sinds ik in Rome ben, heb ontvangen. Als u het origineel verlangt, hoeft u het maar te zeggen...

Atto bekent het dus: wanneer hij aan de koning schreef, speelde hij het klad van de brieven aan de minister door! Het waren brieven van een agent van Frankrijk, en ze waren direct aan de koning gericht: een doodzonde.

Atto ontkent echter dat hij het om geld heeft gedaan: hij was pas met Fouquet in contact getreden nadat hij in ongenade was gevallen, dus toen de woede van hertog De la

Meilleraye was uitgebarsten en hij een plek nodig had om zich te verbergen (precies zoals Devizé vertelt in de memorie van het knechtje).

Om te bewijzen wat hij zegt, sluit Atto de kopie van een brief van Fouquet aan hem bij. Het is een roerend document: de minister schrijft aan de castraat op 27 augustus 1661, een paar dagen vóór zijn arrestatie. Het is een van de laatste brieven die hij als vrij man schreef.

Fontainebleau, 27 augustus 1661

De eerste van de maand heb ik uw brief ontvangen met die van Mijnheer de Kardinaal N.

Ik zou u eerder geschreven hebben, als ik geen verkoudheid had opgelopen die mij twee weken het bed heeft doen houden en mij pas gisteren heeft verlaten.

Ik maak mij op om overmorgen met de koning naar Bretagne te vertrekken, en ik zal zorgen dat de Italianen onze brieven niet meer onderscheppen; zodra ik in Nantes ben, zal ik het er met monsieur De Neaveaux over hebben.

Weest niet bezorgd over uw belangen, want ik draag er speciaal zorg voor, en ofschoon mijn ongesteldheid mij de laatste dagen heeft verhinderd om zoals gewoonlijk met de koning te spreken, heb ik niet verzuimd tegenover hem te getuigen van de ijver die u in zijn dienst aan de dag legt, en hij is er zeer mee ingenomen.

Deze brief zal u worden bezorgd door de heer abt De Crecy, die u kunt vertrouwen. Ik heb met genoegen gelezen wat u mij meedeelt van de kant van Mijnheer de Kardinaal N., en ik verzoek u hem te zeggen dat ik tot alles bereid ben om hem te dienen. Ik verzoek u tevens mijn groeten over te brengen aan madame N.; ik reik u alle gevoelens van mijn eer, en ik verklaar mij uw dienaar.

De verwarring waarin ik mij bevind aan de vooravond van zo'n belangrijke reis belemmert mij met meer details te antwoorden op de hele inhoud van uw brief. Stuurt u mij een memorie over hoeveel pensioen hij u verschuldigd is, en weet dat ik niets zal nalaten om u de achting te betonen die ik voor u heb en het verlangen om u te dienen.

Als Fouquet werkelijk zo aan Atto schreef (het origineel is, als het al bestond, verloren gegaan), was het geen briljant idee om zich vrij te pleiten door deze regels aan de koning te laten zien. Te onduidelijk is wat er tussen de castraat en de minister voorvalt, te beladen met vermoedens is de sfeer rondom hen: onderschepte brieven, vertrouwelijke koeriers, een kardinaal N. (misschien Rospigliosi, de vriend van Atto?) en een mysterieuze madame N. (misschien Maria Mancini, een nicht van Mazarin en voormalig maîtresse van de koning die in die dagen ook in Rome was?).

Maar vooral is de reidans van Atto en Fouquet rondom de koning verdacht. De eerste geeft stiekem zijn correspondentie met Lodewijk XIV door aan de tweede, die op zijn beurt zijn vriend bij de vorst aanbeveelt. En dan nog dat pensioen waarvoor Fouquet hulp belooft aan Atto...

Ondanks het schandaal waardoor hij werd meegesleept, verried Fouquet zijn vriend niet. Tijdens zijn proces zal Fouquet, wanneer hem naar hun betrekkingen wordt gevraagd, ontwijkend antwoorden en Atto zo de gevangenis weten te besparen: ik heb er volop bevestiging van gevonden in de zittingsverslagen, precies zoals Devizé aan de gasten van De Schildknaap meedeelt.

DE LAATSTE JAREN VAN ATTO MELANI

In zijn laatste jaren moet de castraat Melani de last van de eenzaamheid hebben gevoeld. Daarom deelde hij de laatste periode van zijn leven in zijn huis te Parijs misschien met twee neven, Leopoldo en Domenico. En dan kan het kloppen dat hij, zoals het knechtje van De Schildknaap in zijn manuscript zegt, hem jaren daarvoor heeft aangeboden hem mee te nemen.

Op zijn doodsbed beval Atto dat al zijn papieren zouden worden ingepakt en naar het huis van een vertrouwde vriend worden gebracht. Hij wist dat tijdens zijn doodsstrijd het huis vol zou stromen met nieuwsgierigen en profiteurs die op zijn geheimen uit waren. En misschien dacht hij terug aan de keer dat hij zelf, zoals het knechtje vertelt, de werkkamer van de minder vooruitziende Colbert in sloop...

DE BEGINOPDRACHT

Rita en Francesco hadden mij gezegd dat ze de memorie van het knechtje tussen Atto's papieren aantroffen. Welnu, hoe was die daar terechtgekomen? Om dat te begrijpen dienen we aandachtig de mysterieuze beginopdracht te herlezen, de anonieme brief zonder afzender of geadresseerde die aan het verhaal van het knechtje voorafgaat:

Mijnheer,
bij het sturen van deze Memorie die ik uiteindelijk heb ontdekt, durf ik te hopen dat Uwe Excellentie mijn inspanningen om Uw wensen te vervullen zal erkennen, alsook de overmaat aan hartstocht en liefde die altijd mijn geluk heeft betekend wanneer ik daarvan kon getuigen bij Uwe Excellentie...

Op de laatste bladzijden van het verhaal schrijft het knechtje verteerd van spijt aan Atto om hem opnieuw zijn vriendschap aan te bieden. Hij laat zich echter ontvallen dat hij eerst een dagboek en later een gedetailleerde memorie van de gebeurtenissen in de herberg heeft opgesteld.

Het knechtje zegt dat Atto hem nooit heeft geantwoord, en hij vreest zelfs voor zijn leven. Maar wij weten dat de slimme abt het heeft gered en nog jarenlang heeft geleefd, en die brief dus moet hebben gekregen. Ik zie al de eerste flikkering van genoegen op zijn gezicht bij die regels, en dan meteen de angst, en ten slotte de beslissing: hij draagt een vertrouwde bandiet op om naar Rome te gaan en de memorie van het knechtje te ontvreemden voordat die in verkeerde handen valt. Die bladzijden onthulden te veel geheimen en beschuldigden hem van de gruwelijkste misdaden.

De anonieme opdracht zal dus nadat hij zijn opdracht heeft vervuld, door die bandiet aan Atto geschreven zijn. Vandaar de verklaring van Rita en Francesco dat ze de memorie van het knechtje tussen Melani's papieren hadden aangetroffen.

Hebben Atto en het knechtje elkaar niet meer gezien? Wie weet heeft abt Melani op een dag, gegrepen door nostalgie, niet onverwachts zijn *valet de chambre* opdracht gegeven om zijn reiskoffers te pakken, omdat hij dringend weg moest naar het Romeinse hof...

Innocentius XI en Willem van Oranje
Documenten

DE GESCHIEDENIS OVERDOEN

De bevrijding van Wenen in 1683, de religieuze discussies tussen Frankrijk en de Heilige Stoel, de verovering van Engeland door Willem van Oranje in 1688 en het einde van het Engelse katholicisme, het politiek isolement van Lodewijk XIV ten opzichte van andere mogendheden, de hele politieke constellatie van Europa in de tweede helft van de zeventiende eeuw en de daaropvolgende decennia: een heel hoofdstuk van de Europese geschiedenis zou moeten worden herschreven in het licht van de documenten die de geheime stappen van paus Odescalchi en zijn familie onthullen. Maar daarvoor moet eerst een gordijn van stilte, schijnheiligheid en leugens worden opgetrokken.

Innocentius XI financierde de overwinning van Wenen tegen de Turken uit de fondsen van de Heilige Stoel. Dat is een verdienste die niemand historisch gezien kan ontkennen. Maar zoals valt na te trekken in de grootboeken van Carlo Odescalchi, is tevens waar wat het knechtje van De Schildknaap schrijft wanneer hij zijn memorie in 1699 weer oppakt: de Odescalchi's leenden ook privé aan de keizer, als gewone bankiers. Als waarborg voor de leningen kregen ze vaten kwik (of kwikzilver, zoals het toen werd genoemd), die de familie van de paus uiteindelijk doorverkocht aan de Hollandse protestant Jan Deutz. Van de opbrengst ging 75 procent naar de Odescalchi's, de rest naar de bekende stromannen Cernezzi en Rezzonico, die de hele transactie discreet vanuit Venetië verzorgden. Geen enkele glorie dus voor deze op gewin gerichte transacties (onder de vele voorbeelden cf. Staatsarchief van Rome, *Fondo Odescalchi* XXII A13, c.265; XXIII A2, cc.52., 59, 105, 139, 168-169, 220, 234, 242; XXVII B6, n.11; XXXIII A1, c.194, 331).

Bij de dood van Innocentius XI haastte de keizer zich zijn erkentelijkheid jegens de Odescalchi's te betonen: hij probeerde Livio, de neef van de paus, voor een vriendenpijs landgoederen in Hongarije toe te kennen. De transactie werd echter tegengehouden: de Keizerlijke Kamer had de voorwaarden voor Livio Odescalchi als te ruimhartig beoordeeld (R.Guèze, *Livio Odescalchi e il ducato del Sirmio*, in: *Venezia, Italia e Ungheria fra Arcadia e illuminismo*, bezorgd door B. Köpeczi en P. Sárközy, Boedapest 1982, blz. 45-47). De keizer verkocht toen voor 336.000 florijnen het leengoed Sirmio in Hongarije. Was dit ook een gunstige prijs? Het ging om land dat na de gewonnen slag bij Wenen moeizaam op de Turkse bezitters was heroverd. De hoofdstad van het keizerrijk was dus gered met het geld van de Heilige Stoel, maar uiteindelijk belandden de resultaten van de herovering bij de Odescalchi's. Als bezegeling van dit alles werd Livio tot Vorst van het Heilige Roomse Rijk benoemd.

Dat de nauwe *liaison* tussen de keizer en de Odescalchi's iets kon verbergen, ontging ook de tijdgenoten niet. Al in 1701 noteert de dagboekschrijver Francesco Valesio (*Dia-*

rio di Roma, Rome, II 601) dat de voormalige kamerbewaarder Livio Odescalchi *met een merkwaardige gedaanteverandering* regelrecht tot *raadgever van de keizer met uitgebreid privilege* is benoemd.

Maar voor geld is (bijna) alles te koop. Aan het slot van zijn memorie vermeldt het knechtje dat Livio Odescalchi na de dood van zijn oom, de paus, voor enorme bedragen leengoederen, paleizen en villa's aanschafte. En na de dood van koning Jan Sobieski van Polen, die met zijn legers het beleg van Wenen had gebroken, overspoelde Livio Warschau met geld in een (vergeefse) poging om de Poolse troon te kopen (cf bv. Staatsarchief van Rome, *Fondo Odescalchi*, App.38. n.1, 5, 9, 13).

Alleen op deze manier wordt duidelijk waarom paus Odescalchi zolang hij leefde, doorging de keizer geld te sturen, ook toen het Turkse gevaar niet meer zo nijpend was: de hele investering moest weer naar de familie terug. Het maakte niet uit of hij de ketterse Willem van Oranje moest begunstigen om dit doel te halen.

Een harde lijn die de paus zelfs op de meest dramatische momenten hardnekkig handhaaft. Wanneer Lodewijk XIV en Jacobus Stuart Innocentius XI vragen de financieringen aan Wenen te staken en dringend geld te sturen naar de katholieke troepen van de Stuarts, die het in Ierland opnamen tegen de ketterse troepen van Willem van Oranje, weerlegt de paus, zoals de historicus Charles Gérin memoreert (*Revue des questions historiques*, xx-1876, blz.428), met frases die nu pas hun volle betekenis krijgen. Hij verklaart dat hij in Wenen *een voortdurende kruistocht* voert waarin hij, evenals zijn voorgangers, een *persoonlijk aandeel* heeft genomen. Híj levert de bondgenoten *hun galeien, hun soldaten en hun geld*, en verdedigt niet alleen de onaantastbaarheid van christelijk Europa, maar ook *zijn particuliere belangen als tijdelijk soeverein en Italiaans vorst*.

DE LENINGEN VAN INNOCENTIUS XI AAN WILLEM VAN ORANJE

Helaas heeft Atto Melani gelijk wanneer hij vertelt van het proces tegen Fouquet: winnaars maken de geschiedenis. En tot op heden is het de officiële geschiedschrijving geweest die overwon. Over Innocentius XI heeft niemand de waarheid kunnen (of willen) schrijven.

De eerste die repten over leningen van Innocentius XI aan Willem van Oranje, waren enkele anonieme kranten, die al de dag na landing van de protestantse vorst in Engeland door de Fransen werden verspreid (cf. J.Orcibal, *Louis XIV contre Innocent XI*, Parijs 1949, blz.63-64 en 91-92). Volgens de memoires van Madame de Maintenon zou de paus bovendien een bedrag van 200.000 dukaten hebben gestuurd voor de inval in Engeland: maar dat blijft twijfelachtig. Het ging om geruchten die door de Fransen in omloop waren gebracht, met het overduidelijke doel de paus zwart te maken. De praatjes werden verder verspreid door memoiresschrijvers en pamflettisten, maar die leverden geen bewijs voor wat ze beweerden.

Veel geniepiger voor de nagedachtenis van Innocentius XI was Pierre Bayle in zijn befaamde *Dictionnaire historique et critique*. Bayle memoreert dat Innocentius geboren was uit een bankiersfamilie en vermeldt een satirisch commentaar dat onder het standbeeld van Pasquino in Rome hing, de dag waarop kardinaal Odescalchi tot paus werd verheven: *Invenerunt hominem in telonio sedentem*. Oftewel: ze hebben een paus gekozen die aan de woekertafel zit.

Ditmaal ging het niet om een opzettelijk lasterpraatje. Bayle, een grote preverlichtingsintellectueel, kon niet beschuldigd worden van lage francofiele partijdigheid. Hij stond tenslotte zeer dicht bij de feiten waarover hij sprak (zijn *Dictionnaire* werd in 1697 gepubliceerd).

Geen enkele historicus echter probeerde de feiten op te helderen, het spoor te volgen dat in de clandestiene kranten en door Bayle werd aangegeven. Zo werd de waarheid over de Odescalchi's gebonden in een handvol clandestiene geschriften en in het oude, stoffige naslagwerk van een Hollandse afvallige filosoof (Bayle ging van het calvinisme over tot het katholicisme, om er vervolgens van terug te komen en uiteindelijk elk geloof af te wijzen).

De hagiografie intussen zegevierde zonder slag of stoot, en Innocentius XI maakte geschiedenis. De feiten leken onbetwistbaar: in 1683 wordt Wenen bevrijd dankzij degene die de katholieke vorsten heeft gemobiliseerd en subsidies van de Apostolische Kamer naar Oostenrijk en Polen heeft gestuurd. Innocentius XI is de heldhaftige paus en asceet die het nepotisme heeft afgeschaft, die de financiën van de kerk weer gezond heeft gemaakt, die de vrouwen heeft verboden zich in het openbaar met korte mouwen te vertonen, die een einde heeft gemaakt aan de krankzinnige dwaasheid van het carnaval, die in Rome, dat oord van verderf, de theaters heeft gesloten...

Na zijn dood komt er een stortvloed van brieven uit heel Europa: elk regerend vorstenhuis verzoekt hem zalig te verklaren. Al in 1714 begint het proces tot zaligverklaring, mede dankzij de bemoeienissen van zijn neef Livio. Nog levende getuigen worden gehoord, documenten doorzocht, de biografische gebeurtenissen vanaf zijn kindertijd gereconstrueerd.

Vrijwel meteen echter doen zich enkele obstakels voor, die de loop van het vooronderzoek vertragen. Misschien worden de oude Franse *pamphlets* en het naslagwerk van Bayle gesignaleerd: kwaadaardige geschriften, onbewezen en misschien onbewijsbare lasterpraatjes die evenwel, zelfs in het geval van een kuis, deugdzaam, heldhaftig leven als dat van Benedetto Odescalchi, moeten worden beoordeeld. Men vermoedt ook verzet van de kant van Frankrijk, dat niet graag de verheffing van een oude aartsvijand ziet. Het proces van zaligverklaring, reeds verzwaard door de talrijke, zorgvuldige stukken van het vooronderzoek, stagneert; de onstuimige bergbeek slibt dicht, en alles lijkt vast te lopen.

Er gaan decennia voorbij. In 1771 wordt pas weer over Innocentius XI gesproken, wanneer de Engelse historicus John Dalrymple zijn *Memoirs of Great Britain and Ireland* publiceert. En misschien heeft men er zicht op wát de zaligverklaring vertraagt. Om de stelling van Dalrymple te begrijpen moeten we echter een stap terug doen, en onze blik verbreden naar het Europese politieke panorama aan de vooravond van de aankomst van Willem van Oranje in Engeland.

In de laatste maanden van 1688 was er in Duitsland een nieuwe, zeer ernstige brandhaard van politieke spanning ontstoken. Al maanden wachtte men op de benoeming van de nieuwe aartsbisschop van Keulen, een ambt waarvoor Frankrijk tot elke prijs kardinaal Fürstenberg wilde hebben. Als de intrige slaagde, zou Lodewijk XIV een waardevol bruggenhoofd in centraal Europa ter beschikking hebben, en een militair en strategisch overwicht veroveren dat de andere vorsten niet van plan waren te dulden. Innocentius XI zelf had zijn juridisch noodzakelijke toestemming voor de benoeming van

Fürstenberg geweigerd. Heel Europa was in diezelfde weken een bezorgde getuige van de militaire manoeuvres van de troepen van Willem van Oranje. Waar was Willem op uit? Wilde hij tegen de Fransen optreden om met zijn legers de kwestie van de aartsbisschop van Keulen op te lossen, en zo in heel Europa een enorm conflict ontketenen? Of wilde hij – zoals sommigen dachten – Engeland binnenvallen?

Ziehier vervolgens de stelling van Dalrymple. Willem van Oranje liet de paus geloven dat hij zijn troepen tegen de Fransen wilde inzetten. Innocentius xi, die zoals gewoonlijk popelde om Lodewijk xiv de voet dwars te zetten, trapte in de val en leende Willem het nodige geld om zijn leger aan te houden. De prins van Oranje echter stak het Kanaal over, en won Engeland voorgoed terug voor de protestantse godsdienst.

Zodoende zou de ketterij dankzij het geld van de Kerk zegevieren. De paus mocht dan bedrogen zijn, hij had wel een protestantse vorst van wapens voorzien om een katholiek vorst te bestrijden.

Deze veronderstelling was al in omloop gebracht in een paar anonieme kranten die ten tijde van Innocentius xi en Lodewijk xiv waren verschenen. Maar ditmaal tovert Dalrymple de doorslaggevende bewijzen tevoorschijn: twee lange gedetailleerde brieven van kardinaal d'Estrées, de buitengewone gezant van Lodewijk xiv in Rome, gericht aan de Franse monarch en aan Louvois, de minister van Oorlog van de Zonnekoning.

Volgens deze twee missiven kenden de naaste medewerkers van Innocentius xi Willem van Oranje's ware bedoelingen ruim van tevoren: de verovering van Engeland. Eind 1687 al – een jaar voor het binnenvallen van Engeland door de protestantse vorst – zou de Vaticaanse staatssecretaris Lorenzo Casoni in contact zijn geweest met een Hollandse burgemeester, die heimelijk door Willem van Oranje was gestuurd. Onder de dienaars van Casoni ging echter een verrader schuil, dankzij wie Casoni's brieven aan keizer Leopold i werden onderschept. Uit de brieven bleek dat de paus grote sommen geld ter beschikking hield van de prins van Oranje, alsmede van keizer Leopold i, opdat zij de Fransen konden bestrijden in het dreigende conflict vanwege de kwestie van de aartsbisschop van Keulen. Uit Casoni's brieven aan Leopold bleek ook duidelijk Willems ware bedoeling: geen conflict met de Fransen in centraal Europa, maar de invasie van Engeland, waarvan de ministers van Innocentius xi dus helemaal op de hoogte zouden zijn geweest.

De brieven van D'Estrées vormden de nekslag voor het proces van zaligverklaring. Innocentius xi mocht dan niet op de hoogte zijn geweest van het ware plan dat Willem had uitgebroed, namelijk het katholicisme in Engeland ten val te brengen, het leek toch zeker dat hij hem had gefinancierd om oorlog te voeren, en dan nog wel tegen de allerchristelijkste koning.

Een menigte historici pakte Dalrymples brieven in de jaren daarna weer op en heeft de herinnering aan Benedetto Odescalchi onderuitgehaald. Afgezien daarvan rezen er ook twijfels over typisch leerstellige kwesties, die de weg tot zaligverklaring verder bemoeilijkten: de zaligverklaring van Innocentius xi leek onherstelbaar in gevaar gebracht.

Er moest de nodige tijd overheen gaan voordat iemand weer de vereiste moed en luciditeit had om de kwestie opnieuw aan te zwengelen. Pas in 1876 laat een voortreffelijk artikel van de historicus Charles Gérin de geschiedenis 180 graden draaien. In de *Revue des questions historiques* laat Gérin nauwgezet en met een rijkdom aan argumenten zien dat de door Dalrymple gepubliceerde brieven van D'Estrées niets anders zijn dan grove vervalsingen, waarschijnlijk wederom toe te schrijven aan de Franse propaganda. Onnauwkeurigheden, fouten, onwaarschijnlijkheden en vooral enkele opzienbarende anachronismen ontdoen ze van iedere geloofwaardigheid.

Alsof dat niet genoeg was, toont Gérin aan dat de originelen van de brieven, die zich naar zeggen van Dalrymple in de archieven van het ministerie van Buitenlandse Zaken te Parijs zouden moeten bevinden, onvindbaar zijn. Dalrymple zelf, merkt Gérin op, had argeloos bekend dat hij de originelen nooit had gezien en dat hij zich had verlaten op een kopie die een kennis hem had gegeven. De weerslag van Gérins artikel is enorm, zij het beperkt tot de kringen van historici. Tientallen auteurs (inclusief de zo befaamde Leopold von Ranke, deken van de pauselijke historici) hadden vrolijk uit Dalrymples *Memoirs* geput zonder de bronnen na te trekken.

De conclusie is onvermijdelijk. Zodra de valsheid van de brieven eenmaal is bewezen, worden de feiten daaruit onwaar, maar wordt alles wat in omgekeerde richting gaat wáár. Stammen de beschuldigingen uit valse papieren, dan wordt de verdachte meteen onschuldig.

De inmiddels oude kwestie van de betrekkingen tussen Innocentius XI en Willem van Oranje, die door Gérin voorgoed leek opgelost, wordt in het begin van de Eerste Wereldoorlog onverwachts weer van stal gehaald door de Duitse historicus Gustav Roloff. In een artikel dat in 1914 werd gepubliceerd in de *Preussischer Jahrbücher*, brengt Roloff nieuwe documenten over Innocentius en de prins van Oranje aan het licht. Door een rapport van een diplomaat uit Brandenburg, Johann von Görtz, wordt ontdekt dat Lodewijk XIV in juli 1688, een paar maanden voor de landing van Willem van Oranje op de Engelse kust, heimelijk aan keizer Leopold I van Oostenrijk (katholiek, maar traditioneel een bondgenoot van de Hollanders) vroeg om niet in te grijpen als Frankrijk Holland binnenviel. Leopold wist echter al dat de prins van Oranje van plan was Engeland binnen te vallen, en zag zich dus voor een dramatisch dilemma geplaatst: het katholieke Frankrijk steunen (dat echter in heel Europa werd gehaat) of het ketterse Holland?

Wie de twijfels van de keizer oploste, was volgens het rapport van Görtz Innocentius XI geweest. De paus zou Leopold hebben laten weten dat hij de daden en plannen van Lodewijk XIV allerminst goedkeurde, aangezien *deze niet stamden uit een juiste liefde voor de katholieke godsdienst, maar uit de bedoeling om heel Europa en dus ook Engeland los te laten.*

Nadat Leopold de last van de godsdiensttwijfel van zich had afgeschud, aarzelde hij niet verdere steun- en bondgenootschapsverdragen met Willem te sluiten, zoodende de inval in Engeland door een ketterse vorst begunstigend. De beslissende mening van Innocentius XI zou Wenen praktisch bereiken op het moment van de verrassingsaanval van de prins van Oranje, over de dreiging waarvan de paus geïnformeerd zou zijn door zijn vertegenwoordiger in Londen, nuntius d'Adda. Er is nog geen brief van Innocentius XI teruggevonden waarin hij Leopold zijn mening geeft, merkt Roloff op, maar het is eenvoudig te veronderstellen dat het veeleer ging om een snelle, discrete mondelinge mededeling via de pauselijke nuntius in Wenen.

Roloff zelf is toch niet geheel tevreden met zijn eigen verklaring. Er moest ook iets anders op het spel staan, zegt de Duitse historicus: *Was Innocentius een renaissancepaus geweest, dan zou zijn politiek verzet tegen Frankrijk gemakkelijk te verklaren zijn. Maar deze reden is in het tijdperk volgend op de grote godsdiensttwisten niet voldoende meer.*

Om de zetten van de paus te bepalen was er iets, ja *moest* er iets anders zijn, waarvan men voorlopig alleen voelt dat het er was.

De strijd is niet beslecht. In 1926 gaat een andere Duitse historicus, Eberhard von Danckelman, weer in de tegenaanval met de openlijke bedoeling de beslissende slag uit te vechten en te winnen. In een artikel in het blad *Quellen und Forschungen aus italienischen Archiven und Bibliotheken*, pakt Danckelman de stelling van Roloff gedecideerd aan. Niet alleen wist Innocentius XI niet van de expeditie van de prins van Oranje, zegt Danckelman, die citeert uit een reeks brieven van de Vaticaanse diplomatieke vertegenwoordigers, maar de ontwikkelingen in Engeland volgde hij met angst en beven.

In vijf regels legt Danckelman een ware bom tussen de voeten van de lezer. Het is waar, ook Saint-Simon had in zijn *Mémoires* die giftige hypothese tot de zijne gemaakt (die Voltaire vervolgens had afgedaan als onwaarschijnlijk). Geen enkele moderne, serieuze, gedocumenteerde historicus had zich echter ooit serieus beziggehouden met de schandelijke hypothese dat de zalige Innocentius geld had geleend aan de prins van Oranje om in Engeland het katholieke geloof ten val te brengen.

Zelfs Roloff had zich ertoe beperkt te concluderen dat de paus bij voorbaat wist dat de prins van Oranje Engeland zou binnenvallen, en dat hij niets had gedaan om hem tegen te houden. Maar hij had geenszins beweerd dat Willem was gefinancierd door Innocentius XI. Danckelman had echter besloten een naam te geven – al weerlegde hij dat – aan dat iets dat, volgens Roloffs intuïtie, de zetten van de paus had bepaald en waardoor hij stiekem partij koos voor Willem: geld.

De hypothese dat Innocentius Willems onderneming heeft gefinancierd, beargumenteert Danckelman, steunt natuurlijk op een premisse: dat de paus wist van de dreigende inval van de prins van Oranje, zoals Roloff meende te hebben bewezen. Eenmaal op de Engelse troon zou Willem zijn schulden bij de paus gemakkelijk kunnen vereffenen, en hem vroeg of laat alles met rente terugbetalen: als aan de eerste de beste geldschieter.

Maar de paus wist er niet van, bezweert Danckelman. Hij hoefde niets te ontvangen van Willem, omdat hij niets vermoedde van zijn dreigende inval in Engeland. Dat bewijzen volgens Danckelman de brieven die omstreeks Willems inval zijn uitgewisseld tussen de staatssecretaris, kardinaal Alderano Cybo, de nuntius in Wenen, kardinaal Francesco Buonvisi, en de nuntius in Londen, Ferdinando d'Adda. Volgens die brieven is de paus zeer verontrust over de militaire manoeuvres van de prins van Oranje, en er wordt geen enkele toespeling gemaakt op geheime afspraken tussen de Heilige Stoel en Willem. De paus weet er dus niet van.

Ook als je aanneemt dat Innocentius Willem de financiering heeft doen toekomen, vervolgt Danckelman, zouden de betalingen vrijwel zeker via het kanaal van de nuntiatuur te Londen moeten zijn verlopen. Maar uit de overboekingen vanuit Rome naar de nuntiatuur te Londen, die door de Duitse geleerde nauwgezet zijn nageplozen, blijkt niets van een financiering aan Willem. De onderzochte documenten, concludeert Danckelman voldaan, *brengen de kwestie volledig tot klaarheid*. Roloffs stelling wordt onderuitgehaald en iedereen die heeft durven beweren dat de paus geld aan Oranje had geleend wordt de mond gesnoerd, *quod erat demonstrandum*.

In 1956 komt dan eindelijk de zaligverklaring van paus Odescalchi, misschien geholpen – volgens sommigen – door de Koude Oorlog: de Turken staan voor het sovjetrijk, terwijl de levende paus staat voor de held van drie eeuwen terug. Innocentius XI heeft het christelijke Westen van de Turkse horden gered, Pius XII beschermt het tegen de gruwelen van het communisme.

Te lang heeft de waarheid moeten wachten. Toen eenmaal de officiële versie was uitgekristalliseerd, beijverden de historici zich om het hardst om het reeds gezegde te herhalen. Misschien verontrust door te oude en tegelijkertijd te nieuwe vragen wijdden ze slechts een onverschillige blik aan de mysterieuze afgrond die Willem III van Oranje, de prins die Engeland terugleidde naar de anglicaanse godsdienst, en de grootste paus van de zeventiende eeuw voorgoed met elkaar verbindt.

Intussen bloeiden de monografieën, essays en doctoraalscripties over ontharing in de Middeleeuwen, het dagelijks leven van doofstommen in het *ancien régime* of het wereldbeeld bij de molenaars van Zuid-Galicië. Maar niemand heeft zich ooit verwaardigd om dat grote vraagteken van de geschiedenis op te lossen, om eerlijk de papieren van de Odescalchi's en van Beaucastel te lezen, om in de stoffige archieven duiken.

DE HUURLINGPAUS

Het is dus zo: over Innocentius XI heeft niemand ooit geprobeerd de waarheid te vertellen. In de nationale Victor-Immanuelbibliotheek te Rome heb ik een curieus werkje geraadpleegd uit 1742: *De suposititiis militaribus stipendiis Benedicti Odescalchi* van ene graaf Giuseppe della Torre Rezzonico. Rezzonico's doel is een praatje logenstraffen dat al meteen na de dood van Innocentius XI de ronde deed: dat de zalige in zijn jeugdjaren als huurling in Holland onder de Spaanse wapenen had gevochten, waarbij hij onder meer een ernstige wond aan zijn rechterarm had opgelopen. Rezzonico beweert dat de toen piepjonge Benedetto Odescalchi dan wel soldaat was geweest, maar bij de stadsmilities van Como, en niet als huurling.

Jammer dat de schrijver verwant was met de Rezzonico die vanuit Venetië als stroman van de Odescalchi's optrad; jammer ook dat dezelfde Rezzonico's verwant waren met de familie van Innocentius XI. Een historicus met meer afstand tot de feiten ware dus te verkiezen geweest om de militaire misstappen van de zalige te logenstraffen. Maar ook sommige vaststaande feiten zijn helaas niet nader onderzocht. Volgens Pierre Bayle werd de jonge Benedetto Odescalchi, terwijl hij als huurling in Spanje vocht, aan zijn rechterarm gewond. Curieus genoeg leed de paus, zoals de officiële medische rapporten melden, tot aan zijn dood hevige pijn aan juist dat ledemaat.

Maar afgezien daarvan is het treffend hoezeer ook dit duistere aspect van paus Odescalchi's leven tientallen jaren lang vergeten is geweest. In Rezzonico's boek heb ik een strookje van de bibliotheek gevonden waarmee de vorige lezer het werk ter inzage had gevraagd. Getekend: *Baron v. Danckelman, 16 april 1925*. Na hem had niemand die bladzijden meer ingezien.

WAAR EN ONWAAR

Atto Melani heeft het bij het rechte eind wanneer hij het knechtje instrueert: onoprechte mensen spreken niet altijd onwaarheid. Ook de valse brieven van D'Estrées, die door Dalrymple zijn gepubliceerd, behoren in het juiste licht gezien tot die bizarre categorie documenten: ze zijn apocrief, maar spreken niettemin de waarheid. Niet toevallig bevestigt een andere brief, gepubliceerd door Gérin (ditmaal een authentieke) van kardinaal d'Estrées aan Lodewijk XIV van 16 november 1688 de contacten tussen graaf Casoni en Willem van Oranje:

> Kardinaal Cybo [...] heeft via een geestelijke die vorig jaar uit Holland kwam met brieven van enkele missionarissen uit dat land, waardoor de hoop ontstond dat de Staten de katholieken vrijheid van geweten zouden toestaan, vernomen dat hij [Casoni] een soort verstandhouding heeft met een ondergeschikte van de prins van Oranje en dat deze hem op die vrijheid deed hopen; dat deze man de missionaris onderhield in de overtuiging dat de prins van Oranje groot respect had voor de paus en dat hij veel voor hem zou doen; dat deze verstandhouding de laatste tijd hechter was geworden en dat de prins van Oranje zeker had laten weten dat hij slechts goede voornemens had.

De omstandigheid zoals die door D'Estrées wordt bericht is op zijn minst geloofwaardig omdat de bron van het bericht, kardinaal Cybo, een spion was die op de loonlijst van Lodewijk XIV stond (*Orcibal, op.cit.,* blz.73 n.337). Op 9 december antwoordde de Franse koning D'Estrées dan ook vertoornd:

> Mocht hij de goede betrekkingen met mij willen herstellen, dan zou de paus voorgoed afstand moeten nemen van Casoni en de misdadige relatie die hij met de prins van Oranje heeft onderhouden.

Ook de memoires van Madame de Maintenon, waarin zij gewag maakt van leningen van Innocentius XI aan Willem van Oranje, zijn apocrief. Maar zijn ze daarom minder waar?

DE MISSIE VAN CHAMLAIS

Zoals we hebben gezien, wordt de strijd tussen de prins van Oranje, Lodewijk XIV en Innocentius XI in het najaar van 1688 beëindigd: Willem laat Europa in het ongewisse of hij de Fransen wegens de kwestie van de aartsbisschop van Keulen aan de Rijn zal aanvallen, of dat hij Engeland zal binnenvallen. De paus staat aan de kant en doet alsof zijn neus bloedt. En Lodewijk XIV?

De Zonnekoning, toch al geen liefhebber van de vrede tot iedere prijs, had tijdig geprobeerd de gebeurtenissen in de hand te houden. In de maanden daarvoor had hij een speciaal gezant, monsieur de Chamlais (cf. *Recueil des instructions données aux ambassadeurs...* éd. G.Hanotaux, Parijs 1888, XVII 7), naar Rome gestuurd voor een vertrouwelijke ontmoeting met de paus. De missie was zo geheim dat zelfs de officiële diplomatieke vertegenwoordigers van Frankrijk in Rome er niet van op de hoogte waren gesteld. Chamlais had de delicate taak om zich door de paus persoonlijk te laten ontvangen en hem een tijding van de allerchristelijkste koning, zijn aartsvijand, over te brengen. Het centrale thema van de mededeling is gemakkelijk voorstelbaar: een akkoord bereiken over het probleem van de aartsbisschop van Keulen, de tijdbom van Willem van Oranje onschadelijk maken en een conflict in heel Europa voorkomen.

In het Vaticaan wordt Chamlais ontvangen door Casoni, die hij aankondigt dat hij op last van de koning van Frankrijk persoonlijk met de paus, en dan ook alleen met de paus moet beraadslagen. Casoni stuurt hem met lege handen terug: hij legt hem uit dat hij alleen de man van de cijfers is, terwijl het voor zo'n delicate aangelegenheid goed is dat de koninklijke gezant zich verstaat met kardinaal Cybo, de eerste minister van de paus. Chamlais accepteert dit, op voorwaarde dat niemand van zijn onderhoud met Cybo te weten komt.

Chamlais komt dus terug, en laat Cybo de brief zien die Lodewijk XIV hem heeft meegegeven voor de paus. Hij krijgt te horen dat hij twee dagen later moet terugkomen voor het antwoord. De gezant dient zich voor de zoveelste keer aan; op dat punt echter zegt Cybo tegen hem dat de paus hem niet kan ontvangen. Chamlais moet alles maar aan Cybo vertellen, wordt hem gezegd, alsof het de paus zelf was die naar hem luisterde...

Innocentius XI weet heel goed dat de orders van Lodewijk XIV Chamlais beletten om met iemand anders te spreken dan de paus in eigen persoon. Door hem herhaaldelijk terug te sturen weten de mannen van de paus ook nog eens kostbare tijd te laten verstrijken. De geheime gezant moet gekrenkt en afgemat weer terug naar Frankrijk zonder met Innocentius XI tot een akkoord te zijn gekomen. Lodewijk XIV is in alle staten. De tegenstellingen tussen Rome en Parijs wegens de kwestie van de aartsbisschop van Keulen worden niet opgelost, de spanning in Duitsland blijft groot, en zo houden de troepen van de prins van Oranje een uitstekend voorwendsel om in staat van paraatheid te blijven. Om vervolgens... Londen aan te vallen.

De paus, die weigert Chamlais te ontvangen, kan net doen alsof hij niet weet welk gevaar de Engelse katholieken bedreigt. Maar na de invasie van de prins van Oranje zal hij zichzelf verraden met een onthullende zinsnede, zoals gememoreerd door Leopold von Ranke (*Englische Geschichte*, Leipzig 1870, III 201): Salus ex inimicis nostris. De redding komt van de vijand.

DE REVOLUTIE VAN 1688

Dit alles verdwijnt niet in een puur academische discussie. Om het belang van de *Glorious Revolution* en dus van de houding van Innocentius XI naar waarde te schatten geven we Roloff opnieuw het woord:

> De revolutie waarmee Willem van Oranje in 1688 de katholieke Jacobus ten val bracht, markeerde de overgang van het ene naar het andere tijdperk, zoals ook die andere grote Europese revolutie, de Franse van 1789, deed. Voor Engeland betekende de komst van Willem van Oranje niet alleen de definitieve vestiging van het evangelische geloof, maar ook die van de macht van het Parlement en de opmaat tot de toekomstige regering van de Hannovers, die nu nog steeds aan het bewind zijn. De overwinning van het Parlement op de monarchie van Jacobus II maakte het succes mogelijk van de beide partijen die de regering hebben verdeeld in de Engelse geschiedenis [te weten de Tories en de Whigs]. De politieke macht ging duurzaam over in de handen van de adel en de patriciërs, die het handelsbelang in het algemeen vertegenwoordigden.

Bovendien (wat voor een paus van belang zou moeten zijn) werden na de overwinning van Oranje de wetten die de katholieken uit het openbare leven uitsloten aanzienlijk verscherpt; tijdens de regering van Jacobus II hadden 300.000 Engelsen zich katholiek verklaard. In 1780 was dat aantal gedaald tot amper 70.000.

DE SCHULDEN VAN WILLEM

De rekeningen ten laste van de prins van Oranje brengen: dat had men van meet af aan moeten doen. In de biografieën over Willem van Oranje blijft echter altijd hetzelfde fundamentele hoofdstuk zeer vaag: wie bekostigde de legers die hij aanvoerde ter verdediging van Holland? Er is geen antwoord op, maar alleen omdat de vraag niet hard genoeg gesteld is geworden. Toch had een wetenschapper wel enige nieuwsgierigheid kunnen tonen.

Volgens de anglicaanse bisschop Gilbert Burnet, een tijdgenoot en vriend van Willem, *kwam* [de prins van Oranje] *reeds in zeer ongunstige omstandigheden ter wereld* [...] *Zijn privé-zaken verkeerden in beroerde omstandigheden: zijn vermogen was verminderd met twee grote fondsen, die naar zijn moeder en zijn grootmoeder waren gegaan, om niet te spreken van een aanzienlijke schuld die zijn vader was aangegaan om de Engelse kroon te hulp te schieten* (Bishop Burnet's History of his own time, Londen 1857, blz.212).

Burnet was actief geweest bij de voorbereidingen van de revolutie van 1688, hij had tot de weinigen behoord die op de hoogte waren van het plan om Engeland binnen te vallen, en hij had Willem op de moeilijkste momenten van zijn staatsgreep ter zijde gestaan, met inbegrip van de slotmars van de kust tot aan Londen. Het zou dus niet verrassend zijn geweest als hij meer feiten had verzwegen die nog gênanter waren voor de kroon en het anglicaanse geloof.

De Duitse historicus Wolfgang Windelband maakt melding van een brief van Willem aan zijn vriend Waldeck, die hij kort na het bestijgen van de Engelse troon had geschreven: *Als u wist van het bestaan dat ik leid, zoudt u zeker deernis met mij hebben. De enige troost die mij rest is dat God weet dat het geen ambitie is die mij beweegt* (cit. In Wolfgang Windelband, *Wilhelm von Oranien und das europäische Staatensystem*, in: *Von Staatlichem Werden und Wesen. Festschrift Erich Marks zum 60. Geburtstag*, Aalen 1981).

Zijn dit de woorden, vraagt Windelband zich verbaasd af, van iemand die net een levenslange droom heeft gerealiseerd? En zouden deze woorden, voeg ik eraan toe, niet uit de mond kunnen komen van iemand die nijpende, gênante geldproblemen heeft?

De Engelse onderdanen beschouwden hun nieuwe koning niet als een toonbeeld van soberheid. Zoals Von Ranke signaleert (*Englische Geschichte*, cit.), vroeg Willem in 1689 het Parlement een vaste persoonlijke rente, net als de Stuarts die hem waren voorgegaan: *Het is voor onze veiligheid noodzakelijk om geld ter beschikking te hebben*. Het Parlement vertrouwde het niet: aan de koning werd slechts een jaarrente toegekend, met de uitdrukkelijk bepaling 'niet langer'. Willem leek diep getroffen en beschouwde de weigering als een persoonlijke krenking. Maar hij had geen poot om op te staan. Juist in die periode voltrekken zich natuurlijk de geheime onderhandelingen tussen Beaucastel, Cenci en de Vaticaanse staatssecretaris.

De hele geschiedenis van het huis van Oranje is, welbeschouwd, doorweven met onthullende episoden, waaruit blijkt dat de protestantse vorsten een moeizame relatie met geld hadden. De Engelse historica Mary Caroline Trevelyan merkt op: *De ambities van Willem II zouden veel minder verstoord zijn als hij niet in de hoedanigheid van Kapitein-Generaal van de Hollandse Republiek had geprobeerd er een groter leger op na te houden dan hij kon betalen*. Om het benodigde geld voor de verdediging te vinden ging Willem II over tot geweld: hij nam in 1650 maar liefst vijf van de voornaamste gedeputeerden van de Staten van Holland gevangen en sloeg een beleg rond Amsterdam (G.J. Renier, *William of Orange*, Londen 1932, blz.16-17).

In 1657, nog steeds volgens Trevelyan, verpandde de moeder van Willem III haar juwelen in Amsterdam om weerstand te kunnen bieden aan de wensen van haar broers. In januari 1661 stierf ze in Engeland. In mei daarna liet Willems grootmoeder, prinses Amalia van Solms, een onderzoek beginnen om de juwelen op te eisen. Haar secretaris Rivet schreef aan Huygens, Willems secretaris, dat de jonge prins '*over niets anders*' praat (Mary Caroline Trevelyan, *William the third and the defence of Holland 1672-1674*, Londen 1930, blz.22). Waarom had Willem zoveel belangstelling voor die edelstenen, waaronder een in zilver gezette diamant van negenendertig karaat? Ging het hem er alleen om een vernederende belening in te lossen? Of veeleer om de verkoopwaarde van de juwelen?

De prinsen van Oranje zouden overigens grote financiële bronnen nodig hebben voor hun oorlogsondernemingen. In de maanden van voorbereiding op de invasie van Engeland waren ook de agenten van de paus in Holland op de hoogte van Willems dringende behoeften: halverwege oktober 1688 (Danckelman bericht deze omstandigheid) signaleerden ze dat tien of zelfs twaalf schepen van Willems vloot door de harde wind niet van de manoeuvres op open zee waren teruggekeerd, en de prins van Oranje verkeerde in grote zorgen omdat de vertraging in de voorbereidingen hem 50.000 *livres* per dag kostte.

Als zulke behoeften dringend worden, kunnen ze aanzetten tot daden die een prins onwaardig zijn, met inbegrip van bedrog en verraad. Volgens de historicus van de numismatiek Nicolò Papadopoli (*Imitazione dello zucchino veneziano fatta da Guglielmo Enrico d'Orange (1650-1702)*, in: *Rivista italiana di Numismatica e scienze affi ni*, XXIII [1910], fasc.III) vervalste de munt van het prinsdom Oranje in de zeventiende eeuw ijskoud de Venetiaanse zecchini, waarbij de bijbehorende sancties gemakkelijk werden ontlopen. Toen het bedrog in 1646 werd ontdekt, was de republiek Venetië in de strijd van Candia tegen de Turken verwikkeld en haalde ze uit Holland wapens en milities: de Venetianen moesten zo in stilte lijden. De prinsen van Oranje vervalsten ten slotte waarschijnlijk ook de dukaat, de normaal gangbare munt in Holland.

DE FINANCIERS VAN DE INVASIE IN ENGELAND

Willem van Oranje was dus arm, of liever gezegd, stak voortdurend in de schulden en was steeds op jacht naar geld voor zijn oorlogsondernemingen. We moeten derhalve bekijken wie zijn financiers waren, te beginnen bij de openlijke.

De politieke en militaire actie van Willem van Oranje, de invasie in Engeland inbegrepen, werd gesteund door voornamelijk drie instanties: de joodse bankiers, de Admiraliteit van de stad Amsterdam en ten slotte enkele patriciërsfamilies.

De joodse bankiers bekleedden een eersterangspositie in het financiële leven van Amsterdam en heel Holland. Onder hen onderscheidde zich baron Francisco Lopes Suasso, die niet alleen optrad als diplomatiek tussenpersoon tussen Madrid, Brussel en Amsterdam, maar ook Willem ruimhartig onderhield. Volgens tijdgenoten schoot hij hem twee miljoen florijnen voor zonder enige garantie, waarbij hij commentaar leverde met de beroemde zin: *Als u geluk hebt, weet ik dat u ze mij terug zult geven; als u geen geluk hebt, leg ik mij erbij neer ze te verliezen*. Andere financiële hulp kreeg de prins van Oranje van de provediteurs general (zoals hij ze zelf had laten noemen) Antonio Alvarez Machado en Jacob Pereira, twee sefardisch-joodse bankiers (cf. D.Swetschinski – N.Schoenduve, *De familie Lopes Suasso, financiers van Willem III*, Zwolle 1988).

Niet minder belangrijk voor Willem was verder de steun van de Admiraliteit van Amsterdam, die volgens de historicus Jonathan Israël ongeveer 60 procent van de oorlogsvloot en de legeruitrusting leverde voor de inval in Engeland. Volgens schattingen uit die tijd ging het om 1800 man, die met de inval in aantocht elkaar dag en nacht aflosten.

Ten slotte kreeg Willem de steun van enkele Hollandse families, zij het met talloze moeilijkheden. Geobsedeerd door het risico om een prins te bewapenen, merkt Israël op, zorgden de Amsterdamse patriciërs ervoor dat de door hen beschikbaar gestelde fondsen voor de vloot officieel niet bestemd waren voor de Engelse expeditie, alsof de militaire expeditie alleen Willems zaak was, en niet ook die van Amsterdam en alle Verenigde Provinciën. Daarom moest het uiteindelijk Willem zijn die met de brandende lucifer in de hand bleef staan: de verantwoordelijkheid was voor hem, en te zijner laste waren de schulden. Om deze onderneming te realiseren werd het geld doorgesluisd onder een fictieve noemer, opdat er helemaal niets in de openbare rekeningen terechtkwam. Een deel van de financieringen werd bijvoorbeeld heimelijk betrokken uit de vier miljoen florijnen die de Republiek der Verenigde Nederlanden in juli voorafgaand aan de inval bijeen had gebracht om haar vestingwerkenstelsel te verbeteren. Dat alles verklaart waarom de persoonlijke goederen van Willem, te weten het prinsdom Oranje, uiteindelijk werden beschreven aan de schuldeisers. Anderzijds was Willem voorbestemd om koning van Engeland te worden, iets wat hem in staat zou stellen al zijn financiële problemen op te lossen (J.Israel, *The Amsterdam Stock Exchange and the Engelish Revolution of 1688*, in: *Tijdschrift voor Geschiedenis* 103 [1990], blz.412-440).

DE BARTOLOTTI'S

Dan komen de geheime financiers: de Odescalchi's. De familie van de paus financierde de inval van Willem in Engeland misschien niet rechtstreeks; maar zeker is dat hij via slinkse wegen allang geld deed toekomen aan het huis van Oranje. Het interessantste, voor dit doel door de Odescalchi's benutte kanaal is dat van de Bartolotti's, de familie waarvan Cloridia in hun eerste gesprek tegen het knechtje gewag maakt. Ze waren afkomstig uit Bologna, maar weldra loste hun bloed totaal op in dat van de familie Van den Heuvel, die de Italiaanse achternaam alleen om erfelijke redenen bleef dragen.

Goed geïntegreerd in de Hollandse aristocratie als ze waren, kregen enkele Bartolotti-Van den Heuvels toegang tot belangrijke ambten: ze werden commandant van de infanterie van Amsterdam, regent of predikant. De banden met de heersende klasse werden uiteindelijk bekroond door het huwelijk van de dochter van Constance Bartolotti, Susanna, met Constantijn Huygens, de secretaris van Willem III van Oranje (Johan E.Elias, *De vroedschap van Amsterdam*, Amsterdam 1963, I 388-389).

Maar het bestijgen van de sociale ladder ging hand in hand met het vergaren van rijkdommen. En in de loop van enkele decennia vormden de Bartolotti's een van de belangrijkste bankiershuizen, in staat om de groten te dienen, onder wie het huis van Oranje. Willem Bartolotti behoorde bijvoorbeeld tot de organisatoren van een lening van twee miljoen florijnen tegen 4 procent rente ten gunste van Frederik Hendrik van Oranje, Willems grootvader. En het was ook Willem Bartolotti aan wie Willems grootmoeder, Amalia van Solms, de familiejuwelen had beleend.

De zoon van Willem Bartolotti, die de naam van zijn vader had aangenomen, leende geld tegen rente en handelde met een vennoot die Frederick Rihel heette (beiden komen voor onder de schuldenaren in de grootboeken van Carlo Odescalchi, Staatsarchief van Rome, *Fondo Odescalchi*, Grootboeken, XXIII A2 c.152). Van zijn vader had de jonge Bartolotti niet alleen geld en onroerend goed geërfd, maar ook kredietbrieven. En nadat ook zijn moeder was overleden, werd Willem Bartolotti junior in december 1665 schuldeiser van Willem van Oranje, die toen net vijftien was. De prins van Oranje was de Bartolotti's 200.000 florijnen schuldig, terug te betalen op basis van twee obligaties. De eerste, van 150.000 florijnen, werd gegarandeerd door een hypotheek '*op het domein van de stad Veere en zijn polders*'. Het resterende bedrag werd echter gegarandeerd door een hypotheek '*op enkele domeinen in Duitsland*', waar zich inderdaad enkele bezittingen van het huis van Oranje bevonden (Elias, *op.cit.* I 390).

De stroom geld van de schatkisten van de Odescalchi's naar Holland, en dus in de richting van de prins van Oranje, bereikt in 1665 een hoogtepunt. Het is waar dat Willem op dat moment nog een prille knaap van vijftien was en dat de Staten-Generaal van Holland, altijd vol wantrouwen jegens de erfvorsten, pas in april 1666 zouden besluiten hem te adopteren onder de voorlopige, halfslachtige titel Kind van Staat. En het is ook waar dat tijdens het Engels-Hollandse conflict dat in 1665 uitbreekt, alle handelsbetrekkingen met Italië (en dus misschien ook de financiële transacties) sterk toenamen, zodat het toegenomen aantal overschrijvingen van de Odescalchi's aan dit meer algemene proces te wijten zou zijn.

Niemand echter kan ontkennen dat het geld van de gebroeders Odescalchi eindigde in de zak van de bloem van de Amsterdamse calvinistische patriciërsaristocratie, die Willem en diens expeditie naar Engeland steunde. In het geval van de Bartolotti's blijkt zelfs *per tabulas* een stroom geld die bij de Odescalchi's vandaan komt en bij Willem van Oranje eindigt. Geld geven aan de Bartolotti's betekende kortom geld geven aan Willem.

Verder moet niet worden vergeten dat de leningen van de Odescalchi's aan de Hollanders doorgingen tot 1671, toen Benedetto Odescalchi al jaren kardinaal was en reeds op weg om paus te worden.

Vanaf 1666 drogen de geldstromen van de Odescalchi's naar Holland plotseling op. Misschien kreeg voorzichtigheid of ambitie uiteindelijk de overhand. Wat zou er zijn gebeurd als men had ontdekt dat een kardinaal van de Heilige Roomse Kerk geld stuurde naar ketterse bodem? Stellig zou dit hebben geleid tot een schandaal van formaat dat hem in het verderf zou hebben gestort. En Benedetto Odescalchi kon geen enkel risico nemen: kort daarop, in juni 1667, zou hij voor de tweede keer in zijn leven aan het conclaaf meedoen. Ditmaal verscheen zijn naam op de lijst met pauskandidaten. Was het bij iemand opgekomen om de overmakingen naar Holland te onthullen, dan waren zijn kansen op het pausschap voorgoed verkeken.

FERONI, GRILLO EN LOMELLINI

De lijst van financieringen van de Odescalchi's is allesbehalve uitgeput. In de loop van tien jaar, van 1661 tot 1671, ontvangt ook de slavendrijver Feroni in Holland financiering van de Odescalchi's, voor een totaal van 24 miljoen scudo's. Ook in dit geval gaat het allesbehalve om handelstransacties: in de zeldzame gevallen waarin hij betaling van goederen verordonneert, tekent Carlo Odescalchi zorgvuldig de aard van het aangeschafte goed, de leveringstermijnen en alle nuttige details op. In geval van Feroni echter, evenals bij de Hollanders, gaat het zuiver en alleen om geldstortingen. Leningen wederom.

Feroni wijdt zich van 1662 tot ongeveer 1670 aan de slavenhandel. Het cruciale jaar is 1664, wanneer de Spaanse kroon aan twee naar Madrid verhuisde Genuezen, Domenico Grillo en Ambroglio Lomellini, de aanbesteding toestaat voor de deportatie van negerslaven naar de Spaanse grondgebieden aan de andere kant van de oceaan. Politieke en economische turbulentie brengt de twee tussenpersonen echter in financiële moeilijkheden, en maar liefst twee maal worden ze door bemiddeling van Feroni gered. De Toscaanse koopman maakt namens hen en in naam van de Spaanse koning 300.000 florijnen over aan de keizer in Wenen, die uitkeek naar de fondsen voor de strijd tegen de Turken. Vier jaar later, om precies te zijn in 1668, schiet Feroni Grillo en Lomellini wederom te hulp door de Spaanse kroon 600.000 peso's op de markt van Antwerpen voor te schieten (P.Benigni, *Francesco Feroni empolese negoziante in Amsterdam*, in: *Incontri – Rivista di studi italo-nederlandesi* I-1985, 3, blz.98-121). In diezelfde jaren kreeg Feroni geld van de Odescalchi's. Dezen financierden Grillo en Lomellini overigens ook rechtstreeks: in een grootboek van de firma Odescalchi, gedateerd op 1669 en bewaard in het Staatsarchief te Rome, komen op de lijst van schuldenaren ook de twee slavenhandelaren uit Madrid voor (*Fondo Odescalchi*, XXIII A1, c.216; cf. tevens XXXII E 3,8).

Misschien zal iemand tegenwerpen dat Feroni niet alleen een handelaar in slaven was; hij was begonnen met de handel in zijde en sterkedrank, en theoretisch gezien kon het geld van de Odescalchi's voor minder wrede zaken worden aangewend. Maar niet bij Grillo en Lomellini: zij hielden zich uitsluitend met de slavenhandel bezig. En dankzij de bijdragen van de Odescalchi's en van Feroni konden de twee Genuezen de markt van de mensenhandel beheersen en die overnemen van Engeland en Holland.

PERSOONLIJKE BELANGEN

Niemand heeft ooit geprobeerd op te helderen wat er echt heeft plaatsgehad tussen Innocentius XI en Willem van Oranje. En toch waren alle papieren die ik heb gelezen voorhanden: wie zoekt... Niemand heeft dat ooit gedaan, en misschien niet zonder reden.

Wie op de hoogte moest zijn, was dat ook. Wie de kunst verstond om tussen de regels door te lezen en de weerleggingen van Danckelman en de andere historici die vóór Innocentius XI waren, onderzocht, zou de waarheid meteen hebben blootgelegd.

De historici die Innocentius XI tegen de aantijgingen en verdachtmakingen hebben verdedigd, waren onder andere niet vrij van persoonlijke betrokkenheid. Graaf della Torre Rezzonico, die Innocentius XI verdedigde tegen de beschuldiging dat hij als huurling had gediend, was, zoals we hebben gezien, geparenteerd aan de Odescalchi's, alsmede afstammeling van de Aurelio Rezzonico die namens de Odescalchi's vanuit Venetië financieringen stuurde naar Amsterdam (cf. G.B. di Crollalanza, *Dizionario Blasonico*, Bologna 1886, II 99; A.M Querini, *Tiara et purpura veneta*, Brescia 1761, blz.319; *Dizionario storico portatile di tutte le venete patrizie famiglie*, Venetië 1780, blz.106).

Ook Danckelmans positie verdient enige beschouwing. De baronnen Von Danckelman waren sinds de tijd van Willem III nauw verwant aan het huis van Oranje. In de zeventiende eeuw was een beroemde voorvader met dezelfde naam als de historicus, Eberhard von Danckelman, gouverneur geweest aan het hof van keurvorst Frederik van Brandenburg en later eerste minister geworden. Maar de vorst was ook de oom van Willem III, en had hem in de oorlogen tegen Frankrijk meermalen gesteund. Het was ook de vorst van Brandenburg geweest die de Danckelmans hun adellijke titel verleende. Strenge calvinisten als ze waren, konden ze stellig de waarheid niet verdragen. Willem van Oranje had zich mede dankzij het geld van een paus meester gemaakt van de Engelse troon en daarbij bovendien gebruikgemaakt van de buitenlandse politiek van Innocentius XI. Deze was, evenals Willem zelf, een aartsvijand van Lodewijk XIV. Ten slotte valt niet uit te sluiten dat er voor de Danckelmans ook economische belangen op het spel stonden: de familie was afkomstig uit het graafschap Lingen, dat deel uitmaakte van het erfgoed van het huis van Oranje; na de dood van Willem ging het over op zijn oom, de vorst van Brandenburg (cf. *Kürschners deutscher Gelehrter Kalender*, 1926, II 374; C. Denina, *La Prusse litteraire sosus Fréderic II*, Berlijn 1791, I *ad vocem*; A. Rössler, *Biografisches Wörterbuch*, ad vocem).

Evenals alle andere historici hield Danckelman zijn lezers echter buiten zijn persoonlijke betrokkenheid. Dankzij de nodige terughoudendheid en kunstgrepen werden de feiten met bewust slinkse partijdigheid voorgesteld.

Enkele hoofdrolspelers in de historische gebeurtenissen deden niet voor Danckelman onder. Zelfs kardinaal Rubini, de staatssecretaris van Alexander VIII die monseigneur Cenci opdroeg om niet op het aanbod van Beaucastel in te gaan, had persoonlijke belangen in de kwestie. De familie Rubini behoorde namelijk reeds ten tijde van de grootvader van de kardinaal tot de schuldenaren van Innocentius XI, zoals duidelijk uit de grootboeken van Carlo Odescalchi blijkt. Het verstandigste was om de gênante leningenaffaire die in Avignon door Cenci was aangezwengeld, meteen af te sluiten: Rubini wist heel goed dat het geld van de Odescalchi's duizend richtingen was uitgegaan (*Fondo Odescalchi* XXVII B6; E.Danckelman, *Zur Frage der Mitwissenschaft Papstes Innozenz XI. An der oranischen Expedition*, in: *Quellen und Forschungen aus italienischen Archiven unde Bibliotheken*, XVIII [1926], blz.311-333).

Dat wist ook een andere exponent van de Vaticaanse hiërarchie: monseigneur Giovanni Antonio Davia, die tijdens de verrassingsaanval van Willem van Oranje te Brussel het strategische ambt van apostolisch internuntius bekleedde. Zijn familie leende geld van de Odescalchi's (daar getuigen wederom Carlo Odescalchi's grootboeken van) en vreemd genoeg had monseigneur Davia niet de nodige intuïtie om te begrijpen dat Engeland op het punt stond in ketterse handen te vallen.

Evenmin vlot reageerde de apostolische gezant in Londen, graaf Ferdinando d'Adda. Zoals de historici hebben aangetekend, was hij vreemd genoeg niet bij machte de intriges waarmee de Londense vrienden van Willem zich voorbereidden om de staatsgreep van binnenuit te steunen, te bevroeden en door te spelen naar Rome (G.Gigli, *Il nunzio pontificio D'Adda e la seconda rivoluzione inglese*, in: *Nuova rivista storica XXIII* [1939], blz.285-352). Hiermee had graaf d'Adda de Kerk een slechte dienst bewezen. Niettemin werd hij door Innocentius XI (met wie hij bovendien verwant was) tot nuntius gepromoveerd. Was slecht dienen soms zijn taak?

DE JODEN

Zoals we hebben gezien, ging er in twee van de drie onmiskenbare financieringskanalen die door de prins van Oranje werden gebruikt en door de historici zijn ontdekt (te weten de Admiraliteit van Amsterdam, de Hollandse adellijke families en de joodse bankiers), geld om van de Odescalchi's. De leningen van de familie van Innocentius XI waren terechtgekomen in de handen van zowel de Admiraliteit van Amsterdam (in de persoon van Jean Neufville, die door Willem van Oranje tot admiraal was benoemd) als van talloze families uit de Hollandse economisch-financiële aristocratie: de families Deutz, Hochepied en Bartolotti, die alle voorkomen in de grootboeken van Carlo Odescalchi.

Twee van de drie kanalen werden dus onderhouden door de familie van de zalige Innocentius. Bij hun financiële steun aan het huis van Oranje hadden de Odescalchi's maar één concurrent: de joodse bankiers. Het zal toeval zijn, maar onder de vele strenge maatregelen van Innocentius XI tijdens zijn pontificaat was er één die uitgerekend het geldwezen betreft. Onder dreiging van ernstige straffen verbood de zalige Innocentius de joden het bankieren: juist datgene waarin de familie Odescalchi uitblonk. Deze zware maatregel, die het einde van een lange periode van pauselijke tolerantie markeerde, veroorzaakte de economische neergang van de Romeinse joden, die tot begin negentiende eeuw machteloos moesten toezien hoe hun schulden bleven groeien en hun inkomsten kelderden. Tegelijkertijd stelde paus Odescalchi de Bank van Lening in, die – al vormde ze een prijzenswaardig en sociaal gezien waardevol initiatief – in toenemende mate middelen en klanten onttrok aan de joodse bankiers.

In 1682 werd door Innocentius XI het verbod om tegen rente te lenen ingevoerd. In datzelfde jaar had de joodse bankier Antonio Lopes Suasso Willem van Oranje een lening van 200.000 gulden verstrekt. Toeval?

Zoals we hebben gezien, financierden de Odescalchi's in Madrid de slavenhandel van Grillo en Lomellini. Ook daar echter waren de joden hun concurrenten: de onderneming van Grillo werd eveneens door de bankiers Lopes Suasso gefinancierd. Opnieuw een speling van het lot?

Misschien is het niet voldoende om te beweren dat het verbod van Innocentius XI om persoonlijke redenen werd ingesteld. Vele eeuwen later is de zaligverklaring van paus Pius IX gepaard gegaan met verhitte polemieken wegens zijn vermeende antisemitisme. Welbeschouwd was echter niet hij, maar paus Odescalchi de eerste tegenstander van de joden die zalig werd verklaard. In tegenstelling tot Pius IX had Innocentius XI concrete en hoogstpersoonlijke grieven jegens het volk van Israël. En door een zoveelste speling van het lot kwam de zaligverklaring van Innocentius XI tot stand onder het pontificaat van Pius XII: alweer een paus wiens houding jegens de joden, zoals inmiddels bekend, minstens zo controversieel was; hij is er zelfs van beticht verborgen te hebben gehouden wat hij van de *shoah* wist.

DE ANDERE FINANCIERINGEN VAN DE ODESCALCHI'S IN HOLLAND

Behalve de financieringen voor Willem van Oranje duiken er uit de grootboeken van de familie Odescalchi veel andere geldstromen op die nadere beschouwing verdienen. Neem het geval van Henrik en Franciscus Schilders, aan wie van maart 1662 tot mei 1671 10.542 scudo's worden overgemaakt. De Schilders waren werkzaam in de sector van de militaire leveranties: Franciscus ging over de voedselvoorraden van het leger te Antwerpen, in de Spaanse Nederlanden. Wie hem rogge levert voor het Spaanse leger is de Italiaanse koopman Ottavio Tensini. Als verzekeraar, reder, importeur van kaviaar, talg en bont uit Rusland, alsmede leverancier van medicijnen voor de tsaar, ontvangt ook Tensini geld van de Odescalchi's: van januari 1665 tot november 1670 11.206 scudo's.

Mochten die gebruikt worden voor militaire leveranties aan de prins van Oranje?

Het zou opportuun zijn ook onderzoek te doen naar de meer dan 11.000 scudo's die in drie jaar tijd door Cernezzi en Rezzonico zijn overgemaakt aan de Hollandse handelsmaatschappij van Giovan Battista Bensi en Gabriël Voet. Behalve in leer en granen handelde Bensi ook in wapens, en je kunt je dus afvragen of een paar partijen musketten (wellicht met schouderband van zeehondenleer, zoals de Italiaanse koopman die verkocht) niet zijn aangeschaft met het geld van de katholieke Odescalchi's en in de armen van protestantse soldaten terechtkwamen.

Vele andere geldtransacties zouden verder moeten worden opgehelderd. De overmakingen bijvoorbeeld vanaf 1687 ten gunste van de Oostenrijkse kardinaal Kollonitsch (*Fondo Odescalchi*, XXVII G3): in het 'privé'-archief van de Odescalchi's bevinden zich betalingsopdrachten en wisselbrieven waarmee 3600 harde keizerlijke talers aan Kollonitsch worden overgemaakt. De kardinaal, tijdens het beleg van 1683 een dappere verdediger van Wenen, was daarna ook de hoofdpersoon in de herovering van Hongarije. Maar in Hongarije bevond zich ook het hertogdom Sirmio dat de keizer vervolgens aan Livio Odescalchi verkocht: misschien omdat de Odescalchi's zijn schuldeisers waren? Daarbij komt dat Livio Odescalchi in 1692 opnieuw 180.000 florijnen aan de keizer leent voor de oorlog tegen de Turken, tegen een rente van 6 procent en met de garantie van een hypotheek op de keizerlijke tolrechten van de provincie Bolzano (*Fondo Odescalchi*, App.38 n.114,1). Het zou voor het katholieke geloof wel krenkend zijn te ontdekken dat de Hongaarse landstreken, zoals het zich laat aanzien, werden heroverd met het bloed van christelijke soldaten om daarna alleen maar te worden verkocht aan de financiers van het keizerrijk: de Odescalchi's.

Van belang voor geschiedenisliefhebbers zouden verder de talrijke geldovermakingen kunnen zijn die, getuige het grootboek van Carlo Odescalchi, plaatsvonden ten gunste van andere Italiaanse kooplieden in Holland en Londen: Ottavio Tensini (de schoonvader van Feroni), Paolo Parenzi, Gabriël Voet, Giuseppe Bandinucci, Pietr'Andrea en Ascanio Martini, Giuseppe Marucelli, Giovanni Verrazana, Stefano Annoni, Giovan Battista Cattaneo en Giacomo Bostica.

Ook dienen de betrekkingen met andere Hollandse en Vlaamse zakenlieden nog opgehelderd te worden, zoals die met Jeremia Hagens, Izaäk Flamingh, Thomas Verbecq of Peter Vandeput. Het zijn allemaal ontvangers van bedragen die al met al niet minder dan 14.000 scudo's belopen, waarvoor Carlo Odescalchi in geen enkel geval het betalingskenmerk heeft genoteerd (cf. Bv. *Fondo Odescalchi* XIII A2 cc.1, 84, 97-122, 134, 146, 159, 179, 192, 220, 244, 254, 263, 300). Een grondig onderzoek zou moeten beginnen met de notariële archieven van Amsterdam, Londen en Venetië en zich moeten uitbreiden tot de akten van oprichting van handelsmaatschappijen, contracten en wisselbrieven.

HET SPEL VAN DE KEIZER

In het duizelingwekkende geldverkeer dat heimelijk de Europese politiek van 1660 tot 1700 bepaalde, dient in elk geval een belangrijke positie te worden toegekend aan keizer Leopold I van Habsburg. Leopold was ten volle op de hoogte van het geldverkeer tussen de Venetiaanse stromannen van de Odescalchi's en de ketterse Hollandse financiers. Eén blik op reeds lang bekende documenten (Hans von Zwiedineck, *Das gräflich Lamberg'sche*

Familienarchiv zu Schloss Feistritz bei Ilz, Graz 1897) volstaat om dit te beseffen. Terwijl Aurelio en Carlo Rezzonico Leopold vanuit Venetië leningen verstrekten via de Keizerlijke Kamer van Graz, en de vaten kwik die ze van de keizer in onderpand hadden gekregen doorverkochten aan de Hollanders, verleende diezelfde keizer de twee stromannen van de Odescalchi's de titel van baron *vanwege een snelle afhandeling van de zaak*.

In feite konden er niet veel problemen mee gemoeid zijn, aangezien de hoofdinspecteur van de Oostenrijkse kwikmijnen, de financiële tussenpersoon van keizerlijke zijde in de hele transactie, baron Abbondio Inzaghi, een streekgenoot van de Odescalchi's was: ook hij kwam uit een oude familie uit Como, evenals de zalige Innocentius. Vanuit Wenen fungeerde voorts baron Andrea Giovannelli, een neef van Carlo en Benedetto Odescalchi, als tussenpersoon tussen Inzaghi en de Rezzonico's. Ook hij was door Leopold begiftigd met een adellijke titel.

In 1672, het jaar waarin het hevige conflict tussen Frankrijk en Holland tot uitbarsting komt, doet graaf Karl Gottfried von Breuner, Leopolds lasthebber in economische en militaire zaken, het voorstel om Inzaghi te benoemen tot agent voor de *toekomstige handelsbetrekkingen met de Hollanders*. Van zijn kant herinnert de keizer Breuner eraan dat hij al voor 260.000 florijnen in het krijt staat bij ene Deutz: dezelfde ketterse Hollandse bankier aan wie de Odescalchi's het kwik doorverkochten.

De notaris uit Como die de contracten tussen Rezzonico, Cernezzi en Inzaghi opstelde, was ene Francesco Peverelli (over hem cf. bv. *Fondo Odescalchi* XXXIII A1, c.78; Archief van Palazzo Odescalchi, ID6, cc.70, 89, 352, 383). Maar de familie Peverelli bestond ook uit onderdanen van Leopold, die hun onder meer ruimhartige tegemoetkomingen in geld en grond had gedaan.

Nogmaals: de teruggave van de leningen aan Leopold werd niet alleen door de vaten kwik gegarandeerd, maar ook door de inkomsten van de tolgelden aan de grens van het keizerrijk. Na de dood van Carlo en Benedetto Odescalchi zet Leopold de leningen voort, met de tolgelden als garantie, maar dan uiteraard bij Livio Odescalchi, de neef van de zalige Innocentius, die hem enorme bedragen zal lenen voor zijn militaire uitgaven.

De Odescalchi-affaire was kortom een zaak van een paar vertrouwenspersonen. En wanneer er ook voor lange tijd geheimen te bewaren zijn, is het altijd beter je te wenden tot iemand die er al van op de hoogte is. Wanneer een Rezzonico in 1758 onder de naam Clemens XIII paus wordt, zal hij natuurlijk als geheim kamerdienaar een Giovannelli kiezen.

Maar dergelijke voorbeelden zijn er in deze hele geschiedenis te over. Moge het volstaan te memoreren dat het geld van de Odescalchi's terechtkwam bij de Bartolotti's, die verwant waren met Johann Huydecoper, burgemeester van Amsterdam en geaccrediteerd diplomaat voor het Amsterdamse bestuur bij het hof van keurvorst Frederik van Brandenburg, de oom van Willem van Oranje, van wie, zoals we weten, een zekere Danckelman de onderdaan was...

HET GEHEIM VAN DE GROOTBOEKEN

Er is lange tijd mee gemoeid geweest om de boekingen in Carlo Odescalchi's grootboeken te ontcijferen. Het bijhouden van een boekhouding werd door de Venetiaanse overheid in de zestiende eeuw verplicht gesteld ter garantie en bescherming van de handel. Zodra de regel was ingevoerd, werd hij evenwel handig omzeild door de kooplieden, die hun boeken veranderden in lijsten vol onbegrijpelijke cijfers en namen, onder directe controle van hun baas opgesteld door vertrouwensboekhouders, en alleen voor hun baas te ontcijferen. Carlo Odescalchi deed meer: hij vulde persoonlijk in een bijna onleesbaar handschrift de grootboeken in. De boeken van koopmansfamilies, zoals die van Carlo Odescalchi, waren verder de hoeders van nog grotere geheimen, uiterst gevoelige privé-kwesties. Ze werden in ontoegankelijke schuilplaatsen achter slot en grendel bewaard, en dikwijls vernietigd voordat ze in vreemde handen konden vallen (cf. bv. V.Alfieri, *La partita doppia applicata alle scritture delle antiche aziende mercantili veneziane*, Turijn 1881).

Dubbele boekhouding, waarvan de techniek weliswaar rudimentair werd toegepast in de grootboeken van de Italiaanse kooplieden, lijkt niet aan de orde te zijn in de boekhoudpapieren van de Odescalchi's, en de transacties zijn zonder precieze datering of omschrijving bijgehouden. Investeringen komen voor, maar onbekend blijft het resultaat van de afzonderlijke transacties en vooral de algehele slotuitkomst.

Alles was eenvoudiger geweest als men inzage had kunnen hebben in de boeken waarin de transacties beschreven staan, waarvan de bedragen in de grootboeken werden opgetekend. Maar die boeken zijn jammer genoeg niet bewaard. Ook de inventaris van de erfenis van Carlo Odescalchi had kunnen helpen om eventuele kredieten ten faveure van Willem van Oranje te achterhalen. Maar van de inventaris is eveneens geen spoor.

CARLO DE ZORGVULDIGE

In de Biblioteca Ambrosiana van Milaan (Trotti-archief n. 30 en 43) vind je het nauwgezette dagboek, nooit eerder ontdekt, dat Carlo Odescalchi vanaf 1662 tot zijn dood in 1673 bijhield. Helaas lezen we daarin niets over familiezaken: het bevat alleen systematische aantekeningen over zijn gezondheid, dagelijkse ontmoetingen en het weer. Op 30 september 1673, de dag van Carlo's overlijden, heeft een anonieme hand de laatste ogenblikken van de stervende beschreven: het heilig oliesel, de geestelijke bijstand van twee paters jezuïeten, de dood die hij heeft beleefd *als een ware Ridder*. Vervolgens een korte lofrede op zijn eigenschappen: *behoedzaamheid, nederigheid, rechtvaardigheid. Maar vooral was hij zeer zorgvuldig in het eigenhandig noteren van al zijn zaken, hetgeen ertoe bijdroeg dat na zijn dood niets verloren ging en men de volledige inventaris kon opmaken van meubels, panden, kredieten en externe belangen.*

In zijn lofprijzing van de overledene besteedt de anonymus meer woorden aan zijn precisie in het bijhouden en boekstaven van de rekeningen en zakenpapieren dan aan zijn morele deugden. *Ridder* Carlo Odescalchi moet een ware meester zijn geweest in het archiveren. Hoe is dan te verklaren dat uitgerekend de inventaris van zijn erfenis en de boeken rond zijn grootboeken niet te vinden zijn?

GEHEIME ONDERHANDELINGEN

Sinds de middeleeuwse pausen in Avignon zetelden in plaats van Rome, vormde dit Provençaalse stadje met zijn ommelanden een onderdeel van de Kerkelijke Staat.

In september 1688 echter leidden de conflicten tussen Lodewijk XIV en Innocentius XI tot de bezetting van Avignon door Franse troepen. Nog geen jaar later, in augustus

1689, was paus Odescalchi overleden. De nieuwe paus, Alexander VIII Ottoboni, had de politiek van zijn voorganger meteen omgekeerd en een openlijk Fransgezinde lijn ingezet. Ten teken van ontspanning had de allerchristelijkste koning er toen in toegestemd Avignon te bevrijden. Eind 1689 toog de apostolische vice-legaat Baldassare Cenci naar het Provençaalse stadje met de opdracht om controle uit te oefenen op de teruggave van de pauselijke gebieden, de door de bezetting van de Franse troepen veroorzaakte schade te inventariseren, en de leiding van het plaatselijk bestuur op zich te nemen.

Meteen zag Cenci zich echter voor een op zijn zachtst gezegd turbulente situatie gesteld. Had Avignon enorme schade geleden door de Franse bezetting, in het aangrenzende prinsdom Orange, het leengoed van prins Willem III dat al tientallen jaren het slachtoffer was van periodieke, verwoestende bezoeken van Franse dragonders, was de toestand nog veel erger. Bovendien was de prins van Oranje net koning geworden van het verre Engeland en voelden zijn onderdanen zich – niet ten onrechte – aan hun lot overgelaten. Ze waren goeddeels protestants, en vreesden dat de vervolgingen van de Fransen, die godsdienstige overwegingen met politieke en militaire redenen op één hoop gooiden, hun toch al gekwelde prinsdom de genadeklap zouden geven. Keerde in Avignon de vrede weer, in Orange was de situatie dus allesbehalve rustig.

Op 7 november berichtte Cenci aan Rome dat in het oude Romeinse amfitheater van Orange (door iedereen *Le Cirque* genoemd) een vergadering was gehouden met de vertegenwoordigers uit de bevolking van het prinsdom, die besloten hadden Lodewijk XIV de heerschappij over Willems grondgebied aan te bieden. Het was een wanhopige zet: liever onder dan tegen de vijand.

Terwijl Cenci van Rome naar Avignon reisde, had een prelaat uit Avignon, een lid van het Rechtscollege, Paolo de Salvador, een merkwaardige brief ontvangen van een van de onderdanen van Orange: monsieur de Beaucastel, een kortelings tot het katholicisme bekeerde protestant en vertegenwoordiger van de burgers van Orange aan het hof van Parijs. De brief bevatte een op zijn zachtst gezegd explosief voorstel: de Franse vervolgingen beu, wensten de inwoners van het prinsdom Orange zich in feite onder het pausschap te scharen.

Gezien de gevoeligheid van de kwestie rapporteert Cenci, zodra hij de van De Salvador ontvangen brief gelezen heeft, meteen aan het Vaticaanse staatssecretariaat in Rome. Het voorstel is te aanvaarden, schrijft Cenci. Orange heeft zichzelf wel net aan Frankrijk weggeschonken, maar Lodewijk XIV zou het prinsdom van Willem misschien op willen geven als de paus met hem de katholieke ex-koning Jacobus Stuart wil steunen tegen de prins van Oranje, die hem juist heeft onttroond. Het zou echter nogal gênant voor de Kerk zijn om een leengoed ten geschenke te aanvaarden van een ketterse prins (die nu bovendien een Engelse vorst is geworden). Cenci stelt derhalve een voorwendsel voor: het prinsdom zou aanvaard kunnen worden als vergoeding voor de in Avignon veroorzaakte schade door de strijd tussen katholieken en protestanten, die lange tijd de Provence heeft geteisterd.

De Vaticaanse staatssecretaris beveelt de vice-legaat echter het aanbod te weigeren: Beaucastel moet zich maar tot Lodewijk XIV wenden, die het prinsdom Orange veel beter kan beschermen dan de Kerk.

Intussen echter begeeft Beaucastel zich persoonlijk naar Cenci en herhaalt het aanbod in aanwezigheid van De Salvador. Cenci slaat het af, en dan antwoordt Beaucastel hem op dubbelzinnige wijze. Hij zegt dat de Heilige Stoel in het verleden reeds vergelijkbaar heeft gehandeld: hij bezit namelijk *Avignon krachtens een verdeling tussen de koning van Frankrijk en de paus na de strijd tegen de Albigenzen.*

Het is een venijnige zinspeling: tussen eind twaalfde en begin dertiende eeuw was de ketterij in de Provence met moeite uitgeroeid (G.Moroni, *Dizionario di erudizione storico-ecclesiastica*, Venetië 1840-, *ad vocem* Contado venaissino'). Met een bloedige, gruwelijke kruistocht was het leger van Raymond VI, de graaf van Toulouse, die er allang van werd beschuldigd te sympathiseren met de leer van de Albigenzen, behoorlijk toegetakeld. Uit angst dat hij snel zou worden gevangengenomen en overgedragen aan de inquisitie, had Raymond het pausschap toen enkele gebieden beloofd, waaronder drie kastelen in de ommelanden van Avignon, naast een deel van Avignon. Als Raymond het gedachtegoed van de ketterse Albigenzen aanhing, luidde de overeenkomst met het pausschap, zouden die goederen toevallen aan de kerk. En dat gebeurde ook: Raymond volhardde in de dwaling, werd tot ketter uitgeroepen en in de ban gedaan. De strijd werd voortgezet door zijn zoon Raymond VII, die uiteindelijk door paus Gregorius IX en de Franse koning Lodewijk IX de Heilige op het slagveld werd verslagen. De verbintenis tussen de Kerk en de ketters werd vervolgens met het nodige geweld nagekomen: met het verdrag van Parijs uit 1228 gingen de landstreken en de kastelen van de Albigenzen over aan het Vaticaan. De belofte van Raymond aan de Heilige Stoel was weliswaar geen gevolg van een geldlening van de paus, maar Beaucastels zinspeling op een overeenkomst tussen katholieken en ketters die betaald was met land van de laatsten, klinkt minstens zo suggestief.

Laten we terugkeren naar de geheime bespreking tussen Cenci en de vertegenwoordiger van Orange. Na de malicieuze zinspeling op het verleden komt de klap: *Hier in het rijk was het algemeen bekend,* onthult Beaucastel, *dat de prins van Oranje bij het vorige pausschap nog grote sommen verschuldigd was, ter betaling waarvan hij dacht eenvoudigweg het bezit van een staat te kunnen overdragen die zo weinig kapitaal opleverde.*

Willem van Oranje stak kortom zwaar in de schulden bij Innocentius XI en dacht hem te kunnen terugbetalen door hem het kleine prinsdom Orange te schenken dat hem toch al weinig opbracht.

Cenci rapporteert alles opnieuw aan Rome. Maar van de Heilige Stoel komt een tweede, nog duidelijker weigering: het is onmogelijk dat paus Odescalchi geld aan een ketterse vorst heeft geleend. De schandelijke onthulling ligt echter op veler lippen. Cenci schrijft dan ook opnieuw naar Rome, en voegt eraan toe dat zelfs monsieur de Saint Clément, de voormalige schatbewaarder van Willem van Oranje (die wat betreft de zaken van de prins wist waarover hij het had), zijn medeburgers adviseert zich te onderwerpen aan de Fransen. We hebben al te veel betaald aan het pausschap, aldus Willems ex-thesaurier, en we kunnen beter de troepen van Lodewijk XIV onderhouden dan geld voor de paus *uit de mouw schudden.* Hij lijkt zowaar te begrijpen dat het prinsdom Orange belasting was opgelegd om de paus het geld terug te betalen.

Hier ligt het duidelijkst bewijs van de schulden die door Willem van Oranje zijn aangegaan bij Innocentius XI: Willems schatbewaarder zelf spreekt er openlijk over, en de zaak wordt zeer vertrouwelijk vermeld door een bron (de apostolische vice-legaat van Avignon) die er geen belang bij heeft om kwaad te spreken.

De nieuwe paus – antwoordt staatssecretaris kardinaal Rubini aan Cenci – heeft geen enkele bedoeling om de inwoners van Orange onder zijn onderdanen op te nemen, ondanks hun *unanieme wil* om zich onder het pausschap te scharen: de paus had er geen belang bij om het aantal onderdanen uit te breiden, enkel om dit aantal te handhaven. De koning van Frankrijk zou echter meer mogelijkheden hebben om in de behoeften van de bevolking van Orange te voorzien. Maar vooral, onderstreept Rubini, moest de rechtvaardiging van zo'n annexatie worden afgewezen, namelijk dat *de prins van Oranje bij het vorige pausschap grote sommen verschuldigd is*. De onderhandelingen tussen Cenci en Beaucastel zijn mislukt. Orange blijft voor Frankrijk.

Deze laatste brief (en alleen deze) werd door Danckelman gepubliceerd, maar *ad confutandum*: omdat Rubini ontkent dat Innocentius XI ooit geld heeft kunnen lenen aan een ketterse prins, bestaan die leningen dus niet! Heel slim heeft Danckelman Cenci's eerdere brieven echter niet gepubliceerd (die evenals de enige door hem gepubliceerde bewaard worden in het Geheim Vaticaans Archief), waaruit men een precies tegenovergestelde conclusie trok. Een conclusie die, zoals we hebben gezien, wordt bevestigd door de grootboeken van Carlo Odescalchi.

DE CENCI-BRIEVEN

We publiceren hier de correspondentie tussen monsieur Beaucastel, de vice-legaat van Avignon Baldassare Cenci en de staatssecretaris van het Vaticaan, die berust bij het Geheim Vaticaans Archief.

Archief Staatssecretaris, legatie Avignon, map 369
Monsieur Beaucastel aan Paolo de Salvador (vertaald) – 4 oktober 1689:

Mijnheer,

Na U blijk te hebben gegeven van de innerlijke vreugde die ik gevoel nu de macht van de paus is hersteld, Zijne Eminentie op het punt staat terug te keren en U opnieuw Uw ambt uitoefent, rust op mij de plicht U te melden dat de extreme droefenis die deze staat bedreigt door zeventien compagnieën dragonders en twintig compagnieën infanterie, waarvoor wij reeds bevel hebben gekregen deze te huisvesten, ons heeft gedwongen ons aan de Koning [van Frankrijk] weg te schenken, en dat op dinsdag laatstleden, Allerheiligen, de ceremonie werd gehouden op de Place du Cirque waar alle organen van deze staat aanwezig waren. Ik kan U niet zeggen of het ging om iets vooraf bepaalds, maar in feite geloof ik dat wel en ik zal U er uitputtend verslag van doen zodra ik hoor dat Zijne Eminentie [Cenci] is gearriveerd. Ik zal U ten overstaan van hem mijn gedachten ontvouwen of [onleesbaar woord] aan het papier toevertrouwen, U zult het gemakkelijk raden als ik U zeg dat hij ons geluk gelijk zou doen worden aan het Uwe, en de onderhavige kwestie zonder veel moeite zou kunnen afronden. Ik ben ten prooi aan reumatische pijnen die mij nagenoeg hebben afgemat, maar wanneer ik weer op de been ben, laat ik mij naar Avignon vervoeren, zodra ik verneem dat Zijne Eminentie er is aangekomen, om tegenover hem de gevoelens van onze nederige, eerbiedige dienstbaarheid te vernieuwen. Ik verzoek U ervoor te zorgen dat hij hoort van de geloften die ik voor zijn terugkeer heb gedaan, en van de pijn die ik heb gevoeld door zijn afwezigheid. Verheugt U zich intussen in de geneugten die U doormaakt; wij hebben er indirect deel aan, aangezien het onmogelijk is dat een zonnestraal ook niet ons toekomt; wat mij betreft, ik kan U in het bijzonder verzekeren dat ik veel vreugde heb doorgemaakt voor wat er is gebeurd [de terugkeer van Avignon in pauselijk bezit], als ware ik Uw landgenoot geweest (had dat maar gekund), doch non datur omnibus adire Corinthum, of liever gezegd Avenionem. Ik zou niet meer kunnen zeggen of ik in deze drie woorden Latijn een overtreding van de regels heb begaan, maar ik kan U verzekeren dat ik die nooit zal begaan tegen de geloften die ik heb uitgesproken.
Uw ootmoedige en gehoorzame dienaar

Monsieur Beaucastel

Archief Staatssecretaris, legatie Avignon, map 350
Monseigneur Cenci aan de staatssecretaris (ontcijferd) ongedateerd:

Een getrouw en wel getalenteerd onderdaan van de Heilige Stoel, een edelman uit Avignon, heeft mij een brief doen toekomen die hem geschreven is door een onderdaan van de prins van Oranje, waar een groot verlangen werd verondersteld van de onderdanen van dat prinsdom om zich te onderwerpen aan de heerschappij van de Heilige Stoel, en dat dit zeer waarschijnlijk kan slagen door de omstandigheden van de huidige tijd, en hij voegt eraan toe dat hij zal komen om zich met mij over mijn ceremonie te verheugen, maar pas zodra hij daartoe in staat zal zijn door een catarrale ziekte waar hij thans aan lijdt. Als hij mij over deze zaak spreekt, zal ik toehoren en alles rapporteren wat hij vertelt, en ik zal de 2657 [=zaak?] aanvaarden noch afwijzen. Het schijnt dat er niet te twijfelen valt aan de instemming van de inwoners van Orange omdat de grote bekrompenheid waarin ze door de allerchristelijkste koning zijn vervallen, en de onmogelijkheid om tegen hem verdedigd te worden door hun eigen vorst, hen tot de wanhoop heeft geleid om zich tegen hem te verzetten en zich aan de allerchristelijkste koning te geven, zoals ik heb laten weten in mijn vorige brieven, terwijl ze het veel meer op prijs zouden stellen onderworpen te zijn aan de zachte heerschappij van Zijne Heiligheid, zoals de onderdanen van deze staat hebben ervaren, zonder voor honderden jaren iets beters te wensen. Als hij hen zo ziet zou de allerchristelijkste koning misschien elk ander belang van hem om dat vorstendom te bedwingen stellen achter de verplichting die Zijne Heiligheid en diens opvolgers op zich zouden moeten nemen om koning Jacobus te steunen om 2488 [=zich te mobiliseren?] tegen koning Willem, als de Heilige Stoel deze van voornoemd prinsdom zou beroven. De billijkheid van de aanwinst valt te staven met de instemming van het volk, dat zich aan Zijne Heiligheid zou geven om zich te verheffen uit de onderwerping aan een ketterse vorst, want deze is of niet in staat of niet van zins het tegen een extreme armoede te verdedigen; bovendien met de eisen van de Heilige Stoel vanwege de ernstige schade die in het verleden is toegebracht door de bevolking van Orange uit haat tegen het katholieke 2601 [=geloof?], en waarvan ik niet weet of die ooit is vergoed, met het uitbuiten van dit hele land, door welker bijdragen met name de gemeenschap van Avignon is belast met een schuld van honderdduizenden scudo's [...].

Mijn ministerie heeft mij verplicht mede te delen wat ik weet omtrent de zeer belangrijke onderhandelingen. Het bijgesloten vel bevat een kopie van bovengenoemde brief, welke geschreven is aan monsieur Salvador, auditor van het Rechtscollege te Avignon, door monsieur Beaucastel, edelman uit Courteson. De laatste lijkt mij door andere zaken die ik met hem heb besproken een man van groot talent, en pas bekeerd, maar naar het zich laat aanzien echt bekeerd, terwijl hij het Franse hof dankbaar is, en in zijn vaderland bekleedt hij een aanzienlijke post die hem is verleend door de allerchristelijkste koning naar wie hij twee jaar geleden in het openbaar belang werd afgevaardigd als meest bekwame man en het meest geliefd bij zijn medeburgers. Voornoemde monsieur Salvador, die mij genoemde brief heeft gegeven, heeft mij verteld dat een van de consuls uit Courteson hardop het hart heeft [onleesbaar woord] om de aanvaarding van het prinsdom voor te stellen, en hem verzekerd heeft dat de allerchristelijkste koning er zeker in zou toestemmen.

Archief Staatssecretariaat, legatie Avignon, map 350
Monseigneur Cenci aan het staatssecretariaat (ontcijferd), ongedateerd:

Dinsdag laatstleden kwam Beaucastel met auditor Salvador bij mij, en in diens aanwezigheid verklaarde hij mij openlijk de wil van de bevolking van het prinsdom Orange om zich onder de heerschappij van de Heilige Stoel te scharen. Ik antwoordde hem dat het iets wenselijks, maar iets irreëels was, en verderop in het gesprek vroeg ik welke grond er zou kunnen zijn dat de koning van Frankrijk ermee instemt. Hij antwoordde enkel dat de Heilige Stoel ook Avignon en ommelanden bezit, krachtens een verdeling die na de oorlog tegen de Albigenzen gemaakt is tussen de koning van Frankrijk en de paus. Uit zichzelf voegde hij eraan toe dat het hier overal in het rijk algemeen bekend is dat de prins van Oranje bij het vorige pausschap grote sommen verschuldigd is, ter betaling waarvan hij dacht eenvoudigweg het bezit van een staat te kunnen overdragen die zo weinig kapitaal oplevert. Ik voerde omstandig aan hoe onwaarschijnlijk het is dat wijlen de Heilige Vader geld heeft toegekend aan de prins van Oranje en omdat ik verder niets belangrijks uit hem kon krijgen, besloot ik dat mijn ministerie niet zoveel kennis en inbreng meende te hebben in de belangen die Zijne Heiligheid kon hebben met de allerchristelijkste koning en de andere Europese vorsten, dat hij mij gelegenheid kon bieden om hem en zijn medeburgers het gewenste te verschaffen; niet zonder hem echter mijn gevoelens van dankbaarheid te betuigen voor een dergelijke voorkeur om onderdaan van mijn vorst te worden, en van medelijden om de werkelijk ellendige situatie waarin ze terecht zijn gekomen. Salvador, die onlangs weer was komen praten over deze onderhandelingen, vertelde mij dat Beaucastel werd gekweld omdat hij mij in deze aangelegenheid kil had gevonden, en ik heb hem dezelfde dingen geantwoord.

Archief Staatssecretaris, legatie Avignon, map 350
Kardinaal Ottoboni aan monseigneur Cenci – 6 december 1689:

Van alles wat Uedele mij in uw gecodeerde missive schrijft over wat de edelman uit Avignon U heeft bekendgemaakt uit de brief die hem is gestuurd door zijn vriend in Orange, waarin het oprechte verlangen wordt verondersteld van die onderdanen om zich onder de Heilige Stoel te scharen, heb ik Zijne Heiligheid nauwgezet verslag gedaan, met instemming van de Heilige Vader, die Uedele welwillend het oor leent en zich uitermate voldaan en dankbaar betoont voor uw aanhankelijkheid en voor al het andere, zoals in dit voorstel tot uitdrukking komt, maar ziet U erop toe dat U zich op geen enkele wijze vastlegt, omdat de Heilige Vader van mening is dat zij beter kunnen worden verdedigd door de allerchristelijkste koning, en beter onder diens bescherming kunnen staan dan onder die van de Heilige Stoel, die legers noch wapens heeft om het prinsdom Orange te verdedigen.

Archief Staatssecretaris, legatie Avignon, map 59
Monseigneur Cenci aan kardinaal Ottoboni – 12 december 1689:

Mij wordt verzekerd dat graaf di Grignano en de intendant van de Provence [de Franse vertegenwoordigers in Avignon] de inwoners van de stad Orange en de andere plaatsen van het prinsdom hebben laten weten dat de allerchristelijkste koning de bewuste daad op prijs heeft gesteld om zich te onttrekken aan de heerschappij van de prins en zich te onderwerpen aan die van Zijne Majesteit, en dat zij hun bovendien hebben verzekerd dat zij met ingang van het volgende jaar tekenen van zijn goedheid zouden ontvangen.

Ene M. de Saint Clément, die eerst schatbewaarder van de prins van Oranje was, heeft gezegd dat ze in de toekomst slechts een sou aan gereedschap voor iedere soldaat hoefden te betalen, waar ze onder het pausschap veel meer betaalden, en dat men geen brood en meel voor het levensonderhoud van die soldaten meer zal opeisen, zoals onder het pausschap gebeurde, terwijl ze reden zullen hebben om eerder opgelucht te zijn dat ze in hun plaatsen niet langer onderdak bieden aan het huidige voetvolk [...]

Uit E. Danckelman, *Zur Frage der Mitwissenschaft Papstes Innozenz XI. an der oranischen Expedition, Quellen und Forschungen aus italienischen Archiven und Bibliotheken,* 18 (1926), pp. 311-333.
Kardinaal Rubini aan monseigneur Cenci – 13 december 1689:

Op Beaucastels nieuwe verklaringen aan Uedele, in aanwezigheid van auditor Salvador, van de unanieme wil van de bevolking van Orange om zich blijvend te scharen onder de heerschappij van de Heilige Stoel, antwoordde Uedele verstandig, ofschoon U dat deed in de valse veronderstelling dat de prins van Oranje de paus grote sommen verschuldigd is, waardoor hij afstand kon doen van die staat, die de prins toch weinig kapitaal oplevert. Een dergelijk oordeel is oneigenlijk en boosaardig, omdat de hele wereld weet dat die heilige paus zomaar in staat was om zich aan te sluiten bij en hulp te bieden aan een ketterse prins en onder één hoedje te spelen. En wat betreft Uw antwoord, als zij weer voor U verschijnen, zult U hetzelfde kunnen zeggen als wat ik U in ons vorige onderhoud op last van de Heilige Stoel heb uiteengezet, namelijk dat deze vindt dat die bevolking beter kan worden verdedigd door de allerchristelijkste koning en onder diens protectie kan leven dan onder die van de pauselijke Zetel, die niet andermans staten wenst, maar slechts die van zichzelf wenst te behouden, en wapens noch troepen heeft om Orange te verdedigen.

TERUGBETALING VAN DE LENING

Werd de lening van de Odescalchi's aan Willem van Oranje ooit terugbetaald? Voor dat antwoord moeten we een ander, niet minder ongewoon voorval onderzoeken.

Innocentius XI overlijdt in augustus 1689. Een paar maanden later sterft in Rome ook Christina van Zweden, de vorstin die zich meer dan dertig jaar eerder van het protestantisme tot het katholicisme had bekeerd en zich in Rome onder de bescherming van het pausschap had gesteld.

Voor zij sterft, benoemt Christina kardinaal Decio Azzolino, jarenlang haar raadsheer en intieme vriend tot haar erfgenaam. In de loop van enkele maanden echter sterft de kardinaal op zijn beurt en Christina's erfenis gaat over op een familielid van hem, Pompeo Azzolino.

Pompeo, een kleine edelman uit de provincie (de Azzolino's kwamen uit Fermo, in de Marche, evenals Tiracorda en Dulcibeni), heeft zo ineens de enorme erfenis van Christina van Zweden in handen: meer dan tweehonderd schilderijen van Rafaël, Titiaan, Tintoretto, Rubens, Caravaggio, Michelangelo, Domenichino, Van Dijck, Andrea del Sarto, Bernini, Guido Reni, Carracci, Giulio Romano, Parmigianino, Giorgione, Velazquez, Palma il Vecchio; gouden en zilveren gobelins, ontworpen door Rafaël; honderden tekeningen van beroemde kunstenaars; een hele galerij met beelden, bustes, koppen, vazen en marmeren zuilen; meer dan zesduizend penningen en medaillons; wapens, muziekinstrumenten, waardevol meubilair; juwelen die in Holland bewaard werden, kredieten bij de Zweedse en de Franse kroon, alsmede aanspraken op enkele domeinen in Zweden; ten slotte de buitengewone bibliotheek van Christina, met duizenden boeken in druk en manuscripten die haar tijdgenoten reeds als van onvergelijkelijke waarde beschouwden.

Als hij Christina's schat in bezit heeft, wacht Pompeo er zich wel voor een vreugdedansje te maken. Christina's erfenis wordt door grote schulden belast en als hij er niet in slaagt zo goed en zo kwaad als het gaat te verkopen, dreigt hij uiteindelijk door de schuldeisers te worden gewurgd. Maar weinigen hebben voldoende middelen om een erfenis van die omvang te verwerven: hij moet misschien onderhandelingen beginnen met enkele vorsten, mits die niet te veel schulden hebben. Maar Pompeo is een parvenu: hij weet niet waar hij moet beginnen, en Rome is vol avonturiers die klaarstaan om deze verlegen, pas uit de provincie gearriveerde edelman te belazeren.

Pompeo probeert de dingen te vereenvoudigen en de hele erfenis en bloc te verkopen, maar die operatie blijkt te hachelijk en te riskant. De schuldeisers beginnen nerveus te worden; Pompeo besluit dan in alle haast het erfgoed op te delen en aparte collecties en losse stukken te verkopen. De gobelins en andere kostbaarheden (waaronder een door Bernini ontworpen spiegel) komen algauw bij de Ottoboni's terecht, de machtige familie van de nieuwe paus, Alexander VIII; de boeken echter gaan naar de Vaticaanse bibliotheek.

Intussen stapelen de moeilijkheden zich op. Behalve de schulden brengt Christina's erfenis nog enkele geniepige juridische akkevietjes met zich mee. Zweden laat rechten gelden op de juwelen van Christina die in Holland zijn verpand, geblokkeerd bij een bankier, en laat ze door de magistraten van Amsterdam in beslag nemen.

Een diplomatiek incident met Zweden is wel het laatste wat Pompeo wil. Hem wordt geadviseerd een verzoek te richten tot iemand die gemakkelijk bij de Zweden kan bemiddelen en invloed heeft in Holland: prins Willem van Oranje, thans koning van Engeland.

In maart 1691 richt Pompeo Azzolino dus een verzoekschrift aan Willem en vraagt hem om bescherming en hulp in de juwelenkwestie. Het antwoord is op zijn zachtst gezegd onverwacht: zodra hij hoort dat Christina's verzameling te koop is, stelt Willem via een bemiddelaar voor om alles wat er nog is te kopen, en vraagt onmiddellijk om een inventaris van de collecties.

Het komt als een donderslag bij heldere hemel. Tot een paar dagen eerder verkocht Pompeo de schilderijen een voor een, en hij kan het nauwelijks geloven dat hij de hele verkoop in één klap kan afsluiten. Maar nog verbazender is het dat Willem, die altijd verlegen zat om geld voor zijn krijgsondernemingen, plotseling de behoefte voelt om een fortuin aan schilderijen en beelden te besteden. Zelfs de Zonnekoning had van de aanschaf van Christina's verzamelingen afgezien toen zijn ambassadeur in Rome, kardinaal d'Estrées, hem op de mogelijkheid had gewezen om die schatten te kopen.

En daar doet zich de tweede onverwachte wending voor. Een andere koper die we goed kennen gaat een rol spelen: Livio Odescalchi, de neef van Innocentius XI.

Voor 123.000 scudo's snoept Livio de transactie van Willem af en koopt bijna alles wat er nog van de erfenis over is. Ongelooflijk genoeg trekt Willem het zich niet aan en blijft uitstekende relaties onderhouden met Pompeo Azzolino. De ingewikkelde kwestie van de erfenis is in een oogwenk opgelost.

Het is een even verrassende als onwaarschijnlijke epiloog. Een protestantse koning die altijd krap bij kas zit, wil ineens een peperdure kunstcollectie kopen. De neef van een paus (die onder meer een hoop geld aan die koning had geleend) pikt hem die op de valreep af, en de vorst volstaat ermee de verkoper te complimenteren (cf. T.Montanari, *La dispersione delle collezioni di Cristina di Svezia. Gli Azzolino, gli Ottoboni e gli Odescalchi*, in: Storia dellÁrte n.90 [1997], blz.251-299).

Een paar cijfers: de Odescalchi's hadden Willem ongeveer 153.000 scudo's geleend. Livio koopt de kunstwerken van Christina voor een bedrag dat daar dicht in de buurt ligt: 125.000 scudo's.

Wat een uitgekookte lieden waren er bezig geweest! Sinds eind 1688 was Willem dan koning van Engeland, en dus in de juiste positie om de schuld aan de Odescalchi's af te betalen. Het jaar daarna echter was Innocentius XI overleden. Hoe moest hij de schuld aan de Odescalchi's voldoen? Waarschijnlijk was op dat moment pas een deel teruggegeven. De gelegenheid die door het legaat van Christina van Zweden werd geboden, was dus een buitenkansje. Livio koopt, maar degene die betaalt is Willem, via een discrete tussenpersoon.

Na tal van oorlogen wordt het geheime spel tussen het huis Odescalchi en de Oranjes onopvallend afgesloten. Het is niet moeilijk om zich het tafereel voor te stellen. Terwijl hij in het gulden licht van het Romeinse middaguur een Tintoretto of een Caravaggio bewondert, zal een vertrouwensman van Willem een wisselbrief in de handen laten glijden van een afgezant van Livio Odescalchi. Het geheel uiteraard ter ere van de nagedachtenis van de grote Christina van Zweden zaliger.

LIVIO EN DE PARAVICINI'S

Het was dus misschien dankzij de erfenis van Christina van Zweden dat Willem van Oranje de lening aan de Odescalchi's kon terugbetalen. Maar de familie van Innocentius XI had hem minstens 153.000 scudo's geleend, waar dan nog rente bovenop kwam. Als Pompeo Azzolino de erfenis van Christina aan Livio Odescalchi verkoopt, incasseert hij slechts 125.000 scudo's. Waar is het verschil gebleven?

Carlo Odescalchi, de broer van Innocentius, was in 1673 overleden. In 1680 was de firma Odescalchi te Venetië geliquideerd, en die te Genua had haar deuren al jaren eerder gesloten. Over welke ervaren en betrouwbare tussenpersoon beschikte Innocentius xi nu om de eerste *tranche* van de teruggave van de lening te incasseren?

Hij kon er zijn neef Livio niet mee belasten, en niet alleen omdat hij te veel in het oog liep. Livio is het prototype van een rijke, verwende erfgenaam: schuw, rebels, introvert, grillig, onevenwichtig, misschien wel een huilebalk. Hij houdt van geld: maar alleen wanneer anderen dat al hebben verdiend. Oom Benedetto houdt hem ver bij staatszaken uit de buurt, hij wil dat het geslacht wordt voortgezet. Livio zal echter, uit wraak bijna, nooit trouwen. En nooit zal hij uit Rome weggaan om zijn Hongaarse bezittingen in Sirmio, die hij van de keizer heeft gekregen, te bezoeken. Sluit paus Odescalchi alle theaters uit liefde voor het fatsoen? Na de dood van zijn oom koopt Livio om te treiteren een loge in het Tor di Nona. Van zijn oom erft hij misschien een neiging tot gierigheid en sluwheid: wanneer de Oostenrijkse ambassadeur in Rome hem vraagt wat keizerlijke dukaten in Romeinse valuta te wisselen, probeert Livio hem onhandig op te lichten door hem 40 *baiocchi* per dukaat te bieden (de officiële wisselkoers is 45). Gevolg: de ambassadeur, die meegaat in het waarschijnlijke antisemitisme van die tijd, verspreidt het gerucht dat Livio zaken doet 'als een jood' (M.Landau, *Wien, Rom, Neapel – Zur Geschichte des Kampfes zwischen Papsttum un Kaisertum*, Leipzig 1884, blz.111 n.1).

Livio begaat ook een ernstige blunder bij de keizer, die hij belooft een lening in geld en een militair contingent te sturen: 7000 soldaten om de keizerlijke troepen bij te staan, zodra ze de Abruzzen naderen. In ruil verlangt Livio de titel van Vorst van het Keizerrijk. Zoals we weten wordt hem de titel toegekend en leent Livio de keizer inderdaad een bescheiden bedrag aan geld (bovendien tegen hoge rente). Maar van de 7000 soldaten krijgt niemand ooit een spoor te zien.

Hypochondrisch van aard als hij is, verzamelt de neef van de zalige Innocentius angstvallig medische verslagen en lijkschouwingsrapporten. In een minuscuul, onleesbaar handschrift registreert hij obsessief de meest onbeduidende tekenen van ziekte. Verleid door het occulte brengt hij de nachten door met alchemistische experimenten en moeizame onderzoeken naar *rimedia*, waarvoor hij zelfs aan onbekenden bereid is rijkelijk te betalen (*Fondo Odescalchi* XXVII B6; Archief van Palazzo Odescalchi, IIIB6, n.58 en 80). En in de momenten waarin zijn morbide persoonlijkheid te veel onder de bevelen van zijn oom lijdt, laat hij zich gaan in het noteren van boosaardige observaties en roddels, alsof hij een kinderlijke wraak in de zin heeft (*Fondo Odescalchi*, Dagboek van Livio Odescalchi).

Nooit zou zo'n man het gewicht van drukkende geheimen, compromitterende ontmoetingen, onherroepelijke beslissingen kunnen dragen. Om van Willem de terugbetaling van zijn schuld te incasseren was een ervaren, bliksemsnelle, koelbloedige administrateur nodig.

Innocentius xi had in Rome iemand gehad die in staat was zijn belangen discreet en getrouw te behartigen. Het was de bankier Francesco Paravicini, geboren uit een familie die dicht bij de Odescalchi's stond. Hij had de competentie en de daadkracht van een echte zakenman, en leidde de meest uiteenlopende economische zaken van de toekomstige paus: van de inning van de huur tot de aanschaf van banken, van de opbrengst van het door de verwanten naar Rome gestuurde geld tot de inning van de kredieten. Reeds ver terug in 1640 had Paravicini op last van Carlo Odescalchi twee kanselarijsecretariaten van een prelaat en een presidentschap gekocht (kosten: 12.000 scudo's) ten gunste van Benedetto; met het geld luidde hij, zoals toen gebruikelijk was, zijn intrede in de kerkelijke hiërarchie in.

De familie Paravicini moest dus het volledige vertrouwen van de Odescalchi's genieten. Zodra kardinaal Benedetto paus wordt, benoemt hij meteen nog twee Paravicini's, Giovanni Antonio en Filippo, tot Geheime Schatbewaarders alsmede Algemene Uitbetalers van de Apostolische Kamer: belast dus met de verzorging van allerlei schenkingen van de Heilige Stoel of van de paus zelf. Tegelijkertijd echter schaft de nieuwe paus het ambt van betaler bij de pauselijke legaties van Forlì, Ferrara, Ravenna, Bologna en Avignon af: deze taak zal zonder dat duidelijk lijkt waarom, aan de Paravicini's worden toegekend (Staatsarchief van Rome, *Camerale I – Chirografi*, vol. 169, 237 en 239, 10 oktober 1676 en 12 juni 1677, en *Carteggio del Tesoriere generale della Reverenda camera apostolica*, anni 1673-1716. Cf. ook C.Nardi, *I Registri del pagatorato delle soldatesche e dei Tesorieri della legazione di Avignone e del contado venaissino nell'Archivio di Stato di Roma*, Rome 1995)

Was het de moeite waard om aan de Paravicini's (die in Rome resideerden) een taak in het verre Avignon toe te vertrouwen, waar de Algemeen Uitbetaler zich alleen hoefde bezig te houden met de routine-uitgaven van het pauselijk paleis en wat soldatenvolk? Curieus genoeg wordt, zodra Innocentius XI sterft en er een eind komt aan de Franse bezetting in de Provence, het ambt van Uitbetaler te Avignon teruggegeven aan Pietro del Bianco, wiens familie deze functie tientallen jaren lang had bekleed.

Hoe diep de vertrouwelijkheid was die de paus met Giovanni Antonio en Filippo Paravicini onderhield, blijkt ook duidelijk uit enkele onthullende details. Wanneer het nodige geld voor de oorlog tegen de Turken ter beschikking gesteld moet worden van de pauselijke nuntiussen te Wenen en Warschau, wordt het van de Heilige Stoel via de markten van Ulm, Innsbruck en Amsterdam (daar heb je het weer...) doorgesluisd door bemiddeling van vertrouwenstussenpersonen van de paus: behalve de welbekende Rezzonico de twee Paravicini's. Zouden deze laatsten dan niet de ideale tussenpersonen zijn geweest om het door de prins van Oranje terugbetaalde geld te incasseren? (*Fondo Odescalchi*, XXII A13, c.440.)

De zinsneden van monsieur de Saint Clément en Beaucastel, zoals weergegeven door monseigneur Cenci, doen vermoeden dat de onderdanen van Orange een soort van *Odescalchi tax* was opgelegd om de schulden bij de familie van de paus terug te betalen. Zodra het geld eenmaal was onttrokken, zou het de meest economische en veilige oplossing zijn om het een paar kilometer van Orange vandaan terug te betalen: in Avignon zelf, waarover wellicht de vertrouwde Paravicini's de leiding hadden. Willems schatbewaarder zou periodiek in een of andere uithoek van het Provençaalse platteland aan een tussenpersoon van de paus een simpele wisselbrief overhandigen. Geen stromannen, geen bankrekeningen, geen internationale driehoeksverhoudingen meer.

NOG MEER ONVINDBARE PAPIEREN

Om gedocumenteerde bewijzen voor deze veronderstelling te vinden moesten we snuffelen in de stukken van de thesaurie van Avignon, die bewaard worden in het Staatsarchief te Rome. Uit deze papieren leren we dat de Paravicini's meteen, zodra ze als Uitbetalers in functie zijn, kredieten aangaan: in plaats van uit te betalen *incasseren* ze een paar duizend scudo's, afkomstig uit kascompensaties. Interessante aanwijzing. Helaas vertonen de registers uit Avignon een ernstige, onverklaarbare lacune: er ontbreken vijf jaar, van 1682 tot 1687, bijna de helft van het pontificaat van Innocentius XI.

Voor het oplossen van de twijfels zou de correspondentie van de meerdere van de

Paravicini's in de hiërarchie, de Thesaurier-Generaal van de Apostolische Kamer, van pas zijn gekomen. Helaas. Ditmaal ontbreken zelfs vanaf 1673, het sterfjaar van Carlo Odescalchi, alle jaren tot aan 1716.

CONCLUSIE

In de periode na de Tweede Wereldoorlog, een paar jaar voor de zaligverklaring van Innocentius XI, verwierf het Geheim Vaticaans Archief de Zarlatti-papieren, een archief met documenten betreffende de Odescalchi's en de Rezzonico's. Het bewuste archief werd vanaf de achttiende eeuw aangelegd; het zou interessant zijn te weten of er in die tijd nog sporen bestonden van documenten over de oude betrekkingen tussen Benedetto Odescalchi, zijn broer Carlo en hun stromannen uit Venetië. Maar daar zullen we nooit achter komen. De verantwoordelijken van het Geheim Vaticaans Archief hebben zelf de *merkwaardige versnippering* en de duidelijke extrapolaties van het archief onthuld, zodra het in het Vaticaan in bewaring werd gegeven: dossiers die van het oorspronkelijke archief werden gescheiden zonder merkteken (dus niet meer te identificeren) en verkeerd werden ondergebracht (dus niet meer te traceren, cf. S. Pagano, *Archivi di famiglie romane e non romane nell'Archivio segreto vaticano*, in: *Roma moderna e contemporanea* I [sept.-dec.1993, blz.194 en 229-231. Merkwaardige verdwijningen van documenten worden ook gesignaleerd in V. Salvadori [bezorgd door], *I carteggi delle biblioteche lombarde*, Milaan, 1986, II 191).

Wilde iemand liever op zeker spelen?

In het lichtende spoor van het voorbeeld van Johannes Paulus II, die veertig jaar geleden niet aarzelde om ernstige fouten te erkennen die in de loop van de geschiedenis door de Kerk zijn begaan, zou het een stap terug betekenen om de koerswijzigingen en vele schaduwen die het aardse werk van Benedetto Odescalchi tekenen, ik zeg niet te verbergen, maar regelrecht te belonen. Misschien is het tijdstip gekomen om ook deze rekening te vereffenen.